DOCTOR FOSTER

THE SCRIPTS
by Mike Bartlett

닥터 포스터

대본집: Season 1

마이크 바틀렛 지음 · 김영수 옮김

인간희극

지금 여러분은 몇 년 전 이 대본을 처음 받아보았던 저와 같은 입장이 겠네요.

이 책을 든 당신은, 당신을 진정한 여행으로 이끌 이야기를 손에 쥐고 계신 겁니다. 그 여행 속에서 당신의 도덕적 나침반은 시험에 들 것이고, 결혼, 전문직 여성, 공동체, 사랑 그리고 배신에 대한 당신의 생각들은 도전받게 될 거예요.

저는 젬마의 머릿속으로 확실히 들어가보려고 이 대본을 정말 오랫동안 읽고 또 읽었습니다. 처음 읽는 순간부터 빠져들었거든요. (저를 믿어보세요. 이런 느낌은 아무 대본이나 시나리오를 읽을 때마다 찾아오는 게 아니에요. 그만큼 이 대본이 특별하기 때문이죠).

즐기세요! 그리고 다시 한 번, 고마워요 마이크.

닥터 포스터 주인공 역
슈란느 존스

Episode 1.

10:00:00

MUSIC IN (SEX IN THE
MORNING) 10:00:07

INT. FOSTER HOUSE. GEMMA'S BEDROOM. DAY

Early morning as the curtains let in the morning
light. A WOMAN, GEMMA FOSTER sleeps. We hear
SOMEONE else, her husband SIMON undressing.

A hand touches GEMMA'S face and she reaches up
to hold it. SIMON reaches down to kiss her and
she opens her eyes. He kisses her passionately.

Pan out to see SIMON helping GEMMA off with her
top. They begin to kiss, SIMON on top of her with
only his shirt and pants on. He begins to
unbutton his shirt as she laughs seductively.

SIMON
You miss me?

GEMMA
Yeah, I did.

She laughs as he takes off his shirt. He falls
on top of her kissing her. As they roll around,
she giggles. We see them from above having sex.
Cut to twenty minutes later.

It was great sex but now they're late. GEMMA'S
getting dressed and SIMON comes out of the
en-suite bathroom buttoning up his shirt. They
are both rushing.

GEMMA
There's only a few days to go and there's a lot
to arrange.

MUSIC OUT (SEX IN THE
MORNING) 10:00:50

SIMON
You didn't need to, it's just a few friends. And
we've got Neil and Anna tonight?

GEMMA
It's all under control.

GEMMA is looking for her jacket. She moves his
trousers and as she does, some coins fall out
along with a red lip salve. She picks it up, and
looks at it, as SIMON takes a pair of trousers
out the wardrobe.

GEMMA (CONT)
(holds up the lip salve)
Is this yours?

He looks at her.

SIMON
Yes, actually. Dry lips.

GEMMA

<u>실내. 포스터의 집. 젬마의 침실. 주간</u>

아침 햇살이 커튼 사이로 비치는 이른 시간. 한 여인, 즉 젬마가 자고 있다. 또 다른 누군가의 기척이 들린다. 그녀의 남편 사이먼이 옷을 벗는 소리다.

손 하나가 젬마의 얼굴에 닿고 그녀가 그 손을 잡는다. 사이먼이 그녀에게 입맞추자 그녀가 눈을 뜬다. 사이먼이 열정적인 키스를 퍼붓는다.

카메라가 조금 멀어지며 사이먼이 젬마가 상의를 벗는 걸 돕는 장면이 보여진다. 둘은 계속 키스하면서 사이먼이 그녀의 몸 위에 올라탄다. 셔츠와 팬티를 입은 채다. 사이먼이 셔츠 단추를 풀기 시작하는 동안 젬마가 유혹적인 웃음을 짓는다.

사이먼
나 안 그리웠어?

젬마
그리웠어.

사이먼이 셔츠를 벗어젖히자 젬마가 웃는다. 사이먼이 키스를 하며 그녀의 몸 위로 포개어진다. 둘이 뒹구는 동안 젬마의 킥킥거리는 웃음소리가 들린다. 둘의 섹스 장면이 위에서 비춰진다. 그렇게 20분 뒤로 시간이 넘어간다.

대단히 격렬한 섹스였지만 그들은 지각이다. 젬마가 옷을 입고 있는 동안 사이먼이 셔츠 단추를 채우며 룸 화장실에서 나온다. 둘 다 정신없이 서두른다.

젬마
이제 며칠 남지도 않았는데 할 일은 태산이야.

사이먼
그럴 필요 없었어. 그냥 친구 몇몇일 뿐이잖아. 오늘 밤에는 닐이랑 애나가 오는 거지?

젬마
다 잘 준비되고 있어.

젬마가 자신의 자켓을 찾으며 사이먼의 바지를 치우는 순간 동전 몇 개와 함께 붉은색 입술 연고가 떨어진다. 젬마가 그것을 주워 살펴보는 동안 사이먼은 옷장에서 새 바지를 꺼내어 입는다.

젬마 (이어서)
(입술 연고를 쥔 채로)
이거 당신 거야?

사이먼이 젬마를 쳐다본다.

사이먼
어 맞아, 입술이 건조해서.

젬마

(teasing)
Bit girly.

SIMON
Red? Nothing wrong with that, and it was the
only one they had.

GEMMA smiles as he goes over and kisses her.

GEMMA
(not listening)
Remember you're taking Tom to school.

SIMON
I'm late.

GEMMA
(finds her jacket)
Me too.

She heads for the door.

GEMMA (CONT'D)
(smiles. sexy)
Worth it though.

He smiles as she leaves. Loves her.

MUSIC IN 'DRIVE' 10:01:16   <u>INT. FOSTER HOUSE. HALLWAY/KITCHEN. DAY</u>

GEMMA comes down the stairs and into the
kitchen.

GEMMA holds a handbag mirror and is combing her
hair with her fingers.

GEMMA
No one's going to notice, it looks fine.

TOM
What does?

GEMMA
No, nothing.

TOM sits at the breakfast bar.

TOM
Morning, Mum.

GEMMA
Morning, darling.

TOM
You know we're late.

(놀리는 투로)
약간 소녀 취향이네.

사이먼
빨간색? 그럴 수도 있지 뭐. 파는 게 그것뿐이었어.

그가 다가와 키스하자 젬마가 미소를 짓는다.

젬마
(듣지 않은 채) 당신이 톰 등교시켜야 하는 거 기억하지?

사이먼
나 늦었어.

젬마
(자켓을 찾으며)
나도 늦었어.

젬마가 문으로 향한다.

젬마 (이어서)
(미소 짓는다, 섹시하게) 그래도 할 가치가 있었어.

그녀가 밖으로 나가자 사이먼이 미소 짓는다. 사랑을 담아서.

음악 시작 '드라이브'
10:01:16

<u>실내. 포스터의 집. 복도/주방. 주간</u>

계단을 내려온 젬마가 주방으로 향한다.

그녀는 손거울을 든 채, 손가락으로 머리카락을 다듬는다.

젬마
아무도 눈치 못 챌 거야. 괜찮아 보이네.

톰
뭘 눈치 못 채?

젬마
아무것도 아니야.

톰이 아침 식탁에 앉는다.

톰
안녕, 엄마.

젬마
안녕, 아들.

톰
우리 늦은 거 알죠?

GEMMA opens the fridge. On the door are various
things pinned up with magnets - photos, notes,
messages.

GEMMA
The form for the trip's in your bag.

TOM
Thanks.

GEMMA
No problem.

She takes something out of the fridge to eat and
closes the door.

GEMMA (CONT)
Don't forget your coat.

TOM
Oh yeah, okay.

She goes to pick up her bag just as SIMON enters
in his suit.

SIMON
All ready, mate?

TOM
Nearly.

SIMON puts a scarf around his neck.

GEMMA
Where's my scarf?

She kisses TOM. SIMON takes his off.

SIMON
Here, have mine.

He holds it out for her to take. She grabs it.

GEMMA
Really, no, it's black. I'm wearing blue.

She reaches over to grab her make-up bag.

SIMON
I think you'll manage.

They kiss and she picks it up and heads out.

GEMMA
Bye.

SIMON
Bye.

젬마가 냉장고 문을 연다. 냉장고 문에는 여러 가지 것들이 자석으로 주렁주렁 매달려 있다. 사진들, 편지들, 메모들.

젬마
견학 승인서 가방에 넣어놨어.

톰
고마워요.

젬마
당연하지.

그녀는 뭔가 먹을 것을 꺼내고 냉장고 문을 닫는다.

젬마 (이어서) 코트도 잊지 말고.

톰
네, 알겠어요.

사이먼이 수트를 입고 나타나자마자 젬마가 자신의 가방을 들려고 한다.

사이먼
다 준비됐어, 친구?

톰
거의요.

사이먼이 스카프를 목에 두른다.

젬마
내 스카프는 어딨어?

젬마가 톰에게 키스한다. 사이먼이 자신의 스카프를 푼다.

사이먼
여기. 내 거 가져가.

사이먼이 팔을 뻗어 젬마에게 스카프를 건넨다. 젬마가 스카프를 잡는다.

젬마
이건 정말 아냐, 검은색이잖아. 난 파란색 옷을 입고 있다고.

그녀가 손을 뻗어 메이크업 가방을 잡는다.

사이먼
당신은 잘 소화할 수 있을 것 같은데.

둘이 서로 키스하고, 젬마는 스카프를 들고 나선다.

젬마
안녕.

사이먼
안녕.

TOM
Dad, did you drive back last night?

SIMON
Yeah. Got meetings this morning.

GEMMA puts the scarf around her neck as she walks into the hallway.

10:01:53   INT. FOSTER HOUSE. HALLWAY. DAY

As she goes TOM and SIMON are still discussing.

TOM (O.S.)
What happens in a meeting?

SIMON (O.S.)
What do you mean?

TOM (O.S.)
What do you do?

SIMON (O.S.)
You sit and drink coffee and discuss things.

GEMMA opens the front door and goes out.

GEMMA
See you later!

SIMON (O.S.)
Bye!

TOM (O.S.)
Bye, Mum!

The front door shuts.

10:02:02   EXT. STREET OUTSIDE FOSTER HOUSE. DAY

GEMMA reverses out of her drive and drives off down the road.

10:02:11   EXT. PARMINSTER. DAY

Aerial shot of GEMMA'S car driving down the road. We're now a bit closer. She's on speakerphone to ANNA.

GEMMA (V.O.)
Right, we're on the food, the cake ... like, you're doing the decorations.

ANNA (V.O.)
Not a problem. What would you like?

10:02:23   INT. GEMMA'S CAR. DAY

톰
아빠, 어젯밤에 운전해서 왔어요?

사이먼
응. 오늘 아침 회의가 잡혀 있어서.

젬마가 복도를 지나며 스카프를 목에 두른다.

10:01:53   <u>실내. 포스터의 집. 복도. 주간</u>

젬마가 가는 동안 톰과 사이먼 부자는 여전히 얘기를 하고 있다.

톰 (목소리만)
회의에서는 무슨 일이 있어요?

사이먼 (목소리만)
그게 무슨 뜻이야?

톰 (목소리만)
아빠는 무슨 일을 해요?

사이먼 (목소리만)
지금처럼 앉아서 커피 마시고 토론을 해.

젬마가 현관문을 열고 나간다.

젬마 이따 봐!

사이먼 (목소리만) 안녕!

톰 (목소리만)
엄마, 안녕!

현관문이 닫힌다.

10:02:02   <u>실외. 집 앞 도로. 주간</u>

젬마가 차를 후진시켜 도로로 나간다.

10:02:11   <u>실외. 파민스터 시. 주간</u>

젬마의 차가 도로를 따라 달리는 모습을 항공샷으로 보여준다. 우리는 이제 이 인물과 조금 가까워졌다. 그녀는 애나와 스피커폰으로 통화 중이다.

젬마 (화면 밖 목소리)
좋아, 우리가 음식, 케이크 같은 걸 준비하고... 넌 데코레이션을 맡아줘.

애나 (화면 밖 목소리)
그러지 뭐. 어떤 걸로 할래?

10:02:23   <u>실내. 젬마의 차 안. 주간</u>

GEMMA drives and talks.

GEMMA
Balloons, bunting...

ANNA (V.O.)
Absolutely.

GEMMA
(on phone)
Oh, we talked about putting something behind
the bar?

ANNA (V.O.)
Very generous.

MUSIC OUT 'DRIVE' 10:02:29   GEMMA
MUSIC IN 'DRIVE INSTRUMENTAL'   (on phone)
10:02:29   Enough so that they'll have a good time...

GEMMA sees someone she recognises on the
street.

10:02:30   EXT. GEMMA'S CAR. DAY

GEMMA knocks on the window to get their
attention and waves.

10:02:32   INT. GEMMA'S CAR. DAY

GEMMA (CONT'D)
Not so much that I'll need a stomach pump.

ANNA (V.O.)
You know what Neil's like. I'll speak to ...

10:02:36   EXT. PARMINSTER. DAY

GEMMA'S car drives through the busy town.

ANNA (V.O.) (CONT'D)
... the landlord.

GEMMA laughs.

GEMMA (O.S.)
You're a life-saver.

ANNA (V.O.)
We'll catch up tonight.

GEMMA
Lovely. Speak then Anna. Bye.

Cut to an aerial shot of GEMMA'S car.

10:02:46   EXT. THE SURGERY CARPARK. DAY

젬마가 운전을 하며 통화하고 있다.

젬마
풍선, 장식용 깃발...

애나 (화면 밖 목소리)
당연하지.

젬마 (전화 통화)
아, 우리 바 뒤에 뭘 놓을지도 말했던가?

애나 (화면 밖 목소리)
통이 아주 크구만.

음악 끝 '드라이브'
10:02:29
음악 시작 '드라이브
연주곡' 10:02:29

젬마 (전화 통화)
충분히 준비해서 사람들이 좋은 시간을 보냈으면 해...

젬마가 길에서 누군가 안면이 있는 사람를 발견한다.

10:02:30

<u>실외. 젬마의 차 밖. 주간</u>

젬마가 창을 두드려 주위를 끈 다음 손을 흔든다.

10:02:32

<u>실내. 젬마의 차 안. 주간</u>

젬마 (이어서)
위 세척기가 필요할 정도는 아니지만.

애나 (화면 밖 목소리)
닐이 뭘 좋아하는지 알잖아. 내가 말해 놓을게...

10:02:36

<u>실외. 파민스터 거리. 주간</u>

젬마의 차가 붐비는 거리를 지나간다.

애나 (화면 밖 목소리)) (이어서)
...파티장 임대업체한테.

젬마가 웃는다.

젬마 (목소리만)
넌 내 생명의 은인이야.

애나 (화면 밖 목소리)
오늘 밤에 더 얘기하자.

젬마
좋아, 그때 얘기해 애나. 끊어.

젬마의 차를 항공샷으로 보여준다.

10:02:46

<u>실외. 병원 주차장. 주간</u>

17

GEMMA pulls into the surgery car park.

Cut to GEMMA walking from her CAR to the surgery. She's joined by GORDON WARD, 53, glasses, hypochondriac, also just parked.

GORDON
Dr Foster?

GEMMA
Gordon. How are you?

GORDON
Not good at all - that's why I'm here. Back pain.

GEMMA
Okay, well we'll deal with that inside, I was just saying hello really.

GORDON
Oh, right. Well. How are you?

GEMMA
Good. Bit of a disaster with the hair this morning but...

GORDON
Yes I can see that.

They enter.

10:03:10   INT. THE SURGERY. ENTRANCE. DAY

We see a staff board. Photos of all the DRS and STAFF. GEMMA (Senior Partner) at the top. We see JACK REYNOLDS (Partner), ROS GHADAMI (Partner), LUKE BARTON (Salaried GP), NICK STANFORD (Practice Manager) and a COUPLE OF OTHERS.

GEMMA and GORDON pass by.

10:03:13   INT. THE SURGERY. RECEPTION. DAY

GEMMA heads into the reception.

GEMMA
Good morning, Julie.

JULIE
Not really.

GEMMA
What's happened?

JULIE
Jack's ill. Not coming in.

젬마가 주차장에 도착한다.

그녀가 차에서 내려 병원으로 걸어가는 장면이 이어진다. 그러는 동안 고든 워드와 마주친다. 53세에 안경을 쓴 심기증 환자인 그 역시 방금 주차를 마쳤다.

고든
포스터 선생님?

젬마
고든 씨. 어떻게 지내요?

고든
좋을 게 없으니 여기 왔죠. 허리 통증 때문에요.

젬마
좋아요. 안에 들어가서 살펴보죠. 전 그냥 인사말을 한 거예요.

고든
아 그렇군요. 전 잘 지내요. 선생님은요?

젬마
좋아요. 오늘 아침은 머리가 엉망진창이지만…

고든
네, 그래 보이네요.

둘이 병원으로 들어간다.

10:03:10   실내. 병원. 입구. 주간

직원 열람판이 보인다. 모든 의료진과 직원들의 사진이 걸린 그 판의 맨 위에 진료소장인 젬마의 사진이 있다. 그리고 그 밑으로 잭 레이놀즈(진료의), 로즈 가다미(진료의), 루크 바톤(임시직 지역보건의), 닉 스탠포드(사무장), 그리고 그 밖의 직원들.

젬마와 고든이 그 앞을 지나간다.

10:03:13   실내. 병원. 접수처. 주간

젬마가 접수처에 들어간다.

젬마
좋은 아침, 줄리.

줄리
전 별로네요.

젬마
무슨 일 있어요?

줄리
잭이 아파서 안 나왔어요.

ROS
Oh why?

NICK
That's his final warning -

ROS
What did he say?

JULIE
Gastroenteritis.

LUKE
I saw him in the pub last night.

GEMMA
Alright, er how many on his list this morning?

JULIE hands GEMMA JACK'S list.

JULIE
Twelve.

GEMMA
Julie see what you can do.
(to the DOCTORS)
Take the appointments down to eight minutes.

JULIE
Okay.

LUKE
Eight minutes is impossible.

GEMMA
Talk faster.

He leaves.

ROS
(flirty)
See you later, Luke.

ROS watches him go.

ROS (CONT)
Not a flicker.

GEMMA
He's too young for you.

ROS
Maybe! But I accidentally on purpose brushed up
against his shirt the other day and he is toned
like a bastard.

They begin to walk.

로즈
오, 왜?

닉
마지막으로 경고해야겠어요.

로즈
잭이 뭐라 그랬는데요?

줄리
위장염이래요.

루크
내가 어젯밤 펍에서 봤는데요.

젬마
좋아요. 잭의 진료 리스트에 오늘 아침 몇 명이나 올라와 있죠?

줄리가 잭의 리스트를 젬마에게 넘긴다.

줄리
12명이요.

젬마
줄리가 도와줄 거예요.
(진료의들에게)
환자 한 명 당 8분 이내로 해보자고요.

줄리
알겠습니다.

루크
8분은 불가능해요.

젬마
말을 더 빨리해요.

루크가 돌아선다.

로즈
(경박하게) 나중에 봐, 루크.

로즈가 루크의 뒷모습을 지켜본다.

로즈 (이어서) 꿈쩍도 안 하네.

젬마 너한테 너무 어려.

로즈
글쎄! 일전에 내가 실수인 척 셔츠 위를 일부러 어루만져 봤는데 꽤나 사내처럼 탄탄하던데.

둘이 걷기 시작한다.

ROS (CONT'D)
You would if you could.

GEMMA
Ros. Shall we make a start.

10:03:53   INT. THE SURGERY. WAITING AREA. DAY

GEMMA emerges into the full waiting room,
smiles at the PATIENTS.

They smile back. She's popular. We follow her
out, down the corridor, to a door which she
opens.

10:04:01   INT. THE SURGERY. GEMMA'S CONSULTING ROOM. DAY

                                GEMMA enters. Her office is as functional and
MUSIC IN 'DRIVE' 10:04:03   as everyday as her home. She puts her bag and
MUSIC OUT 'DRIVE INSTRUMENTAL' notes down and goes and hangs her coat on the
10:04:07   back of the door with SIMON'S scarf.

                         .   She's about to carry on when she notices
MUSIC OUT 'DRIVE' 10:04:18   something. On the scarf is a hair. It doesn't
                                look like hers. It's blonde - against the black.
                                She touches it with her finger. Cut to black.

MUSIC IN 'FLY' 10:04:30   **TITLES SEQUENCE**

                                Suranne Jones   .

                                Bertie Carvel

                                Clare-Hope Ashitey
                                Cheryl Campbell

                                Jodie Comer
                                Victoria Hamilton

                                Martha Howe-Douglas
                                Adam James

                                Thusitha Jayasundera
                                Sara Stewart

                                Neil Stuke
                                Tom Taylor

                                And
                                Robert Pugh

                                Executive Producers
                                Roanna Benn
                                Jude Liknaitzky

로즈 (이어서)
너도 마다하지 않을 거잖아.

젬마
로즈. 일이나 시작하자.

10:03:53   <u>실내. 병원. 대기실. 주간</u>

젬마가 사람들로 가득 찬 대기실로 들어서서 환자들에게 미소를 짓는다.

사람들 역시 그녀에게 미소를 보낸다. 그녀는 인기가 많다. 젬마가 복도를 지나 진료실 문을 여는 모습을 카메라가 쫓는다.

10:04:01   <u>실내. 병원. 젬마의 진료실. 주간</u>

음악 시작 '드라이브'
10:04:03

젬마가 들어온다. 그녀의 진료실은 실용적이고 그녀의 집만큼 일상적이다. 그녀가 가방과 서류를 내려 놓고 문 뒤의 옷걸이에 코트를 건다. 사이먼의 스카프와 함께.

음악 끝 '드라이브 연주곡'
10:04:07
음악 끝 '드라이브'
10:04:18

일을 시작하려고 할 때 젬마가 뭔가 발견한다. 스카프 위에 머리카락 한 올. 그녀의 머리카락 같지는 않다. 그 머리카락은 금발. 검은색 스카프 위에서 도드라지는 금발. 젬마의 손가락이 그 머리카락에 닿는다. 암전.

음악 시작 '비행'
10:04:30

타이틀 시퀀스

슈란느 존스

버티 카벨

클레어-홉 애쉬티
셰릴 캠벨

조디 코머
빅토리아 해밀턴

마사 하우-더글라스
아담 제임스

수시타 제야선데라
사라 스튜어트

네일 스투케
톰 테일러

그리고
로버트 퍼프

책임 제작자
로애나 벤
주드 릭네츠키

Executive Producers
Mike Bartlett
Greg Brenman

DOCTOR FOSTER

Created & Written By
Mike Bartlett

10:05:29

<u>INT. THE SURGERY. GEMMA'S CONSULTING ROOM. DAY</u>

Close up of a picture of GEMMA, SIMON and TOM
on GEMMA'S desk.

TITLES CONTINUE OVER:
Producer
GRAINNE MARMION

GORDON'S opposite GEMMA. He's been going a
while. As he talks we see GEMMA — listening,
really <u>trying</u> to be kind and not interrupt.
Willing him to get to the point — but the clock
is ticking.

GORDON (O.S.)

MUSIC OUT 'FLY' 10:05:31   As you know, I live on my own and once a week
my sister comes over ...

TITLES CONTINUE OVER:
Director
TOM VAUGHAN

GORDON (CONT'D)
... bit of a drive for her, but she brings the
shopping. Meals — soup, tomatoes, meat, onions...

GEMMA drinks her coffee. She's getting
impatient.

GEMMA
Yes —

GORDON
She was there on a Thursday, I had a headache
that day, which isn't the primary reason I'm
here but now I mention it — I've had them for
years, it's on your notes...

GEMMA
Hmmm...

GEMMA looks at her watch.

GORDON
Last weekend I saw a documentary, they said
headaches have histor...

GEMMA

책임 제작자
마이크 바틀렛
그렉 브렌먼

닥터 포스터

작가
마이크 바틀렛

10:05:29 <u>실내. 병원. 젬마의 진료실. 주간</u>

젬마의 책상 위에 놓인 사진 한 장에 클로즈업. 그녀와 사이먼, 그리고 톰이 함께 있는 사진이다.

타이틀이 이어짐:
제작
그레인 마미온

고든이 젬마의 맞은편에 앉아 있다. 고든은 한동안 이야기를 한다. 그가 말하는 동안 젬마는 경청하고 상냥함을 잃지 않으려 정말 애쓴다. 끼어들지 않고 고든이 핵심을 어서 말하기를. 그러나 시간만 자꾸 간다.

음악 끝 '비행'   **고든** (목소리만)
10:05:31   선생님도 알다시피, 전 혼자 살고 일주일에 한 번 누나가 찾아와요...

타이틀이 이어짐:
감독
톰 본

고든 (이어서)
...꽤 멀리 운전해 와서 장본 걸 가져다주죠. 먹을 것들 말이에요. 수프, 토마토, 고기, 양파....

젬마가 커피를 홀짝인다. 그녀는 점점 참기 어려워진다.

젬마
그래요—

고든
누나가 찾아온 건 목요일이었고 저는 그날 두통에 시달렸죠. 그게 제가 여기 찾아온 중요한 이유는 아니에요. 지금 제가 말하는 것들은 지난 수년 동안 계속 말했던 거예요. 선생님 진료기록에 적혀있듯이...

젬마
음...

젬마가 그녀의 시계를 본다.

고든
지난 주말에 본 다큐멘터리에서는 역사적으로 두통은....

젬마

(interrupts)
Gordon can we get back to the specific symptoms
that brought you in?

We hear the voice of another PATIENT...

CARLY (V.O.)
I lay there with my eyes open ...

On CARLY, 28, black hair, high street but
nothing overstated. She's intelligent, but not
had much support in her life. Dropped out of
school after A levels. Learned to look after
herself.

CARLY (CONT'D)
... all night. I only get a couple of hours,
and then I'm falling asleep in the day.

GEMMA
Have you had any recent big changes? Moving
house? New job?

CARLY
No.

GEMMA
D'you have a partner?

CARLY
(getting impatient)
Aren't there pills?

GEMMA
Sleeping pills yes but I, I wouldn't prescribe
them in your case.

CARLY
You wouldn't prescribe sleeping pills for
someone who can't sleep?

GEMMA
Only if we'd tried everything else or if there
was a medical condition, and that's rare.

CARLY
You think I'm lying?

GEMMA
No -

CARLY
Yes, because you're not giving me the pills,
even though they do exist and would help my
problem.

GEMMA
(firmly)

(말을 가로막으며)
고든 씨, 어디가 불편하셔서 왔는지 구체적인 증상부터 말해볼까요?

또 다른 환자의 목소리가 들린다...

칼리 (화면 밖 목소리)
뜬 눈으로 거기에 누워있었어요...

칼리는 28살, 검은 머리, 시내 중심가에 살지만 허세는 전혀 없으며, 지적이지만 주변의 도움은 별로 받지 못한 채, 상급시험을 보고도 학교를 중퇴했다. 지금 스스로를 돌보는 법을 배우고 있다.

칼리 (이어서)
밤새도록요. 밤에 겨우 두 시간 정도밖에 못 자니까 낮에 골아떨어지고요.

젬마
최근에 큰 변화 같은 거 있었어요? 이사를 했다거나, 새로운 직업이 생겼다거나?

칼리
아뇨.

젬마
배우자가 있나요?

칼리
(점점 조급해 하며)
약은 없나요?

젬마
수면제가 있죠. 하지만 그걸 처방하지는 않을 거에요.

칼리
잠을 못 자는 사람한테 수면제를 처방하지 않는다고요?

젬마
할 수 있는 다른 방법들을 모두 시도해봤거나 의료적인 조건이 충족됐을 때 가능해요. 드문 경우죠.

칼리
제가 거짓말한다고 생각하세요?

젬마
아니에요.

칼리
맞잖아요, 그러니까 수면제를 안 주는 거잖아요. 분명히 약이 있고, 제 문제를 도와줄 수 있는데도 말이에요.

젬마
(확고하게)

27

I think we should try some other things first.

We hear the voice of a new PATIENT...

SUSIE (V.O.)
We're opening a new restaurant tomorrow ...

On SUSIE PARKS, 46, blonde, glamorous. She's middle class and eloquent, slightly takes over the room. She's full of energy, life - almost too many thoughts...

SUSIE (CONT'D)
I would love it if you could come so I can say thank you.

GEMMA
(smiles)
Oh, it, it's fine.

SUSIE
No, no please! Look, I'll, I'll send through the details.

GEMMA smiles, gives in. Hands SUSIE a prescription.

GEMMA
Okay.

SUSIE
So I don't need to do anything?

GEMMA
Keep taking these, but other than that, no.

SUSIE
Good.

They get up and walk to the door. At the door, SUSIE pauses.

SUSIE (CONT'D)
Gemma, thank you, so much.

GEMMA
No problem.

GEMMA opens the door.

MUSIC IN (THE HAIR) 10:07:14

MUSIC IN (GLASS SOUND)
10:07:23

She goes. GEMMA closes the door and notices the scarf hanging up. She touches it. Studies the hair a bit more and lifts it off. She twirls it around in her fingers. It's blonde, long. We hold on it a moment. Stillness as GEMMA wonders where it came from...

POPPY (V.O.)

먼저 다른 방법들을 시도하는 게 좋을 것 같아요.

새로운 환자의 목소리가 들린다.

수지 (화면 밖 목소리)
저희가 내일 레스토랑 개업식을 한답니다...

수지 파크스는 46세, 금발에 풍만한 몸매. 중산층에 언변이 좋고 좌중을 이끄는 경향이 있다. 에너지가 넘치고 거의 감당하지 못할 만큼 생각이 많은 삶을 살고 있다.

수지 (이어서)
선생님이 온다면 정말 좋겠네요. 고마워서 그래요.

젬마
(웃으며)
오, 저는 괜찮아요.

수지
아니, 아니에요 부탁드려요! 제가 자세한 내용을 보내 드릴게요.

젬마가 웃으면서 초대를 받아들인다. 그리고 수지에게 처방전을 건넨다.

젬마
좋아요.

수지
그래서 전 아무것도 할 필요 없나요?

젬마
이걸 계속 복용하세요. 그 외엔 없어요.

수지
다행이네요.

둘은 일어서서 문 쪽으로 향한다. 문 앞에서 수지가 멈춘다.

수지 (이어서)
젬마 선생님, 정말 고마워요.

젬마
당연한 걸요.

젬마가 문을 연다.

음악 시작 (머리카락)
10:07:14

음악 시작 (잔 소리)
10:07:23

수지가 가고, 문을 닫는 젬마의 시선이 문에 걸린 스카프에 닿는다. 스카프에 손을 대고 머리카락을 좀 더 살펴보다가 떼어내 자신의 손가락에 감아본다. 금빛의 긴 머리카락. 우리는 젬마의 의구심이 어디에서 오는지 잠시 집중해 보면서, 정적의 시간이 흐른다.

포피 (화면 밖 목소리)

Doctor Foster went to Gloucester in the pouring rain!

10:07:36

INT. HIGHBROOK SCHOOL. DAY

From inside the school, through the window we see POPPY, an 8 YEAR OLD GIRL with her arm in a sling. She is with her MOTHER and GEMMA.

MUSIC OUT (THE HAIR) 10:07:38
MUSIC OUT (GLASS SOUND) 10:07:38

POPPY (CONT'D)(V.O.)
She stepped in a puddle right up to her middle and ...

10:07:39

EXT. HIGHBROOK SCHOOL. DAY

POPPY (CONT'D)
... never was seen again!

GEMMA
(smiling, slightly weary)
Well, I hope not! It's good to see you Poppy. You're very brave!

POPPY
Thanks!

GEMMA smiles as POPPY and her MUM leave.

MUM
Bye.

We realise GEMMA is one of a number of PARENTS, waiting to collect their CHILDREN at the end of homework club.

TOM's one of the first to come out. He walks towards GEMMA.

TOM
I did my science and Harry checked it so I know I got it right.

GEMMA
Right, is Harry good?

TOM
He's a genius. He did his IQ and got a hundred and forty which is loads.

They turn to leave but stop when GEMMA hears her name.

BECKY
Gemma?

GEMMA turns. It's BECKY, 34, attractive, open, with ISOBEL, her daughter. She's high energy. Maybe a little _too_ high energy.

포스터 선생님은 퍼붓는 빗속에서 글로스터에 갔어요!

10:07:36 <u>실내. 하이브룩 스쿨. 주간</u>

학교 안의 시점에서, 창문을 통해 포피가 보인다. 8살 여자 아이 포피는 팔걸이 붕대를 감고 있고 곁에 그녀의 엄마와 젬마가 함께 있다.

음악 끝 (머리카락)
10:07:38
음악 끝 (잔 소리)
10:07:38
10:07:39

포피 (이어서) (화면 밖 목소리)
그러다가 허리까지 차오르는 물웅덩이에 빠졌어요...

<u>실외. 하이브룩 스쿨. 주간</u>

포피 (이어서)
...그러고는 다시 보이지 않았어요!

젬마
(웃고 있지만 조금 지친 채)
음, 난 그러지 않기를 바라! 만나서 반가웠어, 포피. 되게 용감하구나!

포피
고맙습니다!

포피와 그녀의 엄마가 가는 것을 보며 젬마가 미소 짓는다.

엄마
안녕히 계세요.

방과 후 수업을 마치고 아이들이 모이길 기다리는 부모들 중 젬마가 있다.

제일 먼저 나오는 아이들 중에 톰이 섞여있다. 톰이 젬마에게 다가온다.

톰
해리가 과학 숙제를 체크해줬으니까 맞을 거예요.

젬마
그렇구나, 해리가 잘해?

톰
걔는 천재예요. 아이큐 테스트를 했는데 140 나왔어요.

떠나려는 순간 누군가 젬마를 부르는 소리에 멈춘다.

베키
젬마?

젬마가 돌아선다. 베키다. 34세에 매력적이고 개방인 그녀는 딸 이소벨과 함께다. 에너지가 가득 찬, 아마도 약간 과하도록 가득 찬 사람.

31

BECKY (CONT'D)
Hi! How are you?

GEMMA
Oh, sorry, I ... don't -

BECKY
Oh! Becky. Simon's assistant?

GEMMA
(noting BECKY'S blonde hair)
Oh, yes.

BECKY
You didn't recognise me. It's fine, it's been
a while! Hi Tom! Haven't seen you in ages!

TOM
Hi.

GEMMA
So your daughter goes to Highbrook?

BECKY
Isobel! Yeah, she just started. Me and her dad
broke up middle of last year so...

GEMMA
Oh sorry.

BECKY
Yeah. Well we just thought Isobel might like a
new start. So, oh and the homework club is a
blessing! I can do the whole day, finish off,
lock up and be here at five-thirty to pick her
up myself!

An awkward pause. Then...

GEMMA
I'm so sorry I didn't recognise you.

BECKY
(reassuring)
Oh no! No one does anymore. After the split I
wanted a new start too. So I went blonde. Mum
wasn't happy, said I looked like Tess Daly, as
if that's a bad thing. But I like it. And mum's
mad so - anyway, I'll see you soon!

GEMMA
Bye.

BECKY
Bye.

TOM

베키 (이어서)
안녕하세요! 잘 지내죠?

젬마
미안해요, 난 잘…

베키
오, 베키예요. 남편분 비서요.

젬마
(베키가 금발인 것에 주목한다)
아, 그렇군요.

베키
못 알아보셨구나. 시간이 꽤 지났으니 그럴 수 있죠. 톰, 안녕! 오랜만이다!

톰
안녕하세요?

젬마
딸이 하이브룩에 다녀요?

베키
이소벨! 네, 이제 막 다니기 시작했답니다. 이소벨 아빠랑은 작년 중반 경에 헤어졌거든요. 그래서…

젬마
오 안됐네요.

베키
그렇죠 뭐. 그래서 이소벨에게 새로운 시작이 좋을 것 같아서. 그런데 여기 방과후 수업이 딱이더라고요! 제가 하루 종일 일을 할 수도 있고, 마감하면 사무실 문닫고 여기에 5시 30분까지 직접 데리러 오면 되니까요!

어색한 잠시 멈춤. 그러고 나서…

젬마
몰라봐서 너무 미안해요.

베키
(안심시키며)
오, 아니에요! 다들 못 알아보더라고요. 남편과 헤어진 후 저 역시 새로운 시작을 원해서 금발로 염색했거든요. 저희 친정엄마는 테스 데일리처럼 보인다고 싫어해요. 마치 이게 잘못된 거라도 되는 것처럼요. 그치만 전 이 머리색이 좋아요. 엄마는 그렇게 노발대발하지만…. 아무튼, 조만간 또 봬요!

젬마
잘 가요.

베키
잘 가요.

톰

                                   Bye.

                                   GEMMA and TOM head off. As they do, GEMMA has
                                   one last look at BECKY. She hadn't remembered
                                   her being so attractive...

                                   BECKY
                                   (to ISOBEL)
                                   Ok? Come on.

MUSIC IN 'I'LL BE WAITING'
10:08:46   INT. FOSTER HOUSE. UPSTAIRS HALLWAY. DAY

                                   GEMMA comes down the stairs, shoes in hand. She
                                   has changed into more comfortable clothes for
                                   the evening.

10:08:49   INT. FOSTER HOUSE. DOWNSTAIRS HALLWAY. DAY

                                   She goes to the hall mirror - puts on her shoes
                                   and begins to do her hair. Looks at her face.
                                   Is she attractive? Tired maybe...

                                   TOM
                                   (from the kitchen)
                                   Mum?

                                   Thinking of BECKY, she ruffs up her hair a
                                   little, then feels stupid, puts it back as it
                                   was -

                                   TOM (CONT'D)
                                   (from the kitchen)
                                   Mum!

                                   She snaps out of it, and carries on to the
                                   kitchen.

                                   GEMMA
                                   Yeah!

10:09:01   INT. FOSTER HOUSE. KITCHEN. DAY

                                   GEMMA enters. TOM's at the table doing
                                   homework, reading a biology text book.

                                   TOM
                                   D' you know how many bones there are in the human
                                   foot?

                                   GEMMA
                                   Twenty-six.

10:09:05   INT. FOSTER HOUSE. DOWNSTAIRS HALLWAY. DAY

                                   SIMON comes in the front door with his work bag,
                                   and a carrier bag with some bottles.

                                   GEMMA (CONT'D)(O.S.)

안녕히 가세요.

젬마와 톰이 돌아선다. 그러다 젬마가 베키를 한 번 더 돌아본다. 젬마의 기억 속에 베키가 저렇게 매력적으로 보였던 적은 없었다...

베키
(이소벨에게)
준비됐어? 가자.

음악 시작 '기다릴게'
10:08:46

<u>실내. 포스터의 집. 위층 복도. 주간</u>

젬마가 구두를 손에 든 채 계단을 내려온다. 그녀는 저녁을 위해 좀 더 편한 옷으로 갈아입었다.

10:08:49

<u>실내. 포스터의 집. 아래층 복도. 주간</u>

젬마가 복도 거울에 다가선다. 구두를 내려놓고 머리를 매만지며 얼굴을 들여다본다. 매력적인가? 그보다 우선 지쳐보인다...

톰
(주방에서)
엄마?

베키를 생각하며 젬마가 자신의 머리를 살짝 말아올린다. 그러다 바보 같다는 생각이 들며 원래대로 내려놓는다.

톰 (이어서)
(주방에서)
엄마!

젬마는 생각을 떨쳐버리고 주방으로 향한다.

젬마
그래!

10:09:01

<u>실내. 포스터의 집. 주방. 주간</u>

젬마가 주방에 들어온다. 톰은 식탁에 앉아 생물 교과서를 읽으며 숙제를 하고 있다.

톰
사람 발에 뼈가 몇 개 있는지 알아요?

젬마
26개.

10:09:05

<u>실내. 포스터의 집. 아래층 복도. 주간</u>

사이먼이 서류가방을 들고 현관으로 들어온다. 술병이 든 캐리어도 함께 있다.

젬마 (이어서) (목소리만)

And 33 joints. And more than a hundred ...

INT. FOSTER HOUSE. KITCHEN. DAY

GEMMA (CONT'D)
... muscles, tendons and ligaments.

TOM
Mum, you're a geek.

GEMMA
(proud)
I know.

SIMON enters.

SIMON
I was stuck in traffic for twenty minutes but
er bearing in mind I started late today, I think
I've done pretty well. What's more, I have wine.

GEMMA
Perfect.

SIMON
Can I do anything?

GEMMA
You can pour me a glass. Oh, before I forget -

She picks up his scarf from the chair and gives
it to him.

SIMON
Did you cope with the colour?

He kisses her.

GEMMA
The colour was fine.

SIMON
(to TOM)
Mate, you gonna come and say hello tonight?

TOM
No.

Simon
(takes the wine out the bag)
Why not?

TOM
Mum said I don't have to.

SIMON
You're not a kid anymore.

그리고 33개의 관절. 또 100개 이상의...

실내. 포스터의 집. 주방. 주간

젬마 (이어서)
...근육, 힘줄과 인대가 있어.

톰
엄마, 괴짜 같아요.

젬마
(자랑스럽게)
나도 알아.

사이먼이 들어온다.

사이먼
차가 막혀서 20분은 갇혀 있었어. 오늘 아침에 지각은 했지만, 일은 꽤 잘 풀린 것 같아. 게다가 여기 와인도 있지.

젬마 완벽하네.

사이먼
도와줄 거 있어?

젬마
나 먼저 와인 한 잔 따라줘. 아, 그리고 잊어버리기 전에...

젬마가 의자에 있던 스카프를 들어 사이먼에게 건넨다.

사이먼
깔맞춤은 잘했어?

그가 젬마에게 키스한다.

젬마
색깔은 괜찮았어.

사이먼
(톰에게)
이봐 친구, 오늘 밤에는 너도 와서 인사할 거지?

톰
아뇨.

사이먼
(가방에서 와인을 꺼내며)
어째서?

톰
엄마가 그럴 필요 없대요.

사이먼
이제 다 컸잖아.

Tom
Yeah, but you never let me leave and you tell
these stories.

SIMON
Up to you.

TOM
Right.

SIMON opens the bottle of wine.

GEMMA
(still preparing the food)
So tell me about your weekend.

SIMON
Er, well it's a conference. Load of men gather
in a cheap hotel, talk about planning
legislation.

GEMMA
What about the evenings? Did you go out?

SIMON
Occasionally.

GEMMA
Every night in the casino? Roulette, cocktails,
beautiful women...

SIMON
It's Hemel Hempstead.

TOM
What's so fun about casinos? I mean in the end
you always lose.

SIMON
Ah well, now let me explain.

GEMMA
No, I don't think you will.

SIMON gives GEMMA her wine. There's a ring at
the front door.

SIMON
Aha!

SIMON goes to open the door.

TOM
Okay, see you later Mum.

TOM immediately gets down from the table.

GEMMA

톰
그래요, 하지만 여기 계속 있게 해준 적은 없잖아요. 아빠가 이상한 얘기만 하니까.

사이먼
맘대로 하렴.

톰
알았어요.

사이먼이 와인을 딴다.

젬마
(계속 음식을 준비하면서)
그럼 당신 주말에 뭘 했는지 말해줘요.

사이먼
어, 회의가 있었지. 남자들끼리 싸구려 호텔에서 입법안에 대해서 이야기하는.

젬마
그럼 저녁에는? 밖에 나갔어?

사이먼
가끔.

젬마
매일밤 카지노에서? 룰렛, 칵테일, 예쁜 여자...

사이먼
거긴 헤멜 헴스테드(영국 동남부 마을)였다고.

톰
카지노는 뭐가 그렇게 재밌는 거예요? 제 말은, 아빤 언제나 지잖아요.

사이먼
음, 자 설명해 줄게.

젬마
아니, 그럴 필요 없는 것 같은데.

사이먼이 젬마에게 와인을 건넨다. 그때 현관 벨이 울린다.

사이먼
아하!

사이먼이 문을 열러 간다.

톰
좋아요, 나중에 봐요 엄마.

톰이 바로 식탁에서 일어 난다.

젬마

Do you want a juice to take up?

We see SIMON on the way to the front door.

TOM
(hurries upstairs)
No, thanks.

He leaves and goes upstairs.

SIMON opens the front door to NEIL, 44, an
attractive, well-dressed accountant, and his
wife ANNA, 43, blonde, an occasional Pilates
teacher. No coats, as they live across the road
from the FOSTERS and visit quite often. ..

SIMON
Hey! Welcome.

NEIL
(to SIMON)
Hey! Good timing.

ANNA (O.S.)
Hello!

NEIL (O.S.)
Have you just got in?

GEMMA takes a drink of wine, clearly
distracted.

ANNA (O.S.)
We saw you pull up.

SIMON (O.S.)
I had to stop for booze.

NEIL (O.S)
No need! Hello.

ANNA (V.O.)
Just the kind of thing you feel ...

MUSIC OUT 'I'LL BE WAITING'
10:10:30   INT. FOSTER HOUSE. DINING ROOM. NIGHT

The FOUR of them are around a table having
dinner. The conversation's in full flow.

NEIL
It was a resort, but it, you know, it really
wasn't bad. You know open the door and you were
right there on the beach.

ANNA
Yeah and they have activities for children -

주스 마실래?

사이먼이 현관문으로 다가서는 게 보인다.

톰
(서둘러 위층으로 향하며)
아뇨, 괜찮아요.

톰이 위층으로 사라진다.

사이먼이 문을 열자 닐이 보인다. 44세. 매력적이고 잘 차려입는 회계사. 그리고 그의 아내 애나는 43세에 금발이며, 때때로 필라테스 강사로 일한다. 그들은 코트도 입지 않았다. 바로 길 건너편에 살고 포스터 부부의 집에 자주 방문하기에...

사이먼
헤이! 어서 와.

닐
(사이먼에게)
헤이! 딱 맞춰서 왔군.

애나 (목소리만)
안녕!

닐 (목소리만)
금방 왔니?

젬마가 와인을 한 모금 한다. 정신이 산만한 모습이 역력하다.

애나 (목소리만)
네가 집에 들어오는 걸 봤어.

사이먼 (목소리만)
이제 술 좀 그만 마셔야겠어.

닐 (목소리만)
그럴 필요 없어! 안녕.

애나 (화면 밖 목소리)
네가 생각하는 게 그러니까...

음악 끝 '기다릴게'
10:10:30

실내. 포스터의 집. 다이닝 룸. 야간

네 명이 식탁에 둘러앉아 저녁을 먹는다. 대화가 한창이다.

닐
거긴 리조트였어. 너도 알다시피 나쁘지 않았지. 문만 열면 바로 해변이니까.

애나
그래, 거기는 애들을 위한 놀이 프로그램도 있었어.

SIMON
I'm sure Tom would love it -

ANNA
There's kids everywhere.

NEIL
Screaming...

ANNA
(to NEIL)
They were just having fun! He told them to shut up.

Neil
I did not tell them to shut up!

ANNA
"Pipe down". Like an old man!

NEIL
It's an expression.

ANNA
You can imagine how popular that made us...

SIMON
Gem hates feeling trapped so I'm not sure a resort's really our kind...

GEMMA
It's not me! I'd be fine. There's no point in us staying near the sea. You don't like water! He's even nervous in the shower.

NEIL
What?

GEMMA
He can't swim, is the issue.

SIMON
I can.

GEMMA
Barely.

ANNA
Didn't you learn at school?

SIMON
I had asthma so ...

ANNA
Oh.

SIMON
Yeah, I grew out of it.

사이먼
그래 톰도 분명 좋아할 거야.

애나
애들도 엄청 많아.

닐
소리지르면서...

애나
(닐에게)
애들은 그게 노는 거잖아. 그런데 이 사람은 애들한테 닥치라고 했다니까!

닐
난 닥치라고 한 적 없어!

애나
"입 다물어". 이렇게 꼭 노인네처럼!

닐
그냥 관용적인 표현을 썼을 뿐이야.

애나
그것 때문에 우리가 얼마나 인기를 끌었을지 상상이 되지?

사이먼
젬마는 갇힌 느낌을 싫어해서 어떤 리조트가 진짜 우리 취향인지 잘 모르겠어...

젬마
나 안 그래! 괜찮다니까. 바다 근처로 가자고 하는 건 의미가 없잖아. 당신이 물을 싫어하니까. 이이는 샤워할 때도 긴장하는 사람이야.

닐
뭐?

젬마
이 사람 수영을 못해. 그게 문제야.

사이먼
할 수 있어.

젬마
간신히.

애나
학교에서 배우지 않았어?

사이먼
천식이 있었어. 그래서...

애나 오.

사이먼
그래, 하지만 지금은 괜찮아.

GEMMA
I rescued him once.

SIMON
Jesus, Gem really? I, I don't think we...

ANNA
I think we do.

ANNA and NEIL laugh.

GEMMA
I must've told you?

ANNA
Don't think so!

GEMMA
We were on holiday in Greece. On the beach, and
oh he goes in for what I can only assume was
meant to be a paddle - two minutes later I look
over, realise he's been swept out, and he's
drowning. So I leave our stuff and run to help -

NEIL
Baywatch.

GEMMA
Baywatch, right - exactly...

NEIL
Slow motion ...

ANNA
(to NEIL)
You can stop thinking about it now.

GEMMA
I swim over, get him back to the shore, and he's
fine. But of course ah he's, he's coughing and
wheezing and playing it up -

SIMON
It was real, actually. And very humiliating
... we'd only been together a month or two -

GEMMA
Three months.

SIMON
Yeah right, but but here's the thing, I can
hardly breathe, I nearly died-

MUSIC IN (TOUCHING HIS
BACK) 10:12:07

SIMON goes to pour GEMMA some wine.

ANNA
(mocking)

젬마

한번은 내가 이 사람을 구해줬어.

사이먼

맙소사 젬, 이러기야? 그런 얘기 누가 듣고 싶어한다고...

애나

듣고 싶은데.

애나와 닐이 웃는다.

젬마

내가 말 안 했나?

애나

분명 안 했어!

젬마

그리스에서 휴가를 보냈을 때였어. 해변에서 이이가 물에 들어간 거야. 나는 물장구나 칠 줄 알았지. 그런데 2분쯤 지났을까... 이이가 물에 휩쓸려 가고 있는 게 보였어. 점점 가라앉더라고. 그래서 내가 물건들을 내팽개쳐 두고 뛰어갔는데...

닐

베이와치.

젬마

베이와치, 그래 맞아. 정확히...

닐

그 슬로우 모션...

애나

(닐에게)
그 상상은 이제 그만 두시지.

젬마

내가 수영으로 이이에게 다가가 해변으로 끌어올렸어. 이 사람 크게 이상은 없었지만 기침하면서 숨을 쌕쌕거렸지. 엄살을 피우면서...

사이먼

정말 실제 상황이었어. 그리고 매우 굴욕적이었지. 우리가 만난 지 겨우 한 달이나 두 달 정도 됐었을 때니까.

젬마

3달째였어.

음악 시작 (그의 등을
어루만짐) 10:12:07

사이먼

그래 맞아. 그게 말이지... 난 거의 숨을 쉴 수가 없었어. 거의 죽을 뻔한 거지.

사이먼이 젬마의 잔에 와인을 채운다.

애나

(놀리면서)

45

"Nearly died"?

GEMMA touches his back as he stands next to her and pours the wine.

SIMON
Yeah, but what happened made me realise she was the one. This is her and I never wanna let her go.

He goes and sits back down.

SIMON (CONT'D)
Clever, funny -
(to NEIL)
Hot in a bikini - but also back then: Bright. Red. Hair.

ANNA
You didn't!

GEMMA
(smiles at the memory)
It was a phase.

SIMON
That night I proposed.

Anna
Right! So that was...

SIMON
Yeah.

GEMMA
And for some reason I said yes.

NEIL
(to SIMON)
Well you did well.
(to GEMMA)
You didn't.

MUSIC OUT (TOUCHING HIS
BACK) 10:12:49

GEMMA
You should learn to swim properly.

SIMON
I'm fine.

ANNA
Yeah! I'll teach you!

ANNA reaches out and touches SIMON's arm. He touches her hand in response. GEMMA notices this ... a closeness between them.

ANNA (CONT'D)
Arm bands!

"거의 죽었다고"?

사이먼이 곁에 서서 와인을 따를 때 젬마가 그의 등을 어루만진다.

사이먼
그래, 그 일이 내게 깨닫게 만들었지. 이 사람이 그 사람이구나. 이 여자는 결코
놓치고 싶지 않다고.

사이먼이 다시 자리에 앉는다.

사이먼 (이어서)
영리하고, 재밌고...
(닐에게)
비키니 입은 모습은 핫하지. 그뿐만 아니라 그때는... 밝은 빨간색 머리였어.

애나
진짜로?

젬마
(추억에 잠겨 미소 지으며)
한땐 그랬어.

사이먼
그날 밤 내가 프로포즈했지.

애나
그렇구나! 그래서..?

사이먼 맞아.

젬마
얼떨결에 예스라고 대답해버렸어.

닐
(사이먼에게)
그래 잘했네.
(젬마에게)
넌 아니고.

음악 끝 (그의 등을
어루만짐) 10:12:49

젬마
당신은 제대로 수영을 배워야 해.

사이먼
난 괜찮아.

애나
그래! 내가 가르쳐 줄게.

애나가 손을 뻗어 사이먼의 팔을 만진다. 사이먼이 화답하며 그 손을 두드린다. 이런 둘
사이의 친밀함을 지켜보는 젬마.

애나 (이어서)
여기 팔에 튜브를 두르고서 말이지!

She laughs.

MUSIC IN (THE FRIDGE)
10:13:00

NEIL
Don't bother, mate. Listen when I hit forty I
gave up on a whole load of stuff. Never gonna.
Don't wanna.

ANNA
So how are you feeling about your birthday
party?

SIMON
Good, I think. I'm not being told any details
so -

NEIL
I'm in charge of the barbecue mate, so that's
all you really need to know.

ANNA
Alert the authorities!

NEIL
Yeah yeah ...

The voices fade out as we close in on GEMMA.

10:13:19

INT. FOSTER HOUSE. KITCHEN. NIGHT

GEMMA opens the fridge door and stares inside.
She can't really focus. Finally she reaches for
the wine and refills her glass. The sound of
muffled voices in the background. She closes
the fridge and turns to reveal ANNA, who's come
in from the dining room. She speaks quietly.

GEMMA
MUSIC IN 'INFINITY' 10:13:42   (shocked) Oh my god! I didn't see you.

ANNA
The canapés are my first priority now I'm back,
so if it's the canapés that were bothering you,
it, it's all fine.

MUSIC OUT (THE FRIDGE)   GEMMA
10:13:53   It's not the canapés.

ANNA
No.

GEMMA looks at ANNA. It's all she's thinking
about and she can't help but say it...

GEMMA
I found a long blonde hair on Simon's scarf.

ANNA

애나가 웃는다.

<table>
<tr><td>음악 시작 (냉장고)
10:13:00</td><td>**닐**
귀찮아지는 일은 하지 마, 친구. 마흔이 되면 전부 던져버리라고 하더라. 뭘 더 하지도 말고, 뭘 더 원하지도 말고.</td></tr>
</table>

애나
그래 이번 생일파티는 어떨 것 같아?

사이먼
좋을 것 같아. 구체적인 건 말하면 안 되지만…

닐
내가 바베큐를 담당한다는 거, 당신은 그것만 알면 돼.

애나
어디다 신고해야겠네!

닐
그래, 그래…

목소리들이 점차 줄어들며 젬마의 모습이 화면 가까이 보인다.

10:13:19
<u>실내. 포스터의 집. 주방. 야간</u>

젬마가 냉장고 문을 열고 안을 들여다본다. 그녀는 도무지 집중할 수가 없다. 결국 그녀는 와인병을 들어 잔을 채운다. 소리를 낮춘 목소리들이 배경음으로 들린다. 젬마는 냉장고 문을 닫고 몸을 돌리다가 다이닝 룸에서 주방으로 들어와 있던 애나와 마주친다. 그리고 숨죽여 외친다.

음악 시작 '무한'
10:13:42

젬마
(놀라서) 세상에! 네가 들어온 줄 몰랐어.

애나
지금 카나페가 내 최고 관심사야. 카나페 때문에 골치아팠어? 다 괜찮던데.

음악 끝 (냉장고)
10:13:53

젬마
카나페 때문이 아니야.

애나
아니구나.

젬마가 애나를 바라본다. 지금 젬마의 머릿속을 온통 채우고 있는, 그저 털어놓을 수밖에 없는…

젬마
사이먼의 스카프에서 긴 금발 머리카락을 발견했어.

애나

A long blonde hair?

GEMMA
Yeah.

ANNA
And you think he's been with someone else?

GEMMA
I don't...

ANNA
A long blonde woman?

They laugh.

GEMMA
It's, it's paranoia. I know.

She looks into the dining room where the MEN
are.

ANNA
Lots of people have blonde hair.

GEMMA
It's just I've never -

ANNA
(dead straight)
I mean I'm sleeping with Simon, it is probably
mine.

GEMMA stares at her. Is she actually
admitting...?

ANNA (CONT'D)
I'm jo, I'm joking! Oh God you are worried.
Look, I mean, it doesn't even have to be a woman.
Men can be blonde.
(beat)
Horses?

ANNA smiles. More sympathetic now.

GEMMA
It's just once you have the thought...

ANNA
D'you trust him?

GEMMA
Yes. Yes.

ANNA
Then trust him, otherwise you'll start checking
his phone, his pockets. You two are fantastic.
The hair ... is just a hair.

긴 금발머리?

젬마
그래.

애나
사이먼한테 다른 사람이 있다고 생각하는 거야?

젬마
나도 잘...

애나
긴 금발 여자?

둘은 함께 웃는다.

젬마
이건...그냥 편집증일 뿐이야. 나도 알아.

젬마가 남자들만 있는 다이닝 룸을 건너다본다.

애나
널린 게 금발이야.

젬마
난 그냥 전혀...

애나
(뚫어지게 쳐다보며)
그래, 내가 사이먼이랑 잤어. 그거 아마 내 걸 거야.

젬마가 애나를 응시한다. 그녀가 진짜 믿는 걸까...?

애나 (이어서)
농...농담이야! 맙소사 너 진짜 걱정하고 있구나. 봐봐, 여자가 아닐 수도 있어.
남자도 금발 있잖아.
(잠시 멈춤)
말 갈기인가?

애나가 미소 짓는다. 이제 좀 더 걱정하는 태도가 된다.

젬마
일단 생각이 들기 시작하니까 계속...

애나
사이먼을 믿어?

젬마
응. 믿어.

애나
그럼 계속 믿어. 안 그러면 넌 이제부터 사이먼의 전화, 주머니를 다 체크하기 시
작할 거야. 너희 둘 정말 근사해. 그 머리카락은 그저 머리카락일 뿐이야.

GEMMA smiles, and ANNA hugs her.

ANNA (CONT'D)
(releasing the hug)
Now I see what you done with your wine glass and
I approve. You work too hard. Wine is good. Come
on.

MUSIC IN (THE PHONE)
10:15:17

GEMMA lets ANNA go ahead as she goes back
through to the dining room. GEMMA goes go
follow but stops when she notices SIMON'S
mobile phone on the table. She looks at it and
then at the OTHER THREE in the dining room.   As
ANNA sits there, she reaches into her bag, takes

MUSIC OUT 'INFINITY' 10:15:34 out some lip salve and applies it. GEMMA pauses
and goes through to join the others.

10:15:40   EXT. STREET OUTSIDE FOSTER HOUSE. NIGHT

GEMMA and SIMON say goodbye to ANNA and NEIL.

SIMON
Bye guys.

ANNA
Bye, thank you.

NEIL
(to ANNA) Come on trouble, let's be having you.

MUSIC OUT (THE PHONE)
10:15:45

NEIL and ANNA walk out the door and down the
driveway. They are tipsy. ANNA says something.

NEIL
Does it matter?

SIMON and GEMMA retreat back inside.

10:15:49   INT. FOSTER HOUSE. KITCHEN. NIGHT

Back in the kitchen, GEMMA takes off her shoes.
SIMON walks to the sink to fill the kettle.

SIMON
Fun.

GEMMA
Yeah.

She goes to the dishwasher and starts loading
it. Not the reaction SIMON was expecting. He
puts the kettle on.

SIMON
Have I done something?

GEMMA

젬마가 웃는다. 애나가 그녀를 안는다.

애나 (이어서)
(포옹을 풀면서)
이제 보니 와인잔에 얼마나 공들였는지 알겠네. 맘에 들어. 일을 너무 많이 해서 그래. 와인 좋다. 얼른 와.

음악 시작 (핸드폰)
10:15:17

음악 끝 '무한'
10:15:34

젬마는 다이닝 룸으로 되돌아가는 애나를 뒤따르다가 탁자 위에 있는 사이먼의 핸드폰을 보고 멈춘다. 다이닝 룸에 있는 다른 세 사람을 살피는 젬마. 애나가 자리에 앉았을 때, 젬마는 자신의 가방에서 립스틱을 꺼내어 바른다. 그러고는 잠시 멈췄다가 자리에 합류한다.

10:15:40

실외. 포스터의 집 앞. 야간

젬마와 사이먼이 애나와 닐에게 인사를 한다.

사이먼
잘 가, 친구들.

애나
잘 가, 고마웠어!

닐
(애나에게)
어서 와, 말썽꾸러기. 어서 갑시다.

음악 끝 (핸드폰)
10:15:45

닐과 애나가 문에서 나와 앞길로 향한다. 둘은 약간 취했다. 애나가 뭔가 말을 한다.

닐
그게 그렇게 중요해?

사이먼과 젬마가 집 안으로 들어간다.

10:15:49

실외. 포스터의 집. 주방. 야간

사이먼
재밌었어.

젬마
그래.

젬마는 식기세척기에 접시를 넣기 시작한다. 사이먼이 기대하는 반응이 아니다. 사이먼이 주전자에 물을 올린다.

사이먼
내가 뭐 잘못한 거 있어?

젬마

What?

SIMON
You're acting like I've done something wrong.

GEMMA
Tired.

He goes to her.

SIMON
Love you.

GEMMA
(smiles)
You go up. I'll make tea.

They kiss and after a second he kisses her hand
and leaves. She puts the teabags in the cups.

10:16:58   INT. FOSTER HOUSE. HALLWAY. NIGHT

We see into the kitchen as GEMMA puts her hand
on his mobile phone. She looks round the corner
to make sure he has gone upstairs.

10:17:06   INT. FOSTER HOUSE. KITCHEN. NIGHT

She looks at the mobile. A family photo.
It's the background on the phone. She feels
self-conscious and idiotic and walks away.

10:17:19   INT. FOSTER HOUSE. HALLWAY. NIGHT

MUSIC IN 'PIANO THEME V1'   GEMMA switches off kitchen light and heads out,
                            2 teas in hand. A second later she returns,
10:17:32   still carrying the teas. She puts them down on
                            the counter and picks up the phone.

10:17:38   INT. FOSTER HOUSE. KITCHEN. NIGHT

GEMMA starts properly looking through it.

ROS (V.O.)
I've got lip salve.

GEMMA (V.O.)
Yeah I know.

ROS (V.O.)
And what else? A blonde hair, and nothing ...

10:17:46   EXT. SURGERY CAR PARK. DAY

ROS (CONT'D)(V.O.)
... on his phone. That's it.

GEMMA (V.O.)

뭐?

사이먼
당신 지금 내가 뭘 잘못했다는 듯이 행동하고 있잖아.

젬마.
피곤해서 그래.

사이먼이 그녀에게 다가간다.

사이먼 사랑해.

젬마
(웃으며)
당신은 올라가. 차는 내가 만들게.

둘은 키스한다. 잠시 후, 사이먼이 젬마의 손에 키스하며 주방을 나간다. 젬마가 컵에 티백을 넣는다.

10:16:58	<u>실내. 포스터의 집. 복도. 야간</u> 주방에서 사이먼의 핸드폰을 만지고 있는 젬마의 모습이 보인다. 그녀는 사이먼이 위층으로 확실히 올라갔는지 살핀다.
10:17:06	<u>실내. 포스터의 집. 주방. 야간</u> 핸드폰을 보는 젬마. 가족 사진이 배경으로 되어 있다. 그녀는 자괴감, 그리고 스스로 바보 같다고 느끼며 일어선다.
10:17:19 음악 시작 '피아노 테마 V1' 10:17:32	<u>실내. 포스터의 집. 복도. 야간</u> 주방 조명을 끈 젬마는 찻잔 두 개를 손에 들고 주방을 나선다. 잠시 후, 그녀가 돌아온다. 여전히 손에 들고 있던 찻잔을 조리대에 내려놓고 사이먼의 핸드폰을 집는다.
10:17:38	<u>실내. 포스터의 집. 주방. 야간</u> 젬마는 찬찬히 핸드폰을 들여다보기 시작한다. **로즈** (화면 밖 목소리) 나도 입술 연고 가지고 다녀. **젬마** (화면 밖 목소리) 그래, 나도 알아. **로즈** (화면 밖 목소리) 그리고 또 뭐? 금발? 그리고 아무것도 없다는 거잖아...
10:17:46	<u>실외. 병원 주차장. 주간.</u> **로즈** 핸드폰엔 말이야. 그게 다잖아. **젬마** (화면 밖 목소리)

Of course there's nothing. I shouldn't have even looked but...

MUSIC OUT 'PIANO THEME V1'
10:17:49

INT. THE SURGERY.   OFFICE/STAFF ROOM. DAY

GEMMA makes coffee. ROS has a sandwich.

GEMMA (CONT'D)
... his assistant went blonde recently.

ROS
So you're saying -

GEMMA
Yeah, they're either definitely sleeping together or she once hung up his scarf. I...

ROS
This is not like you.

GEMMA
Simon's never home until half seven, he says that's when he finishes work...

ROS
(humouring her)
Okay...

GEMMA
But I, I met his assistant at the school gate and she said she locks up the office at five to pick up her daughter. So what is he doing in those two and a half hours?

ROS
Well he's not with her if she's picking up her daughter.

GEMMA
Yeah, I know. Then I thought it could be Anna.

Disbelief from ROS.

GEMMA (CONT'D)
I know. It's just a feeling.

ROS
Are you drinking more coffee than usual?

GEMMA
(laughs)
No.

ROS
You're acting like you're drinking more coffee than you should.

Gemma

물론 아무것도 없었어. 애당초 보지 말 걸 그랬어…

음악 끝 '피아노 테마 V1' 10:17:49

<u>실내. 병원. 사무실/직원 대기실. 주간</u>

젬마가 커피를 탄다. 로즈는 샌드위치를 들고 있다.

젬마 (이어서)
…사이먼의 비서가 최근에 금발로 염색했어.

로즈
그러니까 네 말은…

젬마
그래. 둘이 분명히 같이 잤거나 그 여자가 적어도 한 번은 사이먼의 스카프를 맨 거지. 나는…

로즈
이건 너답지 않아.

젬마
사이먼은 7시 30분까지 집에 온 적이 한 번도 없어. 그이는 그 시간에 일이 끝난다고 말을 하니까…

로즈
(비위를 맞춰주며)
그렇군…

젬마
그런데 학교 정문에서 만난 사이먼의 비서는 5시에 사무실 문단속을 하고 딸을 데리러 온다고 했어. 그럼 사이먼은 두 시간 반 동안 뭘 한 걸까?

로즈
일단 그 시간에 딸을 데리러 온 비서는 아니겠네.

젬마
그래. 나도 알아. 그럼 그게 애나가 될 수도 있다고 생각해.

로즈는 못 믿겠다는 표정이다.

젬마 (이어서)
나도 알아. 이건 그냥 느낌일 뿐이야.

로즈
너 평소보다 커피를 많이 마시는 거야?

젬마
(웃으며)
아니.

로즈
너 지금 필요 이상으로 커피를 들이마신 것처럼 행동하고 있어.

젬마

(Smiles. Reassuring ROS)
I'm sorry. I'm fine. Crisis over.

ROS
Good.

ROS gets up from the table. GEMMA'S smile drops.
She's not reassured at all.

GORDON (V.O.)
I googled rashes.

10:18:55   INT. THE SURGERY. GEMMA'S CONSULTING ROOM. DAY

GEMMA opposite GORDON who has come back. He
shows her a small pile of A4 sheets.

GORDON (CONT'D)
And as you can see, skin irritations can look
very different but none of them anything like
what I've got.

GEMMA
I only gave you the cream yesterday.

GORDON
It doesn't work.

GEMMA
You're supposed to allow a week.

GORDON
Okay but if it's going to have an effect in a
week I should see some improvement by now and
there's nothing.

GEMMA looks at the clock. 4.30pm.

GORDON (CONT'D)
I've also stopped using the washing powder as
you advised, but there's no evidence so far from
that -

GEMMA suddenly sighs very loudly and very
pointedly. GORDON stops. Surprised.

GEMMA
You'll have to leave, I'm afraid I'm not feeling
very well.

GORDON
But you're a doctor.

GEMMA
Ironic.

GORDON
What is it? What's wrong with you?

(웃음으로 로즈를 안심시키며)
미안. 난 괜찮아. 위기는 끝났어.

로즈
좋아.

로즈가 탁자에서 일어선다. 젬마의 웃음기가 사라진다. 그녀는 전혀 안심이 안 된다.

고든 (화면 밖 목소리)
구글에서 발진에 대해 검색해 해봤어요.

10:18:55   실내. 병원. 젬마의 진료실. 주간

젬마의 맞은편에 다시 방문한 고든이 있다. 그는 젬마에게 A4 용지로 된 출력물 몇 장을 보여준다.

고든 (이어서)
보시다시피 피부자극은 매우 다르게 보일 수 있대요. 그런데 그 중에서도 제 것과 같은 건 하나도 없어요.

젬마
어제 피부크림을 처방해드렸잖아요.

고든
그건 효과가 없어요.

젬마
일주일은 발라보셔야 해요.

고든
좋아요. 하지만 그게 일주일 안에 효과가 나타나는 크림이라면 지금도 어느 정도 나아지는 게 보여야 하잖아요. 그런데 아무런 변화도 없다니까요.

젬마가 시계를 본다. 오후 4시 30분이다.

고든 (이어서)
선생님의 조언대로 분말세제 사용도 중단했어요. 하지만 그 이후로 나아진 건 전혀 없어요...

젬마가 갑자기 아주 크게, 그리고 아주 날카롭게 한숨을 쉰다. 고든이 말을 멈춘다. 놀란 채로.

젬마
이제 나가주셔야겠어요. 느낌이 안 좋아요.

고든
그치만 당신은 의사잖아요.

젬마
아이러니네요.

고든
뭐라고요? 무슨 문제 있으세요?

59

GEMMA
I'm running a temperature, and I feel quite
sick, and ... to be honest, I've got a suspicion
that whatever it is, it's probably contagious.

MUSIC IN (FOLLOWING SIMON
PART 1) 10:19:40

GORDON's horrified and speedily gets up.

10:19:42

INT. THE SURGERY. WAITING AREA. OFFICE. DAY

We see GORDON hurriedly leaving. GEMMA follows
him, now in her coat, bag in hand and a pile of
folders. She comes past the reception desk, and
speaks to JULIE.

GEMMA
I've got to head off - problem with Tom at
school. I'll catch up on paperwork at home. Can
you call the last few and reallocate or put them
off?

JULIE
No problem.

GEMMA leaves. As she does, ROS looks up from
the back office having heard the whole thing.

10:19:56

EXT. THE SURGERY CAR PARK. DAY

GEMMA comes out in a hurry and heads for her car.
She bumps into CARLY who's on her way in.

CARLY
Oh, are you leaving? I wanted to see you. It's
urgent.

GEMMA
Then you need to call first thing.

GEMMA continues to her car. CARLY joins her.

CARLY
The not-sleeping is medical. I've got back
pain.

GEMMA
Tried Paracetamol?

CARLY
I have but I need something stronger.

GEMMA
How about a benzodiazepine? That sound like
the right sort of thing?

CARLY
(acting innocent)
Dunno, erm yeah, what's a ...

음악 시작 (사이먼
미행하기 파트1)
10:19:40

10:19:42

젬마
제가 지금 열이 오르고 무척 아파요. 솔직히 말씀드리자면, 지금 이게 무슨 중상
이건 간에 전염성이 있는 것 같아요.

고든이 공포스러워하면서 재빨리 자리에서 일어선다.

<u>실내. 병원. 대기실. 사무실. 주간</u>

고든이 황급히 병원을 나서는 것이 보인다. 코트를 입고 가방과 파일철을 든 젬마가 그
뒤를 따른다. 접수처를 지나며 그녀가 줄리에게 말한다.

젬마
톰 학교 문제 때문에 지금 가봐야겠어요. 서류작업은 집에서 처리할게요. 남은
환자들에게 전화해서 담당 선생님을 재조정하거나 날짜를 좀 미뤄줄 수 있죠?

줄리
알겠습니다.

젬마가 병원을 나선다. 뒤편 사무실에서 모든 것을 듣고 있던 로즈가 그런 그녀를 바라
본다.

10:19:56

<u>실외. 병원 주차장. 주간</u>

병원을 나온 젬마가 서둘러 차로 향한다. 그러다 병원으로 들어가려던 칼리와 마주친다.

칼리
아, 지금 가시는 거예요? 선생님을 뵈러 왔는데요. 급한 일이에요.

젬마
그럼 먼저 전화를 하지 그랬어요.

젬마가 계속 차를 향해 가자 칼리가 따라붙는다.

칼리
제 불면증은 의료치료 대상이에요. 허리통증 때문이니까요.

젬마
진통제 먹어봤어요?

칼리
먹어봤는데, 좀 더 강한게 필요해요.

젬마
벤조디아제핀(신경안정제)은 어때요? 바로 그걸 원하는 것처럼 들리는데요?

칼리
(순진한 척하면서)
모르겠어요. 어, 그게…

GEMMA
It's a muscle relaxant. It's essentially a
sleeping pill. You didn't mention this back
pain yesterday Carly, I think you've been on the
internet. Why do you really need the pills?

CARLY
I can't. Sleep.

GEMMA stops and looks at her. Even now she'll
give her time.

GEMMA
You can tell me anything at all. You know that.

CARLY wants to be honest, but doesn't reply.

GEMMA (CONT'D)
Sometimes you just need to talk. Okay? Book
an appointment when you're ready to trust me.

GEMMA gets in her car, leaving CARLY annoyed.

10:20:46   EXT. STREET. DAY

GEMMA drives down the street. She passes a big
hoarding that's been put up in front of a
building - ACADEMY GREEN - SIMON FOSTER
PROPERTY DEVELOPMENT LTD.

We hear the dialling tone.

ANNA (V.O.)
Hello?

GEMMA (V.O.)
Anna. It's me. Hi!

ANNA (V.O.)
Hey ...

GEMMA (V.O.)
Look, I don't if you're ...

10:20:56   EXT. GEMMA'S CAR. DAY

GEMMA is in her car, on the phone, across the
street from SIMON'S office block. Her voice on
the phone is light, and casual, in contrast to
her clear physical anxiety.

GEMMA (CONT'D)
... around or what you're doing at the moment?
But Tom needs picking up from school, I'm stuck
at work.

10:21:01   EXT. SIMON'S OFFICE BLOCK. DAY

젬마
그건 근육 이완제예요. 본질적으로 수면제이기도 하고요. 어제는 허리통증에 대해서 말하지 않았잖아요, 칼리. 내 생각에 당신은 인터넷을 보고 온 것 같네요. 정말 그 약이 필요한 이유가 뭐예요?

칼리
못 잔다고요. 잠을.

젬마가 멈춰서 칼리를 바라본다. 그녀에게 시간을 내줄 작정이다.

젬마
나한테는 무슨 얘기를 해도 괜찮아요. 그거 알잖아요.

칼리는 솔직해지고 싶어하는 눈치지만 대답은 하지 않는다.

젬마 (이어서)
가끔은 그냥 얘기할 필요가 있어요, 알겠죠? 날 믿을 준비가 되면 그때 진료 예약을 하세요.

짜증이 난 칼리를 남겨둔 채 젬마가 차에 탄다.

10:20:46   <u>실외. 거리. 주간</u>

젬마의 차가 거리를 따라 달린다. 그리고 어떤 건물 전면에 붙은 대형 광고판을 지나친다. "아카데미 그린—사이먼 포스터 부동산 개발 회사".

전화 통화 소리가 들린다.

애나 (화면 밖 목소리)
여보세요?

젬마 (화면 밖 목소리)
애나, 나야. 안녕?

애나 (화면 밖 목소리)
헤이...

젬마 (화면 밖 목소리)
그게, 혹시 말이야...

10:20:56   <u>실외. 젬마의 차. 주간</u>

차 안에서 통화를 하며 사이먼의 사무실 건물 맞은편에 정차 중인 젬마. 그녀의 전화 목소리는 경쾌하고 태평하게 들린다. 분명 잔뜩 긴장하고 있는 육체와는 대조를 이루고 있다.

젬마 (이어서)
지금 근처에 있나 해서... 지금 뭐하고 있어? 톰을 학교에서 데려와야 하는데, 일 때문에 꼼짝 못하고 있어서 그래.

10:21:01   <u>실외. 사이먼의 회사 건물. 주간</u>

GEMMA'S in her car outside the block.

ANNA (V.O.)
You mean this afternoon?

GEMMA (O.S.)
Yeah.

ANNA (V.O.)
I'm sure I can.

10:21:04   EXT. GEMMA'S CAR. DAY

ANNA (V.O.) (CONT'D)
What time exactly?

GEMMA (CONT'D)
Er, half past?

10:21:07   EXT. SIMON'S OFFICE BLOCK. DAY

As GEMMA talks, BECKY and SIMON come out of the
office, say goodbye and head towards their
respective cars in the car park.

ANNA (V.O.)
Just outside the front?

GEMMA (O.S.)
Yeah.

GEMMA stares at SIMON as he goes to his car -
suddenly emotional - has he really been lying
to her?

ANNA (V.O.)
No problem. I'll take him back to mine.

GEMMA (O.S.)
You're a star.

ANNA (V.O.)
I'll see you later.

GEMMA (O.S.)
Yeah.

10:21:12   INT. GEMMA'S CAR. DAY

ANNA (V.O.)
Bye.

GEMMA
Bye then, bye.

10:21:15   EXT. SIMON'S OFFICE BLOCK. DAY

젬마의 차가 사무실 건물 밖에 있다.

애나 (화면 밖 목소리)
오늘 오후 말하는 거야?

젬마 (목소리만)
그래.

애나 (화면 밖 목소리)
내가 갈 수 있어.

10:21:04 <u>실외. 젬마의 차. 주간</u>

애나 (화면 밖 목소리) (이어서)
정확히 몇 신데?

젬마 (이어서)
어, 한 30분 뒤?

10:21:07 <u>실외. 사이먼의 회사 건물. 주간</u>

젬마가 통화하는 동안 베키와 사이먼이 사무실에서 나온다. 서로 인사를 한 뒤 둘은 주차장에서 각각 자기 차로 향한다.

애나 (화면 밖 목소리)
학교 정문 밖에서 그냥 기다리면 돼?

젬마 (목소리만)
맞아.

젬마가 차로 향하는 사이먼을 보며 갑자기 감정적이 된다. 사이먼은 정말 그녀를 속이고 있는 걸까?

애나 (화면 밖 목소리)
문제 없어. 내가 데리러 갈게.

젬마 (목소리만)
네가 최고야.

애나 (화면 밖 목소리)
나중에 봐.

젬마 (목소리만)
그래.

10:21:12 <u>실내. 젬마의 차. 주간</u>

애나 (화면 밖 목소리) 안녕.

젬마 그래, 끊어.

10:21:15 <u>실외. 사이먼의 회사 건물. 주간</u>

SIMON'S car reverses out of the space.

10:21:17   INT. GEMMA'S CAR. DAY

GEMMA begins to drive.

10:21:21   EXT. SIMON'S OFFICE BLOCK. DAY

SIMON drives down the driveway.

10:21:24   INT. GEMMA'S CAR. DAY

GEMMA follows him.

SIMON pulls up on the road outside some shops.
GEMMA slows, then pulls up further up the road.

10:21:47   EXT. PARMINSTER ROAD. DAY

SIMON gets out of the car and walks away.

10:21:50   EXT. GEMMA'S CAR. DAY

GEMMA sits and waits.

10:21:53   INT. GEMMA'S CAR. DAY

She watches SIMON as he goes into a shop.
Suddenly a bang on the car window! She looks
round.

It's JACK - the absentee doctor. He's 60, in an
old JUMPER and COAT and has been shopping. GEMMA
worried SIMON might come back out of the
supermarket and look over because of the noise.

JACK
You want me gone.

MUSIC OUT (FOLLOWING SIMON   GEMMA
PART 1) 10:22:01   I'm not getting into it now.

JACK
Why not?

GEMMA
Because...

10:22:04   EXT. GEMMA'S CAR. DAY

She winds down the window.

GEMMA (CONT'D)
... because we're talking through a car window.
Look we're due to have a meeting...

10:22:07   INT. GEMMA'S CAR. DAY

사이먼의 차가 후진하며 주차장을 빠져나간다.

10:21:17 실내. 젬마의 차. 주간

젬마가 운전하기 시작한다.

10:21:21 실외. 사이먼의 회사 건물. 주간

사이먼의 차가 도로로 진입한다.

10:21:24 실내. 젬마의 차. 주간

젬마가 뒤쫓는다.

사이먼의 차가 어떤 상점가에 멈추자 젬마가 속도를 줄여 조금 떨어진 곳에 차를 세운다.

10:21:47 실외. 파민스터 거리. 주간

사이먼이 차에서 내려 걷기 시작한다.

10:21:50 실외. 젬마의 차. 주간

젬마가 앉아서 기다린다.

10:21:53 실내. 젬마의 차. 주간

사이먼이 상점으로 들어가는 것을 지켜보는 젬마. 갑자기 차창을 두드리는 소리! 젬마가 돌아본다.

결근쟁이 의사 잭이다. 그는 60세. 낡은 점퍼와 코트를 껴입은 그는 쇼핑을 한 모양이다. 젬마는 상점에서 나온 사이먼이 여기를 쳐다볼까봐 걱정이 된다. 잭이 내는 소음 때문에 말이다.

잭
내가 그냥 없어졌으면 하는 거지?

음악 끝 (사이먼 **젬마**
미행하기 파트1) 지금은 말싸움할 시간 없어요.
10:22:01
잭 왜?

젬마 왜냐면...

10:22:04 실외. 젬마의 차. 주간

젬마가 창문을 내린다.

젬마 (이어서)
...왜냐면 이렇게 자동차 창문을 사이에 두고 얘기할 순 없으니까요. 봐요, 우린 곧 회의도 할 예정이잖아요...

10:22:07 실내. 젬마의 차. 주간

GEMMA (CONT'D)
...let's have that meeting.

JACK
(interrupts)
I saved someone's life last night in the pub...

10:22:10   EXT. GEMMA'S CAR. DAY

JACK (CONT'D)
...this young man was in pain.

10:22:12   INT. GEMMA'S CAR. DAY

JACK (CONT'D)
I examined him, he had appendicitis.

10:22:15   EXT. GEMMA'S CAR. DAY

JACK (CONT'D)
He's alive because of me.

GEMMA
Well I'm pleased to hear it.

MUSIC IN (FOLLOWING SIMON
PART 2) 10:22:18   INT. GEMMA'S CAR. DAY

JACK
I'm still a doctor.

10:22:20   EXT. GEMMA'S CAR. DAY

GEMMA looks at JACK.

She turns.

10:22:21   EXT. PARMINSTER STREET. DAY

SIMON has come out of the shop holding a bunch
of flowers.

10:22:24   EXT. GEMMA'S CAR. DAY

GEMMA
Shit.

10:22:26   EXT. PARMINSTER STREET. DAY

SIMON gets into his car.

10:22:28   EXT. GEMMA'S CAR. DAY

JACK (O.S.)
What?

10:22:30   INT. GEMMA'S CAR. DAY

GEMMA presses a button, the window rises.

젬마 (이어서)
…회의 시간에 이야기 하죠.

잭
(말을 가로막으며)
어젯밤 술집에서는 사람을 구한 거야…

10:22:10   실외. 젬마의 차. 주간

잭 (이어서)
… 그 젊은 남자가 고통스러워 하더라고.

10:22:12   실내. 젬마의 차. 주간

잭 (이어서)
살펴봤더니 맹장염이었어.

10:22:15   실외. 젬마의 차. 주간

잭 (이어서)
걔는 내 덕분에 살았지.

음악 시작(사이먼
미행하기 파트2)
10:22:18   **젬마** 그래요. 기쁜 이야기네요.

실내. 젬마의 차. 주간

잭 난 여전히 의사야.

10:22:20   실외. 젬마의 차. 주간

젬마가 잭을 쳐다본다.

그러고는 그녀가 고개를 돌린다.

10:22:21   실외. 파민스터 거리. 주간

사이먼이 꽃다발을 들고 상점에서 나온다.

10:22:24   실외. 젬마의 차. 주간

젬마 젠장.

10:22:26   실외. 파민스터 거리. 주간

사이먼이 차에 탄다.

10:22:28   실외. 젬마의 차. 주간

잭 (목소리만) 뭐라고?

10:22:30   실내. 젬마의 차. 주간

젬마가 버튼을 누르자 창문이 닫힌다.

                                    JACK (CONT'D)
                                    Gemma!

10:22:32   EXT. GEMMA'S CAR. DAY

                                    JACK realises he has been shut out.

                                    JACK (CONT'D)
                                    (shouts) GEMMA!

10:22:33   EXT. PARMINSTER STREET. DAY

                                    SIMON pulls out of his parking space.

10:22:35   INT. GEMMA'S CAR. DAY

                                    GEMMA drives away.

10:22:37   EXT. PARMINSTER STREET. DAY

                                    JACK is left standing on the pavement.

10:22:39   INT. GEMMA'S CAR. DAY

                                    GEMMA drives, follows SIMON'S car. Her eyes
                                    well up as she thinks.

10:22:49   FLASHBACK:
                                    INT. FOSTER'S HOUSE. GEMMA'S BEDROOM. DAY

                                    GEMMA picks up the lip salve that has fallen out
                                    of SIMON'S pocket.

10:22:51   FLASHBACK:
                                    INT. THE SURGERY. GEMMA'S CONSULTING ROOM. DAY

                                    GEMMA touches the blonde hair on SIMON'S scarf.
                                    She twists it round her fingers.

10:22:54   BACK TO PRESENT:
                                    INT. GEMMA'S CAR. DAY

                                    GEMMA reflects.

10:22:57   FLASHBACK:
                                    EXT. HIGHBROOK SCHOOL. DAY

                                    GEMMA meets BECKY outside school.

10:22:58   FLASHBACK:
                                    INT. FOSTER'S HOUSE. DINING ROOM. NIGHT

                                    On ANNA.

10:22:59   FLASHBACK:
                                    INT. FOSTER'S HOUSE. GEMMA'S BEDROOM. DAY

잭 (이어서) 젬마!

10:22:32 실외. 젬마의 차. 주간

젬마가 그냥 가버리려는 걸 눈치 챈 잭.

잭 (이어서) (큰 소리로) 젬마!

10:22:33 실외. 파민스터 거리. 주간

사이먼이 주차돼 있던 차를 움직인다.

10:22:35 실내. 젬마의 차. 주간

젬마가 차를 움직인다.

10:22:37 실외. 파민스터 거리. 주간

잭이 도로에 남겨진 채 서있는 게 보인다.

10:22:39 실내. 젬마의 차. 주간

젬마가 사이먼의 차를 뒤쫓는다. 생각에 잠긴 그녀의 눈에 클로즈업.

10:22:49 회상:
실내. 포스터의 집. 젬마의 침실. 주간

젬마가 사이먼의 주머니에서 떨어진 입술 연고를 집어 든다.

10:22:51 회상:
실내. 병원. 젬마의 진료실. 주간

젬마가 사이먼의 스카프에 붙은 금발 한 올을 만진다. 그리고 그 머리카락을 떼어내 자신의 손가락에 빙빙 감는다.

10:22:54 현재 시간으로 돌아옴:
실내. 젬마의 차. 주간

생각에 잠긴 젬마.

10:22:37 회상:
실외. 하이브룩 스쿨. 주간

젬마가 학교 밖에서 베키를 만난다.

10:22:58 회상:
실내. 포스터의 집. 다이닝 룸. 야간

애나가 보인다.

10:22:59 회상:
실내. 포스터의 집. 젬마의 침실. 야간

SIMON and GEMMA make love.

10:23:00   BACK TO PRESENT:
                              INT. GEMMA'S CAR. DAY

                              GEMMA now with tears in her eyes as she drives
                              following SIMON'S car. She looks around. A sign
                              'BRIDEWELL - RESIDENTIAL CAR HOME FOR THE
                              ELDERLY'

10:23:14   EXT. GEMMA'S CAR. DAY

                              GEMMA pulls up and doesn't follow his car down
                              the drive. Ridiculous. She should have known!

10:23:18   INT. GEMMA'S CAR. DAY

                              She puts her hand to her forehead. IDIOT!

10:23:20   INT. BRIDEWELL. LOUNGE. DAY

MUSIC OUT (FOLLOWING SIMON   Close on the flowers SIMON bought.   SIMON and
PART 2) 10:23:25   HELEN chatting.

                              Bridewell is a well-run nursing home, as
                              comfortable as somewhere like this could be.
                              HELEN, SIMON'S MOTHER, is sat in a wheelchair.
                              HELEN is suffering after having a stroke. It
                              paralysed much of her left side. It has no
                              noticeable effect on her speech, but causes
                              huge amounts of pain - like a migraine - all the
                              time. Recently, it's been getting worse. She's
                              very still, quiet - keen for interaction but we
                              can see it's a real effort.

                              SIMON sits with his MUM. There's no one else in
                              the lounge at the moment.

                              GEMMA
                              Hi, Helen.

                              SIMON turns. Surprised.

                              SIMON
                              (surprised) Hey...hello.

                              HELEN
                              (smiles a little)
                              I didn't know you were here.

                              GEMMA goes to HELEN, kisses her.

                              GEMMA
                              Just arrived.

                              HELEN
                              Alright?

사랑을 나누는 사이먼과 젬마.

10:23:00

현재 시간으로 돌아옴:
실내. 젬마의 차. 주간

사이먼의 차를 쫓는 젬마의 눈에 눈물이 맺힌다. 그녀가 주변을 살핀다. "브라이드웰—노인들을 위한 거주 보호소"라는 간판이 보인다.

10:23:14

실외. 젬마의 차. 주간

젬마가 차를 멈추고 더 이상 사이먼의 차를 쫓지 않는다. 우스꽝스럽다. 그녀는 벌써 알아야 했다!

10:23:18

실내. 젬마의 차. 주간

젬마가 이마에 손을 짚는다. 바보 같으니라고!

10:23:20

음악 끝 (사이먼
미행하기 파트2)
10:23:25

실내. 브라이드웰. 라운지. 주간

사이먼이 산 꽃다발에 클로즈업. 사이먼과 헬렌이 담소를 나누고 있다.

브라이드웰은 이런 곳에 있어야 할 편안함이 잘 갖춰진 제대로 된 요양원이다. 헬렌, 즉 사이먼의 엄마는 휠체어에 앉아 있다. 뇌졸중으로 쓰러진 이후로 줄곧 아파 왔고 왼쪽 몸 거의 전부가 마비된 상태다. 말하는 데는 별로 지장이 없지만 편두통 같은 엄청난 통증을 항상 달고 산다. 최근에는 그게 더 심해졌다. 그녀는 무척 정적이고 조용하면서도 간절히 소통하고 싶어하지만 그것을 위해 아주 애를 써야한다는 것이 역력하다.

사이먼이 그의 엄마와 함께 앉아 있다. 지금 라운지에는 그 둘밖에 없다.

젬마
잘 계셨어요, 어머니?

사이먼이 돌아본다. 놀랐다.

사이먼
(놀란 채로) 헤이... 안녕.

헬렌
(살짝 미소 지으며)
너도 온 줄 몰랐구나.

젬마가 다가가 헬렌에게 키스한다.

젬마
방금 도착했어요.

헬렌
잘 지내지?

GEMMA
Yeah, absolutely.

GEMMA sits.

GEMMA
(to HELEN)
How are you?

SIMON
Not a good night, was it Mum?

HELEN doesn't answer, she can't bear to think
about it.

GEMMA (CONT'D)
I'll speak to Doctor Barton and maybe we can
make you more comfortable.

HELEN
Thanks.

GEMMA
I'm sorry, Helen, I don't mean to be rude. But
would you just give us a minute? I need to check
something.

GEMMA stands. SIMON gets up.

SIMON
(light) I must be in trouble.

SIMON follows her into the corridor.

10:23:59   INT. BRIDEWELL. CORRIDOR. DAY

SIMON
Shouldn't you be picking up Tom?

GEMMA
Anna's doing it.

SIMON
Why? What's the matter?

GEMMA
(beat)
The thing is you don't get home till half seven
and Becky says that she locks up at five, so I
couldn't work out what you were doing for two
and half hours each day.

SIMON
What I was doing?

GEMMA
So I followed you.

젬마
네, 물론이죠.

젬마가 앉는다.

젬마
(헬렌에게)
좀 어떠세요?

사이먼
밤에 더 안 좋은 거지, 엄마?

헬렌은 대답이 없다. 밤의 통증을 떠올리는 것조차 참기 힘들다.

젬마 (이어서)
제가 바튼 선생님께 더 편안하게 지내실 수 있게 해달라고 말해볼게요.

헬렌
고맙구나.

젬마
그런데 죄송해요, 어머니. 무례하게 굴려는 게 아니라 잠시 저희가 자리 좀 비켜도 될까요? 확인할 게 있어서요.

젬마가 일어선다. 사이먼도 일어선다.

사이먼
(농담하듯이) 절 혼내려나 봐요.

사이먼이 복도 쪽으로 젬마를 뒤따른다.

10:23:59   실내. 브라이드웰. 복도. 주간

사이먼
당신, 톰 태우러 가야 하잖아?

젬마
애나가 갔어.

사이먼
왜? 무슨 일인데?

젬마
(잠시 멈춤)
당신은 7시 30분이나 돼야 집에 오는데, 베키는 5시에 사무실을 잠근다고 말했거든. 그래서 당신이 일 끝난 후에 매일 두 시간 반 동안 뭘 하는지 도무지 알 수가 없는 거야.

사이먼
내가 뭘 하는지?

젬마
그래서 당신을 미행했어.

                                   SIMON
                                   I come here, that's what I do.

                                   GEMMA
                                   Every day?

                                   SIMON
                                   Most days at the moment yeah, last couple of
                                   months, she's worse so -

                                   GEMMA
                                   Why didn't you tell me?

                                   SIMON
                                   It's not a secret.

                                   GEMMA
                                   But you never mentioned it.

                                   SIMON
                                   Okay. Sorry.
                                   (as if it's just sinking in)
MUSIC IN (GEMMA SIGNING   You followed me?
BOOK/SIMON'S OFFICE) 10:24:43   (beat)
                                   What did you think I was doing?

                                   GEMMA doesn't reply.

                                   SIMON (CONT'D)
                                   Is everything alright?

                                   GEMMA
                                   I just got worried. I ... it doesn't matter.
                                   (GEMMA points to the lounge where HELEN is)
                                   We should...

                                   She goes back to HELEN.

10:24:58   INT. BRIDEWELL. LOUNGE. DAY

                                   GEMMA sits opposite HELEN. SIMON follows.

                                   HELEN
                                   All sorted out?

                                   GEMMA
                                   Yeah, absolutely! I've got to head off.

                                   HELEN
                                   Alright.

                                   GEMMA
                                   Got to pick Tom up.

10:25:09   EXT. BRIDEWELL. DAY

사이먼
여기 왔잖아. 이게 내가 한 일이야.

젬마
매일?

사이먼
그래, 요사이 거의 매일 왔어. 지난 몇 달 동안 엄마가 더 나빠져서…

젬마
왜 나한테 말 안 했어?

사이먼
새삼스럽게 뭘.

젬마
하지만 당신 한 번도 말한 적이 없잖아.

음악 시작 (사인하는 젬
마/사이먼의 사무실)
10:24:43

사이먼
그래, 미안해.
(이제 알아들었다는 듯이)
날 미행했다고?
(잠시 멈춤)
도대체 내가 뭘 한다고 생각한 거야?

젬마가 대답하지 않는다.

사이먼 (이어서)
다 괜찮은 거지?

젬마
그냥 걱정했어. 난… 됐어. (헬렌이 있는 라운지를 가리키는 젬마) 우리 이제…

젬마가 헬렌 곁으로 돌아간다.

10:24:58

실내. 브라이드웰. 라운지. 주간

젬마가 헬렌 맞은편에 앉는다. 사이먼이 뒤따른다.

헬렌
다 해결된 거니?

젬마
네, 물론이죠. 이제 전 갈게요.

헬렌
그래야지.

젬마
톰을 데리러 가야 해요.

10:25:09

실외. 브라이드웰. 주간

77

	Through the glass door we see GEMMA leave. She goes to sign out at the reception desk.

10:25:13

INT. BRIDEWELL. RECEPTION DESK. DAY

She writes in the time she is leaving and heads for the door.

10:25:16

EXT. BRIDEWELL. DAY

Through the door we see her stop. She turns and heads back to the desk.

10:25:21

INT. BRIDEWELL. RECEPTION DESK. DAY

Back at the desk she turns back a page of the visitor's book. She can't see SIMON'S name. She turns back another page, and another, and another. Nothing. His name is not there. Pages and pages and she can't find his name. She keeps looking, until a NURSE comes out.

NURSE
Are you alright?

GEMMA
Does everyone have to sign in and out here?

NURSE
Absolutely. Fire regulation. We got pulled up on it last year. You done it?

GEMMA
MUSIC IN 'GOING HOME'   Yeah. Yes. I'm...Thanks.
10:25:53

She turns.

10:25:58

EXT. BRIDEWELL. DAY

Through the door we see her walk towards the door and exit, devastated. He's been lying to her.

10:26:02

INT. GEMMA'S CAR. DAY

GEMMA gets into her car. It's pouring down. She starts the engine.

10:26:05

EXT. GEMMA'S CAR. DAY

She starts the windscreen wipers. Through the rain she can see SIMON in the lounge still with HELEN.

10:26:17

INT. GEMMA'S CAR. DAY

We can see her in the rear-view mirror as she decides what to do.

유리문을 통해 젬마가 요양원을 나서는 게 보인다. 그녀는 방문자 사인을 하러 접수처로 다가간다.

10:25:13   <u>실내. 브라이드웰. 접수처 데스크. 주간</u>

젬마는 자신이 나가는 시간을 적고 문 쪽으로 향한다.

10:25:16   <u>실외. 브라이드웰. 주간</u>

문을 통해 젬마가 멈춰서는 게 보인다. 그녀는 돌아서서 다시 데스크 쪽으로 간다.

10:25:21   <u>실내. 브라이드웰. 접수처 데스크. 주간</u>

데스크로 돌아온 젬마는 방문객 기록부를 넘겨본다. 사이먼의 이름을 찾을 수 없다. 앞으로, 앞으로, 앞으로, 기록부를 계속 넘겨본다. 없다. 사이먼의 이름이 전혀 없다. 페이지를 아무리 다시 넘겨도 그의 이름을 찾을 수 없다. 젬마는 계속 들여다 본다. 이상하게 생각한 간호사가 나올 때까지 계속.

간호사
괜찮으세요?

젬마
모든 사람이 여기에 출입 서명을 해야 하나요?

간호사
물론이죠. 소방규정 때문에요. 지난 해에 이것 때문에 문제가 있었거든요. 사인 하셨나요?

젬마
음악 시작 '귀가'   네, 그래요. 저는... 고마워요.
10:25:53
젬마가 돌아선다.

10:25:58   <u>실외. 브라이드웰. 주간</u>

젬마가 문 쪽으로 다가와 열고 나오는 게 보인다. 충격에 휩싸여서. 사이먼이 그녀를 속였다.

10:26:02   <u>실내. 젬마의 차. 주간</u>

젬마가 차에 탄다. 비가 쏟아진다. 그녀가 시동을 건다.

10:26:05   <u>실외. 젬마의 차. 주간</u>

젬마가 와이퍼를 작동시킨다. 빗속으로 라운지에 아직 헬렌과 있는 사이먼의 모습이 보인다.

10:26:17   <u>실내. 젬마의 차. 주간</u>

뭔가 결정한 젬마의 눈빛이 차 안 룸미러를 통해 보인다.

10:26:21	INT. SIMON'S OFFICES. RECEPTION. DAY

An unlocking - then the door opens. DENNIS the SECURITY GUARD lets GEMMA into the building.

GEMMA
Nightmare! He's such an idiot!

She follows him through the reception.

GEMMA (CONT'D)
Thanks Dennis. Sorry.

10:26:31   INT. SIMON'S OFFICES. RECEPTION. DAY

The door to SIMON'S reception closes behind GEMMA. A smart area - a PC - 'SIMON FOSTER PROPERTY DEVELOPMENT LTD' as the screensaver.

Files lined up in the corner. A 3D model of a
MUSIC OUT 'GOING HOME'   housing development. GEMMA pauses and heads
10:26:36   into SIMON'S office.

10:26:40   INT. SIMON'S OFFICES. PRIVATE OFFICE. DAY

She begins to look around. We see a photo of the three of them on the desk. A notebook with drawings in. She has a look inside. Nervously she sits down at his desk, wakes up his computer and finds his schedule. She glances at the door, fear of being caught.

She has to make the most of this time in his office. She clicks print. The schedule begins to print. We see that between 5pm and 7pm every day it is marked, in red, SIMON UNAVAILABLE. She folds it up.

10:27:24   INT. SIMON'S OFFICES. RECEPTION. DAY

GEMMA comes out of his office and begins to look around BECKY'S desk.

She sees a black laptop bag on the chair. She goes over, searches the main compartment, feels something, she takes out some condoms. Looks at them. Proof. No question about this.

Suddenly the door opens. It's BECKY followed by her DAUGHTER. She's surprised to see GEMMA who is still holding the laptop bag.

BECKY
Oh. Hi.

MUSIC OUT (GEMMA SIGNING   GEMMA

10:26:21	<u>실내. 사이먼의 회사 건물. 접수처. 주간</u>

잠금장치를 푸는 소리 – 문이 열린다. 경비원 데니스가 젬마를 건물 안으로 들어오게 한다.

젬마
끔찍해! 그이는 정말 바보 같다니까요!

젬마가 경비원을 따라 접수처를 지난다.

젬마 (이어서)
고마워요, 데니스. 미안해요.

10:26:31	<u>실내. 사이먼의 회사 건물. 접수처. 주간</u>

사이먼의 사무실로 가는 문이 젬마 뒤로 닫힌다. 전산실의 컴퓨터에 "사이먼 포스터 부동산 개발사"라는 화면보호기 문구가 보인다.

음악 끝 '귀가' 10:26:36	각종 파일들이 벽 모퉁이에 보관되어 있다. 어떤 주택단지의 입체 모형도 보인다. 젬마는 잠시 멈췄다가 사이먼의 사무실로 향한다.

10:26:40	<u>실내. 사이먼의 회사 건물. 개인 사무실. 주간</u>

젬마가 주변을 둘러보기 시작한다. 책상 위에 3명의 가족 사진. 드로잉이 담긴 노트를 잠시 열어보는 젬마. 그녀는 신경질적으로 사이먼의 자리에 앉힌다. 그의 컴퓨터를 켜보고 스케줄을 찾는다. 그러면서 문 쪽을 힐끔 살핀다. 들킬까봐 두려워 하며.

젬마는 사이먼의 사무실에 있는 이 시간을 최대한 활용해야 한다. 그녀가 프린트 버튼을 클릭하자 스케줄표가 인쇄되기 시작한다. 매일 오후 5~7시 사이가 빨갛게 체크되어 있는 것이 보인다. '사이먼 자리비움' 젬마가 출력된 서류를 접는다.

10:27:24	<u>실내. 사이먼의 회사 건물. 접수처. 주간</u>

사이먼의 사무실에서 나온 젬마가 베키의 책상을 살펴보기 시작한다.

의자 위에 놓인 검은색 노트북 가방을 보는 젬마. 그녀는 계속 구석구석 살피면서 주로 사용하는 서랍들을 뒤진다. 뭔가 느낌이 오는가 싶더니 콘돔을 발견한다. 그것들을 응시하는 젬마. 증거. 의심의 여지가 없다.

갑자기 문이 열린다. 베키가 그녀의 딸과 들어온다. 젬마를 본 그녀는 소스라치게 놀란다. 젬마는 노트북 가방을 계속 들고 있다.

베키
오... 안녕하세요.

음악 끝 (사인하는 젬마 …	**젬마**

BOOK/SIMON'S OFFICE) 10:28:02   Hi, I was looking erm for Simon's schedule.
                                  Couldn't find it anywhere. Sorry - is this his
                                  bag?

                                  GEMMA holds it up and slips the condoms back
                                  inside.

                                  BECKY
                                  ...it's mine.

                                  GEMMA
                                  Yours?
                                  (sceptical)
                                  Sorry.

                                  She puts it back where she found it.

                                  BECKY
                                  I only came back cos I left some notes -

                                  GEMMA
                                  Dennis let me in.

                                  BECKY
                                  I pick up Isobel and Simon ...well he's normally
                                  gone by five so -

                                  GEMMA
                                  (confidentially)
                                  But, to be honest, that's what I was counting
                                  on.
                                  (getting into her stride)
                                  We haven't been away in ages as a family and I
                                  thought I could book a surprise holiday, but I
                                  need his schedule to know when he's free so
                                  that's why I'm sneaking around. I didn't want
                                  him to find out.

                                  A moment. Does she believe her...? Then BECKY
                                  smiles, relieved.

                                  BECKY
                                  That's really nice.

                                  GEMMA
                                  Well...

                                  BECKY
                                  Well I'll tell you what - I'll go through and
                                  email you some weeks that might work. Is that
                                  okay?

                                  GEMMA
                                  Perfect.

                                  BECKY
                                  Just saves you going through the whole thing.
                                  (beat)

안녕하세요? 저는 음... 사이먼의 스케줄을 찾고 있었어요. 아무리 봐도 찾을 수가 없네요. 미안해요. 이게 사이먼 가방인가요?

젬마가 가방을 들어올리며 콘돔을 가방 안으로 살며시 밀어넣는다.

베키
...그건 제 거예요.

젬마
그쪽 거예요?
(의심스러워하며)
미안해요.

가방을 발견한 원위치에 다시 내려놓는 젬마.

베키
전 몇 가지 메모를 남기려고 돌아왔어요.

젬마
데니스가 절 들여보내줬어요.

베키
전 이소벨을 데리러 갔었고 사이먼은... 음... 보통 다섯 시에 나가세요. 그래서...

젬마
(은밀하게)
솔직히 말하면, 바로 그게 알고 싶었던 거예요.
(안정감을 되찾으면서)
우리가 오랫동안 가족여행을 못 가서 서프라이즈 휴가를 예약해 볼까 하거든요. 그래서 사이먼이 언제 일이 없는지 스케줄을 알아내려고 지금 제가 여길 몰래 살피고 있게 된 거예요. 그이가 알면 안 되니까요.

잠시 정적. 그녀가 믿어줄까? 베키가 웃는다. 안도.

베키
그거 정말 멋지네요.

젬마
음...

베키
음, 그럼 이렇게 하면 어때요? 제가 사모님께 이메일로 몇 주간 스케줄을 보내드릴게요. 괜찮겠죠?

젬마
완벽하네요.

베키
그렇게 하면 이 모든 걸 다 살펴보는 수고를 안 하셔도 될 것 같아서요.
(잠시 멈춤)

And I assume you'd rather I didn't mention it?

GEMMA
(smiling, persuasive)
Is that okay?

10:29:04   EXT. PARMINSTER. NIGHT

Establishing shot of the town centre.

SIMON (V.O.)
I'd love to open a restaurant one day.

10:29:07   EXT. PARMINSTER.TOWN CENTRE ROAD. NIGHT

SIMON, GEMMA and TOM are walking from the car
to the restaurant. SIMON's effusive. GEMMA's a
little short with him.

SIMON (CONT'D)
We'd serve just two things, but do them really
well, like lamb and carrots.

TOM
Dad, that's a really bad idea.

SIMON
Why?

TOM
Well what if you didn't like lamb or carrots?

SIMON
(playing innocent)
Well then you don't come.
(to GEMMA)
What's this place called?

GEMMA
Ciao.

SIMON
And it's owned by a patient?

GEMMA
Yes, er Susie Parks.

TOM
Hey! What's that?

TOM heads for the restaurant.

GEMMA
She's nice, and I didn't think I could...

SIMON
Susie Parks?

그러면 제가 이 일에 대해서 모른 척하면 되는 거죠?

젬마
(미소 지으며 설득력 있게)
그럴 수 있겠어요?

10:29:04   <u>실외. 파민스터. 야간</u>

마을 중심가가 배경으로 펼쳐진다.

사이먼 (화면 밖 목소리)
언젠가 나도 레스토랑을 열고 싶어.

10:29:07   <u>실외. 파민스터. 시내 거리. 야간</u>

사이먼, 젬마 그리고 톰이 차에서 내려 레스토랑으로 향한다. 사이먼은 들떠있다. 젬마는 그에게 좀 냉랭한 분위기.

사이먼 (이어서)
딱 두 가지 메뉴만 파는 거지, 근데 그 두 가지가 정말 기가막힌 거야. 양고기랑 당근 같은 거.

톰
아빠, 그건 정말 안 좋은 생각이에요.

사이먼
왜?

톰
음, 만약 양고기나 당근을 안 좋아하면요?

사이먼
(순진한 척하며)
그럼 넌 오지 마.
(젬마에게)
여기 이름이 뭐라고 했지?

젬마
챠오.

사이먼
당신 환자가 주인이라고?

젬마
그래, 어, 수지 파크스.

톰 헤이! 저게 뭐지?

톰이 레스토랑으로 간다.

젬마 괜찮은 사람이야. 이렇게 올 줄 몰랐는데...

사이먼 수지 파크스?

GEMMA
Yeah.

SIMON
Her husband is Chris Parks?

GEMMA
Yes, yes I think so.

SIMON
Um, Chris Parks, he's...I've told you about
him, he's, he's given me advice, helped me out.

GEMMA
Right, well this is their new place. Opening
tonight.

SIMON
Amazing!

GEMMA turns to walk on.

SIMON (CONT'D)
I'm sorry.

She stops and turns.

GEMMA
What for?

SIMON
I know I'm er, working long hours at the moment,
away a lot, but I really appreciate you
supporting me. And once this project's up and
running, I promise, it'll be worth it.

TOM's already ahead. He turns round and calls
to them.

TOM
Are you coming?!

GEMMA
Don't worry about it.

He smiles and she turns to walk on.

GEMMA
Come on, we're late.

MUSIC IN 'BASIE'S MASEMENT'
10:30:15

GEMMA and TOMMY fall in line. SIMON behind.
GEMMA'S heard everything he's said, but she's
not placated at all.

CHRIS (V.O.)
Hey, Hey!

10:30:20   INT. CIAO RESTAURANT. NIGHT

젬마 그래.

사이먼
남편이 크리스 파크스야?

젬마
그래. 그런 거 같아.

사이먼
음. 크리스 파크스, 그 사람… 내가 당신한테 말한 적 있잖아. 나한테 조언도 해주고 도와줬다고.

젬마
맞아. 여기가 그 부부의 새 터전이야. 오늘 밤이 개업식이지.

사이먼
놀랍네!

젬마가 몸을 돌려 계속 걷는다.

사이먼 (이어서)
미안해.

젬마가 멈춰 서서 몸을 돌린다.

젬마
뭐가?

사이먼
내가 어… 요즘 야근도 많고 출장도 잦았던 거 나도 알아. 그래도 당신이 날 도와줘서 정말 고마워. 이번 프로젝트가 완성되고 굴러가기 시작하면…약속할게, 고생한 보답이 올 거야.

앞서 가고 있던 톰이 뒤돌아보며 외친다.

톰
오고 있어요?

젬마
걱정하지 마.

사이먼이 미소 짓는다. 젬마가 몸을 돌려 계속 걸음을 옮긴다.

음악 시작 '베이시의 미로' 10:30:15

젬마
얼른 와요. 우리 늦었어.

젬마와 톰이 나란히 걷기 시작하고 사이먼이 뒤따른다. 젬마는 사이먼이 한 얘기를 모두 들었음에도 전혀 마음이 풀리지 않았다.

크리스 (화면 밖 목소리)
헤이, 어서 와요.

10:30:20　　　실내. 챠오 레스토랑. 야간

SIMON, GEMMA and TOM are sat with ROS, at a round table in the very busy restaurant. It's the official opening and there is a buzzy atmosphere. ROS is slightly more dressed up than most and is sat between GEMMA and TOM. GEMMA'S edgy, her emotions close to the surface now.

CHRIS and SUSIE come over, dressed up. SIMON stands, smiles.

SIMON (CONT)
We only just made the connection!

SUSIE
Me too! I mean, Foster and Foster. I really should've worked that one out. Ah, Gemma this is my husband Chris. Chris this is the Doctor Foster.

CHRIS
Susie's told me everything you've done. Thank you so much.

GEMMA
(shakes it off)
Oh. Well...This is Ros Mahendra, my colleague.

They exchange pleasantries. And SUSIE and ROS shake hands.

ROS
Hello.

SUSIE
Oh yes, I've seen you a couple of times.

GEMMA
And Tom.

TOM
Hi.

SUSIE
Make sure you stay for pudding, chocolate cake's to die for!

SIMON
(flirty)
Did you make it yourself Susie?

SUSIE
Well, you know, I might've helped with the recipe...

GEMMA'S watching them - very familiar.

사이먼, 젬마 그리고 톰은 로즈와 함께 둥근 테이블에 앉았다. 레스토랑은 무척 붐비며 개업식 특유의 활기가 흐른다. 나머지 사람들보다 살짝 더 차림새가 더 좋은 로즈는 젬마와 톰 사이에 앉아 있다. 젬마는 초조하다. 지금 그녀의 감정은 표출되기 직전이다.

잘 차려입은 크리스와 수지가 다가온다. 사이먼이 일어나 웃는다.

사이먼 (계속 웃으며)
이제야 서로 어떤 관계인지 알게 됐어요!

수지
저도요! 제 말은 두 분이 부부라는 거 말이에요. 어떻게 모를 수가 있었나 싶어요. 젬마, 이쪽은 내 남편 크리스예요. 크리스, 이쪽은 포스터 선생님.

크리스
수지가 얼마나 잘해 주셨는지 전부 말해줬어요. 정말 고마워요.

젬마
(민망함을 떨쳐버리며)
오. 음... 이쪽은 제 동료 로즈 마헨드라에요.

그들은 서로 인사말을 주고 받는다. 수지와 로즈는 악수를 한다.

로즈
안녕하세요?

수지
오, 그래요 몇 번 뵌 적이 있어요.

젬마
그리고 톰이에요.

톰
안녕하세요?

수지
푸딩 먹을 때까지 있어야 해. 초콜릿 케이크도 정말 맛있단다.

사이먼
(시시덕거리며)
직접 만든 건가요, 수지?

수지
음, 아시겠지만 제가 레시피 만드는 걸 좀 도왔죠...

젬마가 둘이 대화하는 모습을 응시한다. 무척 친밀해 보인다.

SIMON
(to both of them, trying hard)
You've worked wonders with this place, I don't
recognise it.

CHRIS
(slightly performing. He's done this speech a
number of time tonight)
Yeah, well we want that family feel, you know
obviously it's not our first one - we've got
five of these now - but er you know, it's where
we live, it's our home so, it's important it has
that personal touch. I mean we're all mucking
in. I'm working out front, Susie's keeping an
eye in the kitchen.

SUSIE
As best as I can!

CHRIS
And this is our youngest Andrew who's serving
food...

We see ANDREW, a young teenager in a CIAO!
uniform (black polo shirt, black jeans)
delivering a dish to a table.

CHRIS (CONT'D)
And Kate's about somewhere...
(calls out)
Kate!

We, and they, through some tables, see KATE on
the far side of the room at the bar. She looks
about seventeen (younger if possible), also in
a uniform, hair tied back, awkwardly pouring
some water out at the bar. She looks up and
smiles. Meanwhile GEMMA is watching CHRIS,
SUSIE and SIMON, suspicious of all of them.

ROS
Child labour. I thoroughly approve.

They all laugh.

SUSIE
Absolutely!

GEMMA
You should all come tomorrow, so we can return
the favour.

SUSIE
Tomorrow?

GEMMA
Simon's fortieth, tomorrow evening at The
Artichoke.

사이먼
(주인장 부부에게, 잘 보이려고 애쓰면서)
정말 멋지게 꾸미셨네요. 싹 바뀌어서 못 알아볼 정도예요.

크리스
(약간 연설투로, 오늘 밤 이 말을 수차례 반복하는 참이다.)
네, 음... 우리는 가족 같은 느낌을 원했거든요. 아시다시피 여기가 저희의 첫 가게는 아니에요. 이제 다섯 개가 되었는데 여기는 우리가 사는 동네이기도 해서 개인적인 취향이 중요했답니다. 제 말은, 여기에 모든 걸 쏟아부었다는 거예요. 전 프론트 일을 보고, 수지는 주방을 관리하죠.

수지
최선을 다하고 있어요!

크리스
그리고 여기는 우리 막내 앤드류예요. 서빙을 맡고 있죠.

챠오 레스토랑 유니폼(검은색 폴로 셔츠와 블랙진)을 입은 십대 소년 앤드류는 테이블로 접시를 나르고 있다.

크리스 (이어서)
그리고 케이트는 어딨더라...
(큰 소리로)
케이트!

테이블들 사이로 저 반대편 바에 있는 케이트에게 시선이 간다. 17살쯤 될까(더 어릴 수도 있다), 그녀 역시 유니폼 차림에 머리는 뒤로 묶은 채 바에서 어색하게 물을 따르고 있다. 그녀가 고개를 들어 미소 짓는다. 젬마가 크리스, 수지, 그리고 사이먼을 지켜보는 동안, 일동 의심의 눈초리를 하고 있다.

로즈
아동 착취네요. 적극 찬성합니다.

모두가 웃는다.

수지
당연하죠!

젬마
두 분도 내일 오셔야 해요. 그래야 답례를 할 수 있죠.

수지
내일이요?

젬마
사이먼의 40번째 생일을 내일 저녁 아티초크에서 기념할 거예요.

SUSIE
(surprised)
You're forty?

SIMON
Unfortunately...

MUSIC IN (AT THE
RESTAURANT) 10:31:23

SUSIE
Oh, we'd love to!

Chris
Absolutely. Why not! Ah? We'll be there.
(he needs to move on)
Anyway, listen, I got to ah, have, have a great
evening, I'll see you.

He moves off.

SUSIE
(looking at SIMON)
So good to see you.

SIMON
Thanks Susie. You too. Love this place.

SUSIE
You're a sweetheart.

SUSIE reaches out and touches SIMON'S shoulder.
Familiar. He returns the gesture.

SUSIE (CONT'D)
Bye.

MUSIC OUT 'BASIE'S MASEMENT'
10:31:41

They leave to continue mingling. SIMON eagerly
watches them go. GEMMA notices this - her anger
building.

ROS (O.S.)
This used to be a pub. And it was nasty. What
was it? The Honey ...

SIMON (O.S.)
The Beehive.

ROS (O.S.)
The Beehive! That was the only place that you
could get served if you were underage. Landlord
didn't care. We came here quite a bit, didn't
we, way back when?

GEMMA
(standing up)
Excuse me.

10:32:01   EXT. CIAO RESTAURANT. A SIDE ALLEY. NIGHT

수지
(놀라며)
마흔이에요?

사이먼
불행하게도요...

수지
오, 기꺼이요!

크리스
당연하죠. 안 그래요? 참석할게요.
(다른 테이블로 가야 할 상황이다)
아무튼 들어봐요, 오늘 정말 뜻깊은 저녁입니다. 또 봬요.

그가 자리에서 물러난다.

수지
(사이먼을 보면서)
이렇게 보게 되어 정말 기뻐요.

사이먼
고마워요 수지. 저도 기뻐요. 여기 마음에 드네요.

수지
자상도 하셔라.

수지가 손을 뻗어 사이먼의 어깨를 만진다. 친밀함. 사이먼 역시 답례의 스킨십을 한다.

수지 (이어서)
바이.

수지와 크리스는 다른 손님들에게 계속 인사하기 위해 자리를 옮긴다. 사이먼이 뭔가 간절한 느낌으로 그들의 뒷모습을 바라본다. 젬마가 그걸 눈치 챈다. 차오르는 분노.

로즈 (목소리만)
여긴 그냥 술집이었어. 형편 없는 곳이었지. 뭐였더라? 허니...

사이먼 (목소리만)
비하이브.

로즈 (목소리만)
맞아 비하이브! 미성년자일 때도 유일하게 드나들 수 있는 술집이었지. 주인장이 그런 거 신경 안 썼거든. 예전에 정말 뻔질나게 다녔었는데... 그렇지 않아?

젬마
(일어서며)
잠깐 실례.

실외. 챠오 레스토랑. 옆 골목. 야간

GEMMA is outside. As the fresh air hits her, she
breathes deeply. She's finding it very
difficult to be at the same table as her
HUSBAND.

Outside are SMOKERS. One of them looks familiar
- it's CARLY. CARLY sees GEMMA and comes towards
her.

CARLY
Hey! Are you alright?

GEMMA
Yeah, fine thanks.

CARLY
What's all this?

GEMMA
Er, new restaurant. You work at the Crown?

CARLY
Yeah.

CARLY
You look stressed mate.
(holds up a packet of cigarettes)
Want one?

GEMMA looks at the packet. Tempted. CARLY sees.

GEMMA
No, haven't for years.

CARLY
Used to though?

GEMMA
My husband helped me stop.

But she's still looking at it.

CARLY
(knowing)
Won't kill you.

GEMMA
Not entirely true.

CARLY
Yeah, I know.

GEMMA takes a cigarette and lights it.
Behind them, across the square, we see a group
of LADS. DANIEL, CARLY'S boyfriend stands on a
pub bench drinking.

CARLY

바깥으로 나온 젬마. 신선한 공기가 그녀를 감싼다. 깊게 숨을 쉬는 그녀. 젬마는 지금 남편과 한 테이블에 앉아 있는 것 자체가 고역이다.

밖으로 나온 흡연자들 중에서 익숙한 모습이 보인다. 칼리. 젬마를 발견한 그녀가 다가온다.

칼리
헤이! 괜찮으세요?

젬마
네, 괜찮아요. 고마워요

칼리
이 사람들 다 뭐래요?

젬마
어, 레스토랑 개업식이요. 크라운에서 일해요?

칼리
네.

칼리
스트레스 쌓인 것처럼 보여요.
(담배갑을 들어 올리며)
하나 줄까요?

젬마가 담배갑을 바라본다. 땡긴다. 칼리가 그걸 본다.

젬마
아뇨. 끊은 지 몇 년 됐어요.

칼리
그래도 생각나죠?

젬마
남편이 끊는 걸 도왔죠.

젬마가 여전히 담배갑을 보고 있다.

칼리
(알겠다는 듯이)
안 죽어요.

젬마
꼭 그렇지만도 않아요.

젬마
그래요, 나도 알아요.

젬마가 담배 한 가치를 들고 불을 붙인다. 그들 뒤, 광장 건너편에 한 무리의 사내들이 보인다. 칼리의 남자친구 다니엘도 그곳 벤치 위에 서서 술을 마시고 있다.

칼리

That's Daniel. My boyfriend. He's got a new job.
Celebrating.

CARLY looks at her for a moment, and can see
GEMMA'S opinion of him.

CARLY (CONT'D)
And yes he's a twat, not a bad one as they go.

GEMMA sighs. CARLY notices.

CARLY (CONT'D)
Are you alright? Sometimes you just need to
talk.

GEMMA looks at her - she genuinely seems to
care. GEMMA breathes out. What the hell? Why
not?

GEMMA
I'm pretty sure my husband is sleeping with
someone else.

CARLY
Oh.
(beat)
Why? Have you seen him out with her?

GEMMA
No...

CARLY
Well found emails or whatever?

GEMMA
No.

CARLY (CONT'D)
Only cos you better be sure before you say
something. My mate Bromley threw her boyfriend
out cos he lied about where he was one
afternoon. Only thing was, he was shopping for
her birthday present. Two weeks later they
split up. Couldn't trust each other after that.

GEMMA puts out the cigarette.

CARLY
Are you going back in?

GEMMA
Yeah.

CARLY
Then you'll want one of these.

She gives GEMMA some gum. GEMMA chews it.

잰 다니엘이에요. 제 남자친구. 일자리를 새로 찾아서 축하하는 중이에요.

칼리가 젬마를 잠시 쳐다본다. 젬마가 다니엘을 어떤 시선으로 보는지 알 만하다.

칼리 (이어서)
쟤도 등신이긴 한데 어울려 다니는 애들 만큼은 아니에요.

젬마가 한숨을 쉰다. 칼리가 눈치 챈다.

칼리 (이어서)
괜찮아요? 가끔은 그냥 얘기할 필요가 있다면서요.

젬마가 칼리를 본다. 그리고 그녀가 자기를 진심으로 걱정하고 있다고 느낀다. 젬마가 숨을 내뱉는다. 아무러면 어때? 안 될 거 있어?

젬마
남편이 다른 사람과 바람 피우는 게 확실해요.

칼리
오.
(잠시 멈춤)
어떻게 확신해요? 다른 여자랑 있는 걸 봤어요?

젬마
아뇨…

칼리
음, 그럼 이메일이나 다른 증거를 찾았나요?

젬마
아뇨.

칼리 (이어서)
그런 건 말 꺼내기 전에 좀 더 확실한 게 있어야만 해요. 제 친구 브룸리는 남자친구가 오후에 어딨었는지 거짓말했다고 내쫓아버렸는데 알고보니 자기 생일선물 사느라 그랬던 거래요. 2주 후에 완전히 깨졌어요. 그 뒤로 서로를 못 믿겠더래요.

젬마가 담배를 끈다.

칼리
들어가려고요?

젬마
그래요.

칼리
그럼 이게 있어야 될 거에요.

그녀가 젬마에게 껌을 준다. 젬마가 껌을 씹는다.

                                    CARLY (CONT'D)
                                    And some of this.

                                    She takes out some perfume and sprays GEMMA.
                                    She's startled for a moment, then smiles. She
                                    likes CARLY. She's surprising.

                                    GEMMA
                                    Thanks.

                                    CARLY
                                    No worries.

                                    CARLY turns and walks back across the square.
                                    DANIEL spots her.

                                    DANIEL
                                    Where the fuck have you been?

                                    She mocks him and gives him the FINGER, and
                                    carries on into the pub.

                                    CARLY
                                    On my break!

                                    DANIEL
                                    Not with me. I'm right here.

                                    CARLY (O.S.)
                                    Yeah, I need to work now so ...

                                    DANIEL (O.S.)
                                    We'll have the same again.

                                    CARLY (O.S.)
                                    Tell me at the bar.

                                    GEMMA watches for a moment, then turns and goes
                                    back in the restaurant.

                                    We hear a car engine from the next scene.

10:34:13   EXT. STREET OUTSIDE FOSTER HOUSE. NIGHT

                                    Establishing shot of the house. A car passes
                                    by. A light on upstairs.

10:34:16   INT. FOSTER HOUSE. TOM'S BEDROOM. NIGHT

                                    GEMMA sits on TOM'S bed, saying goodnight to
                                    him.

                                    SIMON leans in.

                                    SIMON
                                    Night mate.

                                    TOM

칼리 (이어서)
그리고 이것도요.

칼리가 향수를 꺼내어 젬마에게 뿌린다. 순간 깜짝 놀랐던 젬마가 미소 짓는다. 칼리가 마음에 든다. 그녀는 놀라운 사람이다.

젬마
고마워요.

칼리
걱정 마요.

칼리가 뒤돌아 건너편 광장으로 걸어간다. 다니엘이 그녀를 발견한다.

다니엘
씨발, 어디 있었던 거야?

칼리는 그를 무시하며 손가락 욕을 날린다. 그리고 일하고 있는 펍으로 계속 걸음을 옮긴다.

칼리
쉬는 시간이야!

다니엘
나랑 있어야지. 난 여기 있잖아.

칼리 (목소리만)
그래, 이젠 다시 일해야 해...

다니엘 (목소리만)
우리 같은 걸로 다시 한 잔...

칼리 (목소리만)
바에서 말해.

젬마가 그들을 잠시 바라본다. 그리고 몸을 돌려 레스토랑으로 향한다.

이어질 장면의 자동차 엔진소리가 먼저 들린다.

10:34:13	<u>실외. 포스터의 집 앞. 야간</u>

포스터 부부의 집이 배경으로 펼쳐진다. 차 한 대가 지나가고 집 위층에 불이 켜진다.

10:34:16	<u>실내. 포스터의 집. 톰의 침실. 야간</u>

젬마가 톰의 침대에 걸터 앉아 톰에게 굿나잇 인사를 한다.

사이먼이 방 안으로 몸을 기울인다.

사이먼
잘 자, 친구.

톰

Night.

GEMMA
Hey, sleep well.

TOM
Already asleep.

GEMMA
Dream good then.

They clap hands together and GEMMA gets up to leave.

GEMMA
Love you, Tom.

TOM
Love you too.

MUSIC IN (GEMMA ONLINE)
10:34:33

He turns over in bed. GEMMA switches off the light and looks at their son - sad.

10:34:41   INT. FOSTER HOUSE. GEMMA'S BEDROOM. NIGHT

GEMMA and SIMON in bed. He takes her hand. She looks at him.

SIMON
What?

GEMMA
Nothing.

10:35:00   INT. FOSTER HOUSE. GEMMA'S BEDROOM. NIGHT

Later. GEMMA and SIMON having sex. Him on top. A similar shot to the opening scene.

10:35:09   INT. FOSTER HOUSE. GEMMA'S BEDROOM. NIGHT

Later. GEMMA'S wide awake, she's angry - she wants to know the truth. She gets up.

10:35:18   INT. FOSTER HOUSE. LIVING ROOM. NIGHT

GEMMA'S laptop.

We see what she's typing into a search engine. CHEATING HUSBAND

We see the results. "The truth about cheating husbands" /"How to tell if your husband is cheating"

In the PICTURES section at the top, we see a small picture of a car with "HOPE SHE WAS WORTH IT" spray painted onto it.

안녕히 주무세요.

젬마
잘 자렴.

톰
이미 자고 있어요.

젬마
그럼 좋은 꿈꿔.

둘이 손바닥을 마주치고 젬마는 일어나 방을 나선다.

젬마
사랑해. 톰.

음악 시작 (젬마 온라인)
10:34:33

톰
저도요.

톰이 침대에서 몸을 돌리고 젬마는 불을 끈다. 아들을 바라보는 젬마. 슬픔.

10:34:41

실내. 포스터의 집. 젬마의 침실. 야간

젬마와 사이먼이 침대에 누웠다. 그가 그녀의 손을 잡는다. 그녀가 그를 쳐다본다.

사이먼
뭐?

젬마
아무것도 아니야.

10:35:00

실내. 포스터의 집. 젬마의 침실. 야간

시간 경과. 젬마와 사이먼이 섹스 중이다. 그가 그녀 위에 있다. 오프닝 신과 비슷한 구도.

10:35:09

실내. 포스터의 집. 젬마의 침실. 야간

시간 경과. 젬마가 말똥말똥 깨어있다. 그녀는 화가 난다. 그녀는 진실을 알고 싶다. 그녀가 일어난다.

10:35:18

실내. 포스터의 집. 거실. 야간

젬마의 노트북.

그녀가 검색창에 타이핑하는 문구가 보인다. "바람피우는 남편"

검색 결과가 보인다. "바람피우는 남자들의 진실" / "당신의 남편이 바람피우고 있다는 증거"

검색창 이미지 결과 맨 위에 어떤 차의 이미지가 작게 보인다. 그 차에는 스프레이로 이렇게 칠해져 있다. "그 여자가 그럴 만한 가치가 있길 바라"

GEMMA is at the table on her laptop looking at the results. She clicks on an entry. "How to tell if your husband is cheating" and reads the blurb and comments underneath. Clicks on another link. A poem comes up - THE MOURNING BRIDE.

We get closer to the screen as we hear GEMMA recite it in her head.

GEMMA (V.O.)
'Is it my love? Ask again that question.'

10:36:01   INT. FOSTER HOUSE. KITCHEN. NIGHT

GEMMA(CONT'D)(V.O.)
'Speak again in that soft voice.'

GEMMA takes a large plastic box out of the cupboard. She puts it on the counter and opens the top of the box.

It's SIMON'S birthday cake - says in icing "HAPPY 40th BIRTHDAY." She stares at it.

GEMMA (CONT'D)(V.O.)
'And look again with wishes in thy eyes. Oh no. Thou can'st not.'

10:36:18   INT. FOSTER HOUSE. BEDROOM. NIGHT

GEMMA stands at the foot of the bed, watching SIMON, on his back, asleep in bed.

GEMMA(CONT'D)(V.O.)
Can'st thou forgive me then? Wilt thou believe so kindly of my fault, to call it madness? Oh give that madness yet a milder name. And call it passion.'

10:36:35   INT. THE SURGERY. GEMMA'S CONSULTING ROOM. DAY

GEMMA, the next day, at her desk. She's looking at pictures on her phone - continuing from the feel of the previous scene - pictures of HER, SIMON and TOM, in different places, the last ten years in pictures. The voice-over continues - the music -

GEMMA (CONT'D)(V.O.)
'Then be still more kind and call that passion love.'

A knock on the door, and GEMMA puts her phone down.

MUSIC OUT (GEMMA ONLINE)   The door opens and CARLY comes in.

테이블에 앉아 노트북에 뜬 검색결과를 보고 있는 젬마. 그녀는 "당신의 남편이 바람피우고 있다는 증거"라는 제목의 결과물을 클릭해서 설명문과 그 밑의 댓글들이 읽는다. 또 다른 링크를 클릭하자 시 한 편이 뜬다. "애도하는 신부"

노트북 화면이 클로즈업 되면서 젬마가 속으로 그 시를 낭독하는 소리가 들린다.

젬마 (화면 밖 목소리)
내 사랑인가요? 그 질문을 다시해 보세요.

10:36:01   <u>실내. 포스터의 집. 주방. 야간</u>

젬마 (이어서) (화면 밖 목소리)
부드러운 목소리로 다시 말하세요.

젬마가 찬장에서 커다란 프라스틱 통을 꺼낸다. 그걸 조리대에 올려놓고 뚜껑을 연다.

안에 사이먼의 생일 케이크가 있다. 케이크에 장식된 "40번째 생일 축하" 문구를 응시하는 젬마.

젬마 (이어서) (화면 밖 목소리)
소망을 담은 눈으로 다시 보세요. 오, 안 돼요. 당신은 하지 못하네요.

10:36:18   <u>실내. 포스터의 집. 침실. 야간</u>

젬마가 침대 발치에 서서 사이먼을 바라본다. 등을 대고 자고 있는 사이먼.

젬마 (이어서) (화면 밖 목소리)
당신은 나를 용서할 수 없겠죠? 상냥하게도 내 결점을 믿어줄 건가요? 아니면 광기라고 부를까요? 오, 광기보다는 좀더 순한 이름을 주세요. 열정이라고 불러도 돼요.

10:36:35   <u>실내. 병원. 젬마의 진료실. 야간</u>

다음 날 책상에 앉은 젬마. 그녀는 핸드폰에 담긴 사진들을 보고 있다. 전 장면의 기분이 계속 이어진다. 그녀 자신의 사진, 사이먼과 톰의 사진... 각각 다른 장소에서 지난 10년의 시간이 사진들 속에 담겨있다. 화면 밖의 목소리와 음악이 계속 들린다.

젬마 (이어서) (화면 밖 목소리)
그렇게 여전히 좀 더 상냥하게, 그 열정을 사랑이라고 불러줘요.

노크 소리가 들린다. 젬마가 핸드폰을 내려놓는다.

음악 끝 (젬마 온라인)   문이 열리고 칼리가 들어온다.

10:36:50

CARLY
Is everything okay?

GEMMA
Yes erm, it's nothing to worry about. I know we
called, said it was urgent, but it's because I
wanted to speak to you this morning.

CARLY sits down, apprehensively.

CARLY
Nah, I meant you. Your eyes are red.

GEMMA looks at her for a moment. Then continues.

GEMMA
Are you still having difficulty sleeping?

CARLY
(sad)
Yeah.

GEMMA
Well I'm going to give you the pills that you've
asked for. Only a few. See if it helps.

CARLY
(some life now)
Oh.

MUSIC IN (CARLY FOLLOWING
SIMON) 10:37:15

GEMMA
But I, I need something in return.

GEMMA gets out the schedule and puts it on the
table. An entry marked SIMON UNAVAILABLE is
ringed in pen - for 3pm today.

GEMMA (CONT'D)
A favour.

10:37:25

EXT. SIMON'S OFFICE BLOCK. DAY

SIMON emerges from the office block and goes to
his car. CARLY is in her car. She looks down at
her phone where there's a photo of SIMON. She
checks it - same person. She starts the engine
and follows him out of the car park.

10:37:49

INT. CARLY'S CAR. DAY

CARLY drives, following SIMON.

10:37:57

EXT. SANDBRIDGE HOUSES. DAY

SIMON'S car has pulled up outside some
relatively posh houses.

칼리
다 괜찮죠?

젬마
그래요, 어, 걱정할 필요 없어요. 제가 전화해서 급하다고 말한 건, 오늘 아침에 당신이랑 얘기하고 싶어서예요.

칼리가 걱정스러워 하며 자리에 앉는다.

칼리
그러니까, 제 말은 선생님 눈이 빨개서요.

젬마가 그녀를 잠시 쳐다본 뒤 계속한다.

젬마
아직도 자는 데 어려움을 겪나요?

칼리
(슬퍼하며)
그래요.

젬마
음, 당신이 원했었던 약을 줄 거예요. 하지만 소량만이죠. 도움이 되는지 지켜보죠.

음악 시작 (사이먼을
미행하는 칼리)
10:37:15

칼리
(약간 생기를 띠며)
오.

젬마
그런데 내게, 나에게 뭔가 대가가 필요해요.

젬마가 스케줄표를 꺼내어 책상 위에 올려놓는다. "사이먼 자리비움"이란 항목에 펜으로 동그라미가 그려져 있다. 시간은 오늘 오후 3시.

젬마 (이어서)
부탁을 들어줘요.

10:37:25   실외. 사이먼의 회사 건물. 주간

사이먼이 회사 건물에서 나와 차로 향한다. 칼리는 자신의 차 안에서 사이먼의 사진이 저장된 핸드폰을 내려다 본다. 같은 인물임을 확인한 그녀는 시동을 건다. 그리고 주차장을 빠져나가는 사이먼의 차를 뒤쫓는다.

10:37:49   실내. 칼리의 차. 주간

칼리가 운전하며 사이먼을 계속 미행한다.

10:37:57   실외. 샌드브릿지 주택가. 주간

사이먼의 차가 꽤 상류층 분위기의 주택가 앞에 세워져 있다.

CARLY parks a little way off.

10:38:01   INT. CARLY'S CAR. SANDBRIDGE HOUSES. DAY

She watches him as he gets out the car and goes to the boot.

He grabs a backpack from inside and heads for one of the houses.

10:38:17   INT. THE SURGERY. GEMMA'S CONSULTING ROOM. DAY

GEMMA is examining a MAN's elbow. She gets the text, keeps one hand on the elbow, and picks up her phone with the other. Reads it.

'He's gone into a house near Sandbridge, by the river'

The man mumbles something, GEMMA looks at him.

GEMMA
Er, I'm sorry...

She puts the phone down, and continues with the examination...but now very concerned...

10:38:34   INT. CARLY'S CAR. SANDBRIDGE HOUSES. DAY

MUSIC IN 'CROUTIE SAYS'   CARLY waits and watches the house. She begins
10:38:37   to play a game on her phone.
MUSIC OUT 'CROUTIE SAYS'
10:38:43   INT. THE SURGERY. OUTSIDE MEETING ROOM. DAY

Through a window we see ROS and NICK. GEMMA enters.

MUSIC OUT (CARLY FOLLOWING   NICK
SIMON) 10:38:45   I assume you'll lead?

10:38:46   INT. THE SURGERY. MEETING ROOM. DAY

ROS and NICK are sat behind a table, like in an interview. There is a chair for GEMMA in the middle. She sits down, phone in hand.

GEMMA
Sure.

NICK goes out of the room. ROS turns to GEMMA.

ROS
Are you okay?

GEMMA
Yeah.

She smiles. ROS is worried.

칼리가 좀 떨어진 곳에 차를 세운다.

10:38:01

<u>실내. 칼리의 차. 샌드브릿지 주택가. 주간</u>

사이먼이 차에서 내려 트렁크로 향하는 걸 지켜보는 칼리.

사이먼은 트렁크에서 백팩을 꺼낸 다음 주택가의 여러 집들 중 한 집으로 향한다.

10:38:17

<u>실내. 병원. 젬마의 진료실. 주간</u>

젬마는 어떤 남자의 팔꿈치를 진료하는 중이다. 메시지 수신음이 들리자 그녀는 한 손으로 계속 남자의 팔꿈치를 잡고 다른 손으로 핸드폰을 든다. 메시지를 읽는다.

'강변 샌드브릿지 근처에 있는 어떤 집으로 들어갔어요'.

진료 받던 남자가 뭐라고 중얼거린다. 젬마가 그를 쳐다본다.

젬마
어, 죄송해요...

젬마는 핸드폰을 내려놓고 진료를 계속한다. 그러나 몹시 근심에 휩싸인 채로...

10:38:34
음악 시작 '크루티가
말하길' 10:38:37
음악 끝 '크루티가
말하길' 10:38:43

<u>실내. 칼리의 차. 샌드브릿지 주택가. 주간</u>

응답을 기다리며 계속 집을 주시하는 칼리. 그러다가 핸드폰 게임을 하기 시작한다.

<u>실내. 병원. 회의실 밖. 주간</u>

창문 너머로 로즈와 닉이 보인다. 젬마가 들어온다.

음악 끝 (사이먼을 미행
하는 칼리) 10:38:45

닉
당신이 회의를 진행할 거죠?

10:38:46

<u>실내. 병원. 회의실 안. 주간</u>

로즈와 닉이 테이블 뒤에 앉아 있다. 마치 인터뷰를 하는 모양새다. 가운데 마련된 의자에 젬마가 앉는다. 핸드폰은 손에 든 채.

젬마.
물론이죠.

닉이 회의실을 나가고 로즈가 젬마를 향해 몸을 돌린다.

로즈
너 괜찮아?

젬마
응.

그녀는 웃지만 로즈는 걱정이 된다.

A moment, then NICK comes in. JACK behind him.

NICK
Jack, come in please.

JACK enters.

NICK (CONT'D)
Would you take a seat.

JACK sits down - staring at them across the
table. Hostile.

JACK
Enjoying this?

GEMMA
Of course not.

JACK
Why do you need three of you?

NICK
We're the partners in the practice, it's
standard procedure.

JACK
Who makes the decisions?

ROS
We all do.

JACK
But who do I talk to?

GEMMA
Jack, you know full well. I'm senior partner.

JACK
I've been a family doctor thirty five years. I
am respected in this town.

GEMMA
Of course -

JACK
And I have seen this place change from a
practice where the doctors knew the patients,
and had time to look after them, to an
institution, where it's just about efficiency,
management. We are supposed to work to the maxim
first do no harm. Well let me tell you, harm has
most certainly been done -

GEMMA
Can I interrupt?

잠시 후 닉이 회의실로 들어온다. 잭이 뒤따른다.

닉
잭, 어서 들어오세요.

잭이 들어온다.

닉 (이어서)
앉으시죠.

잭이 앉는다. 그리고 테이블 건너편 사람들을 응시한다. 적대적인 분위기.

잭
이게 재밌니?

젬마
물론 아니죠.

잭
왜 세 명이나 필요한 거지?

닉
우린 실무 파트너예요. 이게 표준절차고요.

잭
누가 결정자야?

로즈
우리 모두요.

잭
그래도 내가 누구한테 얘기하는 건지는 알아야지.

젬마
잭, 잘 알잖아요. 내가 수석 파트너예요.

잭
내가 가정 주치의로 일한 게 35년이야. 이 마을에서 존경받는 사람이라고.

젬마
물론이죠.

잭
예전에 이곳 의사들은 환자들에 대해서 잘 알고 있었고 그들을 돌볼 시간도 충분했지. 그런데 지금은 그저 기관의 효율성이랑 경영만 따지고 있잖아. 난 그 변화를 다 지켜본 사람이야. 우리 의사는 말이야, 해악이 되지 않겠다는 격언을 최우선으로 두고 일해야 해. 그런데 내가 말해주지, 해악이란 건 반드시 그렇게 되어버리게...

젬마
잠시만요.

JACK
No! You wait.

GEMMA
I have a question.

JACK
I've told you, I'm going to speak -

GEMMA
Have you been drinking today?

JACK
What?

GEMMA
Because I can smell it.

A moment. For the first time JACK'S a little uncomfortable.

JACK
Well ... don't see why I shouldn't, I'm not at work.

ROS and GEMMA exchange a look.

JACK (CONT'D)
Look, the fact is I disagree with the way things are run ...

GEMMA
No.

JACK
What?

GEMMA
You don't disagree with the way things are run, you disagree with me, you're offended because I'm a thirty-seven year-old woman, not from round here, good at my job, and when our former senior partner retired he chose me rather than you to take over.

NICK
Shall we stick to the procedure?

GEMMA
You don't like me.

JACK
That's right. But it's not because you're a woman, or from somewhere else. When you arrived I was, I was happy to, to give you a chance. But I've gone off you, Gemma, because it's all gone to your head - you think you're so clever.

잭
아니! 기다려.

젬마
질문이 있어요.

잭
내가 경고했지? 말 끊지 말라고...

젬마
오늘 술 드셨나요?

잭
뭐?

젬마
제게 냄새가 느껴지니까요.

잠시 정적. 처음으로 잭이 살짝 불편해 한다.

잭
그래... 안 될 것도 없지, 난 지금 비번이니까.

로즈와 젬마가 시선을 교환한다.

잭 (이어서)
봐봐, 사실 난 여기 일이 돌아가는 방식에 동의하지 않아...

젬마
아니요.

잭
뭐?

젬마
당신은 일이 돌아가는 방식에 반대하는 게 아니에요. 나한테 반대하는 거지. 제가 서른 일곱 먹은 여자라서 기분이 상한 거잖아요. 여기 출신도 아니고 말이죠. 그래도 일은 잘하니까 전임자가 은퇴할 때 당신 대신 나를 선택했죠.

닉
절차대로 계속 진행하죠?

젬마
제가 싫은 거잖아요.

잭
맞아. 하지만 여자이기 때문이거나 다른 곳에서 와서 그런게 아냐. 네가 왔을 때 나는... 나는 너에게 기회를 줘서 행복했어. 그런데 젬마, 내가 화가 치밀었던 건 모두 너의 머리 때문이야. 넌 네가 정말 영리하다고 생각하지?

A moment.

GEMMA
We have to let you go.

JACK
No shit.

GEMMA
You've had three formal warnings -

JACK
I'll tell you what happens to arrogant
people -

GEMMA
You are suspended immediately pending a formal
dismissal ...

JACK
They end up alone.

A beat - GEMMA looks at him - shocked - the
others look to her to reply - but she doesn't...

NICK
Alright, let's just calm down -

JACK
Yes, it's alright. I've got the idea.

NICK
Jack!

He leaves. GEMMA is upset. ROS shakes her head.

ROS
Never seen you like that.

Pause. GEMMA'S mobile rings, she looks at it -
CARLY.

GEMMA
Excuse me.

She answers it and leaves the room.

GEMMA (CONT'D)
Yes.

MUSIC IN (PHONE CALL)
10:41:05   INT. CARLY'S CAR. SANDBRIDGE HOUSES. DAY

CARLY is in her car on the phone to GEMMA.

CARLY
He was in there half an hour, with the curtains
closed ... I ...

잠시 정적.

젬마
우린 당신을 내보내야만 해요.

잭
제기랄!

젬마
공식적인 경고를 3번이나 받았잖아요.

잭
오만한 사람들한테 무슨 일이 일어나는지 말해줄까?

젬마
공식적인 해고 절차가 진행될 거고, 지금부터 즉시 자격 정지예요.

잭
오만한 사람은 결국 혼자만 남게 돼.

잠시 멈춤. 충격을 받은 젬마가 잭을 쳐다본다. 나머지 사람들이 그녀의 대답을 기다리지만 그녀는 대답이 없다.

닉
좋아요, 조금 진정하세요.

잭
그래, 좋아. 충분히 알아들었어.

닉
잭!

잭이 나가버린다. 젬마는 마음이 상했다. 로즈가 머리를 흔든다.

로즈
널 그런 식으로 생각한 적 절대 없어.

정적. 젬마의 핸드폰이 울린다. 젬마가 확인한다. 칼리다.

젬마
잠시만요.

젬마가 전화를 받으면서 회의실을 나간다.

젬마 (이어서)
네.

음악 시작 (전화 소리)
10:41:05

실내. 칼리의 차. 샌드브릿지 주택가. 주간

칼리가 차에서 젬마와 통화 중이다.

칼리
들어가서 30분 정도 있었는데, 커튼이 쳐져있어서... 전...

113

10:41:10

INT. THE SURGERY. CORRIDOR. DAY

GEMMA walks down the corridor on the phone.

CARLY (CONT'D)(V.O.)
...and now they've both come out. He's saying
goodbye -

GEMMA
Get a picture.

10:41:16

INT. CARLY'S CAR. SANDBRIDGE HOUSES. DAY

CARLY
I'm too far away. They're ... they're kissing.

10:41:19

INT. THE SURGERY. CORRIDOR. DAY

GEMMA tilts slightly against the wall - runs her
hand down it, looking for something to hold onto
- to steady herself. It's really hitting her
now. She's having this huge moment of betrayal
in a GP surgery corridor.

CARLY (CONT'D)(V.O.)
Are you still there?

GEMMA
What does she look like?

CARLY (V.O.)
Your height. Blonde. She's getting in her car.
He's gone to his.

GEMMA
How old?

10:41:36

INT. CARLY'S CAR. SANDBRIDGE HOUSES. DAY

CARLY
I can't see.

CARLY watches SIMON rummage in the boot of his
car.

GEMMA (V.O.)
Take a picture.

CARLY
I can't.

10:41:41

INT. THE SURGERY. CORRIDOR. DAY

Gemma
You can. Take a picture. Take a picture of
anything.

10:41:45

INT. CARLY'S CAR. SANDBRIDGE HOUSES. DAY

| 10:41:10 | <u>실내. 병원. 복도. 주간</u> |

젬마가 통화를 하며 병원 복도를 걷는다.

칼리 (이어서) (화면 밖 목소리)
...그리고 지금은 둘 다 나왔어요. 작별인사하고 있고요.

젬마
사진을 찍어요.

| 10:41:16 | <u>실내. 칼리의 차. 샌드브릿지 주택가. 주간</u> |

칼리
너무 멀어요. 둘이... 둘이 키스하고 있어요.

| 10:41:19 | <u>실내. 병원. 복도. 주간</u> |

젬마의 몸이 벽으로 살짝 기울어진다. 쓰러질 듯하다. 진정하기 위해 뭔가 지탱할 것을 찾는 모습. 큰 충격을 받은 젬마. 그녀는 이 엄청난 배신의 순간을 병원 복도에서 맞이하고 있다.

칼리 (이어서) (화면 밖 목소리)
여보세요?

젬마
그 여자 어떻게 생겼어요?

칼리 (화면 밖 목소리)
키는 선생님하고 비슷해요 금발에... 여자가 차로 향하고 있어요. 남편분은 자기 차로 갔고요.

젬마
몇 살 같아 보여요?

| 10:41:36 | <u>실내. 칼리의 차. 샌드브릿지 주택가. 주간</u> |

칼리
잘 모르겠어요.

사이먼이 자신의 차 트렁크를 살피는 모습을 지켜보는 칼리.

젬마 (화면 밖 목소리)
사진을 찍어요.

칼리
난 못해요.

| 10:41:41 | <u>실내. 병원. 복도. 주간</u> |

젬마
할 수 있어요. 찍어요. 뭐든지 간에.

| 10:41:45 | <u>실내. 칼리의 차. 샌드브릿지 주택가. 주간</u> |

CARLY
Okay. Okay. Okay.

SIMON reverses out of sight. CARLY gets her
phone ready to take a picture.

10:41:52   INT. THE SURGERY. CORRIDOR. DAY

GEMMA waits.

NICK comes out of the meeting room. GEMMA pulls
herself together quickly.

NICK
I'm going to do the minutes now. I wasn't sure
if we'd finished?

GEMMA
(hurried)
Yes, I think so.

NICK
Okay.

NICK walks away. The phone buzzes. A text. She
opens it - a picture. A green car driving away.
We can't see who's driving but the number plate
is clear.

The phone rings again. CARLY.

FX: INCOMING CALL

GEMMA answers.

GEMMA
Yes.

CARLY (V.O.)
It was all I could get. Sorry. Looks like you
were right.

GEMMA begins to cry, her face crumples.

10:42:21   INT. CARLY'S CAR. SANDBRIDGE HOUSES. DAY

CARLY
You wanna know who it is?

10:42:24   INT. THE SURGERY. CORRIDOR. DAY

GEMMA
What?

CARLY (V.O.)
I can find out.

칼리
오케이. 오케이. 오케이.

사이먼이 차를 후진하며 시야 밖으로 나간다. 칼리가 핸드폰 촬영을 준비한다.

10:41:52 <u>실내. 병원. 복도. 주간</u>

젬마가 기다리고 있다.

닉이 회의실에서 나온다. 재빨리 자세를 고치는 젬마.

닉
회의록을 작성하려고 하는데, 회의는 이렇게 마무리되는 건가요?

젬마 (다급하게)
그래요, 그래도 될 것 같아요.

닉
알겠습니다.

닉이 저만치 간다. 핸드폰 수신음이 울린다. 문자. 젬마가 확인한다. 사진. 움직이고 있는 녹색 차. 누가 운전하고 있는지는 보이지 않지만 번호판은 선명하다.

핸드폰이 다시 울린다. 칼리다.

<u>특수효과. 핸드폰 수신화면</u>

젬마가 받는다.

젬마
네.

칼리 (화면 밖 목소리)
제가 찍을 수 있었던 건 그게 다예요. 안됐네요. 선생님이 맞았던 것 같아요.

젬마가 흐느끼기 시작한다. 일그러지는 얼굴.

10:42:21 <u>실내. 칼리의 차. 샌드브릿지 주택가. 주간</u>

칼리
그 여자가 누군지 알고 싶어요?

10:42:24 <u>실내. 병원. 복도. 주간</u>

젬마
뭐라고요?

칼리 (화면 밖 목소리)
제가 알아낼 수 있어요.

117

10:42:31	EXT. STREET OUTSIDE FOSTER HOUSE. DAY

GEMMA speeds down the road and into her drive. There is a car parked outside.

10:42:37   EXT. FOSTER'S HOUSE. DAY

GEMMA gets out the car as does TOM. She sees the car parked outside.

MUSIC OUT (PHONE CALL)
10:42:42   GEMMA opens the front door for TOM.

10:42:43   EXT. STREET OUTSIDE FOSTER HOUSE. DAY

CARLY gets out the car.

GEMMA
(to TOM) You go inside, love. I, I just need to speak to my friend...

10:42:46   EXT. FOSTER'S HOUSE. DAY

GEMMA (CONT'D)
(calls)
Don't forget the cake, it's on the table.

GEMMA pulls the door to.

10:42:49   EXT. STREET OUTSIDE FOSTER HOUSE. DAY

CARLY and GEMMA meet.

GEMMA (CONT'D)
Well?

CARLY
I've got a mate down the pub, he's a desk sergeant so he can do the number plate.
MUSIC IN (SUSAN PARKS)
10:43:03   Erm .. Su..Susan ... Parks.

10:43:06   FLASHBACK:
INT. DOCTOR'S SURGERY. GEMMA'S PRIVATE OFFICE. DAY

On SUSAN smiling.

10:43:08   BACK TO PRESENT:
EXT. STREET OUTSIDE FOSTER'S HOUSE. DAY

GEMMA stares, speechless.

GEMMA
What?

10:43:14   FLASHBACK:
INT. CIAO RESTAURANT. NIGHT

On SUSAN smiling.

10:42:31	<u>실외. 포스터의 집 앞. 주간</u>
	젬마의 차가 속도를 줄이며 진입로로 들어간다. 바깥에는 차 한 대가 주차되어 있다.
10:42:37	<u>실외. 포스터의 집. 주간</u>
	젬마와 톰이 차에서 내린다. 젬마가 바깥에 세워진 차를 바라본다.
음악 끝 (전화 소리) 10:42:42	톰에게 현관문을 열어주는 젬마.
10:42:43	<u>실외. 포스터의 집 앞. 주간</u>
	칼리가 차에서 나온다.

젬마
(톰에게) 아가, 넌 들어가 있어. 난, 엄마는 친구랑 잠깐 할 말이 있어.

10:42:46	<u>실외. 포스터의 집. 주간</u>

젬마 (이어서)
(큰소리로)
케이크 깜**빡**하지 마! 식탁 위에 있어.

젬마가 현관문을 당겨 닫는다.

10:42:49	<u>실외. 포스터의 집 앞. 주간</u>
	칼리와 젬마가 만난다.

젬마 (이어서)
그래서요?

칼리

음악 시작 (수잔 파크스) 10:43:03	펍에서 알게 된 친구가 한 명 있어요. 행정 경찰이라서 차 번호판을 조회할 수 있 거든요. 어...수... 수잔(수지)... 파크스.
10:43:06	<u>회상:</u> <u>실내. 병원. 젬마의 진료실. 주간</u>
	수잔이 웃고 있다.
10:43:08	<u>현재 시간으로 돌아옴:</u> <u>실외. 포스터의 집 앞 길. 주간</u>
	젬마가 말 없이 허공을 응시하고 있다.

젬마
뭐라구요?

10:43:14	<u>회상:</u> <u>실내. 챠오 레스토랑. 야간</u>
	수잔이 웃고 있다.

10:43:15

BACK TO PRESENT:
EXT. STREET OUTSIDE FOSTER'S HOUSE. DAY

GEMMA remembers that night...

CARLY
You know who that is?

10:43:18

FLASHBACK:
INT. CIAO RESTAURANT NIGHT

SUSAN and SIMON touch. Flirty.

10:43:20

BACK TO PRESENT:
EXT. STREET OUTSIDE FOSTER'S HOUSE. DAY

CARLY
What you gonna do?

GEMMA
MUSIC OUT (SUSAN PARKS)   It doesn't make sense...
10:43:28

GEMMA doesn't answer - just shocked. She
reaches into her pocket, and pulls out a
prescription she's written.

GEMMA
Here. Seven, for now. See how you go.

CARLY takes it.

CARLY
Yeah, thanks.

GEMMA
I assume that he wakes you up?

CARLY
(beat - realising GEMMA understands)
I, I come back from work, and every night he is
rowdy and up till the early morning. If I can
get in and go straight to sleep ... it makes it
easier.

GEMMA
You don't have to stay with him.

GEMMA touches CARLY'S arm. She flinches.

CARLY
Yeah, I know.

CARLY opens the car door. GEMMA pushes it shut.

GEMMA
Carly...show me.

| 10:43:15 | 현재 시간으로 돌아옴: |
| | 실외. 포스터의 집 앞길. 주간 |

젬마가 그날 밤을 떠올리고 있다.

칼리
아는 사람이에요?

| 10:43:18 | 회상: |
| | 실내. 챠오 레스토랑. 야간 |

수잔과 사이먼 서로 인사하며 스킨십을 한다. 추파를 던지듯이.

| 10:43:20 | 현재 시간으로 돌아옴: |
| | 실외. 포스터의 집 앞길. 주간 |

칼리
어쩔 거예요?

음악 끝 (수잔 파크스)
10:43:28

젬마
말이 안 되는데...

젬마가 말을 멈춘다. 그저 충격. 주머니로 손을 가져가 자신이 쓴 처방전을 꺼내는 젬마.

젬마
여기요. 지금부터 7일분. 효과가 있는지 지켜보죠.

칼리가 처방전을 받아든다.

칼리
네, 고마워요.

젬마
그 남자가 당신을 깨게 만들죠?

칼리
(잠시 멈춤, 젬마가 이해했다는 걸 눈치 채며)
제가 퇴근하면 매일 밤 걔가 소동을 피워요. 아침까지요. 곧장 잠에만 들 수 있다면.... 그래도 견디는 게 쉬워지겠죠.

젬마
그 남자와 계속 있어야만 하는 건 아니에요.

젬마가 칼리의 팔을 만진다. 칼리가 움찔한다.

칼리,
그래요, 저도 알아요.

칼리가 차문을 연다. 젬마가 닫는다.

젬마
칼리... 보여줘봐요.

CARLY rolls up her sleeve to reveal red bruise marks where clearly someone has grabbed her.

GEMMA (CONT'D)
Did he do this? Carly?

MUSIC IN (GEMMA COMING TO
CARLY'S) 10:44:22
CARLY
Last night. Yeah. He just, he won't leave me alone.

GEMMA'S anger rises. She snatches the prescription back.

CARLY (CONT'D)
No wait! I need that...

GEMMA shakes her head.

GEMMA
Where is he?

10:44:33

EXT. CARLY'S HOUSE. DAY

GEMMA'S car arrives, and parks in a road made up of small houses. CARLY parks behind her. GEMMA gets out of her car. TOM's in the front.

TOM
I thought we were going to the party?

GEMMA
I need to do something first.

TOM
We'll be late.

GEMMA
Can't be helped.

CARLY comes across and they walk away from the cars a little.

GEMMA (CONT'D)
Number 7?

CARLY
(laughs in disbelief)
What, what are you gonna do?

GEMMA
Have a word.

CARLY
You don't know him.

GEMMA
It's your house? You want him to leave?

칼리가 소매를 말아올리자 붉게 물든 멍자국이 보인다. 누군가 꽉 쥐어서 생긴 자국이 분명하다.

젬마 (이어서)
그 사람이 그런 거예요, 칼리?

음악 끝 (칼리 집에 가는 젬마) 10:44:22

칼리
어젯밤... 그래요. 개는 그냥.... 절 혼자 내버려두지 않아요.

분노가 치미는 젬마. 그녀가 처방전을 다시 낚아챈다.

칼리
안 돼요. 전 그게 필요해요...

젬마가 고개를 젓는다.

젬마
그 남자 어딨어요?

10:44:33 <u>실외. 칼리의 집. 주간</u>

젬마의 차가 도착한다. 작은 집들이 모인 어느 길가에 젬마가 차를 세우자, 칼리도 그 뒤에 주차한다. 젬마가 차에서 내린다. 톰은 앞좌석에 타고 있다.

톰
우리 파티 가는 거 아니에요?

젬마
먼저 해야될 게 있어.

톰
우리 늦었단 말이에요!

젬마
어쩔 수 없어.

칼리가 다가온다. 둘은 함께 차에서 조금 떨어진 곳으로 걷는다.

젬마
7호요?

칼리
(못미더워하며 웃는다)
뭘, 뭘 어떻게 하려고요?

젬마
이야기하려고요.

칼리
개를 몰라서 그래요.

젬마
여긴 당신 집이죠? 그 남자가 나가길 바라고?

CARLY doesn't answer for a moment - upset.

GEMMA (CONT'D)
Right then.

GEMMA goes to the boot of her car and opens it.
She gets a text on her phone - picks it up. It's
from SIMON - *'Where are you? x'*. She throws the
phone down and grabs her bag.

GEMMA (CONT'D)
What's his full name?

CARLY
Daniel Spencer.

GEMMA closes the boot of the car.

GEMMA
Any problems, drive away, take Tom, call the
police. Be back in a minute.

TOM
Mum! What are you doing?

GEMMA
House call.

10:45:20   INT. CARLY'S HOUSE. LIVING ROOM.DAY

DANIEL SPENCER, 27, is sat in the living room
with a bottle of beer, playing a video game. The
curtains are half closed and the atmosphere is
smoky. There are beer cans on a very messy
table. The doorbell rings.

DANIEL ignores it. It rings again. He goes over
to the door, and opens it to find GEMMA.
The iconic shot of the show. On the doorstep.
With her doctor's bag. Her hair roughed up.
Piercing eyes.

                            GEMMA
MUSIC OUT (GEMMA COMING TO   Daniel Spencer?
CARLY'S) 10:45:34
                            DANIEL
                            Who are you?

                            GEMMA
                            I'm your doctor.

10:45:36   EXT. CARLY'S HOUSE. FRONT DOOR.DAY

DANIEL
No, you're not.

GEMMA

칼리가 대답하지 않는다. 마음이 복잡하다.

젬마 (이어서)
그럼 됐어요.

젬마가 자신의 차로 다가가 트렁크를 연다. 그때 문자 수신음이 들린다. 확인한다. 사이먼이다. "어디야? x." 젬마는 핸드폰을 던져놓고 가방을 잡는다.

젬마 (이어서)
그 남자 풀네임이 뭐죠?

칼리
다니엘 스펜서.

트렁크를 닫는 젬마.

젬마
문제가 생기면 톰을 차에 태우고 가서 경찰을 불러요. 잠깐이면 돼요.

톰
엄마! 뭐하는 거예요?

젬마
왕진.

10:45:20   <u>실내.   칼리의 집.   거실.   주간</u>

27세의 다니엘 스펜서가 맥주병을 들고 거실에서 비디오 게임을 하고 있다. 커튼은 반쯤 닫혀 있고 집안 공기는 연기로 뿌옇다. 끔찍하게 지저분한 탁자 위에는 맥주 캔들이 널려 있다. 현관 벨이 울린다.

다니엘은 듣고도 무시하다가 벨이 다시 울리자 그제서야 문을 열러 간다. 문을 열자 젬마가 있다.
이 드라마의 상징적인 장면. 문간에서. 왕진가방을 들고. 헝크러진 머리카락으로. 날카로운 눈빛을 한 젬마.

음악 끝 (칼리 집에 가는   **젬마**
젬마) 10:45:34   다니엘 스펜서?

다니엘
누구세요?

젬마
전 당신 의사예요.

10:45:36   <u>실외.   칼리의 집.   현관문.   주간</u>

다니엘
아니, 당신이 아닌데요.

젬마

125

I'm the senior partner so I have overall
responsibility. Could I come in?

10:45:42

INT. CARLY'S HOUSE. LIVING ROOM. DAY

GEMMA enters the living room.

DANIEL
Is this normal? Doctors calling round randomly?

GEMMA
Not at all. Perhaps you'd like to sit down?

DANIEL
Why?

GEMMA
I think you should.

Something in her tone makes him sit.

GEMMA (CONT'D)
You know what medical records are?

DANIEL
What?

GEMMA
We record every conversation that you have with
your doctor and it stays on file. They can be
extremely revealing. How's the new job?
Responsibility.

DANIEL
What you talking about?

GEMMA
Occasionally these records get leaked and the
wrong people get their hands on them - employers
for instance. And they're full of the sorts of
things that you wouldn't want people knowing -
history of drug use, mental instability...I'm
having one of these okay?

GEMMA picks up some cigarettes.

DANIEL
Who are you?

Gemma
I'm Doctor Gemma Foster, head of Parminster
Medical Practice. Just let me finish.
(lights the cigarette)
I've seen Carly's arm.

DANIEL
Accident.

난 수석 파트너예요. 그래서 전체적으로 책임이 있어요. 들어가도 돼요?

실내. 칼리의 집. 거실. 주간

젬마가 거실로 들어온다.

다니엘
이게 정상적인 건가요? 의사들이 이렇게 마구잡이로 방문한다고요?

젬마
전혀 아니죠. 좀 앉을래요?

다니엘
왜요?

젬마
내 생각엔 그러는 게 좋겠네요.

젬마의 목소리 톤에서 느껴지는 무언가가 그를 앉게 만든다.

젬마 (이어서)
의료기록이 뭔지 알죠?

다니엘
네?

젬마
당신이 의사와 나눈 모든 대화는 녹음 후 파일로 보관돼요. 아주 적나라한 내용이 될 수 있죠. 새 일자리는 어때요? 책임감은 있어요?

다니엘
뭐라는 거예요?

젬마
때때로 그 기록들은 유출돼서 잘못된 사람들 손에 들어가기도 해요. 예를 들어 고용주들이요. 그러면 다른 사람이 알게 되는 걸 원치 않는 당신의 비밀들을 속속들이 알게 되죠. 약물 사용 이력, 정신 불안... 이거 하나 펴도 괜찮죠?

젬마가 담배를 집는다.

다니엘
당신 누구야?

젬마
파민스터 의료소장, 젬마 포스터 박사예요. 내 말 마저 들어요.
(담배에 불을 붙인다)
칼리의 팔을 봤어요.

다니엘
그냥 장난 치다 그런 거예요.

GEMMA
It's a very deep bruise.

DANIEL stares at her. Threatening, but unsure.

GEMMA (CONT'D)
You're gonna leave and get out of her house.

DANIEL
None of your fucking business.

MUSIC IN (GEMMA THREATENS
DANIEL) 10:46:53

GEMMA
You should get help, come and see me if you like.
That's up to you, but if ...
(she gets into his face)
... once you've left, you go near her, if she
even sees you again, your employers will
receive a copy of your medical records, and if
they don't contain anything compromising
already, I will ensure that they are altered -
drug problems, injuries suggesting a history of
violence. I'll go to the police and I'll mention
what I saw on your girlfriend's arm and this new
career of yours will stop, very suddenly.

DANIEL
Yeah, they won't believe you.

GEMMA
I'm a doctor with ten years experience. I'm a
senior manager, a school governor and in this
town Daniel, people take me at my word.

DANIEL
You fucking bitch...

He steps forward and grabs her arm. She grabs
his arm back, quickly takes the cigarette with
the other hand, turns his hand over, and holds
the tip just over his skin. He screams, scared
and surprised.

GEMMA
You think it's okay to call women words like
that: IT IS NOT.

A moment where she might burn him. Then she lets
him go. He's terrified.

MUSIC OUT (GEMMA THREATENS
DANIEL) 10:47:48

GEMMA (CONT'D)
Daniel.
(he's breathing, shocked)
She'll send your things. Leave now.

10:47:57

EXT. STREET OUTSIDE CARLY'S HOUSE. DAY

DANIEL walks off quickly down the road.
GEMMA watches him. CARLY approaches.

젬마
아주 심한 멍이었어요.

다니엘이 젬마를 응시한다. 위협하는, 그러나 자신 없는 눈빛으로.

젬마 (이어서)
칼리의 집에서 나가요.

다니엘
씨발! 신경 꺼!

음악 시작 (다니엘을 위협하는 젬마) 10:46:53

젬마
당신에겐 도움이 필요해요. 원한다면 날 보러와요. 당신한테 달렸어요. 그렇지만 만약…
(다니엘 쪽으로 얼굴을 가까이 한다)
… 여기 칼리 근처에 남아서 칼리가 당신 얼굴을 또 보게 만든다면 고용주들은 당신 의료기록 사본을 받게 될 거예요… 낯부끄러운 내용이 없어도 상관 없어요. 내가 약물 문제나 폭력이력을 보여주는 흉터들을 만들어 낼 테니까. 그리고 경찰에 가서 당신 여자 친구 팔에서 본 것도 얘기할 거예요. 그럼 당신의 새 경력은 끝나버리게 되는 거지. 한순간에.

다니엘
그러시든지, 사람들이 믿을 것 같아요?

젬마
난 10년이나 의사 생활을 했어요. 수석 매니저에 학교 운영회 이사이기도 하고요. 다니엘, 마을 사람들은 내 말을 그대로 믿게 되어 있어요.

다니엘
이런 쌍년…

다니엘이 다가와 젬마의 팔을 움켜쥔다. 젬마도 맞서 그의 팔을 잡는다. 그리고 다른 손으로 재빨리 담배를 집어서 다니엘의 뒤집힌 손 위에 닿을락 말락 가까이 가져간다. 소리지르는 다니엘. 공포. 경악.

젬마
여자한테는 그렇게 욕해도 된다고 생각하지? 천만에.

다니엘을 담배로 거의 지질 뻔한 젬마가 다니엘을 놓아준다. 그는 공포에 질려 있다.

음악 끝 (다니엘을 위협하는 젬마) 10:47:48

젬마 (이어서)
다니엘.
(그는 거칠게 숨을 쉬며 충격에 빠져있다)
당신 짐들은 칼리가 보내줄 거예요. 지금 당장 떠나요.

10:47:57

<u>실외. 칼리의 집 앞길. 주간</u>

다니엘이 도로 저편으로 줄행랑친다.
젬마가 그를 지켜본다. 칼리가 다가선다.

CARLY
He'll come back.

GEMMA
Doubt it. If he does, give me a call - I'll set
the police on him.

GEMMA begins to go to her car where TOM is
waiting patiently.

CARLY
MUSIC IN (GEMMA COMING TO   Look, about the other thing? Your thing.
THE PARTY) 10:48:13

GEMMA
What?

CARLY
You said you looked everywhere and never found
anything...Well when I saw...what I saw
earlier, he kept on going to his boot, in the
car. So maybe, if you wanna know what's been
going on, look there.

CARLY heads off to her house.

10:48:39   EXT. CAR PARK. THE ARTICHOKE GARDEN. DAY

GEMMA and TOM walk towards the party. She takes
off one of her earrings. She takes the cake from
TOM.

GEMMA
Here love, give it to me.

10:48:53   EXT. THE ARTICHOKE GARDEN. DAY

They enter the pub garden where the party is in
full swing. NEIL is at the barbeque with ANNA.
They wave as she forces a smile. The sun is
shining.

SIMON is with some GUESTS and spots GEMMA.

SIMON
(to his guests)
Excuse me.

He hurries over. He's stressed, whispering.

SIMON (CONT'D)
Where've you been?

GEMMA trying really hard not to cry.

SIMON (CONT'D)
What?
(beat)

칼리
쟨 다시 올 거예요.

젬마
안 그럴 걸요? 만약 다시 오면 나한테 전화해요. 경찰을 붙일 테니까.

젬마가 자기 차 쪽으로 걸음을 옮기기 시작한다. 톰이 꾹 참고 있다.

음악 시작 (파티장으로
오는 젬마) 10:48:13

칼리
저기요, 다른 일은요? 선생님 일.

젬마
왜요?

칼리
다 뒤져봤는데 아무것도 못 찾았다고 했잖아요. 음... 제가... 제가 전에 봤을 때
선생님 남편은 자기 차 트렁크에서 계속 뭘 하더라고요. 그래서 아마도, 일이 어
떻게 된 건지 알고 싶으면 거기를 살펴 보세요.

칼리가 자기 집으로 향한다.

10:48:39

<u>실외. 주차장. 아티초크 가든. 주간</u>

젬마와 톰이 파티장으로 향한다. 젬마가 귀걸이를 뺀다. 그리고 톰이 들고 있던
케이크를 받아든다.

젬마
여기 아가, 엄마한테 줘.

10:48:53

<u>실외. 아티초크 가든. 주간</u>

젬마와 톰이 파티가 한창인 펍 가든에 들어간다. 닐이 애나와 함께 바베큐를 살피고 있
다. 그들이 손을 흔들자 젬마가 애써 미소를 짓는다. 저 편에서 태양이 빛나고 있다.

몇몇 손님들과 함께 있던 사이먼이 젬마를 발견한다.

사이먼
(손님들에게)
실례 좀 할게요.

사이먼이 서둘러 다가온다. 스트레스 받은 모습으로 속삭인다.

사이먼 (이어서)
어디 갔었어?

젬마가 울부짖지 않으려고 무던히 노력한다.

사이먼 (이어서)
뭐야?
(잠시 멈춤)

131

What?

GEMMA
Could you give this to Anna.

She holds out the cake box. He takes it - a
little touched.

SIMON
Right. Sorry...I just thought you'd be here...

GEMMA
Have you got the keys to your car? I'm missing
an earring.

SIMON
What? Why d'you need...

GEMMA
I've searched everywhere else.

SIMON
You look fine.

GEMMA
I know it's in there, I need it.

He looks at her for a second. She's resolute.

SIMON
Okay. Just...come quickly, yeah?

He gets the keys out of his pocket, gives them
to her.

She turns and walks back towards the car park.
SIMON greets some other GUESTS.

10:49:25   EXT. CAR PARK. THE ARTICHOKE GARDEN. DAY

She walks over to the car.

SUSIE (O.S.)
Here we are.   Everyone out.

CHRIS
Come on, come on everybody. Best behaviour
please. Right, daughter's too. Shall we?
She sees CHRIS PARKS get out of his car. CHRIS'
SON, ANDREW, gets out the back. We then see
SUSIE and her DAUGHTER KATE.

They enter the party.

SIMON greets them. GEMMA watches. He shakes
hands with CHRIS, but then gives SUSIE a kiss.

SIMON

뭐냐고?

젬마
이거 애나한테 전해 줘.

젬마가 케이크 박스를 내민다. 사이먼이 받는다. 살짝 감동했다.

사이먼
그래, 미안해... 난 당연히 당신이 먼저 여기 있을 거라고...

젬마
당신 차 키 가지고 있어? 귀걸이를 잃어버린 거 같아.

사이먼
뭐? 내 차는 왜...

젬마
다른 데는 다 찾아봤어.

사이먼 지금도 근사해.

젬마
당신 차에 있는 게 있는 게 분명해. 꼭 필요해.

사이먼이 젬마를 잠시 쳐다본다. 확고한 젬마.

사이먼
그래. 그냥... 빨리 올 거지?

사이먼이 주머니에서 키를 꺼내어 젬마에게 준다.

젬마가 돌아서서 주차장으로 향한다.
사이먼이 몇몇 다른 손님들과 인사를 나눈다.

10:49:25   <u>실외. 주차장. 아티초크 가든. 주간</u>

젬마가 차 쪽으로 걸어간다.

수지 (목소리만) 도착했어. 모두들 내리자.

크리스
자, 다들 서둘러. 제발 예의 바르게 하고. 알았지, 딸? 그럴 거지?

크리스 파크스가 차에서 내리는 걸 젬마가 바라본다. 크리스의 아들 앤드류가 뒤이어 내린다. 그리고 수지와 그녀의 딸 케이트도 보인다.

모두들 파티장으로 들어간다.

사이먼이 그들을 맞는다. 젬마가 지켜본다. 크리스와 악수를 나눈 사이먼이 수지에게 키스를 한다.

사이먼

Susie, hi.

GEMMA wants to destroy her.

GEMMA opens the boot of the car and searches.
Nothing. Just an umbrella, an old map.
She shuts it.

10:50:02   INT. SIMON'S CAR. DAY

She opens the back door. She searches and
searches, desperate, but the car is clean,
nothing there.

10:50:06   EXT. THE ARTICHOKE CAR PARK. DAY

Back outside the car she opens the front
passenger door.

10:50:08   INT. SIMON'S CAR. DAY

More frantic searching. Nothing.

10:50:14   EXT. THE ARTICHOKE CAR PARK. DAY

She's about to give up. Then she has another
thought.

She goes back to the boot. Opens it again,
reaches down and pulls up the floor.
Underneath, next to the spare wheel, is a black
bag. She unzips it, and tips out what's
inside. GEMMA quickly goes through it. A
t-shirt. a wallet with some cash, a single debit
card in SIMON'S name, and a condom.
Then, underneath the t-shirt she finds a mobile
phone.

She picks it up and presses to wake it up.
It works - immediately there's a picture - SIMON
and KATE.

CHRIS and SUSIE's daughter - but now she doesn't
look 17 at all. She's in her mid-twenties. The
picture is of SIMON and her outside, in the sun,
MUSIC OUT (GEMMA COMING TO   clearly on holiday.
THE PARTY) 10:50:52

GEMMA looks over at the party, and sees CHRIS
PARKS, with his children - ANDREW, as before,
and...KATE. But now she's wearing her own
clothes, she looks her real age (24). She's with
her mum, SUSIE.

10:50:56   FLASHBACK:
                  INT. CIAO RESTAURANT. NIGHT

On waitress KATE now looking much younger.

수지, 어서 와요.

그녀를 부셔버리고 싶은 젬마.

젬마는 사이먼의 차 트렁크를 열고 살핀다.
아무것도 없다. 우산 하나와 낡은 지도책뿐이다.
트렁크 문을 닫는다.

10:50:02	<u>실내. 사이먼의 차. 주간</u>

뒷문을 연 젬마. 찾고 또 찾는다. 필사적으로. 그러나 차는 깨끗하다. 아무것도 없다.

10:50:06	<u>실외. 아티초크 주차장. 주간</u>

뒷좌석에서 나온 젬마가 이번에 조수석 문을 연다.

10:50:08	<u>실내. 사이먼의 차. 주간</u>

더 열렬한 뒤지기. 아무것도 없다.

10:50:14	<u>실외. 아티초크 주차장. 주간</u>

포기하려던 찰나, 젬마에게 다른 생각이 스친다.

차 뒤쪽으로 가서 다시 트렁크 문을 연 젬마가 몸을 굽혀 트렁크 바닥을 당겨 올린다. 그 밑, 스패어 타이어 옆에 검은색 가방이 있다. 그녀가 지퍼를 열어 내용물을 쏟아붓는다. 재빨리 내용물을 살피는 젬마. 티셔츠 한 장. 현금이 조금 든 지갑, 사이먼의 이름으로 된 직불카드, 그리고 콘돔.
그리고 티셔츠 밑에서 핸드폰을 발견하는 젬마.

핸드폰을 집어 버튼을 누르자 화면이 켜진다. 즉시 사진 확인. 사이먼과 케이트의 사진.

음악 끝 (파티장으로 오는 젬마) 10:50:52

크리스와 수지의 딸, 사진 속 그녀는 전혀 17살처럼 보이지 않는다. 20대 중반 같다. 둘이 찍은 사진은 태양이 비추는 야외, 분명히 휴일의 어느 날이다.

젬마가 건너편 파티장을 훑는다. 지난 번처럼 크리스 파크스와 그의 아들 앤드류가 함께 있다. 그리고... 케이트. 평상복을 입고 있는 그녀는 지금 진짜 자기 나이처럼 보인다(24). 그녀는 엄마 수지와 함께 있다.

10:50:56	<u>회상:</u> <u>실내. 챠오 레스토랑. 야간</u>

웨이트리스 복장을 한 케이트의 모습. 훨씬 어려보인다.

10:50:59	<u>BACK TO PRESENT</u>: <u>EXT. THE ARTICHOKE CAR PARK. DAY</u> GEMMA lets out a cry as she looks at the picture. She flicks through the pictures...there's lots of them. SIMON and KATE as a couple in different places. The next picture on the phone, with KATE and SIMON, is BECKY, with blonde hair, in a loose top - clearly on holiday, glass of wine in hand. GEMMA looks over at the party: at BECKY, chatting. The next photo - around a wooden table in the warm countryside - there's SIMON and BECKY and another COUPLE looking relaxed - it's NEIL and ANNA, SIMON's accountant and his WIFE, from across the road. GEMMA looks over at the party and sees NEIL at the barbecue laughing with ANNA.
MUSIC IN (GEMMA CHECKING PHONE) 10:51:34	She looks back down into the boot, unsure of what to do. Suddenly she feels very alone. She's about to put the phone away - then she thinks... She opens the text messages. A list of recipients. Amongst them - From yesterday - KATE - *'Sorry about this afternoon. Will be there just after 3 tomorrow. S xxx* And <u>ROS</u>! She can see the beginning of the ROS'S message *'Gemma's left work early I think she's going to follow you'*. She opens ROS'S message. The one before reads *'You have to tell her'*. There are other non-descript messages beforehand. GEMMA looks over and sees ROS handing a plate of food carefully to TOM. She goes back to the phone, but she's seen enough. Devastated, she puts the phone, the t-shirt and wallet, back in the backpack, and zips it up. She's crying now - almost convulsing, but aware she's in public. She doesn't know what to do. Panicking, she puts the bag back in the boot compartment and shuts it. Then she shuts the boot, locks it and staggers over to her own car.
10:52:09	<u>INT. GEMMA'S CAR. DAY</u> She opens the door and opens her doctor's bag. She takes out a smaller pouch.
10:52:15	<u>EXT. GEMMA'S CAR. DAY</u>

10:50:59	현재 시간으로 돌아옴: 실외. 아티초크 주차장. 주간
	사진을 보며 젬마가 울음소리를 낸다. 계속 사진들을 휙휙 넘겨본다. 엄청 많다. 각각 다른 장소에서 사이먼과 케이트가 한 쌍의 커플이 되어 찍은 사진들. 그러다 금발의 베키가 헐렁한 상의를 입고 사이먼, 케이트 커플과 찍은 사진도 보인다. 분명 휴가 중인 모습이다. 손에 와인잔을 들고 있는 모습... 젬마가 다시 파티장을 건너다본다. 베키가 수다를 떨고 있다.
	그 다음 사진은 포근한 시골을 배경으로 사람들이 목재 테이블에 둘러앉은 모습이다. 사이먼과 베키, 그리고 느긋해 보이는 또 한 쌍의 커플이 있다. 닐과 애나다. 사이먼의 회계사와 그의 아내. 바로 건너편 집에 사는 그들.
	젬마가 바베큐장에서 애나와 웃고 있는 닐을 건너다본다.
음악 시작 (핸드폰을 확인하는 젬마) 10:51:34	트렁크 바닥을 바라보는 젬마. 뭘 해야 할지 확신이 안 선다. 순간 완전히 혼자라는 느낌이 찾아온다. 그녀는 거의 핸드폰을 던져버릴 뻔하다가 문득 생각이 들어 메시지창을 열어본다. '받는 사람' 목록들 중에...
	어제 — 케이트 — 오늘 오후는 미안해요. 내일 3시 직후에 거기 있을게요. S xxx
	그리고 로즈! 로즈의 메시지 첫 문장이 젬마의 눈에 들어온다. '젬마'가 일찍 퇴근했어. 젬마가 널 미행하려는 거 같아. 젬마가 로즈의 메시지 목록을 연다. "젬마에게 말해야 해"라는 메시지 전에는 별 특징 없는 메시지들이 있다.
	톰에게 조심스럽게 음식접시를 가져다주는 로즈를 바라보는 젬마.
	다시 핸드폰으로 시선을 옮기지만 이미 충분히 봤다. 충격에 휩싸인 그녀는 핸드폰과 티셔츠, 그리고 지갑을 다시 백팩에 집어넣고 지퍼를 닫는다.
	거의 경련하듯이 우는 젬마. 그러나 공공장소임을 의식한다. 어떻게 해야 할지 알 수 없다. 허둥지둥대며 가방을 원대 자리에 내려놓고 트렁크 하단 칸막이를 닫는다. 그리고 트렁크 문도 닫아 잠근다. 휘청거리며 자신의 차로 향하는 젬마.
10:52:09	실내. 젬마의 차. 주간
	차 문을 연 젬마가 자신의 왕진 가방에서 작은 주머니를 꺼낸다.
10:52:15	실외. 젬마의 차. 주간

Inside is a very sharp pair of scissors. She holds them tightly.

10:52:19   INT. GEMMA'S CAR. DAY

She doesn't know what to do. She's shaking.

10:52:25   EXT. GEMMA'S CAR. DAY

She slips the scissors in her pocket.

10:52:28   INT. GEMMA'S CAR. DAY

We see her push them into her pocket.

10:52:30   EXT. GEMMA'S CAR. DAY

Standing by her car, she puts her earring back on, smoothes her hair and walks back to the pub.

10:52:36   EXT. THE ARTICHOKE CAR PARK. DAY

GEMMA walks back towards the pub as if in slow motion.

10:52:47   EXT. THE ARTICHOKE GARDEN. DAY

GEMMA walks into the garden. SIMON is at the barbeque. She looks round at the CROWD - BECKY, SUSAN, CHRIS, ANDREW and finally KATE.
ROS, from across the CROWD, shouts very loudly -

ROS
Hey! Where've you been?

Everyone turns to look at her. Expectant. Happy. She looks across them all.

ANNA
You alright?

At the barbecue: SIMON. He's staring at her. Wondering what she's doing, why's she being so weird. Suddenly the cloth that SIMON'S holding catches fire.

SIMON
Shit - OW!

He instinctively throws it on the floor and stamps on it but has burnt his hand. He screams and everyone moves to help him.

10:53:32   EXT. THE ARTICHOKE GARDEN. DAY

주머니 안에는 굉장히 날카로운 가위가 있다. 그걸 꼭 움켜쥐는 젬마.

10:52:19   <u>실내.   젬마의 차.   주간</u>

그녀는 뭘 해야 할지 모르겠다. 몸을 떠는 젬마.

10:52:25   <u>실외.   젬마의 차.   주간</u>

젬마가 옷 주머니에 가위를 넣는다.

10:52:28   <u>실내.   젬마의 차.   주간</u>

그녀가 주머니 속으로 가위를 밀어넣는 모습이 보인다.

10:52:30   <u>실외.   젬마의 차.   주간</u>

차 옆에 서서 귀걸이를 다시 다는 젬마. 그녀가 머리카락을 매만지고 파티장으로 걸음을 옮긴다.

10:52:36   <u>실외.   아티초크 주차장.   주간</u>

젬마가 마치 슬로우 모션처럼 파티장을 향해 걷는 게 보인다.

10:52:47   <u>실외.   아티초크 가든.   주간</u>

젬마가 가든에 들어선다. 사이먼은 바베큐장에 있다. 젬마가 모여 있는 사람들을 둘러본다. 베키, 수지, 크리스, 앤드류, 그리고 드디어 케이트.
그들과 떨어져 맞은편에 있던 로즈가 목청껏 외친다.

로즈
헤이! 어디 있었어?

모두가 젬마에게 시선을 돌린다. 기대감. 행복. 그들 모두를 살피는 젬마.

애나
괜찮아?

바베큐장에서: 사이먼이 젬마를 보고 있다. 그녀가 왜 저러고 있는지, 왜 저렇게 섬뜩해 보이는지 의아해 하면서. 그러다 갑자기 사이먼이 쥐고 있던 행주에 불이 옮겨붙는다.

사이먼
젠장- 아야!

사이먼은 본능적으로 행주를 바닥에 내팽개쳐버리고 발로 밟아 불을 끄려 한다. 그러나 이미 손에 화상을 입었다. 그가 비명을 지르자 모두가 다가와 도우려 한다.

10:53:32   <u>실외.   아티초크 가든.   주간</u>

GEMMA slowly finishing pouring water over his HAND. He's acting like it really hurts.

SIMON (CONT'D)
Ow! I'm an idiot. Sorry.

MUSIC OUT (GEMMA CHECKING
PHONE) 10:53:39

He turns his left hand over. It's red from the burn, but not too bad.

GEMMA
I'm gonna have to take this off.

She takes his wedding ring off, he cries in agony. She gives it to him. She uses her scissors to cut a dressing and dresses the wound.

MUSIC IN (GEMMA HELPING
SIMON) 10:53:55

GEMMA
There.

SIMON
Maybe I'll leave the food to Neil. You alright?

GEMMA puts the dressing back in her bag, but keeps the scissors in her hand, looks like she is going to stab someone.

NEIL
Mate, if you've finished in the sick bay we need your attention over here for two seconds. Come on, best smile.

NEIL taps him on the shoulder -

SIMON stands, moving away from GEMMA because appearing from the pub is his birthday cake - now with 40 candles on it. Applause from EVERYONE. GEMMA watches him approach it - leave her behind. She still holds the scissors but the moment's gone, for now...

SIMON
Thanks guys!

MUSIC OUT (GEMMA HELPING
SIMON) 10:54:34

SIMON blows out the candles. A cheer from EVERYONE. Then calls for "Speech"!

NEIL
Speech!

SIMON (CONT'D)
(taking a drink)
Forty! Jesus! I would say thanks for coming but there's free booze, so I know why you're here. Especially you!

EVERYONE laughs a little.

젬마가 사이먼의 손에 물을 붓는 응급처치를 서서히 마무리짓는다. 사이먼은 엄청 아픈 티를 낸다.

사이먼 (이어서)
아야! 나 참 바보 같네. 미안.

자신의 왼손을 뒤집어보는 사이먼. 화상으로 붉게 물들었지만 아주 심하지는 않다.

음악 끝 (핸드폰을 확인하는 젬마) 10:53:39

젬마
이거 빼버려야겠어.

젬마가 사이먼 손가락에서 결혼반지를 뺀다. 극심한 통증으로 비명을 지르는 사이먼. 젬마가 빼낸 반지를 사이먼에게 건넨다. 그리고 가위로 붕대를 잘라서 상처 위에 덮는다.

음악 시작 (사이먼을 돕는 젬마) 10:53:55

젬마
됐어.

사이먼
아무래도 음식은 닐한테 넘겨야 될 거 같아. 당신 괜찮지?

젬마는 붕대를 가방 안에 다시 넣는다. 그러나 가위는 계속 손에 쥐고 있다. 마치 누군가를 찌르려고 하는 것처럼.

닐
이봐 친구, 응급처지 끝났으면 이리 와서 잠깐이라도 인사말을 해야지. 어서 최고의 미소를 지어 봐!

닐이 사이먼의 어깨를 두드린다.

사이먼이 일어서서 젬마로부터 떨어진다. 초 40개를 꽂은 그의 생일 케이크가 준비되었기 때문이다. 모두 박수를 보낸다. 자기를 뒤에 남겨둔 채 케이크를 향해 가는 사이먼을 젬마가 바라본다. 그녀는 여전히 가위를 쥐고 있다. 그러나 그 순간은 지나간다. 우선은...

사이먼
고마워, 친구들!

음악 끝 (사이먼을 돕는 젬마) 10:54:34

사이먼이 입김으로 촛불을 끈다. 모두들 축하를 보낸다. 그리고 "소감 한 마디 해"라고들 외친다.

닐
한 마디 해!

사이먼 (이어서)
(음료를 한 모금 하고)
마흔! 세상에! 와줘서 고맙긴 한데 다들 공짜 술 때문에 왔다는 거 다 알아요. 특히 너!

모두들 살짝 웃는다.

SIMON (CONT'D)
Erm, I'm not really into speeches but I have to
thank two people. At least wanna do that. Erm,
firstly Tom - he's smart, he's well-behaved -
most of the time - but better than that, and he
won't like me saying this, but he's kind. He
always wants people to be happy and he does his
best to make that happen. Sorry Tom! I'm
embarrassing you I know, but I'm really so proud
to be your dad.

TOM'S shy.

SIMON
And the other person ...

10:55:28   INT. THE ARTICHOKE PUB. DAY

From inside the pub we see the back of SIMON as
he gives his speech.

SIMON (CONT'D)
... you'll know that I've lived most of my life
here. Apart from five years in London, which I
hated! But even so, I'm glad I went. Because in
London I found Gemma...

10:55:40   EXT. THE ARTICHOKE GARDEN. DAY

SIMON (CONT'D)
... and since then, I've never looked back. I'd
be nothing without her. She's a wonderful
mother, a talented doctor, and not a bad little
earner! Erm all my dreams, what I want, she
never laughs, she just asks how she can help.
And in return she's stuck with a middle-aged
MUSIC IN (TOAST FOR GEMMA)   man. So, in sympathy and admiration, er please
10:56:12   be upstanding for a toast. To Gemma!

EVERYONE raises a glass and looks at GEMMA.

ALL
To Gemma!

A round of APPLAUSE, and more calls for a
speech!

We go close on GEMMA - what's she going to do?

10:56:25   INT. THE ARTICHOKE PUB. DAY

From inside the pub we GEMMA as she goes over
to SIMON.

10:56:27   EXT. THE ARTICHOKE GARDEN. DAY

She stands in front of those who have betrayed
her and then she suddenly breaks into a smile,

사이먼 (이어서)
어, 전 이런 거 잘 못하지만 두 사람에게 감사를 전해야만 하겠어요. 적어도 이것만큼은 하고 싶네요. 첫 번째로 톰! 똑똑하고, 항상 착하고... 하지만 무엇보다도, 내가 이런 말 하는 걸 싫어하는 건 알지만, 톰은 다정한 아이예요. 언제나 사람들이 행복하길 바라고 그렇게 만들기 위해 마음을 다하죠. 미안, 톰! 내가 널 부끄럽게 만들고 있다는 건 알지만, 내가 너의 아빠라는 게 정말 자랑스럽단다.

톰이 수줍어한다.

사이먼
그리고 나머지 사람은...

10:55:28

<u>실내. 아티초크 펍. 주간</u>

펍 안의 시점에서, 연설하고 있는 사이먼의 뒷모습이 보인다.

사이먼 (이어서)
... 내가 인생 대부분을 여기서 살았다는 걸 여러분도 알 거예요. 한 5년 정도 여기서 떨어져 런던에서 살았었는데 끔찍했어요. 그래도 런던에 가서 다행이었죠. 거기서 젬마를 찾았으니까요...

10:55:40

<u>실외. 아티초크 가든. 주간</u>

사이먼 (이어서)
...그 이후로 전 뒤를 돌아본 적이 없어요. 젬마 없는 저는 아무것도 아니죠. 훌륭한 엄마이자 재능 있는 의사, 그리고 나쁘지 않게 번다는 거! 어, 제 모든 꿈, 제가 원하는 걸 젬마는 비웃은 적이 없어요. 젬마는 그저 어떻게 하면 도와줄 수 있는지 물어봐 주는 사람이에요. 그 대가로 젬마는 지금 중년의 한 남자와 이렇게 꼭 붙어있는 거죠. 그래서, 위로와 존경을 담아... 어, 건배를 위해 잔을 들어줄래요? 젬마를 위해!

음악 시작 (젬마를 위해 건배) 10:56:12

모두들 잔을 들고 젬마를 쳐다본다.

일동
젬마를 위해!

한 차례의 박수갈채. 그리고 젬마에게 한 마디 하라는 요청이 이어진다.

젬마에게 집중 ─ 그녀는 무엇을 하려는 걸까?

10:56:25

<u>실내. 아티초크 펍. 주간</u>

펍 안의 시점에서, 사이먼에게 다가가는 젬마의 모습이 보인다.

10:56:27

<u>실외. 아티초크 가든. 주간</u>

자신을 배신해 온 사람들 앞에 선 젬마. 그녀가 갑자기 미소 짓기 시작한다.

grabs SIMON and passionately kisses him. The
CROWD cheers approvingly and applauds!
KATE looks uncomfortable.

10:56:48   INT. THE ARTICHOKE PUB. DAY

                            We see them from inside the pub.

                            SIMON
                            Right let's get this party started.

MUSIC IN 'PIANO THEME DRONE'
10:56:50   SIMON leaves GEMMA and moves into the CROWD to
                            mingle.

10:56:55   EXT. THE ARTICHOKE GARDEN. DAY

                            GEMMA touches her lips. She watches SIMON talk
                            to CHRIS as KATE passes him by.

                            GEMMA (V.O)
                            *'Hell! Hell. Yet I'll be calm. Now the dawn
                            begins... and the slow hand of fate is stretched
                            to draw the veil, and leave thee bare. Heaven
                            has no rage, like love to hatred turn'd...'*

                            She stares - as EVERYONE parties around her -
                            no love in her eyes anymore - something hard,
                            and very different.

                            GEMMA (CONT'D)(V.O)
                            'Nor hell a fury, like the woman scorned.'

10:57:29   TO BLACK
MUSIC OUT (TOAST FOR GEMMA)
10:57:31
MUSIC IN 'DF EPS1 TEASER'
10:57:31
MUSIC OUT 'PIANO THEME DRONE'
10:57:32   **TEASER IN**

                            GEMMA looking at her laptop, drinking a glass
                            of wine.

                            Caption (over picture):
                            Next time

                            CU screen with KATE's business link profile
                            followed by CU image of KATE smiling.

                            CU GEMMA upset.

                                                              CUT TO:

10:57:38   GEMMA, out of control, manic, throws two
                            suitcases onto the floor.

                                                              CUT TO:

그리고 사이먼을 붙잡고 열정적으로 키스한다. 사람들이 호응하며 환호를 한다. 이어지는 박수!
케이트는 불편한 기색이다.

10:56:48 | 실내. 아티초크 펍. 주간

펍 안에서 보이는 두 사람의 모습.

사이먼

음악 시작 '저음 피아노 테마' 10:56:50

좋아요, 이제 파티를 시작해 봅시다!

사이먼이 젬마에게서 떨어져 사람들과 어울리기 위해 나선다.

10:56:55 | 실외. 아티초크 가든. 주간

자신의 입술을 매만지는 젬마. 그녀는 사이먼이 크리스와 대화하는 걸 지켜본다. 그때 그 옆을 지나치는 케이트.

젬마 (화면 밖 목소리)
지옥! 지옥. 그러나 나는 잔잔하리라. 이제 동이 트기 시작하네. 운명의 느린 손이 베일을 걷어 너를 벌거벗길 것이니. 증오로 바뀐 사랑 같은 분노는 천국에 없으며...

젬마를 둘러싼 모든 이들이 파티를 즐기는 동안 그녀의 눈빛에는 더 이상 그 어떤 애정도 없다. 대신 뭔가 완고하고 무척 이질적인 것이 담겨있다.

젬마 (이어서) (화면 밖 목소리)
멸시받은 여인 같은 분노는 지옥에조차 없으니.

10:57:29
음악 끝 (젬마를 위해 건배) 10:57:31
음악 시작 '예고편' 10:57:31
음악 끝 '저음 피아노 테마' 10:57:32

암전.

예고편 시작

젬마가 와인 한 잔을 마시며 자신의 노트북을 보고 있다.

자막 (화면 위로):
다음 시간

케이트의 회사 프로필 링크가 보이는 노트북 화면에 클로즈업.
이어 케이트가 웃고 있는 사진이 클로즈업.

마음이 무너지는 젬마 클로즈업.

화면 전환:

10:57:38 | 자제력을 잃고 미칠 지경이 된 젬마가 여행가방 두 개를 바닥에 던진다.

화면 전환:

145

10:57:40   GEMMA throws SIMON's clothes into the
                                  suitcases.

                                                               CUT TO:

10:57:41   GEMMA rips apart SIMON's suit and starts
                                  sobbing.

                                  GEMMA (V.O.)
                                  How long have you known?

                                                               CUT TO:

10:57:43   GEMMA with ROS.

                                  ROS
                                  Oh God, Gemma ...

                                  GEMMA
                                  Yeah.

                                                               CUT TO:

10:57:46   GEMMA throws the torn suit on top of the
                                  suitcases and walks back to the kitchen.

                                  GEMMA (V.O.)
                                  I want him to come in and see those suitcases
                                  ...

                                                               CUT TO:

10:57:50   GEMMA with ROS.

                                  GEMMA (CONT'D)
                                  ... and understand, in that second ...

                                                               CUT TO:

10:57:53   TOM in bed sleeping.

                                  GEMMA (CONT'D) (V.O.)
                                  ... exactly what he's lost.

                                                               CUT TO:

10:57:55   GEMMA waiting for SIMON to return home,
                                  distraught.

                                                               CUT TO:

10:57:57   SIMON stumbles into the house, drunk.   On GEMMA
                                  about to confront him.

10:58:02   TO BLACK
MUSIC IN 'DF END CREDITS'
10:58:03
MUSIC OUT 'DF EPS1 TEASER'

| 10:57:40 | 젬마가 사이먼의 옷들을 여행가방 안으로 던진다. |

화면 전환:

| 10:57:41 | 젬마가 사이먼의 정장을 찢고서 흐느낀다. |

젬마 (화면 밖 목소리)
안 지 얼마나 됐어?

화면 전환:

| 10:57:43 | 로즈와 함께 있는 젬마 |

로즈
맙소사, 젬마….

젬마
그래.

화면 전환:

| 10:57:46 | 젬마가 찢어진 정장을 여행가방 위에 던지고 주방으로 향한다. |

젬마 (화면 밖 목소리)
그 사람이 돌아와서 이 여행가방들을 보면 좋겠어.

화면 전환:

| 10:57:50 | 로즈와 함께 있는 젬마 |

젬마 (이어서)
…그 순간 이해하게 되겠지…

화면 전환:

| 10:57:53 | 톰이 침대에서 자고 있다. |

젬마 (이어서) (화면 밖 목소리)
…본인이 정확히 뭘 잃었는지.

화면 전환:

| 10:57:55 | 제정신이 아닌 채로, 사이먼이 귀가하는 걸 기다리는 젬마. |

화면 전환:

| 10:57:57 | 사이먼이 휘청거리며 집에 들어온다. 술에 취했다. 젬마가 그와 정면으로 마주하려 한다. |
| 10:58:02 | 암전. |

음악 시작 '엔딩 크레딧'
10:58:03

음악 끝 '예고편'

10:58:04   **END CREDITS** (roller over black)

Cast in order of appearance

Dr Gemma Foster	SURANNE JONES
Simon Foster	BERTIE CARVEL
Tom Foster	TOM TAYLOR
Gordon Ward	DANIEL CERQUEIRA
Luke Barton	CIAN BARRY
Julie	SHAZIA NICHOLLS
Ros Mahendra	THUSITHA JAYASUNDERA
Nick Stanford	PETER DE JERSEY
Carly	CLARE-HOPE ASHITEY
Susie Parks	SARA STEWART
Poppy	TYLA WILSON
Isobel	MEGAN ROBERTS
Becky	MARTHA HOWE-DOUGLAS
Neil	ADAM JAMES
Anna	VICTORIA HAMILTON
Jack Reynolds	ROBERT PUGH
Helen Foster	CHERYL CAMPBELL
Bridewell Nurse	CHARLOTTE MCKINNEY
Chris Parks	NEIL STUKE
Andrew Parks	CHARLIE CUNNIFFE
Kate Parks	JODIE COMER
Daniel Spencer	RICKY NIXON
Stunt Coordinators	ANDY BRADFORD
	GARY CONNERY
Stunt Performer	RAY DE HAAN
Production Coordinator	ANNA GOODRIDGE
Production Secretary	TIM MORRIS
Production Runner	EUAN GILHOOLY
Script Editor	LAUREN CUSHMAN
Production Accountant	ELIZABETH WALKER
Assistant Production Accountant	LINDA BAIGE
Casting Associate	ALICE PURSER
Casting Assistant	RI MCDAID-WREN
1st Assistant Director	KRISTIAN DENCH
2nd Assistant Director	SEAN CLAYTON
3rd Assistant Director	JAMES MCGEOWN
Floor Runners	ALEXANDRA BEAHAN
	SOPHIE KENNY
Location Manager	KAREN SMITH
Assistant Location Manager	ELENA VAKIRTZIS

<u>엔딩 크레딧</u> (검은 화면 위로 올라감)

등장 순서대로

젬마 포스터	슈란느 존스
사이먼 포스터	버티 카벨
톰 포스터	톰 테일러
고든 와드	다니엘 서퀘이라
루크 바톤	시안 배리
줄리	샤지아 니콜스
로즈 마헨드라	수시타 제야선데라
닉 스탠포드	피터 드 져지
칼리	클레어-홉 애쉬티
수지 파크스	사라 스튜어트
포피	타이라 윌슨
이소벨	메건 로버츠
베키	마사 하우-더글라스
닐	아담 제임스
애나	빅토리아 해밀턴
잭 레이놀즈	로버트 퍼프
헬렌 포스터	셰릴 캠프벨
브라이드웰 간호사	샬럿 맥키니
크리스 파크스	네일 스투케
앤드류 파크스	찰리 컨니페
케이트 파크스	조디 코머
다니엘 스펜서	릭키 닉슨
스턴트 감독	앤디 브래드포드
	개리 코니
스턴트 연기	레이 드 한
제작 감독	애나 굿릿지
제작 관리	팀 모리스
제작 지원	이언 길후리
대본 편집	로렌 커쉬맨
제작 회계	엘리자베스 워커
제작 회계 보조	린다 배이지
캐스팅 제휴	앨리스 퍼셔
캐스팅 보조	리 맥데이드-우렌
1st 조감독	크리스티안 덴치
2nd 조감독	션 크레이튼
3rd 조감독	제임스 맥기오운
현장 지원	알렉산드라 베한
	소피 케니
장소섭외 담당	카렌 스미스
장소섭외 담당 보조	엘레나 바키츠이즈

Location Assistant	COREY MORPETH
Camera Operator	JEREMY HILES
A Camera Focus Puller	JAY POLYZOIDES
B Camera Focus Puller	PIOTR PERLINSKI
2nd Assistant Camera	ANDRES CLARIDGE
Camera Trainees	CAROLINE DELERUE
	CLARE SEYMOUR
DIT	DYLAN EVANS
Grips	BRETT LAMERTON
	BEN FREEMAN
Gaffer	MARK TAYLOR
Best Boy	DANNY GRIFFITHS
Electricians	SIMON ATHERTON
	JAMES KENNEDY
	GUY MINOLI
Standby Rigger	ROB ARMSTRONG
Sound Maintenance Engineer	GIDEON JENSEN
Sound Assistant	MATT FORRESTER
Art Director	ADAM MARSHALL
Standby Art Director	SUSIE BATY
Assistant Art Director	GEORGIA GRANT
Set Decorator	HANNAH SPICE
Props Buyer	ANTONIA TIBBLE
Props Master	NICK WALKER
Standby Props	DAVE ACKRILL
	EDDIE BAKER
Dressing Props	DAVE SIMPSON
	SAM WALKER
Art Department Assistant	LOTTIE MCDOWELL
Art Department Trainee	ANNA CZERNIAVSKA
Standby Carpenter	RONALD ANDERSON
Special Effects	SCOTT MCINTYRE
Costume Supervisor	NADINE DAVERN
Costume Assistants	JEN DAVIES
	RUTH PHELAN
Costume Trainee	ELIZABETH WEBB
Make-Up Supervisor	KATIE PICKLES
Make-Up Artist	ALANA CAMPBELL
Make-Up Trainee	SIMONE CAMPS
Medical Advisor	DR RACHEL GRENFELL

장소섭외 보조	코리 모피스
촬영 기사	제레미 힐레스
A 카메라 보조	제이 폴리조디스
B 카메라 보조	피오트 퍼린스키
2nd 보조 카메라	안드레스 클레릿지
카메라 지원	캐롤라인 딜리루
	클레어 세이무어
디지털 이미지 기술	딜란 에반스
촬영 기사 보조	브렛 레머튼
	벤 프리먼
조명 감독	마크 테일러
조명 감독 조수	대니 그리피스
전기 기사	사이먼 애서튼
	제임스 케네디
	가이 미놀리
현장 준비	롭 암스트롱
음향 기술	기디언 젠슨
음향 보조	맷 포리스터
미술 감독	아담 마샬
대기 미술 감독	수지 배티
미술 조감독	죠지아 그랜트
세트 장식	한나 스파이스
소품 구매	앤소니아 티블
소품 관리	닉 워커
소품 대기	데이브 애크릴
	에디 베이커
의상실 소품	데이브 심슨
	샘 워커
미술부 보조	로티 맥도웰
미술부 지원	애나 체르니아브스카
세트 대기	로널드 앤더슨
특수 효과	스콧 맥킨타이어
의상 감독	나딘 데이번
의상 보조	젠 데이비스
	루스 페란
의상 지원	엘리자베스 웹
분장 감독	케이티 피클스
분장 아티스트	엘레나 캠벨
분장 지원	시몬 캠프스
의료 자문	닥터 레이첼 그렌펠

Publicist	CHRISTOPHER DUGGAN
Communications Manager	CHARLOTTE INETT
Picture Executive	VICTORIA DALTON
Picture Manager	JULIAN WYTH
Stills Photographer	DES WILLIE
Legal and Business Affairs	BELLA WRIGHT
Financial Controller	DENIS WRAY
Assistant to Executives	TROY HUNTER
Head of Production	SUSY LIDDELL
Post Production Supervisor	BEEWAN ATHWAL
Post Production Paperwork	ILANA EPSTEIN
Assistant Editor	OLIE GRIFFIN
Dialogue Editor	TOM DEANE
Sound FX Editor	JIM GODDARD
Dubbing Mixer	STUART HILLIKER
Title Music	'Fly' by LUDOVICO EINAUDI
Online Editor	OWEN HULME
VFX	SASCHA FROMEYER
Colourist	AIDAN FARRELL
Music Supervisor	IAIN COOKE
Composer	FRANS BAK
Title Design	PETER ANDERSON STUDIO
Casting Director	ANDY PRYOR CDG
Sound Recordist	BILLY QUINN
Hair & Make-Up Designer	JOJO WILLIAMS
Costume Designer	ALEXANDRA CAULFIELD
Editor	TOM HEMMINGS
Production Designer	HELEN SCOTT
Director of Photography	JEAN-PHILIPPE GOSSART
Line Producer	CHRISTINE HEALY

홍보 담당	**크리스토퍼 듀간**
커뮤니케이션 매니저	**샬롯 이네트**
사진 총괄	**빅토리아 달튼**
사진 담당	**줄리안 위드**
스틸 사진	**데스 윌리**
법률 및 경영 업무	**벨라 라이트**
재무 관리	**데니스 레이**
행정 보조	**트로이 헌터**
제작부 총괄	**수지 리델**
후반 작업 총괄	**비완 애셜**
후반 작업 문서 관리	**이라나 엡스틴**
편집 보조	**올리 그리핀**
대사 편집	**톰 딘**
음향 효과 편집	**짐 고다드**
더빙 믹서	**스튜어트 힐리커**
주제가	**'비행' by 루도비코 에이나우디**
온라인 편집	**오웬 헐미**
시각 효과	**샤챠 프로미어**
색채 담당	**에이던 패럴**
음악 감독	**이언 쿡**
작곡	**프란스 박**
타이틀 디자인	**피터 앤더슨 스튜디오**
캐스팅 감독	**앤디 프라이어 시디지**
음향 녹음	**빌리 퀸**
헤어 및 분장 디자이너	**조조 윌리엄스**
의상 디자이너	**알렉산드라 카울필드**
편집	**톰 헤밍스**
제작 디자이너	**헬렌 스콧**
촬영 감독	**진-필립 가사트**
라인 프로듀서	**크리스틴 힐리**

<u>**CARD 1**</u>

Executive Producer for the BBC
MATTHEW READ

<u>**CARD 2**</u>

For

© Drama Republic Limited MMXV

MUSIC OUT 'DF END CREDITS'
10:58:34

10:58:35   **<u>END OF EPISODE</u>**

음악 끝 '엔딩 크레딧'
10:58:34

10:58:35   <u>에피소드 1 끝</u>

Episode 2.

MUSIC IN (DF EPS2 RECAP)
10:00:00

RECAP IN

GEMMA and SIMON rolling around on the bed,
laughing, as they have sex.

Caption (over picture):
Previously

GEMMA (V.O.)
I found a long ...

CUT TO:

10:00:02

Close up of blonde hair on SIMON's scarf.

GEMMA (V.O.) (CONT'D)
... blonde hair on Simon's scarf.

GEMMA twirls the hair around in her fingers
studying it.

CUT TO:

10:00:05

GEMMA driving, following SIMON's car.

SIMON (V.O.)
You followed me?

CUT TO:

10:00:06

SIMON and GEMMA at Bridewell Nursing Home.

SIMON (CONT'D)
What did you think I was doing?

CUT TO:

10:00:07

GEMMA watches SIMON sleeping.

GEMMA (V.O.)
I'm pretty sure my husband is sleeping with
someone else.

CUT TO:

10:00:10

SIMON's birthday party, GEMMA tries to hold it
together as he makes a speech.

SIMON
I'd be nothing without her, she's a wonderful
mother, a talented doctor ...

CUT TO:

10:00:16

GEMMA tipping out contents of bag and finding
mobile phone.

SIMON (CONT'D) (V.O.)
... and not a bad little earner ...

She wakes the phone up and sees the screensaver
- SIMON with KATE.

GEMMA lets out a cry as she looks at the picture.

CUT TO:

<u>지난 회 요약 시작</u>

젬마와 사이먼이 침대에서 뒹굴고 있다. 사랑을 나누며 웃는 그들.

자막 (화면 위로)
지난 시간

화면 전환:

젬마 (화면 밖 목소리) 찾았어, 긴...

10:00:02

사이먼의 스카프에 붙은 금발 머리카락 클로즈업.

젬마 (화면 밖 목소리) (이어서)
금발 머리카락을, 사이먼의 스카프에서.

머리카락을 살펴보면서 그걸 자신의 손가락 둘레에 감는 젬마.

화면 전환:

10:00:05

사이먼의 차를 뒤쫓으며 젬마가 운전을 한다.

사이먼 (화면 밖 목소리) 날 미행했다고?

화면 전환:

10:00:06

사이먼과 젬마가 브라이드웰 요양원에 있다.

사이먼 (이어서) 내가 뭘 하고 있다고 생각한 거야?

화면 전환:

10:00:07

자고 있는 사이먼을 지켜보는 젬마.

젬마 (화면 밖 목소리)
남편이 바람을 피우고 있는 게 확실해요.

화면 전환:

10:00:10

사이먼의 생일 파티. 그가 연설하는 동안 젬마가 파티를 망치지 않으려 애쓰고 있다.

사이먼
나는 젬마 없이는 아무것도 아니에요. 젬마는 훌륭한 엄마이자 유능한 의사...

화면 전환:

10:00:16

젬마가 가방 속 내용물을 쏟아붓고 핸드폰을 발견한다.

사이먼 (이어서) (화면 밖 목소리) ...그리고 돈벌이도 나쁘지 않죠...

젬마가 휴대폰 화면을 켜자 바탕화면이 보인다. 케이트와 함께 있는 사이먼.

사진을 보며 젬마가 흐느낀다.

화면 전환:

10:00:21   GEMMA's POV of KATE with her parents, SUSIE and
                                      CHRIS, at SIMON's party.

                                                                      CUT TO:

10:00:22   Looking back at the mobile, GEMMA sees a text
                                      message from ROS - *'Gemmas left work early I
                                      think she's going to follow you'*.

                                      SIMON (V.O.) (CONT'D)
                                      So in sympathy and admiration, er please be ...

                                                                      CUT TO:

10:00:27   GEMMA's POV of ROS taking a plate of food across
                                      to TOM.

                                      SIMON (V.O.) (CONT'D)
                                      ... upstanding for a toast ...

                                                                      CUT TO:

10:00:29   SIMON and GUESTS raise their glasses and look
                                      at GEMMA.

                                      SIMON (CONT'D)
                                      ... to Gemma.

                                      GUESTS
                                      To Gemma!

                                                                      CUT TO:

10:00:31   Standing in front of everyone who betrayed her,
                                      GEMMA grabs SIMON and kisses him passionately.
                                      KATE looks uncomfortable.

                                      GEMMA (V.O.)
                                      *Heaven has no rage, like love to hatred turn'd
                                      ... Nor...*

                                                                      CUT TO:

10:00:38   GEMMA watches SIMON talk to CHRIS as KATE passes
                                      him by.

                                      GEMMA (V.O.) (CONT'D)
                                      ... hell a fury, like the woman scorned.

                                      Out on GEMMA as EVERYONE parties around her, no
                                      love in her eyes anymore but something hard, and
                                      very different.

                                                                      CUT TO:

MUSIC IN (PIANO V1/ACTION V2/
PIANO DK/SUPICIOUS V1) 10:00:43   <u>EXT. THE SKY. DAY</u>

                                      Time-lapse - cloudy sky. The sun shines.

10:00:48   <u>EXT. THE ARTICHOKE GARDEN. DAY</u>
MUSIC OUT (DF EPS2 RECAP)
10:00:50   Cut to the back of GEMMA now standing looking

10:00:21	파티에서 케이트가 그녀의 부모, 수지와 크리스와 함께 있는 모습을 보는 젬마의 시점.
	화면 전환:
10:00:22	다시 핸드폰으로 시선을 돌려 로즈의 메시지를 보는 젬마. "젬마가 일찍 퇴근했어. 널 미행하려는 것 같아."
	사이먼 (화면 밖 목소리) (이어서) 그럼 위로와 존경을 담아, 어, 다들...
	화면 전환:
10:00:27	로즈가 톰에게 음식접시를 건네는 모습을 보는 젬마의 시점.
	사이먼 (화면 밖 목소리) (이어서) .... 건배를 위해 잔을 들어 주세요.
	화면 전환:
10:00:29	각자의 잔을 든 사이먼과 손님들의 시선이 젬마를 향한다.
	사이먼 (이어서) ...젬마를 위해.
	손님들 젬마를 위해!
	화면 전환:
	화면 전환:
10:00:31	자신을 배신해 온 모든 사람들 앞에 선 젬마. 사이먼을 붙들고 열정적으로 키스한다. 불편한 기색의 케이트.
	젬마 (화면 밖 목소리) 증오로 바뀐 사랑 같은 분노는 천국에 없으며...
	화면 전환:
10:00:38	사이먼과 크리스가 얘기하는 동안 그 옆을 지나는 케이트를 젬마가 주시한다.
	젬마 (화면 밖 목소리) (이어서) ...멸시받은 여인 같은 분노는 지옥에조차 없으니.
	주변에서 사람들이 파티를 즐기는 동안, 젬마의 눈빛에는 더 이상 그 어떤 애정도 없다. 대신 뭔가 완고하고 전혀 이질적인 것이 느껴진다.
	화면 전환:
음악 시작 (피아노V1/액션V2/피아노DK/의심V1) 10:00:43	**실외. 하늘. 주간** 저속 촬영 ― 흐린 하늘에서 태양이 모습을 드러내는 장면.
10:00:48 음악 끝 (지난 회 요약) 10:00:50	**실외. 아티초크 가든. 주간** 파티하는 사람들을 바라보며 서 있는 젬마의 뒷모습으로 전환.

at the party. We are back at the end of Episode 1. GEMMA looks around, begins to walk through the party looking for KATE. It's all slow motion, no party noise. She passes familiar faces - BECKY's there with her DAUGHTER. She speaks to GEMMA (we don't hear).

ROS next. She offers GEMMA a glass of champagne but GEMMA keeps going.

She finds SUSIE, CHRIS, KATE and ANDREW. GEMMA's just staring at KATE. KATE looks at GEMMA.

GEMMA is about to tell her what she knows, but just as she's about to SIMON appears.

MUSIC IN 'FACE TO FACE'
10:01:32

SIMON
(to GEMMA)
There you are!   We ought to cut the cake really. I thought you'd wanna be there.

GEMMA
(tiny beat)
Of course.

SIMON
Excuse us.

CHRIS
Yeah, sure!

MUSIC OUT(PIANO V1/ACTION V2/
PIANO DK/SUPICIOUS V1) 10:01:39

He leads GEMMA away towards the cake. But GEMMA can't hide it much longer - the tears rising. She's going to lose it - in front of EVERYONE. She stops walking.

GEMMA
I'm sorry, I ...

SIMON turns to look at her.

GEMMA (CONT'D)
I'm sorry I'm not feeling well.

SIMON
You've only been here half an hour.

GEMMA
No, I'm not drunk, I just, I feel sick. I could be sick. I, I should go home.

NEIL
(shouting)
Come on you two!

SIMON
(shouting back)
Yeah, yeah!

NEIL
Come on!

SIMON
(to GEMMA)
You wanna go now?

GEMMA
I'm really suffering.

지난 회의 마지막 장면으로 다시 돌아간다. 파티를 둘러보고 있던 젬마가 사람들을 통과하며 걷기 시작한다. 케이트를 찾으면서. 장면은 모두 슬로우 모션이다. 파티의 소음도 들리지 않는다. 젬마 옆으로 친숙한 얼굴들이 지나친다. 딸과 함께 있던 베키가 젬마에게 뭐라고 얘기한다. (우리에게는 들리지 않는다.)

다음은 로즈. 그녀가 젬마에게 샴페인 한 잔을 권하지만 젬마는 계속 걸어간다.

수지, 크리스, 케이트, 그리고 앤드류를 발견한 젬마. 그녀는 그저 케이트를 응시한다. 케이트도 젬마를 본다.

젬마가 케이트에게 자신이 알고 있다는 것을 말하려고 한다. 바로 그 찰나, 사이먼이 나타난다.

사이먼
(젬마에게) 거기 있었구나! 우리 이제 정말 케이크 자르러 가야 해. 같이 가야지?

음악 시작 '맞대면'
10:01:32

젬마
(미세하게 동요하며) 물론이지.

사이먼 우리 잠시 실례할게요.

크리스 그럼, 물론이죠!

음악 끝 (피아노V1/액션
V2/피아노DK/의심V1)
10:01:39

케이크 쪽으로 젬마를 인도하는 사이먼. 그러나 젬마는 감정을 더 이상 오래 숨기지 못한다. 눈물이 솟아오르려고 한다. 모두들 앞에서 더 이상 참지 못할 것 같다. 젬마가 걸음을 멈춘다.

젬마 미안, 난...

사이먼이 몸을 돌려 젬마를 본다.

젬마 (이어서) 미안, 나 좀 피곤해.

사이먼 여기 온 지 삼십분밖에 안 됐잖아?

젬마 아니, 취했다는 게 아니라...그냥, 토할 것 같아. 여기서 토할지도 몰라. 집에 가야겠어.

닐
(큰 소리로) 거기 둘, 얼른 와!

사이먼
(역시 큰 소리로) 그래, 그래!

닐
빨리!

사이먼
(젬마에게) 지금 가야겠어?

젬마 정말 몸이 이상하네.

SIMON
Is it serious?

GEMMA
No, I'm sure it'll be fine, I just...I just want
to lie down really.

SIMON
(disappointed)
After everything you've done?

In the background NEIL...

NEIL
I'll do it myself.

He holds up a knife. ANNA laughs.

GEMMA
You carry on. There's no point in spoiling it
all. I'll take Tom back. So you can enjoy
yourself.

SIMON
(beat)
Are you sure?

GEMMA
Yeah, absolutely.

She kisses him and goes to walk away. She's just
about holding it together. He stops her.

SIMON
Hey!

She turns and stops as he approaches her.

SIMON
(close and intimate)
I meant every word by the way.

He kisses her. He watches her as she walks away
agony all over her face.

10:02:39   EXT. THE ARTICHOKE CAR PARK. DAY

TOM follows GEMMA to her car.

TOM
What now? You said we could stay. I want to
go back with dad. Mum? Mum!

She gets into the car. There is a manic air about
her. Cut to her car reversing quickly out of the
space and roaring out of the car park. The left
wing mirror smashes into a post, and tumbles to
the ground. ROS sees all this. She's
concerned.

10:02:57   EXT. GEMMA'S CAR. PARMINSTER. DAY

GEMMA drives down the road minus a wing mirror.
Through the passenger window we see TOM now in
the passenger seat, staring at the side of the
car.

TOM

사이먼 많이 힘들어?

젬마 아니, 괜찮아 질 거야. 그저... 좀 누워있고 싶어.

사이먼
(실망해서) 파티준비 열심히 했잖아?

그 둘 뒤의 배경으로 닐이 보인다...

닐 내가 잘라버린다?

닐이 나이프를 들어올린다. 애나가 웃는다.

젬마 당신은 여기 있어. 나 때문에 파티를 망치면 안 되지. 내가 톰을 데려갈게. 충분히 즐겨.

사이먼
(잠시 멈춤) 정말 괜찮겠어?

젬마 그래, 진짜 괜찮아.

사이먼에게 키스하고 가버리는 젬마. 그녀는 간신히 버티고 있다. 사이먼이 그녀를 세운다.

사이먼 헤이!

젬마가 돌아서서 사이먼이 다가올 때까지 기다린다.

사이먼
(가깝고 친밀하게)
어쨌든 내가 한 말들 다 진심이야.

젬마에게 키스하는 사이먼. 그는 온 얼굴로 괴로움을 나타내며 젬마가 가는 것을 지켜본다.

10:02:39   실외. 아티초크 주차장. 주간

자신의 차로 가는 엄마를 톰이 뒤따른다.

톰
이게 뭐예요? 우리 여기 있을 거라고 했잖아요. 가서 아빠랑 놀고 싶단 말이에요. 엄마? 엄마!

젬마가 차에 탄다. 그녀에게서 광기 어린 분위기가 풍긴다. 그녀의 차가 빠른 속도로 후진한 뒤 굉음을 내며 주차장을 빠져나가는 장면으로 전환. 왼쪽 사이드 미러가 기둥에 부딪쳐 바닥으로 내동댕이쳐진다. 로즈가 그 모든 걸 본다. 걱정하는 낌새다.

10:02:57   실외. 젬마의 차. 파민스터. 주간

사이드 미러 한쪽 없이 젬마의 차가 도로를 달린다. 차창 안으로 조수석에 앉은 톰이 보인다. 톰은 자기 쪽 차체를 응시하고 있다.

톰

You broke the mirror.

Cut to view of GEMMA and TOM through windscreen.

MUSIC IN (SUSPICIOUS V1/   GEMMA
ACTION V2) 10:03:02   Yeah.

10:03:04   EXT. PARMINSTER. DAY

GEMMA'S car drives along the road.

MUSIC OUT 'FACE TO FACE'   And now we're CLOSE on her eyes. Determined and
10:03:18
MUSIC IN 'FLY' 10:03:18   **TITLES SEQUENCE**
MUSIC OUT (SUSPICIOUS V1/
ACTION V2) 10:03:20   **Suranne Jones**

Bertie Carvel

Clare-Hope Ashitey
Cheryl Campbell

Navin Chowdhry
Jodie Comer

Victoria Hamilton
Martha Howe-Douglas

Adam James
Thusitha Jayasundera

Sara Stewart
Neil Stuke

Tom Taylor

And
Robert Pugh

Executive Producers
Roanna Benn
Jude Liknaitzky

Executive Producers
Mike Bartlett
Greg Brenman

DOCTOR FOSTER

Created & Written By
Mike Bartlett

10:04:17   INT. FOSTER HOUSE. KITCHEN. NIGHT

MUSIC OUT 'FLY' 10:04:21   Cut to a photo of SIMON and TOM. We hear GEMMA
and TOM enter. They walk through the hall and
into the kitchen.

TITLES CONTINUE OVER:
Producer
GRAINNE MARMION

Director
TOM VAUGHAN

GEMMA switches on the kitchen light and goes to
fill the kettle.

TOM

엄마가 거울 부셔뜨렸어요.

정면 창으로 젬마와 톰이 보이는 장면으로 전환.

음악 시작 (의심V1/
액션V2) 10:03:02
10:03:04

젬마 그래.

실외. 파민스터. 주간

젬마의 차가 도로를 따라 달린다.

음악 끝 '맞대면'
10:03:18
음악 시작 '비행'
10:03:18
음악 끝 (의심V1/
액션V2) 10:03:20

그리고 이제 젬마의 눈이 클로즈업 된다. 뭔가 결심한...

타이틀 시퀀스
슈란느 존스
버티 카벨
클레어-홉 애쉬티
셰릴 캠벨
나빈 초드리
조디 코머
빅토리아 해밀턴
마사 하우-더글라스
아담 제임스
수시타 제야선데라
사라 스튜어트
네일 스투케
톰 테일러
그리고 로버트 퍼프
책임 제작자
로애나 벤
주드 릭네츠키
책임 제작자
마이크 바틀렛
그렉 브렌먼

닥터 포스터
작가
마이크 바틀렛

10:04:17

음악 끝 '비행'
10:04:21

실내. 포스터의 집. 주방. 야간

사이먼과 톰의 사진으로 장면 전환. 젬마와 톰이 들어오는 소리가 들린다. 둘은 현관을 지나 주방으로 향한다.

타이틀이 이어짐:
제작
그레인 마미온

감독
톰 본

젬마가 주방 불을 켜고 찻주전자를 채우러 간다.

톰

This one girl there, Isobel, her mum works for
dad, she said her parents got divorced last year
and her mum cries all the time.

GEMMA
What?

TOM
She was talking to me about her mum -

GEMMA
Why are you talking about divorce?

TOM
(beat)
I don't know. We talked about loads of stuff.

TOM looks over at his MUM, who's now staring at
the front of the fridge - the montage of their
life.

TOM (CONT'D)
What are you doing?

GEMMA
(snapping back to the room)
Making a cup of tea. D'you want something?

TOM
Can I have a coke?

GEMMA
No. Squash?

TOM
Yeah, okay.

GEMMA
I'll bring it up.

TOM
Okay, thanks.

She grabs the squash and begins to make him a
drink. He turns to go.

GEMMA
Tom...
(he turns back)
Love you.

MUSIC IN (PIANO THEME DARK)   He smiles, a little confused, then goes.
10:05:20   GEMMA now on her own. No idea what to do next.
                                She calmly goes to the fridge front and takes
                                down the photos, the notes and so on - then all
                                the bits and pieces of their life, gathers them
                                up, and puts them in the bin. She puts their
                                calendar on the top of all the rubbish.

10:06:02   INT. FOSTER HOUSE. BEDROOM. NIGHT

                                GEMMA enters their room with 2 suitcases. She's
                                out of control, like a maniac. She throws them
                                onto the floor and opens them.

                                She goes to the wardrobe and starts to remove
                                all SIMON'S clothes. She throws them into the
                                case followed by the stuff on his bedside table.
                                More clothes. Finally she takes out a suit -
                                still in the wrapping from the dry cleaner.

거기 있던 이소벨이라는 여자애요, 걔 엄마가 아빠랑 일하잖아요. 작년에 부모님이 이혼했는데 걔네 엄마 맨날 운대요.

젬마 뭐라고?

톰 나한테 자기 엄마 얘기를 했거든요.

젬마 왜 갑자기 이혼 얘기를 하는 거야?

톰 (잠시 멈춤) 나도 몰라요. 걔랑 이것저것 얘기했거든요.

톰이 엄마를 살펴본다. 그녀는 그들의 삶이 몽타쥬처럼 붙여져 있는 냉장고 문을 응시하고 있다.

톰 (이어서) 뭐 하세요?

젬마 (방쪽으로 휙 돌아서며) 차 한잔 마시려고. 뭐 좀 줄까?

톰 콜라 마셔도 돼요?

젬마 안 돼. 쥬스는 어때?

톰
좋아요.

젬마
내가 가져다 줄게.

톰
네, 고마워요.

젬마가 스퀴시 병을 잡고 음료를 만들기 시작한다. 톰이 돌아서서 간다.

젬마
톰…
(톰이 돌아본다)
사랑해.

음악 시작 (어두운 피아노 테마) 10:05:20

톰이 약간 혼란스러운 미소를 짓고 방으로 간다.
이제 젬마 자신의 문제를 마주해야 한다. 다음에 뭘 해야 할지 떠오르지 않는다. 그녀는 침착히 냉장고 문으로 다가가 사진들, 메모들 등등 그들 삶의 잡동사니들을 떼어내 모두 모아서 쓰레기통에 버린다. 그리고 그 쓰레기들 맨 위에 그들의 달력을 던진다.

10:06:02

<u>실내. 포스터의 집. 침실. 야간</u>

젬마가 여행가방 두 개를 들고 부부침실로 들어온다. 그녀는 미치광이처럼 자제력을 잃었다. 가방 두 개를 바닥에 던지는 젬마. 그리고 가방을 연다.

옷장으로 간 젬마가 사이먼의 옷을 몽땅 빼내어 가방에 던져넣는다. 침실 탁자에 놓인 사이먼의 물건들도 뒤따른다. 그리고 옷들 좀 더… 마지막으로 아직 세탁소 비닐도 벗겨내지 않은 정장을 꺼낸다.

MUSIC OUT (PIANO THEME DARK)
10:06:35

She takes the wrapping off. It's pristine.
She rips it apart. Ends up sobbing into her
hands.

10:06:37

INT. FOSTER HOUSE. HALLWAY. NIGHT

GEMMA has lugged the two suitcases down the
stairs, and leaves them just at the bottom. She
throws the torn suit on top. Finally she takes
her coat off, turns and walks into the kitchen.
We see the suitcases in the hall.

MUSIC IN 'SPACE JEOPARDY'
10:06:51

INT. FOSTER HOUSE. TOM'S BEDROOM. NIGHT

A knock at the door. TOM is playing a game on
his tablet. GEMMA enters and puts the drink
down.

TOM
What was that noise?

MUSIC OUT 'SPACE JEOPARDY'
10:07:01

GEMMA
I'm just throwing a few things away.

He looks serious.

TOM
Isobel said that when the divorce was happening
she thought she'd have to live with her Dad in
Reading. She said it was horrible.

GEMMA
I don't know. Good shopping in Reading.

TOM
(bad joke)
I mean the divorce. The divorce was horrible.

GEMMA
Tom. What's the matter?
(she kneels by his bed)
Where's this come from?

TOM
Isobel.

GEMMA
Has dad said anything?

TOM
Dad? Is that why you're annoyed? Have you had
an argument?

GEMMA
No.

TOM
Mum, if you do get divorced I don't want to move.
I like it here.

GEMMA
Tom, we're not ...
(she looks straight at him)
This is your home. You'll live here as long as
you like.
(beat)
I promise.

TOM

음악 끝 (어두운 피아노 테마) 10:06:35

비닐을 뜯어내는 젬마. 옷은 새 거나 마찬가지다. 그녀가 그걸 갈가리 찢어버린다. 결국 얼굴에 손을 감싸고 흐느껴 우는 젬마.

10:06:37

<u>실내. 포스터의 집. 복도. 야간</u>

젬마가 여행가방 두 개를 아래층으로 나른다. 그걸 구석에 두고 그 위에 찢어진 정장을 던진다. 그녀는 그제서야 코트를 벗고 주방으로 향한다. 복도에 놓인 가방이 보인다.

음악 시작 '우주 조난' 10:06:51

<u>실내. 포스터의 집. 톰의 침실. 야간</u>

노크 소리. 톰은 테블릿으로 게임을 하고 있다. 젬마가 들어와 음료수를 내려놓는다.

음악 끝 '우주 조난' 10:07:01

톰 아까 무슨 소리예요?

젬마 그냥 물건 좀 버리는 중이야.

심각해 보이는 톰.

톰 이소벨이 그러는데 이혼할 때요, 자기 아빠랑 레딩에서 살아야 한다고 생각 했대요. 끔찍했다고 하던데요.

젬마 그래? 레딩은 쇼핑하기 좋은 곳이데.

톰 (썰렁하다는 듯이) 이혼말이에요. 이혼이 끔찍했다구요.

젬마
톰, 왜 그래?
(침대 옆에 무릎을 꿇으며)
어디서 그런 얘기를 들은 거야?

톰
이소벨이요.

젬마
아빠가 무슨 말했니?

톰
아빠요? 아빠 때문에 짜증난 거예요? 아까 둘이 싸웠어요?

젬마 아니.

톰
엄마, 이혼해도요, 전 이사가기 싫어요. 전 여기가 좋아요.

젬마
톰, 엄마 아빠는 안...
(톰을 똑바로 쳐다보며)
여기는 네 집이야. 있고 싶은 만큼 여기서 살아도 돼.
(잠시 멈춤)
약속할게.

톰

171

(warmer)
Okay.

Then there's a knock at the front door.

TOM (CONT'D)
Is that dad?

GEMMA
It's a bit early.

TOM
Maybe he's drunk.

GEMMA
Don't be silly.

MUSIC IN 'SPACE JEOPARDY'   She gets up and leaves the room to answer it.
10:08:00   TOM goes back to playing with his tablet.
MUSIC OUT 'SPACE JEOPARDY'
10:08:02   INT. FOSTER HOUSE. HALLWAY. NIGHT

                                   GEMMA comes down the stairs slightly
                                   cautiously. GEMMA answers the door. It's ROS.
                                   She's holding the wing mirror.

                                   ROS
                                   I've never seen you drive like that...

10:08:16   EXT. FOSTER HOUSE. FRONT DOOR. NIGHT

                                   ROS (CONT'D)
                                   ... before.

                                   GEMMA
                                   I'm ill.

10:08:19   INT. FOSTER HOUSE. HALLWAY. NIGHT

                                   GEMMA takes the wing mirror.

                                   ROS
                                   Can I...can I come in?

10:08:22   EXT. FOSTER HOUSE. FRONT DOOR. NIGHT

                                   GEMMA looks at her, then goes inside.

10:08:24   INT. FOSTER HOUSE. HALLWAY. NIGHT

                                   ROS enters and shuts the door behind her. She
                                   looks upstairs.

                                   ROS (CONT'D)
                                   Is Tom upstairs?

10:08:34   INT. FOSTER HOUSE. KITCHEN. NIGHT

                                   GEMMA picks up her drink.

                                   GEMMA
                                   I'm having a rum and coke. You?

                                   ROS enters the kitchen.

                                   ROS
                                   No, no, I'm fine.

                                   ROS looks at the suitcases in the hall.

(누그러지며) 알았어요.

그때 현관문을 두드리는 소리가 들린다.

톰 (이어서) 아빠가?

젬마 아직 올 때가 아닌데.

톰 취했을지도 몰라요

젬마 이상한 말 하지 마.

음악 시작 '우주 조난'
10:08:00

음악 끝 '우주 조난'
10:08:02

젬마가 일어나 누군지 확인하러 방에서 나간다. / 톰은 다시 테블릿 게임을 하기 시작한다.

실내. 포스터의 집. 복도. 야간

젬마가 다소 조심스럽게 계단을 내려온다. 누구냐고 묻는 젬마. 로즈다. 로즈의 손에 사이드 미러가 있다.

로즈 네가 그렇게 운전하는 거…

10:08:16

실외. 포스터의 집. 현관문. 야간

로즈 (이어서) …처음 봤어.

젬마 좀 아파서 그래.

10:08:19

실내. 포스터의 집. 복도. 야간

젬마가 사이드 미러를 받아든다.

로즈 들… 들어가도 돼?

10:08:22

실외. 포스터의 집. 현관문. 야간

젬마가 로즈를 바라본다. 그러고는 안으로 들어간다.

10:08:24

실내. 포스터의 집. 복도. 야간

뒤쫓아 들어가며 문을 닫는 로즈. 그녀가 위층을 쳐다본다.

로즈 톰은 위층에 있어?

10:08:34

실내. 포스터의 집. 주방. 야간

음료를 집어드는 젬마.

젬마 럼에 콜라 마시고 있었어. 너도 줄까?

로즈가 주방에 들어온다.

로즈 아니, 아니, 난 됐어.

로즈가 복도에 있는 여행가방을 본다.

ROS (CONT'D)
Erm, is that Simon's stuff?

ROS takes off her coat. Silence for a moment as
GEMMA stares at ROS.

GEMMA
How long have you known?

ROS
(beat)
What?
(beat)
Known what?

GEMMA
I found his other phone in the boot. Pictures
of them together. Your texts. You need to be
honest with me NOW before I get really fucked
off. How long have you known?

ROS stares at her. Horrified.

ROS
Oh God, Gemma.

GEMMA
Yeah.

ROS
Did you tell him?

GEMMA
I haven't said anything except I'm ill. Answer
my question -

ROS
Well erm, he came in with something, maybe,
maybe four weeks ago?

GEMMA
Four weeks?

ROS
I thought it might be an STI so I asked him about
sexual partners.

GEMMA
Today just gets better and better -

ROS
Oh no, it's okay, in the end it was fine, it's
just that when I asked him the question he
paused and so I guessed.
(beat)
And since then I have been telling him every
week, texting him - you deal with this or I will.
(goes to GEMMA)
Oh, I am so sorry! Can I give you a...

GEMMA
What?

ROS
A hug...

GEMMA
No. I don't know who you are.
(beat)
Neil, Anna. His assistant. You. Who else?

로즈 (이어서) 어... 저거 사이먼 물건이야?

로즈가 코트를 벗는다. 젬마가 로즈를 응시하며 잠시 정적.

젬마 언제부터 알았어?

로즈
(잠시 멈춤) 뭘? (잠시 멈춤) 뭘 알아?

젬마
차 트렁크에서 사이먼의 다른 핸드폰을 찾았어. 둘이 같이 찍은 사진, 네가 보낸 문자. 지금 솔직하게 말해, 진짜 돌아버리기 전에. 언제부터 알고 있었어?

로즈가 젬마를 본다. 공포에 질려서.

로즈 맙소사, 젬마...

젬마 그래.

로즈 사이먼한테 말했어?

젬마
아프다는 거 말고 아무것도. 질문에 대답해.

로즈
음... 어, 사이먼이 물어볼 게 있다고 나한테 왔었어. 아마, 아마 4주 전쯤?

젬마 4주 전?

로즈
STI(성병 검사)인 것 같길래 상대가 누군지 물어봤지.

젬마
오늘은 점점 흥미로워지는 날이네...

로즈
오, 아니야. 괜찮았어. 결국 결국 아무 이상 없었어. 내가 물어봤을 때 사이먼이 멈칫하길래 내가 그냥 추측한 거야.
(잠시 멈춤)
그 뒤로 매주 말했어. 문자도 보내고. 제대로 처리 안 하면 내가 한다고.
(젬마에게 다가가며)
오, 정말 미안해! 내가 잠깐...

젬마 뭐?

로즈
안아줘도 될까?

젬마
아니. 난 네가 어떤 사람인지 더 이상 모르겠어.
(잠시 멈춤)
닐, 애나, 사이먼의 비서. 너. 또 누구야?

ROS
If that's who was on the phone that's probably
it.

GEMMA
Her parents presumably?

ROS
I don't know.

GEMMA
Why didn't you tell me? And don't say it's
because you didn't want to take sides.

ROS
Well technically I'm not allowed to tell you
anything - he's my patient -

GEMMA
He's my husband.

ROS
(calmer now)
I thought it would be better if he told you
himself. He promised me he would.

A moment.

GEMMA
How long has it been going on?

ROS
Well I'm not, I'm not sure -

GEMMA
No, you've asked, he's told you.

ROS
(beat)
Three months. I'm sure it's not serious. I mean
it, it's serious for you.

GEMMA
You warned him. Yesterday. When I talked about
the blonde hair.

ROS
Oh God. So sorry.

GEMMA
You *should* be.

ROS stands to go to GEMMA.

ROS
Gemma, please ...

GEMMA turns back, sharp.

GEMMA
No!

ROS sits back down.

GEMMA
Anyway I've decided. When Simon gets back,
he'll move out.

ROS

로즈 그 핸드폰에 있는 사람 전부 다겠지.

젬마 그 애 엄마 아빠도?

로즈 모르겠어.

젬마
왜 나한테 얘기 안 했어? 편들기 싫어서라고 하지마.

로즈
음... 엄밀히 따지면 내가 너한테 무슨 말을 하면 안 되는 거잖아. 사이먼은 내 환자니까.

젬마 사이먼은 내 남편이야.

로즈
(이제 좀 더 차분하게)
사이먼이 직접 말하는 게 나을 거라고 생각했어. 그러겠다고다고 약속했거든.

잠시 정적

젬마 얼마나 오랫동안 이런 거야?

로즈 음... 잘... 잘 모르겠어.

젬마
아니, 넌 물어봤고, 사이먼이 대답했겠지.

로즈
(잠시 멈춤)
세 달. 진지한 건 아닐 거야. 아니, 내 말은...너한테는 물론 심각하지.

젬마
넌 사이먼한테 주의를 줬어. 어제. 내가 금발 머리카락에 대해 얘기했을 때.

로즈 오 이런... 정말 미안해.

젬마
그럴 테지.

로즈가 일어나 젬마에게 다가간다.

로즈
젬마, 제발...

젬마 싫어!

로즈가 다시 앉는다.

젬마 어쨌든 난 결정했어. 사이먼이 돌아오면, 이 집에서 나가야 할 거야.

로즈

What, forever?

She looks at ROS - she just hasn't thought any
of this through.

ROS (CONT'D)
Cos I mean, it's, it's probably just sex isn't
it? A midlife crisis?

GEMMA looks at ROS - she has no idea what a
marriage is.

ROS (CONT'D)
He probably knows he's made a mistake, still
loves you and -

GEMMA
Who's side are you on?

ROS
I don't want to be on a side.

GEMMA
Wrong answer.

ROS
Yours?

GEMMA looks at her.

GEMMA
Go back to the party. He should have a good time
and really enjoy himself.

ROS
I,I,I don't think...

GEMMA
Don't tell him that there's anything wrong. I
want him to come in and see those suitcases and
understand in that second exactly what he's
lost.

ROS
I, I'd like to stay here with you.

GEMMA
No.

ROS
I don't think that you should be on your own.

GEMMA
I think if you want us to stay as friends, you
should do exactly as you're told.

ROS
Of course.

MUSIC IN (LONDON/PIANO DARK/
SUSPICIOUS V2/BACK V2)10:12:16   ROS gets her things and leaves.

10:12:28   INT. FOSTER HOUSE. KITCHEN. NIGHT

Later. Close on a computer screen, GEMMA types
'Kate Parks' into the search engine. Up pops
various photos of KATE at different places. She
then finds KATE'S business link profile. Close
up of KATE and then with all her family when she
was younger.

10:13:07   INT. FOSTER HOUSE. KITCHEN. NIGHT

뭐? 이대로 영영?

로즈를 바라보는 젬마. 로즈는 이런 상황을 고려해 본 적이 없다.

로즈 (이어서)
내 말은… 그건 그냥 섹스야, 안 그래? 중년의 위기 같은 거 말이야.

젬마가 로즈를 본다. 로즈는 결혼이란 게 어떤 건지 개념이 없다.

로즈 (이어서)
아마 사이먼도 자기가 실수한 걸 알거야. 여전히 널 사랑하고…

젬마 너 누구 편이야?

로즈 누구 편도 되고 싶진 않아.

젬마 틀렸어.

로즈 네 편?

젬마가 로즈를 바라본다.

젬마
다시 파티장으로 돌아가. 사이먼은 오늘 즐거운 시간 보내야 해. 흠뻑 즐기라고 해.

로즈 난, 난, 나는…

젬마
문제가 생겼다고 사이먼한테 얘기하면 안 돼. 내가 원하는 건 사이먼이 집에 와서 저 여행가방들을 보는 거야. 그 순간 본인이 뭘 잃었는지 정확히 알게 되겠지.

로즈 난… 나 너랑 여기 있고 싶어.

젬마 안 돼.

로즈 네가 혼자 있으면 안 될 것 같아.

젬마 계속 내 친구로 남고 싶다면 내가 말한 그대로 하는 게 좋을 거야.

음악 시작 (런던/어두운 피아노/의심V2/백V2 10:12:16

로즈 그래, 알았어.

로즈가 자기 물건을 챙겨서 떠난다.

10:12:28

<u>실내. 포스터의 집. 주방. 야간</u>

잠시 후. 컴퓨터 화면이 크게 보인다. 젬마가 검색창에 "케이트 파크스"라고 입력한다. 여러 장소에서 찍은 케이트의 다양한 사진들이 뜬다. 그러고 나서 케이트의 회사 프로필 링크를 발견하는 젬마. 케이트의 사진에 클로즈업. 그리고 그녀가 좀 더 어렸을 때 가족들 모두와 함께한 사진도 있다.

10:13:07

<u>실내. 포스터의 집. 주방. 야간</u>

It's two hours later - GEMMA has finished on the
computer, left it open, but is now stood in the
kitchen pouring another rum and coke. A sound
at the front door. She closes the lap top lid,
picks up her drink and heads for the front door.

10:13:22   INT. FOSTER HOUSE. HALLWAY. NIGHT

MUSIC OUT (LONDON/PIANO DARK/   GEMMA stands facing the front door as it opens
SUSPICIOUS V2/BACK V2)10:13:30 and SIMON stumbles in. The suitcases stand by
the stairs. SIMON won't be able to miss them.
As he pulls the key out of the lock, he drops
it. He bends down to pick it up and walks in.
He comes face to face with GEMMA. He's really
drunk.

                            SIMON
                            Hi -

He then heads straight for the downstairs
toilet, not noticing the suitcases at all.
GEMMA stands - waiting - the sound of SIMON
pissing. She waits for him to finish.

A moment. Then he comes out of the downstairs
toilet, and turns to GEMMA. Smiles.

                            SIMON (CONT'D)
                            I loved that it was amazing.
                            (beat)
                            The party. Not the piss.

                            GEMMA
                            Simon -

                            SIMON
                            You should be in bed. You're ill.

                            GEMMA
                            Couldn't sleep.

                            SIMON
                            I'm, I'm really tired.

From the kitchen we see him turn and fall over
the suitcases. They all fall over including the
ripped suit.

                            SIMON
                            Sorry, sorry, drunk. Drunk.

He picks them all up and places the suit back
on top. GEMMA watches as he doesn't register
exactly what it all is.

MUSIC IN (PHONECALL/PROTOCOL   SIMON (CONT'D)
V4/PIANO THEME) 10:14:33   Can you bring some water up please?

                            SIMON turns and heads up the stairs to bed.

10:14:39   INT. FOSTER HOUSE. GEMMA'S BEDROOM. NIGHT

A dark room. GEMMA enters holding a glass of
WATER. The bedside light is on which means we
can see SIMON, face down, passed out on the bed,
snoring, sprawled across both sides.

The door is still open on the empty wardrobe.
He clearly hasn't noticed.

두 시간 후. 젬마는 노트북 사용을 마쳤다. 노트북은 열려 있고 지금 그녀는 주방에 서서 또 한 잔의 럼&콕을 붓고 있다. 그때 현관문에서 소리가 들린다. 젬마는 노트북 뚜껑을 닫고 술잔을 든 채 현관문으로 향한다.

10:13:22

음악 끝 (런던/어두운 피아노/의심V2/백V2 10:13:30

실내. 포스터의 집. 복도. 야간

젬마가 현관문을 마주하며 서 있는 동안. 문이 열리고 사이먼이 비틀거리며 들어온다. 여행가방들은 계단 옆에 세워져 있다. 사이먼이 그걸 못 보고 지나칠 수는 없을 것이다. 열쇠를 자물쇠에서 빼다가 떨어뜨리는 사이먼. 그는 몸을 굽혀 열쇠를 줍고 집에 들어선다. 젬마와 얼굴을 마주하는 사이먼. 그는 많이 취했다.

사이먼 안녕—

그러더니 사이먼은 곧장 아래층 화장실로 향한다. 여행가방들은 전혀 눈치 채지 못한 채. 젬마는 서서 기다린다. 사이먼이 오줌 누는 소리가 들린다. 젬마는 그가 끝마칠 때까지 기다린다.

잠시 후 화장실에서 나온 사이먼이 젬마에게 향한다. 그가 미소 짓는다.

사이먼 (이어서) 너무 좋았어.
(잠시 멈춤)
파티말이야. 방금 오줌 말고.

젬마 사이먼...

사이먼 당신 누워 있어야지. 아프잖아.

젬마 잠이 안 와.

사이먼 나, 난 너무 피곤해.

주방에서 본 시점. 사이먼이 여행가방에 걸려 넘어질 뻔한다. 찢어진 정장을 포함한 짐 전부가 엎어진다.

사이먼 미안, 미안. 취한다, 취해.

엎어진 짐들을 다시 세우고 그 위에 정장을 올려놓는 사이먼. 그 짐들이 다 뭔지 알아채지 못하는 사이먼의 모습을 젬마가 지켜본다.

음악 시작 (전화/프로 토콜V4/피아노 테마) 10:14:33

사이먼 (이어서) 물 한 잔만 가져다 줄래?

몸을 돌려 침실을 향해 계단을 오르려는 사이먼.

10:14:39

실내. 포스터의 집. 젬마의 침실. 야간

어두운 방. 젬마가 물 한 잔을 들고 들어온다. 보조등이 켜져 있어 침대 위에 골아떨어진 사이먼의 얼굴이 내려다 보인다. 그는 코를 골면서 침대 양옆에 걸쳐 대자로 뻗어있다.

텅 빈 옷장 문은 여전히 열린 채다. 사이먼은 아무것도 알아채지 못한 게 분명하다.

GEMMA looks at him, puts the water on the side, turns and leaves.

10:15:00 INT. FOSTER HOUSE. TOM'S BEDROOM. NIGHT

Another dark room. The door opens. GEMMA checks TOM is asleep. We catch a glimpse of her sad eyes.

GEMMA looks at him - thinking through what's about to happen to his life...

10:15:16 EXT. FOSTER HOUSE. KITCHEN. NIGHT

Through the window we see GEMMA in the kitchen, drink in hand. She takes a sip.

10:15:30 INT. FOSTER HOUSE. KITCHEN. NIGHT

She then sees at of the top of the bin the calendar she took off the wall. She retrieves it, and looks at it - *'Simon B'day Party'* is clearly marked, and then marked for the next day *'Football Trip'*.

She stares at this. She'd forgotten. She looks to the fridge, to a photo of TOM.

10:15:43 EXT. PARMINSTER. DAWN

Establishing shot of PARMINSTER as we hear a phone alarm go off.

MUSIC OUT (PHONECALL/PROTOCOL
V4/PIANO THEME) 10:15:57   INT. FOSTER HOUSE. BEDROOM. DAY

SIMON slowly wakes to the phone alarm. It's 7.30 am and he's really hung over. He pulls back the covers. There's a mug of coffee on the side table.

MUSIC IN 'LIGHTNING BOLT'
10:16:23

He gets up and goes to the wardrobe where the alarm is coming from. The door to his side is now closed. He slides it open, takes his phone out and turns off the alarm. He returns to sit on the bed and takes a sip of the coffee. We now see inside his wardrobe - his clothes are magically back in place. He gets up.

10:16:33 INT. FOSTER HOUSE. KITCHEN. DAY

TOM is having breakfast dressed in his football kit. SIMON enters dressed in weekend clothes, having had a shower.

We notice that behind him the suitcases have gone.

GEMMA is in her work clothes. As SIMON enters we see the fridge doors. Everything's come out of the bin and gone back up, exactly how it was.

GEMMA
Morning.

SIMON
I forgot to turn off the alarm.

GEMMA
It's a good job you didn't. You need to be up.

그를 쳐다보는 젬마. 그녀는 물잔을 한쪽에 내려놓고 몸을 돌려 방을 나간다.

10:15:00	<u>실내. 포스터의 집. 톰의 침실. 야간</u>

역시 어두운 방. 문이 열린다. 톰이 자는지 확인하는 젬마. 우리는 그녀의 눈에 슬픔이 스치는 걸 알 수 있다. / 젬마가 톰을 바라본다. 아들의 인생에 어떤 일이 생기려고 하는지 생각해 보면서.

10:15:16	<u>실외. 포스터의 집. 주방. 야간</u>

바깥 시점. 창문을 통해 젬마가 주방에 있는 게 보인다. 손에 술잔을 든 그녀가 한 모금 마신다.

10:15:30	<u>실내. 포스터의 집. 주방. 야간</u>

그리고 아까 벽에서 떼어내 버린 달력이 쓰레기통 맨 위에 놓여있는 것을 보는 젬마. 그녀는 달력을 다시 들어 바라본다. "사이먼 생일 파티"가 선명하게 표시되어 있다. 그리고 다음날에는 "축구장 견학"이라고 표시되어 있다. / 젬마가 그 표시를 응시한다. 잊어버리고 있었다. 그녀는 냉장고 문에 붙은 톰의 사진 한 장을 바라본다.

10:15:43	<u>실외. 파민스터. 동틀 녘</u>
음악 끝 (전화/프로토콜V4/피아노 테마) 10:15:57	파민스터 마을의 전경이 보인다. 그 모습을 배경으로 핸드폰 알람 소리가 들린다.
	<u>실내. 포스터의 집. 침실. 주간</u>

알람 소리에 사이먼이 천천히 일어난다. 오전 7시 30분. 숙취가 심한 사이먼. 그가 이불을 젖힌다. 침대 옆 테이블에 커피 머그잔이 놓여 있다.

음악 시작 '번쩍하는 번개' 10:16:23	일어서서 알람 소리가 들리는 옷장 방향으로 향하는 사이먼. 사이먼 쪽, 닫혀 있는 옷장 문을 밀어서 연 그는 핸드폰을 꺼내 알람을 끈다. 침대에 걸터 앉아 커피를 한 모금 하는 사이먼. 우리에게 지금 사이먼의 옷장 안이 보인다. 그의 옷들이 마술처럼 다시 제자리에 있다. 사이먼이 일어선다.

10:16:33	<u>실내. 포스터의 집. 주방. 주간</u>

축구복을 입은 톰이 아침을 먹고 있다. 샤워를 마치고 주말 복장을 한 사이먼이 들어온다.

사이먼 뒤로 어제 여행가방들이 있던 자리가 비어있는 게 보인다.

젬마는 출근복을 입고 있다. 사이먼이 들어올 때, 냉장고 문도 보인다. 쓰레기통에 버려졌던 모든 것들이 예전과 전혀 다름 없이 다시 제자리에 붙어 있다.

젬마 좋은 아침.

사이먼 알람 끄는 걸 깜빡했네.

젬마 안 끄길 잘했지. 당신 지금 일어나야 됐거든.

SIMON
Why?

She points to the calendar on the wall. This
Saturday on the calendar it says *'Football
Trip'.*

SIMON
(for TOM'S benefit)
Right! Yes! Tour of the ground, meet the
players. Are you excited?

TOM
Dad, were you drunk last night?

SIMON
Don't know what you're talking about mate.
(cheeky)
I didn't touch a drop.
(to GEMMA)
How are you?

GEMMA
(putting on her coat)
Better.

SIMON
What was it?

GEMMA
What?

SIMON
You didn't feel well.

GEMMA
I don't know. Just had a pain in my stomach.

SIMON
You should get it checked out.

GEMMA
Yeah I will if it carries on.
(she kisses TOM)
Enjoy it.

TOM
Yeah, I will.

GEMMA
(to SIMON, without kissing him)
Bye.

SIMON
Er, er, er...

He taps his cheek and goes to her. They kiss
quickly.

10:17:29   <u>INT FOSTER HOUSE. HALLWAY. DAY</u>

She goes to the front door. He follows.

SIMON (CONT'D)
Was I alright last night?

She turns.

GEMMA

사이먼 왜?

젬마가 벽에 걸린 달력을 가리킨다. 토요일 날짜에 "축구장 견학"이라고 적혀 있다.

사이먼 (톰의 비위를 맞추며)
맞아! 그래! 경기장 투어 가야지. 선수들도 만나고. 흥분되니?

톰 아빠, 어젯밤 술 많이 마셨어요?

사이먼
이봐 친구, 무슨 말 하는 건지 모르겠는데?
(장난끼 있게)
한 방울도 안 마셨어.
(젬마에게)
몸은 좀 어때?

젬마 (코트를 입으며) 나아졌어.

사이먼 어디가 그런 거야?

젬마 뭐가?

사이먼 몸이 안 좋았다며.

젬마 나도 몰라. 그냥 배가 좀 아팠어.

사이먼 검사 한번 해보는 게 좋을 것 같은데.

젬마
응. 계속 아프면.
(톰에게 키스하며)
재밌게 놀아.

톰 네, 그럴게요.

젬마
(사이먼에게, 키스는 하지 않고) 안녕.

사이먼 어, 어, 어...

자기 볼을 두드리며 젬마에게 다가가는 사이먼. 둘은 재빨리 키스를 나눈다.

10:17:29   실내. 포스터의 집. 복도. 주간

젬마가 현관문으로 향한다. 사이먼이 뒤따른다.

사이먼 (이어서) 나 어제 별일 없었지?

젬마가 돌아선다.

젬마

Were you alright?

SIMON
I didn't say anything to upset you?

GEMMA
You didn't have a chance. You came in, went to
the loo then passed out.

SIMON
Sorry.

GEMMA
Don't be. It was your birthday. You're s'posed
to have a good time.

SIMON
(warmly)
Thanks.

MUSIC IN (THE PROTOCOL)
10:17:54
MUSIC OUT 'LIGHTNING BOLT'
10:17:59

EXT. FOSTER HOUSE. DAY

GEMMA comes out of her house and closes the
door. Takes a breath to gather herself. It's all
a huge effort today.

NEIL (O.S.)
Your wing mirror's off.

Across the street is NEIL polishing his car.
As GEMMA walks to her car she looks at him. Years
of friendship, betrayed. She tries to ignore
him.

GEMMA
Yeah.

NEIL
What happened to you last night?

MUSIC OUT (THE PROTOCOL)
10:18:09

EXT. NEIL'S HOUSE. DAY

NEIL (CONT'D)
(he smiles, cheeky)
You hit the champagne a bit hard?
(she stares at him. Hates him)
I know what you doctors are like.

10:18:13

EXT. FOSTER HOUSE. DAY

GEMMA
I was ill.

NEIL
(sceptical, annoying)
But...

10:18:15

EXT. NEIL'S HOUSE. DAY

NEIL (CONT'D)
... better this morning...?

10:18:16

EXT. FOSTER HOUSE. DAY

GEMMA
(she fucking hates this)
I'm, I'm in a hurry.

GEMMA gets in the car.

별일 없었냐구?

사이먼 내가 무슨 기분 상하게 하는 말 안 했지?

젬마 그럴 기회조차 없었는 걸. 들어와서 화장실 간 다음 바로 뻗었어.

사이먼 미안해.

젬마 그러지 마. 당신 생일이었잖아. 재밌게 놀았으면 됐어.

음악 시작 (프로토콜)
10:17:54
음악 끝 '번쩍이는 번개'
10:17:59

사이먼 (따뜻하게) 고마워.

실외. 포스터의 집. 주간

집을 나온 젬마가 현관문을 닫는다. 정신을 차리기 위해 숨을 들이마시는 젬마. 오늘 모든 것들에 엄청난 노력을 들여야 한다.

닐 (목소리만) 사이드 미러가 날아갔잖아.

건너편 거리에서 닐이 자기 차를 광내고 있다. 젬마가 그녀의 차로 향하면서 닐을 쳐다본다. 수년간의 우정. 배신. 닐을 무시하려고 노력하는 젬마.

젬마 그래.

닐 어젯밤 무슨 일 있었어?

음악 끝 (프로토콜)
10:18:09

실외. 닐의 집. 주간

닐 (이어서)
(웃음기 있는 얼굴로 장난치면서)
샴페인을 많이 마셨나?
(젬마가 그를 응시한다. 증오심을 품으면서)
의사들이 어떤지 내가 잘 알지.

10:18:13

실외. 포스터의 집. 주간

젬마 몸이 안 좋았어.

닐
(의심하며, 귀찮게 하며) 아무리 그래도...

10:18:15

실외. 닐의 집. 주간

닐 (이어서) ...오늘 아침엔 좀 괜찮아?

10:18:16

실외. 포스터의 집. 주간

젬마
(이런 상황에 신물이 난다) 나... 빨리 가봐야 해.

젬마가 차에 탄다.

10:18:21

EXT. NEIL'S HOUSE. DAY

NEIL watches her then goes back to polishing his car.

10:18:24

EXT. THE SURGERY. CAR PARK. DAY

GEMMA drives into the car park.

ROS (V.O.)
Gem, seriously...

10:18:28

INT. THE SURGERY. OFFICE. DAY

ROS (CONT'D)
... now that you know, you can't just -

GEMMA and ROS in the office behind reception.
NICK is on his computer. ROS speaks quietly to
GEMMA.

GEMMA
They're going to Villa Park to see a game, a
special tour, Tom won it in a school raffle
so...

ROS
Gem, you *need* to tell him.

GEMMA
(sharp)
He's been looking forward to it.

JULIE comes over to her.

JULIE
So update on this morning - locum's here, so is
Dr Barton, Dr Mitchel's ill, and Jack -

GEMMA
Jack doesn't work here anymore.

JULIE
He left a message saying he was going to sue.

ROS
What for?

JULIE
He sounded drunk.

LUKE
(entering)
My computer's packed up.

GEMMA
Already? That has to be a record.

ROS
(to LUKE)
Morning!

GEMMA
(to JULIE)
Call the man, check it's not the whole system.

NICK
(his computer's frozen)
It's the whole system.

10:18:21	실외. 닐의 집. 주간

닐이 젬마를 바라보다가 다시 차를 닦기 시작한다.

10:18:24	실외. 병원. 주차장. 주간

젬마의 차가 주차장에 들어선다.

로즈 (화면 밖 목소리) 젬마, 정말이지….

10:18:28	실내. 병원. 사무실. 주간

로즈 (이어서) …이젠 네가 알게 됐으니까… 그냥 그러면 안…

젬마와 로즈가 접수처 뒤편의 사무실에 있다. 닉은 컴퓨터 작업을 하고 있다. 로즈가 조용히 젬마에게 말한다.

젬마 둘이 빌라 파크에 경기 보러 가기로 했어. 특별 견학도 시켜준대. 톰이 학교에서 제비뽑기에 당첨됐거든.

로즈 젬, 사이먼한테 말해야 해.

젬마 (날카롭게) 톰이 얼마나 기대했다고.

줄리가 젬마에게 온다.

줄리 오늘 현황 업데이트 해 드릴게요. 대리의로 바튼 선생님이 와 있고, 미첼 선생님은 아프시대요. 그리고 잭 선생님은…

젬마 잭은 이제 여기서 일 안 하잖아요.

줄리 메시지를 남겼어요. 고소하겠대요.

젬마 무슨 이유로?

줄리 목소리가 술에 취한 거 같았어요.

루크 (들어오면서) 제 컴퓨터가 고장났어요.

젬마 벌써? 신기록상이라도 줘야겠네.

로즈
(루크에게) 좋은 아침!

젬마
(줄리에게)
수리기사한테 전화해서 전체 시스템이 그런 건 아닌지 확인해 달라고 해요.

닉
(그의 컴퓨터도 작동을 멈췄다)
전체 시스템이 다 그래요.

GEMMA
God, this place is a joke -

The OTHERS notice - look at GEMMA, a little
surprised, offended. ROS looks at her
sympathetically.

GEMMA picks up her list.

GEMMA (CONT'D)
Sorry. Let's just start.

They head out into the reception.

10:19:09   INT. THE SURGERY. RECEPTION. DAY

GEMMA heads out, professionally, into the
waiting area - lots of PATIENTS - including
GORDON.

GORDON
Doctor ...

She avoids him, pretending not to hear.

GEMMA
Anwar Shamsi!

ANWAR stands up. He's 40, affable, good suit.

ANWAR
Yeah.

GEMMA
Hi.

GORDON
Doctor, it's urgent.

MUSIC IN 'REFLEXION' 10:19:16   GEMMA
MUSIC IN (PIANO V3/PIANO V1/   Gordon, we have to stick to appointments, you
THE PROTOCOL/ACTION V3/   know that. Mr Shamsi, if you'd like to come
SUSPICIOUS V3 10:19:17   with ...

Her voice trails away. Suddenly in KATE enters.
They stare at each other for a second.
GEMMA can't believe it. KATE'S surprised too.

KATE
Hi.

GEMMA
(automatic)
Hi.

GEMMA watches, as KATE sits in the waiting area.
She's just come from the gym - wearing her kit,
headphones, her hair tied back. She's in really
good shape.

ANWAR
Sorry, should I...

GEMMA
Could you give me a second?

ROS turns as GEMMA heads down the corridor to
compose herself. ROS follows.

젬마 맙소사, 여긴 정말 한심하네...

나머지 사람들이 젬마를 쳐다본다. 약간 놀라고 불쾌한 기색이다. 로즈만이 젬마에게 동정 어린 시선을 보낸다.

젬마가 진료목록을 집어든다.

젬마 (이어서) 미안해요. 일단 일 시작하죠.

모두들 접수처 쪽으로 나간다.

10:19:09   <u>실내. 병원. 접수처. 주간</u>

젬마가 환자대기실에 들어선다. 직업적인 모습. 많은 환자들 중에 고든이 있다.

고든 선생님...

못 들은 척 그를 피하는 젬마.

젬마 앤워 샴시 씨?

앤워가 일어선다. 그는 40세에 사근사근하고 정장을 차려입었다.

앤워 네.

젬마 안녕하세요.

고든 선생님, 급한 일이에요.

음악 시작 '반영'
10:19:16   **젬마** 고든 씨, 시간을 지켜야 해요. 알잖아요. 샴시 씨, 이리로...
음악 시작 (피아노
V3/피아노V1/프로   젬마의 목소리가 차츰 작아진다. 그리고 불현듯 케이트가 나타난다. 둘은 잠시 서로를 응
토콜V4/액션V3/의   시한다. 젬마는 이 상황을 믿을 수 없다. 케이트 역시 놀랐다.
심V3) 10:19:17

케이트 안녕하세요?

젬마
(반사적으로)
안녕하세요?

케이트가 대기실에 앉는 걸 바라보는 젬마. 케이트는 체육관에서 바로 온 차림새다. 운동복에 헤드폰, 그리고 뒤로 묶은 머리. 정말 예쁜 외모.

앤워
죄송하지만, 제가 어떻게...

젬마
잠시만 기다려 주시겠어요?

마음을 가다듬으려고 병원 복도로 향하는 젬마. 그 모습을 로즈가 본다.

10:19:28

INT. THE SURGERY. CORRIDOR. DAY

GEMMA'S almost panicking. She's in agony - hands in her hair. ROS is by her.

GEMMA

MUSIC OUT 'REFLEXION' 10:19:34

What is she doing here? Is she here to confront me?

ROS
No, I've just seen, she's on my list. It's a normal appointment. She booked it a couple of days ago.

ROS sees GEMMA is not coping and pulls her away.

ROS (CONT'D)
Come here.

GEMMA
This is hard. I'm good at keeping my head together but today -

ROS
Talk to Simon.

GEMMA
I will, but before I do I need the facts. What is this relationship? In three months, is that a fling -

ROS
Yes. He's never suggested it's anything -

GEMMA
What about her? What does he see in her? Apart from ...

GEMMA'S had an idea. She turns and goes back through the door. ROS follows.

ROS
Gemma, wait ... Stop. What are you -

10:20:10

INT. THE SURGERY. RECEPTION. DAY

GEMMA strides into reception, pretending to look at a patient list -

GEMMA
Kate Parks. If you can come with me?

KATE unsure.

ANWAR
Sorry, I thought -

KATE
I'm here to see Doctor Mahendra?

GEMMA
Doctor Mahendra has too many appointments today...

GEMMA
Mr Shamsi if you can wait five minutes. Kate, you don't mind swapping, do you? It speeds things up for everyone else.
(to ANWAR)

10:19:28	실내. 병원. 복도. 주간

젬마는 거의 패닉 상태다. 극도의 괴로움을 느끼며 머리카락을 쥐어잡는 젬마. 로즈가 그녀 곁으로 왔다.

<table>
<tr><td>음악 끝 '반영'
10:19:34</td><td>젬마
쟤가 여기서 뭐하는 거지? 날 만나러 왔나?</td></tr>
</table>

로즈
아니야, 방금 봤는데 내 진료목록에 있어. 며칠 전에 일반 진료로 예약했네.

젬마가 아직 멍해 있는 모습을 본 로즈가 그녀를 잡아끈다.

로즈 (이어서) 이리 와.

젬마
기가 막혀. 나 원래 침착한 사람인데, 오늘은...

로즈 사이먼한테 얘기해.

젬마
그럴 거야, 하지만 그 전에 좀 더 알아야겠어. 도대체 무슨 관계야? 세 달 동안, 그냥 불장난...

로즈 그래. 사이먼은 특별한 의미가 있다는 기색을 보인 적은 없었어.

젬마 쟤가 뭔데? 저런 애가 뭐가 좋다고? 더구나...

젬마에게 어떤 생각이 떠오른다. 몸을 돌려 대기실로 가는 문 쪽으로 향하는 젬마. 로즈가 뒤따른다.

로즈
젬마, 잠깐... 있어봐. 뭐 하려고...

10:20:10	실내. 병원. 접수처. 주간

젬마가 접수처로 성큼성큼 들어온다. 환자 목록을 보는 척 하면서...

젬마 케이트 파크스 씨. 제 진료실로 가시죠.

케이트가 어리둥절해 한다.

앤워 죄송하지만, 제가...

케이트 저는 마헨드라 선생님한테 예약했는데요?

젬마 마헨드라 선생님은 오늘 진료가 너무 밀려서...

젬마
샴시 씨, 5분만 기다려주세요. 케이트, 바꿔도 상관 없죠? 다른 모두를 위해서 그게 빨라요.
(앤워에게)

Thanks.

KATE looks at them both. Unsure but follows GEMMA. ANWAR is not happy. He sits down again. ROS turns away but her face says it all.

GEMMA (V.O.)
So Kate, how can I help?

KATE (V.O.)
Er, I've been feeling tired recently, like a cold and it's not going away.

10:20:40   INT. THE SURGERY. GEMMA'S CONSULTING ROOM. DAY

KATE and GEMMA sit opposite each other. GEMMA just looks at this GIRL - bitchy, privileged, over-confident.

From KATE'S point of view - she won't be intimidated.

GEMMA
How long?

KATE
Couple of weeks?

GEMMA
Alright, so if you take off your top and trousers we'll have a look.

KATE
Top and trousers? Why do I need -

GEMMA
To examine you.

KATE'S suspicious but gets up and goes behind the curtain. GEMMA drawers it.

GEMMA puts on sterile gloves. KATE draws back the curtain and stands confident, in her underwear.

GEMMA (CONT'D)
You're in good shape.

MUSIC OUT (PIANO V3/PIANO V1/   KATE
THE PROTOCOL/ACTION V3/   I'm heading to the gym. I go every morning. I've
SUSPICIOUS V3 10:21:20   got a trainer.

GEMMA
Sounds wonderful.

KATE
You should try it.

Zing.

GEMMA
Maybe I will. You just lie on here for me please.

KATE lies down. GEMMA takes KATE'S pulse.

GEMMA
So you work at your dad's restaurant?

고마워요.

케이트가 젬마와 앤워 둘을 쳐다본다. 불안하지만 어쩔 수 없이 젬마를 따라가는 케이트. 기분이 상한 눈치의 앤워가 다시 자리에 앉는다. 로즈는 이 상황을 외면하지만 그녀의 표정이 모든 것을 나타내주고 있다.

젬마 (화면 밖 목소리)
그래요 케이트 씨, 어디가 안 좋아서 왔어요?

케이트 (화면 밖 목소리)
어, 최근에 좀 피곤해서요. 몸살이 오래가는 것 같고.

10:20:40   <u>실내. 병원. 젬마의 진료실. 주간</u>

케이트와 젬마가 서로 마주앉아 있다. 젬마는 이 싸가지 없고, 오만하고, 건방진 여자아이를 그저 쳐다본다.

케이트의 시점. 그녀는 위협 같은 건 통하지 않는다.

젬마 얼마 동안요?

케이트 2주 정도?

젬마
좋아요, 상의랑 바지를 벗고 한번 보도록 하죠.

케이트 상의랑 바지요? 왜 그래야...?

젬마
진찰하려면 그렇게 해야 해요.

못 미덥지만 일어나 커튼 뒤로 가는 케이트. 젬마가 커튼을 친다.

살균 장갑을 끼는 젬마. 케이트는 커튼을 다시 걷고 나와 속옷 차림으로 자신있게 선다.

음악 끝 (피아노V3/
피아노V1/프로토콜
V4/액션V3/의심V3)
10:21:20

젬마 몸매가 좋네요.

케이트
체육관에 다녀요. 매일 아침이요 . 트레이너도 있어요.

젬마 멋지네요.

젬마 선생님도 해보세요.

냉랭한 기운.

젬마 생각해 볼게요. 여기 누워볼래요?

케이트가 눕는다. 젬마가 케이트의 맥박을 체크한다.

젬마 아버지 식당에서 일하는 거예요?

KATE
Sometimes. Just for a bit of money but I'd
rather ... OW!

GEMMA puts her hand on KATE'S abdomen,
examining her - pushing hard. It's
uncomfortable.

GEMMA
Does that hurt?

KATE
(defiant)
No.

GEMMA
(cheery/vindictive)
Alright. How about this?

She pushes hard.

KATE
Ow! Yep, mm. Yep.

GEMMA
It's a little tender. It's probably nothing,
but to be sure, I'm just going to get some blood
samples.

GEMMA turns and grabs two syringes.

KATE
(sits up)
Doesn't the nurse do that?

GEMMA
I don't mind.

GEMMA efficiently ties the tie round KATE's
arm, as tight as possible.

GEMMA
I need to ask you a few standard questions.

KATE
Okay.

GEMMA
How much do you drink on average?

KATE
Couple of glasses of wine?

GEMMA
A night?

KATE
A week.

GEMMA
And do you smoke?

She puts the needle in, painfully.

KATE (ADR)
No ... ah!

케이트
가끔요. 돈이 조금 필요할 때만요. 그보다… 아야!

케이트의 복부를 손으로 세게 누르며 체크하는 젬마. 불편한 기운.

젬마 아파요?

케이트
(반항적으로) 아뇨.

젬마
(재밌다는 듯이 / 앙심을 품고)
좋아요. 이건 어때요?

케이트 아악! 네, 음… 아파요.

젬마
물렁거리네요. 아무것도 아닐 거예요. 그래도 확실히 하려면, 채혈 좀 할게요.

젬마가 몸을 돌려 주사기 두 개를 집는다.

케이트
(앉으며) 그런 건 간호사가 하지 않나요?

젬마 내가 해도 돼요.

젬마가 능숙하게 케이트의 팔에 끈을 묶는다. 할 수 있는 한 가장 조여서.

젬마
기본적인 질문 몇 개 할게요.

케이트 네.

젬마
주량이 얼마나 돼요?

케이트
와인 몇 잔 정도?

젬마
하룻밤에?

케이트
일주일 동안요.

젬마
담배는?

바늘을 찔러넣는 젬마. 아주 아프게.

케이트 (ADR: 추가 대화 녹음)
안 해요…. 아악!

GEMMA
Sexual partners?

KATE
Sorry?

GEMMA
I'm just trying to rule a few things out. Do you
have any sexual partners?

KATE
One. I don't tend to sleep around.

GEMMA
(beat)
Are you having sex regularly?

MUSIC IN (SUSPICIOUS V1)
10:22:37

KATE
Um, not enough. He's married.

GEMMA
Right.

KATE
But unhappy ... though it's sad actually.

GEMMA takes a breath. Stays focused.

GEMMA
Why doesn't he just leave his wife?

KATE
Family, I suppose.

GEMMA
But the wife doesn't suspect?

KATE
Not a clue.

GEMMA
Sounds complicated.

This just sinks GEMMA. She takes the strap off
KATE's arm.

GEMMA (CONT'D)
You can put your clothes on now. You seem fine.
I hope you don't mind all the questions but it
helps to get a picture and you seem very
healthy.

A moment later, KATE is dressed. GEMMA hands her
a sample tube.

MUSIC OUT (SUSPICIOUS V1)
10:23:24

GEMMA
Just in case, could you pop next door, pee in
that and bring it back.

MUSIC IN (PIANO V1/BELLS)
10:23:27

KATE
Yeah. No problem.

KATE takes the pot and goes.

GEMMA stops now. What's she doing? This girl
is just a girl.

But she finds herself looking at KATE's handbag
which she's left by the chair. It's right there.

젬마 성관계 하는 사람은?

케이트 네?

젬마
그냥 몇 가지 확인하려는 거예요. 성관계 하는 사람 있나요?

케이트
한 명이요. 전 이 사람 저 사람이랑 자는 거 안 해요.

음악 시작 (의심V1)
10:22:37

젬마
(잠시 멈춤)
주기적으로 잠자리를 갖나요?

케이트
음, 좀 부족해요. 그 사람 유부남이거든요.

젬마 그렇군요.

케이트 불행하대요... 정말 슬픈 일이긴 하죠.

젬마가 숨이 들이쉰다. 계속 집중하며.

젬마 왜 부인을 안 떠난대요?

케이트 가족 때문이겠죠.

젬마 부인이 의심 안 한대요?

케이트 전혀요.

젬마 복잡하네요.

그저 맥이 빠지는 젬마. 그녀가 케이트의 팔에서 줄을 푼다.

젬마 (이어서)
이제 옷 입어도 돼요. 괜찮은 것 같네요. 내가 한 질문들 마음에 두지 말아요. 전체적인 몸 상태를 보는 데 도움이 돼서 그런 거니까. 일단 아주 건강한 상태네요.

잠시 후, 옷을 입고 나온 케이트에게 젬마가 샘플통을 건넨다.

음악 끝 (의심V1)
10:23:24
음악 시작 (피아노V1/
벨소리들) 10:23:27

젬마
혹시 모르니 옆방으로 들어가서 여기에 소변을 좀 담아 오세요.

케이트 네. 그러죠.

케이트가 샘플통을 들고 옆방으로 간다.

잠시 가만히 있는 젬마. 뭐 하고 있는 거야? 그냥 어린 여자애일 뿐이야.

그러나 케이트가 의자 위에 놓고 간 핸드백을 바라보고 있는 스스로를 깨닫는 젬마. 바로 저기에 있는 그 핸드백.

Has she got time? She's not sure. But this
might be the only opportunity.

She could just ... she bends down to look but
just as she does, the door opens - KATE comes
back in. GEMMA pretends she is getting
something from the trolley.

KATE
Excuse me.

She picks up her bag and leaves again.

GEMMA stands. Looks at herself in the mirror.
Feels old. Out of shape.

GEMMA looks at the framed photo on her desk. A
picture of her family. The three on them at a
picnic. Is he really as unhappy as all that?
The door opens as KATE comes back in. KATE gives
the pot of urine to GEMMA.

GEMMA
This'll just take a minute.

KATE sits. GEMMA tests the urine.

MUSIC OUT (PIANO V1/BELLS)   GEMMA (CONT'D)
10:24:46   We'll do the bloods, see what comes back. It's
                               probably just a cold. In the meantime, take it
                               easy and avoid doing anything strenuous or
                               stressful.

KATE
What are the bloods for?

GEMMA
Measures all sorts - iron, sugar...

KATE
And that one?

GEMMA
Oh this is just a ...

GEMMA sees the result of the pregnancy test. And
just stops. She can't believe what she's
looking at. She moves closer - the test
producing two pink lines.

KATE
What? What is it?

GEMMA
Kate, are you having unprotected sex?

KATE
I... no.

GEMMA
Have you been trying for a child?

KATE
What are you talking about?

GEMMA looks straight at her.

GEMMA
Two lines means it's positive.

시간이 있을까? 그녀는 확신할 수 없다. 그러나 이게 유일한 기회라는 건 분명하다.

젬마가 할 수 있는 건... 그녀가 몸을 숙여 핸드백을 내려다 본다. 그러나 바로 그 순간 문이 열리며 케이트가 돌아온다. 병원 카트에서 뭔가 찾고 있었던 척하는 젬마.

케이트 실례해요.

케이트가 핸드백을 들고 다시 나간다.

젬마가 일어선다. 거울에 비친 자기 모습을 본다. 늙어 보인다. 몸매도 망가졌다.

책상 위 액자 속 가족 사진을 보는 젬마. 소풍 때 셋이 함께 찍은 사진이다. 사이먼은 정말 이 모든 일을 벌일 만큼 불행했을까? 문이 열리고 케이트가 다시 돌아온다. 젬마에게 소변 샘플을 건네는 케이트.

젬마 잠깐이면 확인할 수 있어요.

케이트가 앉는다. 젬마가 소변 샘플을 테스트한다.

음악 끝 (피아노V1/벨 소리들) 10:24:46

젬마 (이어서)
혈액도 테스트해 볼 거니까 검사 결과를 보도록 해요. 그냥 감기일 거예요. 그래도 마음을 편하게 먹고, 힘들거나 스트레스 받는 일은 피하세요.

케이트 혈액 검사는 왜 하는 거예요?

젬마 여러 가지를 체크해 보는 거죠. 철분, 당 검사...

케이트 그리고 저건?

젬마 오, 이건 그냥...

임신 테스트 결과를 보는 젬마. 얼어 붙는다. 그녀는 지금 보고 있는 걸 믿을 수 없다. 더 가까이 들여다 본다. 테스트기는 분홍색 줄 2개를 나타내고 있다.

케이트 뭐죠? 그게 뭐예요?

젬마 케이트, 피임 안 하고 있나요?

케이트 전...아니요.

젬마
아이 가지려 하는 중이에요?

케이트
무슨 말씀 하시는 거예요?

젬마가 케이트를 노려본다.

젬마
두 줄은 임신했다는 뜻이에요.

They stare at each other for a second. Both completely shocked.

KATE
Sorry. Are you saying I'm...?

KATE looks at GEMMA, unbelieving.

GEMMA
Yes. You're pregnant.

KATE stares at her. Thoughts racing through her head. GEMMA steels herself.

GEMMA (CONT'D)
I assume the father is ... this man.

An awkward moment. Them both taking it in -

MUSIC IN (PHONECALL/PIANO DARK) 10:25:59

GEMMA (CONT'D)
It's a lot to take in, I know. You'll want to consider the stability of this relationship.

KATE
Can I see Doctor Mahendra? She is my doctor and this is a shock. So can I see her instead ... please?

10:26:13

INT. THE SURGERY. CORRIDOR. DAY

ROS opens the door of her office and KATE goes in. The door closes. ROS talks to GEMMA. She whispers to her.

ROS
I'll let you know. Okay?

GEMMA nods and ROS goes into her office and shuts the door.

GEMMA stands, reeling from the shock of all of this...

10:26:43

INT. THE SURGERY. RECEPTION. DAY

GEMMA walks into the reception area.

GEMMA
Okay -

GORDON stands.

GORDON
Excuse me -

GEMMA
Gordon. Just wait. You're next.
(she calls out)
Anwar Shamsi.
(nothing)
Anwar?

JULIE
He just left.

GEMMA
(frustrated)
Really?

MUSIC OUT (PHONECALL/PIANO DARK) 10:26:57

GEMMA heads outside.

둘은 잠시 서로에게 시선을 고정한다. 두 사람 모두 완전히 충격에 빠졌다.

케이트 죄송한데, 지금 말씀하시는 게 제가…?

케이트가 믿을 수 없다는 듯이 젬마를 본다.

젬마 그래요. 당신 임신이에요.

케이트가 젬마를 응시한다. 머릿속에 여러 생각들이 날뛴다. 젬마는 마음을 단단히 먹는 모습.

젬마 (이어서) 아이의 아버지는… 그 남자겠군요.

어색한 순간. 둘 모두 감수할 수밖에 없는…

음악 시작 (전화/어두운 피아노) 10:25:59

젬마 (이어서) 받아들이기 힘든 거 알아요. 그 관계가 안정적인지 생각해보고 싶어질 거예요.

케이트 마헨드라 선생님 볼 수 있나요? 그 선생님이 원래 제 담당이고 지금 너무 충격적이라 제발 그 선생님을 …

10:26:13

<u>실내. 병원. 복도. 주간</u>

로즈가 자신의 진료실 문을 열어주자 케이트가 들어간다. 문이 닫힌다. 진료실 밖에서 로즈가 젬마에게 뭔가 얘기한다. 젬마가 다시 로즈에서 속삭인다.

로즈 내가 너한테 알려줄게. 괜찮지?

고개를 끄덕이는 젬마. 로즈가 자기 진료실로 들어간다. 문이 닫힌다.

이 모든 충격에 휘청거리며 간신히 서 있는 젬마.

10:26:43

<u>실내. 병원. 접수처. 주간</u>

젬마가 접수 구역으로 걸어 온다.

젬마 그럼…

고든이 일어선다.

고든 저기요…

젬마 고든 씨. 조금만 기다려요. 바로 다음 차례예요.
(목소리를 높여) 앤워 샴시 씨.
(반응이 없다) 앤워 씨?

줄리 방금 나갔어요.

젬마 (불만스러워 하며) 정말요?

음악 끝 (전화/어두운 피아노) 10:26:57

젬마가 바깥으로 향한다.

203

EXT. THE SURGERY CAR PARK. DAY

GEMMA comes out looking for ANWAR. She sees him
walking towards the car park. She calls out.

GEMMA
Mr Shamsi -

She runs over to him.

ANWAR
I'm a solicitor with a client that needs me
urgently. The receptionist said if I had the
first appointment of the day I'd be straight in.

GEMMA
I'm so sorry, I hope she explained there's no
guarantees - I'm having quite a morning...

ANWAR
Why have you come out here? S'not normal.

GEMMA
Because men your age don't tend to see doctors
when you should. And you look extremely
worried, so I'm not gonna let you leave until
you tell me the problem.

ANWAR
(beat)
I'm often sick first thing in the mornings.

She takes his pulse.

GEMMA
Mmm-hmm. Often?

ANWAR
Yeah, every few days. What, we gonna do this
here?

GEMMA
Yeah, I am. You drink a lot?

GEMMA pulls out an ophthalmoscope. Then opens
up his eyelids, to check them.

ANWAR
Not usually.

GEMMA
(shining the ophthalmoscope in his eyes)
Look forward ...

ANWAR
Recently I can't sleep, I worry about things,
so yeah, I have a drink.

GEMMA
Your eyes are a little bloodshot.
(feels his glands)
I take it you've Googled your symptoms?

ANWAR
Er, yeah.

GEMMA
And?

She lifts his collar to feel his neck.

실외. 병원. 주차장. 주간

앤워를 찾으며 바깥으로 나온 젬마. 주차장 쪽으로 가고 있는 앤워가 보인다. 그녀가 외친다.

젬마 샴시 씨!

그녀가 샴시에게 뛰어간다.

앤워 전 급한 용무가 많은 고객들을 상대하는 변호사예요. 접수처 직원이 당일 첫 시간으로 예약을 해두면 기다리지 않아도 된다고 했었다고요.

젬마 정말 죄송해요. 진료시간이 확실히 보장되는 경우는 없다는 걸 직원이 설명했으면 좋았을 텐데요. 오늘 아침은 상당히 바쁜 일들이 생겨서…

앤워 그럼 왜 따라나온 거죠? 좀 이상하군요.

젬마
당신 나이쯤 되는 남성들은 꼭 필요할 때도 진찰받으러 안 오는 경우가 많거든요. 그런데 그쪽은 심하게 걱정하시는 게 보여서요. 무슨 문제인지 듣기 전엔 보내드리지 않을 거예요.

앤워
(잠시 멈춤)
아침에 일어나면 통증부터 느끼는 경우가 많아요.

젬마 음… 자주요?

젬마 맞아요, 며칠 걸러 한 번씩요. 근데… 여기서 진료하는 겁니까?

젬마 네, 그런 거예요. 술 많이 드시나요?

젬마가 검안경을 꺼내 앤워의 눈꺼풀을 열어 체크한다.

앤워 보통은 잘 안 마셔요.

젬마
(검안경으로 그의 눈을 비춰보면서)
정면을 보세요…

앤워
요즘 걱정거리가 있어서 잠을 잘 못 잤어요. 그래서 한 잔씩 하고 있죠.

젬마
눈이 조금 충혈됐어요.
(눈물샘을 살피며)
본인 증상에 대해 구글 검색도 해보셨을 것 같은데…?

앤워 어, 맞아요.

젬마 뭐라던가요?

젬마가 그의 목깃을 들어 목을 체크한다.

ANWAR
Well it says being sick like that first thing
in the mornings could be a warning of a brain
tumour.

GEMMA
(sceptical)
Yeah. That's possible but there are many more
likely explanations. Tummy bug, virus or your
late night drinking.

MUSIC IN (PIANO V3/BACK/   ANWAR
E1M09/MAIN TITLE 10:28:15   (worried, unsure)
                                        So ... it doesn't suggest anything to do with
                                        the brain?

GEMMA
(slowing down - careful)
Not unless there's more to say.

A moment. He turns away. Emotional. A strange
moment.

GEMMA (CONT'D)
Are you sure you don't wanna come in for a
moment?

He checks his watch.

ANWAR
No, if you think it's nothing then I should go.
Thank you.

He gets in his car. GEMMA knows there's
something else he's not telling her...
But it's too late. And she's got other things
to worry about. She walks back inside.

10:28:34   INT. THE SURGERY. RECEPTION. DAY

                                        As she comes back in, KATE is coming towards her
                                        leaving, teary.

10:28:39   INT. THE SURGERY. CORRIDOR. DAY

                                        They pass but she doesn't look at GEMMA. ROS is
                                        behind her.

10:28:43   INT. THE SURGERY. ROS' OFFICE. DAY

                                        ROS and GEMMA enter.

                                        ROS
                                        So she's not gonna keep it, and she doesn't want
                                        anybody to know.

                                        GEMMA
                                        Not Simon?

MUSIC OUT (PIANO V3/BACK/   ROS
E1M09/MAIN TITLE 10:28:58   No. She gonna find somewhere. They'll do it as
                                        soon as possible.

                                        GEMMA
                                        (cautious)
                                        Isn't she worried that I might tell him?

                                        ROS

앤워
아침에 일어나자마자 아프다면 뇌종양일 수 있다더군요.

젬마
(의심쩍어 하며)
그래요, 그럴 가능성도 있지만 다른 가능성도 얼마든지 있어요. 뱃속 회충이나,
바이러스, 아니면 밤 늦게 한 잔하는 게 이유가 될 수도 있고요.

앤워
(걱정스럽게, 불안해 하며)
그래서...뇌랑은 아무 상관 없나요?

젬마
(천천히 조심스럽게)
다른 증상이 더 없다면요.

잠시 후. 앤워가 몸을 돌린다. 감정적이고, 이상한 순간.

젬마 (이어서)
정말 잠시 다시 들어가지 않아도 되겠어요?

앤워가 시계를 확인한다.

앤워 아뇨, 아무것도 아니라니 가보겠습니다. 감사합니다.

그가 차에 탄다. 그가 말하지 않는 뭔가가 더 있다는 걸 젬마는 알고 있다. 그러나 시간이
너무 늦었다. 그녀에게는 걱정해야 할 다른 일들이 있다. 병원 안으로 돌아가는 젬마.

음악 시작 (피아노
V3/백/E1M09/주제
곡 10:28:15

10:28:34 · <u>실내. 병원. 접수처. 주간</u>

젬마가 병원으로 다시 들어왔을 때, 병원을 나서는 케이트가 젬마 쪽으로 온다. 케이트는
눈물을 글썽거리고 있다.

10:28:39 · <u>실내. 병원. 복도. 주간</u>

서로 지나치면서 케이트는 젬마에게 눈길을 주지 않는다. 그 뒤에 로즈가 있다.

10:28:43 · <u>실내. 병원. 로즈의 진료실. 주간</u>

로즈와 젬마가 들어온다.

로즈 안 낳겠대. 아무도 몰랐으면 하고.

음악 끝 (피아노V3/
백/E1M09/주제곡)
10:28:58

젬마 사이먼한테도?

로즈 그렇대. 어딘가 찾아가서 되도록 빨리 수술하려고 할 거야.

젬마
(신중하게) 내가 사이먼한테 말할 수도 있다는 건 걱정 안 되나 보지?

로즈

Well why would you? I mean as far as she's concerned you're oblivious.

A moment as GEMMA takes it all in.

GEMMA
But... Simon. He should know she's pregnant.

ROS
(amazed that she's thinking of SIMON)
What? Gemma -

GEMMA
He'd want to know.

ROS
Do you want to make things work with him?

A look from GEMMA.

ROS (CONT'D)
Because if she ends up with his baby, then forget it. Her and this child, are gonna be in your life forever. You don't have to tell him, it's better for him if you don't - besides - according to the General Medical Council and every professional standard, you're not allowed to. So be quiet for the next twenty four hours and let it happen, then talk to your husband and sort out your marriage. And this girl is a fling. You're not.
(beat)
Don't tell him.

MUSIC IN (SOFT MOTION)
10:29:58

SIMON (V.O.)
We had ...

10:30:05   INT. FOSTER HOUSE. DINING ROOM. NIGHT

The THREE OF THEM sit round the table, eating dinner.

SIMON (CONT'D)
... to take penalties, and when I took mine I fell over.

TOM
He was really serious. He, he did this long run up and then he just...

TOM laughs. GEMMA smiles, despite herself.

SIMON
Yeah, alright. Thanks, mate.

GEMMA
How did you do?

TOM
Erm, I scored.

GEMMA
No! Did you?

TOM
Yeah, and he was a professional keeper.

SIMON
Tom was really good actually. They said he was the best.

음...네가 그럴 이유가 없잖아? 그러니까 내 말은, 걔가 너는 아무것도 모른다고 생각하고 있으니까 말이야.

젬마가 이 모든 걸 따져보며 잠시 시간이 흐른다.

젬마 그래도 사이먼은... 그 사람은 걔가 임신한 걸 알아야 해.

로즈
(젬마가 사이먼을 생각하는 것에 대해 깜짝 놀라며)
뭐라고? 젬마...

젬마 알고 싶어할 거야.

로즈 너 사이먼하고 이 일을 해결하겠다는 거야?

젬마의 시선.

로즈 (이어서)
걔가 아기를 낳으면... 그런 건 생각도 하지 마. 너 인생에 걔랑 아기가 영원히 남을 거라고. 사이먼한테 말 안 해도 돼. 안 하는 게 더 좋을 거야. 더구나 의사협회, 그리고 모든 전문직 윤리 기준에 따라서 너는 말하면 안 돼. 그냥 지금부터 24시간 동안 조용히 알아서 흘러가게 냅 둬. 그런 다음에 사이먼에게 네가 안다고 말해서 상황을 정리해. 걔는 그냥 불장난이야. 너는 아니잖아.
(잠시 멈춤)
말하지 마.

음악 시작 (부드러운 움직임) 10:29:58

사이먼 (화면 밖 목소리) 우리가...

10:30:05

<u>실내. 포스터의 집. 다이닝 룸. 야간</u>

포스터 가족 3명이 테이블에 둘러앉아 저녁을 먹고 있다.

사이먼 (이어서)
...페널티킥를 몇 번 찰 수 있었거든. 그런데 나는 차다가 넘어져버렸지.

톰
아빠 진짜 심각했다니까요. 저 멀리서 한참 달려 와서 그대로 그냥...

톰이 웃는다. 젬마가 미소 짓는다. 자기도 모르게...

사이먼
그래, 괜찮아. 고맙네, 친구.

젬마 넌 어땠니?

톰 어, 한 골 넣었어요.

젬마 설마! 정말로?

톰 진짜예요, 프로 골키퍼를 상대로요.

사이먼 톰 실제로 정말 잘했어. 선수들도 톰이 제일 잘했다고 했거든.

GEMMA
Oh well done. I am so pleased you had a good
time!

SIMON
How was work?

GEMMA
A mess.

SIMON
Why?

GEMMA
Just...appointments. You know.

SIMON
You alright though? You feeling better?

GEMMA
Yeah.

SIMON
(looks at her, loving)
Good.

They look at each other. He smiles, kindly.

TOM
You should come next time, Mum. Watch him have
another turn. You'd find it really funny.

TOM laughs again. SIMON throws a rolled up
serviette at TOM. It misses him.

TOM
That missed!

They all share the joke. GEMMA smiles.

SIMON (O.S.)
Yeah alright! Next weekend we'll find a goal,
we'll do penalties and settle this.

TOM
Er, can you deal with the humiliation?

10:31:05   EXT. FOSTER HOUSE. NIGHT

                            Establishing shot of the house.

10:31:09   INT. FOSTER HOUSE. BEDROOM. NIGHT

                            SIMON is asleep on his side. Both lights are off
                            - the room just lit by the street light/moon
                            light coming in through the curtains.

MUSIC OUT (SOFT MOTION)   GEMMA is sat in bed. Not sleeping. The alarm
10:31:19   clock glows 12.12 am. She picks up her phone.
                            The light of the screen on her face.

MUSIC IN 'KIARA   She looks at SIMON. Definitely asleep. Thinks
(INSTRUMENTAL)' 10:31:31   of everything he's done to her. Texting CARLY,
                            she types. 'Are you awake? Can we meet?
                            Gemma'.

젬마 오, 장하네. 재밌는 시간 보냈다니 기뻐!

사이먼 당신 일은 어땠어?

젬마 엉망이었지.

사이먼 왜?

젬마 그냥… 환자들 보는 게. 알잖아.

사이먼 그래서 괜찮아? 몸은 좀 나아졌어?

젬마 응.

사이먼
(젬마를 본다, 사랑스럽게) 다행이네.

젬마와 사이먼이 서로 바라본다. 사이먼이 미소를 짓는다. 상냥하게.

톰
다음엔 엄마도 오세요. 아빠가 한 바퀴 또 구르는 걸 봐야 해요. 정말 웃길 거예요.

톰이 다시 웃는다. 사이먼이 톰에게 돌돌 말린 냅킨을 던진다. 빗나간다.

톰
안 맞았지롱!

모두들 장난을 즐긴다. 젬마가 미소 짓는다.

사이먼 (목소리만)
그래 좋아! 다음 주엔 목표를 세우자. 페널티킥 내기를 해서 승부를 보는 거야.

톰
어, 굴욕을 맛보게 될 텐데, 괜찮겠어요?

10:31:05	<u>실외. 포스터의 집. 야간</u> 포스터의 집이 배경으로 펼쳐진다.
10:31:09	<u>실내. 포스터의 집. 침실. 야간</u> 사이먼이 침대 한쪽에 잠들어 있다. 양쪽 불은 모두 꺼져 있지만, 거리의 불빛과 달빛이 커튼 틈으로 새어들어 방을 조금 밝히고 있다.
음악 끝 (부드러운 움직임) 10:31:19	젬마는 침대 위에 앉아 있다. 잠들지 못한다. 알람시계의 불빛이 새벽 12시 12분임을 보여준다. 자신의 핸드폰을 들어올리는 젬마. 핸드폰 불빛이 그녀의 얼굴을 비춘다.
음악 시작 '키아라' (연주) 10:31:31	그녀가 사이먼을 본다. 확실히 잠들어 있다. 사이먼이 자신에게 한 모든 일들을 생각한다. 칼리에게 문자를 보낸다. "안 자요? 만날 수 있을까? 젬마."

She gets up and leaves.

10:31:40   EXT. PARMINSTER. NIGHT

GEMMA walks along the road.

We hear the noise of a crowded bar from the next
scene as GEMMA stops outside.

CARLY (V.O.)
He's just like all of them.

GEMMA (V.O.)
What do you mean?

CARLY (V.O.)
It's what men are like.

GEMMA (V.O.)
Really?

GEMMA (V.O.)
Yeah. It's been proven, statistically, men
all fancy twenty ...

10:31:49   INT. TOWN SQUARE BAR. NIGHT

The bar's clean, brightly lit, the sort one
would find in a hotel. It might surprise us from
the GEMMA we've seen up till now (mother, GP),
but she's actually very at home in a bar - she
spent her early twenties in places like this -
and loved it.

She's sat with CARLY at a table, both of them
with drinks. They've been there a little while,
and are both a bit tipsy.

CARLY (CONT'D)
... two year old women. Doesn't matter how old
they are themselves, or what they say, that's
just who they're after, sexually. They might
happen to like their partner as well, but
biologically twenty-two and fertile is what
it's all about. He's just had a hot summer and
messed it up. He'll come back. I mean you love
him, don't you?
(GEMMA shrugs)
When it's done, and she's got rid of the baby,
give him hell, and then let him back.

GEMMA
I shouldn't tell him? Give...him a chance
to...

CARLY
Tell him? You're sort of innocent sometimes,
aren't you? I mean you're not. Clearly. But you
think the world's better than it is.

CARLY produces a packet of cigarettes, offers
GEMMA one.

GEMMA
(takes it)
Yes.

일어나 집을 나서는 젬마.

<u>실외. 파민스터. 야간</u>

젬마가 거리를 따라 걷는다.

젬마가 걸음을 멈추고, 다음 장면의 소리가 먼저 들린다. 바에 모인 손님들의 소음.

칼리 (화면 밖 목소리)
선생님 남편도 결국 똑같네요.

젬마 (화면 밖 목소리)
무슨 말이에요?

칼리 (화면 밖 목소리)
남자들 말이에요.

젬마 (화면 밖 목소리)
그래요?

칼리 (화면 밖 목소리) 정말이에요, 통계적으로도 증명됐어요. 모든 남자들은 스물...

<u>실외. 타운 스퀘어 바. 야간</u>

깨끗한 술집이다. 밝은 조명에, 여느 호텔에나 있을 법한 분위기. 지금까지 보아 온 젬마의 모습(엄마로서, 지역보건의로서)에서는 상상하기 어렵지만, 그녀에게는 이런 바가 집처럼 자연스럽다. 그녀는 20대 초반을 이런 바에서 보냈고 그런 생활을 즐겼다.

젬마는 칼리와 함께 테이블에 앉아 있다. 둘 다 술을 마신다. 둘은 한동안 이곳에 있었고 둘 다 약간 취했다.

칼리 (이어서) ... 스물 두 살 먹은 여자를 좋아한다고요? 자기들이 몇 살인지는 상관이 없어요. 그건 남자들이 그저 성적으로 끌린다는 거예요. 자기 부인도 물론 사랑하겠지만 생물학적으로 22살 가임기 여성이면 최고가 되는 거예요. 그냥 더위 좀 먹고 제정신이 아닌 채로 망쳐버린 거겠죠. 다시 돌아올 거예요. 제 말은... 남편을 사랑하죠? 안 그래요?
(젬마가 어깨를 으쓱한다)
다 지나가고, 그 여자가 아기를 지우고 나면, 남편에게 지옥을 보여 주고 다시 받아들여요.

젬마 말하면 안 되는 걸까? 그 사람한테 기회를 줄...

칼리 남편한테 말한다구요? 선생님 때때로 순진한 면이 있네요. 그렇지 않아요? 내 말은 그러지 말라는 거예요. 확실히 그게 맞아요. 선생님은 이 세상을 실제보다 더 좋게 생각하는 것 같네요.

칼리가 담배 한 갑을 꺼내서 한 대 건넨다.

젬마
(받아들며) 좋아요.

GEMMA and CARLY stand, and walk towards the
door. They pass ANWAR as they go. He's sitting
at the bar drinking. GEMMA notices him.

GEMMA (CONT'D)
(to CARLY)
I'll join you.

CARLY
Okay.

CARLY continues. GEMMA goes over to ANWAR who
has a drink in hand.

GEMMA
Hi.

ANWAR
(surprised, confused)
Hi...

GEMMA
What are you drinking?

ANWAR
(beat. He smiles. Accepts the situation)
Becks.

GEMMA leans over to the BARMAN.

GEMMA
Becks and a rum and coke.

He makes them.

GEMMA (CONT'D)
I thought when you said you had a drink in the
middle of the night you meant in your kitchen.

ANWAR
Why are you here?

GEMMA
Well, it's Saturday night Anwar and as you can
see I'm a party girl.
(beat - alright - the truth)
I couldn't sleep either.

ANWAR
Why not?

GEMMA
Got a lot going on.

The BARMAN delivers the drinks. GEMMA gives him
a tenner.

ANWAR
Like what?

GEMMA
At home.
(she sits)
Doesn't matter. Tell me about you.
(beat)
You were holding something back this morning.
Weren't you? Something you weren't saying.

ANWAR
I'm married.

젬마와 칼리가 일어나 문 쪽으로 향한다. 가는 동안 앤워를 지나친다. 그는 바에 앉아 술을 마시는 중이다. 젬마가 그를 알아본다.

젬마 (이어서)
(칼리에게) 곧 따라갈게요.

칼리 네.

칼리가 계속 간다. 젬마는 술잔을 들고 있는 앤워에게 향한다.

젬마 안녕하세요?

앤워
(놀라고, 당혹스러워 하며) 안녕하세요...

젬마 뭐 마셔요?

앤워 (잠시 멈춤. 미소 짓는다. 이 상황을 받아들이며) 벡스요.

젬마가 바텐더를 향해 몸을 기울인다.

젬마 벡스랑 럼&코크 주세요.

바텐더가 음료를 준비한다.

젬마 (이어서)
당신이 밤 중에 한 잔 한다고 했을때, 집에서 그런다는 줄 알았네요.

앤워 당신은 여긴 무슨 일이에요?

젬마
음...토요일 밤이잖아요, 앤워 씨. 그리고 보시다시피 전 파티걸이라고요.
(잠시 멈춤- 괜찮겠지- 진심을 밝히며)
저도 잠이 안 와서요.

앤워 왜 잠이 안 와요?

젬마 많이 일들이 생겼거든요.

바텐더가 젬마의 음료를 가져온다. 10파운드를 주는 젬마.

앤워 이를테면?

젬마
집안 일이요.
(젬마가 앉는다)
난 상관 없어요. 당신 얘기를 해봐요.
(잠시 멈춤)
오늘 아침에 뭔가 숨겼죠? 그렇지 않나요? 뭔가 말하지 않은 것요.

앤워
난 유부남이에요.

GEMMA
Okay.

ANWAR
Alesha's six months pregnant.

GEMMA
Congratulations.

ANWAR
Five years ago, I had this dizziness, they
eventually did a scan and found a tumour, in my
brain. Couldn't operate - said it wasn't doing
any harm at that point but it was growing, and
that one day it would kill me.

GEMMA
I'm sorry.

MUSIC IN 'SMALL TIME SHOT   ANWAR
AWAY' 10:34:14   I should've told Alesha at the time. I just
                                   didn't want to scare her away.

GEMMA
She doesn't know?

ANWAR
If I tell her now she'll ask why did you make
all these promises? Start a family, all this
time...

GEMMA
Go for another scan.

MUSIC OUT 'KIARA   ANWAR
INSTRUMENTAL' 10:34:27   I came in because it'd be good to know if the
                                   symptoms fit. Is this it?

GEMMA
You didn't tell me your history.

ANWAR
What do you think now?

GEMMA
I can't be sure.

ANWAR
Well, can you guess?

GEMMA
(beat)
The symptoms fit. Talk to your wife.

ANWAR
Right.

GEMMA
There's two things. There's the mistake and
then there's the lie, to cover it up. And the
mistake is a lot easier to forgive.

ANWAR
You reckon?

GEMMA
I know.

ANWAR

젬마 그래요.

앤워 제 부인 알시아는 임신 6개월이고요.

젬마 축하해요.

앤워
5년 전에도 어지럼증이 있었는데, 의사들이 결국 정밀검진을 하자더니 내 뇌에서 종양을 찾아냈죠. 수술은 불가능하고 당시 상태로는 위험하지 않았지만 계속 커지고 있었어요. 언젠가 그게 날 죽게 만들겠죠.

젬마 유감이에요.

음악 시작 '시시한 발사'
10:34:14

앤워 알시아에게 그때 말했어야 했어요. 전 그냥 그녀가 겁나서 도망가지 않길 바랐거든요.

젬마 지금도 몰라요?

앤워
지금 사실대로 말하면 이렇게 말하겠죠. 왜 그런 약속들을 했냐고. 한 가족이 돼놓고 여태까지...

젬마
한 번 더 정밀검사를 받아보세요.

음악 끝 '키아라'
(연주) 10:34:27

앤워
그 증상이 맞는지 알고 싶어서 병원에 갔던 겁니다. 그 증상 맞나요?

젬마
아침엔 이런 이야기 안 했잖아요.

앤워 지금은 어떻게 생각해요?

젬마 확신할 수 없어요.

앤워 음... 추측할 수는 있잖아요.

젬마
(잠시 멈춤)
증상이 맞긴 해요. 부인한테 말하세요.

앤워 그렇군요.

젬마
두 가지가 있어요. 실수하는 것과 거짓말로 그걸 덮는 거예요. 실수는 용서하기가 훨씬 쉬워요.

앤워 그렇게 생각해요?

젬마 제가 알아요.

앤워

If I tell her that'll be it.

GEMMA
She'll find out eventually. She'll see it in
your notes.

ANWAR
Medical records are confidential.

GEMMA
Not the medical records. The post mortem.

ANWAR'S shocked. And offended. GEMMA'S getting
carried away.

GEMMA (CONT'D)
Sorry but you married her, you've made a
promise.

ANWAR drinks, annoyed with the pressure she's
putting him under.

ANWAR
Trouble at home...something's happened with
your husband. That's what normally sends women
your age to a bar in the middle of the night.
Yeah?

GEMMA
Yeah.

ANWAR
See I do a lot of divorce and you should know
that a woman might get the house, the assets,
the children, but that doesn't mean that she's
won. Because a few years later, he's with
someone new, making lots of money, no real
responsibility. But she is struggling. Kids,
work, no time to move on. We've all got
problems that we can't solve.

GEMMA
Tell your wife the truth.

ANWAR
(he stands and walks away)
I can't.

He goes to the toilet. GEMMA drinks her drink.
Then notices he's left his jacket on the bar,
and has an idea. She takes his phone out of his
pocket and makes a call.

10:36:32   EXT. TOWN SQUARE BAR. NIGHT

GEMMA joins CARLY outside. She hands her her
jacket.

GEMMA
Hey, we've gotto go.

CARLY
Okay.

10:36:39   INT. TOWN SQUARE BAR. NIGHT

ANWAR comes out of the toilet and walks back.
GEMMA'S gone - but on the bar is his phone - she
must have got it from his jacket.

사실대로 말하면 끝장일 거예요.

젬마 부인도 결국은 알게 될 거예요. 나중에 당신 기록을 보면서요.

앤워 의료기록은 비밀이잖아요.

젬마 의료기록 말고요. 부검결과에서요.

앤워가 충격을 받는다. 마음이 언짢다. 젬마가 계속한다.

젬마 (이어서)
안됐지만 결혼했잖아요, 약속도 했고요.

앤워가 술을 들이켠다. 젬마가 그를 짓누르는 듯이 압박하는 바람에 짜증이 났다.

앤워
집안 문제라더니... 남편하고 무슨 일이 있었군요. 그게 당신 나이의 여자를 바에 오게 만드는 법이죠. 이렇게 한밤중에 말이에요. 그렇죠?

젬마
맞아요.

앤워
이혼 소송을 많이 하니까 말해드리죠. 여자들이 집, 재산, 아이들도 가져가게 마련이죠. 그런데 그게 여자가 이겼다는 의미는 아니에요. 왜냐하면 남자들은 몇 년 후에 새로 여자를 만나고 돈도 많이 벌고, 진짜 책임질 게 없어지죠. 그런데 여자들은 계속 발버둥쳐요. 아이들과 직장... 새 출발할 시간이 없는 거죠. 모두들 스스로 해결 못할 문제들이 있잖아요.

젬마
부인한테 사실대로 말해요.

앤워
(일어서서 걸음을 옮긴다)
못합니다.

앤워는 화장실에 간다. 젬마는 술을 마신다. 그러다 앤워가 바에 자켓을 놓고 간 것을 알아 챈다. 젬마가 그의 주머니에서 핸드폰을 꺼내 전화를 건다.

10:36:32 실외. 타운 스퀘어 바. 야간

젬마가 밖에 있던 칼리와 합류한다. 그리고 칼리의 자켓을 건넨다.

젬마
헤이, 우리 이제 가죠.

칼리 오케이.

10:36:39 실내. 타운 스퀘어 바. 야간

화장실에서 나온 앤워가 자리로 되돌아 간다. 젬마는 가고 없다. 그런데 그의 핸드폰이 바 위에 놓여 있다. 그녀가 그의 주머니에서 꺼낸 것이 분명하다.

FX: MOBILE RINGING

It's Alesha. He picks it up, looks round, and puts it to his ear.

EXT. PARMINSTER TOWN SQUARE. NIGHT

GEMMA walks out of the club with CARLY. They're both quite drunk. They stop. CARLY points.

CARLY
I, I'm this way.

GEMMA
(holds up her purse)
Erm, how much?

CARLY
Ah, it doesn't matter.

GEMMA
No, go on.

CARLY
Seven for the cigarettes, two fifty for the lighter.
(GEMMA gives her a £10 note)
Thank you. You'll be alright getting back?

GEMMA
Who says I'm going back?

CARLY looks at her. A kebab van is standing in the centre of the square, surrounded by a few VERY DRUNK PEOPLE.

CARLY
Be careful yeah?

GEMMA turns and, quite drunk, heads towards the kebab van.

GEMMA
Night.

EXT. THE RED LION. NIGHT

A bench. On it is slumped JACK, unconscious. In his hand is a half-empty plastic glass. He's been there a while.

Someone's walking towards him - it's GEMMA, kebab in hand.

She gets closer. She taps him gently as he wakes.

GEMMA
Wanna a drink?

EXT. JACK'S FLAT. NIGHT

Establishing shot of JACK'S flat.

GEMMA (V.O.)
Er, what's going on in there?

JACK (V.O.)
Shower's broken.

특수 효과. 핸드폰 벨소리

알리사다. 앤워가 핸드폰을 든다. 뒤를 돌아본다. 그리고 핸드폰을 귀에 가져다 댄다.

음악 끝 '시시한 발사'
10:36:59
실외. 파민스터 타운 스퀘어. 야간

젬마가 칼리와 함께 클럽에서 나온다. 둘 다 많이 취했다. 걸음을 멈춘다. 칼리가 손가락으로 가리킨다.

칼리 전, 저는 이쪽 방향.

젬마 (지갑을 꺼내며) 아, 얼마지?

칼리 아, 신경쓰지 말아요.

젬마 아냐, 말해 봐요.

칼리
담배가 7, 라이터가 2.5요.
(젬마가 칼리에게 10파운드 지폐를 준다.)
고마워요. 잘 들어갈 수 있겠어요?

젬마 누가 집에 간대요?

칼리가 젬마를 쳐다본다. 케밥을 파는 차가 광장 중앙에 서있다. 그 주변에 고주망태가 된 사람들이 몇몇 보인다.

칼리 조심하세요, 알았죠?

음악 시작 (백/8마디 현)
10:37:26
젬마가 몸을 돌려, 몹시 취한 채로, 케밥 파는 곳으로 향한다.

젬마 잘 가요.

10:37:32
실외. 레드 라이언. 야간

벤치. 그 위에 잭이 정신을 놓고 꼬꾸라져 있다. 그의 손에는 반쯤 비운 플라스틱 잔이 들려있다. 거기에 그렇게 있은 지 한참됐다.

누군가 그를 향해 걸어온다. 젬마다. 그녀는 케밥을 손에 들고 있다.

젬마가 더 가까이 간다. 잭이 깨는 동안 그를 살살 두드리는 젬마.

젬마 한 잔 하실래요?

10:37:55
실외. 잭의 아파트. 야간

잭의 아파트를 배경으로 보여준다.

젬마 (화면 밖 목소리) 아, 거기 무슨 일이에요?

잭 (화면 밖 목소리) 샤워기가 고장났어.

10:37:59

INT. JACK'S FLAT. NIGHT

JACK is sat slumped on the sofa. There are
bottles of beer and whiskey on the table. GEMMA
puts down a mug of coffee and picks up the
whiskey bottle. His flat is a mess - very
dirty.

GEMMA
No milk.

MUSIC OUT (BACK/8 BARS
STRING) 10:38:06

JACK
Fridge doesn't work.

She sits next to him.

GEMMA
Your flat's a shithole Jack.

JACK
You're very welcome to go home.

GEMMA
(beat)
When we first moved here, you and David had us
over for dinner and looked after us. You
remember?

JACK
Yeah. David's missed. As you can see.

Pause.

GEMMA
How long were you together?

JACK
Oh, thirty years.

GEMMA
Did you ever cheat?

JACK
No.

GEMMA
Did he?

JACK
There's something in your head.

GEMMA
Can you keep a secret?

JACK
Don't be ridiculous Gemma, I'm an alcoholic. Of
course I can keep a secret.

GEMMA
Simon's been sleeping with another woman.

He attempts to sit up.

JACK
Ohhh, I'm sorry. Are you two -

GEMMA
I, I haven't told him that I know.

<u>실내. 잭의 아파트. 야간</u>

잭이 소파에 털썩 주저앉아 있다. 탁자 위에는 맥주와 위스키 병들이 놓여 있다. 젬마가 커피 머그잔을 내려놓고 위스키 병을 든다. 잭의 아파트는 엉망진창, 아주 더럽다.

젬마 우유도 없네요.

잭 냉장고도 고장났어.

젬마가 잭 옆에 앉는다.

젬마 집이 거지소굴 같아요, 잭.

잭 너네 집으로 돌아가 주면 아주 고마울 것 같은데.

젬마
(잠시 멈춤)
이 마을로 처음 이사 왔을때, 당신이랑 데이빗이 저녁도 초대해 주고 우리를 돌봐줬었죠. 기억나요?

잭
그래. 데이빗은 이제 없지. 보다시피...

정적

젬마 얼마나 오래 함께했어요?

잭 오, 30년.

젬마 바람피운 적은 있어요?

잭 아니.

젬마 데이빗은요?

젬마 하고 싶은 말이 뭐야?

잭 비밀 지킬 수 있어요?

잭 장난해? 난 알콜중독자야. 비밀 하나 못 지킬까 봐?

젬마
사이먼이 다른 여자랑 자고 있어요.

잭이 제대로 앉으려고 몸을 움직인다.

잭
오... 유감이구나. 그럼 너네 둘...

젬마
전, 전 아직 사이먼에게 말 안 했어요. 제가 그걸 안다는 걸요.

JACK
Why not?

GEMMA
Because I'm not that woman - that gets cheated
on and finds out and has screaming rows. I'm not
maintenance and divorce and all that stuff. I'm
better than that. I'm clever.

JACK
Yeah, and er I'm not a pissed widower who hasn't
showered in three weeks. I'm clever too.
Doesn't mean a thing.

GEMMA
She came into the surgery today, this other
woman, and I did some tests, turns out she's
pregnant. She's decided to have an abortion and
not tell anyone.

JACK
She went to see *you*?

GEMMA
I told her I was the only doctor available.

JACK
Be careful.

GEMMA
Yeah.

JACK
I'm not entirely surprised. In his twenties
Simon used to sleep around. Always in the
Crown. Different girl every other week.

GEMMA
Simon?

JACK
Then when he came back from London with you, we
all thought he'd grown up.

GEMMA
No one's ever told me that before.

MUSIC IN (PIANO V3/BACK/MAIN
TITLE) 10:40:30

JACK
Well they wouldn't. His dad cheated on his
mum, didn't he? Left her.

GEMMA
Yeah.

JACK
My dad loved scotch. Sons are their fathers.

GEMMA
(beat. Thinking of TOM)
I hope not.

GEMMA starts walking around, starting to tidy.

GEMMA (CONT'D)
Three weeks, you couldn't use the sink?

JACK

잭 왜 안 했어?

젬마
전 그런 여자가 아니거든요. 바람 피우는 걸 캐묻고 소리지르며 싸우는 그런 여자요. 양육비 협의하고 이혼절차 밟고... 그 모든 것들은 저하고 안 맞아요. 더 나은 방식으로 할 거예요. 전 영리하니까.

잭
그래, 그럼 나도 3주 동안 씻지도 않은 고주망태 홀아비가 아니겠네. 나도 영리하니까. 아무 의미 없는 일이야.

젬마 그 여자가 오늘 병원에 왔었어요. 사이먼의 그 여자요. 검사를 했더니 임신이더라고요. 낙태하고 아무한테도 얘기 안 하겠대요.

잭 널 보러 왔다고?

젬마
지금 진료할 수 있는 의사는 저뿐이라고 했죠.

잭 조심해야 해.

젬마 알아요.

잭 그런데 난 아주 놀랍지는 않아. 20대 때, 사이먼은 여러 명이랑 놀아났으니까. 항상 크라운에 있었어, 매주 여자가 바뀌면서.

젬마
사이먼이요?

사이먼
그러다 너랑 런던에서 돌아왔을 때, 다들 이제 사이먼이 어른이 됐다고 생각했어.

젬마
아무도 그런 얘기 해준 적이 없어요.

음악 시작 (피아노V3/백/ 주제곡) 10:40:30

잭 음, 그랬을 테지. 사이먼 아빠도 바람을 폈었지 아마? 사이먼의 엄마를 버렸을 거야.

젬마 맞아요.

잭
우리 아버지는 스카치 위스키를 사랑하셨지. 그 아버지에 그 아들인 법이거든.

젬마
(잠시 멈춤. 톰을 떠올리며) 그러지 않길 바라야죠.

젬마가 일어나 돌아다니며 이것저것 정리하기 시작한다.

젬마 (이어서)
3주 동안, 이 싱크대를 그냥 내버려 둔 거예요?

잭

MUSIC OUT (PIANO V3/BACK/MAIN
TITLE) 10:41:07

Look, while it's been lovely to be dragged home
by someone who's actually more depressed than
myself, maybe we should call it a night.

He tries to stand, clearly in pain.

GEMMA
What's wrong?

JACK
Gout. Diagnosed by me. You don't need to see it.
I'm going to bed.

He hobbles towards the bedroom.

GEMMA
You can't live like this.

He stops and turns to look at her.

JACK
You should tell him you know, tell him she's
pregnant.

GEMMA
I'm not ethically allowed to.

JACK
Tell him all of it, then take your son, and
leave. Start again.

GEMMA
It's just a fling, it doesn't -

JACK
It doesn't mean he won't do it again.
(beat)
Look he, he's lived here all his life. You don't
need to stay. Sometimes it's the place that's
the problem. Mmm?

He goes in to his bedroom.

GEMMA goes over to a table by the side. Lots of
different bottles of spirits.

MUSIC IN (LONDON/SUPICIOUS
V1) 10:41:56

In front of them, are two bottles of pills.
GEMMA looks at what they are, then picks them
up and takes them.

Then she goes and sits in his chair by the
window, and peeks out the window which
overlooks the town.

10:42:30

EXT. PARMINSTER. DAWN

Establishing shot of Parminster.

10:42:34

INT. FOSTER HOUSE. KITCHEN. DAY

Morning. GEMMA is in the kitchen, habitually
putting the cereal out for TOM.

She's wearing the same clothes as last night,
but with a jumper over the top. Her phone
bleeps. She picks it up. A text message. It's
from ROS - 'She's found a place. They'll do the
termination today at 1pm'

She reads it and sits. Suddenly SIMON is there.
He kisses her on the head.

음악 끝 (피아노V3/백/ 주제곡) 10:41:07	이봐, 나보다 더 우울한 사람이 집을 들었다 났다 해서 참 즐겁긴 한데 말이야, 오늘은 이만 하지.

잭이 일어서려고 할 때, 극심한 통증을 느낀다.

젬마 왜 그래요?

잭 통풍. 내가 스스로 진단한 거지. 안 들여다봐도 된다. 난 자러 갈 거야.

절뚝거리며 침실로 향하는 잭.

젬마 이렇게 살면 안 돼요.

잭이 걸음을 멈추고 돌아서 젬마를 본다.

잭 사이먼한테 네가 안다는 사실을 말해야 해. 그 여자가 임신한 것도.

젬마 직업 윤리상 허가되지 않은 일이에요.

잭 다 말한 다음에 아들을 데리고 떠나. 그리고 새로 시작해.

젬마 불장난일 거예요. 다른 건 아니...

잭 다시 안 그런다는 법 있어?
(잠시 멈춤) 봐봐, 사이먼 걔는 평생 여기서 살았어. 하지만 넌 여기 있을 필요가 없잖아. 가끔은 사는 곳이 문제일 때도 있어. 음?

잭이 침실로 들어간다.

젬마가 탁자 옆을 살핀다. 각종 술병들이 한가득이다.

음악 시작 (런던/의심 V1) 10:41:56	그 앞에 약병도 2개 보인다. 어떤 약인지 확인한 젬마가 약병을 들어 챙긴다.

그러고는 창가에 놓인 잭의 의자에 앉는다. 마을이 내려다 보이는 창문을 슬쩍 쳐다보는 젬마.

10:42:30	<u>실외. 파민스터. 동틀 녘</u>

파민스터 마을을 배경으로 보여준다.

10:42:34	<u>실내. 포스터의 집. 주방. 주간</u>

아침. 젬마가 주방에서 늘 그렇듯 톰에게 줄 시리얼을 준비하고 있다.

어젯밤과 똑같은 옷을 입고 있지만 상의에는 스웨터를 걸친 젬마. 그녀의 핸드폰이 수신음을 울린다. 핸드폰을 들어 확인한다. 로즈의 문자 메시지. "여자애가 어딜 찾았나 봐. 오늘 오후 1시에 낙태수술을 한대."

메시지를 읽은 젬마가 자리에 앉는다. 어느새 사이먼이 들어와 있다. 그가 젬마의 머리에 키스한다.

SIMON
I woke up this morning and you weren't there.

GEMMA stays at the table, starts to well up a
little. She can't stop herself. The mask
slipping.

MUSIC OUT (LONDON/SUSPICIOUS
V1) 10:43:16

GEMMA
I came down to work. I couldn't sleep.

She stares at him. Tense. She's not going to cry
but she's so angry that she's in this situation.

SIMON (CONT'D)
I was dead to the world. Weeks are long at the
moment, I know that's always true for you but
we start the build in a week so it's full on.
You know?
(beat)
And all that running around with Tom yesterday
-

But she's not listening. She had a whole thing
about not telling him, but -

GEMMA
You're having an affair.

SIMON stands with his back to her. He just
stops.

GEMMA (CONT'D)
Aren't you?
(he turns and looks at her, confused)
I'm convinced of it.

SIMON
You're..."convinced".
(beat)
Okay...

GEMMA
There would be two things, if you were. There
would be the relationship itself. The sex, all
of that. And then there would be the lie.

SIMON
Gem -

GEMMA
I...I think that I could accept the
relationship eventually, if you put an end to
it. We said when we got married that there
would probably be other people that we fancied,
over a lifetime.

SIMON
Yep yep. Yes, we did say that.

GEMMA
So the lie would be the bigger problem. If you'd
been with someone else, and you didn't just come
out and tell me, then that would be the real
betrayal. Don't you think?

He just looks at her. Knows well enough when not
to interrupt.

GEMMA (CONT'D)

사이먼 아침에 일어났더니 당신이 없더라?

테이블에 계속 앉아 감정이 치밀기 시작하는 젬마. 자신을 주체할 수 없는 그녀, 벗겨지려는 가면...

음악 끝 (런던/의심V1)
10:41:56

젬마
일하러 내려왔어. 잠을 잘 수가 없어서.

그녀가 사이먼을 응시한다. 긴장감. 그녀는 울음이 터지려고 하기보다는 이런 상황에 빠진 것에 대해 화가 치민다.

사이먼 (이어서)
난 세상 모르고 잤네. 요즘은 한 주가 너무 길어. 당신은 항상 그렇다는 걸 알지만. 일주일 안에 공사가 시작되면 이제 정말 풀 가동이야. 당신도 알지?
(잠시 멈춤)
어제 하루 종일 톰이랑 뛰어 다녔더니...

젬마는 듣고 있지 않다. 사이먼에게 말하지 않을 그 모든 이유들... 그러나...

젬마 당신 애인 두고 있지?

젬마와 등진 채 서있던 사이먼이 얼어붙는다.

젬마 (이어서)
그렇지 않아? (사이먼이 몸을 돌려 젬마를 바라본다. 당혹스러운 모습)
난 확신해.

사이먼
당신..."확신"한다고?
(잠시 멈춤) 그래...?

젬마
정말 바람피운다면 두 가지가 있어. 관계 그 자체. 섹스, 그게 전부겠지. 그리고 다른 하나는 거짓말하는 거야.

사이먼 젬...

젬마
나는... 결국 그 관계는 받아들일 수 있을 것 같아. 당신이 그 관계를 끝낸다면 말이야. 우리 결혼할 때 이런 얘기 했잖아. 한 평생 살면서 우리 각자가 빠져드는 다른 사람이 있을 수도 있다고 말이야.

사이먼 그래 그래, 맞아. 그런 말을 했었지.

젬마
그러니까 거짓말이 더 큰 문제야. 다른 누군가를 만나고 있는데 아닌 척 말을 안하면 그게 진짜 배신이야. 그렇게 생각하진 않아?

그저 젬마를 보고 있는 사이먼. 끼어들면 안 되는 때를 너무 잘 알고 있다.

젬마 (이어서)

And I don't want to prove it, I don't want to catch you. I want you to be honest. Unprompted. To just tell me. To say "Yes. I'm sorry, but yes. I have been seeing someone else."
(he stares at her)
You can. And then - all of the consequences. We can talk about all of it, together. That'll be hard but it'll be better. For both of us. Because actually...even if you have done this. I think I still really love you.

A moment. Now it's GEMMA that braces herself for his reply.

He looks down. Then up again.

He runs his hand over his hair. Then says sincerely.

SIMON
I'm not.

Thud. That was GEMMA'S heart just dropping to the floor - After all the energy, that set up. She gave him every chance. She puts her head in her hands and cries out.

SIMON (CONT'D)
Where has this come from? You, you follow me to mum's ... and now this. Why would you suddenly think -

GEMMA
It's okay ... it doesn't matter. You've said you're not, you're not.

They look at each other.

SIMON
You really think I could do that to you?

She stares at him. He's saying this, but he has. She knows he has.

SIMON (CONT'D)
It's working too hard.

GEMMA
Yeah. Work. That's it. Excuse me.

TOM comes in, and GEMMA quickly turns away, grabs her coat, and heads for the door.

GEMMA (CONT'D)
Hiya, Tom. Sleep well? Cereal's there, love.

MUSIC IN (PHONECALL V7/BELLS/   SIMON
GOING HOME DARK) 10:47:03   You want toast? Sure?

She puts on her shoes.

10:47:07   EXT. FOSTER HOUSE. DAY

Morning as GEMMA leaves the house.

As GEMMA closes the door she sees NEIL and ANNA opposite. They call over to her.

NEIL (O.S.)
Morning!

그리고 난 밝혀내고 싶지 않아. 잡아내는 것도 싫어. 내가 원하는 건 당신이 솔직해지는 거야. 누가 시켜서가 아니라 그냥 당신이 말해. "맞아. 미안하지만 맞아. 다른 사람을 만나고 있어" 이렇게 말이야.
(사이먼이 젬마를 바라본다.)
할 수 있어. 그러면... 결과는 어찌되든, 우리가 서로 함께 터놓고 대화는 할 수 있잖아. 힘들겠지만 그게 더 나을 거야. 우리 둘 모두에게. 왜냐하면 사실... 정말 그랬어도, 난 아직 당신을 정말 사랑하는 것 같거든.

잠시 정적. 이제 젬마가 사이먼이 할 대답에 마음을 다잡아야 할 순간이다.

사이먼이 고개를 숙였다가 다시 든다.

그는 손으로 바쁘게 머리카락을 매만진다. 그러고 나서 조심스럽게 말하기 시작한다.

사이먼 아니야.

쿵. 젬마의 심장이 바닥으로 내려앉는다. 모든 에너지를 쓰고 그렇게 돼버렸다. 젬마는 그에게 모든 기회를 줬다. 그녀는 자신의 손에 얼굴을 묻고 울음을 터뜨린다.

사이먼 (이어서)
어디서 그런 생각을 하게 된거야? 당신...내가 엄마 요양원에 갈 때도 따라오더니 이젠 이렇게까지. 갑자기 왜 그런 생각은 하는데?

젬마 그래 좋아... 이제 상관 없어. 당신이 아니라고 했으니까 아닌 거지.

둘이 서로를 쳐다본다.

사이먼 내가 당신한테 그런 짓을 할 수 있다고 진심으로 생각하는 거야?

젬마가 사이먼을 응시한다. 사이먼은 이렇게 말하고 있지만 그는 바람을 피웠다. 젬마는 그걸 안다.

사이먼 (이어서) 당신 일이 너무 고되서 그래.

젬마 그래, 일. 그거야. 먼저 나갈게.

톰이 들어온다. 젬마가 재빨리 몸을 돌려 코트를 들어올린다.

음악 시작 (전화V7/
벨소리들/어두운 귀가)
10:47:03

젬마 안녕? 잘 잤니 톰? 시리얼 저기 있단다, 아가.

사이먼 토스트 먹을래? 먹고 싶지?

구두를 신는 젬마.

10:47:07

<u>실외. 포스터의 집. 주간</u>

젬마가 집을 나서는 아침.

현관문을 닫으며 젬마가 건너편 닐과 애나를 본다. 그들이 젬마에게 외친다.

닐 (목소리만) 좋은 아침!

GEMMA looks at them. Bitter.

ANNA (O.S.)
Hi!

10:47:16   EXT. NEIL & ANNA'S HOUSE. DAY

NEIL and ANNA are getting into their sports car.

NEIL
Fancy a drive?
(she doesn't reply)
It's got wing mirrors and everything.

10:47:20   EXT. FOSTER HOUSE. DAY

GEMMA looks at him.

ANNA (O.S.)
(quietly)
Leave her alone...

GEMMA ignores him. Gets in her car. We hear NEIL
try and start his car.

GEMMA closes her eyes and waits. We hear NEIL'S
car roar away. GEMMA squeezes her eyes tight.

10:47:39   EXT. THE STATION. DAY

GEMMA reads the sign in the station and moves
towards the platform.

10:47:56   EXT. THE STATION. PLATFORM. DAY

GEMMA walks onto the platform. She walks
towards a MAN standing with a rucksack and coat.
It's JACK.

He sees her.

MUSIC OUT PHONECALL V7/BELLS/   JACK
GOING HOME DARK) 10:48:10   My two alarms go off at seven thirty, then a
woman arrives at my door, pushes in, starts
packing my bag, informs me her name is Casey,
and there's a taxi waiting.

GEMMA
Carly.

JACK
She tells me if I don't get in it, Gemma Foster
will have me arrested.

GEMMA
Practicing medicine while under the influence.
Plenty of evidence if I need it. You're going
on holiday.

She takes out a ticket and holds it out for him
to take.

JACK
I can't afford a holiday.

GEMMA
All expenses paid. Out and open return, but stay
there a while. Your train'll be here in a
minute.

젬마가 그들은 본다. 쓰라린 기분.

애나 (목소리만) 안녕!

10:47:16 <u>실외. 닐과 애나의 집. 주간</u>

닐과 애나가 그들의 스포츠카에 타려는 중이다.

닐 한 바퀴 타볼래?
(젬마가 대답하지 않는다) 이 차는 사이드 미러도 두 개 다 있고, 없는 게 없어.

10:47:20 <u>실외. 포스터의 집. 주간</u>

젬마가 닐을 본다.

애나 (목소리만) (조용히) 젬마 귀찮게 굴지 마…

젬마가 닐을 무시하고 자기 차에 탄다. 닐이 계속 젬마에게 말을 건다. 그러다 자기 차에 시동을 거는 소리가 들린다.

젬마가 눈을 감고 기다린다. 닐의 차가 끽음을 내며 움직이는 소리가 들린다. 젬마가 눈을 더 꼭 감는다.

10:47:39 <u>실외. 기차역. 주간</u>

젬마가 역에 있는 안내판을 읽은 후 승강장 쪽으로 향한다.

10:47:56 <u>실외. 기차역. 승강장. 주간</u>

젬마가 승강장을 걷는다. 그녀는 배낭에 코트를 입고 서 있는 한 남자에게 다가간다. 잭이다.

음악 끝 (전화V7/벨소
리들/어두운 귀가)
10:48:10

잭이 젬마를 본다.

잭 알람 시계 두 개가 모두 7시 30분에 울리더니 어떤 여자가 우리집 문을 밀치고 들어와서 내 짐을 싸기 시작하더라. 자기 이름은 케이시라면서. 밖에 택시가 기다리고 있다나?

젬마 칼리에요.

잭 그 여자가 말하길 내가 택시에 타지 않으면 젬마 포스터가 날 체포할 거라고 하던데.

잭 취중 의료행위. 제가 마음 먹으면 증거는 차고 넘쳐요. 그리고 지금 휴가 가시는 거예요.

젬마가 티켓을 꺼내 잭에게 내민다.

잭 난 휴가갈 돈 없어.

젬마 비용을 이미 다 지불됐어요. 언제든 돌아와도 되지만 좀 계시다 오세요. 곧 기차가 올 거예요.

JACK
I'm not going anywhere.

GEMMA produces the two bottles of pills.

GEMMA
I found these in your flat. Sleeping pills.

JACK
Yes.

GEMMA
And these to stop the vomiting...

JACK
(sad and serious)
But I didn't go through with it.

GEMMA
But you kept the pills in case you changed your
mind. This is an intervention Jack so trust me.
(beat)
Sometimes it's the place that's the problem.
(beat)
You'll be met when you get there.

JACK
(He takes the ticket)
By whom?

GEMMA
Mary.

JACK
Mary who?

GEMMA
She's a friend.

He looks at her. Accepts he's in her hands now.
The train horn sounds as it approaches.

JACK
What happened with the girl? What are they
going to do?

GEMMA
No.

JACK
You told him?

GEMMA and JACK start to walk down the platform.

GEMMA
He doesn't deserve to know.

He looks at her. Doesn't approve but he's said
all he can. The train's route is announced
over the tannoy (not audible).

They stop.

JACK
A "friend"?

GEMMA
I think you'll like her.

잭 난 아무 데도 안 가.

젬마가 약병 두 개를 꺼낸다.

젬마 당신 아파트에서 이걸 찾았어요. 수면제.

잭 그래.

젬마 그리고 이건 구토를 멈추게 하는...

잭
(슬프게 그리고 진지하게) 그래도 끝까지 가진 않았어.

젬마
하지만 마음 바뀔 때를 대비해서 남겨둔 거죠. 도와주려는 거예요, 절 좀 믿으세요. (잠시 멈춤) 가끔은 사는 곳이 문제이기도 해요.
(잠시 멈춤) 도착하면 누가 기다리고 있을 거예요.

잭
(티켓을 챙기며) 누가?

젬마 메리요.

젬마 메리가 누군데?

젬마 그냥 친구예요.

잭이 젬마를 본다. 이제 자신이 그녀의 처분에 달렸다는 걸 받아들인다. 기차가 승강장에 들어오며 기적을 울린다.

잭 그 여자애는 어떻게 됐어? 개네들은 어떻게 할 작정이래?

젬마 모르겠어요.

잭 사이먼한테 말했어?

젬마와 잭이 승강장을 따라 걷기 시작한다.

젬마 사이먼은 알 자격이 없어요.

잭이 젬마를 본다. 동의할 수는 없지만, 그는 할 수 있는 모든 말을 해줬다. 스피커를 통해 기차의 행선지가 방송된다. (정확히 들리진 않는다)

둘은 걸음을 멈춘다.

잭
친구라고?

젬마
마음에 드실 거예요.

JACK
You're mad.

GEMMA smiles.

MUSIC IN (BACK/PIANO V2/
PHONECALL) 10:50:04

JACK gets on the train as the doors shut and the
train leaves. GEMMA is left on the platform.

10:50:26

EXT. BRIDEWELL. DAY

SIMON and TOM play with a football on the grass.
We see that he's a fantastic father -
encouraging to TOM, and huge amounts of fun.

GEMMA pushes HELEN in a wheelchair.

GEMMA
It's a bit nicer today ...

HELEN
Yeah. At last.

GEMMA
You're alright?

HELEN
Oh yes. Thank you.

They stop to watch the BOYS. HELEN enjoys seeing
her SON and GRANDSON.

GEMMA sits on a bench, next to HELEN. GEMMA
watches TOM and SIMON and can't help but smile.

HELEN
You didn't sleep last night.

GEMMA
Do I look that bad?

MUSIC OUT (BACK/PIANO V2/
PHONE CALL) 10:50:47

HELEN
When you came in last week, there was a change.
You kept a distance from him.

GEMMA looks at HELEN.

HELEN (CONT'D)
You know, don't you? About this other woman.

GEMMA looks at HELEN - an understanding. She
doesn't need to say anything.

HELEN (CONT'D)
Simon swore me to secrecy, but he told me about
it. He's acting exactly like his father. I'm
sorry.

GEMMA
She's pregnant. Kate. Her doctor told me. She's
having an abortion today.

HELEN
(looks at SIMON playing football with TOM)
He doesn't know?

GEMMA
No.

MUSIC IN (SOFT MOTION/ACTION V3
PHONECALL/SOFT MOTION) 10:51:32

HELEN
When's it happening?

잭 미쳤군.

젬마가 미소 짓는다.

음악 시작 (백/피아노 V2/전화) 10:50:04

잭이 기차에 오르고 문이 닫힌다. 기차가 떠난다. 젬마가 승강장에 남겨진다.

10:50:26

<u>실외. 브라이드웰. 주간</u>

사이먼과 톰이 잔디밭에서 축구를 하고 있다. 우리는 사이먼이 톰에게 용기를 주고 큰 즐거움을 주는 환상적인 아빠라는 걸 알 수 있다.

젬마가 헬렌의 휠체어를 밀고 있다.

젬마 오늘은 날씨가 좀 낫네요.

헬렌 그렇구나. 드디어.

젬마 몸은 괜찮으세요?

헬렌 오, 그럼. 고맙구나.

둘은 남자들을 보며 멈춘다. 헬렌은 자신의 아들과 손자를 즐겁게 바라본다.

젬마는 헬렌 곁 벤치에 앉는다. 톰과 사이먼을 보며 어쩔 수 없는 미소를 보이는 젬마.

헬렌 어제 한 숨도 못 잔 모양이구나.

젬마 그렇게 안 좋아 보여요?

음악 끝 (백/피아노V2/전화) 10:50:47

헬렌 지난 주에 오기 전에 무슨 일이 있었지? 사이먼한테 거리를 두더구나.

젬마가 헬렌을 바라본다.

헬렌 (이어서) 알게 된 거지, 그렇지 않니? 다른 여자 말이야.

젬마가 헬렌을 본다. 이해가 된다는 심정으로, 그녀는 그 어떤 말도 할 필요가 없다.

헬렌 (이어서) 사이먼이 나한테 그걸 말하고 비밀로 해달라고 신신당부했단다. 하는 게 꼭 자기 아버지 같아. 미안하구나.

젬마 그 여자 임신했어요. 케이트요. 그 여자 주치의가 말해줬어요. 오늘 낙태수술 한대요.

헬렌
(톰과 축구를 하고 있는 사이먼을 보면서)
사이먼은 모르니?

젬마 네.

음악 시작 (부드러운 움직임/액션V3/전화/부드러운 움직임) 10:51:32

헬렌
언제 수술하는데?

GEMMA looks at her watch.

GEMMA
Soon ... one o'clock.

HELEN
Tell him.

GEMMA
(sharp)
Why should I?

HELEN
He's got a right to know.

SIMON (V.O.)
We're really close. All the preparation's done
so ...

10:51:50   INT. BRIDEWELL. OUTSIDE HELEN'S BEDROOM. DAY

Through the door we see HELEN is in bed now.
SIMON gives a mug of tea to HELEN and GEMMA.
GEMMA sits by HELEN'S bed.

SIMON (CONT'D)
... literally a couple of weeks - that's what
we're looking at to start.

HELEN
How, how long then until it's finished?

SIMON
Eight months.

HELEN
Right.

SIMON looks at TOM.

SIMON
Tea?

10:52:01   INT. BRIDEWELL. HELEN'S BEDROOM. DAY

TOM
Er, no thanks.

SIMON
(hands TOM a box)
Biscuit then?

TOM
Okay.

HELEN looks at the clock - 12.30pm.

GEMMA can see the time too.

SIMON
I'll er, I'll bring the model in one day. You
can see it.

SIMON sits on the window sill.

SIMON (CONT'D)

젬마가 시계를 본다.

젬마 곧... 1시요.

헬렌 알려줘.

젬마
(날카롭게) 제가 왜요?

헬렌 사이먼은 알 권리가 있어.

사이먼 (화면 밖 목소리) 거의 다 됐어요. 준비는 다 됐고, 그래서...

10:51:50   실내. 브라이드웰. 헬렌의 침실 밖. 주간

문 사이로 헬렌이 침대에 있는 모습이 보인다. 사이먼이 헬렌에게 머그 찻잔을 건넨다.
젬마는 침대 곁에 앉아 있다.

사이먼 (이어서)
...말 그대로 2주 뒤, 그게 우리가 시작으로 잡고 있는 날짜예요.

헬렌
얼마나, 그게 완성되려면 얼마나 걸린다고?

사이먼 8개월이요.

헬렌 그렇구나.

사이먼이 톰을 본다.

사이먼 차 마실래?

10:52:01   실내. 브라이드웰. 헬렌의 침실. 주간

톰 어, 괜찮아요.

사이먼
(박스 하나를 건네며) 그럼 비스킷은?

톰 오케이.

헬렌이 시계를 본다. 12. 30pm.

젬마도 역시 시간을 본다.

사이먼 언제 제가, 어, 모형을 갖고 올게요. 그때 보세요.

사이먼이 창틀에 앉는다.

사이먼 (이어서)

Tom mate, you gonna tell Gran about what we did yesterday?

TOM (CONT'D)
Well we went on a tour of Villa Park, it's a football ground, and it was really, really good. We saw everything, the pitch, the changing rooms, the museum bit at the back of the club with the history.

SIMON (O.S.)
Can you remember when it was built?

HELEN looks at GEMMA pleadingly.

TOM (O.S.)
Yeah. What ..?

SIMON (O.S.)
Go on then, what year?

GEMMA looks over at SIMON, can't decide what to do.

TOM (O.S.)
1897 it was built originally but they've replaced most of it now.

HELEN (O.S.)
Is it big?

TOM (O.S.)
Massive, yeah.

The conversation blurs as she finally she begins to text. We see her phone. She types to ROS - 'Call him now. Tell him she's pregnant. For me. x' She presses 'Send'. HELEN watches her in the background.

TOM (O.S) CONT'D)
We got a tour. Only like celebrities or whatever get it normally. That was really cool actually. And then we went and ...

Then SIMON'S phone rings.

SIMON
Sorry.

He sees who it is and answers.

SIMON
Hi.

GEMMA watches. He listens for a second.

MUSIC OUT (SOFT MOTION/ACTION V3   SIMON (CONT'D)
PHONECALL/SOFT MOTION) 10:53:10   Yeah, just erm, just give me a minute.

SIMON leaves the room.

TOM
We went and met the players and had a go on one of the goals. Dad missed. It was really funny.

HELEN nods encouragingly to TOM. She takes GEMMA'S hand but GEMMA pulls away and gets up to make more tea.

이봐 톰 친구, 어제 우리가 뭐 했는지 할머니한테 말씀드릴래?

톰 (이어서)
음, 아빠랑 빌라 파크에 견학하러 갔었거든요. 축구장인데 진짜 진짜 좋아요. 여기저기 다 봤어요. 경기장, 탈의실, 그리고 축구클럽 뒤편에 역사를 배울 수 있는 박물관도 있었어요.

사이먼 (목소리만) 경기장이 언제 지어졌는지 기억 나?

헬렌이 젬마를 애원하듯 바라본다.

톰 (목소리만) 네. 그러니까….

사이먼 (목소리만) 잘 생각해 봐, 몇 년도였어?

사이먼을 살펴보는 젬마. 뭘 어떻게 해야 할지 결정할 수 없다.

톰 (목소리만) 원래 지어진 건 1897년인데, 지금은 거의 다 새로 지었대요.

헬렌 (목소리만) 엄청 크겠구나?

톰 (목소리만) 어마어마해요, 네.

젬마가 드디어 문자 메시지를 입력하는 동안 대화 소리가 점점 희미하게 작아진다. 젬마의 핸드폰이 보인다. 로즈에게 보내는 메시지다. "사이먼에게 지금 전화를 해. 그 여자가 임신했다고 말해. 나를 위해 x." 전송버튼을 누르는 젬마. 뒤에서 젬마를 바라보는 헬렌이 배경처럼 보인다.

톰 (목소리만) (이어서)
우리가 한 견학은 유명인들만 시켜주는 거래요. 꼭 안 그런 거라도 상관 없어요. 진짜 정말로 멋졌으니까요. 그 다음에 간 데는….

그때 사이먼의 전화가 울린다.

사이먼 쏘리.

누군지 확인하고 전화를 받는 사이먼.

사이먼 어, 안녕.

젬마가 지켜본다. 잠깐 동안 듣고 있는 사이먼.

사이먼 그래, 어, 잠깐, 잠깐만….

사이먼이 방을 나선다.

톰 선수들을 직접 만날 수 있는 데였어요. 그리고 전 한 골 넣었는데, 아빠는 실수했어요. 진짜 웃겼는데.

헬렌이 격려하듯이 톰에게 고개를 끄덕여 준다. 그리고 헬렌이 젬마의 손을 잡지만 젬마는 피하며 일어나서 차를 더 만든다.

음악 끝 (부드러운 움직임/액션V3/전화/부드러운 움직임) 10:53:10

HELEN
And you won this day out?

TOM
In a raffle, yeah. It was second prize.

HELEN
Second prize? Well, that's a good raffle. Very lucky.

Through the window, we see SIMON away from the building a little, looking very concerned. He throws his tea into the flower bed in anger.

TOM (CONT'D)
Dad's always on his phone.

GEMMA
He's very busy.

A few minutes later.

SIMON re-enters the bedroom.

SIMON
I'm really sorry erm, an investor's pulled out. I need to get on the phone to see if he'll reconsider. The paperwork's in the office. I need to take the car. Can I?

GEMMA
No problem. We'll get a taxi home.

SIMON
Sorry, mum.

HELEN
It's okay.

SIMON
(to TOM)
See you later, mate.

TOM
See ya.

He goes. A moment. GEMMA'S nearly crying. HELEN turns to TOM.

HELEN
Will you take the cups out to the kitchen?

TOM
Yeah, sure.

HELEN
You know where it is, don't you?

TOM picks up the tray and goes to exit.

HELEN (CONT'D)
Down the corridor on the right.

TOM
Yep, I know.

HELEN
If you put them in the dishwasher ...

헬렌 그래, 뭘 이겨서 견학을 가게 됐다고 했니?

톰 제비뽑기요. 그게 2등상이었어요.

헬렌 2등이라고? 음, 그것 참 좋은 제비뽑기구나. 운이 아주 좋았네.

창문을 통해 건물에서 조금 떨어져 있는 사이먼이 보인다. 무척 걱정스러운 표정이다. 순간 분노하며 찻잔에 담긴 차를 화단에 뿌려버리는 사이먼.

톰 (이어서)
아빠는 맨날 통화만 해요.

젬마
아주 바쁜 사람이니까.

몇 분 후.
사이먼이 침실로 다시 들어온다.

사이먼
정말 죄송해요. 어, 투자자 한 명이 손을 뗀다고 하네요. 다시 생각해볼 수 없냐고 통화를 더 해봐야 할 것 같아요. 서류가 사무실에 있어서 차가 필요한데.... 가져가도 되지?

젬마
걱정 마, 우린 택시타고 갈게.

사이먼
죄송해요, 엄마.

헬렌 괜찮아.

사이먼
(톰에게) 이따 보자, 친구.

톰 이따 봐요.

사이먼이 떠난다. 잠시 정적. 젬마는 거의 울기 직전이다. 헬렌이 톰에게 몸을 돌린다.

헬렌 주방에 이 컵들 좀 갖다놓아 줄래?

톰 네, 그럴게요.

헬렌 주방이 어딘지 알지? 그렇지?

쟁반을 든 톰이 문으로 향한다.

헬렌 (이어서) 복도 지나 오른쪽이야.

톰 넵, 알아요.

헬렌 식기 세척기에 두고 오면...

                                    TOM
                                    I know, I know.

                                    He leaves the room.

                                    GEMMA
                                    Do you think it's serious?

                                    HELEN
                                    Well, when they make a decision on this child
                                    you'll know.
MUSIC IN (BAD SEX/PIANO V1)   (GEMMA nods)
10:54:35   But two years says ... it says something.

                                    GEMMA
                                    Two years? Ros said it was three months.

                                    HELEN realises GEMMA doesn't know. GEMMA begins
                                    to cry and gets up.

                                    HELEN
                                    Oh Gemma. No.

                                    She hits the back of the chair. Hard.

                                    GEMMA
                                    For two years...?!

                                    HELEN (O.S.)
                                    I thought you knew? You said you'd found out
                                    about it. Oh, I'm sorry, Gemma ... Why don't
                                    you come and sit down.

                                    GEMMA's legs almost give way as she sits.

10:55:09   EXT. PARMINSTER. DAY

                                    GEMMA sits alone on a bench overlooking the
                                    town. Cut to a close up of her eye as she thinks
                                    things through.

10:55:25   INT. FOSTER HOUSE. GEMMA'S BEDROOM. NIGHT

                                    It's late. GEMMA is in bed, going over some
                                    paperwork. SIMON enters. He looks shattered.

                                    GEMMA
                                    All sorted?

                                    SIMON
                                    Yeah, for now.

                                    He starts taking off his clothes. A moment.
                                    Him undressing. Both of them not speaking.
                                    Thinking it through. Him concerned she might
                                    know something. Her trying to work out what
                                    decision he made with KATE.

                                    There's something about the intimacy of this
                                    routine - sharing a bedroom. He gets into bed.
                                    Looks at her.

                                    SIMON
                                    Love you.

                                    He kisses her, then turns over to go to sleep.

10:55:48   INT. THE SURGERY. OFFICE. DAY

톰
알아요, 알아.

톰이 방을 나간다.

젬마 진지한 관계라고 생각하세요?

음악 시작 (배드 섹스/
피아노V1) 10:54:35
헬렌 음, 아기를 어떻게 하는지 보면 알게 되겠지.
(젬마가 고개를 끄덕인다)
하지만 2년이면... 그건 뭔가 있는 거지.

젬마 2년이요? 로즈는 세 달이라고 했는데요.

젬마가 몰랐다는 사실을 깨닫는 헬렌. 젬마가 울면서 일어선다.

헬렌 오, 젬마. 아냐.

젬마가 의자 등받이를 내려친다. 아주 세게.

젬마 2년 동안이라구요...?!

헬렌 (목소리만) 네가 아는 줄 알았어. 다 알아냈다고 했잖니. 오, 미안하구나, 젬마... 이리 와, 여기 앉아 보렴.

자리에 앉는 젬마의 다리가 거의 무너지는 듯하다.

10:55:09 실외. 파민스터. 주간

마을을 내려다보면서 혼자 벤치에 앉아 있는 젬마. 뭔가 생각하고 있는 젬마의 눈을 클로즈업한 화면으로 장면 전환.

10:55:25 실내. 포스터의 집. 젬마의 침실. 야간

늦은 시간. 젬마가 서류들을 살피며 침대에 있다. 사이먼이 들어온다. 완전히 지쳐 보인다.

젬마 다 정리됐어?

사이먼 어, 일단은.

사이먼이 옷을 벗기 시작한다. 잠시 멈춘다. 다시 벗기 시작한다. 둘 다 말이 없다. 생각들이 오고 간다. 사이먼은 젬마가 뭔가 알고 있다는 사실이 두렵다. 젬마는 사이먼이 케이트와 어떤 결정을 내렸는지 알아낼 방법을 찾는다.

이 일상적인 익숙함에는 뭔가가 있다. 침실을 서로 나눈다는 것 말이다. 사이먼이 침대로 들어온다. 젬마를 바라본다.

사이먼 사랑해.

사이먼이 젬마에게 키스한다. 그리고 몸을 돌려 잠을 청한다.

10:55:48 실내. 병원. 사무실. 주간

GEMMA's in the office, staring into space. KATE
walks thorough the reception as she leaves.
GEMMA glances up at her. ROS joins her.
They're the only ones in the office –

ROS
She wasn't happy I told him, but she's clearly
pleased he knows.

GEMMA
MUSIC OUT (BAD SEX/PIANO V1)   They're gonna keep it?
10:56:08
ROS
I think so.

A moment.

GEMMA
It's two years.

ROS
Yeah. He lied. Seems that's what he does.

GEMMA
Jack said when Simon was young he had a
different girl every week. You never told me.
You were at school with him.

ROS
It didn't matter. I thought he was committed.

GEMMA
But when you found out that he was cheating,
were you surprised?

ROS
To be honest, I'm surprised it took him so long.

GEMMA looks at her, then makes to leave.

ROS (CONT'D)
Where are you going?

GEMMA
Work. I've got work to do.

And she goes.

10:56:49   INT. THE SURGERY. RECEPTION. DAY

GEMMA comes out through from the office and face
to face with ANWAR who has just entered. He
approaches her.

GEMMA
Morning –

ANWAR
You told my wife everything. Absolutely
against the code of ...

GEMMA ushers him down the corridor.

10:56:58   INT. THE SURGERY. CORRIDOR. DAY

ANWAR (CONT'D)
... ethics and the law.

GEMMA
D'you want to talk in private?

젬마가 허공을 바라보며 사무실에 있다. 케이트가 접수처를 가로질러 병원을 나서고 있다. 젬마가 그녀를 흘긋 쳐다본다. 로즈가 사무실로 들어온다. 사무실에는 그 둘뿐이다.

로즈
내가 사이먼에게 말한 걸 탓했지만, 내심 사이먼이 알아서 좋아하는 게 분명해.

음악 끝 (배드 섹스/피아노V1) 10:56:08

젬마
아기는 낳으려나 보네?

로즈
그럴 것 같아.

정적.

젬마
2년이야.

로즈 그래. 사이먼이 나도 속였어. 사이먼이 하는 짓이란게...

젬마 잭은 사이먼이 어렸을 때 매주 다른 여자랑 잤다고 하던데, 넌 나한테 그런 말 한 적 없잖아. 사이먼이랑 같이 학교 다녔잖아.

로즈 옛날 일이잖아. 난 이제 사이먼이 정신 차린 줄 알았어.

젬마 사이먼이 바람피우는 걸 알았을 때 놀라기는 했니?

로즈 솔직히 그렇게 오래 사귀었다는 게 더 놀라워.

젬마가 그녀를 본다. 그리고 나서 사무실을 나서려 한다.

로즈 (이어서) 어디 가?

젬마 일하러. 해야 할 일이 있으니까.

젬마가 나간다.

10:56:49 <u>실내. 병원. 접수처. 주간</u>

젬마가 사무실에서 나오다가 방금 병원에 들어선 앤워와 맞닥뜨린다. 앤워가 젬마에게 다가온다.

젬마 좋은 아침...

앤워 당신, 내 아내한테 다 말했더군. 명백한 위반...

젬마가 앤워를 복도 쪽으로 인도한다.

10:56:58 <u>실내. 병원. 복도. 주간</u>

앤워 (이어서) ...윤리적으로도, 법적으로도.

젬마 안에서 얘기하지 않을래요?

ANWAR
Not acceptable.

GEMMA continues down the corridor to her room.
ANWAR following.

GEMMA
What did she say? When she called you back?

ANWAR
(beat)
She was upset. Some mad woman calling her in the
middle of the night. She thought I'd been up to
something at first.

They go into GEMMA'S office.

10:57:09   INT. THE SURGERY. GEMMA'S OFFICE. DAY

GEMMA closes the door.

ANWAR (CONT'D)
But she asked me if what you'd said was true.
And I said yeah.

GEMMA
What did you decide?

A moment. ANWAR sheepish.

ANWAR
She's erm, she's gonna come with me. To the
scan.

GEMMA
Good.

ANWAR
(beat)
Still worried what they're gonna find though.

GEMMA
Of course.

ANWAR
But the point is, you calling her like that was
illegal.

GEMMA
I know.

ANWAR
You shouldn't do it.

GEMMA
Understood. Would you like to make a formal
complaint then?

She just looks at him. He's awkward...

ANWAR
No.

GEMMA
Boy or girl?

ANWAR
It's a little girl.

앤워
용납할 수 없는 일이에요.

젬마가 복도를 따라 계속 자신의 진료실로 향한다. 앤워가 뒤따른다.

젬마
아내가 뭐라 하던가요? 당신에게 다시 전화했을 때요.

앤워
(잠시 멈춤)
화를 냈죠. 한밤중에 이상한 여자가 전화를 했으니... 처음엔 내가 뭘 꾸미고 있나 했대요.

둘이 젬마의 진료실로 들어간다.

10:57:09　　　　실내. 병원. 젬마의 진료실. 주간

젬마가 문을 닫는다.

앤워 (이어서)
그러다 결국 사실이냐고 묻길래, 그렇다고 했죠.

젬마
어떻게 하기로 했어요?

정적. 앤워가 멋쩍어 한다.

젬마 어, 같이 가겠대요. 검사하러 갈 때.

젬마 잘됐네요.

앤워
(잠시 멈춤) 그래도 여전히 뭐가 나올지 무서워요.

젬마 당연한 거죠.

앤워 하지만 내 요점은 그렇게 전화하는 건 불법이라는 겁니다.

젬마 알아요.

앤워 그러면 안 되는 거예요.

젬마 알아들었다니까요. 그래서 공식적으로 항의하실 건가요?

젬마가 그를 가만히 쳐다본다. 그는 어색하게...

앤워 아뇨.

젬마 남자예요, 여자예요?

앤워 공주래요.

He makes to leave.

MUSIC IN (DF EPS 2 TEASER)
10:57:53

GEMMA
Uh, you said you did a lot of divorce work.

ANWAR
Yeah I do. Why?

GEMMA looks at him.

GEMMA
I'd like to book an appointment.

TO BLACK

10:58:04

TEASER IN

GEMMA watching SIMON address an audience
introducing his build.

**Caption (over picture):
Next time**

She looks over at NEIL and smiles.

GEMMA (V.O.)
Neil, could we find a moment to ...

CUT TO:

10:58:07

GEMMA and NEIL at the presentation.

GEMMA (CONT'D)
... go over my accounts.

NEIL
Sure.

GEMMA
Over dinner maybe?

CUT TO:

10:58:11

SIMON opens the door to ROS, late evening.

SIMON (V.O.)
The moment I tell Gemma, I lose her.

CUT TO:

10:58:13

SIMON sitting next to ROS on the sofa.

SIMON (CONT'D)
And I lose my son.

CUT TO:

10:58:15

GEMMA keys SIMON's car as she walks past.

ROS (V.O.)
From what he said last night, he still loves you
and ...

CUT TO:

10:58:19

ROS and GEMMA at the surgery.

ROS (CONT'D)
... it's good to be loved, Gem. It really is.

GEMMA (V.O.)

앤워가 진료실을 나서려 한다.

젬마 어, 이혼 소송 많이 한다고 했죠?

앤워 네, 왜요?

젬마가 그를 쳐다본다.

젬마 상담을 예약하고 싶어요.

암전.

10:58:04

<u>예고편 시작</u>

젬마가 사이먼을 바라본다. 그는 청중들에게 자신의 건설 프로젝트에 대해 연설하고 있다.

자막 (화면 위로)
다음 시간

젬마가 닐을 살펴본다. 그리고 미소 짓는다.

젬마 (화면 밖 목소리) 닐, 시간 좀 내서...

화면 전환:

10:58:07

젬마와 닐이 프로젝트 발표장에 있다.

젬마 (이어서) ...내 계좌 좀 검토해줄 수 있어요?

닐 물론.

젬마 저녁식사 함께 하면서 ?

화면 전환:

10:58:11

늦은 밤, 사이먼이 로즈에게 문을 열어준다.

사이먼 (화면 밖 목소리) 젬마한테 말하는 순간, 그녀를 잃고 말 거야.

화면 전환:

10:58:13

소파 위, 사이먼이 로즈 옆에 앉아 있다.

사이먼 (이어서) 그리고 내 아들도.

10:58:15

젬마가 지나가며 사이먼의 차를 열쇠로 지익 긋는다.

로즈 (화면 밖 목소리) 어제 말하는 걸 들어보니, 사이먼은 여전히 널 사랑해. 그리고...

화면 전환:

10:58:19

로즈와 젬마가 병원에 있다.

로즈 (이어서) ...사랑받는다는 건 좋은 거야, 젬마. 정말이라고.

젬마 (화면 밖 목소리)

                         Go on then.

                                                    CUT TO:

10:58:25   GEMMA's POV of NEIL at a table drinking a glass
                         of wine.

                         GEMMA (V.O.) (CONT'D)
                         Why are you here, Neil?

                                                    CUT TO:

10:58:27   GEMMA and NEIL at dinner.

                         NEIL
                         Because in the last five years I've thought a
                         lot about your body and it's got to the point
                         that I desperately want to know what's going on
                         underneath that dress.

                         TO BLACK

MUSIC OUT (DF EPS2 TEASER)
10:58:36
MUSIC IN (DF END CREDITS)
10:58:36   **END CREDITS** (roller over black)

                    Cast in order of appearance

           Dr Gemma Foster   SURANNE JONES
                       Neil   ADAM JAMES
                       Anna   VICTORIA HAMILTON
               Chris Parks   NEIL STUKE
               Susie Parks   SARA STEWART
                      Becky   MARTHA HOWE-DOUGLAS
                     Isobel   MEGAN ROBERTS
               Luke Barton   CIAN BARRY
              Ros Mahendra   THUSITHA JAYASUNDERA
              Andrew Parks   CHARLIE CUNNIFFE
                Kate Parks   JODIE COMER
              Simon Foster   BERTIE CARVEL
                Tom Foster   TOM TAYLOR
                      Julie   SHAZIA NICHOLLS
             Nick Stanford   PETER DE JERSEY
                      Anwar   NAVIN CHOWDHRY
               Gordon Ward   DANIEL CERQUEIRA
                      Carly   CLARE-HOPE ASHITEY
            Jack Reynolds   ROBERT PUGH
              Helen Foster   CHERYL CAMPBELL

          Stunt Coordinator   GARY CONNERY
           Stunt Performer   RAY DE HAAN

     Production Coordinator   ANNA GOODRIDGE
      Production Secretary   TIM MORRIS

계속해 봐.

화면 전환:

10:58:25　젬마의 시점. 닐이 테이블에서 와인 한 잔을 마시고 있다.

젬마 (화면 밖 목소리) (이어서)
왜 여기에 있는 거야, 닐?

화면 전환:

10:58:27　젬마와 닐이 저녁을 함께 먹고 있다.

닐
지난 5년 동안 네 몸에 대해 많이 생각했어. 단도직입적으로 말하면 그 드레스 밑에서 무슨 일이 벌어지고 있는지 미치도록 알고 싶어.

음악 끝 (예고편)
10:58:36
음악 시작 (엔딩 크레딧)
10:58:36

암전.

<u>엔딩 크레딧</u> (검은 화면 위로 올라감)

등장 순서대로

젬마 포스터	슈란느 존스
닐	아담 제임스
애나	빅토리아 해밀턴
크리스 파크스	네일 스투케
수지 파크스	사라 스튜어트
베키	마사 하우-더글라스
이소벨	메건 로버츠
루크 바튼	시안 배리
로즈 마헨드라	수시타 제야선데라
앤드류 파크스	찰리 컨니페
케이트 파크스	조디 코머
톰 포스터	톰 테일러
줄리	산지아 니콜스
닉 스탠포드	피터 드 져지
앤워	나빈 초드리
고든 와드	다니엘 서퀘이라
칼리	클레어-홉 애쉬티
잭 레이놀즈	로버트 퍼프
헬렌 포스터	셰릴 캠프벨
스턴트 감독	개리 코니
스턴트 연기	레이 드 한
제작 감독	애나 굿릿지
제작 관리	팀 모리스

Production Runner	EUAN GILHOOLY
Script Editor	LAUREN CUSHMAN
Production Accountant	ELIZABETH WALKER
Assistant Production Accountant	LINDA BAIGE
Casting Associate	ALICE PURSER
Casting Assistant	RI MCDAID-WREN
1st Assistant Director	KRISTIAN DENCH
2nd Assistant Director	SEAN CLAYTON
3rd Assistant Director	JAMES MCGEOWN
Floor Runners	ALEXANDRA BEAHAN
	SOPHIE KENNY
Location Manager	KAREN SMITH
Assistant Location Manager	ELENA VAKIRTZIS
Location Assistant	COREY MORPETH
Camera Operator	JEREMY HILES
A Camera Focus Puller	JAY POLYZOIDES
B Camera Focus Puller	PIOTR PERLINSKI
2nd Assistant Camera	ANDRES CLARIDGE
Camera Trainees	CAROLINE DELERUE
	CLARE SEYMOUR
DIT	DYLAN EVANS
Grips	BRETT LAMERTON
	BEN FREEMAN
Gaffer	MARK TAYLOR
Best Boy	DANNY GRIFFITHS
Electricians	SIMON ATHERTON
	JAMES KENNEDY
	GUY MINOLI
Standby Rigger	ROB ARMSTRONG
Sound Maintenance Engineer	GIDEON JENSEN
Sound Assistant	MATT FORRESTER
Art Director	ADAM MARSHALL
Standby Art Director	SUSIE BATY
Assistant Art Director	GEORGIA GRANT
Set Decorator	HANNAH SPICE
Props Buyer	ANTONIA TIBBLE
Props Master	NICK WALKER
Standby Props	DAVE ACKRILL
	EDDIE BAKER

제작 지원	이언 길후리
대본 편집	로렌 커쉬맨
제작 회계	엘리자베스 워커
제작 회계 보조	린다 배이지
캐스팅 제휴	앨리스 퍼셔
캐스팅 보조	리 맥데이드-우렌
1st 조감독	크리스티안 덴치
2nd 조감독	션 크레이튼
3rd 조감독	제임스 맥기오운
현장 지원	알렉산드라 베한
	소피 케니
장소섭외 담당	카렌 스미스
장소섭외 담당 보조	엘레나 바키츠이즈
장소섭외 보조	코리 모피스
촬영 기사	제레미 힐레스
A 카메라 보조	제이 폴리조디스
B 카메라 보조	피오트 퍼린스키
2nd 보조 카메라	안드레스 클레릿지
카메라 지원	캐롤라인 딜리루
	클레어 세이무어
디지털 이미지 기술	딜란 에반스
촬영 기사 보조	브렛 레머튼
	벤 프리먼
조명 감독	마크 테일러
조명 감독 조수	대니 그리피스
전기 기사	사이먼 애서튼
	제임스 케네디
	가이 미놀리
현장 준비	롭 암스트롱
음향 기술	기디언 젠슨
음향 보조	맷 포리스터
미술 감독	아담 마샬
대기 미술 감독	수지 배티
미술 조감독	죠지아 그랜트
세트 장식	한나 스파이스
소품 구매	앤소니아 티블
소품 관리	닉 워커
소품 대기	데이브 애크릴
	에디 베이커

Dressing Props	DAVE SIMPSON
	SAM WALKER
Art Department Assistant	LOTTIE MCDOWELL
Art Department Trainee	ANNA CZERNIAVSKA
Standby Carpenter	RONALD ANDERSON
Special Effects	SCOTT MCINTYRE
Costume Supervisor	NADINE DAVERN
Costume Assistants	JEN DAVIES
	RUTH PHELAN
Costume Trainee	ELIZABETH WEBB
Make-Up Supervisor	KATIE PICKLES
Make-Up Artist	ALANA CAMPBELL
Make-Up Trainee	SIMONE CAMPS
Medical Advisor	DR RACHEL GRENFELL
Publicist	CHRISTOPHER DUGGAN
Communications Manager	CHARLOTTE INETT
Picture Executive	VICTORIA DALTON
Picture Manager	JULIAN WYTH
Stills Photographer	DES WILLIE
Legal and Business Affairs	BELLA WRIGHT
Financial Controller	DENIS WRAY
Assistant to Executives	TROY HUNTER
Head of Production	SUSY LIDDELL
Post Production Supervisor	BEEWAN ATHWAL
Post Production Paperwork	ILANA EPSTEIN
Assistant Editor	OLIE GRIFFIN
Dialogue Editor	TOM DEANE
Sound FX Editor	JIM GODDARD
Dubbing Mixer	STUART HILLIKER
Title Music	'Fly' by LUDOVICO EINAUDI
Online Editor	OWEN HULME
Colourist	AIDAN FARRELL
Music Supervisor	IAIN COOKE
Composer	FRANS BAK
Title Design	PETER ANDERSON STUDIO
Casting Director	ANDY PRYOR CDG

의상실 소품	데이브 심슨
	샘 워커
미술부 보조	로티 맥도웰
미술부 지원	애나 체르니아브스카
세트 대기	로널드 앤더슨
특수 효과	스콧 맥킨타이어
의상 감독	나딘 데이번
의상 보조	젠 데이비스
	루스 페란
의상 지원	엘리자베스 웹
분장 감독	케이티 피클스
분장 아티스트	엘레나 캠벨
분장 지원	시몬 캠프스
의료 자문	닥터 레이첼 그렌펠
홍보 담당	크리스토퍼 듀간
커뮤니케이션 매니저	샬롯 이네트
사진 총괄	빅토리아 달튼
사진 담당	줄리안 위드
스틸 사진	데스 윌리
법률 및 경영 업무	벨라 라이트
재무 관리	데니스 레이
행정 보조	트로이 헌터
제작부 총괄	수지 리델
후반 작업 총괄	비완 애셜
후반 작업 문서 관리	이라나 엡스틴
편집 보조	올리 그리핀
대사 편집	톰 딘
음향 효과 편집	짐 고다드
더빙 믹서	스튜어트 힐리커
주제가	'비행' by 루도비코 에이나우디
온라인 편집	오웬 헐미
시각 효과	샤챠 프로미어
색채 담당	에이던 패럴
음악 감독	이언 쿡
작곡	프란스 박
타이틀 디자인	피터 앤더슨 스튜디오
캐스팅 감독	앤디 프라이어 시디지

Sound Recordist	BILLY QUINN
Hair & Make-Up Designer	JOJO WILLIAMS
Costume Designer	ALEXANDRA CAULFIELD
Editor	TOM HEMMINGS
Production Designer	HELEN SCOTT
Director of Photography	JEAN-PHILIPPE GOSSART
Line Producer	CHRISTINE HEALY

CARD 1

Executive Producer for the BBC
MATTHEW READ

CARD 2

For

© Drama Republic Limited MMXV

MUSIC OUT (DF END CREDITS)
10:59:07

10:59:07   **END OF EPISODE**

음향 녹음	**빌리 퀸**
헤어 및 분장 디자이너	**조조 윌리엄스**
의상 디자이너	**알렉산드라 카울필드**
편집	**톰 헤밍스**
제작 디자이너	**헬렌 스콧**
촬영 감독	**진-필립 가사트**
라인 프로듀서	**크리스틴 힐리**

<u>카드 1</u>

BBC 제작 책임
매튜 리드

<u>카드 2</u>

드라마 리퍼블릭

for

BBC

© Drama Republic Limited 2015

음악 끝 (엔딩 크레딧)
10:59:07

10:59:07   <u>에피소드 2 끝</u>

Episode 3.

MUSIC IN (DF EPS3 RECAP)
10:00:00

RECAP IN

GEMMA watches SIMON sleeping.

Caption (over picture):
Previously

GEMMA (V.O.)
You're having an affair ...

CUT TO:

10:00:03

SIMON turns to look at GEMMA.

GEMMA
But even if you have done this ... I think I still
really love you.

SIMON
I'm not.

GEMMA crumples, puts her head in her hands and
cries.

ROS (V.O.)
And this girl is a fling ...

CUT TO:

10:00:13

ROS and GEMMA.

ROS (CONT'D)
... you're not.

CUT TO:

10:00:14

GEMMA confides in JACK.

GEMMA
She came into the surgery today and I did ...

CUT TO:

10:00:16

CU pregnancy test with two red lines.

GEMMA (CONT'D) (V.O.)
... some tests ...

KATE (V.O.)
Sorry ...

CUT TO:

10:00:18

KATE looks at GEMMA, shocked.

KATE (CONT'D)
... are you saying I'm...?

GEMMA
Yes. You're pregnant.

CARLY (V.O.)
He's just had ...

CUT TO:

10:00:22

CARLY and GEMMA chat in a bar.

CARLY (CONT'D)
... a hot summer and messed it up.

CUT TO:

음악 시작 (지난 회 요약) 10:00:00	<u>지난 회 요약 시작</u>

젬마가 자고 있는 사이먼을 바라본다.

자막 (화면 위로)
지난 시간

화면 전환:

젬마 (화면 밖 목소리) 당신한테 애인 있는 거 알아...

10:00:03 사이먼이 돌아서서 젬마를 쳐다본다.

젬마 ...당신이 진짜 그랬어도... 난 아직 당신을 사랑하는것 같아.

사이먼 아니야.

일그러지는 젬마의 얼굴. 그녀는 양손으로 머리를 쥐고 울음을 터뜨린다.

로즈 (화면 밖 목소리) 걘 불장난이고...

화면 전환:

10:00:13 로즈와 젬마.

로즈 (이어서) ...넌 아니야.

화면 전환:

10:00:14 젬마가 잭에게 비밀을 털어놓는다.

젬마 그 여자애가 어제 병원에 와서 제가...

화면 전환:

10:00:16 붉은 두 줄이 표시된 임신진단기에 클로즈업.

젬마 (이어서) (화면 밖 목소리) ...검사를 했는데....

케이트 (화면 밖 목소리) 네? ...

화면 전환:

10:00:18 충격받은 케이트가 젬마를 본다.

케이트 (이어서) ...지금 말씀하시는 게, 제가...?

젬마 네, 임신이에요.

칼리 (화면 밖 목소리) 선생님 남편은 그냥...

화면 전환:

10:00:22 칼리와 젬마가 바에서 이야기를 나눈다.

칼리 ...더위를 먹어서 망쳐버린 거예요.

화면 전환:

10:00:24   SIMON looks at GEMMA lovingly.

                                      CARLY (CONT'D) (V.O.)
                                      He'll come back.

                                      HELEN (V.O.)
                                      When they make a decision ...

                                                                    CUT TO:

10:00:27   HELEN and GEMMA.

                                      HELEN (CONT'D)
                                      ... on this child ...

                                                                    CUT TO:

10:00:28   GEMMA passes KATE in the doctors' surgery.

                                      HELEN (CONT'D) (V.O.)
                                      ... you'll know. But two years, it says
                                      something.

                                                                    CUT TO:

10:00:33   GEMMA upset, hits the back of the chair. Hard.

                                      GEMMA
                                      For two years!

                                                                    CUT TO:

10:00:36   GEMMA and ANWAR in bar, middle of the night.

                                      ANWAR
                                      A woman might get the house, the assets, the
                                      children, but that doesn't mean that she's won.

                                      GEMMA (V.O.)
                                      You said you did ...

                                                                    CUT TO:

10:00:42   GEMMA and ANWAR in the surgery.

                                      GEMMA (CONT'D)
                                      ... a lot of divorce work.

                                      ANWAR
                                      I do. Why?

                                      GEMMA looks at him.

                                      GEMMA
                                      I'd like to book an appointment.

                                      TO BLACK

10:00:50   EXT. FOSTER HOUSE. DAY
MUSIC OUT (DF EPS3 RECAP)
10:00:51   GEMMA exits the house and closes the door. She
                                      is exceptionally smart in a navy suit. She checks
                                      her watch as she heads towards the car.

10:00:55   EXT. STREET OUTSIDE GEMMA'S HOUSE. DAY

                                      NEIL arrives back after a morning run. He's
                                      clearly very fit and very sweaty. He sees her,
                                      stops outside her house and takes his white
                                      in-ear headphones out.

                                      NEIL

| 10:00:24 | 사이먼이 젬마를 사랑스럽게 바라본다. |

칼리 (이어서) (화면 밖 목소리)
돌아올 거예요.

헬렌 (화면 밖 목소리)
걔네들이 결정할 때…

화면 전환:

| 10:00:27 | 헬렌과 젬마. |

헬렌 (이어서)
…아기에 대해서 말이야…

화면 전환:

| 10:00:28 | 젬마가 병원에서 케이트를 지나친다. |

헬렌 (이어서) (화면 밖 목소리)
… 알게 되겠지. 그런데 2년이란 건, 뭔가 있다는 거지.

화면 전환:

| 10:00:33 | 화가 난 젬마가 의자 등받이를 세게 내려친다. |

젬마 2년 동안이라고요?

화면 전환:

| 10:00:36 | 한밤중에 젬마와 앤워가 바에 있다. |

앤워 여자가 집, 재산, 아이도 가져가지만, 그게 승리했다는 의미는 아니에요.

젬마 (화면 밖 목소리) 그쪽이 말했었죠?…

화면 전환:

| 10:00:42 | 젬마와 앤워가 병원에 있다. |

젬마 (이어서) …이혼소송 많이 한다구요?

앤워 네, 왜요?

젬마가 앤워를 바라본다.

젬마 상담 예약 좀 하고 싶어서요.

암전.

| 10:00:50
음악 끝 (지난 회 요약)
10:00:51 | <u>실외. 포스터의 집. 주간</u>

젬마가 집을 나와 현관문을 닫는다. 남색 정장을 입은 그녀는 도드라지게 스마트해 보인다. 차를 향해 가면서 손목시계를 확인하는 젬마. |

| 10:00:55 | <u>실외. 젬마의 집 앞 도로. 주간</u>

닐이 아침 조깅을 마치고 돌아온다. 그의 탄탄한 몸매가 분명하게 드러난다. 그는 온통 땀에 젖었다. 젬마를 본 닐이 그녀의 집 앞에 멈춘다. 그리고 하얀색 무선 이어폰을 뺀다. |

닐

Hey ... morning. Early start for you.

She walks towards him. He is out of breath.

GEMMA
Hi.

NEIL
Looking good.

GEMMA
Meeting.

NEIL
Right.

A moment. They look at each other. Is there, almost for the first time, and despite GEMMA'S animosity towards him, a raw mutual attraction? GEMMA smiles and gestures to her car.

GEMMA
I've ...

NEIL
Yeah.

MUSIC IN (GEMMA AND NEIL FLIRT) 10:01:18

She turns and walks back into her drive and gets in her car. She takes a sneaky peak at him across the road.

10:01:24

EXT. NEIL'S HOUSE. DAY

NEIL walks up to his front door, takes another look at GEMMA.

10:01:26

EXT. STREET OUTSIDE GEMMA'S HOUSE. DAY

She gets into her car.

MUSIC IN 'CRYSTAL BALL'
10:01:31
MUSIC OUT (GEMMA AND NEIL FLIRT) 10:01:32

EXT. PARMINSTER BORDER. DAY

GEMMA'S car zooms past the sign: "WELCOME TO PARMINSTER".

10:01:40

INT. GEMMA'S CAR. COUNTRY ROAD. DAY

GEMMA drives along a country lane, music on. Up ahead she can see a red stationery car.

GEMMA
No...

As she gets closer she sees a red mini. A GIRL gets out. GEMMA parks to block the road.

10:01:54

EXT. COUNTRY ROAD. DAY

On the road - a BIKER is sprawled, his arm twisted round.

The DRIVER of the mini BELINDA (17) staggers from the car and nervously approaches the BIKER.

GEMMA now on the phone hurries to his aid.

GEMMA
(on phone)
I've got a motorcycle accident just beyond junction 6 of the A4220 out of Parminster -

BELINDA
Is he gonna die?

헤이, 좋은 아침. 일찍 나가네.

젬마가 그에게 다가간다. 그가 숨을 몰아쉰다.

젬마 안녕.

닐 오늘 멋지네.

젬마 회의가 있어서.

닐 그렇군.

잠시 후. 둘이 서로 바라본다. 처음으로, 그에 대한 젬마의 적대감에도 불구하고, 둘이 서로 원초적으로 끌리는 느낌이 있는 걸까? 젬마가 미소 짓는다. 그리고 차로 가려고 한다.

젬마 그럼 난... / **닐** 그래.

몸을 돌려 자신의 차가 있는 건너편 도로로 가는 젬마. 차에 다다른 그녀는 건너편에 있는 닐을 힐끗 쳐다본다.

<u>실외. 닐의 집. 주간</u>

닐이 자신의 집 현관문으로 간다. 그리고 또 한 번 젬마를 본다.

<u>실외. 포스터의 집 앞. 주간</u>

젬마가 차에 탄다.

<u>실외. 파민스터 경계. 주간</u>

젬마의 차가 "파민스터에 오신 걸 환영합니다"라고 적힌 간판을 빠르게 지나친다.

<u>실내. 젬마의 차. 외곽 도로. 주간</u>

젬마의 차가 시외 도로를 따라 달린다. 음악이 흘러나오고 있다. 젬마의 차 앞쪽으로 빨간색 차가 보인다.

젬마 안 돼...

차 앞 시야가 가까워지며 빨간 미니가 눈에 확 들어온다. 어떤 여자애가 차에서 내린다. 젬마가 도로 한 켠에 차를 세운다.

<u>실외. 외곽 도로. 주간</u>

길 위에 오토바이 한 대가 널부러져 있다. 남자의 팔이 뒤로 뒤틀려 있다. / 미니의 운전자 벨린다(17세)는 비틀거리며 차에서 나와 초조하게 오토바이로 다가간다. / 젬마가 핸드폰으로 다급하게 구조를 요청한다.

젬마 (전화 통화) 오토바이 사고예요. 파민스터 외곽 A4220 구역에 있는 6번 교차로요...

벨린다 저 사람 죽는 건가요?

GEMMA
(to BELINDA)
No.

GEMMA, bag in hand runs to the side of the BIKER
and kneels.

GEMMA (CONT'D)
(on phone)...the rider's male, conscious,
possible fractured arm -

The BIKER tries to get up. GEMMA pushes him back
onto the ground.

GEMMA (CONT'D)
(to the BIKER)
Can you try and stay still for me. I'm just
lifting up your visor, okay?

She lifts it up.

GEMMA (CONT'D)
(on phone)
Er no...I'm a doctor, I just happened to be
passing. He's breathing, alert ... yes, yes,
okay. Thank you.

She ends the call

GEMMA (CONT'D)
(to the BIKER)
You seem fine, but I need you to stay absolutely
still. Partly because of the risk of nerve
damage ... also I don't want blood on my shirt
because I've got a really important meeting, is
that alright?

The BIKER tries to speak but it's a muffled
noise.

GEMMA
(getting closer to hear)
Sorry?

BIKER - louder muffled noise.

GEMMA
(getting even closer)
What?

The BIKER suddenly vomits. It sprays out of the
helmet, all over GEMMA'S jacket. BELINDA recoils
in horror.

MUSIC OUT 'CRYSTAL BALL'
10:02:47

INT. G56 SOLICITORS. RECEPTION. DAY

A quiet reception. ANWAR stands with papers in
his hand. A RECEPTIONIST at the desk.
With a bang, the door opens and in walks GEMMA
- vomit stains on her jacket.

GEMMA
Hi.

ANWAR
Jesus. What happened to you?

GEMMA
Traffic.

MUSIC IN 'FLY' 10:02:55   **TITLES SEQUENCE**

젬마
(벨린다에게) 아니.

가방을 든 젬마가 오토바이 쪽으로 뛰어가 무릎을 꿇는다.

젬마 (이어서)
(전화 통화)... 운전자는 남자고 의식이 있어요. 팔이 부러진 것 같아요.

오토바이 운전자가 일어서려고 한다. 젬마가 그를 밀면서 바닥에 다시 눕힌다.

젬마 (이어서)
(오토바이 운전자에게) 움직이지 말아요. 헬멧 창 좀 올릴게요. 괜찮죠?

젬마가 헬멧 창을 올린다.

젬마 (이어서)
(전화 통화) 어, 아니요... 전 의사예요. 그냥 우연히 지나가고 있었어요. 숨은 쉬고 있어요. 긴급.... 네, 네, 네, 좋아요. 고마워요.

젬마가 전화를 끊는다.

젬마 (이어서)
(오토바이 운전자에게)
괜찮은 것 같네요. 그래도 절대로 움직이지 말고 안정을 취해야 해요. 신경에 손상을 입을 수도 있어요... 셔츠에 피 묻는 것고 그렇고 제가 지금 정말 중요한 회의에 가야 하거든요. 괜찮죠?

오토바이 운전자가 뭐라고 말하려고 하지만 작은 소음처럼 들린다.

젬마 (가까이 다가가서 들으려 한다) 안 들려요.

오토바이 운전자가 좀 더 큰 소음처럼 목소리를 낸다.

젬마 (더 가까이 다가가며) 뭐라고요?

오토바이 운전자가 갑자기 구토를 한다. 헬멧 밖으로 흩뿌려진 토사물이 젬마의 자켓에 온통 묻는다. 벨린다가 공포에 빠져 움찔한다.

음악 끝 '수정 공'
10:02:47

실내. G56 변호사 사무소. 접수처. 주간

고요한 접수처. 앤위가 손에 서류들을 들고 서 있다. 접수처 직원 한 명은 책상에 앉아 있다. 큰 소리가 울리며 문이 열린다. 그리고 젬마가 들어온다. 토사물로 얼룩진 자켓을 입은 채.

젬마 안녕하세요.

앤위 맙소사. 무슨 일 있었어요?

젬마 교통사고요.

음악 시작 '비행'
10:02:55

타이틀 시퀀스

Suranne Jones

Bertie Carvel

Clare-Hope Ashitey
Cheryl Campbell

Navin Chowdhry
Jodie Comer

Victoria Hamilton
Martha Howe-Douglas

Adam James
Thusitha Jayasundera

Tom Taylor

Executive Producers
Roanna Benn
Jude Liknaitzky

Executive Producers
Mike Bartlett
Greg Brenman

DOCTOR FOSTER

Created & Written By
Mike Bartlett

10:03:54

INT. G56 SOLICITORS. ANWAR'S OFFICE. DAY

GEMMA is sat across a desk from ANWAR. She's
changed into a man's large shirt. She's half way
through talking about it – passionate and
emotional.

TITLES CONTINUE OVER:
Producer
GRAINNE MARMION

MUSIC OUT 'FLY' 10:03:57

GEMMA
My thoughts keep running over the last two years.
Birthdays, holidays.

TITLES CONTINUE OVER:
Director
TOM VAUGHAN

GEMMA (CONT'D)
When we've had sex and I've told him that I love
him. Walking around in the bedroom without any
clothes on, thinking he likes what he sees. He
was lying the whole time. Sorry you're a lawyer
you... don't need to hear this.

ANWAR
It's fine. I asked you to bring in details of your
finances...

ANWAR picks up some papers in front of him.

GEMMA
There.

ANWAR
These are just your current account. Presumably
there other savings, investments...

GEMMA

슈란느 존스

버티 카벨

클레어-홉 애쉬티
세릴 캠벨

나빈 초드리
조디 코머

빅토리아 해밀턴
마사 하우-더글라스

아담 제임스
수시타 제야선데라

톰 테일러

책임 제작자
로애나 벤
주드 릭네츠키

책임 제작자
마이크 바틀렛
그렉 브렌먼

닥터 포스터
작가 마이크 바틀렛

10:03:54 <u>실내. G56 변호사 사무소. 앤워의 사무실. 주간</u>

젬마가 탁자를 사이에 두고 앤워와 마주 앉아 있다. 그녀는 커다란 남자용 셔츠로 옷을 갈아입은 상태다. 그녀는 이야기를 반쯤 진행 중이다. 열정적으로 그리고 감정적으로.

음악 끝 '비행' **타이틀이 이어짐:** 제작 그레인 마미온
10:03:57

젬마 지난 2년간의 일들이 계속 맴돌아요. 생일, 휴가.

타이틀이 이어짐: 감독 톰 본

젬마 (이어서) 같이 잤을 때 내가 사랑한다고 한 거, 옷 한 올 걸치지 않고 침실을 왔다갔다 한 거, 그런 날 보는 걸 그 사람이 좋아한다 생각했죠. 온통 거짓말을 하고 있었어요. 미안해요. 변호사가 이런 얘기까지 들을 필요는 없는데...

앤워 괜찮아요. 제가 재정상태에 대한 서류들을 가져오라고 했었는데...

앤워가 자신 앞에 놓인 서류들을 집어 올린다.

젬마 그거예요.

앤워 이것들은 그냥 당신의 현금 계좌네요. 아마도 또 다른 적금, 투자상품들이 있을 것 같은데...

젬마

271

He handles the money, always has done -

ANWAR
Why?

GEMMA
He said he was better at it.

ANWAR
So you don't know your financial situation at
all?

GEMMA
No, I suppose ...

ANWAR
This project - what's it called?

GEMMA
Academy Green.

ANWAR
And will it pay off?

GEMMA
He says it's doing well.

ANWAR
He "says".

She stands up, and walks to the window.

GEMMA
Sorry. This is - no offence - but I'm not
interested. This is really dull. This is not what
my life is about. I just... I just wanna skip to
the bit where I move on.

ANWAR
In a divorce he'll officially take fifty percent
of everything. Your salary, your savings, your
pension.

GEMMA
He cheated. Not me.

ANWAR
Doesn't matter. Fifty percent is the default.
But if you're telling me he has complete control
of your finances, he might already of hidden
money away in preparation. Meaning you could get
even less. Are you happy with that?

GEMMA
No, of course not.

ANWAR
Look. By not telling him that you know, you've
got an unusual advantage. You can look into this
without him suspecting anything.

GEMMA
So what do I do?

ANWAR
Depends what you want.

A moment. They look at each other. He is resolute
and confident in a way that steadies her.
She thinks for a moment.

MUSIC IN (LOVE/CELLO/PHONE
CALL/SUSPICIOUS V2) 10:05:45 GEMMA
I want my son to stay living in the town where

돈은 남편이 관리해요. 항상 그렇게...

앤워
왜요?

젬마
자기가 더 잘한댔어요.

앤워
그럼, 지금 재정상태가 어떤지 전혀 모른다고요?

젬마
네, 그렇네요...

앤워
이 프로젝트... 뭐라고 부르죠?

젬마
아카데미 그린.

앤워 그래서 수익이 날 것 같아요?

젬마 남편이 말하길 잘되고 있다고 했어요.

앤워 남편이 "말하길".

젬마가 일어서서 창가로 향한다.

젬마 미안해요. 이런 건... 기분 나쁘게 듣지는 마세요. 전 이런 거에 관심이 없어요. 이런 건 정말 따분하잖아요. 제 인생의 지향점은 그런 게 아니에요. 전 그냥... 다 건너뛰고 빨리 끝내버리고 싶어요.

앤워 이혼하면 남편이 공식적으로 전체 재산의 반을 가져가게 돼요. 당신 월급, 당신 저축, 당신 연금 다 포함해서요.

젬마 바람피운 건 남편이라고요. 내가 아니라.

앤워 상관 없어요. 절반은 기본값이에요. 그런데 남편이 당신 재정 관리를 다 했다면, 이런 사태를 미리 대비해서 벌써 돈을 숨겨뒀을 수도 있어요. 더 잃을 수 있다는 뜻이에요. 그랬으면 좋겠어요?

젬마 아니, 당연히 아니죠.

젬마 봐요, 아직 안다고 말하지 않았으니, 지금 당신이 예외적으로 유리한 입장이에요. 전혀 남편의 의심 없이 대비할 수 있어요.

젬마 그래서 제가 뭘 하면 돼죠?

앤워 뭘 원하냐에 따라 다르죠.

잠시 후. 둘이 서로 바라본다. 앤워의 단호하고 자신감 있는 방식이 젬마를 진정시킨다. 젬마가 잠시 생각에 잠긴다.

음악 시작 (사랑/첼로/전화/의심V2)10:05:45

젬마 아들이 여기서 계속 자랐으면 해요.

he was born. I wanna keep the life that I chose,
the job that I love. My dignity. My money and my
house.

ANWAR
Good. Then in the meantime find out what he's
planning ... how much money he's got, and while
you do that, play the dutiful wife so he doesn't
suspect a thing.

She thinks and finally nods.

10:06:17   INT. HIGHBROOK SCHOOL. DAY

Through the window, we see the old school, now
a building site and hear SIMON.

SIMON (V.O.)
Good morning ladies and gentlemen, thank you for
coming...er...Highbrook has a proud history.

We now see SIMON addressing an AUDIENCE in the
middle of the building site. He is giving a
speech to start the work. This is the fulfilment
of his dream.

MUSIC OUT (LOVE/CELLO/PHONE   SIMON (V.O.)
CALL/SUSPICIOUS V2) 10:06:25   Generations of children have been educated here,
                                   including myself.

10:06:27   EXT. BUILDING SITE. DAY

GEMMA, dressed excellently watches and listens
to SIMON. ROS and TOM also present. Relaxed with
the right amount of glamour – GEMMA'S playing the
First Lady to SIMON today, and she's going to
look the part.

SIMON (CONT'D)
Erm, then three years ago the building was deemed
unsuitable.

In the CROWD, listening, we also see NEIL and
ANNA.

NEIL turns and notices GEMMA looking at him. He
smiles.

SIMON (CONT'D)
The school relocated to a purpose-built
facility, and now I'm proud that the Academy
MUSIC IN (SIMON'S SPEECH)   Green development will give a new lease of life
10:06:40   to this historic site.

Applause.

SIMON (CONT'D)
Twenty luxury flats, right in the heart of town.
Er this, this isn't just a, a business
opportunity for me, but a way of protecting the
legacy of a building I love. So I hope you'll all
join me for a glass of champagne, erm, please
take a brochure and let's er, let's move
forward...let's build ...thank you.

He smiles, proud, and slightly moved. This is
really a big moment for him. He steps down to more
applause and goes to GEMMA.

SIMON
Was it alright?

GEMMA

그 애가 태어난 곳 말이에요. 저는 제가 선택한 삶과 제가 사랑하는 직장을 계속 지키고 싶어요. 내 품위도, 내 돈도, 내 집도.

앤워
좋아요. 그럼 그동안에는 남편 계획이 뭔지 알아보세요. 돈이 얼마나 있는지... 그러면서도 충실하게 아내 역할을 해요. 당신 남편이 일말의 의심도 품지 못하게.

생각에 잠긴 젬마, 마침내 고개를 끄덕인다.

10:06:17 실내. 하이브룩 스쿨. 주간

창문을 통해 오래된 학교와 건물 부지가 보인다. 그리고 사이먼의 목소리가 들린다.

사이먼 (화면 밖 목소리) 신사 숙녀 여러분, 좋은 아침입니다. 이렇게 와주셔서 감사합니다. 어, 하이브룩은 자랑스런 역사를 가지고 있습니다.

빌딩 부지 중심에서 청중들에게 연설하고 있는 사이먼이 보인다. 그는 사업의 시작을 선언하고 있다. 그의 꿈을 실현시킬 그 사업.

음악 끝 (사랑/첼로/전 **사이먼** (화면 밖 목소리) 수세대에 걸친 아이들이 여기서 교육받았습니다. 저도 그
화/의심V2) 10:06:25 중 하나죠.

10:06:27 실외. 빌딩 부지. 주간

눈부시게 차려입은 젬마가 사이먼의 모습을 보며 경청한다. 로즈와 톰도 와 있다. 상황에 맞는 화려한 차림새가 안정감을 준다. 젬마는 지금 사이먼의 퍼스트 레이디이고, 그 역할을 잘 수행하고 있다.

사이먼 (이어서) 어, 그런데 3년 전부터 이 건물의 안전성에 문제가 생겼어요.

경청하는 청중들 속에서 닐과 애나도 보인다.

닐이 몸을 돌리다 자신을 보고 있는 젬마를 눈치 챈다. 그가 미소 짓는다.

음악 시작 (사이먼의 **사이먼** (이어서) 그래서 학교는 전용 시설물로 이전되었죠. 저는 이제 자랑스럽게
연설) 10:06:40 말씀드릴 수 있어요. '아카데미 그린' 개발을 통해 이 역사적인 곳이 새로 태어나게 될 겁니다.

박수 갈채

사이먼 (이어서) 20채의 고급 아파트가 바로 여기 도심에 들어섭니다. 어, 이 사업은 저만의 기회가 아닙니다. 제가 사랑하는 건물의 유산을 지키는 일이기도 하죠. 그래서 저와 함께 샴페인 한 잔 하시고, 어, 안내책자도 가져가시기 바랍니다. 어, 앞으로 나아갑시다! 건설합시다.... 감사합니다.

사이먼이 미소 짓는다. 자랑스럽게. 조금은 감동해서. 지금은 그에게 정말 의미가 큰 순간이다. 사이먼이 더 큰 박수 속에 단상에서 내려와 젬마에게 간다.

사이먼 나 괜찮았어?

젬마

Yes.

10:07:11

She smiles and kisses him on the cheek.
INT. BUILDING SITE. PRESENTATION ROOM. DAY

In a room next to the playground, the CROWD are
now gathered. Some MEN look at the model of the
development. BECKY tends to them.

ANNA (V.O.)
That'll be you one day, Tom.

10:07:14

EXT. PRESENTATION ROOM. OUTSIDE WINDOW. DAY

Through the window, we see TOM, ANNA and NEIL.
We hear SIMON'S voice.

SIMON (O.S.)
Tom!

ANNA (CONT'D)
It took ages that one ...

TOM turns to SIMON.

SIMON
Come and have a look at the model! Anna, Neil,
come on.

MUSIC OUT (SIMON'S SPEECH)
10:07:18

NEIL
Yeah.

10:07:20

INT. BUILDING SITE. PRESENTATION ROOM. DAY

As they turn into the room they come face to face
with GEMMA. ANNA heads off but NEIL stops to
talk.

NEIL
He's not bad at this is he? Public speaking.

GEMMA
He's worried about his suit.

NEIL
Why?

They look over to where SIMON is showing TOM and
ANNA the model.

GEMMA
He says he looks like he's selling cars.

NEIL
(he looks at him again)
Right, yes I see what you mean.

They chuckle.

GEMMA
Neil, I wanted to ask, could we find a moment to
go over my accounts? I've always left it to Simon
but I've realised perhaps maybe I should pay more
attention. I thought you could talk me through
it.

NEIL
Sure.

GEMMA
Over dinner maybe.

NEIL looks at her. Surprised by the proposition.

응.

젬마가 미소 지으며 사이먼의 볼에 키스한다.

10:07:11 · <u>실내. 빌딩 부지. 발표회장. 주간</u>

운동장 옆에 마련된 공간에 인파들이 모여 있다. 몇몇 사람들이 개발 모형을 보고 있다. 베키가 그들을 상대하고 있다.

애나 (화면 밖 목소리) 언젠가 너도 저렇게 될 거야, 톰.

10:07:14 · <u>실외. 발표회장. 창 밖. 주간</u>

창문을 통해 톰, 애나, 닐이 보인다. 그리고 사이먼의 목소리가 들린다.

사이먼 (목소리만) 톰!

애나 (이어서) 오래 걸렸어, 저렇게...

톰이 사이먼을 향해 몸을 돌린다.

사이먼 여기 와서 이 모형을 봐봐! 애나, 닐, 어서 와!

음악 끝 (사이먼의 연설)
10:07:18 · **닐** 알았어.

10:07:20 · <u>실내. 빌딩 부지. 발표회장. 주간</u>

발표회장에 들어서며 그들이 젬마와 마주친다. 애나는 그대로 지나치고 닐은 멈춰서 젬마와 대화한다.

닐 사이먼 나쁘지 않던데? 그렇지? 사람들 앞에서 말하는 거.

젬마 저 사람 옷 때문에 걱정했어.

닐 왜?

사이먼이 톰과 애나에게 모형을 보여주는 모습을 두 사람이 건너다본다.

젬마 차 파는 사람 같다나.

닐 (사이먼을 다시 보면서) 아, 무슨 뜻인지 알겠네.

둘 다 낄낄 웃는다.

젬마 닐, 부탁할 게 있는데, 혹시 내 계좌 좀 검토해 줄 수 있어? 항상 사이먼한테 맡겼는데 이젠 나도 신경써야 할 것 같아서. 좀 알려줄 수 있지?

닐 물론. / **젬마** 저녁식사라도 함께 하면서?

닐이 젬마를 바라본다. 그녀의 제안에 놀란 눈치.

Smiles.

NEIL
Absolutely.

GEMMA
And maybe don't mention it to Simon. I wouldn't
want him thinking that I don't trust him.

NEIL
Of course. Well just let me know when.

NEIL goes across to join the others at the model.
As he does, ROS comes over -

ROS
Simon's right, this is historic...

10:08:21   EXT. PRESENTATION ROOM. OUTSIDE WINDOW. DAY

ROS (CONT'D)
I gave Karl Lucas a hand job against that wall
in 1993. And now they're knocking it down.

GEMMA laughs.

10:08:28   INT. BUILDING SITE. PRESENTATION ROOM. DAY

GEMMA looks at SIMON who is being distracted by
BECKY, who's stressed, asking him a lot of
questions. He waves her away.

ROS (CONT'D)
There was no internet or mobiles in the early
nineties. So, in a town like this, nothing
to...

10:08:35   EXT. PRESENTATION ROOM. OUTSIDE WINDOW. DAY

ROS (CONT'D)
... do except each other.
(teeing up)
Listen ... Kate's changed surgery. We got the
paperwork through today.

GEMMA
Makes sense.

ROS
(beat)
Still need me tomorrow?

GEMMA
Yes.

ROS
Never been undercover before. It's exciting.

GEMMA
Thanks.

ROS
Okay.

TOM
Mum? If you haven't seen the model, you should.

SIMON and TOM come over. GEMMA turns.

10:08:59   INT. BUILDING SITE. PRESENTATION ROOM. DAY

SIMON hands GEMMA a drink.

닐이 미소 짓는다.

닐 좋지.

젬마 사이먼한텐 얘기 말아 줄래? 사이먼이 내가 못미더워 한다고 생각하는 건 싫거든.

닐 물론이야. 음, 그럼 언제 만날지만 알려줘.

닐이 모델 앞에 모여 있는 사람들에게로 향한다. 그러는 동안 로즈가 온다.

로즈 사이먼 말이 맞아. 여긴 역사적으로...

10:08:21   실외. 발표회장. 창 밖. 주간

로즈 (이어서) 내가 칼 루카스를 저 벽에 밀쳐놓고 손으로 거길 애무해 준 곳이지. 1993년에. 그런데 이제 그 역사적인 벽을 무너뜨리려고 하네.

젬마가 웃는다.

10:08:28   실내. 빌딩 부지. 발표회장. 주간

젬마가 사이먼을 바라본다. 스트레스를 받아 질문을 쏟아내는 베키 때문에 사이먼은 정신이 산만하다. 손을 흔들어 베키를 물러나게 하는 사이먼.

로즈 (이어서) 90년대 초에는 인터넷이나 핸드폰도 없었잖아. 그래서 이런 마을에선 딱히...

10:08:35   실외. 발표회장. 창 밖. 주간

로즈 ...서로한테 장난치는 거 말곤 할 게 없었지. (본격적으로) 들어 봐... 케이트가 수술 일정을 바꿨어. 오늘 우리한테 서류가 들어왔거든.

젬마 그럴만 해.

로즈 (잠시 멈춤) 그래도 내일 내가 필요해?

젬마 응.

로즈 이런 비밀작전은 처음이야. 흥분되네.

젬마 고마워.

로즈 그래.

톰 엄마? 아직 저 모형 안 보셨으면 꼭 봐야 해요.

사이먼과 톰이 다가온다. 젬마가 몸을 돌린다.

10:08:59   실내. 빌딩 부지. 발표회장. 주간

사이먼에 젬마에게 음료를 건넨다.

GEMMA
Impressed?

TOM
(playing it cool)
Mm, I suppose...

GEMMA
Proud of your dad?

TOM
(smiling)
A bit, yeah.

SIMON turns to GEMMA.

SIMON
Thank you.

GEMMA smiles - surprised and slightly
embarrassed.

GEMMA
What for?

MUSIC IN (SPYING PART 1)   SIMON
10:09:13   (sincere, warm)
                                  Everything.

GEMMA
(as warm, as sincere)
It's my pleasure.

They chink glasses.

COLLEAGUE (O.S.)
Simon ..? Sorry, could you just cast your eye
over this?

SIMON walks away.

10:09:25   INT. GEMMA'S CAR. SANDBRIDGE HOUSES. DAY

GEMMA in the driving seat turns around to see
CARLY walking nervously towards KATE'S front
door. She's very unsure about this, and after
taking a few steps, chickens out - turns round
and walks back to GEMMA'S car. She gets in.

CARLY
I can't do it.

They are close to KATE'S house here - GEMMA knows
she's taking a risk.

MUSIC OUT (SPYING PART 1)   CARLY
10:09:47   She's gonna think I'm selling something, or
                                  mental.

GEMMA
You've moved round the corner, just thought
you'd say hello.

CARLY
People don't do that anymore.

GEMMA
They might if they're pregnant and want a sense
of the community.

CARLY
(sarcastic)
Right, I'll just drop all that into the

젬마
감동받았어?

톰 (쿨한 척하며)
음, 그런 것 같아요.

젬마
아빠가 자랑스러워?

톰 (미소 지으며) 약간, 그래요.

사이먼이 젬마에게 몸을 돌린다.

사이먼 고마워.

젬마가 미소 짓는다. 놀랍고 조금 쑥쓰러운 기분으로.

젬마 뭐가?

음악 시작 (스파이 파트 1)
10:09:13

사이먼 (진지하게, 따뜻하게) 전부 다.

젬마 (따뜻한 것처럼, 진지한 것처럼) 내가 좋아서 한 건데 뭐.

둘이 잔을 챙하고 부딪힌다.

사이먼의 동료 (목소리만) 사이먼…? 미안하지만 여기 와서 직접 봐줘야 할 게 있어.

사이먼이 떠난다.

10:09:25

실내. 젬마의 차. 샌드브릿지 주택가. 주간

젬마가 운전석에 앉아서, 칼리가 불안하게 케이트의 집 현관문으로 향하는 걸 돌아다보고 있다. 이 일에 대해 확신이 없는 칼리는 몇 걸음 가다가 겁을 먹고 몸을 돌려 다시 젬마의 차로 온다. 그리고 차 안으로 들어온다.

칼리 못하겠어요.

그들은 케이트의 집과 아주 가까운 곳에 있다. 젬마도 케이트가 위험을 감수해야 한다는 걸 안다.

음악 끝 (스파이 파트 1)
10:09:47

칼리 절 잡상인 취급하거나 미친 사람으로 볼 거예요.

젬마 저 모퉁이 근처로 이사와서 그냥 인사하는 중이라고 해요.

칼리 요즘은 그런 거 안 하잖아요.

젬마 임신한 사람이라면, 공동체 의식을 느끼고 싶은 사람이라면 인사 같은 거 하기 마련이에요.

칼리 (비꼬면서) 그래요, 그냥 무작정 들러서…

conversation...

GEMMA
Say you're tired, put your hand on your tummy,
and she'll work it out.

CARLY looks over at the house, unsure.

GEMMA (CONT'D)
Just get her to like you. And then tomorrow, come
back, get her talking about Simon, divorce,
plans, anything. Worst that can happen, she
shuts the door in your face. And if she does,
I'll still give you the money.

MUSIC IN (SPYING PART 2)   CARLY
10:10:23   Okay, okay.

CARLY gets out and walks back to KATE's door.
GEMMA watches in her wing mirror. Her phone
bleeps.

FX: TEXT MESSAGE

It's a text from Ros - *'What time tomorrow? Ros'*

We hear knocking. GEMMA looks over as the door
opens. KATE steps onto the door step. They begin
a conversation which we can barely hear.

CARLY
Hi! Erm, my name's Carly, I just moved in round
the cor(ner) -
(she points)
Well ... and ...

GEMMA watches. CARLY puts her hand on her tummy
as they chit chat.

KATE
(puts her hand on her tummy)
I am too!

CARLY
Are you? Congratulations!

More chat and laughing.

CARLY (CONT'D) (O.S.)
Well, I'm sorry. I'll leave you in peace. It's
nice to meet you though. I will do, hopefully
I'll see you around or something.

GEMMA replies to ROS's text - *'After 8 o'clock.
I'll be gone'*. She sends it.

CARLY (CONT'D)(O.S.)
Ok. Bye.

GEMMA puts her seat belt back on. CARLY
approaches the car and gets in. GEMMA starts the
engine.

CARLY (CONT'D)
How did you know?

                                  GEMMA
MUSIC OUT (SPYING PART 2)   We moved here when I was pregnant. First thing
10:11:27   I did? Made friends.

10:11:28   EXT. SANDBRIDGE HOUSES. DAY

                                  GEMMA'S car reverses.

대화를 시작하면 된다는 거죠?

젬마 피곤하다고 말하면서 배에 손을 올려요. 그럼 걔가 금방 알아들을 거예요.

칼리가 그 집을 살펴본다. 자신이 없다.

젬마 (이어서) 그냥 호감을 사요. 그리고 내일 또 와서 사이면 얘기를 하게 하는 거예요. 이혼이든, 무슨 계획이든, 뭐든지. 최악이래 봤자 그냥 면전에서 문 닫는 거 말고 더 있겠어요? 걔가 그렇게 나와도 줄 돈은 줄게요.

음악 시작 (스파이 파트 2)
10:10:23

칼리 오케이, 오케이.

칼리가 차에서 나와 다시 케이트의 집으로 간다. 젬마가 사이드 미러로 지켜본다. 그때 젬마의 휴대폰이 수신음을 낸다.

특수효과: 문자 메시지
로즈로부터 온 문자 - "내일 몇 시야? —로즈"

노크 소리가 들린다. 문이 열리는 걸 살펴보는 젬마. 케이트가 문간으로 나온다. 칼리와 케이트가 대화를 시작한다. 대화 소리가 간신히 들린다.

칼리
안녕하세요. 칼리예요. 방금 이사왔어요. 저 모퉁이 돌아…
(칼리가 손가락으로 가리킨다) 음…. 그리고…

젬마가 지켜본다. 잡담을 하면서 칼리가 자기 배 위에 손을 올린다.

케이트 (역시 자기 배에 손을 올리며) 저도요!

칼리 당신도? 축하해요!

잡담과 웃음이 더 이어진다.

칼리 (이어서) (목소리만) 음, 갑자기 미안했네요. 그쪽도 안정을 취해야 하니까 이만 갈게요. 그래도 만나서 반가웠어요. 오다 가다 또 만나겠네요.

젬마가 로즈의 문자 메시지에 답한다. "8시 이후. 난 나가 있을 거야." 전송.

칼리 (이어서) (목소리만) 그래요, 안녕.

젬마가 안전벨트는 맨다. 칼리가 다가와 차에 탄다. 젬마가 시동을 건다.

칼리 (이어서) 어떻게 알았어요?

음악 끝 (스파이 파트 2)
10:11:27

젬마 우리 가족도 내가 임신했을 때 여기 왔거든요. 내가 제일 먼저 한 게 뭔 줄 알아요? 친구 만들기.

10:11:28

실외. 샌드브릿지 주택가. 주간

젬마의 차가 후진한다.

GEMMA (CONT'D) (O.S.)
At least ... that's what I thought they were.

DR STEVENS (V.O.)
We can stop the current medication, but in terms
of a replacement...

10:11:38   INT. BRIDEWELL. HELEN'S BEDROOM. DAY

HELEN is in BED. Around her are gathered, for a
case conference, SIMON and GEMMA (GEMMA'S being
very attentive, giving her support), LUKE, the
Home Manager, LILLY, and the Consultant
Anaesthetist, DR STEVENS. HELEN is frustrated by
the whole thing.

DR STEVENS (O.S.)
...it's difficult. Your pain has proven very
resistant to treatment.

GEMMA takes SIMON'S hand.

DR STEVENS (CONT'D)
From a medical perspective I would advise we go
on as we are. But that's not to say there aren't
any practical steps to make you more comfortable
that you could discuss with the staff here.

LILLY
We're having those conversations.

DR STEVENS
Good. Good.

A moment.

LUKE
Alright. Thank you for coming.

SIMON
Thank you.

It's clearly the end of the meeting.

Everything's been said. DR STEVENS nods and
exits with LUKE and LILLY.

HELEN
That's it then. We just give up.

SIMON takes a second to collect himself.

SIMON
Mum, no.

HELEN
If you have a pain in your head like a drill all
day, and all night, how long do you wait?

SIMON
Wait ..? What do you mean?
(glances at GEMMA)
Mum, it'll be okay.

He kisses her hand. She changes the subject.

HELEN
It went well today?

Simon
Yeah. Really well.

젬마 (이어서) (목소리만) 적어도... 친구라고 생각했었던 것들 말이에요.

닥터 스티븐스 (화면 밖 목소리) 지금 하는 약물치료를 중단할 수는 있어요, 그럴 경우 다른...

10:11:38   <u>실내. 브라이드웰. 헬렌의 침실. 주간</u>

헬렌이 침대에 있다. 그녀 주위로 사이먼, 젬마(젬마는 시어머니를 걱정하며 무척 집중하고 있다), 루크, 요양원 관리자, 릴리, 마취 상담사, 그리고 닥터 스티븐스가 모여 있다. 일종의 사례 발표를 하고 있는 중이다. 헬렌은 이 모든 것에 좌절감을 느낀다.

닥터 스티븐스 (목소리만) ...방법을 찾는 게 어려워요. 치료제에 아주 강한 내성이 생기셨거든요.

젬마가 사이먼의 손을 잡는다.

닥터 스티븐스 (이어서)
의학적 관점에서는 하던 대로 하자고 조언드리고 싶습니다만, 좀 더 편하게 해드릴 현실적인 방법이 전혀 없다고 말씀드릴 수도 없네요. 여기 모인 직원들과 상의하실 수 있습니다.

릴리 그런 대화를 나누고 있는 중이에요.

닥터 스티븐스 좋아요, 좋아.

잠시 후.

루크 그래요. 와주셔서 감사합니다.

사이먼 고맙습니다.

회의가 끝난 게 분명하다. / 말해야 할 내용은 다 말했다. 닥터 스티븐스가 고개를 끄덕인다. 그리고 루크와 릴리와 함께 나간다.

헬렌 그럼 된 거지 뭐. 그냥 포기하자꾸나.

사이먼이 잠시 마음을 추스리는 시간을 갖는다.

사이먼 엄마, 아니에요.

헬렌 머리를 드릴로 쑤시는것 같은 통증을 하루 종일, 밤새 느낀다면 언제까지 기다릴 수 있을 것 같니?

사이먼 잠깐요....? 무슨 말씀이세요?
(젬마를 흘깃 본다) 엄마, 괜찮을 거예요.

사이먼이 엄마의 손에 키스한다. 헬렌이 주제를 바꾼다.

헬렌 오늘 잘했니?

사이먼 네, 아주 잘이요.

HELEN
Proud. You better get going.

SIMON
Call us if you need anything. Love you, Mum.

He gets up to allow GEMMA to say goodbye. GEMMA
goes in close to kiss HELEN - she speaks quietly
to her.

MUSIC IN (HELEN FEELS | HELEN
AWFUL) 10:12:57

HELEN
You understand don't you?

GEMMA
Yes.

HELEN
I can't do this forever. I just can't ...

GEMMA
I, I can't have this conversation. We're not
giving up. I promise. I'll look into options.
(HELEN nods)
See you very soon.

10:13:18   EXT. HELEN'S ROOM. DAY

                         We see them through the window. GEMMA exits.

10:13:26   TO BLACK

10:13:26   EXT. SKY. DAY
MUSIC IN 'REMEMBER (WALKING
IN THE SAND)' 10:13:28   The clouds move across the sky.
MUSIC OUT (SPYING PART 2)
10:13:30   EXT. FOSTER HOUSE. DAY

                         Establishing shot of the house.

10:13:35   INT. FOSTER HOUSE. EN-SUITE BATHROOM. EVENING

                         GEMMA is getting ready to go out, putting on her
                         make up. Her hair now done. She looks great,
                         sexy, ready.

                         If only she could feel those things too.

10:13:59   INT. FOSTER HOUSE. KITCHEN. EVENING

                         GEMMA'S enters, now wearing heels for the
                         evening, ready to go. All she needs is SIMON to
                         come back - and he's late. TOM is on his tablet.
                         He looks at her.

                         TOM
                         You don't look normal.

                         GEMMA
                         You could just say I look nice.

                         TOM
                         Well yeah, that's what I mean. It's unusual.

                         We hear the front door open and close - SIMON.

                         GEMMA
                         Thanks, Tom.

                         SIMON
                         Long day. Taxi's outside.

                         SIMON enters the kitchen.

헬렌 자랑스럽구나. 이제 가보렴.

사이먼 뭐든 필요한 게 있으면 연락하세요. 사랑해요, 엄마.

사이먼이 일어나 젬마에게 작별인사할 시간을 준다. 젬마가 헬렌에게 키스하기 위해 가까이 다가간다. 헬렌이 조용히 말한다.

음악 시작 (끔찍함을 느끼는 헬렌) 10:12:57

헬렌 내 마음 이해하지?

젬마 네.

헬렌 계속 이럴 순 없어. 난 못해...

젬마 전, 저는 이런 대화 못하겠어요. 포기하지 않을 거예요, 약속해요. 방법들을 찾아볼게요. (헬렌이 고개를 끄덕인다.) 곧 또 올게요.

10:13:18 | <u>실외. 헬렌의 방. 주간</u>

10:13:26 | 창문을 통해 젬마가 방에서 나가는 게 보인다. / 암전.

10:13:26
음악 시작 '기억(모래 속 걷기)' 10:13:28

음악 끝 (스파이 파트 2) 10:13:30

<u>실외. 하늘. 주간</u>

구름들이 하늘을 가로질러 이동한다.

<u>실외. 포스터의 집. 주간</u>

집의 전경이 배경으로 펼쳐진다.

10:13:35 | <u>실내. 포스터의 집. 내부 욕실. 저녁</u>

젬마가 화장을 하며 나갈 준비를 한다. 머리 스타일은 이미 다듬어졌다. 그녀는 멋지고 섹시하고 준비되어 보인다. / 그녀 스스로도 그걸 느낄 수 있었다면!

10:13:59 | <u>실내. 포스터의 집. 주방. 저녁</u>

젬마가 주방으로 들어온다. 오늘 저녁을 위한 하이힐까지 신고 나갈 준비를 마쳤다. 이제 그녀에게 필요한 건 사이먼이 들어오는 것뿐이다. 사이먼이 늦는다. 톰은 태블릿을 보고 있다. 톰이 엄마를 본다.

톰 엄마, 평소랑 달라 보여요.

젬마 그냥 예뻐 보인다고 말할 수도 있잖아.

톰 음, 그래요, 그게 그 뜻이에요. 특이하다구요.

현관문이 열렸다 닫히는 소리가 들린다. 사이먼이다.

젬마 고맙구나, 톰. / **사이먼** 하루가 길군. 밖에 택시 왔던데?

사이먼이 주방으로 들어온다.

GEMMA
Right.

SIMON
Where are you going again?

GEMMA
Local Medical Committee dinner.

TOM
Sounds boring.

SIMON
Right. Okay. And that's a...

GEMMA
What?

SIMON
And you wear heels for that do you?

GEMMA
I'm a woman on a night out, so it's heels or
flats, and flats don't go. So what d'you want me
to wear? Trainers?

SIMON
No. Just. You look really...

GEMMA
What?

SIMON
(beat)
It doesn't matter.

GEMMA
No, don't stop there, on the way out the house.
I look really what?

SIMON
(looking in a cupboard)
I'm knackered. Have we got any crisps?

GEMMA
I've had a tough day too.

SIMON
What time are you home?

GEMMA
Late.

SIMON
I might've gone to bed. Does Tom know what he's
having for dinner?

Tom
Yes.

SIMON
(still not looking at her)
And is there anything for...

GEMMA
Left-overs in the fridge. Crisps are in the
bottom left cupboard. Tom can show you if you get
stuck.

SIMON
(barely listening)
Right...

젬마
맞아. 내가 불렀어.

사이먼
어딜 또 나가는 거야?

젬마
지역 의료 위원회 저녁식사 자리야.

톰
아, 지루해.

사이먼
그래, 좋아. 그런데 그...

젬마
뭐?

사이먼
거기 가려고 하이힐을 신은 거야?

젬마
밤에 외출하면 힐이든 단화든 신을 수 있지. 그런데 단화는 안 어울리니까. 그럼 뭘 신고 가길 원해? 운동화?

사이먼
아냐. 그냥, 당신 정말....

젬마
뭐?

사이먼 (잠시 멈춤) 신경쓰지 마.

젬마 아니, 왜 말을 하다 말아, 이제 나가봐야 하는데. 내가 정말 뭐?

사이먼 (찬장을 들여다 보며) 나 정말 기진맥진이야. 집에 감자칩 좀 있나?

젬마 나도 힘든 하루였어.

사이먼 언제 들어와?

젬마 늦어.

사이먼 난 아마 자고 있을 거야. 톰도 저녁거리가 어딨는지 알고 있나?

톰 알아요.

사이먼 (여전히 젬마를 쳐다보지 않은 채) 또 있어야 할게....

젬마 냉장고에 먹다 남은거 있어. 감자칩은 찬장 왼쪽 아래에 있고. 못 찾겠으면 톰한테 물어봐.

사이먼 (듣는둥 마는둥 하며) 알았어...

He sits at the table and picks up his phone. GEMMA
watches him for a moment – he's a shit sometimes.

10:15:07   INT. FOSTER HOUSE. HALLWAY.

                            She exits the kitchen to leave.

MUSIC OUT 'REMEMBER (WALKING
IN THE SAND) 10:15:12   EXT. DRIVEWAY. FOSTER HOUSE. EVENING

                            GEMMA closes the front door. She stops, takes her
                            keys out of her bag and keys SIMON'S car as she
                            walks past.

MUSIC IN 'UNSQUARE DANCE'
10:15:24   EXT. FOSTER HOUSE. EVENING

                            She heads over to the taxi.

10:15:28   EXT. TAXI. EVENING

                            Through the window we see the astonished DRIVER
                            who has watched GEMMA key the car. GEMMA walks
                            round and gets in the back. The cab drives off.

10:15:38   EXT. PARMINSTER. EVENING

                            Establishing shot of Parminster.

10:15:42   EXT. KATE'S HOUSE. FRONT DOOR. EVENING

                            CARLY knocks on the door, and stands waiting. She
                            has two identical books under her arm.
                            After a moment the door opens. It's KATE. She's
                            in pyjamas, and her eyes are a bit red. She's
                            clearly just been crying.

                            CARLY
                            Hi!

                            KATE
                            Hi.

10:15:47   INT. KATE'S HOUSE. FRONT DOOR. NIGHT

                            CARLY
                            I know this is weird, but I, I ordered a copy of
                            this book...

                            CARLY holds up the book, 'I Love Being Pregnant'
                            by Dr Sandra Clacy.

10:15:52   EXT. KATE'S HOUSE. FRONT DOOR. EVENING

                            CARLY (CONT'D)
                            ... but I must've ordered it twice cos I got two
                            copies through.

10:15:55   INT. KATE'S HOUSE. FRONT DOOR. NIGHT

                            CARLY (CONT'D)
                            What I thought, well, you're just down the road,
                            you might want it.

10:15:58   INT. FOSTER HOUSE. FRONT DOOR. NIGHT

                            SIMON opens the front door. It's ROS - smiling
                            too much, a little nervous. Not a natural liar.

10:16:01   EXT. FOSTER HOUSE. FRONT DOOR. NIGHT

                            ROS
                            Is Gemma about?

                            Simon

사이먼이 식탁에 앉아 그의 핸드폰을 집어든다. 젬마가 잠시 그를 바라본다. 때때로 똑같은 남자.

| 10:15:07 | <u>실내. 포스터의 집. 복도</u> |

젬마가 집을 나서기 위해 주방에서 나온다.

음악 끝 '기억(모래 속 걷기)' 10:15:12

<u>실외. 집 앞 진입로. 포스터의 집. 저녁</u>

젬마가 현관문을 닫는다. 그녀가 멈춰서 가방에서 열쇠를 꺼낸다. 그리고 사이먼의 차를 지나며 열쇠로 지익 긋는다.

음악 시작 '형편 없는 춤' 10:15:24

<u>실외. 포스터의 집. 저녁</u>

젬마가 택시로 향한다.

10:15:28

<u>실외. 택시. 저녁</u>

차창을 통해 깜짝 놀란 표정의 운전사가 보인다. 그 운전사는 젬마가 열쇠로 차를 긋는 광경을 본 터다. 젬마가 걸어가 뒷좌석에 탄다. 택시가 움직이기 시작한다.

10:15:42

<u>실외. 파민스터. 저녁</u>

파민스터의 풍경이 배경으로 펼쳐진다.

10:15:47

<u>실외. 케이트의 집. 현관문. 저녁</u>

칼리가 문을 두드리고 기다린다. 그녀는 똑같은 책 두 권을 팔 밑에 끼고 있다.

잠시 후 문이 열린다. 케이트다. 파자마 차림의 그녀는 눈이 약간 충혈됐다. 방금까지 울고 있었던 게 분명하다.

칼리 안녕! / **케이트** 안녕!

10:15:52

<u>실내. 케이트의 집. 현관문. 야간</u>

칼리 이상하게 들릴 거라는 걸 알지만… 책 한 권을 주문했는데…

칼리가 책을 손으로 들어올린다. "나는 임신이 좋아요 ─산드라 크래시 박사 지음"

10:15:55

<u>실외. 케이트의 집. 현관문. 야간</u>

칼리 (이어서) …두 번 결제했는지 똑같은 책이 두 권이 온 거예요.

10:15:58

<u>실내. 케이트의 집. 현관문. 야간</u>

칼리 (이어서) 그래서 생각난 게…음… 그쪽이 바로 근처에 살잖아요. 이 책을 읽고 싶어할지도 몰라서.

10:16:01

<u>실내. 포스터의 집. 현관문. 야간</u>

사이먼이 현관문을 연다. 로즈다. 그녀는 너무 과하게 미소 지으며, 약간 긴장했다. 타고난 거짓말쟁이는 아니니까.

로즈 젬마는?

사이먼

She's at a dinner.

ROS
Oh.

10:16:04   INT. FOSTER HOUSE. FRONT DOOR. NIGHT

ROS (CONT'D)
Annoying.

10:16:06   EXT. FOSTER HOUSE. FRONT DOOR. NIGHT

ROS (CONT'D)
You alright?

SIMON
Yeah.

10:16:09   INT. FOSTER HOUSE. FRONT DOOR. NIGHT

ROS
Told her yet?

10:16:11   EXT. FOSTER HOUSE. FRONT DOOR. NIGHT

SIMON
(beat)
No.

10:16:12   INT. FOSTER HOUSE. FRONT DOOR. NIGHT

ROS
Who's Kate changed doctors to?

10:16:13   EXT. FOSTER HOUSE. FRONT DOOR. NIGHT

SIMON
We shouldn't talk about all this now.

ROS
Is Tom...

SIMON
(whispers)
Upstairs.

10:16:18   EXT. KATE'S HOUSE. FRONT DOOR. NIGHT

KATE and CARLY still at the front door.

KATE
Well are you sure you don't wanna send it back?

CARLY
Nah. It's...

10:16:21   INT. KATE'S HOUSE. FRONT DOOR. NIGHT

CARLY (CONT'D)
...hassle.

CARLY hands her the book.

KATE
Well I can give you the money for it?

CARLY
No. Go on.

10:16:26   EXT. KATE'S HOUSE. FRONT DOOR. NIGHT

KATE smiles a little, now holding the book.

저녁약속 있어서 나갔어.

로즈 오.

10:16:04   <u>실내. 포스터의 집. 현관문. 야간</u>

로즈 (이어서) 짜증나겠다.

10:16:06   <u>실외. 포스터의 집. 현관문. 야간</u>

로즈 (이어서) 너 괜찮아?

사이먼 괜찮아.

10:16:09   <u>실내. 포스터의 집. 현관문. 야간</u>

로즈 젬마한테 말했어?

10:16:11   <u>실외. 포스터의 집. 현관문. 야간</u>

사이먼 (잠시 멈춤) 아니.

10:16:12   <u>실내. 포스터의 집. 현관문. 야간</u>

로즈 케이트는 어떤 의사로 바꿨어?

10:16:13   <u>실외. 포스터의 집. 현관문. 야간</u>

사이먼 지금 그 얘기 못해.

로즈 톰은...   /   **사이먼** (속삭이며) 위층에 있어.

10:16:18   <u>실외. 케이트의 집. 현관문. 야간</u>

케이트와 칼리가 여전히 현관문 앞에 있다.

케이트 반품하진 않아도 돼요?   /   **칼리** 아뇨, 그러는 게...

10:16:21   <u>실내. 포스터의 집. 현관문. 야간</u>

칼리 (이어서) ... 더 귀찮아요.

칼리가 케이트에게 책을 건넨다.

케이트 음... 그럼 제가 돈을 주고 책을 살게요.   /   **칼리** 아뇨, 그냥 가져요.

10:16:26   <u>실외. 포스터의 집. 현관문. 야간</u>

케이트가 살짝 미소 짓는다. 손에 책을 들고 있다.

KATE
Thanks.

ROS (V.O.)
I have come...

10:16:29   INT. FOSTER HOUSE. FRONT DOOR. NIGHT

ROS and SIMON still at the front door.

ROS (CONT'D)
...all the way over, it turns out, for no good
reason, and I know...

10:16:33   EXT. FOSTER HOUSE. FRONT DOOR. NIGHT

ROS (CONT'D)
...you're going through a lot, but the normal
thing, and the polite thing would be to...

10:16:37   INT. FOSTER HOUSE. FRONT DOOR. NIGHT

ROS (CONT'D)
...ask me in for cup of tea...

10:16:40   EXT. KATE'S HOUSE. FRONT DOOR. NIGHT

CARLY and KATE still at the door.

KATE
Well, do you, do you wanna come in?

10:16:41   INT. KATE'S HOUSE. FRONT DOOR. NIGHT

CARLY who has begun to walk away, stops and
turns. Her smile falls. What? This was not part
of the plan.

10:16:43   EXT. KATE'S HOUSE. FRONT DOOR. NIGHT

KATE'S so obviously been crying, and she wants
someone to talk to.

KATE
Er, cup of tea?

10:16:45   INT. FOSTER HOUSE. FRONT DOOR. NIGHT

ROS and SIMON still at the front door.

ROS
...or a gin and tonic?

10:16:48   EXT. BEDFORD ARMS. NIGHT

From afar we see GEMMA'S taxi has arrived outside
the Bedford Arms - a high-end gastro PUB. Lit
well at night. She steps out. Cut to a close up
of her walking up the path to the front door.

10:16:55   EXT. FOSTER HOUSE. FRONT DOOR. NIGHT

SIMON gives in and reluctantly lets ROS in.

10:16:57   INT. KATE'S HOUSE. EVENING

CARLY goes in nervously.

CARLY
Sure.

10:17:00   EXT. FOSTER HOUSE. FRONT DOOR. NIGHT

케이트 고마워요.

로즈 (화면 밖 목소리) 내가 여기....

10:16:29 <u>실내.</u> <u>포스터의 집.</u> <u>현관문.</u> <u>야간</u>

로즈와 사이먼이 아직 문 앞에 있다.

로즈 (이어서) ...까지 왔는데 말이야... 뭐 좋은 말 하려고 온 것도 아니고...나도 알아...

10:16:33 <u>실외.</u> <u>포스터의 집.</u> <u>현관문.</u> <u>야간</u>

로즈 (이어서) ...너 힘든 것도 알고 그런데... 일반적으로 말이야...사람 사이의 예의라는 게...

10:16:37 <u>실내.</u> <u>포스터의 집.</u> <u>현관문.</u> <u>야간</u>

로즈 (이어서) ... 들어와서 차 한 잔 하자고 해야 하는 것 아냐?

10:16:40 <u>실외.</u> <u>케이트의 집.</u> <u>현관문.</u> <u>야간</u>

칼리와 케이트가 여전히 문 앞에 있다.

케이트 음... 잠깐 들어올래요?

10:16:41 <u>실내.</u> <u>케이트의 집.</u> <u>현관문.</u> <u>야간</u>

이제 가려고 했던 칼리가 멈춰서 몸을 돌린다. 케이트가 미소 짓는다. 뭐라고? 이건 계획에 없었는데.

10:16:43 <u>실외.</u> <u>케이트의 집.</u> <u>현관문.</u> <u>야간</u>

케이트는 울고 있었던 게 분명하다. 그리고 지금 대화할 누군가를 원한다.

케이트 어, 차 한 잔 어때요?

10:16:45 <u>실내.</u> <u>포스터의 집.</u> <u>현관문.</u> <u>야간</u>

로즈와 사이먼이 아직 현관문에 있다.

로즈 ... 아니면 진토닉?

10:16:48 <u>실외.</u> <u>베드포드 암스.</u> <u>야간</u>

젬마가 탄 택시가 도착한 장소 뒤로 "베드포드 암스"라는 간판이 보인다. 최고급 미식식당이다. 밤 조명이 돋보인다. 젬마가 택시에서 내린다. 장면이 전환되며, 젬마가 길을 따라 입구로 걸어가는 모습이 클로즈업 된다.

10:16:55 <u>실외.</u> <u>포스터의 집.</u> <u>현관문.</u> <u>야간</u>

사이먼이 항복하며 마지못해 로즈에게 들어오라고 한다.

10:16:57 <u>실내.</u> <u>케이트의 집.</u> <u>야간</u>

칼리가 소심하게 들어온다.

칼리 좋아요.

10:17:00 <u>실외. 포스터의 집. 현관문. 야간</u>

ROS closes the front door.

10:17:02   INT. BEDFORD ARMS. NIGHT

GEMMA enters the pub. She feels great. Tonight, for the first time in a long time, she is free, glamorous, unpredictable.

As she enters she sees NEIL at a table drinking a glass of wine. She smiles. He looks great. Attractive, not sleazy, just very assured. He sees GEMMA and smiles, impressed. She slips off her coat and goes to join him at the table

MUSIC OUT 'UNSQUARE DANCE'   opposite him.
10:17:24

NEIL
Drink?

She smiles. He pours.

10:17:34   INT. KATE'S HOUSE. LIVING ROOM. NIGHT

CARLY is looking around KATE'S living room. KATE enters with 2 mugs of tea.

KATE
Can I be honest with you? I keep forgetting I'm pregnant?

CARLY
You forget?

KATE
Yeah, yeah...it, it wasn't planned. So... yeah...

She hands CARLY the tea. CARLY sits.

KATE (CONT'D)
So how's the dad? Sorry...are you, are you with the dad?

CARLY
No, erm. He was drinking eight pints a night and grabbing me when I got home so, I had enough. Got rid of him.

KATE
Good.

CARLY
Well ... better without. You?

KATE
Yeah, we're together. Yeah.

MUSIC IN (SOFT MOTION)   CARLY
10:18:15   He doesn't live here though, does he? You can tell. It's spotless.

KATE
Yeah, well... long story.

CARLY
Go on.

SIMON (V.O.)
People say that the perfect story is that you meet this one person and fall completely in love, and then from that moment...

10:18:33   INT. FOSTER HOUSE. LIVING ROOM. NIGHT

로즈가 현관문을 닫는다.

10:17:02

실내. 베드포드 암스. 야간

젬마가 식당에 들어온다. 그녀는 기분이 무척 좋다. 오늘 밤, 처음으로 오랜 시간 동안, 그녀는 자유다. 화려하고, 예측 불가능한 자유.

식당에 들어서며 그녀는 테이블에 앉아 와인 한 잔을 하고 있는 닐을 본다. 그녀가 미소 짓는다. 닐은 아주 멋져 보인다. 매력적이고, 매너 있고, 자신감이 넘친다. 닐이 젬마를 보고 탐복하며 미소 짓는다. 젬마는 코트를 벗고 닐이 있는 테이블 맞은편 자리로 향한다.

음악 끝 '형편 없는 춤'
10:17:24

닐
한 잔?

미소 짓는 젬마. 닐이 술을 따른다.

10:17:34

실내. 케이트의 집. 거실. 야간

칼리가 케이트의 거실을 둘러보고 있다. 케이트가 머그 찻잔 두 개를 들고 들어온다.

케이트
솔직하게 말해도 돼요? 전 임신한 걸 계속 잊어버려요.

칼리
잊어버린다고요?

케이트
네, 음… 계획한 게 아니라서…

케이트가 칼리에게 차를 건넨다. 칼리가 앉는다.

케이트 (이어서) 아기 아빠는 어때요? 미안… 아기 아빠랑 같이 지내요?

칼리 아뇨, 음… 그 사람 매일 밤 말술을 마시는 사람이라 집에 들어가면 날 드잡이하고… 한계에 다다라서 쫓아버렸어요.

케이트 잘했네요.

칼리 음… 차라리 없는 게 나아요. 그쪽은?

음악 시작 (부드러운
움직임) 10:18:15

케이트 네, 우린 함께 있어요. 그렇죠…

칼리 그래도 여기 같이 살진 않죠? 말해도 돼요. 여기가 너무 말끔해서…

케이트 맞아요, 음…. 얘기가 길어요.

칼리 말해 봐요.

사이먼 (화면 밖 목소리) 사람들은 말하잖아, 완벽한 이야기란 누군가 한 사람을 만나고, 온전히 사랑에 빠지고, 그리고 그 순간부터…

10:18:33

실내. 포스터의 집. 거실. 야간

ROS is sat on the sofa with a gin and tonic. SIMON
is sat by the television, anxiously fiddling
with the remote control, changing the batteries.

SIMON (CONT'D)
...you don't need anything else. Despite the
fact that the world keeps changing...people
change as well... your work, your house and
everything alters, you're expected to stick with
just this one person. And despite that sounding
unlikely when I met Gemma, I thought I could. I
thought actually, yes, I'll never need anyone
else. What I didn't realise, is that it's
possible to feel that about two different people
at the same time.

ROS
You're still in love with Ge...

SIMON
With Gemma.   Yeah, of course. Yes! And Kate.
Both of them.

MUSIC OUT (SOFT MOTION)   (beat)
10:19:44   The moment I tell Gemma I lose her. And I lose
my son. Weekends, evenings, and he'll know the
truth and he'll hate me.

ROS
And that's the only reason you haven't told her?

SIMON pauses.

SIMON
She asked you to come tonight, didn't she?

ROS
No.

SIMON
She suspects.

ROS
(drinks - nervous)
Alright, yes.   Well she, she doesn't think that
you're with someone else. She's worried that you
may be hiding something with the business, the
money. She thought you might open up.

SIMON
Why would she think anything's wrong with the
money?

ROS
She's may've noticed how stressed you look.

SIMON
I don't look stressed.

ROS
Stressed is an understatement. Actually you're
right, you don't look stressed you look ill.

SIMON stands. Emotional.

ROS (CONT'D)
Is there something wrong? With the money?

SIMON
(sits down again)
Well, if there was I wouldn't tell you now, would
I? You'd just go straight back to Gemma.

ROS

로즈가 진토닉을 들고 소파에 앉아 있다. 사이먼은 텔레비전 곁에 앉아 불안하게 리모컨을 만지작거리며 배터리를 갈고 있다.

사이먼 (이어서)
... 다른 건 다 필요 없어지는 거라고. 그런데 세상은 끊임없이 변해.... 마찬가지로 사람도 변해...직장도 집도, 그리고 다른 모든 게 달라지는데 오직 그 한 사람하고만 함께하는 걸 바라는 거잖아. 믿기 어려운 얘기처럼 들리겠지만 젬마를 만났을 때, 나도 그럴 수 있을 거라 생각했어. 실제로 그게 가능한 줄 알았지. 다른 사람은 절대 필요 없다고 말이야. 내가 미처 몰랐던 건, 그런 감정을 두 명의 다른 사람에게 동시에 느끼는 게 가능하다는 거야.

로즈
너 여전히 사랑의 감정을 느끼니, 젬...

사이먼
젬마에게 당연히 느끼지. 그래! 케이트한테도. 둘 모두에게.
(잠시 멈춤)
사실대로 말하는 순간 젬마를 잃을 거야. 그리고 내 아들도. 주말에, 저녁에, 톰이 진실을 알게 되고 나를 증오하겠지.

음악 끝 (부드러운 움직임) 10:19:44

로즈
젬마에게 말 안한 이유가 그게 다야?

잠시 멈추는 사이먼.

사이먼
오늘 밤 와 달라고 젬마가 시켰지? 맞지?

로즈 아냐.

사이먼 젬마가 날 의심하고 있어.

로즈 (진토닉을 마신다. 초초해 하며) 그래 맞아. 그런데 음... 젬마는 네가 누굴 만나고 있다고 생각하는 게 아냐. 뭘 숨기고 있는 게 아닌가 해서 걱정하는 거지. 사업이나 돈 문제에 대해서 말이야. 네가 나한테 터놓고 말할 줄 알았나 봐.

사이먼 왜 돈 문제가 있다고 생각한다는 거야?

로즈 네가 스트레스 받아 보여서 그런가 봐.

사이먼 나 그렇게 안 보이는데.

젬마 스트레스 받아 보인다는 건 그나마 좋게 말한 거야. 사실 너, 그래.. 스트레스 받아 보이는 게 아니라 아파 보여.

사이먼이 일어선다. 복잡한 심정.

로즈 (이어서) 뭐 잘못되어 가는 거 있어? 돈 문제로?

사이먼 (자리에 다시 앉는다) 음... 있어도 너한테 말 안 해. 내가 왜? 젬마한테 다 말할 거잖아.

로즈

MUSIC IN (THIS FAR FROM
FUCKED) 10:20:59

I'm not on her side, I'm stuck in the middle. I
just want what's best. Tell me the truth.

SIMON
The truth... about the money?

He gives up trying to change the batteries and
throws it on the table.

SIMON (CONT'D)
Is that everything's about this far from fucked.

He shows with his fingers.

NEIL (V.O.)
Financial matters?

GEMMA (V.O.)
Yeah.

MUSIC IN 'BASIE'S
MASEMENT' 10:21:14

INT. BEDFORD ARMS. NIGHT

NEIL and GEMMA have just finished the starter.

GEMMA
Yeah. As our accountant, I hoped you could talk
me through things.

NEIL
Over dinner.

GEMMA
Yeah.

NEIL
What - earnings, tax, that sort of thing?

GEMMA
That sort of thing exactly.

NEIL
Right.
(playing)
Well, I'm afraid I didn't bring any files with
me.

GEMMA
(playing along)
That's a shame.

NEIL
I forgot.

GEMMA
I always had you down as organised.

NEIL
Me too.

GEMMA
We'll just have to enjoy the food.

A pause. NEIL watches her. Enjoying this.

NEIL
The way Simon describes you when you first met.
Very different to now.

GEMMA
How does he describe me?

NEIL
He makes you sound like an animal.

나 젬마 편 아냐. 중간에 껴 있을 뿐이라고. 난 단지 최선의 결과를 바라는 거야.
진실을 말해 봐.

사이먼
진실이라… 돈에 대해서?

사이먼이 배터리를 갈려는 시도를 포기하고 리모컨을 탁자 위에 던져놓는다.

사이먼 (이어서)
모든 게 엿되기 일보 직전이야.

사이먼이 손가락을 들어 보이며 지금 상황을 대변한다.

닐 (화면 밖 목소리)
재정 문제?

젬마 (화면 밖 목소리)
그래.

실내. 베드포드 암스. 야간

닐과 젬마가 방금 전채 요리를 끝냈다.

젬마
맞아. 우리 회계사니까 나한테 잘 알려줄 수 있을 것 같아서.

닐 저녁 먹으면서?

젬마 그래.

닐 수입, 세금 뭐 그런 것들?

젬마 맞아, 그런 것들.

닐 좋아. (연기하면서) 음… 서류를 챙겨오지 않았는데 어쩌나.

젬마 (같이 연기하며) 저런, 안됐네.

닐 깜빡했어.

젬마 늘 철저한 사람인 줄 알았는데.

닐 나도 그런 줄 알았어.

젬마 그럼 우리 식사나 즐겨야겠네.

잠시 멈춤. 닐이 젬마를 바라본다. 이런 상황을 즐긴다.

닐 사이먼이 널 처음 만났을 때를 묘사하는 표현이 있었는데, 지금이랑 무척 다르네.

젬마 날 어떻게 묘사했는데?

닐 널 어떤 동물처럼 들리게 얘기하더군.

GEMMA
Really?

NEIL
Feral.

GEMMA
(smiles)
You don't see that?

He doesn't answer.

GEMMA (CONT'D)
How is Simon? You see him more than I do some
weeks. Tell me how he's getting on at work.

NEIL
Simon's ambitious. As you know. This project's
a big step for him.

GEMMA
Will it make money?

NEIL
I expect so.

GEMMA
So it's going well?
(beat)
He won't tell me. Thinks I'll worry.

NEIL
Right...

GEMMA
As you know from our accounts, I've supported him
over the last few years as he's started out. So
I'm keen it doesn't all go wrong now.

NEIL
You're spying.

GEMMA
What?

NEIL
Like a doctor I can't disclose anything that
happens with my clients -

GEMMA
I'm not.

NEIL
Even if the person asking is extremely
persuasive.

GEMMA
I'm just making conversation.

NEIL
Well, I don't want to talk about his work.
Actually, I don't really want to talk about Simon
at all so if that's why you're here -

GEMMA
(smiles)
I'm here because I think that life is passing me
by and I'm missing out.
(beat)
I don't care what we talk about.

She pours more wine into both their glasses. He

젬마
정말?

닐
그것도 야생적인.

젬마
(미소 지으며)
넌 안 그래 보여?

닐이 대답하지 않는다.

젬마 (이어서)
사이먼은 어때? 어떨 땐 나보다 그 사람을 더 많이 보잖아. 직장에서 어떤지 말해줘.

닐
사이먼은 야심이 넘치지. 알잖아. 이번 프로젝트가 사이먼에겐 큰 진전이야.

젬마
돈이 벌릴까?

닐 벌리길 바라지.

젬마 그래서 잘 돼간다는 거야?
(잠시 멈춤)
사이먼은 나한테 말 안하려고 해. 걱정한다고.

닐 그렇군...

젬마 우리 계좌를 보면 알겠지만 사이먼이 사업을 시작하고 몇 년에 걸쳐 내 돈이 들어갔어. 그러니 모든 게 잘못되지 않기를 간절히 바라지.

닐 그래서 지금 염탐하는 거군.

젬마 응?

닐 의사랑 마찬가지로 나도 고객에 관한 그 어떤 것도 밝히면 안 돼.

젬마 그런 거 아냐.

닐 물어보는 사람이 아무리 설득력 있어도 말이지.

젬마 그냥 대화하는 거야.

닐 음... 사이먼 일 얘기는 하고 싶지 않네. 사실, 사이먼에 관한 건 전부 다 정말 얘기하고 싶지 않으니까 그것 때문에 여기 왔다면...

젬마
(미소 지으며) 난 세상이 나만 빼놓고 그냥 흘러가는 것 같아서 여기에 있는 거야.
(잠시 멈춤) 무슨 얘기하든 상관 없어.

젬마가 두 사람 잔 모두에 와인을 더 따른다.

takes his and drinks.

NEIL
(beat)
Let me give you a test. I'm going to tell you why
I'm here, and if it offends you, you can get up,
go home, we never have to speak of it again. But
if it doesn't, you can stay sat right there.

GEMMA
Go on then. Why are you here Neil?

NEIL
Because in the last five years I've thought a lot
about your body and it's got to the point that
I desperately want to know what's going on
underneath that dress. Basically Gemma I'm here
because I think we'd have a really good time
fucking.

He sits back. Said it. GEMMA looks at him. She
could go now.

She still looks at him. Strong. The WAITER comes
over.

WAITER
Are you ready for the main course?

GEMMA
Yes, I think we are.

NEIL smiles and she drinks her wine.

CARLY (V.O.)
You've met her?

MUSIC OUT (BASIE'S   KATE (V.O.)
MASEMENT) 10:24:01   Couple of times. She's arrogant. Looks down at
                         people.

10:24:05   INT. KATE'S HOUSE. NIGHT

KATE and CARLY talk.

KATE (cont'd)
Sorry, I sound like a bitch but -

CARLY
Is that why he wanted someone else?

KATE
What?

CARLY
That she's arrogant.

KATE
Well, he didn't.

CARLY
No, I mean -

KATE
No, he didn't want "someone else", it was about
us, we got on. He wasn't looking to cheat.
Actually that was always the problem. I said to
him you need to tell her straight away or it's
over and that was ... that was two years ago.

CARLY
And now you've got a baby.

닐이 자기 잔을 가져가 마신다.

닐
(잠시 멈춤)
테스트를 하나 하자. 지금 내가 여기 있는 이유를 말하려고 하는데 그 이유가 널 언짢게 하면 그냥 일어나서 집에 가면 돼. 그리고 우리는 이 일에 대해서 절대 다시 얘기하지 않는 거지. 그런데 만약 아니라면, 거기 계속 앉아 있어도 돼.

젬마
계속해 봐. 왜 여기 있는 거야, 닐?

닐
지난 5년간 네 몸에 대해서 정말 많이 생각했으니까. 단도직입적으로 말하면 그 드레스 밑에서 무슨 일이 벌어지고 있는지 미치도록 알고 싶으니까. 기본적으로 말야, 젬마. 난 너랑 정말 화끈하게 뒹굴 걸 생각하고 여기 있는 거야.

닐이 의자 등받이에 기댄다. 말해버렸다. 젬마가 닐을 쳐다본다. 그녀는 당장 갈 수도 있다.

젬마가 여전히 닐을 보고 있다. 강하다. 그때 웨이터가 온다.

웨이터 메인 코스 시작하시겠어요?

젬마 네, 그래도 될 것 같네요.

닐이 미소 짓는다. 젬마가 와인을 마신다.

칼리 (화면 밖 목소리) 그 여잘 만났다고요?

음악 끝 '베이시의 미로' 10:24:01

케이트 (화면 밖 목소리) 몇 번. 그 여자 진짜 거만해요. 사람들을 얕잡아 보면서 말이죠.

10:24:05

<u>실내. 케이트의 집. 야간</u>

케이트와 칼리가 대화하고 있다.

케이트 미안해요, 내가 나쁜 년 같겠지만...

칼리 그 남자가 다른 누군가를 원한 이유가 그거예요?

케이트 네?

칼리 부인이 거만해서 다른 누군가를 원한 건가 해서요.

케이트 음...아니에요.

칼리 아니, 내 말은...

케이트 아니에요, 그 사람은 "다른 누군가"를 원한 게 아니에요. 우린 처음부터 우리였고 계속 우리일 거예요. 그 사람은 바람피우려 한 게 아니에요. 사실 그게 언제나 문제죠. 난 그 여자한테 당장 사실대로 말하라고 했거든요, 안 그러면 끝이라고... 그게 2년 전이에요.

칼리 그렇게 지금 아기가 생긴 거군요.

KATE
Yeah. Yeah, I was gonna get rid of it.
(beat)
Sorry, you, you probably don't want hear that -

MUSIC IN (HE KNOWS I WANT   CARLY
KIDS) 10:24:42   It's fine.

KATE
I wasn't ready but he knows I want kids
eventually, so, so he said why not? Promised me
that if I kept the baby he'd tell her straight
away. But nearly two weeks later...

KATE looks very upset.

KATE (CONT'D)
He'd said we'd get a proper house together, that
he'd move her out to London with their son.

CARLY
Has he got a divorce lawyer, all of that?

Kate
I doubt it.
(beat)
He's showing no signs of breaking up with her at
all.

10:25:19   INT. FOSTER HOUSE. LIVING ROOM. NIGHT

SIMON sits, head down thinking about everything.

KATE (V.O.)
I've thought recently maybe I should...

CARLY (V.O.)
Should..? what, leave him?

KATE (V.O.)
Well, how did you feel when you split up with
yours?

CARLY (V.O.)
Terrible.

10:25:33   INT. KATE'S HOUSE. NIGHT

KATE
Right.

CARLY
For two days. And then I felt better.

KATE
So you didn't regret it?

CARLY
Not at all.

KATE looks at her. A determination growing.

ROS (V.O.)
The only way out is to tell her the truth and deal
with what happens.

SIMON (V.O.)
No....

10:25:52   INT. FOSTER HOUSE. LIVING ROOM. NIGHT

SIMON moves quickly over to the sofa where ROS
is sitting.

케이트
그래, 맞아요. 지우려고 했었어요.
(잠시 멈춤)
미안해요, 이런 얘기 싫을 텐데…

음악 시작 (아이를 원한
다는 걸 그가 알아)
10:24:42

칼리 괜찮아요.

케이트 난 준비가 안 됐어요. 그치만 내가 언젠간 아이를 갖고 싶어하는 걸 그이
가 아니까… 그래서… 그래서 그이가 안 될 것 없다고 말해줬어요. 내가 아기를
안 지우면 당장 부인한테 우리 관계를 말한다고 약속했고요. 그런데 그게 거의
2주나 지났는데…

케이트는 무척 속상해 보인다.

케이트 (이어서) 그 사람, 우리가 함께 지낼 적당한 집도 마련한다고도 했어요. 부
인이랑 아들은 런던으로 보내버리고.

칼리 그런 걸 다 처리할 이혼소송 변호사는 선임했대요?

케이트 아닐 걸요. (잠시 멈춤) 그 여자랑 헤어질 기미가 전혀 안 보여요.

10:25:19   실내. 포스터의 집. 거실. 야간

사이먼이 고개를 숙인 채 앉아 있다. 생각이 많다.

케이트 (화면 밖 목소리) 최근에 그런 생각도 했어요, 아마도 내가…

칼리 (화면 밖 목소리) 아마도 뭐요? 그 사람이랑 헤어지게요?

케이트 (화면 밖 목소리) 음…그쪽은 그 남자랑 헤어질 때 기분이 어땠어요?

칼리 (화면 밖 목소리) 끔찍했죠.

10:25:33   실내. 케이트의 집. 야간

케이트 그렇군요.

칼리 이틀 동안만 그랬어요. 그러고는 기분이 더 나아졌죠.

케이트 그래서 후회 안 해요?

칼리 전혀요.

케이트가 칼리를 바라본다. 점점 어떤 결정을 내려하는 중.

로즈 (화면 밖 목소리) 젬마에게 사실대로 말하는 게 유일한 방법이야. 그 다음은
어떻게든 해결하는 거고.

사이먼 (화면 밖 목소리) 아냐…

10:25:52   실내. 포스터의 집. 거실. 야간

로즈가 앉아 있는 소파로 재빨리 자리를 옮기는 사이먼.

SIMON
I can do it. The money's there, it'll all be fine
once we start selling the flats. It, it's close
but I need time ... six months maybe.

ROS
You wanna keep all of this going for another six
months?

SIMON
I have to.

ROS
What about the baby?

SIMON upset.

SIMON
Yeah. Well.

MUSIC OUT (HE KNOWS I WANT
KIDS) 10:26:18

The door opens. TOM comes in, in his pyjamas. He
sees ROS.   The intensity broken, fake smiles all
round.

TOM
Oh ... hi, Ros.

ROS
Hiya.

TOM
(to SIMON)
When's mum home?

SIMON
She might be late. You okay?

TOM
Yeah, I'm fine.

SIMON
(sees something's wrong)
Sure?

TOM
Yeah. I was going to ask her something, but it
doesn't matter.

SIMON
Okay.

TOM
Yeah, bye.

TOM leaves leaving the door open.

SIMON
Night, mate. I'll come and see you in a minute.

MUSIC IN (PLEASE DON'T
TELL HER) 10:26:43

SIMON gets up and closes the door.

SIMON (CONT'D)
(slightly desperate)
Please don't tell her anything's wrong. Say the
money's good. It'll all work out best for
everyone in the end. I promise.

GEMMA (V.O.)
Go on, you've got something to say.

10:26:58   INT. BEDFORD ARMS. NIGHT

사이먼
난 할 수 있어. 돈이 바로 저기 앞에 있어. 아파트를 팔기 시작하면 다 괜찮아 질 거야. 거의 다 왔어. 시간이 좀 더 필요해... 아마도 6개월.

로즈
또 6개월 동안 이 모든 걸 안고 가겠다고?

사이먼
그래야 해.

로즈
아기는 어쩌고?

속이 뒤집어지는 사이먼.

사이먼
그래. 음...

문이 열린다. 파자마 차림의 톰이 들어온다. 톰이 로즈를 본다. 강한 긴장잠이 깨지며 모두 어색한 미소를 짓는다.

톰 오... 안녕, 로즈 아줌마.

로즈 안녕.

톰 (사이먼에게) 엄마 언제 와요?

사이먼 엄마 늦을 거야. 괜찮니?

톰 네, 좋아요.

사이먼 (뭔가 이상한 걸 눈치채며) 정말?

톰 네. 그냥 엄마한테 물어볼 게 있어서요. 신경쓰지 마세요.

사이먼 그래.

톰 네, 바이.

톰이 문을 열어둔 채 나간다.

사이먼 잘 자, 친구. 좀 이따 올라갈게.

사이먼이 일어나 문을 닫는다.

사이먼 (이어서)
(약간 애원하듯) 제발 젬마에게 뭔가 잘못되고 있다고 말하지 마. 돈 문제는 괜찮다고 하고. 모두를 위해 다 좋게 해결할 거야. 약속할게.

젬마 (화면 밖 목소리) 계속해 봐, 뭔가 말할 게 있는 것 같은데.

실내. 베드포드 암스. 야간

왼쪽 여백 주석:

음악 끝 (아이를 원한다는 걸 그가 알아) 10:26:18

음악 시작 (제발 그녀에게 말하지 마) 10:26:43

10:26:58

309

GEMMA and NEIL have finished dessert, and another bottle and a half of wine. They've both loosened up.

MUSIC IN (SEX TALK)
10:27:02
MUSIC OUT (PLEASE DON'T
TELL HER) 10:27:05

NEIL
Er, booked a room. Upstairs. They have good rooms. And I booked one. So there it is. Now you know.

GEMMA
I already knew.

NEIL
(disappointed)
Oh.

GEMMA
When I went to the bathroom I checked with reception.

NEIL
You went to the bathroom when you first arrived.

GEMMA
That's right.

NEIL
So you've known my intentions all evening.

GEMMA
Neil, I've known your intentions for five years.

NEIL
Oh God. You make me sound desperate.

GEMMA
It would only be desperate if you were trapped in this marriage with Anna, and completely in love with the woman across the street, but I don't think that's the case. Is it?
(beat)
I'm not unique, am I? I'm not the first other woman.

NEIL
There have been other women, yes.

GEMMA
What are you into?

NEIL
What you mean erm...

GEMMA
Why do you do it, these women?

NEIL
Honestly..? Pleasure.

GEMMA
Right. So, let me be specific. What are you into?

NEIL
Don't ask questions like that lightly, cos they have an effect coming from you.

GEMMA
I know.

She waits for an answer.

NEIL
Nothing weird.

젬마와 닐이 디저트를 마쳤다. 그리고 한 병 더 시킨 와인이 반쯤 비었다. 둘 다 긴장이 풀린 상태.

음악 시작 (섹스 토크)
10:27:02
음악 끝 (제발 그녀에게
말하지 마) 10:27:05

닐
어, 방을 예약해 놨어. 위층. 좋은 방이 있다길래 하나 잡아놨지. 그래서 이렇게... 지금 네가 알게 됐네?

젬마
이미 알고 있었어.

닐
(실망해서)
오.

젬마
화장실 갈 때, 접수처에서 확인해 봤지.

닐
여기 오자마자 화장실부터 갔었잖아?

젬마
맞아.

닐
그럼 오늘 밤 내내 내 의도를 알고 있었다는 거네.

젬마 닐, 나는 네 의도를 5년 전부터 알고 있었어.

닐 오, 맙소사! 내가 간절한 것처럼 들리게 만드네.

젬마 애나와의 결혼생활에 갇힌 느낌이었다면 간절했을 테지. 건너편에 사는 여자한테 완전히 빠졌을 테고, 하지만 그런 경우는 아닌 것 같은데, 그렇지? (잠시 멈춤) 내가 특별한 게 아니라는 거고? 내가 첫 상대는 아닐 테니까.

닐 다른 여자들도 있었지, 맞아.

젬마 어떤 데 끌리는 거야?

닐 그게 무슨, 어...

젬마 왜 이러는 거냐고, 여자들이랑?

닐 솔직하게... ? 쾌락.

젬마 좋아. 그럼, 구체적으로 알려줘. 어떻게 하는 걸 좋아해?

닐 그렇게 대수롭지 않게 질문하지 마. 네가 그러면 정말 흥분되니까.

젬마 알아.

젬마가 대답을 기다린다.

닐 색다른 건 없는데.

GEMMA
(playing)
Shame.

NEIL
Physical.

GEMMA
Sort of has to be physical.

NEIL
Look, Anna's great. I love her. But she's into
it being loving, calm, gentle. So ...sometimes
I like to...go for it.

GEMMA laughs.

Neil (CONT'D)
Right, I'm better at doing than describing.

GEMMA
Oh God.

NEIL
I don't fucking know. I...I improvise. What
about you?

A moment. She thinks. Then looks at him.

10:29:20   INT. BEDFORD ARMS. ROOM. NIGHT

A luxury room. Mini-bar, big bed. Everything's
comfortable and designed. NEIL hands GEMMA a
glass of champagne.

NEIL
I think we start by taking off our clothes...

MUSIC OUT (SEX TALK)
10:29:30   GEMMA
(unsure)
I'm married. I made a promise.

He looks at her.

NEIL
I'll let you into a secret. There are only two
types of married men. Those you know who cheat
on their wives, and those who are better at
hiding it. Every man I've met who's in a long term
relationship, they've all been unfaithful at one
point or another.

GEMMA
Really?

NEIL
It's biological. Men like sex. They can hang
around with one woman, but only if now and then,
they're allowed to fulfil their function. I
don't feel guilty.

GEMMA
What about women?

NEIL
Well I think women probably like sex too.
(beat)
The point is. It's, it's all very common.
(beat)
Up to you.

GEMMA drinks her champagne, puts the glass down

젬마
(연기하며)
안타깝네.

닐
육체적인 거.

젬마
그런 건 다 육체적인 거 아닌가?

닐
봐봐, 애나는 굉장한 여자야. 난 아내를 사랑해. 그런데 사랑을 나눌 때... 그냥 침착하고 다정하지. 그래서 가끔은... 돌진하고 싶은 거야.

젬마가 웃는다.

닐 (이어서)
좋아, 난 그걸 말로 하는 것보다 실제로 더 잘하거든.

젬마 오, 맙소사.

사이먼 젠장 모르겠다. 난... 난... 그냥 즉흥적으로 해. 넌 어때?

잠시 후. 젬마가 생각해 본다. 그리고 닐을 쳐다본다.

10:29:20
실내. 베드포드 암스. 룸. 야간

화려한 방이다. 미니 바도 있고, 침대도 크다. 모든 게 편안해 보이고 공들여 디자인됐다. 닐이 젬마에게 샴페인 한 잔을 건넨다.

음악 끝 (섹스 토크)
10:29:30

닐 우리 옷부터 벗을까...

젬마 (불안해 하며) 난 결혼했어. 서약을 했다고.

닐이 그녀를 바라본다.

닐 비밀을 하나 알려줄게. 유부남은 딱 두 종류가 있어. 바람피우는 사람하고 그걸 잘 감추는 사람. 길게 연애하는 남자들 중에 안 흔들리는 남자를 본 적이 없어. 어떤 한 순간이든, 계속 그러든 간에.

젬마 정말?

닐 생물학적인 거지. 남자는 섹스를 좋아해. 한 여자랑만 싸돌아 다니는 거야 할 수 있지, 하지만 가끔은 제 기능을 발휘하게 해줘야 해. 난 죄책감 같은 거 없어.

젬마 그럼 여자는?

닐 음... 여자도 섹스를 좋아하는 거 같아.
(잠시 멈춤) 중요한 건, 이런 건, 이런 건 그냥 흔한 일이야.
(잠시 멈춤) 당신한테 달렸어.

샴페인을 마시는 젬마. 그녀는 잔을 내려놓고 일어선다.

MUSIC IN (IT'S UP TO YOU)
10:31:03

and stands. Tentatively and slowly she takes off her dress and turns to NEIL.

NEIL starts unbuttoning his shirt. GEMMA stands watching him. Is she really going to do this? He tosses his shirt away and smiles. She giggles nervously as he approaches. They kiss. It's passionate.

They fall onto the bed, she is kneeling over him, kissing him. They smile at each other as he carries her, straddling him, and they fall onto the bed. He kisses her stomach and she smiles as he begins to remove his trousers. They kiss again.

Cut to them having sex. GEMMA sitting on top of NEIL. She is truly lost in the moment. She opens her eyes.

10:33:01

TO BLACK

10:33:04
MUSIC OUT (IT'S UP TO YOU)
10:33:09

INT. BEDFORD ARMS. ROOM. DAY

Morning – NEIL wakes. The morning light is coming through the curtains. He takes a drink.
The bathroom door opens and GEMMA comes out wearing last night's dress. She goes to the bedside table and he reaches out to touch her. She moves away.

GEMMA
I've got work.

NEIL looks at his watch.

NEIL
What already?

GEMMA
I have to go home first.

NEIL
I thought we might have another go.

GEMMA
When do we tell Anna?

NEIL smiles.

NEIL
Yeah. Or Simon for that matter. Wait! What if we don't?

GEMMA
I'm serious. She's my friend.

NEIL takes another drink.

NEIL
Well you didn't think about Anna too much last night.

GEMMA
I know. She's gonna be really upset, but she'd be far more upset if she finds out that we tried to hide it from her.

NEIL
What er, what are you doing?

GEMMA
I'm saying we should be honest.

머뭇거리며. 그리고 천천히 젬마가 옷을 벗는다. 그리고 닐을 향해 돌아선다.

닐이 셔츠 단추를 풀기 시작한다. 젬마가 그를 보며 서 있다. 그녀는 정말 이 일을 하려는 걸까? 닐이 셔츠를 휙 던지고 미소 짓는다. 그가 다가오자 불안해 하며 피식 웃는 젬마. 둘은 키스한다. 열정적인 키스.

둘은 침대 위로 쓰러진다. 젬마가 그의 몸 위로 무릎을 올리며 키스한다. 그러자 그가 젬마의 몸을 들어 올린다. 다리로 그의 몸을 감싸는 젬마. 서로 웃으며 다시 침대 위로 쓰러진다. 온전히 침대에 누운 젬마 위로 오르는 닐. 그가 그녀의 배에 키스하고 바지를 벗기 시작하자 젬마가 미소 짓는다. 둘은 다시 키스한다.

둘이 섹스하는 모습으로 장면 전환. 젬마가 닐 위에 앉아 있다. 그녀는 그 순간, 진심으로 빠져든다. 눈을 뜨는 젬마.

암전.

<u>실내. 베드포드 암스. 룸. 주간</u>

아침. 닐이 잠에서 깬다. 아침 햇살이 커튼 틈으로 들어오고 있다. 닐이 음료수를 마신다. 화장실 문이 열리며 젬마가 나온다. 어젯밤 입었던 드레스를 그대로 입고 있다. 탁자 옆으로 가는 젬마. 닐의 손을 뻗어 그녀를 어루만진다. 젬마가 피한다.

젬마
알하러 가야 해.

닐이 자신의 시계를 본다.

닐 벌써?

젬마 집에 먼저 가야지.

닐 한 번 더 할 수 있을 것 같은데.

젬마 애나한테 언제 말하지?

닐이 웃는다.

닐 그래. 아니면 사이먼한테 할까? 잠깐! 둘 다 안 그러는 게 어때?

젬마 난 진지해. 애나는 내 친구야.

닐이 음료수를 한 모금 더 마신다.

닐 음... 어젯밤에는 애나를 그렇게 많이 안 생각하는 것 같던데.

젬마 알아. 애나는 정말 화를 낼 거야. 하지만 우리가 숨기려고 했다는 걸 알게 되면 훨씬 더 화를 내겠지.

닐 뭐, 어, 뭐 하자는 거야 지금?

젬마 솔직해져야 한다고 말하는 거야.

NEIL
No, no, no you're not, you're playing a game and
I don't get it so it's making me quite nervous.

GEMMA
I don't like deceit.

NEIL
I'm not gonna tell Anna about this and neither
are you. If you did, I could tell Simon.

GEMMA
Go ahead. I'll tell him myself.

NEIL
What do you want?

Beat. She waits.

NEIL (CONT'D)
Ah, was last night to, to blackmail me?

GEMMA
In reverse order: no, last night was...because
I fancy you and I wanted to have a good night.
I enjoyed the sex, the company, last night was
fantastic - everything I'd hoped for.
(beat)
But this morning? What do I want? Well if you're
asking me to lie, I want something to make up for
it.

NEIL
Like what?

GEMMA
Simon's accounts. His personal and business.
Copies of everything stretching back the last
three years, every detail, not just the official
stuff. I'm gonna have them looked at so don't try
and hide anything.

NEIL
Gemma, that's a lot of work.

GEMMA
I want them this afternoon...

NEIL
It's not possible to get all that stuff together.

GEMMA
How long have you been married? Fifteen years?
I've seen you and Anna together a lot. You look
after her, you take her on holiday, I mean you
genuinely love her, don't you? She's what
really matters.

NEIL
Yes.

GEMMA
What we just did, it's... just a bonus.

NEIL
Erm why, why do you want his accounts?

GEMMA
Because I think there are things going on in our
finances that I don't know about.
(beat)
Am I right?

닐

아냐, 아냐, 너 그런 거 아냐. 지금 나랑 장난하는 거지? 속을 알 수 없으니까... 불안하게 왜 이래?

젬마

난 속이는 거 싫어.

닐

난 애나한테 얘기 안 할 거야. 너도 그럴 거고. 만약 그런다면 나도 사이먼한테 말할 수 있어.

젬마

그래. 난 사이먼한테 직접 말할래.

닐

뭘 원하는 거야?

잠시 멈춤. 젬마가 기다린다.

닐 (이어서)

아하, 어젯밤은 날 협박하려고 그런 거야?

젬마

순서가 반대야. 어젯밤은... 너한테 끌려서 좋은 시간 보내고 싶었어. 섹스도, 함께하는 것도 즐거웠어. 어젯밤은 끝내줬어. 모든 게 내가 바라던 바였지.
(잠시 멈춤)
그런데 오늘 아침은? 내가 원하는 게 뭘까? 음...나한테 거짓말을 하라고 요구하려면, 대신 뭘 좀 해줘야겠어.

닐 뭘?

젬마 사이먼의 계좌. 개인 계좌랑 사업 계좌 모두. 지난 3년에 걸친 모든 세부사항들, 공적인 것들뿐만 아니라 전부 다 싹싹 뒤져서 복사본을 줘. 내가 모조리 살펴볼 테니까 뭘 감추려고 하지는 마.

닐 젬마, 그건 상당히 많은 양이야.

젬마 오늘 오후까지 봐야겠어...

닐 그 많은 걸 다 정리하는 건 불가능해.

젬마 결혼한 지 얼마나 됐지? 15년? 난 애나와 네가 함께하는 걸 많이 봤어. 애나를 챙겨주고 휴일이면 좋은 데 데려가고 했잖아. 내 말은 네가 애나를 진심으로 사랑한다는 거야. 그렇지 않아? 진짜 중요한 건 애나잖아.

닐 그래.

젬마 우리가 한 건, 그건.. 그냥 일종의 보너스지.

닐 어, 왜... 왜 사이먼 계좌를 원하는 건데?

젬마 우리집 재정에 관해서 내가 모르는 일들이 있는 것 같아서야.
(잠시 멈춤) 내 말 맞지?

NEIL
Now I see it.

GEMMA
See what?

NEIL
Feral.
GEMMA
(beat)
This afternoon. Your office, or at home?

Pause.

NEIL
Home. Anna's out.

She goes to him and kisses him on the cheek.

GEMMA
Honestly, it was really good.

She leaves.

10:37:14   INT. FOSTER HOUSE. KITCHEN. DAY

                            GEMMA comes in. She's exhausted and hung-over.
MUSIC IN (COMING HOME)
10:37:32   She takes a glass of tap water.

10:37:42   INT. FOSTER HOUSE. UPSTAIRS HALL. DAY

                            We see GEMMA about to climb the stairs. She stops
                            and turns around, doesn't want to explain
                            herself. She heads back to the kitchen.

10:37:58   INT. FOSTER HOUSE. LIVING ROOM. DAY

                            GEMMA lays down on the sofa, still fully clothed
                            and falls asleep.

10:38:13   INT. FOSTER HOUSE. LIVING ROOM. DAY

                            Cut to the same, but bright light. It's the
                            morning. TOM stands over her in his school
                            uniform. SIMON in his suit drawers the curtains.

                            TOM
                            Mum...

MUSIC OUT (COMING HOME)   GEMMA wakes to find TOM and SIMON both looking
10:38:24   at her. Both serious. SIMON hands her a mug of
                             coffee, which she takes.

                            SIMON
                            Late night?

                            TOM
                            You don't look well.

                            GEMMA
                            (standing)
                            I'm fine. I just need a shower. What's the time?

                            TOM
                            Eight o'clock.

                            GEMMA
                            Oh...

                            SIMON
                            You have a good time?

닐 이제 알겠네.

젬마 뭘 알아?

닐 너한테 야생성이 있다는 거.

젬마 (잠시 멈춤) 오늘 오후야. 네 사무실, 아니면 집?

잠시 멈춤.

닐 집. 애나는 나가고 없을 거야.

젬마가 닐에게 다가가 볼에 키스한다.

젬마 솔직히, 정말 좋았어.

젬마가 떠난다.

10:37:14	<u>실내. 포스터의 집. 주방. 주간</u>
음악 시작 (귀가) 10:37:32	젬마가 들어온다. 그녀는 기진맥진에 숙취도 있다. / 물을 한 잔 마시는 젬마.
10:37:42	<u>실내. 포스터의 집. 위층 복도. 주간</u>
	계단을 오르는 젬마가 보인다. 그녀가 멈추더니 몸을 돌린다. 이런 상황을 설명하는 게 싫다. 다시 주방으로 향하는 젬마.
10:37:58	<u>실내. 포스터의 집. 거실. 주간</u>
	젬마가 소파에 누워 있다. 옷을 그대로 입은 채 곯아떨어진 젬마.
10:38:13	<u>실내. 포스터의 집. 거실. 주간</u>
	같은 장면으로 전환. 다만 주변이 환하다. 아침. 교복을 입은 톰이 엄마를 보며 서 있다. 정장을 입은 사이먼이 커튼을 걷는다.

톰 엄마…

음악 끝 (귀가)
10:38:24

잠에서 깬 젬마. 톰과 사이먼이 둘 다 자기를 바라보고 있는 걸 발견한다. 사이먼이 젬마에게 커피 머그컵을 건넨다. 그녀가 받는다.

사이먼 밤새?

톰 엄마, 아파보여요.

젬마
(일어서며) 괜찮아. 샤워 좀 해야겠다. 몇 시야? / **톰** 8시요.

젬마 오… / **사이먼** 재밌었어?

GEMMA
(guilty)
Yeah.

She looks at them both.

GEMMA (CONT'D)
What?

SIMON picks up the tablet.

SIMON
Last night Tom was looking at CheckmyGP, it's a
ratings site for -

GEMMA
(caring)
What are you looking at that for?

TOM
Harry told me about it.

SIMON
Because normally they say good things. And he's
proud of you.

GEMMA
Right. Right. So what d'you mean, normally?

SIMON gives her the tablet.

MUSIC IN (CHECK MY GP)
10:39:07

TOM
They, they started last night.

GEMMA reads the comments. A moment, while she
takes it in.

GEMMA
(softer, concerned)
Have you read all of these?

TOM
Most of them.

GEMMA
They're not true.

SIMON
We'll get them taken down, won't we? Sometimes
people write things like this on the internet.

TOM
Why?

SIMON
Someone wants to get at mum.

GEMMA
Don't worry, Tom.

TOM
Who?

SIMON
(looks at GEMMA)
We don't know.

GEMMA
(quietly)
I'll deal with this. I should have a shower.

She turns and goes.

젬마
(가책을 느끼며)
그래.

그녀가 톰과 사이먼을 바라본다.

젬마 (이어서)
왜?

사이먼이 태블릿을 집어 올린다.

사이먼
어젯밤에 톰이 책마이지피(내 의사 확인하기)를 보고 있었는데, 순위 사이트 같은...

젬마
(걱정하며)
그런 걸 왜 봐?

톰 해리가 말해줬어요.

사이먼 보통은 좋은 평만 있고, 톰은 당신을 자랑스러워 하니까.

젬마 그래, 그래. 그런데 "보통은"은 무슨 말이야?

사이먼이 젬마에게 태블릿을 건넨다.

음악 시작 (내 의사 확인 사이트) 10:39:07

톰 그 사람들, 어젯밤부터 시작했어요.

젬마가 댓글평들을 읽는다. 그녀가 상황을 파악하는 동안 잠시 시간이 흐른다.

젬마 (좀 더 부드럽고, 걱정스러운 투로) 이걸 다 읽은거야?

톰 대부분요.

젬마 거짓말들이야.

사이먼 우리가 글 다 내리게 할 거야, 그렇지? 사람들은 가끔 인터넷에 이런 말도 안 되는 걸 쓰기도 한단다.

톰 왜요?

사이먼 어떤 사람들이 엄마를 괴롭히고 싶어 하니까.

젬마 걱정하지 마, 톰.

톰 누가요?

사이먼 (젬마를 보며) 그건 우리도 몰라.

젬마 (조용히) 내가 처리할게. 샤워부터 해야겠다.

젬마가 몸을 돌려 걸음을 옮긴다.

10:39:54

EXT. SURGERY CAR PARK. DAY

Establishing shot of the surgery as a car pulls in.

GEMMA (V.O.)
Luke, finally...

10:39:58

INT. SURGERY. RECEPTION AREA. DAY

GEMMA enters the reception and bumps into LUKE, arriving back from visiting HELEN.

GEMMA
You've just seen Helen?

MUSIC OUT (CHECK MY GP)
10:40:02

LUKE
Yes, and I agree with the specialist. There's not much to be done in terms of medication. So we talked through changes to the home, management - coping strategies.

GEMMA
I don't know that that's enough.

LUKE
(he agrees)
Yeah.
(beat)
And she asked me to tell you that she wanted to see you. Today if possible.

GEMMA
Okay, thanks.

ROS enters.

ROS
(to LUKE)
Busy morning!

She beams at LUKE, who goes.

ROS (CONT'D)
I give up.

LUKE stops and comes back.

LUKE
Ros. Sorry, can I just say that I'm not really comfortable with flirting. Not at work.

ROS
Okay.

LUKE
Is that alright?

ROS
(defensive)
Yeah. Fine.

LUKE
Thanks.

He goes. ROS turns to GEMMA.

ROS
I've gone off him.

GEMMA hands ROS a mug of coffee. GEMMA turns to ROS.

10:39:54	<u>실외. 병원 주차장. 주간</u>
	차 한 대가 들어오는 모습 뒤로 병원이 배경처럼 펼쳐진다.
	젬마 (화면 밖 목소리)
	루크, 드디어…
10:39:58	<u>실내. 병원. 접수 구역. 주간</u>
	접수처로 들어오던 젬마가 루크와 마주친다. 루크는 헬렌을 방문하고 돌아오는 길이다.
	젬마 방금 헬렌 보고 왔어요?
음악 끝 (내 의사 확인 사이트) 10:40:02	**루크** 네, 제 의견도 전문의와 같아요. 약물치료는 더 이상 할 수 있는 게 많지 않아요. 그래서 요양원 처치를 어떻게 바꿀지 상의를 했어요. 대처 전략을 포함해서요.
	젬마 그걸로 충분한 건지 잘 모르겠네요.
	루크 (수긍하며) 그러게요.
	(잠시 멈춤) 그리고 헬렌이 선생님을 보고 싶다고 전해달랬어요. 가능하면 오늘요.
	젬마 알겠어요, 고마워요.
	로즈가 들어온다.
	로즈 (루크에게) 아침부터 바쁘네?
	가버리는 루크를 향해 로즈가 싱글거린다.
	로즈 (이어서) 내가 졌다.
	루크가 멈추더니 다시 온다.
	루크 로즈, 미안하지만 말할 수밖에 없네요. 당신이 찝쩍거리는 거 진짜 불편하거든요. 일할 때는 그러지 마세요.
	로즈 오케이.
	루크 괜찮죠?
	로즈 (방어적으로) 네, 그럼요.
	루크 고마워요.
	루크가 간다. 로즈가 젬마에게 몸을 돌린다.
	로즈
	내가 폭발하게 만들었나 봐.
	젬마가 로즈에게 커피 머그컵을 건넨다. 로즈를 향해 몸을 돌리는 젬마.

ROS (CONT'D)
Last night ...

ROS struggles to maintain her honesty, but also
her commitment to SIMON not to tell GEMMA.

ROS (CONT'D)
The bad news is I had to tell him you'd sent me.

GEMMA
Why?

ROS
Because he guessed, so I said alright, yes, you
asked me to come round but it was only cos you
were worried about the money.

GEMMA
Okay.

They head out of the office.

GEMMA (CONT'D)
And?

ROS
He said ...

10:41:19   INT. SURGERY. CORRIDOR. DAY

ROS and GEMMA walk down the corridor.

ROS (CONT'D)
... there's enough to keep the project going and
in time it'll, it'll be okay.

GEMMA
So no problems then?

ROS
(careful)
He seemed sure that erm, it would all work out.

GEMMA
But if that's true, now that she's pregnant, why
doesn't he just come out and tell me? I mean
what's he waiting for? I'm told Kate has exactly
the same question.

They have now stopped to talk.

ROS
How do you know?

GEMMA doesn't reply.

ROS (CONT'D)
(beat)
I know it's weird, but from what he said last
night...he still loves you. Maybe that's the
reason.
(beat)
And it's good to be loved, Gemma. It really is.

ROS disappears into her room.

GEMMA just stands for a moment. That last comment
caught her unawares. He LOVES her?

NEIL (V.O.)
So as you can see he's raided everything.

로즈 어젯밤에...

로즈는 자신의 정직함을 지키려고 애쓰지만, 한편으론 자신이 사이먼에게 한 약속을 젬마에게 말하지 않는다.

로즈 (이어서) 나쁜 뉴스는 네가 나를 사이먼한테 보냈다는 걸, 사이먼에게 얘기해버린 거야.

젬마 왜?

젬마 사이먼이 먼저 눈치 챈 것 같아서, 그래 맞다 젬마가 한번 가보라고 했다, 이렇게 말했지. 하지만 다른 문제가 아니라 단지 돈 문제가 걱정돼서 나한테 부탁한 거라고 했어.

젬마 좋아.

둘이 사무실을 나선다.

젬마 (이어서) 그래서?

로즈 사이먼이 말하길...

10:41:19   <u>실내. 병원. 복도. 주간</u>

로즈와 젬마가 복도를 따라 걷는다.

로즈 (이어서) ...프로젝트를 유지할 자금은 충분하대. 시간이 좀 지나면 다 괜찮아질 거고.

젬마 그래서 문제가 없다는 거야?

로즈 (조심스럽게) 확신하는 것 같았어. 어, 모든 게 다 잘 풀릴 거라고.

젬마 그게 사실이라면, 이제 그 여자애가 임신까지 했는데 왜 그냥 털어놓고 말을 안 할까? 내 말은 뭘 기다리냐는 거야? 케이트도 완전히 똑같은 질문을 했었다던데.

순간 둘의 대화가 중단된다.

로즈 그걸 네가 어떻게 알아?

젬마가 대답하지 않는다.

로즈 (이어서) (잠시 멈춤) 이상한 말인 거 나도 알지만, 어젯밤 사이먼 말을 들어보니... 아직 널 사랑하는 것 같아. 그게 이유겠지. (잠시 멈춤) 사랑받는다는 건 좋은 거잖아, 젬마. 정말 그렇잖아.

로즈가 자기 진료실로 사라진다. / 젬마가 잠시 멍하니 서 있다. 로즈의 마지막 말이 그녀를 느닷없이 사로잡았다. 사이먼이 그 애를 사랑한다?

닐 (화면 밖 목소리) 보다시피 사이먼이 다 말아먹었어.

10:42:01

EXT. NEIL'S HOUSE. DAY

Establishing shot of the house.

GEMMA (V.O.)
My friend said he had it under control.

NEIL (V.O.)
Well, your friend was wrong. Look ...

10:42:06

INT. NEIL'S HOUSE. KITCHEN. DAY

GEMMA sits opposite NEIL at the table. In front
of him are piles of paper. He shows her various
documents, efficiently and quickly. GEMMA'S
disorientated by it all. She's struggling to
keep up. We're jumping in half way through -

NEIL (CONT'D)
... ISA, savings, Tom's fund for university -

GEMMA
That money came from my parents - when they died.

NEIL
Er, remortgaged the house ...

GEMMA
I'm sorry?

NEIL
Well, presumably you know about that. You erm,
you signed it.

NEIL hands over another piece of paper - a
mortgage agreement with a forged signature.
GEMMA looks at it.

GEMMA
No, I didn't.

NEIL
Okay, well erm, look, I don't give advice, I just
do the accounts.
(beat)
But you really shouldn't have just left it up to
him. He can barely add up. Let alone run a
business.
(beat)
Anyway, as you can imagine all that wasn't nearly
enough. He got half way into it, secured the
building but had no funds for the development
itself. Then this new investor arrives. Erm,
"White Stone", starts ploughing in cash. So far,
just over a million, in a number of instalments.
That's how he's managed to start the work.

GEMMA
Who's "White Stone"?

NEIL
No idea. They're registered off shore so I can't
find out and Simon won't tell me. If that money
keeps coming in, then what you've heard from your
friend is right, he might get to the end of the
project, sell the flats, make it all back, and
a lot more.
(beat)
But erm, if for any reason it stops, then erm,
well, he'll be bankrupt within a week.

GEMMA
My savings, mortgage, everything.

실외. 닐의 집. 주간

닐의 집이 배경으로 펼쳐진다.

젬마 (화면 밖 목소리)
내 친구한테 듣기로는 잘 관리되는 중이라고 그러던데.

닐 (화면 밖 목소리)
음, 그 친구가 틀렸어. 여기 보면…

실내. 닐의 집. 주방. 주간

젬마가 닐의 테이블 맞은편에 앉았다. 닐 앞에는 서류더미가 있다. 그가 젬마에게 다양한 문서들을 능률적으로, 그리고 빠른 속도로 보여준다. 그 모든 게 젬마를 혼란스럽게 만든다. 그녀는 닐의 설명을 따라잡으려고 애쓴다. 우리는 설명이 반쯤 끝난 시점으로 건너뛴다…

닐 (이어서)
…ISA계좌, 저축, 톰의 대학자금까지…

젬마
그 돈은 우리 부모님이 주신 건데, 돌아가시면서…

닐
어, 집에는 2차 담보설정이…

젬마 뭐라고?

닐 음, 그건 알고 있었을 것 같은데. 네가, 어, 여기에 서명했으니까.

닐이 또 한 장의 서류를 젬마에게 넘겨준다. 사인이 위조된 주택담보 계약서다.

젬마 아니, 난 한 적 없어.

닐 좋아, 음, 어…봐봐, 난 조언하는 사람은 아니야, 그냥 회계만 할 뿐이지.
(잠시 멈춤) 그래도 한 마디 하면, 넌 사이먼한테 다 맡기지 말았어야 했어. 사이먼은 간신히 덧셈만 하는 수준이야. 그런데 혼자 사업을 하도록 내버려둔 거지.
(잠시 멈춤) 어쨌든 너도 상상할 수 있다시피, 다 합쳐도 자금은 턱없이 모자랐어. 사이먼이 그 건물을 담보로 일을 반쯤 진행시켰지만 실제 개발단계까지 가기에는 자금이 부족했던 거야. 그러던 차에 이 새로운 투자자가 나타났지. 어, 이 '화이트 스톤'이라는 데가 돈을 쏟아붓기 시작했어. 수차례 쪼개서 집어넣은 자금이 1백만 파운드가 살짝 넘어. 그렇게 해서 사이먼이 이 일을 착수할 수 있었던 거야.

젬마 '화이트스톤'은 정체가 뭐야?

닐 나도 감이 안 잡혀. 해외에서 등록된 곳이라 나도 찾아내지 못했고 사이먼도 말하려 하지 않아. 거기서 돈이 계속 들어오기만 하다면 네가 친구한테서 들은 얘기가 맞아. 프로젝트를 끝까지 진행시켜서 아파트를 팔면 투자금도 회수가 가능하고 더 큰 이익도 생기겠지. (잠시 멈춤) 그런데, 어, 어떤 이유에서든 자금줄이 끊긴다면, 어, 음… 사이먼은 일주일 안에 파산할 거야.

젬마 내 저축, 융자, 다른 모든 것…

NEIL
Gone.

She gathers up the papers, and puts them in the
cardboard box they came in.

NEIL (CONT'D)
If Simon asks how you got this information -

GEMMA
(gathering up her things)
Yes, I'll make something up.

NEIL
(with an implication...)
And if you need any more information or er,
advice, well we could meet again.

GEMMA
(laughs disbelievingly)
I'm sorry?
(beat)
Neil, I'm blackmailing you.

Neil
Yeah.
(beat)
The truth is I don't really like Simon. He's a
mate, he's a client, but erm, he's patronising.
Thinks he knows it all. It's annoying. I keep
thinking about last night. We could meet again.
If you want.

GEMMA
White Stone?

NEIL
Er, yeah.

GEMMA
Will you keep trying? To find out who it is?

The sound of ANNA'S voice as she enters the front
door.

MUSIC IN (ANNA RETURNS)   ANNA (O.S.)
10:44:37   Hello! Not a bad day out there now. Got bread
                                 and wipes for the kitchen but there was some...

ANNA comes through into the kitchen and sees
GEMMA. NEIL sat at the table.

NEIL
Hi, love.

ANNA
Oh! Hi!

GEMMA
Hi.

ANNA
I didn't know you were here.

GEMMA
Neil was helping with my accounts. I think we've
got everything sorted, so I should probably head
off. Sorry, I'm in a hurry...

NEIL
Okay, sure. Bye, we'll see you later.

닐
다 날아가는 거지.

젬마가 서류들을 모아서 다시 종이 상자에 담는다.

닐 (이어서)
사이먼이 어떻게 알았냐고 물어보면...

젬마
(그녀의 물건들을 모으며)
그래, 어떻게든 둘러댈게.

닐
(넌지시)
어떤 다른 정보나 아니면, 어... 조언이라도 더 필요하면... 우리 또 만나도 돼.

젬마
(믿을 수 없다는 듯이 웃으며)
뭐라고?
(잠시 멈춤)
닐, 난 지금 널 협박하고 있는 거야.

닐
그래. (잠시 멈춤)
사실 나 사이먼 별로 안 좋아해. 친구이자 고객이긴 한데... 어, 사람을 좀 깔보지. 자기가 다 안다고 생각하는 게 좀 짜증나거든. 난 자꾸 어젯밤이 생각나. 우리 또 만나도 돼, 당신이 원한다면.

젬마 화이트스톤?

닐 어, 맞아.

젬마 계속 알아봐 줄래? 어떤 덴지 알아낼 때까지?

현관문을 열고 들어오는 애나의 목소리가 들린다.

음악 시작 (돌아온 애
나) 10:44:37

애나 (목소리만) 나 왔어! 지금 밖에 날씨가 나쁘지 않아. 빵이랑 주방용 티슈 좀 사왔는데, 더 필요...

주방으로 들어온 애나가 젬마를 본다. 닐은 테이블에 앉아 있다.

닐 왔어 여보?

애나 오! 안녕!

젬마 안녕.

애나 여기있는 줄 몰랐네.

젬마 닐이 내 계좌를 봐주고 있었어. 다 정리된 것 같으니 이만 가볼게. 미안, 좀 바빠서...

닐 그래, 맞아. 잘 가! 다음에 보자고.

GEMMA goes. ANNA looks at him intensely.

NEIL (CONT'D)
(to ANNA)
Hey. Are you alright?

10:45:00   EXT. BRIDEWELL. DAY

Establishing shot of the home.

HELEN (V.O.)
He'll get nothing...

10:45:03   INT. BRIDEWELL. DAY

GEMMA stands at the foot of HELEN's bed. HELEN
is a little upset. Worried. Crying.

MUSIC OUT (ANNA RETURNS)   HELEN (CONT'D)
10:45:06   ... once the divorce starts, it'll all come out,
him taking your money, forging your signature -

GEMMA
Yes, and the project will collapse probably.
We'll lose it all. But I earn enough. And what
he's done, only strengthens my case. Tom and me,
we'll be okay.

HELEN crying.

GEMMA (CONT'D)
And I promise we'll always look after you.

HELEN
What about him?
(GEMMA laughs)
You probably don't care, I understand that. But
you'll look after him? You won't leave him with
nothing?

GEMMA goes to her bedside.

GEMMA
It'll be fair. I promise.

10:45:48   EXT. COUNTRY LANE. DAY

The sound of a phone's dialling tone and it being
answered. GEMMA'S car drives along the lane.

GEMMA (O.S.)
Anwar, hi, I think I've got everything. I want
to proceed. Can you call me back.

MUSIC IN (ANY DAY NOW)
10:45:56   EXT. PARMINSTER. DAY

Establishing shot of the busy town.

10:45:59   INT. ROSE AND CROWN. DAY

It's late afternoon. CARLY is behind the bar, in
the pub. There's an almost tranquil atmosphere.
Cutlery. People talking. Which is broken by -

KATE who storms in and goes straight to CARLY at
the bar. KATE is furious. Upset.

CARLY
Hey. What's the matter?
(Carly crosses to Kate)
Are you okay?

KATE

젬마가 나간다. 애나가 닐을 째려본다.

닐 (이어서) (애나에게) 헤이. 당신 괜찮아?

10:45:00

실외. 브라이드웰. 주간

요양원의 모습이 배경으로 펼쳐진다.

헬렌 (화면 밖 목소리) 사이먼은 다 잃겠구나....

10:45:03

실내. 브라이드웰. 주간

젬마가 헬렌의 침대 발치에 서 있다. 헬렌은 약간 화가 나 있다. 걱정된다. 눈물 짓는다.

음악 끝 (돌아온 애나)
10:45:06

헬렌 (이어서) ... 이혼 절차가 시작되면 다 드러나겠지... 사이먼이 네 돈을 가져간 것도, 네 서명을 위조한 것도...

젬마 네, 프로젝트는 아마 실패할 거예요. 우리가 가진 모든 걸 잃겠죠. 그래도 전 벌 만큼 벌어요. 그리고 사이먼이 한 짓 때문에 제가 소송에서 유리해졌어요. 톰이랑 저는 괜찮을 거예요.

헬렌이 운다.

젬마 저희가 언제나 돌봐드릴게요, 약속해요.

헬렌 사이먼은? (젬마가 웃는다) 넌 상관도 안 하겠지만... 이해는 한다만, 사이먼도 돌봐줄거지? 아무것도 없이 버려두진 않을 거지?

젬마가 헬렌의 침대 머리맡으로 간다.

젬마 공정하게 할 거예요. 약속드려요.

10:45:48

실내. 시외 도로. 주간

전화 신호음이 들리고 응답 소리가 들린다. 젬마가 길을 따라 운전하고 있다.

젬마 (목소리만) 앤워 씨, 다 준비한 것 같아요. 진행해 주세요. 그럼 다시 전화 부탁드려요.

음악 시작 '지금이라도'
10:45:56

실외. 파민스터. 주간

붐비는 시내 모습이 배경으로 펼쳐진다.

10:45:59

실내. 로즈 앤드 크라운. 주간

늦은 오후. 칼리가 펍의 바 뒤에 있다. 거의 고요한 분위기가 흐른다. 식기 부딪치는 소리, 사람들의 낮은 대화 소리뿐이다. 그 분위기를 깨는... / 케이트가 뛰어 들어오더니 곧장 바에 있는 칼리에게로 간다. 케이트는 격노한 상태다. 분노.

칼리 헤이, 무슨 일이에요? (칼리가 케이트 쪽으로 건너간다) 괜찮아요? / **케이트**

I did it.

CARLY
What? Your boyfriend...

KATE nods. Suddenly SIMON enters.

KATE
Oh shit, he followed me...

He's furious, but also very concerned they're
doing this in public. As he comes straight over
to KATE, CARLY instinctively turns away
pretending to be busy but overhearing the
following.

SIMON
We can't do this in here.

KATE
I told you I'm only keeping it if you finish it
with her. You said you would.

SIMON
I want to.

KATE
It's not good enough that. Anyway, it's gone now.
It's better. It's my body. It's up to me.

SIMON
You know why I couldn't tell her.

KATE
Either go and tell her now, or that is it.

SIMON
It was my child too.

KATE
Are you going to go and tell her?

MUSIC IN (THE BREAK UP)
10:46:50

SIMON
(beat. Hard now)
No.

A moment. They look at each other. She's almost
expecting him to keep arguing now. To keep
trying. But SIMON makes a decision. He's very
upset, but almost more sure, more calm now.

SIMON (CONT'D)
You're right. You shouldn't wait any more.

MUSIC OUT 'ANY DAY NOW'
10:47:10

He stares at her a second, then goes, really
upset. KATE cries.

CARLY (V.O.)
He left. She waited.

10:47:13

EXT. PARK OVERLOOKING PARMINSTER. DAY

GEMMA and CARLY sit on a bench overlooking the
town as CARLY explains what happened in the pub.
GEMMA's taking it in.

CARLY (CONT'D) (O.S.)
He didn't come back.
GEMMA
And do you think it's really over?

CARLY
She had it done without telling him. He looked

해버렸어요.

칼리 네? 남자친구요?

케이트가 고개를 끄덕인다. 갑자기 사이먼의 들어온다.

케이트 오 젠장, 날 따라왔어...

사이먼은 몹시 화가 나 있지만, 그들이 공공 장소에서 이런 모습을 보이는 것도 무척 걱정하고 있다. 사이먼이 케이트를 향해 곧장 다가오자 칼리는 본능적으로 몸을 돌려 바쁜 척 한다. 그러면서도 무슨 얘기가 이어지는지 엿듣는다.

사이먼 여기선 얘기 못해.

케이트 그 여자랑 끝내야 낳는다고 했잖아. 끝낸다고 했잖아!

사이먼 나도 그러고 싶어.

케이트 그걸로는 부족해. 어차피...이젠 없어. 그게 더 나아. 내 몸이니까 내 마음이야.

사이먼 왜 말 못하는지 알잖아.

케이트 지금 가서 말하든가, 나랑 끝내든가, 둘 중 하나야.

사이먼 내 아이기도 했어.

케이트 가서 그 여자한테 말할 거야?

음악 시작 (결별)
10:46:50

사이먼 (잠시 멈춤. 굳은 표정으로) 아니.

잠시 후. 사이먼과 케이트가 서로 바라본다. 케이트는 거의 애원하듯 사이먼이 자신과 계속 논쟁해 주길 기대하며 노력하지만 사이먼은 이미 어떤 결정을 내렸다. 그는 무척 화가 나 있다. 하지만 이제 그보다 더 확실한 기분은 침착함이다.

사이먼 (이어서) 네 말이 맞아. 이제 그만 기다려도 돼.

음악 끝 '지금이라도'
10:47:10

사이먼이 케이트를 잠시 바라본다. 그러고 나서 가버린다. 무척 화가 난 채로. 케이트가 운다.

칼리 (화면 밖 목소리) 남편분은 떠났고, 그 애는 기다렸죠.

10:47:13

실내. 파민스터가 내려다보이는 공원. 주간

젬마와 칼리가 마을이 내려다보이는 벤치 위에 앉아 있다. 칼리는 펍에서 있었던 일을 설명 중이다. 젬마가 집중해서 듣는다.

칼리 (이어서) (목소리만) 남자분은 돌아오지 않았어요.

젬마 정말 끝난것 같아요?

칼리 그 애가 말 안 하고 지웠잖아요.

like he'd never forget that. Maybe it doesn't
matter, but in the end, he was the one that
finished it. He told her not to wait.

GEMMA
(beat)
That doesn't change anything.

10:47:51   INT. FOSTER HOUSE. LIVING ROOM. EVENING

Close on SIMON, sat in an armchair in front of
the TV.

We're close enough to see, from the light of the
TV, that his eyes are full of tears.

TOM is on the sofa watching the same thing,
laughing. He hasn't noticed anything wrong with
his DAD.

GEMMA appears at the door, watches them for a
moment. They don't see her.

10:48:16   INT. FOSTER HOUSE. KITCHEN. EVENING
MUSIC OUT (THE BREAK UP)
10:48:19   GEMMA begins to unwrap a frozen pizza.
                            SIMON enters. He looks utterly drained.

SIMON
Everything alright?

GEMMA
Just about.

GEMMA looks at him. Wishes she could talk to him
about everything - but he's the problem...

SIMON
Hard at the moment, isn't it?

GEMMA looks at him then turns away and carries
on with the pizzas.

MUSIC IN (SOFT MOTION)   SIMON (CONT'D)
10:48:46   We were watching a thing. It's, it's funny.

SIMON wants to go near her, be with her, but
can't.

GEMMA
I'll be over in a minute.

He looks at her, then goes. GEMMA puts the
pizzas in the oven. Sad, but determined.

10:49:03   INT. FOSTER HOUSE. LIVING ROOM. EVENING

GEMMA, SIMON and TOM are sat together on the sofa
watching TV and eating the pizza.

SIMON's grim faced. Devastated. Things couldn't
get any worse than they are right now...

10:49:19   INT. FOSTER HOUSE. GEMMA'S BEDROOM. DAY

It's early. The red neon alarm clock says 5.18am.
The phone rings.

SIMON wakes and reaches over to answer it.

SIMON
(on phone)
Hello?

선생님 남편은 그걸 절대 잊지 못할 것처럼 보이던데요. 중요한 건 아니지만, 결국 끝낸 건 선생님 남편이에요. 그 애한테 기다리지 말라고 했어요.

젬마 (잠시 멈춤) 그렇다고 바뀌는 건 없어요.

10:47:51　　실내. 포스터의 집. 거실. 저녁

텔레비전 앞 안락의자에 앉은 사이먼이 화면 가까이 보인다. 우리는 텔레비전 화면 불빛으로 사이먼의 눈에 그렁그렁한 눈물을 충분히 가까이 볼 수 있다. / 소파에 앉은 톰은 아빠와 함께 텔레비전을 보며 웃고 있다. 톰은 아빠가 어떤 상태인지 전혀 눈치 채지 못하고 있다. / 젬마가 문 쪽에 나타난다. 그녀가 사이먼과 톰을 잠시 바라보지만 그 둘은 젬마를 보지 못했다.

10:48:16
음악 끝 (결별)
10:48:19

실내. 포스터의 집. 주방. 저녁

젬마가 냉동 피자 포장을 벗겨내기 시작한다. 사이먼이 들어온다. 그는 완전히 진이 빠진 상태다.

사이먼 다 잘되고 있어?

젬마 그럭저럭.

젬마가 사이먼을 바라본다. 사이먼에게 모든 것을 털어놓을 수 있기를 바라지만.... 사이먼이 문제 그 자체다.

사이먼 요즘 힘드네, 안 그래?

젬마가 사이먼을 바라보다 몸을 돌려 피자를 계속 처리한다.

음악 시작 (부드러운 움직임) 10:48:46

사이먼 (이어서) 우린 뭘 좀 보고 있었어. 이... 이거 재밌네.

젬마에게 가까이 다가가 그녀와 함께 있고 싶은 사이먼. 그러나 그럴 수 없다.

젬마 금방 다 돼.

사이먼이 젬마를 본다. 그러다 몸을 돌린다. 젬마가 피자를 오븐에 넣는다. 슬프게, 그러나 단호하게.

10:49:03　　실내. 포스터의 집. 거실. 저녁

젬마, 사이먼, 그리고 톰이 소파에 함께 앉아 텔레비전을 보며 피자를 먹고 있다. / 사이먼은 어두운 표정이다. 멍해지는 충격. 일이 지금보다 더 나빠질 수는 없을 거다.

10:49:19　　실내. 포스터의 집. 젬마의 침실. 주간

이른 시간. 알람 시계의 빨간 불빛이 5. 18am을 표시하고 있다. 전화 벨이 울린다.

사이먼이 깨어 전화를 받는다.

사이먼 (전화 통화) 여보세요?

GEMMA sits up.

SIMON (CONT'D)
(on phone)
Yes?

He gets out of bed.

SIMON (CONT'D)
(on phone)
Yeah, yeah. I'll be there as soon as I can.

10:49:48   EXT. BRIDEWELL. HELEN'S BEDROOM. DAY

HELEN'S BODY is on her bed. On the table next to
her is a written note.

A POLICEMAN makes notes.

10:49:54   INT. BRIDEWELL. RECEPTION. DAY

GEMMA and SIMON wait having just arrived. LUKE
comes towards them, having been with the POLICE.

                    LUKE
MUSIC OUT (SOFT MOTION) I'm so sorry.
(beat)
Have the police spoken to you?

GEMMA
No.

SIMON
They just said to wait.

LUKE
She took an overdose of sleeping pills. Left a
short note. It says that the pain had got too
much, and she couldn't carry on.

SIMON
But ... then why didn't she tell us.

GEMMA
She did.

SIMON
Yes but -

GEMMA
We knew she was suffering, there just wasn't
anything that we could do to help.

A moment. SIMON takes it in. GEMMA watches him,
goes to him.

SIMON
How did she get the pills?

                    LUKE
MUSIC IN (OH SIMON) In the note she talks about storing them up for
10:50:50   a long time, pretending to take them and saving
them. This sort of thing. It does happen.
(to GEMMA)
You never gave her ..?

GEMMA
I'm sorry?

LUKE
Something they asked me. Whether you might.

젬마가 일어나 앉는다.

사이먼 (이어서)
(전화 통화)
네?

사이먼이 침대에서 일어선다.

사이먼 (이어서)
(전화 목소리)
네, 네, 최대한 빨리 가겠습니다.

10:49:48 실외. 브라이드웰. 헬렌의 침실. 주간

헬렌의 시신이 침대에 그대로 있다. 그 옆 테이블 위에는 손으로 쓴 노트가 올려져 있다.

경찰 한 명이 조서를 작성 중이다.

10:49:54 실내. 브라이드웰. 접수처. 주간

방금 도착한 젬마와 사이먼이 대기하고 있다. 경찰과 같이 있던 루크가 그들에게 다가온다.

음악 끝 (부드러운 움직임) **루크** 정말 유감입니다. (잠시 멈춤) 경찰과 얘기하셨나요?

젬마 아뇨.

사이먼 그냥 기다리라고 했어요.

루크 수면제를 과다복용하셨어요. 짧은 노트를 남기셨더군요. 고통이 너무 심했고, 더 이상 견딜 수 없다는 내용이에요.

사이먼 하지만... 왜 우리한테는 말 안 하셨을까...

젬마 말하셨어.

사이먼 그래, 하지만...

젬마 아파하시는 거 알고 있었잖아, 도와드릴 수 있는 게 아무것도 없었던 거야.

잠시 후. 사이먼이 체념하고 있다. 지켜보던 젬마가 그에게 다가간다.

사이먼 수면제를 어떻게 구하신 거지?

음악 시작 (오 사이먼) **루크** 오랫동안 모아두었다고 써있었어요. 먹는 척만 하고 모아두신 거죠. 이런 10:50:50 일이 일어나곤 합니다.
(젬마에게) 선생님이 주신 건 아니죠?

젬마 네?

루크 그런 질문을 받았어요. 맞는지 아닌지.

GEMMA
I wouldn't.

SIMON reaches for her hand. She lets him take it.

GEMMA (CONT'D)
Simon ...

10:51:13   EXT. FOSTER HOUSE. KITCHEN. DAY

GEMMA comes into the kitchen. Puts a wrapped
present down on the table. SIMON comes in. They
look at each other, apprehensive of what they're
about to do...

10:51:25   INT. FOSTER HOUSE. LIVING ROOM. DAY

TOM appears in the doorway of the room, having
been called.

TOM
What's happened?

He finds SIMON and GEMMA waiting for him.

GEMMA
Come and sit down.

MUSIC OUT (OH SIMON)
10:51:36   He picks up on the tone, and does.

GEMMA looks at SIMON.

SIMON
Mate, you know Granny was er very ill. She was
hurting all the time.

TOM
Yeah, yes.

SIMON
Well I'm afraid last night, she passed away. She,
she died in her sleep.

TOM just looks at his DAD. Eyes wide, about to
cry.

TOM
She's, she's...

SIMON
It was peaceful, she's not in pain anymore.

TOM bursts into tears and SIMON hugs him.

SIMON
It's really sad. I'm sorry.

GEMMA goes to the both of them as they hug
tightly. She stares compassionately at SIMON.

MUSIC IN (IT'S REALLY SAD)   GEMMA
10:52:24   Oh, Tom ...

10:52:32   EXT. FOSTER HOUSE. BACK GARDEN. NIGHT

An hour later. SIMON is outside looking up at the
stars.

Through the glass doors at the back of the house,
in the kitchen, we can just about make out GEMMA
at the table talking to TOM.

GEMMA

젬마 그럴 리가요.

사이먼이 젬마의 손을 잡는다. 젬마가 그렇게 하게 내버려둔다.

젬마 (이어서) 사이먼...

10:51:13 <u>실외. 포스터의 집. 주방. 주간</u>

젬마가 주방으로 들어온다. 그리고 포장된 선물을 테이블에 놓는다. 사이먼이 들어온다. 젬마와 사이먼이 서로 바라본다. 지금 하려 하는 일에 대한 걱정을 공유하며...

10:51:25 <u>실내. 포스터의 집. 거실. 주간</u>

부르는 소리에 톰이 출입문으로 나타난다.

톰 왜요?

엄마, 아빠가 기다리고 있는 걸 발견한 톰.

음악 끝 (오 사이먼) **젬마** 이리 와 앉으렴.
10:51:36
말투가 심상치 않은 걸 눈치 챈 톰이 자리에 앉는다. / 젬마가 사이먼을 본다.

사이먼 친구, 할머니 많이 편찮으셨잖아. 항상 아프다고 하셨고.

톰 네, 맞아요.

사이먼 음... 말하기 힘든 얘긴데...어젯밤에 돌아가셨단다. 주무시다 돌아가셨어.

톰이 멍하게 아빠를 본다. 눈이 커지고, 울음을 터뜨리기 직전이다.

톰 할머니, 할머니가...

사이먼 편안하게 가셨단다. 이제 아프지 않으실 거야.

울음을 터뜨리는 톰을 사이먼이 안아 준다.

사이먼 정말 슬프지...미안하다.

부퉁켜 안고 있는 두 사람에게 젬마가 다가간다. 젬마가 연민 어린 시선으로 사이먼을 바라본다.

음악 시작 (정말 슬프지) **젬마**
10:52:24 오, 톰...

10:52:32 <u>실외. 포스터의 집. 뒷마당. 야간</u>

한 시간 후. 사이먼이 밖에서 하늘의 별을 올려다 보고 있다. / 집 뒤켠 유리문을 통해 주방이 보이고 거기서 테이블에 앉아 톰에게 이야기하고 있는 젬마가 보인다.

젬마

I thought it might help. Maybe you could give it a try?

A bit closer we can see TOM at the table. He's unwrapped the present and GEMMA is talking to him.

GEMMA (CONT'D)
You think it's silly, hey?

She looks outside to where SIMON is standing.

GEMMA (CONT'D)
I'm just gonna go and see your dad.

She walks out to him in the garden.

GEMMA
When my mum and dad died, the woman who looked after me, Mary, she gave me a notebook to write down how I felt. Stupid.

SIMON
Not at all.

They can't look at each other. SIMON is devastated, but holding it in. So much in his head right now. GEMMA despite everything, she wants to help.

She's unsure what to do, driven almost by instinct. She takes his hand. Her phone rings.

GEMMA (CONT'D)
Sorry ...

She moves away. It's ANWAR.

After everything she's set up, she still loves SIMON. Still wants him. And maybe the affair is really over, and they can still save what they have.

Then we're close on her as she walks and answers the phone, discreetly.

GEMMA (CONT'D)
(on phone)
Hi. Anwar. Yeah... No. I've changed my mind. We're alright. We're gonna try again.

10:54:10   EXT. FOSTER HOUSE. BACK GARDEN. NIGHT

A moment later. SIMON sits on the step. GEMMA comes back to him and sits with him, puts her arm around him to let him know she's there, and he almost immediately collapses into her, hugging her, crying. She hugs him back. We get the sense it's not just HELEN that's making him cry like this. Making him cling onto his wife now.

TOM comes out from the kitchen very upset. He goes to his MUM and DAD, they hug him together, as he cries.

TO BLACK

MUSIC IN (DF EPS3 TEASER)
10:55:10
MUSIC OUT (IT'S REALLY SAD)   **TEASER IN**
10:58:11

GEMMA watching SIMON and TOM have breakfast

도움이 될지도 몰라. 한번 해볼래?

카메라가 좀 더 가까이 가자 테이블에 있는 톰도 보인다. 톰은 선물 포장을 뜯고 있고 젬마는 그런 톰에게 이야기하고 있다.

젬마 (이어서) 이런, 바보 같다고 생각하고 있지?

사이먼이 서 있는 바깥을 바라보는 젬마.

젬마 (이어서) 엄마는 아빠한테 가볼게.

젬마가 사이먼이 있는 정원으로 나간다.

젬마 우리 부모님 돌아가셨을 때, 날 돌봐주던 메리라는 아줌마가 공책을 한 권 주면서 기분이 어떤지 써보라고 했어. 바보 같지.

사이먼 전혀 안 그래.

둘은 서로를 바라볼 수 없다. 사이먼은 비통하지만 간신히 마음을 부여잡고 있다. 그의 머릿속엔 지금 너무 많은 것들이 들어 차 있다. 그 모든 것들에도 불구하고, 젬마는 지금 사이먼을 돕고 싶다.

젬마는 뭘 해야 할지 확신하지 못한다. 거의 본능에 이끌려, 그녀가 사이먼의 손을 잡는다. 그때 그녀의 핸드폰이 울린다.

젬마 (이어서) 미안해...

젬마가 자리를 옮긴다. 앤워의 전화다. / 모든 것이 준비된 이 시점에서, 젬마는 여전히 사이먼을 사랑한다. 여전히 그를 원한다. 아마도 바람은 이제 정말 끝났을 것이다. 그리고 그들은 여전히 그들이 가진 것을 지킬 수 있다.

걸음을 옮기며 조심스럽게 전화를 받는 젬마의 모습이 화면 가까이 보인다.

젬마 (이어서) (전화 통화) 네, 앤워 씨.... 네.... 아뇨. 마음을 바꿨어요. 우린 괜찮아요. 다시 노력해 볼 거예요.

10:54:10 <u>실외. 포스터의 집. 뒷마당. 야간</u>

잠시 후. 사이먼이 층계참에 앉아 있다. 돌아온 젬마가 그 옆에 앉는다. 그리고 그녀가 함께 있다는 걸 확인시켜 주듯이 팔로 사이먼을 감싼다. 그와 거의 동시에 사이먼이 젬마의 품으로 무너진다. 그녀를 안고 울음을 터뜨리는 사이먼. 젬마도 그를 안는다. 사이먼이 그렇게 우는 건 단지 어머니의 죽음 때문만은 아니라는 것을 우리는 느낄 수 있다. 지금 사이먼은 그의 아내에게 의지할 수밖에 없다. / 주방에서 나온 톰, 슬퍼하며 엄마와 아빠에게로 간다. 그 둘은 울음을 터뜨리는 아들을 함께 안는다.

음악 시작 (예고편)
10:55:10
음악 끝 (정말 슬프지)
10:58:11

암전.

<u>예고편 시작</u>

젬마가 함께 아침을 먹는 사이먼과 톰을 보고 있다.

together.

Caption (over picture):
Next time

SIMON
What's typhoid?

ROS (V.O.)
How can you simply ...

                                                   CUT TO:

10:55:15   GEMMA with ROS.

                        ROS (CONT'D)
                        ...take him back?

                                                   CUT TO:

10:55:16   GEMMA and TOM join SIMON at the dinner table.

                        GEMMA (V.O.)
                        Because we have a child together. A life ...

                                                   CUT TO:

10:55:19   SIMON removes GEMMA's top.

                        GEMMA (CONT'D) (V.O.)
                        ... together. Fourteen years ...

                                                   CUT TO:

10:55:21   GEMMA and SIMON kissing and making love.

                        GEMMA (V.O.) (CONT'D)
                        ... under our belt so if there's any way of ...

                                                   CUT TO:

10:55:23   GEMMA and ROS.

                        GEMMA (CONT'D)
                        ... keeping all of that, I have to try.

                        ROS
                        And you honestly think that he's ...

                                                   CUT TO:

10:55:26   GEMMA approaches the school and sees KATE walk
                        down the stairs.

                        ROS (CONT'D) (V.O.)
                        ... never going to see her again?

                                                   CUT TO:

10:55:30   PING! SIMON in bed with GEMMA when his mobile
                        alerts him to a text. He looks to see who it's
                        from.

                        GEMMA turns over worried.

                        SIMON (V.O.)
                        You think I'm lying? You still ...

                                                   CUT TO:

10:55:36   GEMMA and SIMON.

                        SIMON (CONT'D)

사이먼
타이포이드가 뭐예요?

로즈 (화면 밖 목소리)
어떻게 그렇게 간단히…

젬마가 로즈와 함께 있다.

화면 전환:

10:55:15

로즈 (이어서)
… 다시 받아줄 수가 있어?

화면 전환:

젬마와 톰이 저녁 테이블에 있던 사이먼과 함께 앉는다

10:55:16

젬마 (화면 밖 목소리) 우리에겐 아이가 있으니까. 인생은…

화면 전환:

사이먼이 젬마의 상의를 벗긴다.

10:55:19

젬마 (이어서) (화면 밖 목소리) …함께하는 거잖아. 14년 동안….

화면 전환:

젬마와 사이먼이 키스를 나눈다. 그리고 섹스를 한다.

10:55:21

젬마 (이어서) (화면 밖 목소리) … 경험했고, 그래서 거기엔 어떤 종류든…

젬마와 로즈

10:55:23

젬마 (이어서) …전부 지켜야 할 것들이야. 시도는 해 봐야지.

로즈 그럼 너 솔직히 사이먼이…

화면 전환:

학교 근처에 있던 젬마가 계단을 내려오는 케이트를 본다.

10:55:26

로즈 (이어서) (화면 밖 목소리) …그 애를 절대 다시 안 만날 것 같아?

화면 전환:

띵! 젬마와 함께 침대에 있던 사이먼에게 문자 메시지 수신음이 울린다. 누가 보냈는지 확인하는 사이먼.

젬마가 걱정하며 몸을 돌린다.

10:55:30

사이먼 (화면 밖 목소리) 내가 거짓말하는 것 같아? 당신 여전히…

화면 전환:

젬마와 사이먼

10:55:36

사이먼 (이어서)

... don't trust me?

He hugs and kisses her.

CUT TO:

10:55:38   GEMMA in her car.

CUT TO:

10:55:39   GEMMA sees something out of the office window.
                            BECKY looks worried.

CUT TO:

10:55:40   SIMON turns to look at GEMMA, alarmed.

CUT TO:

10:55:41   GEMMA kissing TOM goodbye, upset.

CUT TO:

10:55:42   GEMMA crying and thumping the steering wheel
                            with her hand.

                            TO BLACK

MUSIC OUT (DF EPS3 TEASER)
10:55:44
MUSIC IN (DF END CREDITS)
10:55:44   **END CREDITS** (roller over black)

Cast in order of appearance

         Dr Gemma Foster   SURANNE JONES
                    Neil   ADAM JAMES
                 Belinda   BESSIE CURSONS
                   Anwar   NAVIN CHOWDHRY
            Simon Foster   BERTIE CARVEL
            Ros Mahendra   THUSITHA JAYASUNDERA
              Tom Foster   TOM TAYLOR
                    Anna   VICTORIA HAMILTON
                   Becky   MARTHA HOWE-DOUGLAS
                   Carly   CLARE-HOPE ASHITEY
              Kate Parks   JODIE COMER
              Dr Stevens   JOHN WEBBER
             Helen Foster   CHERYL CAMPBELL
             Luke Barton   CIAN BARRY
                   Lilly   SAMANTHA BEST
                   Julie   SHAZIA NICHOLLS

      Production Coordinator   ANNA GOODRIDGE
       Production Secretary   TIM MORRIS
          Production Runner   EUAN GILHOOLY
              Script Editor   LAUREN CUSHMAN
      Production Accountant   ELIZABETH WALKER
Assistant Production Accountant   LINDA BAIGE

          Casting Associate   ALICE PURSER

... 날 못 믿는 거야?

사이먼이 젬마를 껴안고 키스한다.

화면 전환:

10:55:38 젬마가 자신의 차에 있다.

화면 전환:

10:55:39 젬마가 사무실 창문 밖에 있는 무언가를 본다.
걱정스러워 하는 베키.

화면 전환:

10:55:40 사이먼이 깜짝 놀라 몸을 돌려 젬마를 본다.

화면 전환:

10:55:41 젬마가 톰에게 굿바이 키스를 한다. 가슴이 무너진다.

화면 전환:

10:55:42 젬마가 울면서 자동차 핸들을 손으로 내려친다.

음악 끝 (예고편)
10:55:44
음악 시작 (엔딩 크레딧)
10:55:44

암전.

엔딩 크레딧 (검은 화면 위로 올라감)

등장 순서대로

젬마 포스터	**슈란느 존스**
닐	**아담 제임스**
벨린다	**베시 커슨스**
앤워	**나빈 초우드리**
사이먼 포스터	**버티 카벨**
로즈 마헨드라	**수시타 제야선데라**
톰 포스터	**톰 테일러**
애나	**빅토리아 해밀턴**
베키	**마사 하우-더글라스**
칼리	**클레어-홉 애쉬티**
케이트 파크스	**조디 코머**
닥터 스티븐스	**존 웨버**
헬렌 포스터	**세릴 캠프벨**
루크 바튼	**시안 배리**
릴리	**사만다 베스트**
줄리	**샤지아 니콜스**
제작 감독	**애나 굿릿지**
제작 관리	**팀 모리스**
제작 지원	**이언 길후리**
대본 편집	**로렌 커쉬맨**
제작 회계	**엘리자베스 워커**
제작 회계 보조	**린다 배이지**
캐스팅 제휴	**앨리스 퍼셔**

Casting Assistant	RI MCDAID-WREN
1st Assistant Director	KRISTIAN DENCH
2nd Assistant Director	SEAN CLAYTON
3rd Assistant Director	JAMES MCGEOWN
Floor Runners	ALEXANDRA BEAHAN
	SOPHIE KENNY
Location Manager	KAREN SMITH
Assistant Location Manager	ELENA VAKIRTZIS
Location Assistant	COREY MORPETH
Camera Operator	JEREMY HILES
A Camera Focus Puller	JAY POLYZOIDES
B Camera Focus Puller	PIOTR PERLINSKI
2nd Assistant Camera	ANDRES CLARIDGE
Camera Trainees	CAROLINE DELERUE
	CLARE SEYMOUR
DIT	DYLAN EVANS
Script Supervisor	ALANA MARMION-WARR
Grips	BRETT LAMERTON
	BEN FREEMAN
Gaffer	MARK TAYLOR
Best Boy	DANNY GRIFFITHS
Electricians	SIMON ATHERTON
	JAMES KENNEDY
	GUY MINOLI
Standby Rigger	ROB ARMSTRONG
Sound Maintenance Engineer	GIDEON JENSEN
Sound Assistant	MATT FORRESTER
Art Director	ADAM MARSHALL
Standby Art Director	SUSIE BATY
Assistant Art Director	GEORGIA GRANT
Set Decorator	HANNAH SPICE
Props Buyer	ANTONIA TIBBLE
Props Master	NICK WALKER
Standby Props	DAVE ACKRILL
	EDDIE BAKER
Dressing Props	DAVE SIMPSON
	SAM WALKER
Art Department Assistant	LOTTIE MCDOWELL
Art Department Trainee	ANNA CZERNIAVSKA
Standby Carpenter	RONALD ANDERSON
Special Effects	SCOTT MCINTYRE

캐스팅 보조	리 맥데이드-우렌
1st 조감독	크리스티안 덴치
2nd 조감독	션 크레이튼
3rd 조감독	제임스 맥기오운
현장 지원	알렉산드라 베한
	소피 케니
장소섭외 담당	카렌 스미스
장소섭외 담당 보조	엘레나 바키츠이즈
장소섭외 보조	코리 모피스
촬영 기사	제레미 힐레스
A 카메라 보조	제이 폴리조디스
B 카메라 보조	피오트 퍼린스키
2nd 보조 카메라	안드레스 클레릿지
카메라 지원	캐롤라인 딜리루
	클레어 세이무어
디지털 이미지 기술	딜란 에반스
촬영 기사 보조	브렛 레머튼
	벤 프리먼
조명 감독	마크 테일러
조명 감독 조수	대니 그리피스
전기 기사	사이먼 애서튼
	제임스 케네디
	가이 미놀리
현장 준비	롭 암스트롱
음향 기술	기디언 젠슨
음향 보조	맷 포리스터
미술 감독	아담 마샬
대기 미술 감독	수지 배티
미술 조감독	죠지아 그랜트
세트 장식	한나 스파이스
소품 구매	앤소니아 티블
소품 관리	닉 워커
소품 대기	데이브 애크릴
	에디 베이커
의상실 소품	데이브 심슨
	샘 워커
미술부 보조	로티 맥도웰
미술부 지원	애나 체르니아브스카
세트 대기	로널드 앤더슨
특수 효과	스콧 맥킨타이어

Costume Supervisor	NADINE DAVERN
Costume Assistants	JEN DAVIES
	RUTH PHELAN
Costume Trainee	ELIZABETH WEBB
Make-Up Supervisor	KATIE PICKLES
Make-Up Artist	ALANA CAMPBELL
Make-Up Trainee	SIMONE CAMPS
Medical Advisor	DR RACHEL GRENFELL
Publicist	CHRISTOPHER DUGGAN
Communications Manager	CHARLOTTE INETT
Picture Executive	VICTORIA DALTON
Picture Manager	JULIAN WYTH
Stills Photographer	DES WILLIE
Legal and Business Affairs	BELLA WRIGHT
Financial Controller	DENIS WRAY
Assistant to Executives	TROY HUNTER
Head of Production	SUSY LIDDELL
Post Production Supervisor	BEEWAN ATHWAL
Post Production Paperwork	ILANA EPSTEIN
Assistant Editor	OLIE GRIFFIN
Dialogue Editor	TOM DEANE
Sound FX Editor	JIM GODDARD
Dubbing Mixer	FORBES NOONAN
Title Music	'Fly' by LUDOVICO EINAUDI
Online Editor	OWEN HULME
VFX	SASCHA FROMEYER
Colourist	AIDAN FARRELL
Music Supervisor	IAIN COOKE
Composer	FRANS BAK
Title Design	PETER ANDERSON STUDIO
Casting Director	ANDY PRYOR CDG
Sound Recordist	BILLY QUINN
Hair & Make-Up Designer	JOJO WILLIAMS
Costume Designer	ALEXANDRA CAULFIELD
Editor	TOM HEMMINGS

의상 감독	나딘 데이번
의상 보조	젠 데이비스
	루스 페란
의상 지원	엘리자베스 웹
분장 감독	케이티 피클스
분장 아티스트	엘레나 캠벨
분장 지원	시몬 캠프스
의료 자문	닥터 레이첼 그렌펠
홍보 담당	크리스토퍼 듀간
커뮤니케이션 매니저	샬롯 이네트
사진 총괄	빅토리아 달튼
사진 담당	줄리안 위드
스틸 사진	데스 윌리
법률 및 경영 업무	벨라 라이트
재무 관리	데니스 레이
행정 보조	트로이 헌터
제작부 총괄	수지 리델
후반 작업 총괄	비완 애셜
후반 작업 문서 관리	이라나 엡스틴
편집 보조	올리 그리핀
대사 편집	톰 딘
음향 효과 편집	짐 고다드
더빙 믹서	스튜어트 힐리커
주제가	'비행' by 루도비코 에이나우디
온라인 편집	오웬 헐미
시각 효과	샤챠 프로미어
색채 담당	에이던 패럴
음악 감독	이언 쿡
작곡	프란스 박
타이틀 디자인	피터 앤더슨 스튜디오
캐스팅 감독	앤디 프라이어 시디지
음향 녹음	빌리 퀸
헤어 및 분장 디자이너	조조 윌리엄스
의상 디자이너	알렉산드라 카울필드
편집	톰 헤밍스

Production Designer   HELEN SCOTT

Director of Photography   JEAN-PHILIPPE GOSSART

Line Producer   CHRISTINE HEALY

CARD 1

Executive Producer for the BBC
MATTHEW READ

CARD 2

For

© Drama Republic Limited MMXV

MUSIC OUT (DF END CREDITS)
10:56:14

10:56:14   **END OF EPISODE**

제작 디자이너 **헬렌 스콧**

촬영 감독 **진-필립 가사트**

라인 프로듀서 **크리스틴 힐리**

<u>카드 1</u>

BBC 제작 책임
매튜 리드

<u>카드 2</u>

드라마 리퍼블릭

for

BBC

음악 끝 (엔딩 크레딧)
10:56:14

10:56:14   <u>에피소드 3 끝</u>

Episode 4.

MUSIC IN (DF EPS4 RECAP)
10:00:00

RECAP IN

KATE and SIMON arguing in bar.

Caption (over picture):
Previously

KATE
I told you I'm only keeping it if you finish it
with her. You could go and tell her now!

On CARLY listening.

KATE (CONT)
Well that is it ...

                                                CUT TO:

10:00:07

CARLY sits with GEMMA on bench overlooking
Parminster.

GEMMA (O.V.)
Did he love her?

CARLY
He was the one that finished it.

GEMMA
That doesn't change anything.

                                                CUT TO:

10:00:10

SIMON hands GEMMA her iPad for her to see
CheckmyGp.com website.

TOM
They started last night.

SIMON (O.V.)
Sometimes people write things like this on the
internet.

TOM
Why?

SIMON
Someone wants to get at mum ...

TOM
Who?

GEMMA
I'll deal with this.

                                                CUT TO:

10:00:18

GEMMA with JACK on railway platform.

GEMMA
(taking out pills)
I found these in your flat. You're going on
holiday ... but stay there a while.

JACK looking out of train as the doors close.

                                                CUT TO:

10:00:23

HELEN and GEMMA.

지난 회 요약 시작

케이트와 사이먼이 바에서 말싸움하고 있다.

자막 (화면 위로)
지난 시간

케이트
그 여자랑 끝내야 낳는다고 했잖아. 가서 그 여자한테 말해 지금!

칼리가 듣는 중이다.

케이트 (이어서)
음... 그게...

화면 전환:

10:00:07   칼리가 젬마와 파민스터가 내려다보인는 벤치에 앉아 있다.

젬마 (화면 밖 목소리)
그 사람이 그 애를 사랑했을까?

칼리
선생님 남편이 먼저 끝냈어요.

젬마 그렇다고 변하는 건 없어요.

화면 전환:

10:00:10   사이먼이 젬마에게 아이패드를 건네 보건의 평가 웹사이트를 보라고 한다.

톰 그 사람들 어젯밤에 시작했어요.

사이먼 (화면 밖 목소리) 가끔 사람들은 이런 말도 안 되는 걸 인터넷에 쓰기도 한단다.

톰 왜요?

사이먼 누군가가 엄마를 괴롭히고 싶은가 봐.

톰 누가요?

젬마 내가 처리할게.

화면 전환:

10:00:18   젬마와 잭이 기차 승강장에 있다.

젬마
(약병을 꺼내며) 이걸 당신 아파트에서 찾았어요. 휴가 가시는 거예요... 한동안 거기 계세요.

기차 문이 닫힐 때 잭이 바깥을 바라본다.

화면 전환:

10:00:23   헬렌과 젬마.

                              HELEN
                              You understand, don't you? I can't do this
                              forever ...

                              GEMMA
                              I can't have this conversation.

                              SIMON (V.O.)
                              I'm afraid last night she died in her sleep ...

                                                            CUT TO:

10:00:31   SIMON and GEMMA comfort TOM as he breaks down
                              in tears.

                              GEMMA (V.O.)
                              I've changed ...

                                                            CUT TO:

10:00:35   GEMMA with her arms around both SIMON and TOM.

                              GEMMA (V.O.) (CONT'D)
                              ... my mind. We're alright ...

                                                            CUT TO:

10:00:38   GEMMA on the phone to ANWAR.

                              GEMMA (CONT'D)
                              ... we're going to try again.

                              TO BLACK

10:00:41   EXT. FOSTER HOUSE. DAY

MUSIC OUT (DF EPS4 RECAP)   Establishing shot of the house. We hear
10:00:44   footsteps coming down the stairs.

MUSIC IN (SIMON AND TOM)   TOM (V.O.)
10:00:45   Do we have any butter?!

                              SIMON (V.O.)
                              Mate I...

10:00:47   INT. FOSTER HOUSE. HALLWAY. DAY

                              We see TOM and SIMON in the kitchen all from
                              GEMMA'S POV as she stands in the hall.

                              SIMON (CONT'D)
                              ... used it this morning, let me have a look -

                              A lovely family scene. GEMMA smiles.

                              SIMON (CONT'D) (O.V.)
                              Did you try the fridge?

                              SIMON
                              (shows TOM the butter)
                              Hey presto...the butter!

                              SIMON begins to help TOM make a sandwich.

                              SIMON (CONT'D)
                              What did your last servant die of? Cholera?

                              TOM (O.V.)
                              What's cholera?

헬렌
넌 이해하지? 그렇지? 계속 이럴 순 없어...

젬마
전 이런 대화 못하겠어요.

사이먼 (화면 밖 목소리)
이런 말 정말 힘들지만... 어젯밤 할머니가 주무시다 돌아가셨어....

화면 전환:

10:00:31   사이먼과 젬마가 울음을 터뜨리는 톰을 다독인다.

젬마 (화면 밖 목소리) 바뀌었어요...

화면 전환:

10:00:35   사이먼과 톰을 팔로 감싸는 젬마.

젬마 (화면 밖 목소리) (이어서) ...마음이. 우린 괜찮아요.

화면 전환:

10:00:38   젬마가 앤워와 통하고 있다.

젬마 (이어서)
... 다시 노력해 볼 거예요.

암전.

10:00:41   실외. 포스터의 집. 주간

음악 끝 (지난 회 요약)   포스터의 집이 배경으로 펼쳐진다. 계단을 내려오는 발소리가 들린다.
10:00:44
음악 시작 (사이먼과 톰)   **톰** (화면 밖 목소리) 집에 버터 좀 있어요?
10:00:45
사이먼 (화면 밖 목소리) 친구, 내가..

10:00:47   실내. 포스터의 집. 복도. 주간

복도에 서 있는 젬마의 시점. 톰과 사이먼이 주방에 함께 있는 모습이 보인다.

사이먼 ...아침에 썼는데, 한번 보자...

사이먼 (이어서) (화면 밖 목소리) 냉장고 찾아 봤니?

사이먼
(톰에게 버터를 보여주며) 짜잔... 버터야!

톰이 샌드위치를 만드는 걸 사이먼이 돕기 시작한다.

사이먼 (이어서) 마지막 하인이 어떻게 돌아가셨는지요? 콜레라?

톰 (화면 밖 목소리) 콜레라가 뭐예요?

357

SIMON (O.V.)
Cholera is like typhoid. 'What's typhoid?'

She looks on the WALL. There's a framed black
and white photo of the two of them. In love. As
they should be.

As she looks at the photo she remembers when
that picture was taken he was lying to her.

SIMON (CONT'D)
Typhoid is what?

TOM
Typhoid ...

SIMON
Typhoid, yeah, it's very serious.

TOM
What's Thai food?

SIMON
Do you want lemon curd?

TOMI
I thought you said Typhoo.

SIMON
Typhoo is a brand of tea. Thai food is quite
nice.

GEMMA enters the kitchen to see SIMON eating
toast with lemon curd.

GEMMA
(laughs)
Lemon curd!

He offers her a bite. She takes it but shakes
her head. We get the feeling she doesn't like
it.

ROS (V.O.)
So he still hasn't admitted it?

GEMMA (V.O.)
I doubt he ever will.

10:01:37   INT. SURGERY. OFFICE. DAY

                            ROS next to GEMMA. They talk quietly.

MUSIC OUT (SIMON AND TOM)   ROS
10:01:38   And you haven't told him that you know.

                            GEMMA
                            We're just moving on.

                            ROS
                            With this massive secret sat underneath the
                            relationship.

                            NICK
                            Can I speak with you?

                            GEMMA
                            Sure. Two minutes.

                            She goes to get her keys and bag.

사이먼 (화면 밖 목소리)
콜레라는 타이포이드 같은 거야. (아들을 흉내내며) '타이포이드는 뭐예요?'

젬마가 벽을 바라본다. 그 벽에는 부부의 흑백 사진이 담긴 액자가 걸려 있다. 사랑이 담겨 있다. 둘은 그래야 한다.

그 사진을 보면서 젬마는 사진을 찍었을 때를 생각한다. 그때도 사이먼은 젬마에게 거짓말을 하고 있었다.

사이먼
타이포이드는 뭘까?

톰
타이포이드…

사이먼 타이포이드는… 그래, 아주 심각한 거야.

톰 타이 푸드가요?

사이먼 레몬잼 먹을래?

톰 전 아빠가 '타이푸'라고 말한 줄 알았어요.

사이먼 '타이푸'는 찻잎 브랜드잖아. 태국 음식은 정말 맛있고.

젬마가 주방으로 들어와 토스트를 레몬잼과 곁들여 먹는 사이먼을 본다.

젬마 (웃으며) 레몬젬이라니!

사이먼이 젬마에게 한 입 먹어보라고 한다. 그녀가 한 입 먹어보더니 고개를 흔든다. 그렇게 먹는 걸 싫어한다는 걸 알 수 있다.

로즈 (화면 밖 목소리) 그래서 사이먼, 아직 인정 안 했지?

젬마 (화면 밖 목소리) 언제 할까 싶어.

10:01:37

음악 끝 (사이먼과 톰)
10:01:38

<u>실내. 병원. 사무실. 주간</u>

로즈가 젬마 옆에 있다. 둘이 목소리를 낮춰 이야기한다.

로즈 그리고 너도 안다는 사실을 말 안 했고 말이지.

젬마 그냥 넘어가는 거지.

로즈 서로 이 어마어마한 비밀을 묻어 둔 채로?

닉 얘기 드릴 게 있어요.

젬마 그럼요. 2분만 기다려요.

젬마가 열쇠와 가방을 챙기러 간다.

GEMMA (CONT'D)
Excuse me.

She returns to her conversation with ROS.

ROS
You're sure you're okay? It's just very sudden.
After everything how can you simply take him
back?

GEMMA
(sharply)
Because we have a child together, a life
together, fourteen years under our belt so if
there's any way of keeping all of that, I have
to try.

ROS
And you honestly think that he's never gonna see
her again?

GEMMA
I'm told when they broke up, it was very final.
(she turns)
Nick...

NICK
There's been a complaint -

GEMMA looks at ROS and turns and leaves the room
following NICK out of the office.

10:02:20   INT. SURGERY. STAFF ROOM. DAY

They walk into the staff room where GEMMA starts
to make tea.

GEMMA
Fantastic. Another one. The power of the
internet. The latest yesterday was that I
don't dress appropriately for a senior doctor.
He was annoyed I wore a skirt.

NICK
Erm, this one's not online. He came in and
asked to speak to me personally.

GEMMA
Who is it?

NICK
He's requested anonymity for the time being.
I'm speaking to the GMC.

GEMMA
Why the GMC? Doctors get complaints all the
time.

NICK
Yes, but as you say there's also the comments
on the website, and erm what, what happened with
your mother-in-law -

GEMMA
My mother-in-law took her own life, I don't know
why everyone -

NICK
It ... it's as much about protecting you as
anything. This new complaint. He talked about
Your personal life - your marriage.

MUSIC IN (UP TO MAIN
TITLE) 10:03:02

젬마 (이어서)
실례.

젬마가 로즈와 다시 이야기를 이어나간다.

로즈
너 괜찮은 거 맞아? 너무 갑작스럽잖아. 그 모든 일을 겪고도 어떻게 그렇게 간단히 다시 받아들일 수 있어?

젬마
(날카롭게)
우린 아이를 함께 낳았으니까. 함께한 인생이 14년이야. 그 모든 걸 지켜내는 어떤 방법이 있다면 시도는 해 봐야지.

로즈
그럼 너 솔직히 사이먼이 걔를 다시 안 만날 것 같아?

젬마
둘이 깨졌다고 들었어. 정말 끝을 봤다고.
(젬마가 몸을 돌린다)
닉…

닉
항의가 들어왔어요.

젬마가 로즈를 바라보다 몸을 돌려 사무실을 떠난다. 닉이 뒤따른다.

10:02:20 <u>실내. 병원. 직원 대기실. 주간</u>

젬마와 닉이 직원 대기실에 들어온다. 젬마가 차를 만든다.

젬마
굉장하네. 하나 더 추가된 거죠? 인터넷의 힘이란… 바로 어제는 내가 의사답게 옷을 안 입어서 그런 거래요. 치마 입은 게 거슬린다고.

닉
어, 이번 건은 인터넷이 아니에요. 그 사람이 직접 와서 저한테 얘기하고 싶다고 했어요.

젬마
누군데요?

닉 당분간 익명으로 해줄 걸 요구했어요. 전 의사협회에 보고해야 해요.

젬마 의사협회에는 왜요? 이런 불평 항상 듣는 게 의사들이잖아요.

닉 그렇죠, 하지만 말씀하셨듯이 웹사이트에 올라온 댓글들도 있고, 어, 음… 선생님 시어머니 일도 있고 해서…

젬마 시어머니는 스스로 그러셨어요. 다들 왜 이러는지 모르겠네…

음악 시작 (제목까지)
10:03:02

닉 이… 이건 선생님을 보호하려는 이유도 커요. 이번에 새로 들어온 항의사항… 그 남자가 선생님 사생활에 대한 얘기도 했거든요. 선생님의 결혼생활에 대해서요.

361

NICK makes to leave.

GEMMA
Wait!

GEMMA stops and looks right at him. This scares
him slightly.

GEMMA
You really can't tell me who this is?

NICK
Sorry.

GEMMA
Fine.
(more final)
Fine.

MUSIC IN 'FLY' 10:03:25
10:03:26
MUSIC OUT (UP TO MAIN
TITLE) 10:03:27

She opens the door and NICK exits.

TITLES SEQUENCE

Suranne Jones

Bertie Carvel

Clare-Hope Ashitey
Jodie Comer

Martha Howe-Douglas
Thusitha Jayasundera

Sara Stewart
Neil Stuke

Tom Taylor

And
Robert Pugh

Executive Producers
Roanna Benn
Jude Liknaitzky

Executive Producers
Mike Bartlett
Greg Brenman

DOCTOR FOSTER

Created & Written By
Mike Bartlett

MUSIC IN (ONLINE
COMPLAINTS) 10:04:23
10:04:24

MUSIC OUT 'FLY' 10:04:26

INT. SURGERY. GEMMA'S OFFICE. DAY

GEMMA is online reading the reviews about her
on checkmyGP.com.

TITLES CONTINUE OVER:
Producer
GRAINNE MARMION

Director
BRUCE GOODISON

닉이 대기실을 나서려 한다.

젬마 잠깐!

젬마가 멈춰 서 닉을 똑바로 쳐다본다. 그 모습에 닉은 살짝 공포스럽다.

젬마 당신, 그 사람이 누군지 정말 말 못해요?

닉 미안합니다.

젬마 좋아요. (어쩔 수 없다는 듯이) 좋아요.

젬마가 문을 열고, 닉이 밖으로 나간다.

음악 시작 '비행'
10:03:25
10:03:26
음악 끝 (제목까지)
10:03:27

타이틀 시퀀스

슈란느 존스

버티 카벨

클레어-홉 애쉬티
조디 코머

마사 하우-더글라스
수시타 제야선데라

사라 스튜어트
네일 스투케

톰 테일러

그리고
로버트 퍼프

책임 제작자
로애나 벤
주드 릭네츠키

책임 제작자
마이크 바틀렛
그렉 브렌먼

닥터 포스터

음악 시작 '악플'
10:04:23
10:04:24
음악 끝 '비행'
10:04:26

작가 마이크 바틀렛

<u>실내. 병원. 젬마의 진료실. 주간</u>

젬마가 checkmyGP.com에서 자신에 관한 댓글평을 읽고 있다.

타이틀이 이어짐:
제작
그레인 마미온

감독
브루스 구디슨

There is a knock at the door. She scrolls down the page reading all the derogatory comments that have been written. Knock at the door again. She clicks off the site.

GEMMA
Come in.

MUSIC OUT (ONLINE
COMPLAINTS) 10:04:59

The door opens and GORDON enters.

GEMMA (CONT'D)
Gordon! Long time no see!

GORDON
You're not normally sarcastic.

GEMMA
Sorry?

GORDON
(upset)
"Long time no see." That's what I expect from the others.

GEMMA
Sorry. Come on. Come in, sit down.

She gets up to close the door and returns to her chair.

GEMMA (CONT'D)
Let's start again. What's wrong?

GORDON
My shoes don't fit anymore.

GEMMA
Your shoes?

GORDON
Yes.
(beat)
There must be something wrong with my feet.

GEMMA smiles at him.

MUSIC IN 'COMING UP EASY'
10:05:33

INT. FOSTER HOUSE. KITCHEN. NIGHT

On the hob a saucepan of rice is bubbling over. GEMMA is cooking - but it's going wrong. There's curry in a saucepan, but the heat's on too high, and it's burning.

GEMMA's failing at this because her hands are shaking. The stress of it all. This should be simple!

She can't contain it much more...

Meanwhile SIMON and TOM are talking, waiting for dinner.

TOM
So were you sick?

SIMON
I don't think you're picking up on the right bit of the story.

TOM

문을 두드리는 소리. 젬마가 페이지 스크롤을 내리면서 모든 비판적인 댓글들을 읽고 있다. 누군가 문을 다시 두드린다. 젬마가 사이트를 닫는다.

젬마
들어오세요.

음악 끝 '악플'
10:04:59

문이 열리고 고든이 들어 온다.

젬마 (이어서)
고든 씨! 오랜만이네요.

고든
선생님은 그렇게 비꼬는 분 아니잖아요.

젬마 네?

고든
(기분이 상해서) "오랜만이네요", 그런 말은 다른 사람들한테 들어도 충분해요.

젬마 미안해요. 어서 들어오셔서 앉으세요.

젬마가 일어나 진료실 문을 닫고 자신의 자리로 돌아온다.

젬마 (이어서) 다시 시작할게요. 어디가 안 좋으세요?

고든 신발이 더 이상 안 맞아요.

젬마 신발이요?

고든 네.
(잠시 멈춤)
발에 문제가 있는 게 분명해요.

고든에게 미소를 보내는 젬마.

음악 시작 '편히 와'
10:05:33

실내. 포스터의 집. 주방. 야간

레인지 위에서 냄비가 끓어 넘치고 있다. 젬마가 요리 중이다. 그런데 잘되고 있지는 않다. 냄비에 담긴 카레용 밥을 너무 높은 온도로 가열하는 바람에 다 타버리고 있다.

젬마가 요리를 망친 것은 손이 떨리기 때문이다. 온갖 스트레스. 단순해 져야만 한다!

젬마는 더 이상 마음에 담고 살 수 없다...

그러는 동안 사이먼과 톰은 저녁식사를 기다리고 있다.

톰 그래서 아팠어요?

사이먼 얘기를 제대로 안 들었구나.

톰

Yeah - Mum just said, when you and her met you
had a few too many.

SIMON
Me? No. Only one of us was tipsy that night.

GEMMA turns to see the rice pan overflowing. She
quickly moves it to the sink but accidentally
tips the pan and the rice goes in the sink.

GEMMA
Oh shit.

SIMON
You okay?

GEMMA
Yeah, yeah.

SIMON
(back to TOM)
You wanna be careful of alcohol. Makes you say
things you shouldn't and stand on chairs.

GEMMA fishes the rice out of the sink and puts
it in the sieve. She's trying to stay breezy,
casual...

TOM
What do you mean?

SIMON
I think we need to tell him the whole thing.

GEMMA
Fine.

GEMMA begins to plate the rice.

SIMON
It was your mum who'd drunk too much that night.
She stood on this chair, looked around, and then
saw me, pointed, and said I was the best looking
man in the room.

TOM
(laughs)
You?

GEMMA
Your dad was younger then, and the room was not
in a very nice pub -

SIMON
S'true there wasn't much competition.

TOM
So then what?

GEMMA
They started to play Abba, I tried to dance on
the chair, but fell off. Your dad helped me up
and said that maybe I should have some food. We
got a curry. And that's how we met.

They move to the table and she hands them plates
of curry.

He looks at it. Realises.

SIMON

어, 엄마가 방금 얘기했잖아요. 아빠랑 엄마랑 만났을 때 아빠가 술을 많이 마셨다고요.

사이먼
내가? 아냐. 그날 밤, 둘 중 한 사람만 취했었어.

젬마가 몸을 돌려 끓어넘치고 있는 냄비를 본다. 그녀는 그걸 재빨리 싱크대로 옮긴다. 그런데 잘못하여 냄비가 기울어지면서 내용물이 배수구로 들어가 버린다.

젬마
오, 젠장.

사이먼
당신 괜찮아?

젬마
응, 괜찮아.

사이먼
(톰에게 돌아가며)
술 조심해야 해. 안 그러면 '그때 의자 위에 올라가지 말았어야 했는데' 같은 말을 하게 될 거야.

톰
그게 무슨 말이에요?

사이먼 아무래도 톰에게 다 말해줘야겠어.

젬마 좋아.

젬마가 카레라이스를 접시에 담기 시작한다.

사이먼 그날 밤 술을 너무 많이 마신 건 엄마야. 그래서 엄마는 의자 위로 올라가서 주위를 두리번거리다 아빠를 보게 된 거지. 그러더니 나를 손으로 가리키면서 여기서 제일 잘생긴 남자라고 그랬어.

톰 (웃으며) 아빠가요?

젬마 그땐 너희 아빠가 훨씬 젊었었고, 거기가 그리 좋은 술집은 아니었거든.

사이먼 그래, 거긴 경쟁자가 별로 없었지.

톰 그래서요?

젬마 아바 노래가 흘러나오기 시작했어. 엄만 의자 위에서 춤을 추려다가 넘어져버렸고. 그때 아빠가 일어나는 걸 도와주면서 뭘 좀 먹는 게 어떠냐고 했어. 카레를 함께 먹었지. 엄마, 아빠는 그렇게 처음 만난 거야.

테이블로 가는 포스터 식구들. 젬마가 카레 접시를 건넨다.

사이먼이 그걸 보고 눈치 챈다.

                              Oh god! It's today. That's why you were talking
                              about it. I'm an idiot.

                              GEMMA
                              Don't worry.

                              SIMON
                              I'm so sorry.

                              TOM
                              What have you done?

                              SIMON
                              Every year, since then, on the 26th of May, your
                              mum makes a curry. And I get her a card.

                              TOM
                              But you forgot?
                              (cheeky)
                              Dad! You are rubbish sometimes.

                              SIMON
                              Yeah...

                              SIMON looks a little forlorn.

                              GEMMA
                              Honestly. It's okay. You've been busy.

                              Then SIMON removes GEMMA'S plate.

                              GEMMA
                              Simon!

                              He lifts her table mat. Underneath is a card
                              addressed to 'Dr Foster'.

                              SIMON
                              Erm, erm, ohhh...

                              She picks it up.

                              TOM
                              You liar!

                              She smiles.

                              SIMON
                              Oh look!

MUSIC IN (ANNIVERSARY SEX)   She opens it. On the front it says "I REALLY
10:07:22   FUCKING FANCY YOU." GEMMA'S surprised.

                              TOM
                              Can I see?

                              GEMMA
                              No.

                              She moves away from TOM. She opens the card.
                              Inside he's written *"Seriously. All my love
                              Simon xx"*

                              They stare at each other.

                              GEMMA (CONT'D)
                              Thank you.

MUSIC OUT 'COMING UP EASY'   A spark flickering again between them...it's
10:07:38   been a while.

오, 맙소사! 오늘이구나. 그래서 이 얘기를. 난 정말 바보야.

젬마 괜찮아.

사이먼 정말 미안해.

톰 아빠가 무슨 잘못을 한 거야?

사이먼 그때부터 매년 5월 26일, 너희 엄마가 카레를 만들거든. 그리고 아빠는 엄마한테 카드를 주고.

톰
그걸 깜빡한 거예요? (까불며) 아빠! 가끔 정말 별로네요.

사이먼 인정…

사이먼이 조금 쓸쓸해 보인다.

젬마 정말이야. 괜찮아. 당신 바빴잖아.

그때 사이먼이 젬마의 접시를 뺏는다.

젬마 사이먼!

그리고 사이먼이 젬마의 테이블 매트를 들어올린다. 그 아래 카드가 있다. 수신인 "닥터 포스터".

사이먼 어, 어, 오오…

젬마가 카드를 집어든다.

톰 거짓말쟁이!

젬마가 미소 짓는다.

사이먼 오, 이게 뭘까?

음악 시작 (기념일 섹스)
10:07:22

젬마가 카드 봉투를 연다. 카드 앞면에 이렇게 써 있다. "난 정말 너한테 좆나게 빠져있어." 젬마가 놀란다.

톰 나도 볼래요.

젬마 안 돼!

젬마가 톰한테서 떨어진다. 그녀가 카드를 펼쳐 안에 사이먼이 쓴 내용을 본다. "진심으로. 내 모든 사랑을 담아. 사이먼 xx"

사이먼과 젬마가 서로 바라본다.

젬마 (이어서) 고마워.

음악 끝 '편히 와'
10:07:38

둘 사이에 다시 불꽃이 튀기 시작한다… 오랜만에.

10:07:41

INT. FOSTER HOUSE. BEDROOM. NIGHT

SIMON enters as GEMMA finishes her wine. He
closes the door. He stares at her as she
undresses. He goes to her and she opens his
shirt. They begin to kiss and make love.
Passionate, very loving - as if they haven't
seen each other for a long time.
Kissing, intense, looking at each other,
deeply, in the eyes.

10:09:04

INT. FOSTER HOUSE. BEDROOM. NIGHT

SIMON and GEMMA curled up together. Content.

GEMMA
MUSIC OUT (ANNIVERSAY SEX)   Everything's going wrong at work.
10:09:14

SIMON
Can I do anything?

GEMMA
Yeah, will you beat them up?

SIMON
Tuesday?

GEMMA
Perfect.

She smiles, cosy. Content. A buzz. SIMON'S
phone is on the side table - a text.

After a moment he reaches across to read it. As
he does we see GEMMA trying to ignore it. Trying
not to be suspicious.

GEMMA
Everything alright?

SIMON
Yeah...just it's...problem.

He puts the phone down, comes back and cuddles
her.

GEMMA
At work?

SIMON
Yeah. Yeah, it's fine.

She wants to be comforted, wants this to work.
But there's so much doubt now...getting in the
way...

10:10:00

EXT. SURGERY. DAY

The automatic doors of the surgery open as GEMMA
enters.

10:10:02

INT. SURGERY. RECEPTION/CORRIDOR. DAY

GEMMA walks in. The usual hustle and bustle. She
smiles to JULIE. As GEMMA's about to go past the
reception desk, NICK appears from the back
office, and stops her.

NICK
Can I have a word?

| 10:07:41 | 실내. 포스터의 집. 침실. 야간 |

젬마가 와인을 다 마셨을 때 사이먼이 들어온다. 사이먼이 문을 닫는다. 사이먼이 옷을 벗는 젬마를 바라본다. 그가 다가오자 젬마가 그의 셔츠를 연다. 둘은 키스를 나누고 섹스를 하기 시작한다. / 열정적으로, 깊은 사랑을 담아, 그들은 마치 서로 오랫동안 못 본 사람들처럼 사랑을 나눈다. / 이어지는 키스, 강렬한 몸짓, 서로를 바라보는 눈빛이 깊다.

| 10:09:04 | 실내. 포스터의 집. 침실. 야간 |

사이먼과 젬마가 함께 엉켜있다. 만족한 표정들.

음악 끝 (기념일 섹스)
10:09:14

젬마 병원 일이 다 엉망진창이야.

사이먼 내가 뭐 해줄 게 있을까?

젬마 응, 다 두들겨 패 줄래?

사이먼 화요일?

젬마 완벽해.

젬마가 포근하게 미소 짓는다. 만족감. 띠링~. 침대 옆 테이블에 있던 사이먼의 핸드폰이 수신음을 낸다. 문자메시지.

잠시 후, 사이먼이 손을 뻗어 메시지를 읽는다. 의심을 사지 않으려고 노력하면서.

젬마 다 잘돼가?

사이먼 응… 그냥… 단순한 문제.

사이먼이 핸드폰을 내려놓고 다시 젬마를 껴안는다.

젬마 일 문제?

사이먼 응, 잘될 거야.

젬마는 안심하길 원한다, 잘 풀리길 원한다. 그러나 지금은 너무 많은 의구심이 있다… 방해물들…

| 10:10:00 | 실외. 병원. 주간 |

젬마가 들어서려 하자 병원 자동문이 열린다.

| 10:10:02 | 실내. 병원. 접수처/복도. 주간 |

젬마가 들어온다. 평소와 같은 분주함. 젬마가 줄리에게 미소를 보낸다. 젬마가 접수처를 지나치려 할 때, 뒤편 사무실에서 닉이 나타나 젬마를 세운다.

닉 몇 마디 나눌 수 있을까요?

                    GEMMA
                    Sure.

                    They walk down the corridor and come face to
                    face with ROS.

10:10:16   INT. SURGERY. MEETING ROOM. DAY

                    Through an internal window we see them enter.
                    GEMMA is in the room with ROS and NICK. GEMMA
                    goes to sit in one of the three chairs.

                    NICK
                    Ah. Sorry...can you sit on this side?

                    GEMMA
                    There's only three of us Nick, I'm not sure it
                    matters.

                    ROS
                    We should take it seriously.

                    Unhappily GEMMA goes around to the other side
                    of the table.

                    GEMMA
                    (beat)
                    Here?

                    NICK
                    Thank you.

                    ROS sits down next to NICK. A moment, when they
                    all face each other. GEMMA'S watching them,
                    bemused, impatient. NICK pours some water.

                    NICK (CONT'D)
                    You've got the outline details of the complaint
                    there that you threatened to burn this man with
                    a lit cigarette. I'm assuming you deny it?

                    GEMMA
                    Of course.

                    NICK
                    As you know, normally there are internal
                    procedures -

                    GEMMA
                    There are.

                    NICK
                    But er... I spoke to the GMC this morning and
                    they indicated we that should consider the
                    wider context -

                    GEMMA
                    What's going on?

                    ROS
                    (slightly sharp)
                    Gemma, if you let Nick finish he'll explain.

                    GEMMA'S surprised. Waits for NICK to continue.

                    NICK
                    Obviously the online comments are anonymous but
                    we can't ignore them entirely.

                    ROS

젬마
그래요.

복도를 따라 걷던 그들이 로즈와 마주친다.

10:10:16

<u>실내. 병원. 회의실. 주간</u>

내부 창을 통해 그들이 들어오는 게 보인다. 젬마와 닉, 그리고 로즈. 젬마가 회의실 의자 3개 중 하나에 앉으려고 한다.

닉
아. 죄송하지만… 반대편에 앉아주시겠어요?

젬마
우리 세 사람뿐인데… 닉, 이렇게 할 필요가 있을까요?

로즈
가볍게 볼 일이 아니야.

불만스러운 표정의 젬마가 빙 돌아 탁자 반대편에 앉는다.

젬마 (잠시 멈춤) 여기?

닉 고마워요.

로즈가 닉 옆에 앉는다. 그들이 모두 서로의 얼굴을 마주하는 동안 잠시 시간이 흐른다. 닉과 로즈를 보는 젬마의 시선이 어정쩡하고 초조하다. 닉이 물을 따른다.

닉 (이어서) 항의 내용의 세부사항은 대략 아시겠죠? 선생님이 이 남자를 담뱃불로 지지겠다고 위협했다는데요. 부인하시겠죠?

젬마 당연하죠.

닉 아시다시피, 일반적으로 내부 절차가…

젬마 있죠.

닉 그런데, 어… 오늘 아침에 의사협회에 보고했는데, 거기서 우리가 이 사안을 좀 더 넓은 맥락에서 고려해야 한다고 지적하더군요.

젬마 그게 무슨 말이에요?

로즈 (살짝 날카롭게) 젬마, 닉의 설명을 끝까지 들어 봐.

젬마가 놀라며 닉이 계속하기를 기다린다.

닉 온라인 댓글들은 분명 익명으로 작성되는 거지만 그렇다고 우리가 완전히 무시할 수는 없어요.

로즈

To an outside eye, they might appear to have a
pattern of behaviour.

GEMMA looks at ROS - surprised at this
interruption.

NICK
Also we've had the police here, asking
questions about the death of your
mother-in-law.

GEMMA
Who talked to them?

NICK
Luke, mostly, he was -

GEMMA
Mostly?

ROS
They asked about some things to do with
procedure as well.

GEMMA
Do you think that I've done anything wrong?

NICK
There needs to be a process.

GEMMA
No, but you, personally, Nick. What do you
think?

NICK
Well...

ROS
You have been going through a lot, lately. In
your life.

GEMMA
How is that relevant?

ROS
You said we were talking personally.

NICK
The GMC have suggested we mutually agree you
take a leave of absence, informally, while the
complaint is investigated, and we look at the
website.

MUSIC IN (SLIDE/DARK PAD/
SOFT/GLASS/PIANO) 10:11:59

ROS
It would help as well, wouldn't it, to have some
time off?

GEMMA
No.
(to NICK)
What if I don't agree?

NICK
Then we'd have to look at a temporary
suspension.

ROS
And Gemma that would be so much worse -

GEMMA

외부의 관점에서 보면 반복된 행동패턴이 보이는 것 같아.

젬마가 로즈를 바라본다. 끼어드는 그녀의 행동에 놀라면서.

닉
경찰도 왔다갔어요. 선생님 시어머님의 사망에 관해서 묻더군요.

젬마
누가 경찰하고 얘기했는데요?

닉
루크요, 대부분 루크가 했습니다

젬마
대부분이라뇨?

로즈
경찰은 내부 절차에 관한 사항들도 질문했어.

젬마
내가 뭐 잘못한 게 있는 것 같아요?

닉
절차대로 진행할 필요가 있어요.

젬마
아니, 당신 개인적으로, 닉. 어떻게 생각해요?

닉
글쎄요...

로즈
최근에 넌 많은 걸 겪고 있잖아. 개인적으로도.

젬마 무슨 상관이야?

로즈 개인적인 의견을 달라고 한 건 너야.

음악 시작 (슬라이드/어두 운 패드/부드러움/잔/피 아노) 10:11:59

닉 의사협회에서는 항의 내용을 조사하는 동안 선생님을 비공식적으로 업무에 서 배제하는 데 서로 동의하라고 제안했어요. 그동안 저희는 웹사이트를 들여다 볼 거고요.

로즈 너한테도 쉬는 게 도움이 되지 않겠어?

젬마 아니야.
(닉에게) 내가 동의하지 않는다면요?

닉 그럼 저희는 일시적인 정직 조치를 고려해봐야 합니다.

로즈 젬마, 그게 더 나쁘잖아...

젬마

(finally)
When?

A glance between ROS and NICK.

GEMMA (CONT'D)
When do you want me to stop then?

NICK
Immediately.

GEMMA looks at them, disbelievingly nods.

10:12:32   INT. SURGERY. OUTSIDE WINDOW GEMMA'S ROOM.
            DAY

            GEMMA leans against her chair, almost steadying
            herself.

10:12:37   INT. SURGERY. GEMMA'S ROOM. DAY

            She is very upset. She puts on her mac, takes
            a bag and begins to pack up the personal items
            from her desk and drawers. She's furious, and
            very upset. She takes down her certificates.
            ROS enters.

10:13:09   INT. SURGERY. OUTSIDE GEMMA'S ROOM. DAY

            ROS sees what GEMMA is doing. GEMMA looks at
            ROS.

10:13:11   INT. SURGERY. GEMMA'S ROOM. DAY

            ROS
            You don't have to pack up. It's only a couple
            of weeks.

            GEMMA
            Presumably while I'm away, you'll become senior
            partner?

MUSIC OUT (SLIDE/DARK PAD/   ROS
SOFT/GLASS/PIANO) 10:13:21   You think I want you to go?

            GEMMA doesn't answer.

            ROS (CONT'D)
            We're following professional advice. It's not
            my fault.
            (GEMMA ignores her)
            I helped you! I told you everything about Kate
            and the baby, I spoke to Simon, did everything
            you asked.

10:13:34   INT. SURGERY. CORRIDOR/RECEPTION/BACK OFFICE.
            DAY

            GEMMA exits her room and ROS follows.

            ROS
            Then suddenly you're giving him another chance
            which is up to you, but forgive me if I stop
            trying to keep up and take a step back, and act
            professionally. Gemma!

            They get to the end of the corridor and into
            reception - ROS stops talking.

(드디어)
언제?

로즈와 닉 사이로 젬마의 시선이 오간다.

젬마 (이어서) 내가 언제부터 업무를 중단하길 원한다는 거예요?

닉 지금부터 바로요.

젬마가 두 사람을 쳐다본다. 믿을 수 없다는 듯이 고개를 끄덕이며.

10:12:32   실내. 병원. 젬마의 진료실 바깥 창. 주간

젬마가 거의 몸이 굳은 것처럼 의자에 기대어 있다.

10:12:37   실내. 병원. 젬마의 진료실. 주간

무척 화가 난 젬마. 외투를 걸친 그녀가 가방을 옆에 두고, 책상과 서랍에 있던 개인 물품들을 챙기기 시작한다. 분노와 속상함. 젬마가 자신의 의료자격증을 떼어낸다. 그때 로즈가 들어오려고 한다.

10:13:09   실내. 병원. 젬마의 진료실 밖. 주간

젬마가 짐을 싸는 걸 보는 로즈. 젬마가 그녀를 쳐다본다.

10:13:11   실내. 병원. 젬마의 진료실. 주간

로즈 짐까지 쌀 필요는 없잖아. 2주 정도만 쉬는 것뿐인데.

음악 시작 (슬라이드/어두운 패드/부드러움/잔/피아노) 10:13:21

젬마 내가 없는 동안에는 네가 선임 파트너가 되겠네?

로즈 내가 좋아서 이래?

젬마가 대답하지 않는다.

로즈 (이어서) 우리는 그저 전문적인 조언을 따르는 거야. 내 잘못이 아니잖아.
(젬마가 로즈를 외면한다)
널 도와줬잖아! 케이트랑 아기에 대해서도 다 말했고, 사이먼한테도, 네가 나한테 부탁한 건 다 했잖아!

10:13:34   실내. 병원. 복도/접수처/뒤편 사무실. 주간

젬마가 진료실을 나간다. 로즈가 뒤따른다.

로즈 그러더니 갑자기 사이먼한테 다시 기회를 주겠다고 하고. 뭐 그건 너한테 달린 거니까 그렇다치지만, 내 본분을 지키려고 한 발 물러서서 직업적으로 처리하는 건데 이런 식이면 너무하잖아. 젬마!

둘은 복도 끝 접수처로 들어선다. 로즈가 말을 멈춘다.

GEMMA heads through into the back office. ROS
follows.

ROS
Whatever's going on, some time off would be a
good idea wouldn't it?

GEMMA puts her bags down and takes off her
identity lanyard.

GEMMA
What did you tell the police?

ROS
What?

GEMMA
You said they asked about procedure?

ROS
Yes.

GEMMA
Something was said to them here to make them
suspect me.

Gemma picks up her bags and goes to exit,
collecting her mug first.

ROS
Alright, well er, they asked about our access
to pills. And I told them what I found in your
bag.

GEMMA
Why were you looking in my bag?

ROS
I wasn't looking, I needed some hand gel and
your bag was there on the side and open, and when
I found it I saw that there was a bottle of
sleeping pills. With some anti-sickness
medication. And then the next day your
mother-in-law did what she did -

GEMMA
They were Jack's.

ROS
So I...Jack's?

GEMMA
He wanted to kill himself.   I took them off him.

A moment. ROS unsure whether to believe GEMMA.

ROS
(beat)
You still have them then? In your bag?

GEMMA
Yeah.

MUSIC IN (SLIDE/PHONE CALL/
PIANO V3/SOFT) 10:14:40

She puts her bags down on the floor.

GEMMA (CONT'D)
I have.

GEMMA opens the doctor's bag and takes out a
smaller black bag. She opens it and rummages

젬마가 곧장 뒤편 사무실로 향한다. 로즈가 뒤따른다.

로즈
어찌됐든, 잠깐 쉬는 건 좋은 생각이야. 그렇지 않아?

젬마가 가방들을 내려놓고 병원 출입증을 목에서 벗어낸다.

젬마
경찰한테 뭐라고 했어?

로즈
뭐?

젬마
경찰이 내부절차에 대해서 물어봤다며?

로즈
그랬지.

젬마
경찰이 날 의심하게 만들 만한 뭔가를 얘기한 게 있겠지.

젬마가 가방들을 들고 출입구로 향하며 자기 머그컵부터 챙긴다.

로즈
그래, 음... 어, 약품 접근 권한에 대해 물었어. 그래서 경찰한테 내가 네 가방에서 발견한 걸 말해줬어.

젬마
내 가방을 뒤진 거야?

로즈 뒤진 게 아니라 핸드크림이 필요했는데 네 가방이 옆에 열려 있었어. 그러다 가방 안에 있던 수면제 병을 본 거고. 구토억제제도 함께 말이지. 그리고 나서 다음날 너희 시어머니가 그렇게 되신 거고...

젬마 그거 잭 거야.

로즈 그래서 나는... 잭?

젬마 잭이 자살하려고 했어. 그래서 내가 뺏은 거야.

잠시 후. 로즈는 젬마의 말을 믿어야 할지 말아야 할지 확신이 안 선다.

로즈 (잠시 멈춤) 그럼 아직 가지고 있어? 가방 안에?

음악 시작 (슬라이드/전화/피아노V3/부드러움)
10:14:40

젬마 그래.

젬마가 가방들을 바닥에 내려 놓는다.

젬마 (이어서) 가지고 있지.

젬마가 왕진 가방을 열고 그 안에서 작은 검은색 가방을 꺼낸다.

around tipping everything on the floor. She
looks but...

GEMMA (CONT'D)
I don't know where they've gone. They were...

ROS
(pitying)
Oh, Gemma...

GEMMA
(still looking)
Don't!

She stops. Her stuff on the floor now - feeling
ridiculous.

GEMMA (CONT'D)
Don't make me feel stupid.
(rummages a bit more)
They were there.

ROS kneels down and notices the two bottles on
the floor. She picks them up.

ROS
I'll tell the police I made a mistake.   But take
this time.

GEMMA gathers up her bits and pieces, turns and
walks away down the corridor.

10:15:40   INT. SURGERY. RECEPTION DESK. DAY

GEMMA, exits the back office to face GORDON at
the desk.

GORDON
They said I have to see someone else -

She keeps walking. GORDON follows. He looks
quite ill...

GEMMA
Yes.

GORDON
The other doctors laugh at me.

GEMMA
They don't.

GORDON
They do. You know they do. What's happened?

GEMMA
Google me and you'll find out.

She leaves.

GEMMA
Sorry.

10:15:53   EXT. SKY. DAY

Clouds move across the sky.

10:15:58   EXT. CARLY'S HOUSE. FRONT DOOR. DAY

그걸 또 열고 이리저리 뒤지던 젬마가 안에 든 내용물을 모두 바닥에 쏟아낸다. 내용물들을 살펴보지만...

젬마 (이어서) 여기 있었는데? 그게 어디...

로즈 (안쓰러워 하며) 오, 젬마...

젬마
(계속 찾아보며) 하지마!

젬마가 가만히 멈춘다. 그녀의 물건들은 지금 바닥에 흩어져 있다. 꼴이 우습다는 걸 느낀다.

젬마 (이어서) 날 바보 취급하지 마.
(좀 더 뒤져보면서) 분명 여기 있었어.

무릎을 꿇은 로즈가 바닥에 병 두 개가 있는 걸 알아챈다. 로즈가 그것들을 들어 올린다.

로즈 내가 실수했다고 경찰한테 말할게. 그래도 너 진짜 잠깐 쉬어야겠다.

젬마가 자신의 잡동사니들을 모아서 챙긴 다음, 몸을 돌려 복도 쪽으로 향한다.

10:15:40   실내. 병원. 접수처. 주간

젬마가 뒤편 사무실에서 나오다가 접수처에 있던 고든과 마주친다.

고든 제 담당 선생님이 바뀐다고 하는데...

젬마가 계속 걸음을 옮긴다. 고든이 뒤따른다. 고든은 많이 아파보인다...

젬마 네.

고든 다른 선생님들은 절 비웃어요.

젬마 안 그래요.

고든 비웃는다니까요. 그런다는 거 선생님도 아시잖아요. 무슨 일이에요?

젬마 구글에 제 이름을 검색해보세요. 그럼 알게 될 거예요.

젬마가 병원을 나선다.

젬마 미안해요.

10:15:53   실외. 하늘. 주간

구름들이 하늘을 가로지르며 이동한다.

10:15:58   실외. 칼리의 집. 현관문. 주간

GEMMA walks up to CARLY'S front door and knocks. Hard.

10:16:04   INT. CARLY'S HOUSE. FRONT DOOR. DAY

                  DANIEL walks down the stairs.

10:16:07   EXT. CARLY'S HOUSE. FRONT DOOR. DAY

                  The front door opens and we see DANIEL, much more clean cut than before.

                  GEMMA
                  Hi ... that's what I thought... you're back with Carly?

10:16:13   INT. CARLY'S HOUSE. FRONT DOOR. DAY

                  DANIEL
                  Yeah...not drinking anymore.

                  GEMMA
MUSIC OUT (SLIDE/PHONE CALL/   I was suspended today. Because of your PIANO
V3/SOFT) 10:16:17   complaint.

10:16:18   EXT. CARLY'S HOUSE. FRONT DOOR. DAY

                  GEMMA
                  You know why I came round that day.

10:16:20   INT. CARLY'S HOUSE. FRONT DOOR. DAY

                  GEMMA (CONT'D)
                  She needed help.

                  DANIEL
                  No...

10:16:22   EXT. CARLY'S HOUSE. FRONT DOOR. DAY

                  DANIEL (CONT'D)
                  ...you found out what your husband was doing. You were angry, you took it...

10:16:24   INT. CARLY'S HOUSE. FRONT DOOR. DAY

                  DANIEL (CONT'D)
                  ...out on me.

                  GEMMA
                  Look I'm pleased...

10:16:26   EXT. CARLY'S HOUSE. FRONT DOOR. DAY

                  GEMMA (CONT'D)
                  ...if you've sorted yourself out.

                  DANIEL
                  Not if.

10:16:29   INT. CARLY'S HOUSE. FRONT DOOR. DAY

                  GEMMA
                  Carly's given you a second chance.

                  DANIEL
                  Yeah.

                  GEMMA

젬마가 칼리의 집 현관문으로 다가가 노크를 한다.

| 10:16:04 | <u>실내. 칼리의 집. 현관문. 주간</u> |

다니엘이 계단을 내려온다.

| 10:16:07 | <u>실외. 칼리의 집. 현관문. 주간</u> |

현관문이 열리고 다니엘이 보인다. 예전보다 훨씬 말끔해진 모습이다.

젬마 안녕... 생각했던 대로네... 칼리랑 다시 합쳤어요?

| 10:16:13 | <u>실내. 칼리의 집. 현관문. 주간</u> |

음악 끝 (슬라이드/전
화/피아노V3/부드러움)
10:16:17

다니엘 네... 난 이제 술 안 마셔요.

젬마 난 오늘 정직당했어요. 당신의 그 소심한 불평 때문에.

| 10:16:18 | <u>실외. 칼리의 집. 현관문. 주간</u> |

젬마 그날 내가 왜 왔는지 알잖아요.

| 10:16:20 | <u>실내. 칼리의 집. 현관문. 주간</u> |

젬마 (이어서) 칼리는 도움이 필요했어요.

다니엘 아니...

| 10:16:22 | <u>실외. 칼리의 집. 현관문. 주간</u> |

다니엘 (이어서) ... 당신 남편이 바람피우는 걸 알고 화가 나서 그걸...

| 10:16:24 | <u>실내. 칼리의 집. 현관문. 주간</u> |

다니엘 (이어서) ... 나한테 화풀이 한 거잖아요.

젬마 봐봐, 당신이...

| 10:16:26 | <u>실외. 칼리의 집. 현관문. 주간</u> |

젬마 ...정신 차렸다면 다행이긴 한데. / **다니엘** 정신 차린 거 맞아요.

| 10:16:29 | <u>실내. 칼리의 집. 현관문. 주간</u> |

젬마 칼리가 두 번째 기회를 줬군요.

다니엘 그래요.

젬마

Give me a second chance too.

10:16:34   EXT. CARLY'S HOUSE. FRONT DOOR. DAY

He looks at her.

DANIEL
Carly showed me the website. You're out of
control.

10:16:37   INT. CARLY'S HOUSE. FRONT DOOR. DAY

GEMMA
No. I've been through a lot in the last few
weeks, but things are better now. Please. I, I
can't stop working. I, I need it.

But in that moment, she, and we, know she looks
dishevelled, rushed, and quite mad. CARLY
appears.

10:16:49   EXT. CARLY'S HOUSE. FRONT DOOR. DAY

GEMMA (CONT'D)
Carly -

DANIEL
(to CARLY)
They've suspended her.

CARLY
(awkward)
Um ... Okay, look Dan, maybe you should tell
them ...

10:16:57   INT. CARLY'S HOUSE. FRONT DOOR. DAY

CARLY (CONT'D)
... not to go forward with this.

DANIEL
(to GEMMA)
Have you admitted it? Said...

10:16:59   EXT. CARLY'S HOUSE. FRONT DOOR. DAY

DANIEL (CONT'D)
...that what happened?

GEMMA
They'd start a disciplinary procedure and I
can't -

GEMMA stops, thinks, then goes into her bag.

10:17:05   INT. CARLY'S HOUSE. FRONT DOOR. DAY

She gets out her wallet and unzips it.

10:17:08   EXT. CARLY'S HOUSE. FRONT DOOR. DAY

CARLY looks awkward.

GEMMA (CONT'D)
How much?

10:17:09   INT. CARLY'S HOUSE. FRONT DOOR. DAY

GEMMA takes a wad of notes out of her wallet.

나한테도 두 번째 기회를 줘요.

| 10:16:34 | <u>실외. 칼리의 집. 현관문. 주간</u> |

다니엘이 젬마를 쳐다본다.

다니엘 칼리가 그 웹사이트를 보여줬어요. 당신 엉망이던데요.

| 10:16:37 | <u>실내. 칼리의 집. 현관문. 주간</u> |

젬마 아니에요. 지난 몇 주 동안 힘든 일이 많았지만 지금은 나아졌어요. 제발, 난, 나는 일을 쉴 수가 없어요. 난, 나는 지금 일을 해야 해요.

그러나 그 순간 젬마 스스로도, 우리도 그녀가 헝크러지고 조급하고 정말 미쳐 있다는 걸 알고 있다. 그때 칼리가 나타난다.

| 10:16:49 | <u>실외. 칼리의 집. 현관문. 주간</u> |

젬마 (이어서) 칼리...

다니엘 (칼리에게) 정직당했대.

칼리 (곤란해 하며) 음... 좋아, 들어봐 댄, 네가...

| 10:16:57 | <u>실내. 칼리의 집. 현관문. 주간</u> |

칼리 (이어서) ...이제 그만해도 된다고 얘기를 해야 할 것 같아.

다니엘 (젬마에게) 인정했어요? 당신이...

| 10:16:59 | <u>실외. 칼리의 집. 현관문. 주간</u> |

다니엘 (이어서) ...무슨 일을 벌였는지 말했냐고요?

젬마 징계 절차가 시작됐는데, 나는 그럴 수...

젬마가 말을 멈추고 뭔가 생각한다. 그리고 나서 자신의 가방에 손을 가져간다.

| 10:17:05 | <u>실외. 칼리의 집. 현관문. 주간</u> |

젬마가 지갑을 꺼내 연다.

| 10:17:08 | <u>실외. 칼리의 집. 현관문. 주간</u> |

칼리가 불편한 기색을 보인다.

젬마 (이어서) 얼마면 될까?

| 10:17:09 | <u>실내. 칼리의 집. 현관문. 주간</u> |

젬마가 지갑에서 지폐 한 뭉치를 꺼낸다.

MUSIC IN (LEAVING DANIEL
AND CARLY) 10:17:15

GEMMA (CONT'D)
How much to withdraw the complaint.

EXT. CARLY'S HOUSE. FRONT DOOR. DAY

CARLY'S sort of disgusted.

CARLY
You really need to stop offering me money.

10:17:20

INT. CARLY'S HOUSE. FRONT DOOR. DAY

GEMMA puts it away.

GEMMA
(caught. guilty)
Yeah.

10:17:22

EXT. CARLY'S HOUSE. FRONT DOOR. DAY

GEMMA looks at them.

10:17:24

INT. CARLY'S HOUSE. FRONT DOOR. DAY

GEMMA (CONT'D)
Okay.

10:17:26

EXT. CARLY'S HOUSE. FRONT DOOR. DAY

That's the end of it.

GEMMA turns and walks away. They come out of the
door to watch her.

10:17:33

EXT. CARLY'S BLOCK OF FLATS. DAY

GEMMA walks back to the car and gets in. She sits
in the driver's seat. Feels very alone.

We hear the sounds of a football match from the
next scene.

10:17:53

EXT. HIGHBROOK SCHOOL FOOTBALL PITCH. DAY

TOM'S school football match. SIMON watches on
the sideline.

SIMON
Come on, son. Come on, Tom.

GEMMA walks down the stairs from the car park
to lots of cheering. She smiles as she sees TOM
playing. As she walks she sees the PARKS family
- SUZIE and KATE walk down the stairs to watch
ANDREW in a separate match. CHRIS is talking to
some TEACHERS as he spots GEMMA.

CHRIS
Leave it with me.
(he turns and sees GEMMA)
Hey! My favourite doctor!

CHRIS goes over to her. SUSIE joins them.

GEMMA
Hi.

SUSIE
Hi!

음악 시작 (다니엘과 칼리 집에서 떠나기) 10:17:15

젬마 그 항의 취소하려면 얼마면 되냐고요.

실외. 칼리의 집. 현관문. 주간

어떤 혐오스러움을 느끼는 칼리.

칼리 돈으로 해결하려는 거 이제 정말 그만해요.

10:17:20

실내. 칼리의 집. 현관문. 주간

젬마가 돈 뭉치를 다시 넣는다.

젬마 (알아들으며, 가책을 느끼며) 그래요.

10:17:22

실외. 칼리의 집. 현관문. 주간

젬마가 다니엘과 칼리를 바라본다.

10:17:24

실내. 칼리의 집. 현관문. 주간

젬마 (이어서) 알았어요.

10:17:26

실외. 칼리의 집. 현관문. 주간

그렇게 상황이 종료된다. / 젬마가 돌아서서 간다. 칼리와 다니엘이 현관문에서 나와 젬마를 지켜본다.

10:17:33

실외. 칼리의 공동주택가. 주간

젬마가 자신의 차로 걸어가 차에 탄다. 운전석에 앉는다. 깊은 고독감을 느낀다. / 다음 장면의 축구경기 소리가 먼저 들린다.

10:17:53

실외. 하이브룩 스쿨 축구 경기장. 주간

톰의 학교에서 축구경기가 열리고 있다. 사이먼이 옆 라인에서 경기를 지켜보는 중이다.

톰 잘한다, 우리 아들! 힘내, 톰!

젬마가 주차장에서 계단을 통해 응원석으로 내려온다. 톰이 경기하는 모습을 보고 미소 짓는다. 그녀는 계속 걷다가 파크스 가족을 발견한다. 수지와 케이트가 또 다른 별개의 경기를 뛰고 있는 앤드류를 보기 위해 계단을 내려온다. 크리스는 몇몇 선생님들과 이야기를 하다가 젬마를 알아본다.

크리스 저한테 맡기세요. (몸을 돌려 젬마를 본다) 헤이! 우리 의사 선생님!

크리스가 젬마에게 간다. 수지가 합류한다.

젬마 안녕하세요!

수지 안녕하세요!

GEMMA
Hi.

CHRIS looks over at SIMON who's shouting
encouragement to TOM.

MUSIC OUT (LEAVING DANIEL
AND CARLY) 10:18:35

CHRIS
Your husband's taking this very seriously.

GEMMA
Well he was never very good at sports himself,
so it matters.

KATE now joins them, all dressed up.

SUSIE
(about CHRIS)
(laughs) He's just same!

GEMMA
(to KATE)
How are you?

KATE
Good thanks.

GEMMA
You going out?

KATE
What?

CHRIS
She's talking about the skirt. I had the same
question but she's twenty something...

KATE
Twenty three.

CHRIS
Yeah, well, apparently I don't get a vote.

KATE
I like it.

CHRIS
Yeah, I'm sure the boys do as well.

KATE
Yeah, shut up dad!

MUSIC IN (SEEING THE
PARKS) 10:19:04

CHRIS
(shouts to ANDREW on the pitch)
Ahh! Get up! Least I could run in a straight
line! Get up! That's better ...

KATE leaves to watch the game with her DAD,
leaving GEMMA talking to SUSIE, more quietly
now, confidentially.

MUSIC OUT (SEEING THE
PARKS) 10:19:12

SUSIE
I've been meaning to say, it is ridiculous that
we haven't all got together, the four of us.
It's what happens when you leave it to the men.

GEMMA
Sounds fun.

SUSIE
I'll email you.

젬마
잘 계시죠?

소리지르며 톰을 응원하는 사이먼을 건너다보는 크리스.

음악 끝 (다니엘과 칼리
집에서 떠나기) 10:18:35

크리스
남편분이 애들 경기에 정말 진지하게 빠진 것 같아요.

젬마
음... 본인이 운동을 잘했던 적이 없거든요. 그래서 그이한테 의미가 있나봐요.

케이트도 이제 셋과 함께한다. 잘 차려입었다.

수지
(크리스에 대해)
(웃으며) 이 사람도 똑같아요!

젬마
(케이트에게)
어떻게 지내요?

케이트
잘 지내요. 고마워요.

젬마 어디 좋은 데 가요?

케이트 네?

크리스 그 치마 얘기하는 거야. 나도 똑같은 질문을 했어요. 얘가 스무 살밖에...

케이트 스물 세살이에요.

크리스 그래, 내가 무슨 참견을 하겠니.

케이트 난 이 치마가 좋아요.

크리스 맞아, 남자들도 좋아하겠지.

케이트 그만, 시끄러워요 아빠!

음악 시작 (파크스 일가)
10:19:04

크리스 (경기장의 앤드류에게 소리치며)
아하! 일어나! 아빠도 똑바로는 뛰는데! 일어나! 그래 그렇게...

케이트가 아빠를 따라 경기를 보러 간다. 남겨진 젬마와 수지가 이야기를 나눈다. 이제
좀 더 조용하고, 은밀하게.

음악 끝 (파크스 일가)
10:19:12

수지 정말이지, 우리가 아직 한 번도 함께 모인 적이 없다는 게 말이 돼요? 우리
4명 말이에요. 남자들한테 맡겨놓으면 이런다니까.

젬마 정말 그러네요.

수지 메일 보낼게요.

GEMMA
Bye.

SUSIE
Bye.

GEMMA makes her way over to SIMON whose
encouraging TOM.

SIMON
Come on Tom!

TOM sees his MUM. Does a half wave a bit
embarrassed of her being here but secretly
pleased.

SIMON (CONT'D)
Nice ball.

She reaches SIMON. He can't believe she's here.

SIMON
I thought you were at work?

GEMMA
I wanted to see our son.

He gives her a kiss, seemingly pleased she's
here.

SIMON and GEMMA watch together.

SIMON
Come on Tom!

10:19:49   EXT. HIGHBROOK SCHOOL. CAR PARK. DAY

SIMON and GEMMA walk back to their cars.

GEMMA
Simon the...the partners at work...erm...have
asked me to take some time off. Pending an
investigation.

SIMON
You mean –

GEMMA
Suspended me, effectively–

SIMON
Why?

GEMMA
There's been a formal complaint that I went to
the home of a patient and assaulted him.

SIMON
Assaulted him? You? Ros – she, she's a
partner. Can't she –

GEMMA
... there's been the stuff on the internet, and
the police have been round asking questions
about your mum. Apparently that "paints a
picture".
(she's upset)
Sorry...

MUSIC IN (HAPPY PLACE/GOING
HOME/SOFT/BELLS) 10:20:32

젬마
네, 잘 가요.

수지
잘 가요.

톰을 응원하고 있는 사이먼에게 가는 젬마.

사이먼
힘내, 톰!

톰이 엄마를 본다. 엄마가 여기 있는 게 조금 어색하기도 하지만 내심 기쁘다.

사이먼 (이어서)
나이스 볼.

젬마가 사이먼 가까이 왔다. 사이먼은 그녀가 여기 있다는 게 믿어지지 않는다.

사이먼
일하는 줄 알았는데?

젬마 우리 아들 보고 싶어서.

사이먼이 젬마에게 키스한다. 그녀가 와서 기쁜 모양새다.

사이먼과 젬마가 경기를 함께 본다.

사이먼 잘한다, 톰!

10:19:49 <u>실외. 하이브록 스쿨. 주차장. 주간</u>

사이먼과 젬마가 차로 향한다.

젬마 여보, 그...병원 동료들...어... 나보고 잠깐 쉬래. 뭘 좀 조사하는 동안.

사이먼 그게 무슨 말이야...

젬마 사실상 정직처분이야.

사이먼 왜?

젬마 내가 어떤 환자 집으로 가서 그 남자를 폭행했다는 공식적인 항의가 들어왔어.

사이먼 남자를 폭행했다고? 당신이? 로즈는? 걔도 파트너 중 하나잖아. 어떻게 걔가...

음악 시작 (행복 장소/귀가/부드러움/벨소리들 10:20:32 **젬마** 인터넷에 올라온 것도 있고 경찰이 어머님 일로 여기저기 물어보고 다녀서... 그런게 다 날 의심 사게 만드는 것 같아.
(젬마가 울컥한다)
미안해...

SIMON suddenly hugs her. She's surprised at first, but this is what he was good at. Knowing what she needs, steadying her, and for the first time in the series, she fully responds.

SIMON
(quietly)
It's alright. Ok, ok, it'll be alright.

She hugs him back, invests in him, and releases how she's feeling. Enjoying the comfort, the security. THIS is what she missed.

GEMMA
(quietly)
Thank you. Thank you.

The man she married - knowing it's him. SIMON, the father of her child, the man she saw at the end of the aisle on her wedding day - then suddenly -

His phone pings - he clenches his hand tightly around her arm - she notices, as do we, in close up. But he keeps hugging. It's a really strange way to react.

She pulls back slightly.

GEMMA (CONT'D)
That was you.

SIMON
Yeah.

He lets go.

SIMON (CONT'D)
Right sorry. I didn't wanna...

He gets out his phone and looks at it.

GEMMA
Who is it?

SIMON
Work.

GEMMA
Okay.

She looks at him. He puts the phone away.

GEMMA (CONT'D)
Are you not gonna reply?

Another moment. She looks at him. An implication now.

GEMMA (CONT'D)
I don't mind if you want to.

SIMON
What?
(beat)
What's going on?

GEMMA
When you got the text, your...your body went tense.

사이먼이 갑자기 그녀를 껴안는다. 처음엔 젬마가 놀라지만, 사이먼은 이런 행동에 능숙하다. 그녀가 원하는 것과 그녀를 진정시키는 법을 아는 사람이다. 이 드라마에서 처음으로 젬마가 그녀의 모든 감정을 내보인다.

사이먼
(나지막이)
괜찮아. 그래, 그래, 괜찮을거야.

젬마도 사이먼을 껴안는다. 그에게 온통 몰입하며 자신이 어떻게 느끼고 있는지 맘껏 표현한다. 편안함과 안정감을 만끽한다. 그녀가 그리워 하던 바로 그것.

젬마 (나지막이) 고마워. 고마워.

그녀와 결혼한 남자, 그가 바로 사이먼임을... 그리고 자기 아이의 아빠이자 결혼식날 신부 입장을 하는 통로 끝에서 본 사람이 바로 그임을... 그런데 갑자기...

사이먼의 핸드폰이 신호음을 낸다. 사이먼은 손으로 젬마의 팔을 꼭 쥔다. 우리들처럼 젬마도 뭔가 눈치 챘다는 걸 클로즈업 화면으로 보여준다. 그러나 사이먼은 계속 젬마를 안고 있다. 정말 이상한 대응 방법이다.

젬마가 살짝 뒤로 물러난다.

젬마 (이어서) 당신 핸드폰이야.

사이먼 응.

사이먼이 포옹을 푼다.

사이먼 (이어서) 정말 미안해. 난 싫은데...

사이먼이 핸드폰을 꺼내 본다.

젬마 누구야?

사이먼 회사 사람.

젬마 그래.

젬마가 사이먼을 본다. 사이먼이 핸드폰을 다시 집어넣는다.

젬마 (이어서) 답장 안 해?

또 한 번, 젬마가 사이먼을 본다. 함축적인 이 순간.

젬마 (이어서) 하고 싶으면 나 신경쓰지 마.

사이먼 뭐?
(잠시 멈춤) 왜 그래?

젬마 문자 메시지 소리 들었을 때, 당신... 당신 몸이 굳었어.

SIMON
I was surprised. That's what people do when
they're surprised.

GEMMA
Okay. Honestly. You can reply.

He rolls his eyes, a distinctive, frustrated,
gesture.

SIMON
You still...you still ... you think I'm lying?
You still don't trust me?
(beat)
Look d'you wanna see the text?
(he gets his phone out)
Time, date, details of the supplies for the
foundations.
(he holds out the phone, slightly aggressive)
Here. Look.

She wants to take it and check. But wants to
trust him too.

He holds it out - serious. Offering it. She
could just have a look...but...

GEMMA
No. It's fine.

TOM walks over to them.

GEMMA (CONT'D)
Well done!

TOM
We lost.

SIMON
Only just and not because of you.

They turn to their cars, to leave.

MUSIC OUT (HAPPY PLACE/GOING   GEMMA
HOME/SOFT/BELLS) 10:22:02   Right. Two cars. Who you gonna to go with?

TOM
(beat)
No offence mum but you don't know much about
football and me and dad have to talk.

SIMON gets another text. Reads it. GEMMA tries
to ignore it, continue to enjoy the moment
instead.

GEMMA
Where to? Somewhere to celebrate?

TOM
Celebrate what?

GEMMA
You of course! Pizza?

TOM
(smiles)
Yeah, actually that would be really good.

TOM and GEMMA both look over to SIMON, who's now
staring down at his phone - reading the text
properly.

사이먼
놀라서 그래. 놀라면 다들 그러잖아?

젬마
그래. 진짜 답장해도 돼.

사이먼이 눈을 굴린다. 독특하고 좌절감을 느끼는 몸짓이다.

사이먼
당신 아직도… 아직도… 내가 거짓말하는 거 같아? 아직도 날 못 믿겠어?
(잠시 멈춤)
문자라도 직접 봐야겠어?
(사이먼이 핸드폰을 꺼낸다)
기초공사 자재에 대한 시간, 날짜, 세부내역 같은 것들이야.
(사이먼이 핸드폰을 내민다. 다소 공격적으로)
자, 여기. 봐.

젬마는 받아서 확인하고 싶다. 그러나 그를 믿고도 싶다.

사이먼이 그걸 내밀고 있다… 진지하게, 제안하고 있다. 젬마는 그냥 한번 볼 수도 있다…
그러나…

젬마 아냐. 괜찮아.

톰이 그들에게 걸어온다.

젬마 (이어서) 잘했어!

톰 우리 졌어요.

사이먼 간발의 차로. 그리고 너 때문에 진 게 아니야.

그들은 차가 있는 곳으로 몸을 돌려 움직인다.

음악 끝 (행복 장소/귀가/
부드러움/벨소리들
10:22:02

젬마 맞다. 차가 두 대야. 누구 차 타고 갈래?

톰 (잠시 멈춤) 서운해 하지 마요, 엄마. 그런데 엄마는 축구 잘 모르잖아요. 나랑
아빠랑 축구 얘기 해야 돼요.

사이먼에게 또 하나의 문자가 온다. 사이먼이 확인한다. 젬마가 그걸 애써 모른 척하면서
대신 이 순간을 계속 즐기려고 한다.

젬마 어디로 갈까? 축하할 만한 곳으로 가야지?

톰 누굴 축하해요?

젬마 물론 너지! 피자?

톰 (미소 지으며) 네, 정말 진짜로 좋아요.

톰과 젬마 모두 사이먼을 바라본다. 사이먼은 지금 핸드폰을 내려다보고 있다. 문자 메시
지를 유심히 읽는 사이먼.

GEMMA
(to SIMON)
Simon? Pizza?

SIMON
Argh - really sorry. Crisis.

TOM
What?

SIMON
The, the thing with the supplies. We need to
talk about options, today - sorry. Boring. Erm,
I just be a couple of hours. I'll join you later.
(to TOM)
Pizza is a great idea. You can teach mum about
the offside rule!

TOM
Well why can't you come now, and sort out your
problem later?

SIMON
Sorry mate. It, it just doesn't work like that.
I'll be around tonight and we can catch up then,
yeah?

TOM
Okay.

SIMON kisses TOM'S head and gets into his car.
GEMMA now having moved away shows the agony on
her face as SIMON gets in his car.

MUSIC IN (FOLLOWING SIMON)
10:22:55

TOM walks over to his MUM.

TOM
You already know the offside rule ...

GEMMA
Yeah.

She's being weird, distracted. TOM'S worried,
but tries not to show it.

TOM
Is there anything you don't know?

She watches SIMON'S car drive away.

GEMMA
Quite a lot.

TOM and GEMMA get in the car.

10:23:14   EXT. PARMINSTER ROAD. DAY

GEMMA'S car follows SIMON'S down the road.

10:23:18   INT. GEMMA'S CAR. DAY

TOM in the front seat waves, trying to get his
DAD'S attention.

They both stop at a roundabout.

TOM
Dad!

SIMON eventually pulls away.

젬마 여보? 피자?

사이먼 아흐... 정말 미안. 급한 일이야.

톰 무슨 일인데요?

사이먼 그... 공급품에 문제가 생겼대. 오늘 꼭 대안을 상의해야 해. 미안해. 지루한 얘기야. 어, 두 시간이면 되니까 나는 나중에 갈게.
(톰에게) 피자 고른 거 정말 좋은 생각이다. 엄마한테 오프사이드 규칙 좀 가르쳐 줘.

톰 음... 지금은 우리랑 가고 나중에 해결하면 안 돼요?

사이먼 미안, 친구. 그렇게 할 수 있는 일이 아니야. 저녁쯤에 갈 테니까 그때 다시 얘기하자. 알겠지?

톰 네.

음악 시작 (사이먼 미행하기) 10:22:55

사이먼이 톰의 머리에 키스하고 차에 탄다. 사이먼이 차에 탈 때, 조금 떨어져 있던 젬마의 얼굴에 극도의 고통이 스친다.

톰이 엄마가 있는 쪽으로 온다.

톰 엄마 오프사이드 규칙 알잖아요...

젬마 알지.

젬마에게서 섬뜩하고 어지러운 분위기가 풍긴다. 톰은 걱정되지만 내색하지 않으려고 노력한다.

톰 엄마도 모르는 게 있어요?

사이먼의 차가 멀어지는 것을 보는 젬마.

젬마 아주 많지.

톰과 젬마가 차에 탄다.

10:23:14

<u>실외. 파민스터 거리. 주간</u>

젬마의 차가 사이먼의 차를 뒤따른다.

10:23:18

<u>실내. 젬마의 차. 주간</u>

조수석에 앉은 톰이 아빠의 시선을 끌려고 하면서 손을 흔든다.

두 차가 로터리에서 함께 멈춘다.

톰 아빠!

사이먼이 먼저 차를 움직인다.

TOM (CONT'D)
(to GEMMA)
He works really hard doesn't he?

GEMMA doesn't answer but sees SIMON pull off the
roundabout towards work.

GEMMA continues round.

10:23:34   EXT. PARMINSTER ROAD. DAY

SIMON'S car comes towards us. GEMMA'S still on
the roundabout.

10:23:35   INT. GEMMA'S CAR. DAY

GEMMA'S eyes follow SIMON'S car. GEMMA takes
the next exit.

10:23:40   EXT. GEMMA'S CAR. DAY

Through the windscreen we see GEMMA. She
doesn't want to do this. But she has no choice.
She doesn't trust him at all.

10:23:44   EXT. PARMINSTER ROAD. DAY

She suddenly swings the car round - a U-turn in
the road.

10:23:45   INT. GEMMA'S CAR. DAY

TOM steadies himself.

TOM (CONT'D)
Mum! Mum!

She heads back to the roundabout.

10:23:49   EXT. PARMINSTER ROAD. DAY

GEMMA on the roundabout.

10:23:51   INT. GEMMA'S CAR. DAY

TOM (CONT'D)
Mum! You're going the wrong way!

10:23:55   EXT. PARMINSTER ROAD. DAY

GEMMA'S takes a different exit.

10:23:57   INT. GEMMA'S CAR. DAY

TOM looks at his MOTHER, can't understand what
she is doing.

10:24:00   EXT. SIMON'S OFFICES. DAY

We see SIMON'S car parked outside his office.
GEMMA pulls into the car park and stops.

10:24:11   INT. GEMMA'S CAR. DAY

GEMMA
I need five minutes with your Dad.

톰 (이어서)

(젬마에게) 아빠 정말 힘들게 일하는 것 같아요. 그죠?

젬마가 대답하지 않는다. 로터리를 벗어나 회사 방향으로 가는 사이먼의 차를 보고 있는 젬마. / 젬마가 계속 로터리를 돈다.

10:23:34   <u>실외. 파민스터 거리. 주간</u>

사이먼의 차가 화면 정면으로 다가온다. 젬마의 차는 여전히 로터리에 있다.

10:23:35   <u>실내. 젬마의 차. 주간</u>

젬마의 눈이 사이먼의 차를 쫓는다. 젬마의 차가 다음 나들목을 탄다.

10:23:40   <u>실외. 젬마의 차. 주간</u>

차창 너머로 젬마가 보인다. 젬마도 이러고 싶진 않다. 그러나 선택의 여지가 없다. 그녀는 사이먼을 전혀 믿고 있지 않다.

10:23:44   <u>실외. 파민스터 거리. 주간</u>

젬마가 갑자기 차를 급회전시킨다. 그렇게 유턴해서 달린다.

10:23:45   <u>실내. 젬마의 차. 주간</u>

톰이 놀란 가슴을 진정시킨다.

톰 (이어서) 엄마! 엄마!

젬마가 로터리로 다시 진입한다.

10:23:49   <u>실외. 파민스터 거리. 주간</u>

젬마가 로터리를 돈다.

10:23:51   <u>실내. 젬마의 차. 주간</u>

톰 (이어서) 엄마! 지금 다른 길로 가고 있잖아요!

10:23:55   <u>실외. 파민스터 거리. 주간</u>

젬마가 다른 나들목으로 들어선다.

10:23:57   <u>실내. 젬마의 차. 주간</u>

톰이 엄마를 쳐다본다. 엄마의 행동을 이해할 수 없다.

10:24:00   <u>실외. 사이먼의 회사 건물. 주간</u>

사이먼의 차가 회사 건물 밖에 주차되어 있는 것이 보인다. 젬마가 주차장에 도착해 차를 세운다.

10:24:11   <u>실내. 젬마의 차. 주간</u>

젬마 아빠랑 5분만 얘기하고 올게.

MUSIC OUT (FOLLOWING SIMON)
10:24:16

TOM
You said we were having pizza!

GEMMA
Do your homework.

TOM
I want to come in!

GEMMA
You can't.

She gets out and slams the door, leaving TOM inside, fuming.

10:24:27

INT. SIMON'S OFFICES. RECEPTION. DAY

MUSIC IN (SEEING BECKY)
10:24:32

GEMMA climbs the stairs of the office and makes her way to BECKY and SIMON'S offices. She looks through the open door to see BECKY standing, looking out of a large window in her office.

10:24:36

INT. SIMON'S OFFICES. BECKY'S OFFICE. DAY

Close on BECKY looking out of the window. She's thinking, anxious.

10:24:37

INT. SIMON'S OFFICES. RECEPTION. DAY

BECKY turns away to see GEMMA through the door. Her face says it all. She quickly smiles and approaches GEMMA coming out of the office and closing the door.

GEMMA
Shit...

BECKY
What?

GEMMA
Your face.

BECKY
I erm, I didn't know you were coming over. They normally buzz up -

GEMMA
I told them that I wanted to surprise my husband. I'm not having a good day.
Is he in there?

GEMMA looks to his office.

BECKY
He's on the phone. Gemma are you -

MUSIC OUT (SEEING BECKY)
10:25:06

GEMMA
You're holding something back. I mean, I mean you've been doing that for a long time, but something's changed.
(they move into a corner)
You've suddenly become really bad at lying.

BECKY
I don't know what you're talking about.

GEMMA
Does my husband bully you? I mean, not physically but he patronises you. I suppose

톰
피자 먹으러 간다고 했잖아요!

젬마
숙제하고 있어.

톰
나도 갈래요!

젬마
안 돼.

젬마가 차에서 내려 문을 쾅 닫는다. 톰을 차에 남겨둔 채 씩씩대면서.

10:24:27 실내. 사이먼의 회사 건물. 접수처. 주간

음악 시작 (베키 만나기) 젬마가 사무실 건물 계단을 오른다. 그리고 베키와 사이먼의 사무실로 향한다. 열려 있는
10:24:32 문을 통해 베키가 자신의 사무실에 있는 넓은 창으로 바깥을 내다보며 서 있는 게 보인다.

10:24:36 실내. 사이먼의 회사 건물. 베키의 사무실. 주간

창 밖을 바라보는 베키의 모습이 화면 가까이 보인다. 생각에 잠겨, 불안한 모습의 베키.

10:24:37 실내. 사이먼의 회사 건물. 접수처. 주간

몸을 돌린 베키가 문을 통해 젬마를 본다. 베키의 표정이 모든 걸 말해주고 있다. 베키가
재빨리 미소 짓는 표정으로 바꾸며 사무실 밖 젬마에게 다가가 사무실 문을 뒤로 닫는다.

젬마 젠장…

베키 네?

베키 당신 표정.

베키 전, 어…오시는 줄 몰랐어요. 보통 벨이 울리는데…

젬마 남편 놀라게 해줄 거라고 했어요. 제가 오늘 기분이 안 좋거든요. 그이 안에
있어요?

젬마가 사이먼의 사무실 쪽을 본다.

베키 통화 중이에요. 젬마, 사모님…

음악 끝 (베키 만나기) **젬마** 뭔가 감추고 있군요. 내 말은… 내 말은 이짓을 오랫동안 해온 당신이지만,
10:25:06 지금은 뭔가 다르다는 거예요.
(젬마와 베키가 한쪽 구석으로 간다)
갑자기 거짓말이 서툴러졌네요.

베키 무슨 말씀을 하시는지 모르겠어요.

젬마 남편이 못되게 굴죠? 내 말은 신체적으로가 아니라, 당신을 깔보겠죠.

that's why men want female assistants... So
they can push at least one woman around.
(beat)
You've been covering for him for years.

BECKY
(trying to hold the line)
I don't...cover.

GEMMA
I'd like to believe that.

BECKY
Well you should.

GEMMA
But your face.

BECKY
Look if you take a seat, when he's off the phone,
I'll let him know that you're here.

GEMMA
I wanted his support. I've basically just lost
my job, but from the expression on your face,
I think he's off having sex with Kate Parks
again.

BECKY looks at her.

GEMMA (CONT'D)
You split with your husband. So you can imagine
something of what I'm feeling.
(beat)
I've known for a while.

A moment. BECKY'S compassionate for GEMMA. She
hates this.

BECKY
They have no idea.

GEMMA
Well they will now.

GEMMA heads straight into BECKY'S office which
leads into SIMON'S office.

10:26:16   INT. SIMON'S OFFICES. BECKY'S OFFICE. DAY

She turns to BECKY.

GEMMA (CONT'D)
I assume it's not locked.

10:26:21   INT. SIMON'S OFFICES. PRIVATE OFFICE. DAY

GEMMA bursts into the room, and there's no one
there.

She walks in. The office is a mess. She looks
round. Then walks back out to BECKY'S office -
angry.

10:26:25   INT. SIMON'S OFFICES. BECKY'S OFFICE. DAY

BECKY's staring at her.

GEMMA
Where is he? His car's outside.

그러려고 남자들이 여자 비서를 두는 거 아니겠어요? 여자 한 명이라도 마음대로 하려고...
(잠시 멈춤)
몇 년 동안이나 그 사람 비밀을 덮어왔죠?

베키 (선을 지키려고 애쓰며)
덮은 적... 없어요.

젬마 그렇게 믿고 싶네요.

베키 그럼요, 믿으셔도 돼요.

젬마 하지만 당신 표정.

베키 일단 앉으세요. 통화가 끝나면, 여기 오신 걸 전해드릴게요.

젬마
그이가 힘이 돼주길 바랐어요. 무엇보다 난 방금 직장도 잃었는데... 그런데 당신 표정을 보니 그 사람 케이트 파크스하고 또 자는 중이겠군요.

베키가 젬마를 바라본다.

젬마 (이어서)
당신 이혼했잖아요. 그럼 지금 내 기분이 어떤지 조금은 상상할 수 있잖아...
(잠시 멈춤)
난 전부터 다 알고 있었다고요.

잠시 후, 베키가 젬마에게 연민을 느낀다. 베키도 이러는 게 신물난다.

베키 저 사람들 눈치 못 챘어요.

젬마 그럼, 이제 알게 되겠네.

사이먼의 사무실로 이어진 베키의 사무실로 곧장 들어가는 젬마.

10:26:16   실내. 사이먼의 회사 건물. 베키의 사무실. 주간

젬마가 베키에게 몸을 돌린다.

젬마 (이어서) 안 잠겨있겠죠?

10:26:21   실내. 사이먼의 회사 건물. 개인 사무실. 주간

젬마가 들이닥친다. 아무도 없다.

젬마가 안으로 걸음을 옮긴다. 사무실은 지저분하다. 젬마가 둘러본다. 그러고 나서 베키의 사무실로 발걸음을 돌린다. 분노하며.

10:26:25   실내. 사이먼의 회사 건물. 베키의 사무실. 주간

젬마 그 사람 어딨어요? 차가 밖에 있던데.

403

BECKY stares at her.

GEMMA (CONT'D)
Well?

Still staring.

GEMMA (CONT'D)
What?

MUSIC IN (PROTOCOL V4/
SUSPICIOUS V3/GOING HOME/
BELLS/PIANO V1) 10:26:53

BECKY
He was always worried that someone might follow
him, or see him. They had a system. You can get
out from the back of the building...

BECKY goes to the window again. Looks out.
GEMMA understands she's supposed to go too.
They look down.

Outside, is a park. It's secluded, but from
above you can see in. On a bench are SIMON and
KATE holding hands, talking intensely.

GEMMA almost losing it bangs her forehead onto
the window.

SIMON leans over and kisses her, has her face
in his hands. They're really in love. GEMMA
bangs her head again as she watches. She shakes
her head and squeezes her eyes shut. GEMMA
turns away but looks back down. Compelled.

BECKY (CONT'D)
They're back together. He'll never leave her.
I kept telling him to stop. I hate what he's
doing.

GEMMA looks at them again. Now KATE'S laughing
at his joke - he's flirting, no sign of the
betrayal he's currently making.

A moment, GEMMA turns.

GEMMA
You went on holiday with them.

BECKY
He said he needed me, that they'd be working...

GEMMA
Where did you go?

BECKY
Kate's dad has a house in France. Said she could
use it for friends.

GEMMA
Her, her dad wasn't there?

MUSIC OUT (PROTOCOL V4/
SUSPICIOUS V3/GOING HOME/
BELLS/PIANO V1) 10:28:19

BECKY
No. They don't know about Simon. They'd kill him
if he did.

GEMMA
(beat)
Show me pictures.

BECKY
What...?

베키가 젬마를 응시한다.

젬마 (이어서)
그럼?

베키가 계속 응시한다.

젬마 (이어서)
네?

베키
사장님은 누가 따라오거나 볼까봐 항상 걱정했어요. 그래서 방법을 만들었죠. 건물 뒤편으로 나가는 길이 있어요.

음악 시작 (프로토콜V4/
의심V3/귀가/벨소리들/
피아노V1) 10:26:53

베키가 창문으로 다시 다가간다. 밖을 내다본다. 베키가 뭘 보려고 하는지 알아채는 젬마. 둘이 같이 아래를 내려다본다.

밖으로 공원이 보인다. 구석진 곳이지만 위에서 보면 안쪽 구역까지 볼 수 있다. 어떤 벤치에 사이먼과 케이트가 앉아 있다. 둘이 손을 꼬옥 붙잡고 뭔가 열띠게 이야기하는 중이다.

젬마가 거의 쾅하고 부딪치듯이 창문에 이마를 댄다.

사이먼이 케이트에게 기대어 그녀의 얼굴을 손으로 감싼 채 키스한다. 둘은 정말 사랑에 빠졌다. 그걸 지켜보던 젬마가 다시 머리를 유리창에 부딪힌다. 머리를 흔들며 눈을 쥐어짜듯 꼬옥 감는 젬마. 그녀는 외면하려고 하지만 어쩔 수 없이 또 다시 내려다본다.

베키 (이어서)
두 사람, 다시 만나요. 사장님은 저 여자랑 절대로 안 헤어질 거예요. 그만두라고 계속 말했어요. 저도 저러는 꼴 보기 싫어요.

젬마가 벤치 위 그들을 다시 바라본다. 지금은 사이먼의 농담에 케이트가 웃고 있다. 시시덕거리는 모습에서 그가 지금 저지르는 배신에 대한 그 어떤 양심의 흔적도 보이지 않는다.

젬마 저 둘이랑 휴가 갔었죠?

베키 일 때문에 제가 필요하댔어요...

젬마 어디로 갔어요?

베키 케이트 아빠가 프랑스에 집이 한 채 있어요. 친구들과 써도 된다고 했다면서...

음악 끝 (프로토콜V4/의
심V3/귀가/벨소리들/피
아노V1) 10:28:19

젬마 저 애 아빠는 거기 없었어요?

베키 없었어요. 부모님은 몰라요. 알았다면 죽이려 들었겠죠.

젬마 (잠시 멈춤) 사진을 보여줘요.

베키 네....?

GEMMA
Of the holiday. On your phone. You, him, her.
Neil, Anna. I want to see.

BECKY
Why would you want to see?

GEMMA
I thought that I had a chance to sort this out,
but clearly I'm delusional.

MUSIC IN (BELLS/GLASS)
10:28:40

GEMMA opens out her hand waiting for the phone.
BECKY reaches for it. Looks through then gives
it to GEMMA.

GEMMA flicks through photos. More than she saw
before. Of them on holiday. Many of SIMON and
KATE together.

One of BECKY posing outside the front door - a
little sign of the name of the house "La Pierre
Blanche".

BECKY
Look, not that it matters but yeah, you're
right. He can be horrible. Especially when he's
stressed.

GEMMA holds the phone out for BECKY.

GEMMA
Can you email these to me?

BECKY
(protests) I...
(gives in)
If you want.

GEMMA
And don't tell him I know.

BECKY
Why not?

GEMMA
I want to do it myself. But not now.

TOM
Do what?

TOM is standing in the doorway. GEMMA looks at
him.

MUSIC OUT (BELLS/GLASS)
10:29:18

GEMMA
(quietly)
I told you to stay in the car.

TOM
Where's Dad?

GEMMA walks to the window. Looks out. BECKY'S
not sure what to do. SIMON trying on KATE'S
sunglasses, messing around. They kiss.

TOM (CONT'D)
(shouts) Mum what's wrong with you? You're so
weird at the moment.
(beat)
Mum! Why are you such a mad bitch? It's scary.

젬마
휴가 가서 찍은 것들. 핸드폰에 있죠? 당신, 사이먼, 케이트, 닐, 애나. 보고 싶어요.

베키
그게 왜 보고 싶어요?

젬마
이 일을 해결할 기회를 얻었다고 생각했었는데, 완전히 내 망상일 뿐이었네요.

음악 시작 (벨소리들/잔)
10:28:40

젬마가 손을 펼쳐 핸드폰을 주길 기다린다. 베키가 핸드폰을 집어 주욱 살펴보고 나서 젬마에게 건넨다.

젬마가 사진들을 넘겨본다. 전에 봤던 사진들보다 훨씬 많다. 휴가를 즐기는 모습들. 사이먼과 케이트가 함께 찍은 사진이 많다.

현관문 앞에서 찍은 베키의 사진에 휴가를 보낸 그 집의 이름이 적힌 작은 간판이 보인다. "라 피에르 블랑쉐"

베키
음, 그 사진들이 중요한 건 아니지만, 그래요, 사모님 말이 맞아요. 사장님은 정말 지독할 때가 있어요. 특히 스트레스 받았을 때요.

젬마가 베키에게 핸드폰을 내민다.

젬마
메일로 보내 줄래요?

베키
(꺼려하며) 전...
(마지못해 받아들이며)
원한다면요.

젬마 그리고 내가 안다고 말하지 마요.

베키 왜요?

젬마 내가 직접할 거예요. 하지만 지금은 아니에요.

톰 뭘 해요?

톰이 사무실 출입구에 서 있다. 젬마가 톰을 바라본다.

음악 끝 (벨소리들/잔)
10:29:18

젬마 (조용히) 차 안에 있으라고 했잖아.

톰 아빠는 어디 있어요?

젬마가 창가로 다가간다. 밖을 본다. 베키는 뭘 해야 할지 모르겠다. 사이먼이 케이트의 선글라스를 써보며 장난치고 있다. 사이먼과 케이트가 키스한다.

톰 (이어서) (소리치며) 엄마 도대체 왜 그래요? 지금 엄마 정말 이상해요.
(잠시 멈춤) 엄마! 왜 미친 여자처럼 그래요? 무서워요.

GEMMA turns and looks at her SON - who for the first time seems more like a teenager. More like a small version of SIMON. Something in her changes - and she's made a decision.

GEMMA
Your dad's gone out for a couple of minutes. You know Becky, don't you? Becky could you text Simon, tell him that his son's waiting in his office and needs some pizza before going home? And then when he gets back could you explain that I've forgotten that I need to go to a conference...tonight. I need to leave immediately. Be gone a few days.

MUSIC IN (COMPLAINTS/SOFT/
GOING HOME/BACK/ACTION V3)
10:30:02

TOM
What?

GEMMA
Your dad'll look after you. You can talk about football.

TOM
A conference? It's always work!

GEMMA
(to BECKY)
Yes?

BECKY
Okay.

GEMMA
(leaving)
Good. Bye then.

She walks past TOM.

GEMMA (CONT'D)
Bye ...

TOM
(upset)
Mum!

10:30:20   INT. SIMON'S OFFICES. RECEPTION. DAY

GEMMA can't ignore him. She turns back round.

10:30:26   INT. SIMON'S OFFICES. BECKY'S OFFICE. DAY

She goes back to TOM, kisses him on his head. She's edgy, smiling, almost manic, talking fast –

GEMMA
You're too clever! Alright. Look, there is no conference. That's a lie Becky and I are gonna tell your dad, because I just, I can't deal with everything at the moment so I need to go away for a couple of days. And I don't want him to worry so I'm making an excuse.
(beat)
Now you have a choice. You can tell Dad the truth, or you can join me and Becky and tell him it's a conference.
(beat)
It's up to you.

He looks at them both, then rolls his eyes.

젬마가 몸을 돌려 아들을 바라본다. 그녀에게 처음으로 아들이 십대 청소년처럼 느껴진다. 작은 버전의 사이먼. 젬마 안에서 뭔가 변하는 게 느껴진다. 그녀는 어떤 결정을 한다.

젬마
아빠 잠깐 나간 거야. 너 베키 아줌마 알잖아. 그치? 베키, 사이먼한테 문자 좀 보내서 아들이 사무실에서 기다리고 있다고 해줄래요? 그리고 피자 먹고 집에 가라고도 좀 해줘요. 그런 다음에, 그이가 돌아오면 내가 오늘 밤에 회의가 있는 걸 깜빡했다고 전해줘요. 난 지금 당장 가봐야 해요. 며칠 걸릴 거예요.

음악 시작 (불평/부드러움/귀가/백/액션V3) 10:30:02

톰
네?

젬마
아빠가 잘 챙겨 줄 거야. 축구 얘기도 하고 그래.

톰
회의요? 항상 일만!

젬마
(베키에게)
알았죠?

베키 알았어요.

젬마 (사무실을 나서며) 좋아요. 그럼 잘 있어요.

젬마가 톰을 지나친다.

젬마 (이어서) 잘 있으렴...

톰 (화가 나서) 엄마!

10:30:20   실내. 사이먼의 회사 건물. 접수처. 주간

아들을 외면할 수 없는 젬마. 다시 돌아선다.

10:30:26   실내. 사이먼의 회사 건물. 베키의 사무실. 주간

젬마가 톰에게 다시 와 머리에 키스한다. 초조하고, 미소 짓고, 거의 미칠 지경인 젬마가 속사포처럼 말한다.

젬마
넌 정말 영리한 아이야! 그래, 회의 같은 건 없어. 베키랑 엄마가 아빠한테 거짓말 하려는 거야. 지금 엄마가 너무 힘들거든. 며칠 동안만 어디 가 있을게. 아빠가 걱정하면 안 되니까 핑계를 대는 거야.
(잠시 멈춤)
네가 선택하렴. 아빠한테 사실대로 말하거나, 엄마랑 베키처럼 회의 갔다고 얘기하거나.
(잠시 멈춤)
네 마음대로 해.

톰이 젬마와 베키를 쳐다본다. 그러더니 눈을 굴린다.

GEMMA (CONT'D)
Don't do that. Your dad does that.

TOM
What d'you mean, you can't deal with
everything?

GEMMA
Life's hard sometimes.

He looks at her. Doesn't know what to say...

TOM
How long are you gone for?

GEMMA
Couple of days.

TOM
(a moment. Then)
Okay.

GEMMA
(she kisses him)
Good boy. See you soon.

She turns and quickly leaves.

10:31:23   INT. SIMON'S OFFICES. RECEPTION. DAY

TOM's left standing in the middle of the room
watching his MUM leave.

10:31:30   INT. GEMMA'S CAR. DAY

GEMMA drives.

10:31:34   EXT. GEMMA'S CAR. DAY

Through the windscreen we see her dissolving in
tears, hand in her hair.

10:31:35   EXT. PARMINSTER STREET. DAY

From above we see GEMMA'S car drive along the
street.

10:31:39   EXT. ROAD. DAY

GEMMA'S drives out of PARMINSTER, passing the
'Welcome to Parminster' sign.

10:31:41   INT. GEMMA'S CAR. DAY

GEMMA's been crying. Her phone rings.
SIMON's calling.

She looks at it - his face appearing as she
calls. She ignores it and it beeps off.

10:31:49   EXT. GEMMA'S CAR. DAY

Through the windscreen we see her as she starts
to cry and bang the steering wheel with her
hand.

10:31:50   INT. GEMMA'S CAR. DAY

She cries.

젬마 (이어서) 그런 짓 하지마. 너희 아빠가 그러잖아.

톰 너무 힘들다는 게 무슨 말이에요?

젬마 사는 게 가끔은 힘든 거란다.

톰이 엄마를 본다. 무슨 말을 해야 할지 모르겠다...

톰 얼마나 오래요?

젬마 며칠 정도.

톰 (잠시 후. 그러다가) 알았어요.

젬마 (톰에게 키스한다) 착하구나. 금방 올게.

젬마가 몸을 돌려 재빨리 사무실을 나선다.

10:31:23   <u>실내. 사이먼의 회사 건물. 접수처. 주간</u>

         남겨진 톰이 사무실 가운데 서서 엄마가 멀어지는 모습을 지켜본다.

10:31:30   <u>실내. 젬마의 차. 주간</u>

         젬마가 운전하고 있다.

10:31:34   <u>실외. 젬마의 차. 주간</u>

         차창 너머로 머리카락를 움켜쥐며 눈물을 터뜨리는 젬마가 보인다.

10:31:35   <u>실외. 파민스터 거리. 주간</u>

         젬마의 차가 도로를 따라 달리는 모습이 위에서 보여진다.

10:31:39   <u>실외. 도로. 주간</u>

         젬마의 차가 '파민스터에 오신 걸 환영합니다'라고 써진 간판을 지나쳐 시외로 향한다.

10:31:41   <u>실내. 젬마의 차. 주간</u>

         젬마가 계속 울고 있다. 그녀의 핸드폰이 울린다. 사이먼이 건 전화다. / 젬마가 핸드폰을 본다. 송신자로 사이먼의 얼굴이 뜬다. 무시하는 젬마. 핸드폰 신호음이 멈춘다.

10:31:49   <u>실외. 젬마의 차. 주간</u>

         차창 너머로 다시 울음을 터뜨리며 운전대를 손으로 내리치는 젬마가 보인다.

10:31:50   <u>실내. 젬마의 차. 주간</u>

         젬마가 운다.

10:31:52   EXT. GEMMA'S CAR. DAY

                                  She runs her hand through her hair.

10:31:54   INT. GEMMA'S CAR. DAY

                                  She has made her finger bleed.

10:31:56   EXT. GEMMA'S CAR. DAY

                                  She drives down the motorway, a determined look
                                  now on her face. Her phone rings.

10:32:04   INT. GEMMA'S CAR. DAY

                                  It's SIMON. She ignores it and when he cuts off
                                  we see the screen - '5 missed calls'

10:32:10   EXT. GEMMA'S CAR. DAY

                                  She continues down the motorway.

                                  TO BLACK

10:32:16   EXT. UNDERWATER. DAY

MUSIC OUT (COMPLAINTS/SOFT/   A MAN is fishing - we can see him through the
GOING HOME/BACK/ACTION V3)   water as he thrusts a spear into the water - its
10:32:17   JACK trying to fish.

10:32:22   EXT. SEAFRONT. DAY

                                  He misses and the fish scatter.

                                  JACK
                                  Shit.

                                  He tries again and again as he sits on the edge
                                  of a jetty, his feet dangling into the water.
                                  Then JACK hears a sound. An engine roars down
                                  the path. He turns, recognising the car, gets
                                  up and heads towards it.

                                  GEMMA gets out of the car. Hassled, drained. She
                                  sees JACK and double takes for a second. She
                                  then takes her bag from the back seat. JACK
                                  walks up to her -

                                  JACK (CONT'D)
                                  (re: his spear)
                                  I'm fishing.
                                  (beat)
                                  Saw it in a film. Doesn't work.
                                  (beat)
                                  You okay?

                                  She looks at him - not really, turns, locks the
                                  car and walks. He follows.

                                  JACK (V.O.)
                                  (shouts)
                                  Mary!

10:33:18   INT. MARY'S HOUSE. LIVING AREA. DAY

                                  They enter MARY'S house. Wooden beams, wooden
                                  window frames, the opposite of modern. Stairs
                                  in one corner.

10:31:52	<u>실외. 젬마의 차. 주간</u>
	젬마가 손으로 머리카락을 정신없이 매만진다.
10:31:54	<u>실내. 젬마의 차. 주간</u>
	젬마의 손가락에서 피가 흐른다.
10:31:56	<u>실외. 젬마의 차. 주간</u>
	젬마의 차가 고속도로를 달린다. 이제 그녀의 얼굴은 단호해졌다. 핸드폰이 울린다.
10:32:04	<u>실내. 젬마의 차. 주간</u>
	사이먼의 전화다. 무시하는 젬마. 신호음이 멈출 때 "5건의 부재중 통화"라는 메시지가 보인다.
10:32:10	<u>실외. 젬마의 차. 주간</u>
	젬마의 차가 계속 고속도로 위를 달린다.
	암전.
10:32:16 음악 끝 (불평/부드러움/귀가/백/액션V3) 10:32:17	<u>실외. 물속. 주간</u>
	한 남자가 낚시 중이다. 작살을 던지는 모습이 물 밖으로 비친다. 그 사람은 잭이다. 잭이 물고기를 잡으려 하고 있다.
10:32:22	<u>실외. 해안 지대. 주간</u>
	잭이 물고기를 놓친다. 물고기들이 흩어진다.

잭 젠장!

잭이 방파제 끝에 앉아, 다리를 물 속에서 첨벙이며 계속 물고기를 잡으려고 시도한다. 그때 잭이 어떤 소리를 듣는다. 굉음의 엔진 소리가 길을 따라 가까워져 오고 있다. 몸을 돌려 차 한 대를 발견한 잭이 일어나 그쪽으로 다가간다.

젬마가 차에서 내린다. 괴롭고 진이 빠진 모습이다. 젬마가 잭을 본다. 놀라서 잠시 멍하게 있는다. 그러더니 차 뒷자석에서 가방을 뺀다. 잭이 그녀에게 걸어온다...

잭 (이어서) (작살을 의식하며) 낚시하는 중이야. (잠시 멈춤) 영화에서 봤는데, 잘 안되네. (잠시 멈춤) 괜찮니?

젬마가 잭을 본다. 전혀 괜찮지 않다. 젬마가 몸을 돌려 차문을 잠그고 걷기 시작한다. 잭이 뒤따른다.

잭 (화면 밖 목소리) (큰 소리로) 메리!

10:33:18	<u>실내. 메리의 집. 거실. 주간</u>
	잭과 젬마가 메리의 집으로 들어온다. 나무 기둥, 나무 창틀... 현대적인 것과는 정반대의 공간이다. 한쪽 구석에는 계단이 있다.

JACK (CONT'D)
(shouts)
Visitor!

As GEMMA puts her bag on a chair, down the stairs
comes MARY, a woman in her sixties. Tough,
Methodist, slightly stern, with a shock of
black hair.

MARY
My husband used to shout at me. Now he's dead.
Those two things might not be connected Jack,
but are you sure you wanna take the risk?
(she sees GEMMA)
Oh.

GEMMA
Hi.

MARY
Jack make some tea.

She goes and hugs GEMMA. GEMMA doesn't really
response.

MARY (CONT'D)
(to GEMMA)
What's happened? You look upset. Where's Tom?

GEMMA
With Simon.
(to JACK)
Did you tell her?

JACK
No.

MARY
What? What's going on?

GEMMA
Can I stay?

MARY
Well I've got no clean towels.
(beat)
I'll find some. Course. You can stay as long as
you like. Sit down.

MARY ushers GEMMA into a room off this one. They
sit by a window.

GEMMA'S phone rings. "SIMON". She looks at it
for a moment, worried, anxious.

GEMMA
I thought you didn't have mobile reception.

MARY
Oh, they put a mast up. I wrote a letter, it made
no difference.

GEMMA
He cheated on me.

GEMMA stares at the phone, anxious. MARY hears
this.

MARY
Alright.
(she turns to JACK)

잭 (이어서)
(큰 소리로)
손님 왔어!

젬마가 가방을 의자 위에 내려놓을 때 층계를 내려오는 메리의 모습이 보인다. 60대 여성인 그녀는 감리교 신자이며, 약간 완고하고, 검은색 머리카락이 부스스 헝크러진 모습이다.

메리
내 남편도 나한테 그렇게 소리지르곤 했지. 그리고 지금은 죽었어. 그 두 가지가 서로 연관은 없겠지만 말이야, 잭, 그렇다고 위험을 감수할 필요는 없잖아?
(메리가 젬마를 본다)
오.

젬마 잘 있었어요?

메리 잭, 차 좀 가져와요.

메리가 다가가 젬마를 껴안는다. 젬마는 반응이 시원치 않다.

메리 (이어서)
(젬마에게) 무슨 일이야? 속상해 보이는구나. 톰은?

젬마 사이먼이랑 있어요.
(잭에게)
말했어요?

잭 아니.

메리 왜? 무슨 일이야?

젬마 여기서 지내도 돼요?

메리 음... 깨끗한 수건이 없는데.
(잠시 멈춤)
까짓것 찾아보지 뭐. 물론 원하는 만큼 있어도 돼. 앉자꾸나.

메리가 젬마를 방 안쪽으로 안내한다. 둘은 창가에 앉는다.

그때 젬마의 전화가 울린다. "사이먼". 젬마가 걱정스레, 불안스레 잠시 핸드폰을 쳐다본다.

젬마 여기 전화 안 터졌었잖아요?

메리 아... 사람들이 안테나 기둥 같은 걸 설치했어. 항의 서신도 보내봤는데 소용없더라.

젬마 남편이 바람피웠어요.

젬마가 계속 울리는 핸드폰을 불안하게 응시한다. 메리가 알아듣는다.

메리 그랬구나.
(잭에게 몸을 돌린다)

Where's that tea?

MARY gently takes the phone off GEMMA, hangs up, then switches it off.

MUSIC IN (MARY TURNS OFF
GEMMA'S PHONE) 10:34:19

MARY (CONT'D)
There. Problem solved.

Cut to some photos on the window sill.

10:34:34

EXT. BEACH. EVENING

Establishing shots of the beach. A few boats scattered.

10:34:42

INT. MARY'S HOUSE. KITCHEN. EVENING

Later - it's still light, but turning into the evening. MARY's cooking - efficiently and brusquely.

GEMMA
Thanks...for taking Jack in.

MARY
MUSIC OUT (MARY TURNS OFF
GEMMA'S PHONE) 10:34:51
He's a pain in the neck but like you said, he's useful round the house.

GEMMA
Sorry he's so rude.

MARY
It's the right thing to do. So it must be done.
(beat)
Stuck in the past, that's been his problem.

GEMMA
He was with David a long time.

MARY
I know. But when you lose someone like that, when you're going through hell, you've got to keep going.

She continues to cook.

GEMMA
Can I help?

MARY
No thank you.

GEMMA
(beat)
Don't suppose you have any wine?

MARY
What do you think? And Jack shouldn't so don't you dare buy it. You can have another cup of tea or there's some squash.

GEMMA looks out the window again, at the sea. She's thinking. Still upset.

MARY (CONT'D)
Was it advice you wanted? Is that why you're here?

GEMMA
No.

음악 시작 (젬마의
폰을 끄는 메리)
10:34:19

차 아직 멀었어요?

메리가 젬마의 핸드폰은 부드럽게 뺏어와 전화를 끊는다. 그러고는 전원을 끈다.

메리 (이어서)
자, 이제 됐지?

창턱에 올려진 몇몇 사진들로 장면 전환.

10:34:34

<u>실외. 해변. 저녁</u>

해변의 모습이 배경으로 펼쳐진다. 보트 몇 대가 띄엄띄엄 보인다.

10:34:42

<u>실내. 메리의 집. 주방. 저녁</u>

시간이 좀 지났다. 주변은 여전히 환하지만 시간은 저녁 무렵을 향하고 있다. 메리는 요리 중이다. 능숙하면서도 무뚝뚝한 솜씨다.

음악 끝 (젬마의 폰을
끄는 메리) 10:34:51

젬마 고마워요... 잭을 여기서 지내게 해줘서요...

메리 골칫덩이긴 하지만 네 말대로 집안일에 이런저런 쓸모는 있더구나.

젬마 죄송해요, 꽤나 무례한 사람이라.

메리 해야 할 일이라면, 하는 거지 뭐.
(잠시 멈춤)
과거에서 헤어나오질 못해, 그게 저 사람의 문제야.

젬마 잭은 데이빗이랑 오랫동안 지냈어요.

메리 나도 알아. 그런 사람을 잃게 되면, 사는 게 지옥 같을 때도 그냥 계속 그렇게 살게 되는 거지.

메리가 계속 요리를 한다.

젬마 도와드릴까요?

메리 됐어.

젬마 (잠시 멈춤)
집에 와인은 없겠죠?

메리 있겠니? 잭이 마시면 안 되니까 사올 생각도 하지 마. 차 한 잔을 더 하든가, 아니면 쥬스도 좀 있어.

젬마가 다시 창 밖을 바라본다. 그렇게 바다를 보며 생각에 잠긴다. 속은 여전히 부글부글 끓어오른다.

메리 (이어서) 나한테 무슨 듣고 싶은 말 있니? 그래서 온 거야?

젬마 아뇨.

MARY
You'd never be told before.

GEMMA
I just needed to get away.

MARY
I see.

A moment. MARY's keen to say something.

MARY (CONT'D)
You'll want to get back for Tom soon, though,
of course.
(beat)
You'll wanna get back for him.

GEMMA thinks. But doesn't answer.

GEMMA
I might just...get some air.

MARY glances over at her for a second. A little
concerned but she's not going to make a big
thing over it.

MARY
Dinner's twenty minutes.

She goes outside.

10:35:54   EXT. MARY'S HOUSE. EVENING
MUSIC IN (GOING HOME/BACK)
10:35:56   GEMMA comes out and looks at the sea. The light
                  just starting to fade. She sits on a low wall,
                  near the house. She puts a shawl around her
                  shoulders.

                  The sea looks windswept - lonely, as the light
                  fades.   Threatening and inviting at the same
                  time.

                  GEMMA takes out her switched-off phone and
                  switches the phone back on.

                  She looks at BECKY'S email of photos and
                  enlarges them.

                  SIMON and KATE together. NEIL and ANNA. All
                  having fun. Seemingly care-free.

                  That photo again of BECKY next to the sign for
                  the house "La Pierre Blanche". We notice the
                  name here now, as GEMMA does. She zooms in on
                  it - as she realises. Now it makes sense...
                  JACK approaches her.

                  JACK
                  You're addicted to those things. Same as David,
                  he was never off his iPad.

MUSIC OUT (GOING HOME/BACK)
10:36:45   GEMMA shows him the phone. He puts his bag down
                  and takes it, looks at the pictures.

                  JACK (CONT'D)
                  How did you get these?

                  GEMMA
                  His assistant.

메리 그래, 예전에도 넌 조언 같은 건 안 들었잖니.

젬마 그냥 어디로든 떠나와야 했어요.

메리 알 만하다.

잠시 후. 메리가 뭔가 간절히 말하려고 한다.

메리 (이어서)
그래도 톰을 위해서 돌아가고 싶을 거야.
(잠시 멈춤)
애 생각이 나서 돌아가고 싶어질 게 분명해.

젬마가 생각해 본다. 그러나 대답은 하지 않는다.

젬마 저 그냥...바람 좀 쐬고 올게요.

메리가 젬마를 잠시 흘끗 쳐다본다. 조금 걱정은 되지만 이 문제가 눈덩이처럼 커질 거라고는 생각하지 않는 눈치다.

메리 20분 뒤에 저녁 먹을 거야.

젬마가 밖으로 나간다.

10:35:54
음악 시작 (귀가/백)
10:35:56

<u>실외. 메리의 집. 저녁</u>

젬마가 집에서 나와 바다를 바라본다. 이제 막 날이 어두워지기 시작한다. 젬마는 집 근처 야트막한 담장에 앉는다. 어깨에 숄을 두르는 젬마.

젬마는 전원이 꺼진 핸드폰을 꺼내어 다시 전원을 켠다.

그리고 베키가 이메일로 보낸 사진들을 확인하며 크게 확대해 본다.

사진 속에 사이먼과 케이트가 함께 있다. 닐과 애나도 있다. 모두들 즐거워 보인다. 걱정이라곤 하나도 없는 눈치다.

베키 옆으로 "라 피에르 블랑쉐"라고 쓰인 간판이 보이는 사진이 다시 눈에 띈다. 우리는 이 시점에서 그 이름을 눈치 챈다. 젬마도 마찬가지다. 그녀는 그 간판을 확대하며 깨닫는다. 이제 의문이 풀린다...
젬마에게 다가오는 잭.

음악 끝 (귀가/백)
10:36:45

잭 그런 거 들여다 보는 것도 중독이야. 데이빗도 아이패드를 끼고 살았어.

젬마가 잭에게 핸드폰을 보여준다. 잭이 자기 가방을 내려놓고 핸드폰을 받아 사진들을 본다.

잭 (이어서) 이것들은 어디서 구했어?

젬마 사이먼의 비서요.

JACK sits down on the wall next to GEMMA.

JACK
You grew up around here.

GEMMA
Yeah. Mary helped us out. Picked me up from
school. When my mum and dad died, she was all
I had.

JACK
What happened to your parents? She wouldn't
say.

GEMMA
Car accident. When I was sixteen. I stayed with
Mary for a year, but she...I was bored of people
feeling sorry for me, so I went to London. A
levels, medical school, met Simon, moved,
started a new life, had a child, then we got the
house...
(closes her eyes)
I love that house.

A moment.

GEMMA (CONT'D)
How's this working out for you?

JACK
Well, off the booze, health's improved, and
she's got someone to do the gardening.

10:38:11   INT. MARY'S HOUSE. KITCHEN. EVENING

MARY at the window, GEMMA turns to see her in
the kitchen.

GEMMA
So you'll stay a bit longer then?

JACK
Forever.

10:38:16   EXT. MARY'S HOUSE. EVENING

JACK and GEMMA on the wall.

JACK
But not with her. Moving on Gemma. I can
recommend it. Get Tom on a train up here.
You don't need to stay in that place.

GEMMA
Why should Simon win?

JACK
Who cares about winning?
(he gives her back the phone)
Be happy.

10:38:40   INT. MARY'S HOUSE. NIGHT

GEMMA, JACK, and MARY are sat around the table
having had dinner. We start in the middle of
their conversation -

MARY
I understand all that but you made a commitment.

젬마가 앉아 있는 담장. 그 옆에 앉는 잭.

잭 넌 여기서 자랐지?

젬마 그래요. 메리가 도와줬어요. 학교에서 집으로 태워다 주기도 했고요. 부모님이 돌아가셨을 때, 메리는 제 전부였어요.

잭 어떻게 돌아가셨어? 메리는 말해주지 않던데.

젬마 교통사고요. 그때 전 16살이었죠. 메리와 같이 산 건 일 년 동안이에요. 그런데 메리가... 아니, 사람들한테 동정받는 게 싫어져서 런던으로 갔죠. 대입시험, 의과대학, 그러다 사이먼을 만나고, 이사하고, 그렇게 새로운 삶을 시작한 거예요. 임신 하고서 지금 사는 집을 얻었고...
(눈을 감는다)
전 그 집을 사랑해요.

잠시 후.

젬마 (이어서) 당신은 이곳에서 어때요?

잭 글쎄... 술도 끊고, 건강이 좋아졌지. 메리는 정원일 할 사람이 있어서 좋고.

10:38:11 <u>실내. 메리의 집. 주방. 저녁</u>

메리가 주방 창가에 있다. 젬마가 몸을 돌려 메리를 본다.

젬마 그럼 여기 더 오래 있으실 거죠?

잭 눌러앉아야지.

10:38:16 <u>실외. 메리의 집. 저녁</u>

잭과 젬마가 계속 담장에 앉아 있다.

잭 저 여자랑은 말고. 너도 여기 계속 있어, 젬마. 내가 추천하지. 기차로 톰도 데리고 오고. 그 궁전 같은 집에 있을 필요 없잖아.

젬마 왜 사이먼이 이겨야 하죠?

잭 누가 이기든 누가 신경쓴다고?
(잭이 젬마에게 핸드폰을 돌려준다)
행복하라는 거야.

10:38:40 <u>실내. 메리의 집. 야간</u>

젬마, 잭, 그리고 메리가 테이블에 둘러앉아 저녁을 먹고 있다. 우리는 그들의 대화가 한창일 때부터 이야기를 듣기 시작한다.

메리 다 이해하지만, 넌 약속을 한 거야.

JACK
She can't stay there. Come on!

MARY
Better or worse.

JACK
Rubbish!
(to GEMMA)
You need to leave.

GEMMA
But it's my town. I've got friends.

JACK
It's Simon's town, and if you're talking about
friends, you could do a lot better.

GEMMA
It's not fair.

MARY
"Fair"! Gemma not to be mean but that's the sort
of thing you were saying when you were a little
girl. Life isn't fair. It's how you deal with
it.

A moment.

GEMMA
I was thinking in the car, what if I never came
back? Women do that sometimes. Tom'd be
upset but he'd have his dad, friends. Maybe
it'd all work out. Who would actually miss me
if I...vanished?

MARY
You shouldn't say things like that. You know
what it's like to lose a parent.

GEMMA
I coped. And he would too.

JACK
What do you mean "vanish"?

A look between them. The implication of what
that means.

GEMMA
You thought about it. Those pills.

JACK
(beat, containing strong feeling)
The one person in my life that ever loved me,
had gone forever. It's completely different.

GEMMA
I agree.

JACK
Right.

GEMMA
What's happened to me is worse.

MARY
Now you're being ridiculous -

JACK

잭

젬마는 거기 있으면 안 돼. 그렇잖아!

메리

죽이되든 밥이되든 간에...

잭

말도 안 되는 소리!
(젬마에게)
넌 거기서 떠나야 해.

젬마

그래도 거기가 내 동네예요. 친구들도 있고.

잭

사이먼네 동네겠지. 그리고 친구들이라면 다른 데 더 좋은 사람 많아.

젬마

공평하지 않잖아요.

메리 "공평"! 뭐라 나무라는 건 아니지만 그런 얘기는 어릴 때나 할 얘기지. 인생은 공평하지 않아. 그저 그걸 헤쳐나가는 게 인생이야.

잠시 후.

젬마 오면서 차에서 생각해봤어요. 만약 제가 영영 돌아가지 않으면요? 그러는 여자들 종종 있잖아요. 톰이 상처받겠지만 아빠도 있고, 친구들도 있으니까... 어쩌면 다 잘 풀릴 수도 있잖아요. 절 정말 그리워할 사람이 있을까요? 만약 제가... 사라지면요?

메리 그런 말 하면 안 돼. 부모를 잃는 게 어떤 건지 알잖니.

젬마 전 적응했어요. 톰도 그렇겠죠.

잭 "사라진다"는 게 무슨 말이냐?

잭과 젬마 사이에 시선이 오간다. 그 시선이 젬마가 의미하는 바를 함축하고 있다.

젬마 당신도 그걸 생각했었잖아요. 그 약들 말이에요.

잭 (잠시 멈춘 뒤, 강한 감정을 억누르며)
내 인생에서 날 사랑해 준 유일한 사람이 영원히 사라진 거야. 완전히 다른 거야.

젬마 그러니까요.

잭 그래.

젬마 저한테 일어난 일이 더 나쁘니까.

메리 너 점점 터무니없는 얘기를 하는구나...

잭

David died in pain, coughing up liquid,
desperate. There was nothing I could do -

GEMMA
At least the time you had together was real.

MARY
You can't compare the two -

GEMMA
It isn't like Simon's just gone. He never
existed. I mean every moment that we spent
together was false, because he was never the
person that I thought he was.

MARY
Gemma, he's made a mistake, that doesn't mean
he's a completely different person.

GEMMA
(ignoring MARY, to JACK)
And my parents died, also in pain, and I don't
know exactly what happened in the crash but I
bet it wasn't instant like everyone said - so
I know what it's like to be left behind. But
I'm really sorry Jack, I loved David too, but
what's happened to me is so much harder to deal
with, I promise you.

JACK stands. Angry. Upset.

JACK
(quietly)
I'm going to bed.

He leaves.

MARY
You need to be careful when you're upset.

MARY gets up from the table with the plates.

MARY(CONT'D)
You've always known.

GEMMA
What?

MARY
Exactly how to hurt people.

She takes the plates through to the kitchen.
GEMMA's left at the table, alone. Upset.

GEMMA
Yeah.

10:41:02	EXT. VIEW OF THE SEA. NIGHT

Establishing shot of the sea. Boats bob around.

10:41:07	INT. MARY'S HOUSE. SPARE ROOM. NIGHT
MUSIC IN (PIANO/PROTOCOL/ GLASS/SUSPICIOUS/BACK) 10:41:13	GEMMA can't sleep. Yet again. She gets out of bed and looks out the window at the boats. She puts on her trousers.
10:41:43	INT. MARY'S HOUSE. LIVING ROOM. NIGHT

데이빗은 고통 속에 죽었어. 위액을 다 토해내며 몸부림치면서... 그런데도 내가 해줄 수 있는 건 아무것도 없었어.

젬마 적어도 함께한 시간들은 진심이었잖아요.

메리 두 경우를 그렇게 비교할 수는 없어...

젬마 사이먼은 사라진 게 아니에요. 애초에 존재조차 하지 않았어요. 제 말은... 우리가 함께한 모든 순간들이 거짓이었다는 거예요. 사이먼은 제가 생각했던 사람이었던 적이 결코 없었던 거니까.

메리 젬마, 사이먼은 실수를 저지른 거야. 그렇다고 사이먼이 아예 다른 사람이 되는 건 아니잖니.

젬마 (메리의 말을 못 들은 척하며, 잭에게)
제 부모님도 고통 속에서 돌아가셨어요. 차가 부딪칠 때 정확히 어떤 일들이 벌어졌는지는 모르지만 모두들 얘기했던 것처럼 한 순간에 고통 없이 가시진 않았을 거예요. 저도 남겨진 기분을 알아요. 근데 저는.. 정말 미안하지만, 잭, 저도 데이빗을 사랑했어요. 하지만 지금 제게 일어난 일은 받아들이기 훨씬 더 힘들어요. 정말이에요.

잭이 일어선다. 화가나고 서글프다.

잭 (조용히) 난 자러 들어간다.

잭이 떠난다.

메리 속상할수록, 할 말 안 할 말 가려서 해야 해.

메리가 접시들을 들고 식탁에서 일어선다.

메리 (이어서)
넌 언제나 알고 있었어.

젬마 네?

메리 사람들에게 상처주는 정확한 방법 말이야.

메리가 접시들을 주방으로 가져간다. 식탁에 홀로 남겨진 젬마. 무너진 마음.

젬마 그렇네요.

10:41:02	<u>실외. 바다 풍경. 야간</u>

바다 풍경이 배경으로 펼쳐진다. 여기저기서 보트들이 움직이고 있다.

10:41:07 음악 시작 (피아노/ 프로토콜/의심/백) 10:41:13	<u>실내. 메리의 집. 예비 침실. 야간</u>

젬마는 잠을 이룰 수 없다. 또 다시. 침대에서 일어난 그녀는 창 밖 바다 위에 떠있는 보트들을 본다. 바지를 입는 젬마.

10:41:43	<u>실내. 메리의 집. 거실. 야간</u>

GEMMA comes down the stairs and into the living room. She puts on a jumper.

She notices on the mantelpiece where there's a photo of GEMMA as a girl - with her PARENTS. Also photos of her as a schoolgirl and a small version of the black and white picture of her and SIMON that we saw earlier. Close up. Smiling.

GEMMA'S suffering. Doesn't know what to do. Nowhere to turn.

10:42:10

EXT. MARY'S HOUSE. NIGHT

GEMMA walks barefoot out of the house and stops. Looks around.

She then walks away from the house. Stops again, looks at the sea.

10:42:59

EXT. BEACH. NIGHT

Cut to GEMMA walking along the beach. Looks out to the sea.

Her phone rings again. Even now, at 2am. She looks at it. It's SIMON. She answers it.

GEMMA
(on phone)
Hi.

SIMON (V.O.)
(surprised she's answered)
(on phone)...Hi! Where are you?

MUSIC IN (TALKING TO SIMON)
10:43:31
MUSIC OUT (PIANO/PROTOCOL/
GLASS/SUSPICIOUS/BACK)
10:43:34

GEMMA
(on phone) In a hotel. The conference. Didn't Becky say?

SIMON (V.O.)
(on phone)
But you just...left. I've been trying to call.

GEMMA
(on phone)
I'll be back in a couple of days.

SIMON (V.O.)
(on phone)
You just forgot about it?

GEMMA
(on phone)
Things've been difficult...recently, so -
(beat)yeah I forgot.

GEMMA'S walking now. Her conversation with SIMON continuing...

SIMON (V.O.)
(on phone)
You asked about that text. I thought you might've...

GEMMA
(on phone)
What?

SIMON (V.O.)

계단을 내려 온 젬마가 거실로 들어온다. 스웨터를 입는 젬마.

젬마는 벽난로 위 선반에 자신의 어릴 적 사진이 놓여 있는 것을 본다. 부모님과 함께 찍은 사진. 거기에는 그녀의 학창시절 사진, 그리고 사이먼과 찍은 흑백사진을 작게 축소한 것도 있다. 우리는 그 원본 사진을 포스터 부부의 집에서 이미 본 적이 있다. 흑백 사진이 클로즈업 된다. 미소 짓고 있는 두 사람.

젬마는 고통스럽다. 뭘 해야 할지 모르겠다. 기댈 곳이 없다.

10:42:10	<u>실외. 메리의 집. 야간</u>

젬마가 맨발로 집을 나온다. 그리고 멈춰서 주변을 둘러본다. / 그러고는 집에서 점점 더 멀어진다. 다시 멈춰, 바다를 본다.

10:42:59	<u>실외. 해변. 야간</u>

젬마가 해변을 따라 걷고 있는 모습으로 장면 전환. 해변에 시선을 두고 걷는 젬마. / 그녀의 핸드폰이 다시 울린다. 지금 새벽 2시임에도. 젬마가 핸드폰을 본다. 사이먼이다. 젬마가 전화를 받는다.

젬마 (전화 통화) 여보세요?

사이먼 (화면 밖 목소리)
(젬마가 전화를 받는 것에 놀라며)
(전화 통화) 여보세요? 당신 어디야?

음악 시작 (사이먼에게 말하기) 10:43:31
음악 끝 (피아노/프로토콜/의심/백) 10:43:34

젬마
(전화 통화) 호텔이야. 회의가 있어서. 베키가 말 안 해?

사이먼 (화면 밖 목소리)
아무리 그래도… 그렇게 가버리는 게 어딨어. 계속 전화도 안 받고.

젬마 (전화 통화)
며칠 뒤에 돌아갈게.

사이먼 (화면 밖 목소리)
(전화 통화)
회의 일정을 그냥 깜빡한 거야?

젬마
(전화 통화) 너무 힘들었어… 요즘, 그래서…(잠시 멈춤) 맞아, 깜빡했어.

젬마가 계속 걷기 시작한다. 사이먼과의 통화가 이어진다…

사이먼 (화면 밖 목소리)
(전화 통화) 당신 그 문자메시지에 대해 물어봤었잖아. 그래서 난 당신이…

젬마 (전화 통화)
내가 뭐?

사이먼 (화면 밖 목소리)

(on phone)
...been upset.

GEMMA
(beat)
(on phone)
How are you?

SIMON (V.O.)
(on phone)
I couldn't sleep. I was worried.

A moment. She pretends on the phone that she's
fine.

GEMMA
(on phone)
Any news?

SIMON (V.O.)
(on phone)
What? News?

GEMMA
(on phone)
Anything you want to tell me?

SIMON (V.O.)
(on phone)
No.

Silence.

SIMON (V.O.)(CONT'D)
(on phone)
Okay. Well...look...I'll call you tomorrow.

GEMMA's crying now, really sobbing, but manages
to make what SIMON hearing sound normal.

GEMMA
(on phone)
Bye then.

SIMON (V.O.)
(on phone)
Bye.

He hangs up. She bends over, crying, sobbing.
Stands and puts her hands through her hair. She
then really screams! Really cries - unlike
anything we've seen before. She hates herself.
This is her fault, and yes, the world's unfair!
So why should she keep struggling. She drops the
phone onto the beach, and then, still wearing
her clothes, she walks into the water.

10:44:49   EXT. SHOT OF THE BEACH/SEA FROM ABOVE. NIGHT

GEMMA walks into the water. She cries out as she
begins to swim out.

10:44:57   EXT. THE SEA. NIGHT

GEMMA'S swimming out. Swimming fast. Too fast.
Close on her face, gulping in some water with
the air. Frantic.

She's getting further away from the coast and
out into the open sea.

(전화 통화) …화난 줄 알았어.

젬마 (잠시 멈춤)
(전화 통화) 당신 괜찮아?

사이먼 (화면 밖 목소리) (전화 통화)
잠도 못 자고 있었지. 걱정돼서.

잠시 후. 젬마는 괜찮은 척 전화 통화를 계속한다.

젬마 (전화 통화)
다른 소식 없어?

사이먼 (화면 밖 목소리) (전화 통화)
뭐? 무슨 소식?

젬마 (전화 통화)
나한테 뭐 말해주고 싶은 거 없어?

사이먼 (화면 밖 목소리) (전화 통화)
없는데.

침묵.

사이먼 (화면 밖 목소리) (이어서) (전화 통화)
그래, 그럼…음…내일 다시 전화할게.

젬마가 울기 시작한다. 정말 흐느껴 울면서도 사이먼이 눈치 채지 못하게 소리를 억누른다.

젬마 (전화 통화) 그래, 끊어.

사이먼 (화면 밖 목소리) (전화 통화) 안녕.

전화를 끊는 사이먼. 젬마가 몸을 웅크리며 울음을 터뜨리고 계속 흐느낀다. 다시 서서 손으로 머리카락을 쥔다. 그러고는 목청껏 비명을 지르는 젬마. 우리가 예전에 들었던 그 어떤 것과도 다른 울부짖음이다. 그녀는 자기 자신을 증오한다. 이건 그녀의 잘못이다. 그래 맞다. 세상은 불공평하다! 그녀가 계속 고분분투해야 했던 원인이 바로 그거다. 그녀가 핸드폰을 해변 위에 떨어뜨린다. 그러고 나서 옷을 입은 채로 물 속으로 걸어 들어간다.

10:44:49 | 실외. 해변 장면/위에서 본 바다. 야간

젬마가 바다로 들어간다. 그리고 소리를 내지르며 헤엄치기 시작한다.

10:44:57 | 실외. 바다. 야간

젬마가 헤엄치며 나아간다. 빠르게 헤엄 친다. 너무 빠르다. 공기와 함께 바닷물 조금을 꿀꺽 넘기는 그녀의 얼굴이 화면 가까이 보인다. 제정신이 아닌 상태다.

그녀가 해변과 점점 더 멀어지며 나아간다. 그러다 다른 풍경은 보이지 않는 탁 트인 바다에까지 이른다.

Further and further. She's not turning round, or stopping. Just swimming. Determined.

VFX: Landscape deep background

Eventually, a long way from the beach, she stops and looks up. She's distraught. At a loss. Exhausted.

But why keep fighting?

10:45:41   EXT. UNDER THE SEA. NIGHT

She lets herself sink, the water covering her face...

Sinking...

MUSIC IN (JACK LOOKS FOR   Sinking down...deeper and deeper.
GEMMA) 10:45:59

TO BLACK

10:46:02   EXT. MARY'S HOUSE. NIGHT

MUSIC OUT (TALKING TO SIMON) JACK emerges from the front door and puts his
10:46:12   coat on. He looks around, worried.

10:46:22   EXT. SEAFRONT. NIGHT

JACK walks past GEMMA'S car. Looks inside for her.

JACK
(calls)
Gemma!

10:46:31   EXT. BEACH. NIGHT

JACK on the beach.

JACK (CONT'D)
(calls)
Gemma!

Looks out to the empty sea. He begins to walk along the shore.

JACK (CONT'D)
(calls)
Gemma!

Then he notices something on the beach. It's GEMMA's phone. He reaches down. Picks it up.

JACK (CONT'D)
Shit...

He looks around. But she's nowhere to be seen.

JACK (CONT'D)
(calls)
Gemma!

He puts the phone to his ear but pulls it away. He sees a FIGURE, further up the beach, at the edge of the water - it's GEMMA. He walks towards her and stops. She sees him. Her hair is soaked, plastered across her face. Her clothes soaked as well. She walking slowly back onto the beach

점점 멀리, 더 멀리. 그녀는 되돌아가거나 멈출 생각이 없다. 그저 헤엄친다. 단호하게.

시각효과: 깊은 배경으로 처리된 풍경

해변과 아주 멀리 떨어진 뒤에야 마침내 젬마가 헤엄을 멈추고 하늘을 본다. 그녀는 제정신이 아니다. 어쩔 줄 모른다. 완전히 탈진했다.

그런데 왜 계속 싸워야 하지?

10:45:41

<u>실외. 바다 밑. 야간</u>

자기 몸이 가라앉도록 그냥 내버려 두는 젬마. 바닷물이 그녀의 얼굴을 점점 덮는다...

음악 시작 (젬마를 찾는 잭) 10:45:59

가라앉는다....

아래로.... 깊게, 더 깊게

암전.

10:46:02
음악 끝 (사이먼에게 말하기) 10:43:31

<u>실외. 메리의 집. 야간</u>

현관문에서 나온 잭이 코트를 입는다. 그리고 걱정하며 주위를 살핀다.

10:46:22

<u>실외. 해변가. 야간</u>

잭이 젬마의 차를 지나치면서 안에 젬마가 있는지 찾아본다.

잭 (큰 소리로) 젬마!

10:46:31

<u>실외. 해변. 야간</u>

잭이 해변으로 나왔다.

잭 (이어서) (큰 소리로) 젬마!

텅 빈 바다를 내다보는 잭. 그가 해변을 따라 걷기 시작한다.

잭 (이어서) (큰 소리로) 젬마!

그러다가 해변에 떨어진 뭔가를 발견한다. 젬마의 핸드폰이다. 손을 뻗어 핸드폰을 들어 올리는 잭.

잭 (이어서) 젠장...

잭이 주위를 둘러본다. 젬마의 모습은 아무 데서도 보이지 않는다.

잭 (이어서) (큰 소리로) 젬마!

잭이 핸드폰을 자신의 귀에 가져간다. 그러나 이내 귀에서 뗀다. 저 앞, 파도 끝자락에 어떤 형체가 보인다. 젬마다. 잭이 그녀를 향해 걸어가다 멈춘다. 젬마가 잭을 본다. 흠뻑 젖은 젬마의 머리카락이 그녀의 얼굴을 가로지르며 딱 들러붙어 있다. 그녀의 옷 또한 흠뻑 젖었다. 해변 위로 천천히 걸어나오는 젬마.

- but somehow now she's different. The image is slightly disturbing.

She's been transformed in some way. She's darker, elemental. There's a clarity in her look - hard, behind the eyes.

JACK (CONT'D)
What are you doing? It's freezing!

GEMMA
(clear, factual)
I wanted to drown.

JACK looks at her for a moment, slightly stunned.

JACK
I told you, that's not -

GEMMA
But then I thought...no.

He looks at her. For the first time he can't work out what she's thinking.

JACK
What do you mean?

She doesn't answer. A moment.

Jack (CONT'D)
(takes off his coat to give to her)
Best put this on before you get hypothermia.

But GEMMA starts to walk up the beach away from him.

JACK (CONT'D)
Gemma, stop. Wait! Where are you going?

GEMMA
(determined)
Home.

GEMMA starts to walk back towards the house, determined.

MUSIC IN (GEMMA DRIVES AWAY) 10:47:52

10:47:56

EXT. MARY'S HOUSE. DAY

MUSIC OUT (JACK LOOKS FOR GEMMA) 10:48:02

Very early morning. GEMMA gets in her car. MARY and JACK watch.

She drives away.

10:48:16

INT. GEMMA'S CAR. DAY

GEMMA drives away leaving JACK and MARY.

10:48:28

EXT. HIGHBROOK SCHOOL. DAY

MUSIC OUT (GEMMA DRIVES AWAY) 10:48:34

BOYS outside the school larking around as PARENTS wait for their CHILDREN. GEMMA stands waiting for TOM.

She stands out amongst the other parents - tough, iconic now. Not smiling. BECKY also arrives and sees her. She approaches GEMMA.

BECKY

왜 그런지 그녀는 지금 달라보인다. 그 이미지가 다소 불안감을 일으킨다.

어떤 점에서 그녀는 완전히 탈바꿈된 것 같다. 그녀는 더 어두워졌고 광포해졌다. 그녀의 모습에서 명료함이 느껴진다. 그리고 눈빛 너머로 보이는 어떤 냉정함.

잭 (이어서) 뭐하는 거야! 얼어 죽겠다!

젬마 (명확하고, 진심을 담아) 물에 빠져 죽고 싶었어요.

잭이 잠시 젬마를 바라본다. 약간 놀란, 망연자실한 눈치.

잭 내가 말했잖아. 그건 아니야…

젬마 그러다가 생각했어요…아니다…

잭이 젬마를 본다. 젬마가 지금 무슨 생각을 하는지 알아낼 수가 없다. 이런 적은 처음이다.

잭 무슨 뜻이니?

젬마가 대답하지 않는다. 잠시 후.

잭 (이어서) (코트를 벗어 젬마에게 건네며)
저체온증 오기 전에 이걸 입어야 해.

그러나 젬마는 해변을 따라 걸으며 잭과 멀어지기 시작한다.

잭 (이어서)
젬마, 멈춰. 기다려 봐! 어딜 가는 거야?

음악 시작 (떠나는 젬마)
10:47:52

젬마 (단호하게) 집이요.

젬마가 집 쪽으로 다시 걷기 시작한다. 흔들림 없이.

10:47:56
음악 끝 (젬마를 찾는 잭)
10:48:02

<u>실외. 메리의 집. 주간</u>

아주 이른 새벽. 젬마가 차에 탄다. 메리와 잭이 지켜본다. / 젬마의 차가 떠난다.

10:48:16

<u>실내. 젬마의 차. 주간</u>

잭과 메리를 뒤로 하고 운전하는 젬마.

10:48:28

<u>실외. 하이브룩 스쿨. 주간</u>

음악 끝 (떠나는 젬마)
10:48:34

학부모들이 기다리는 동안 남자 아이들이 학교 밖에서 장난들을 치고 있다. 젬마가 톰을 기다리며 서 있다.

젬마는 다른 학부모들 사이에서 유독 눈에 띈다. 그녀는 강인한 우상처럼 보인다. 미소도 짓지 않는다. 학교에 도착한 베키가 젬마를 본다. 베키가 젬마에게 다가간다.

베키

I thought you were away? Simon asked me to pick up Tom.

GEMMA
I need your help.

BECKY
What do you mean?

She looks at GEMMA, unsure of her.

MUSIC IN 'SHADOW JOURNAL'
10:48:49

GEMMA
(hard, firm)
You owe it to me.

TOM arrives, smiling a little. Nervous.

TOM
You're back.

GEMMA looks at BECKY.

10:49:03   INT. FOSTER HOUSE. KITCHEN. DAY

GEMMA is dressed up to go out. Looking in the mirror, putting her make-up on. It's all considered now. Cold.

SIMON enters. As soon as he does, she's pretending normality again, but now it seems slightly...fraught...unhinged...

SIMON
Hey! I saw your car... You said two days...

GEMMA
I changed my mind. I didn't wanna be away.
(he smiles)
I'm all over the place at the moment. Can you tell?

SIMON
That's why I was worried.

GEMMA
Are you ready?

SIMON
What for?

GEMMA
Dinner, we're due at half seven.

SIMON
What? Who with?

GEMMA
Go and get a shirt on.

SIMON hesitates and goes.

SIMON
It's mad living with you sometimes.

As soon as he's out of the room, GEMMA'S smile disappears.

10:50:12   INT. FOSTER HOUSE. HALLWAY. DAY

아직 안 오신 줄 알았어요. 사장님이 톰을 태워오라고 부탁하셨거든요.

젬마 당신 도움이 필요해요.

베키 무슨 뜻이죠?

베키가 젬마를 본다. 젬마의 속을 알 수 없는 베키.

음악 시작 '그림자 일기'
10:48:49

젬마 (냉정하고 확고하게)
나한테 진 빚이 있잖아요.

톰이 다가온다. 톰은 살짝 미소 짓고 있지만 불안하다.

톰 엄마 왔네요?

젬마가 베키를 본다.

10:49:03 ⟶ 실내. 포스터의 집. 주방. 주간

젬마가 외출하기 위해 차려입었다. 거울을 보며 화장을 하는 젬마. 지금 그 모든 게 의도된 분위기를 풍긴다. 차가움.

사이먼이 들어온다. 그가 들어오자마자 젬마가 다시 여느 때와 다름 없는 것처럼 꾸민다. 그러나 지금 그 모습은 다소... 위험스럽고 불안정하게 보인다.

사이먼 헤이! 당신 차가 있길래... 이틀 걸린다고 했잖아?

젬마 마음이 바뀌었어. 떨어져 있기 싫거든.
(사이먼이 미소 짓는다)
나 지금 엉망이지? 어떤지 말해 봐.

사이먼 그래서 내가 걱정했잖아.

젬마 준비됐어?

사이먼 무슨 준비?

젬마 저녁 먹으러 가야지. 일곱 시 반에 약속 잡아놨어.

사이먼 뭐? 누구랑?

젬마 어서 가서 셔츠 입어요.

사이먼이 주저하다가 옷을 입으러 간다.

사이먼 당신 가끔 미친 것 같아.

사이먼이 주방에서 나가자마자 젬마의 웃음기가 사라진다.

10:50:12 ⟶ 실내. 포스터의 집. 복도. 주간

Three minutes later, SIMON rushes down the stairs, and into the hall, doing up his sleeve buttons. He heads into the kitchen.

SIMON (CONT'D)
What about Tom, who's -

He gets into the kitchen, and BECKY is there with her DAUGHTER ISOBEL and TOM. GEMMA'S made her a cup of tea.

GEMMA
Becky's looking after Tom tonight.

SIMON'S looking at both of them. Very much thrown. Worried. This is not an alliance he wants. What does GEMMA know?

BECKY
Gemma called, said she was coming back, and wanted to keep this dinner, but the short notice meant she didn't have childcare so I offered.

A moment. SIMON slightly bewildered. GEMMA heads out into the hallway.

SIMON
Thanks.

SIMON follows. GEMMA picks up her keys and leaves the house. SIMON follows. A quick glance into the house before closing the door.

10:50:46   INT. GEMMA'S CAR. DAY

We see the view through the windscreen. GEMMA'S driving. SIMON's in the passenger seat.

SIMON
You really won't tell me where we're going?

10:50:51   EXT. GEMMA'S CAR. DAY

GEMMA
(smiling)
You used to be into surprises.

A moment.

SIMON
Fine.

10:50:57   INT. GEMMA'S CAR. DAY

SIMON (CONT'D)
Do I like these people?

Close on GEMMA.

GEMMA
You love them.

10:51:13   EXT. CHIRS AND SUZY PARKS' HOUSE. DRIVEWAY. DAY

GEMMA pulls into the driveway.

10:51:18   INT. GEMMA'S CAR. DAY

GEMMA (cont'd)

3분 후. 사이먼이 급하게 계단을 뛰어내려와 셔츠 소매 단추를 잠그면서 복도를 지나친다. 그리고 주방으로 향한다.

사이먼 (이어서) 톰은 어쩌고? 누가…

사이먼이 주방으로 들어간다. 그곳에 베키와 그녀의 딸 이소벨이 와 있다. 톰도 함께다. 젬마가 베키에게 차 한 잔을 타 주고 있다.

젬마 오늘 밤 베키가 톰을 봐줄거야.

사이먼이 젬마와 베키를 둘 다 쳐다본다. 무척 당혹스러운 낌새. 걱정이 가득. 이 둘이 함께 있는 건 사이먼이 원치 않는 조합이다. 젬마가 뭘 알고 있는 거지?

베키 사모님이 전화하셨어요. 집에 돌아왔고 저녁 모임에 꼭 가고 싶은데 시간이 촉박해서 애 맡길 데가 없다고요. 그래서 제가 도와드린다고 했어요.

잠시 후. 사이먼이 약간 어리둥절한 상태로 있다. 젬마가 복도로 향한다.

사이먼 고마워요.

사이먼이 젬마 뒤를 따른다. 젬마가 열쇠를 챙기고 집을 나선다. 사이먼이 뒤따른다. 문을 닫기 전에 눈으로 재빨리 집 안을 한번 훑어보는 사이먼.

10:50:46	<u>실내. 젬마의 차. 주간</u>

차 앞 유리창 너머로 바깥 풍경이 보인다. 젬마가 운전 중이다. 사이먼은 조수석에 앉아 있다.

사이먼 어디 가는지 정말 말 안 해줄 거야?

10:50:51	<u>실외. 젬마의 차. 주간</u>

젬마 (미소 지으며) 깜짝 놀라는 거 좋아하잖아.

잠시 후.

사이먼 좋아.

10:50:57	<u>실내. 젬마의 차. 주간</u>

사이먼 (이어서) 내가 좋아하는 사람들이야?

젬마의 얼굴이 화면에 크게 잡힌다.

젬마 당신이 사랑하는 사람들이지.

10:51:13	<u>실외. 파크스 부부의 집. 진입로. 주간</u>

젬마의 차가 진입로로 들어간다.

10:51:18	<u>실내. 젬마의 차. 주간</u>

젬마 (이어서)

(to SIMON) It's the Parks. They invited us
yesterday, at the football.

GEMMA gets out.

SIMON
(calls)
Gemma...

She stops and looks at him, all smiles.

SIMON (CONT'D)
I can't.

GEMMA
What?
(beat)
Why not?

She closes the door and walks towards the house.

SIMON looks at her.

10:51:37   INT. GEMMA'S CAR. DAY

He sees her walk to the front door.

10:51:40   EXT. PARKS' HOUSE. FRONT DOOR. DAY

GEMMA rings the bell.

10:51:42   INT. GEMMA'S CAR. DAY

SIMON still in the car. GEMMA smiles at him from
the car but has no choice so undoes his
seatbelt.

10:51:47   EXT. CHIRS AND SUZY PARKS' HOUSE. DRIVEWAY. DAY

SIMON gets out. GEMMA sees this. We notice
KATE'S car in the drive.

10:51:52   EXT. PARKS' HOUSE. FRONT DOOR. DAY

GEMMA rings again. SIMON joins GEMMA.
SUSIE comes to the door and opens it. When she
does, she looks surprised.

SUSIE
Oh...Hi!

GEMMA
Hi!

GEMMA'S smile fades as she sees the look on
SUSIE'S face.

10:52:03   INT. PARKS' HOUSE. FRONT DOOR. DAY

GEMMA (CONT'D)
What?

10:52:04   EXT. PARKS' HOUSE. FRONT DOOR. DAY

SUSIE
Gemma...

10:52:06   INT. PARKS' HOUSE. FRONT DOOR. DAY

(사이먼에게) 파크스네 집이야. 어제 우릴 초대했어. 축구 경기장에서.

젬마가 차에서 내린다.

사이먼 (소리를 높여) 젬마…

젬마가 멈춰서 사이먼을 본다. 얼굴 가득 미소를 지으며.

사이먼 (이어서) 난 못 가.

젬마 뭐? (잠시 멈춤) 왜 못 가?

젬마가 차 문을 닫고 집을 향해 걷는다. / 사이먼이 그녀를 바라본다.

10:51:37   실내. 젬마의 차. 주간

젬마가 현관문으로 걸어가는 걸 지켜보는 사이먼.

10:51:40   실외. 파크스 부부의 집. 현관문. 주간

젬마가 벨을 누른다.

10:51:42   실내. 젬마의 차. 주간

사이먼이 여전히 차에 있다. 젬마가 차에 있는 사이먼을 향해 미소 짓는다. 선택의 여지가 없다. 안전벨트를 푸는 사이먼.

10:51:47   실외. 파크스 부부의 집. 진입로. 주간

사이먼이 차에서 내린다. 젬마가 그 모습을 본다. 케이트의 차가 주차되어 있는 게 보인다.

10:51:52   실외. 파크스 부부의 집. 현관문. 주간

젬마가 다시 벨을 누른다. 사이먼이 젬마 뒤에 와 있다. 수지가 안에서 문을 연다. 문을 열면서 놀라는 눈치의 수지.

수지 오… 안녕하세요! / **젬마** 안녕하세요!

수지의 표정을 본 젬마의 얼굴에서 웃음기가 서서히 사라진다.

10:52:03   실내. 파크스 부부의 집. 현관문. 주간

젬마 (이어서) 왜 그러세요?

10:52:04   실외. 파크스 부부의 집. 현관문. 주간

수지 젬마…

10:52:06   실내. 파크스 부부의 집. 현관문. 주간

GEMMA
Oh god. What's going on?
(beat)
You're not expecting us...

MUSIC OUT 'SHADOW JOURNAL'
10:52:11   EXT. PARKS' HOUSE. FRONT DOOR. DAY

                            CHRIS appears behind Susie.

                            CHRIS
                            Hello Fosters!

10:52:14   INT. PARKS' HOUSE. FRONT DOOR. DAY

                            CHRIS (CONT'D)
                            What's this? You're...

10:52:16   EXT. PARKS' HOUSE. FRONT DOOR. DAY

                            SUSIE
                            I think you're a week early.

10:52:17   INT. PARKS' HOUSE. FRONT DOOR. DAY

                            GEMMA
                            Really? But this is the... I thought - you said
                            Thursday in your email...

10:52:22   EXT. PARKS' HOUSE. FRONT DOOR. DAY

                            SUSIE
                            I meant next week.

10:52:23   INT. PARKS' HOUSE. FRONT DOOR. DAY

                            Realisation all round.

                            SUSIE
                            Oh, I'm so sorry...it's my mistake!

                            GEMMA
                            (playing awkward)
                            Oh!

                            CHRIS
                            Ah...

10:52:29   EXT. PARKS' HOUSE. FRONT DOOR. DAY

                            CHRIS (CONT'D)
                            Come in anyway!

10:52:30   INT. PARKS' HOUSE. FRONT DOOR. DAY

                            SIMON
                            No, it's fine, we'll head back, we're tired
                            actually...

10:52:31   EXT. PARKS' HOUSE. FRONT DOOR. DAY

                            CHRIS
                            No! Nonsense!

10:52:33   INT. PARKS' HOUSE. FRONT DOOR. DAY

                            CHRIS (CONT'D)
                            We can rustle up something, you're here now.

젬마 오 맙소사. 이게 무슨 일이람? (잠시 멈춤) 저희 기다리신 거 아니에요?

음악 끝 '그림자 일기'
10:52:11

<u>실외. 파크스 부부의 집. 현관문. 주간</u>

크리스가 수지 뒤로 모습을 보인다.

크리스 어이쿠 포스터 내외가 오셨네!

10:52:14

<u>실내. 파크스 부부의 집. 현관문. 주간</u>

크리스 (이어서) 무슨 일이신지? 당신이...

10:52:16

<u>실외. 파크스 부부의 집. 현관문. 주간</u>

수지 일주일 일찍 오신 것 같네요.

10:52:17

<u>실내. 파크스 부부의 집. 현관문. 주간</u>

젬마 정말요? 이렇게 온 건... 저한테... 보내신 메일에 목요일이라고 되어 있어서..

10:52:22

<u>실외. 파크스 부부의 집. 현관문. 주간</u>

수지 다음 주를 말한 거였어요.

10:52:23

<u>실내. 파크스 부부의 집. 현관문. 주간</u>

모두가 어떻게 된 상황인지 알아 챈다.

수지 오, 미안해요... 제 실수네요.

젬마 (곤란한 것처럼 연기하며) 오!

크리스 아...

10:52:29

<u>실외. 파크스 부부의 집. 현관문. 주간</u>

크리스 (이어서) 어쨌든 들어오세요!

10:52:30

<u>실내. 파크스 부부의 집. 현관문. 주간</u>

사이먼 아뇨, 괜찮습니다. 돌아갈게요. 실은 저희가 피곤해서요...

10:52:31

<u>실외. 파크스 부부의 집. 현관문. 주간</u>

크리스 아니요! 말도 안 되죠.

10:52:33

<u>실내. 파크스 부부의 집. 현관문. 주간</u>

크리스 (이어서) 이왕 오셨는데, 급하게라도 대접을 해야죠.

10:52:36

EXT. PARKS' HOUSE. FRONT DOOR. DAY

CHRIS (CONT'D)
That'll be alright won't it, Susie?

SUSIE
Absolutely, for these two we will...

10:52:40

INT. PARKS' HOUSE. FRONT DOOR. DAY

SUSIE (CONT'D)
...make it work, come on! Come in!

GEMMA
(entering)
Are you sure?

SUSIE
Positive.

SIMON
Honestly I think we should go.

10:52:43
MUSIC IN (FOLLOWING SIMON/
GEMMA DRIVING/BELLS)
10:52:44

EXT. PARKS' HOUSE. FRONT DOOR. DAY

CHRIS
We've got the kids in tonight so there'll be
plenty of food, it'll be fun!

He gestures for them to go in.

SIMON
I'm really not -

CHRIS
Come on!

GEMMA makes her way in.

GEMMA (O.V.)
Oh, it's gorgeous ...

SIMON hangs back - CHRIS looks at him. Beams,
warmly and they go inside.

10:52:55

INT. PARKS'S HOUSE. DINING ROOM. NIGHT

A lengthy one-shot slow motion shot.
SUSIE and KATE bring in salads to the table.
SIMON sits and glares at GEMMA.

The camera moves round the table. CHRIS,
holding court, oblivious, passes the salad to
SIMON, who is having the worst evening of his
life, but has no choice but to take it. They are
all talking, but we can't hear. Instead we hear
music, the raw tension of the subtext of this
dinner.

Opposite Simon is KATE, shooting seductive
looks at him, then SUSIE talking to GEMMA, who's
smiling, listening politely, taking all of this
in...

Closer on GEMMA.

We can see she's got a plan. She's going to
detonate it all.

MUSIC IN (DF EPS4 TEASER)
10:54:01

TO BLACK

| 10:52:36 | <u>실외. 파크스 부부의 집. 현관문. 주간</u>

크리스 (이어서) 괜찮지, 여보?

수지 그럼요, 두 분을 위해서라면 저희가...

| 10:52:40 | <u>실내. 파크스 부부의 집. 현관문. 주간</u>

수지 ... 대접을 해야죠. 어서 와요! 어서 들어와요!

젬마 (집으로 들어서며) 정말 괜찮을까요?

수지 그럼요!

사이먼 정말로... 저희 그냥 돌아갈게요.

| 10:52:43
음악 시작 (사이먼 미행
하기/운전하는 젬마/벨
소리들) 10:52:44

<u>실외. 파크스 부부의 집. 현관문. 주간</u>

크리스 오늘 저녁은 애들도 있어서 음식은 충분해요. 재밌을 거예요!

크리스가 들어오라고 손짓을 한다.

사이먼 정말 저는...

크리스 어서요!

젬마가 혼자 안으로 들어간다.

젬마 (화면 밖 목소리) 오, 집이 정말 멋져요...

사이먼이 뒤에 남아 망설인다. 환한 미소와 온화한 눈빛으로 사이먼을 바라보는 크리스.
결국 안으로 들어가는 두 사람.

| 10:52:55 | <u>실내. 파크스 부부의 집. 다이닝 룸. 야간</u>

슬로우 모션으로 한 쇼트가 길게 이어진다.
수지와 케이트가 식탁으로 샐러드를 나르고 사이먼이 식탁에 앉으며 젬마를 노려본다.
/ 카메라가 식탁 둘레를 따라 움직인다. 이런 상황을 알 리 없는 크리스가 농담을 하면서
사이먼에게 샐러드를 건넨다. 사이먼은 지금 생애 최악의 저녁 시간을 보내고 있는 중이
지만 어쩔 수 없이 받아들이고 있다. 식탁에서 사람들의 대화가 이어지지만 우리에겐 들
리지 않는다. 대신 음악 소리가 들린다. 이 저녁식사 자리의 숨은 뜻이 담긴, 원초적인 긴
장감이 느껴지는 음악이다. / 사이먼의 맞은편에 케이트가 앉아 있다. 케이트는 사이먼에
게 유혹의 시선을 던진다. 그러는 동안 수지가 젬마에게 뭔가 이야기를 하고 있다. 젬마
는 미소 지으며 정중하게 경청하는 중이다. 이 모든 상황에 몰두하면서... / 젬마의 얼굴이
화면 가까이 보인다. / 우리는 젬마에게 어떤 계획이 있다는 걸 알 수 있다. 그녀는 한꺼
번에 폭발시키려고 한다.

| 음악 시작 (예고편)
10:54:01

암전.

10:54:02

TEASER IN

GEMMA quizzing CHRIS.

**Caption (over picture):
Next time**

GEMMA
You have a place in France?

SIMON appears.

MUSIC OUT (FOLLOWING SIMON/
GEMMA DRIVING/BELLS)
10:54:04

GEMMA (CONT'D)
What's it called?

CHRIS
The house?

GEMMA
Does it have a name?

TO BLACK

                                                  CUT TO:

10:54:07

GEMMA and SIMON with the PARKS family around
dinner table.

CHRIS
We'll talk. Gemma, help yourself.

GEMMA
(to Kate)
How's your love life?

Everyone stops and stares, KATE embarrassed.

TO BLACK

GEMMA (V.O.)
There's been a ...

                                                  CUT TO:

10:54:13

Later. The dinner party.

GEMMA (CONT'D)
... formal complaint made against me.

CHRIS
What's the complaint?

SUSIE
Chris!

GEMMA
A man says I threatened to burn him with a lit
cigarette unless he left his girlfriend alone.

TO BLACK

                                                  CUT TO:

10:54:22

Later.

GEMMA
You don't mind me opening up about the
difficulties we've experienced?

SIMON looks at KATE, alarmed. KATE on verge of
tears.

10:54:02	<u>예고편 시작</u>

젬마가 크리스에게 묻는다.

자막 (화면 위로)
다음 시간

젬마 프랑스에 집이 있어요?

음악 끝 (사이먼 미행하기/ 운전하는 젬마/벨소리들) 10:54:04	사이먼이 나타난다.

젬마 (이어서) 그 집을 뭐라고 부르세요?

크리스 집이요?

젬마 이름이 있나요?

암전.

화면 전환:

10:54:07	젬마와 사이먼이 파크스 가족들과 함께 저녁 식탁에 둘러앉아 있다.

크리스 얘기를 해봅시다. 젬마, 맘껏 들어요.

젬마 (케이트에게) 연애 생활 어때요?

모두들 멈춰서, 당황스러워 하는 케이트를 본다.

화면 전환:

10:54:13	잠시 후. 디너 파티가 이어진다.

젬마 (이어서) … 저에 대한 공식 항의가 들어와서요.

크리스
무슨 항의요?

수지
크리스!

젬마
어떤 남자가 말하길 제가 담뱃불로 지지겠다고 위협했다는군요. 그 남자가 자기
여자 친구를 가만히 내버려두지 않으면 그러겠다고…

암전.

화면 전환:

10:54:22	잠시 후.

젬마
우리 힘들었던 얘기해도 괜찮지?

사이먼이 불안해 하는 케이트를 바라본다. 케이트는 울음을 터뜨리기 일보 직전이다.

CHRIS looks around the table, awkward.

SUSIE unsure what to do.

SIMON looks at GEMMA, petrified.

GEMMA plays with her wedding ring and smiles.

TO BLACK

MUSIC OUT (DF EPS4 TEASER)
10:54:34
MUSIC IN (DF END CREDITS)
10:54:34   **END CREDITS** (roller over black)

Cast in order of appearance

Tom Foster	TOM TAYLOR
Simon Foster	BERTIE CARVEL
Dr Gemma Foster	SURANNE JONES
Ros Mahendra	THUSITHA JAYASUNDERA
Nick Stanford	PETER DE JERSEY
Gordon Ward	DANIEL CERQUEIRA
Julie	SHAZIA NICHOLLS
Daniel Spencer	RICKY NIXON
Carly	CLARE-HOPE ASHITEY
Andrew Parks	CHARLIE CUNNIFFE
Chris Parks	NEIL STUKE
Susie Parks	SARA STEWART
Kate Parks	JODIE COMER
Becky	MARTHA HOWE-DOUGLAS
Jack	ROBERT PUGH
Mary	ELIZABETH RIDER
Isobel	MEGAN ROBERTS
Stunt Coordinator	GARY CONNERY
Stunt Performers	TANYA BRASS
	ZARLENE DALLAS
Production Coordinator	ANNA GOODRIDGE
Production Secretary	TIM MORRIS
Production Runner	EUAN GILHOOLY
Production Accountant	ELIZABETH WALKER
Assistant Production Accountant	LINDA BAIGE
Casting Associate	ALICE PURSER
Casting Assistant	RI MCDAID-WREN
1st Assistant Director	DEAN BYFIELD

크리스가 어색하게 테이블을 둘러본다.

수지는 뭘 해야 할지 알 수 없다.

겁에 질린 사이먼이 젬마를 바라본다.

젬마가 그녀의 결혼 반지를 만지작거리며 미소를 짓는다.

암전.

음악 끝 (예고편)
10:54:34
음악 시작 (엔딩 크레딧)
10:54:34

엔딩 크레딧 (검은 화면 위로 올라감)

등장 순서대로

톰 포스터	**톰 테일러**
사이먼 포스터	**버티 카벨**
젬마 포스터	**슈란느 존스**
로즈 마헨드라	**수시타 제야선데라**
닉 스탠포드	**피터 드 져지**
고든 와드	**다니엘 서퀘이라**
줄리	**샤지아 니콜스**
다니엘 스펜서	**릭키 닉슨**
칼리	**클레어-홉 애쉬티**
앤드류 파크스	**찰리 컨니페**
크리스 파크스	**네일 스투케**
수지 파크스	**사라 스튜어트**
케이트 파크스	**조디 코머**
베키	**마사 하우-더글라스**
잭	**로버트 퍼프**
메리	**엘리자베스 라이더**
이소벨	**메건 로버츠**
스턴트 감독	**개리 코니**
스턴트 연기	**탄야 브라스**
	자린 댈러스
제작 감독	**애나 굿릿지**
제작 관리	**팀 모리스**
제작 지원	**이언 길후리**
제작 회계	**엘리자베스 워커**
제작 회계 보조	**린다 배이지**
캐스팅 제휴	**앨리스 퍼셔**
캐스팅 보조	**리 맥데이드-우렌**
1st 조감독	**딘 바이필드**

2nd Assistant Director	CHRISTIAN RIGG
3rd Assistant Director	JAMES MCGEOWN
Floor Runners	ALEXANDRA BEAHAN
	SOPHIE KENNY
Location Manager	BILL TWISTON-DAVIES
Assistant Location Manager	ELENA VAKIRTZIS
Location Assistant	COREY MORPETH
Camera Operator	JEREMY HILES
A Camera Focus Puller	JAY POLYZOIDES
B Camera Focus Puller	PIOTR PERLINSKI
2nd Assistant Camera	ANDRES CLARIDGE
Camera Trainees	CAROLINE DELERUE
	CLARE SEYMOUR
DIT	DYLAN EVANS
Script Supervisor	ALANA MARMION-WARR
Grips	BRETT LAMERTON
	BEN FREEMAN
Gaffer	MARK TAYLOR
Best Boy	DANNY GRIFFITHS
Electricians	SIMON ATHERTON
	JAMES KENNEDY
	GUY MINOLI
Standby Rigger	ROB ARMSTRONG
Sound Maintenance Engineer	GIDEON JENSEN
Sound Assistant	MATT FORRESTER
Art Director	ADAM MARSHALL
Standby Art Director	SUSIE BATY
Assistant Art Director	GEORGIA GRANT
Set Decorator	HANNAH SPICE
Props Buyer	ANTONIA TIBBLE
Props Master	NICK WALKER
Standby Props	DAVE ACKRILL
	EDDIE BAKER
Dressing Props	DAVE SIMPSON
	SAM WALKER
Art Department Assistant	LOTTIE MCDOWELL
Art Department Trainee	ANNA CZERNIAVSKA
Standby Carpenter	RONALD ANDERSON
Special Effects	SCOTT MCINTYRE
Costume Supervisor	NADINE DAVERN
Costume Assistants	JEN DAVIES

2nd 조감독	크리스티안 릭
3rd 조감독	제임스 맥기오운
현장 지원	알렉산드라 베한
	소피 케니
장소섭외 담당	빌 트위스톤-데이비스
장소섭외 담당 보조	엘레나 바키츠이즈
장소섭외 보조	코리 모피스
촬영 기사	제레미 힐레스
A 카메라 보조	제이 폴리조디스
B 카메라 보조	피오트 퍼린스키
2nd 보조 카메라	안드레스 클레릿지
카메라 지원	캐롤라인 딜리루
	클레어 세이무어
디지털 이미지 기술	딜란 에반스
대본 감독	엘레나 마미온-워
촬영 기사 보조	브렛 레머튼
	벤 프리먼
조명 감독	마크 테일러
조명 감독 조수	대니 그리피스
전기 기사	사이먼 애서튼
	제임스 케네디
	가이 미놀리
현장 준비	롭 암스트롱
음향 기술	기디언 젠슨
음향 보조	맷 포리스터
미술 감독	아담 마샬
대기 미술 감독	수지 배티
미술 조감독	죠지아 그랜트
세트 장식	한나 스파이스
소품 구매	앤소니아 티블
소품 관리	닉 워커
소품 대기	데이브 애크릴
	에디 베이커
의상실 소품	데이브 심슨
	샘 워커
미술부 보조	로티 맥도웰
미술부 지원	애나 체르니아브스카
세트 대기	로널드 앤더슨
특수 효과	스콧 맥킨타이어
의상 감독	나딘 데이번
의상 보조	젠 데이비스

	RUTH PHELAN
Costume Trainee	ELIZABETH WEBB
Make-Up Supervisor	KATIE PICKLES
Make-Up Artist	ALANA CAMPBELL
Make-Up Trainee	SIMONE CAMPS
Medical Advisor	DR RACHEL GRENFELL
Publicist	CHRISTOPHER DUGGAN
Communications Manager	CHARLOTTE INETT
Picture Executive	VICTORIA DALTON
Picture Manager	JULIAN WYTH
Stills Photographers	DES WILLIE
	ED MILLER
	LIAM DANIEL
Legal and Business Affairs	BELLA WRIGHT
Financial Controller	DENIS WRAY
Assistant to Executives	TROY HUNTER
Head of Production	SUSY LIDDELL
Post Production Supervisor	BEEWAN ATHWAL
Post Production Paperwork	ILANA EPSTEIN
Assistant Editor	OLIE GRIFFIN
Dialogue Editor	TOM DEANE
Sound FX Editor	JIM GODDARD
Dubbing Mixer	FORBES NOONAN
Title Music	'Fly' by LUDOVICO EINAUDI
Online Editor	OWEN HULME
VFX	SASCHA FROMEYER
Colourist	AIDAN FARRELL
	COLIN PETERS
Music Supervisor	IAIN COOKE
Composer	FRANS BAK
Title Design	PETER ANDERSON STUDIO
Casting Director	ANDY PRYOR CDG
Sound Recordist	BILLY QUINN
Hair & Make-Up Designer	JOJO WILLIAMS
Costume Designer	ALEXANDRA CAULFIELD

	루스 페란
의상 지원	엘리자베스 웹
분장 감독	케이티 피클스
분장 아티스트	엘레나 캠벨
분장 지원	시몬 캠프스
의료 자문	닥터 레이첼 그렌펠
홍보 담당	크리스토퍼 듀간
커뮤니케이션 매니저	샬롯 이네트
사진 총괄	빅토리아 달튼
사진 담당	줄리안 위드
스틸 사진	데스 윌리
	에드 밀러
	리암 다니엘
법률 및 경영 업무	벨라 라이트
재무 관리	데니스 레이
행정 보조	트로이 헌터
제작부 총괄	수지 리델
후반 작업 총괄	비완 애셜
후반 작업 문서 관리	이라나 엡스틴
편집 보조	올리 그리핀
대사 편집	톰 딘
음향 효과 편집	짐 고다드
더빙 믹서	포브스 누난
주제가	'비행' by 루도비코 에이나우디
온라인 편집	오웬 헐미
시각 효과	샤챠 프로미어
색채 담당	에이던 패럴
	콜린 피터스
음악 감독	이언 쿡
작곡	프란스 박
타이틀 디자인	피터 앤더슨 스튜디오
캐스팅 감독	앤디 프라이어 시디지
음향 녹음	빌리 퀸
헤어 및 분장 디자이너	조조 윌리엄스
의상 디자이너	알렉산드라 카울필드

Editor   RICHARD COX

Production Designer   HELEN SCOTT

Director of Photography   JOEL DEVLIN

Line Producer   CHRISTINE HEALY

CARD 1

Executive Producer for the BBC
MATTHEW READ

CARD 2

For

© Drama Republic Limited MMXV

MUSIC OUT (DF END CREDITS)
10:55:05

10:55:05   **END OF EPISODE**

편집	**리차드 콕스**
제작 디자이너	**헬렌 스콧**
촬영 감독	**조엘 데브린**
라인 프로듀서	**크리스틴 힐리**

<u>카드 1</u>

BBC 제작 책임
매튜 리드

<u>카드 2</u>

드라마 리퍼블릭

for

BBC

© Drama Republic Limited 2015

음악 끝 (엔딩 크레딧)
10:55:05

10:55:05   <u>에피소드 4 끝</u>

Episode 5.

MUSIC IN 'SHADOW JOURNAL'
10:00:00

RECAP IN

SIMON has come in from work to greet GEMMA in the kitchen. She is all dressed up and ready to go out.

Caption (over picture):
Previously

GEMMA
Are you ready?

SIMON
What?

GEMMA
We're due at half seven.

SIMON
Who with?

CUT TO:

10:00:03

GEMMA'S car.

SIMON and GEMMA on their way to dinner. GEMMA turns to SIMON.

GEMMA
(smiling)
You used to be into surprises.

CUT TO:

10:00:06

Hotel bedroom. GEMMA and NEIL have just had sex. GEMMA is getting ready to leave. NEIL is still in bed.

GEMMA
When do we tell Anna?

NEIL
Or Simon for that matter.

GEMMA
If you're asking me to lie, I want something to make up for it.

CUT TO:

10:00:13

GEMMA'S car on the way to dinner.

SIMON
Do I like these people?

Close on GEMMA.

음악 시작 '그림자 일기'
10:00:00

지난 회 요약 시작

퇴근한 사이먼이 집에 온 젬마를 반기기 위해 주방으로 들어온다. 잘 차려입은 젬마는 외출 준비를 하고 있다.

자막 (화면 위로)
지난 시간

젬마
준비했어?

사이먼
뭘?

젬마
우리 7시 반에 약속 있어.

사이먼
누구랑?

화면 전환:

10:00:03

젬마의 차.

사이먼과 젬마가 저녁식사 장소로 가고 있다. 젬마가 사이먼에게 몸을 돌린다.

젬마
(미소 지으며)
당신 깜짝 놀라는 거 좋아하잖아.

화면 전환:

10:00:06

호텔 침실. 젬마와 닐이 섹스를 막 끝냈다. 젬마가 떠날 준비를 하고 있다. 닐은 여전히 침대에 있다.

젬마
애나한테 언제 말할까?

닐
사이먼한테도 얘기하든가.

젬마
나한테 거짓말 시키려면 뭔가 보상이 필요해.

화면 전환:

10:00:13

젬마의 차가 저녁식사 장소로 가고 있다.

사이먼
내가 좋아하는 사람들이야?

젬마의 얼굴이 화면 가까이 보인다.

GEMMA
You love them.

CUT TO:

10:00:17   SIMON'S offices. GEMMA confronts BECKY.

GEMMA
I think he's off having sex ...

CUT TO:

10:00:18   SIMON kisses KATE outside the office. We see
                                this through the window.

GEMMA (CONT'D) (V.O.)
... with Kate Parks.

CUT TO:

10:00:19   -   NEIL and GEMMA sit in his kitchen and discuss
                                SIMON'S financial situation.

NEIL
Then this new investor arrives. Erm, "White
Stone", starts ploughing in cash.

CUT TO:

10:00:25   Outside the PARKS' house.

GEMMA'S car pulls into the driveway.

GEMMA (V.O.)
(to SIMON) It's the Parks.

SIMON
(calls) Gemma!

GEMMA now out of the car about to walk up to the
house. SIMON stops her.

SIMON
I can't...

She looks at SIMON through the window.

GEMMA
Why not?

GEMMA closes the car door.

CUT TO:

10:00:31   GEMMA is now at the front door. SUZY PARKS opens
                                the door and is surprised to see GEMMA.

SUSIE
Oh...Hi!

젬마
당신이 사랑하는 사람들이야.

화면 전환:

10:00:17   사이먼의 사무실. 젬마가 베키를 마주하고 있다.

젬마
섹스하고 있겠네...

화면 전환:

10:00:18   사무실 밖에서 사이먼이 케이트에게 키스한다. 창문 너머로 그 모습이 보인다.

젬마 (이어서) (화면 밖 목소리)
... 케이트 파크스랑...

화면 전환:

10:00:19   닐과 젬마가 닐의 집 주방에 앉는다. 그리고 사이먼의 재정상태에 대해 얘기를 나눈다.

닐
그러다가 이 새 투자자가 나타났어. 어, 이 "화이트 스톤"이라는 데가 현금을 투입하기 시작했고.

화면 전환:

10:00:25   파크스 부부의 집 밖.

젬마의 차가 진입로로 들어간다.

젬마 (화면 밖 목소리)
(사이먼에게) 파크스네 집이야.

사이먼
(목소리를 높여) 젬마!

차에서 내린 젬마가 집을 향해 걸음을 옮기려 한다. 사이먼이 그녀를 멈춘다.

사이먼
난 못 가...

젬마가 차창 너머로 사이먼을 본다.

젬마
왜 못 가?

젬마가 차 문을 닫는다.

화면 전환:

10:00:31   이제 젬마가 현관문 앞에 있다. 문을 연 수지가 젬마를 보고 놀란다.

수지
오... 안녕하세요!

GEMMA
Oh god. You're not expecting us...

CHRIS
We've got the kids in tonight, it'll be fun!

He gestures for them to go in.

SIMON
I'm really not -

CHRIS
Come on!

GEMMA makes her way in.

GEMMA (O.V.)
God, it's gorgeous!

SIMON has no choice but to follow. The door closes.

MUSIC OUT 'SHADOW JOURNAL'
10:00:43

INT. PARKS' HOUSE. HALLWAY. EVENING

GEMMA takes her coat off and SUZY goes to take it.

We have picked up slightly before the end of Episode Four. CHRIS now in full flow -

CHRIS
Yes! Finished this six months ago, I'll give you the grand tour...

SUSIE, embarrassed, throws her eyes to heaven as she goes to hang up GEMMA'S coat.

SUSIE
Oh!

They walk further into the hallway.

CHRIS
Susie finds it embarrassing but I can't help it! I'm so proud!

SUSIE
Do tell him to shut up if you need to.

CHRIS
(to SIMON)
You'll find this really interesting.

SUSIE
(to GEMMA)
I'm just gonna nip in the kitchen. Give me a shout if you lose the will to live.

젬마
오, 맙소사. 저희 기다리고 계신 거 아니었어요?

크리스
오늘 저녁은 애들도 와 있어요. 재미있을 겁니다!

크리스가 들어오라는 손짓을 한다.

사이먼
전 정말로...

크리스
어서요!

젬마가 집에 들어선다.

젬마 (화면 밖 목소리)
맙소사, 집이 정말 멋져요!

사이먼이 어쩔 수 없이 뒤따라 집에 들어간다. 문이 닫힌다.

음악 끝 '그림자 일기'
10:00:43

실내. 파크스 부부의 집. 복도. 저녁

젬마가 코트를 벗는다. 수지가 다가가 코트를 받아든다.

우리는 에피소드 4회가 끝나기 전에 살짝 눈치 챈 바 있다. 이제 크리스는 장광설을 늘어 놓고 있다...

크리스
맞아요! 6개월 전에 완공했죠. 자 한번 주욱 둘러보게 해드릴게요...

쑥스러운 수지가 젬마의 코트를 걸어 놓으며 하늘 위로 시선을 던진다.

수지
오!

그들이 복도 안으로 더 들어간다.

크리스
수지는 이러는 걸 창피해 하지만 어쩔 수가 없네요. 전 무척 자부심을 느끼거든요!

수지
듣기 싫으시면, 제발 크리스한테 좀 조용히 하라고 말해주세요.

크리스
(사이먼에게)
정말 흥미로울 거예요.

수지
(젬마에게)
전 얼른 주방으로 피신합니다. 듣는 게 힘들어지면 소리를 질러서 저한테 알려주세요.

SIMON
We can easily come back in a week or -

CHRIS
No, no, no, no...

SUSIE
(leaving)
No, it's fine!

CHRIS gestures upstairs.

CHRIS (CONT'D)
Come on, let's go upstairs, you get a better
view. Come on. Yes!

CHRIS starts to go up. GEMMA strides after him.
SIMON reluctantly follows.

CHRIS (V.O)
So we used...

10:01:15   INT. PARKS' HOUSE. UPSTAIRS HALLWAY. EVENING

CHRIS reaches the top of the stairs. GEMMA
behind.

CHRIS (CONT'D)
...a new type of glass on the back of the house,
I don't understand the technology but
essentially it's double height, thin, and stays
hot. Like Naomi Campbell. (he laughs) A little
joke.

SIMON finally reaches the hallway. Looks
around.

GEMMA
It's beautiful.

CHRIS
(to SIMON)
Er, hope you don't mind me showing off?
(he turns to look out at the garden)
If, if you look at the end there, you can see
the pool, we loved the pool in our house in
France so much that we copied the dimensions.

GEMMA
You have a place in France?

CHRIS
Yeah. Well you can go and stay there if you like!

GEMMA
Really?

CHRIS

사이먼
다음 주에 다시 와서 봐도 괜찮은데...

크리스
아뇨, 아뇨, 아뇨, 아뇨....

수지
(자리를 피하며)
아니에요, 괜찮아요!

크리스가 위층을 가리킨다.

크리스 (이어서)
어서 오세요, 위층으로 올라가 봅시다. 전망이 더 좋아요. 어서요. 예스!

크리스가 위층을 향해 층계를 오르기 시작한다. 젬마가 크리스 뒤를 성큼성큼 뒤따른다. 사이먼이 마지못해 따라간다.

크리스 (화면 밖 목소리)
그래서 우리는...

10:01:15   실내. · 파크스 부부의 집.   위층 복도.   저녁

크리스가 계단 끝에 다다른다. 젬마가 바로 뒤에 있다.

크리스 (이어서)
... 집 뒤편에 새로운 종류의 유리를 깔았어요. 기술적인 건 잘 모르지만, 기본적으로 높이가 두 배고, 얇은데 온도가 뜨겁게 유지되죠. 나오미 캠벨처럼요. (크리스가 웃는다) 농담입니다.

드디어 위층 복도로 올라온 사이먼이 주위를 둘러본다.

젬마
아름답네요.

크리스
(사이먼에게)
어, 자랑해도 괜찮겠지요?
(크리스가 몸을 돌려 정원을 내려다본다.)
저기, 저 끝을 보시면 수영장이 있어요. 프랑스 집에 있는 수영장이 너무 맘에 들어서 여기에도 똑같이 만들어 놨죠.

젬마
프랑스에 집이 있으세요?

크리스
네, 원하시면 거기서 지내셔도 돼요.

젬마
정말요?

크리스

Yeah, we have a wonderful maid, called
Angelique, who sorts everything out.

GEMMA
What's it called?

CHRIS
The house?

GEMMA
Does it have a name?

CHRIS
"Pierre Blanche"

GEMMA
What does it mean?

CHRIS
Erm, WAIT!

SIMON looks a bit concerned.

CHRIS (CONT'D)
You haven't got any drinks. I'm chatting away
like an idiot. Would you like some wine?

GEMMA
White if you have it?

CHRIS
Of course.
(to SIMON)
Beer I assume, beer?

SIMON
Er, yeah. Cheers.

KATE appears from her bedroom having heard
voices. She sees them, and is stopped in her
tracks. She's stunned by the PEOPLE in her
house.

CHRIS
Ah, Kate - yeah, you know the Fosters. Gemma and
Simon.

GEMMA smiles.

KATE
Hi.

CHRIS
Yeah, they're staying for dinner.

KATE
I thought...next week?

그럼요, 거기엔 훌륭한 가정부도 두고 있어요. '안젤리크'라고. 그 가정부가 모든 걸 다 처리해 줄 겁니다.

젬마
뭐라고 부르세요?

크리스
집이요?

젬마
이름이 있나요?

크리스
"피에르 블랑쉐".

젬마
무슨 뜻이에요?

크리스
어어, 기다려 보세요!

사이먼이 살짝 걱정스러운 얼굴을 하고 있다.

크리스 (이어서)
그러고 보니 아무것도 안 마셨잖아요. 제가 얼간이처럼 그냥 떠들기만 했네요. 와인 좀 마실래요?

젬마
화이트 와인 있나요?

크리스
그럼요.
(사이먼에게)
맥주도 있을 텐데, 맥주?

사이먼
어, 네. 고맙습니다.

사람들 목소리를 들은 케이트가 자신의 침실에서 나온다. 그들을 본 케이트가 순간 얼어붙는다. 자기 집에 그 사람들이 있는 상황에 어리둥절한 케이트.

크리스
아, 케이트! 그래, 너 포스터 씨네 가족 알지? 젬마와 사이먼.

젬마가 미소 짓는다.

케이트
안녕하세요?

크리스 그래, 오늘 저녁식사 함께할 거야.

케이트 다음 주 아니었어요?

CHRIS
There's been a bit of a mix up so it's happening
now which is nice. Just gonna get some drinks,
do you want one?

KATE
I'll come with you.

CHRIS
Okay.

She goes downstairs with her FATHER, who's
slightly bemused at this. SIMON turns to GEMMA,
a completely different tone now their HOST has
moved away. They move back towards the window,
so they're not overheard.

SIMON
How could you get it wrong?

GEMMA
She said "next Thursday".

SIMON
Yeah, that means the Thursday of the following
week.

GEMMA
(pretending to realise)Oh, okay.

SIMON
It's just he's more of a colleague, than friend.
An important advisor for me. A, a contact.

SIMON goes to the window and continues to talk
with his back turned. GEMMA picks up an
expensive looking ornament from the
mantelpiece.

SIMON (CONT'D)
I only see him a couple of times a year. So if
you're gonna organise something like this, then
it'd be nice to have a bit more notice and...

SMASH! GEMMA deliberately drops the ornament.
SIMON turns and stares at the floor in
disbelief.

SIMON (CONT'D)
You, what you -

CHRIS comes back up the stairs with the drinks.
He enters the room.

CHRIS
Wine for the - oh -

He notices the smashed ornament on the floor.

크리스
혼선에 좀 있었는데, 잘됐지 뭐. 방금 마실 것 좀 가지러 가려고 했는데 너도 뭐 줄까?

케이트
같이 가요.

크리스
그래.

케이트가 자신의 태도에 좀 어리벙벙해진 아빠와 함께 층계를 내려간다. 사이먼이 젬마에게 몸을 돌린다. 집 주인장이 가버리자 사이먼은 완전히 다른 분위기를 띤다. 젬마와 사이먼이 창가로 다시 다가간다. 그래서 아래층에서는 그들의 머리가 보이지 않는다.

사이먼
어떻게 헷갈릴 수가 있어?

젬마
수지는 "다음 목요일"이라고 했어.

사이먼
그래, 그건 다음 주 목요일이라는 거잖아.

젬마
(깨달은 척 하면서)
아, 그렇구나.

사이먼
크리스는 친구라기보단 회사 동료야. 중요한 고문이란 말이야. A급이라고.

사이먼이 등을 돌려 창문을 향한 채 계속 이야기를 한다. 젬마는 벽난로 선반에 있는 비싸 보이는 장식품을 들어 올린다.

사이먼 (이어서)
나도 일 년에 겨우 몇 번 만나는 정돈데, 이런 모임이 있었으면 미리 귀띔을 해줬어야지...

쾅! 젬마가 고의로 그 장식품을 떨어뜨린다. 사이먼이 몸을 돌려 믿을 수 없다는 듯이 바닥을 쳐다본다.

사이먼 (이어서)
당신 뭐 하는...

크리스가 음료를 들고 계단을 올라온다. 그리고 위층 공간에 들어선다.

크리스
와인이...오...

박살난 채 바닥에 흩어진 장식품을 발견한 크리스.

GEMMA
(not making much effort to cover it up)
Sorry. I knocked it with my... hand.

CHRIS
Not to worry, we'll just er...this is for you.
(he gives GEMMA the wine)
Yeah and erm...
(calls)
Kate!

GEMMA
So sorry.

CHRIS
(giving SIMON the beer)
It's not a problem.

GEMMA
Was it expensive?

CHRIS
It doesn't matter.
(he ushers them towards the sliding glass doors)
Come on, let's step outside.

GEMMA
We can pay for it. Simon...

KATE appears at the door. Sees what's happened.

CHRIS
(to KATE)
Could you get the dustpan and brush please?

KATE
(looking at it)
That was mum's.

CHRIS
Mm, yeah, it was an accident. Will you help me
deal with this please? It's not a problem.

KATE glances at GEMMA, then turns and goes.
They step just outside.

CHRIS
Alright!

10:03:52   EXT. PARKS' HOUSE. BALCONY. EVENING

They chink their bottles of beer/glass of wine.

CHRIS (CONT'D)
Cheers!

젬마
(일을 수습하려는 노력도 별로 하지 않으며)
죄송해요. 저도 모르게 손이... 스쳤나봐요.

크리스
걱정말아요, 우리가 그냥 어.... 이 잔 받아요.
(크리스가 젬마에게 와인을 건넨다)
어... 음...
케이트!

젬마
정말 죄송해요.

크리스
(사이먼에게 맥주를 건네며)
문제 없어요.

젬마
많이 비싼가요?

크리스
신경쓰지 말아요.
(크리스가 미닫이 유리문 쪽으로 젬마와 사이먼을 안내한다)
이리 와요, 밖으로 나가 봅시다.

젬마
배상할게요. 사이먼...

문에서 모습을 나타낸 케이트가 박살난 장식품을 본다.

크리스
(케이트에게)
쓰레받기랑 빗자루 좀 가져와 줄래?

케이트
(깨진 장식품을 계속 보며)
저거 엄마 건데.

크리스
음, 그래, 우연한 사고야. 이것 좀 같이 치우자꾸나. 아무 문제 없어요.

케이트가 젬마를 흘끗 본다. 그리고 나서 몸을 돌려 간다.
나머지 셋은 밖으로 이제 막 발을 내딛는다.

크리스
좋아요!

10:03:52 <u>실외. 파크스 부부의 집. 발코니. 저녁</u>

셋이 맥주병과 와인잔을 쨍그랑 부딪친다.

크리스 (이어서)
건배!

GEMMA
So you two have known each other a while?

CHRIS
Yeah, we meet occasionally, I give him a few
pearls of wisdom.

GEMMA
But you've never been tempted to go into
business together?

CHRIS
Er, no.

SIMON
I wish.

CHRIS
Ah, he's on his way up, so he's working all the
hours I expect, that's in the past for me now,
I'm living off the fat. I mean obviously, a lot
of my time is spent at the council and you know,
we open the odd new ...

10:04:24   INT. PARKS' HOUSE. UPSTAIRS HALLWAY. EVENING

KATE appears inside with a dustpan and brush.

CHRIS (CONT'D) (O.V.)
... restaurant...

KATE
(interrupting)
How did it happen?

10:04:25   EXT. PARKS' HOUSE. BALCONY. EVENING

CHRIS
You're interrupting me darling...

KATE
Well how did it break?

10:04:28   INT. PARKS' HOUSE. UPSTAIRS HALLWAY. EVENING

GEMMA puts up her hand to surrender. KATE starts
to clear up.

GEMMA
I knocked it.

10:04:31   EXT. PARKS' HOUSE. BALCONY. EVENING

KATE
(to Chris)
Mum's upset.

10:04:32   INT. PARKS' HOUSE. UPSTAIRS HALLWAY. EVENING

젬마
두 분 서로 알고 지낸 지 꽤 됐죠?

크리스
그럼요, 가끔 만나서 제가 주옥 같은 지혜를 전수해주고 있죠.

젬마
함께 사업을 해 볼 생각은 전혀 안 해보셨어요?

크리스
어, 안 해봤죠.

사이먼
제가 그러길 바라죠.

크리스
아, 사이먼은 상승세를 타고 있으니까 예전의 저처럼 모든 시간을 일에 투자하길 바라는 거죠. 그런데 저는 이제 즐기면서 살고 있어요. 그러니까, 제가 진짜 하고 싶은 말은, 제 인생에서 많은 시간을 자문위원회에서 보냈고, 이제는 아시다시피 새롭고 독특한...

10:04:24   <u>실내. 파크스 부부의 집. 위층 복도. 저녁</u>

케이트가 쓰레받기와 빗자루를 들고 나타난다.

크리스 (이어서) (화면 밖 목소리)
... 레스토랑도 오픈해서...

케이트
(끼어들며)
어쩌다 그랬어요?

10:04:25   <u>실외. 파크스 부부의 집. 발코니. 저녁</u>

크리스
얘야, 손님하고 얘기 중인데...

케이트
그러니까 어떻게 깨졌냐고요?

10:04:28   <u>실내. 파크스 부부의 집. 위층 복도. 저녁</u>

젬마가 자백하는 의미로 자기 손을 든다. 케이트가 깨진 조각들을 치우기 시작한다.

젬마 내가 쳐버렸어요.

10:04:31   <u>실외. 파크스 부부의 집. 발코니. 저녁</u>

케이트 (크리스에게)
엄마가 속상해 해요.

10:04:32   <u>실내. 파크스 부부의 집. 위층 복도. 저녁</u>

A moment. Awkward.

CHRIS
Yeah, well. Could er, could happen to anyone.

10:04:35   EXT. PARKS' HOUSE. BALCONY. EVENING

KATE still sweeping, looks up at them
disbelievingly.

MUSIC IN 'FLY' 10:04:38   GEMMA turns away. SIMON avoids looking at KATE.
It's all very awkward.

10:04:45   **TITLES SEQUENCE**

Suranne Jones

Bertie Carvel

Clare-Hope Ashitey
Navin Chowdhry

Jodie Comer
Victoria Hamilton

Martha Howe-Douglas
Adam James

Thusitha Jayasundera
Sara Stewart

Neil Stuke
Tom Taylor

Executive Producers
Roanna Benn
Jude Liknaitzky

Executive Producers
Mike Bartlett
Greg Brenman

DOCTOR FOSTER

Created & Written By
Mike Bartlett

10:05:43   INT. PARKS' HOUSE. DINING ROOM. NIGHT

CHRIS, SIMON, KATE and GEMMA sit around the
dining table. SUSIE appears with a plate of
food and hands it to GEMMA.

TITLES CONTINUE OVER:
Producer
GRAINNE MARMION

CHRIS
MUSIC OUT 'FLY' 10:05:46   I assume we can start?

잠시 후. 어색한 순간.

크리스 그래, 음... 누구에게나... 일어날 수 있는 일이야.

10:04:35 <u>실내. 파크스 부부의 집. 복도. 저녁</u>

케이트가 계속 비질을 한다. 그들을 의심의 눈초리로 올려다 보면서.

음악 시작 '비행'
10:04:38 젬마가 돌아서 가버린다. 사이먼이 케이트를 보지 않으려 애써 시선을 회피한다. 모든 것이 아주 어색하다.

10:04:45 **<u>타이틀 시퀀스</u>**

슈란느 존스

버티 카벨

클레어-홉 애쉬티
나빈 초드리

조디 코머
빅토리아 해밀턴

마사 하우-더글라스
아담 제임스

수시타 제야선데라
사라 스튜어트

네일 스투케
톰 테일러

책임 제작자
로애나 벤
주드 릭네츠키

책임 제작자
마이크 바틀렛
그렉 브렌먼

닥터 포스터

작가
마이크 바틀렛

10:05:43 <u>실내. 파크스 부부의 집. 다이닝 룸. 저녁</u>

크리스, 사이먼, 케이트, 그리고 젬마가 저녁 식탁에 둘러앉는다. 수지가 음식 접시를 들고 나타나 젬마에게 건넨다.

타이틀이 이어짐:

제작
그레인 마미온

음악 끝 '비행'
10:05:46 **크리스** 이제 시작해도 될 것 같은데?

SUSIE
Please.

TITLES CONTINUE OVER:
Director
BRUCE GOODISON

ANDREW enters. Sees them. Surprised.

CHRIS
Ah! At last! You remember Gemma and Simon, from
the party.

ANDREW
Hi.

ANDREW sits, embarrassed.

SUSIE
Shall we have music?

ANDREW
Please God no.

Laughter. They all tuck in.

CHRIS
We'll talk. Gemma - help yourself.
(turning to SIMON and ANDREW)
That was quite a game yesterday...on form ...

As CHRIS, SIMON and ANDREW continue to discuss
the football, we move to GEMMA, who's turned to
KATE. They're both playing small talking, very
good at hiding their real feelings.

GEMMA
How's the restaurant?

KATE
Um, good.

GEMMA
You're a waitress, so that must be -

KATE
It's for the money mostly. Dad wants me to take
over as manager but I'm more interested in going
into events. I'm doing an internship at a local
company at the moment.

GEMMA
"Events". So that's -

KATE
Weddings.

GEMMA

수지
어서 드세요.

타이틀이 이어짐:
감독
브루스 구디슨

앤드류가 들어온다. 그들을 본다. 놀란다.

크리스
아하! 드디어! 지난 번 오픈식에 오셨던 젬마 아줌마와 사이먼 아저씨 기억하지?

앤드류
안녕하세요?

앤드류가 수줍어 하며 앉는다.

수지
음악 좀 틀까요?

앤드류
엄마 제발… 싫어요.

웃음들이 터진다. 모두들 음식을 열심히 먹는다.

크리스
대화나 합시다. 젬마, 많이 드세요.
(사이먼과 앤드류에게 몸을 돌리며)
어제 경기가 꽤 볼 만했어요… 지금까지는…

크리스, 사이먼, 그리고 앤드류가 축구 얘기를 계속하는 동안, 우리는 젬마에게 시선을 돌려본다. 젬마는 케이트를 향해 몸을 돌려 잡담을 하고 있다. 젬마와 케이트, 둘 다 본심을 숨기는 데 아주 능수능란하다.

젬마
레스토랑은 어때요?

케이트
음, 좋아요.

젬마
종업원으로 일하니까 분명…

케이트
돈 때문에 하는 거예요. 아빠 매니저로 일하길 바라지만 저는 이벤트 사업에 관심이 있어서요. 지금은 어떤 지역 회사에서 인턴으로 일하는 중이에요.

젬마 "이벤트" 사업이라면, 어떤…

케이트 결혼식.

젬마

Right.

KATE
Divorce parties.

GEMMA
(beat)
Okay.

KATE
Funerals.

GEMMA
Is that really something people do?

KATE
What? Die?

GEMMA
Divorce parties.

KATE
Yeah! There you see all the ex-wives having a
great time, and you realise some people are just
so much better of out of marriage. There's no
point staying in something if it's bad...if
you're trapped.

GEMMA
Right...

GEMMA looks at her. They're both playing games.

GEMMA (CONT'D)
How's your love life?

KATE
That's a personal question.

GEMMA
You talked before about a man you were seeing?

KATE
Sorry, isn't there a confidentiality thing
between doctors and patients?

GEMMA
Yes.

KATE
Well can we activate that thing then please?

GEMMA
(looks at SUSIE) Oh, your mum and dad don't
know?

SUSIE
Don't know what?

그렇군요.

케이트
이혼 파티.

젬마
(잠시 멈춤)
아하.

케이트
장례식.

젬마
사람들이 정말 그런걸 해요?

케이트
네? 죽으면?

젬마
이혼 파티요.

케이트
그럼요! 전처들이 얼마나 즐거워 하는데요. 이혼하고 나서 더 좋아지는 사람들도 있어요. 그 생활에 계속 머물 이유가 없잖아요. 행복하지도 않고... 갇힌 것 같다면요.

젬마
그렇죠...

젬마가 케이트를 본다. 그 둘은 지금 게임을 하는 중이다.

젬마 (이어서)
연애 생활은 어때요?

케이트
그건 사적인 질문이네요.

젬마
전에 사귀고 있던 남자에 대해서 얘기했었잖아요.

케이트
유감이네요, 의사와 환자 사이는 비밀유지가 돼야 하는 것 아닌가요?

젬마
맞아요.

케이트
그럼 그걸 좀 지켜줄래요?

젬마
(수지를 보면서) 오, 부모님이 모르시나요?

수지
뭘 몰라요?

GEMMA
Oops.

KATE
Nothing Mum.

SUSIE
Don't tell me you've got secrets?

KATE
Course I have. You said you prefer it that way.

SUSIE
Well while you're under my roof I don't want any
big surprises. I'm still your mum!

GEMMA
You live here?

CHRIS
Yeah, we can't get rid of her!

KATE
I lived on my own and I didn't like it.

GEMMA
Why? What changed?

SIMON
(to KATE)
Wine?

KATE
No thanks.

SIMON
Susie?

SUSIE
Ooh, yes please. Gemma, actually I, I wanted to
say - I had an appointment but then a letter came
through saying that you weren't available and
I had a new doctor. And then Chris heard
something -

CHRIS
Yeah, a chap at the council knows your
administrator -

GEMMA
There's been a formal complaint made against
me, a number of negative comments online so -

SUSIE
"Online". Well there's always trouble when you
hear that word!

GEMMA

젬마
아이쿠, 저런.

케이트
아무것도 아니야, 엄마.

수지
비밀 있는 거 나한테 말 안 한거야?

케이트
당연히 비밀이야 있지. 엄만 숨기는 게 더 좋다고 했잖아.

수지
그래, 네가 이 집에 있는 동안은 어떤 큰 충격도 받고 싶지 않아. 그래도 내가 네 엄마잖니!

젬마
여기 살아요?

크리스
맞아요, 저 애가 나가질 않아요!

케이트
혼자 살아봤는데 별로였어요.

젬마
왜요? 뭐 달라진 게 있어요?

사이먼
(케이트에게)
와인?

케이트
사양할게요.

사이먼
수지?

수지
오, 그래요, 한 잔 주세요. 젬마, 사실 나 얘기하고 싶은 게 있어요. 진료 예약을 했었는데 당신이 휴진이라는 공문을 받았어요. 그래서 다른 선생님으로 예약했죠. 크리스가 뭔가 듣기로는...

크리스
맞아요, 자문위원회에 있는 한 친구가 그 병원 관리자를 아는데...

젬마
저한테 공식적인 항의가 들어왔어요. 그리고 온라인상에 부정적인 댓글평도 많아서...

수지
"온라인", 그 단어를 들을 때면 항상 무슨 문제가 있는 경우라니까!

젬마

The GMC felt it wasn't appropriate for me to
stay working, so they've asked me to take some
time off pending an investigation.

SUSIE
But you're the senior doctor!

CHRIS
Well what's the complaint?

SUSIE
Chris! You can't ask that.

GEMMA
A man says I threatened to burn him with a lit
cigarette unless he left his girlfriend alone.

SUSIE
(beat)
He said you threatened him?

SUSIE looks at SIMON for sympathy. He shrugs but
is working GEMMA out - what's she doing...?

SUSIE (CONT'D)
Well, you've just got to pity some people
haven't you?

CHRIS
Fantasist.

KATE
But why would he make that up?

GEMMA
He didn't.
(beat)
He was beating up his girlfriend and I thought
she needed help.

SUSIE
Oh...so...you -

GEMMA
Yeah. I've been under a lot of stress recently
-

SUSIE
Right...

GEMMA
- in my personal life, it's clearly affected my
work.

KATE
It's not an excuse -

GEMMA

의사협회에서는 제가 계속 업무를 수행하는 게 적절치 않다고 느꼈는지, 조사가 진행되는 동안 좀 쉬라고 요청해 왔어요.

수지
하지만 당신은 선임 의사잖아요.

크리스
음, 항의 내용이 뭔가요?

수지
크리스! 그런 걸 왜 물어요.

젬마
어떤 남자가 말하길 제가 담뱃불로 지지겠다고 위협했다더군요. 여자 친구를 가만히 내버려두지 않는다면 제가 그러겠다고 했다면서요.

수지
(잠시 멈춤)
당신한테 협박당했다고요?

수지가 사이먼을 동정 어린 시선으로 본다. 어깨를 으쓱하는 사이먼. 그러나 사이먼은 지금 젬마의 속셈을 알아내기 위해 신경쓰는 중이다. 그녀는 도대체 뭘 하고 있는 걸까....?

수지
그래요, 어떤 사람은 그냥 동정하고 말아야지 어쩌겠어요?

크리스
망상증이야.

케이트
하지만 그 남자가 왜 그런 얘길 지어내겠어요?

젬마
지어낸 게 아니에요.
(잠시 멈춤)
그 남자가 여자친구를 때리길래 도움이 필요하다 생각했죠.

수지
오...그래서... 당신이...

젬마
맞아요. 제가 최근에 이런저런 스트레스에 많이 시달리기도 했고...

수지
그렇군요...

젬마
... 개인적인 일이 직장 일에까지 영향을 미친 건 분명해요.

케이트
그건 변명이 안 되죠.

젬마

(to KATE)
No, it's a reason.

SUSIE
Come on Kate, I mean if the girl was gonna be
beaten up...

KATE
If the girl was being beaten up you call the
police?

GEMMA laughs.

SUSIE
(sympathetic)
Things have been tough lately, have they?

GEMMA
Yes...yes I'd say so.

CHRIS
(to ANDREW)
You listening? Stress.
(to the table)
Andrew said he wants to be a doctor.

ANDREW
No I don't.

GEMMA
The stress is more at home actually.

SIMON
(to CHRIS, changing the subject)
You must work all hours Chris to stay on top of
everything, I know you said you take it easy...

GEMMA
(interrupts) Simon?

SIMON (CONT'D)
...but there must be times...

GEMMA
You don't mind me saying about the problems
we've had?

SIMON
I...What?

GEMMA
You don't mind me opening up about the
difficulties we've experienced?

SIMON
(plays bemused)
Difficulties?

(케이트에게)
안 되죠. 하지만 그게 이유예요.

수지
아서라 얘야, 내 말은 그 여자가 맞았다잖니…

케이트
여자가 맞고 있으면 경찰을 부를 수도 있잖아요?

젬마가 웃는다.

수지
(연민을 담아)
최근 힘든 일들이 있었다고 했죠?

젬마
네… 맞아요, 그렇게 말했어요.

크리스
(앤드류에게)
들었니? 스트레스가 많으시다잖니.
(식탁에 앉은 모두에게)
앤드류는 의사가 되고 싶대요.

앤드류
아닌데요.

젬마
사실 집에서 스트레스가 더 많아요.

사이먼
(크리스에게, 대화 주제를 바꾸며)
모든 일에서 정상의 자리를 지키려고 정말 한 순간도 쉬지 않으셨겠어요. 편하게 마음을 가지라고 말씀하신 건 알지만…

젬마
(말을 가로막으며) 사이먼?

사이먼 (이어서)
… 전력해야 하는 시간도…

젬마
우리 문제 얘기해도 돼?

사이먼
전…. 뭐?

젬마
우리 힘들었던 거 얘기해도 괜찮냐고.

사이먼
(무슨 말인지 모르는 척하며)
힘들었던 거?

GEMMA
Alright. Not difficulties that's a euphemism I
suppose, as we're in company. But ok good, let's
be precise. Not difficulties. Betrayals.

SIMON looks at her. It's sinking in. This is it.
She knows, and she's going for it. Now. Tonight.

GEMMA (CONT'D)
Okay. I know we haven't talked about it with
each other, but we both know what's been going
on. Don't we?

It's suddenly got really tense. SIMON is
petrified, but can't be sure yet -

SIMON
(quietly, to her)
Gemma, are you...

GEMMA
Do you want me to spell it out?

SIMON
(playing confused now)
If there's really something we need talk
through then...I don't think this is the -

GEMMA
(still eating casually)
For the last two years, Simon's been secretly
having sex with another woman.
(beat)
Well...
(beat)
More of a girl really.

KATE is pretty good at keeping her expression
blank. SIMON is staring at GEMMA. His whole
world collapsing now.

GEMMA (CONT'D)
I know we haven't spoken about it but these are
our friends and I want to be honest.

CHRIS
You haven't talked about this until now?

SIMON
(still trying to make light of it)
I think this is a joke -

GEMMA
(laughs) That's a lie.

SIMON

젬마

그래. 사람들 앞이니까 힘들었던 거라고 완곡하게 얘기한 건데... 그래 좋아, 그냥 정확히 말해볼게. 힘든 일이 아니라, 배신이잖아.

사이먼이 젬마를 쳐다본다. 함정에 빠지고 있다. 바로 그거다. 젬마는 알고 있다. 그녀는 작정하고 계속할 것이다. 지금. 오늘 밤.

젬마 (이어서)

좋아. 우리 서로 이런 얘기 한 적 없는 건 알지만, 무슨 일이 벌어지고 있는지 우리 둘 다 잘 알고 있잖아. 안 그래?

순식간에 엄청난 긴장감이 감돈다. 겁에 질린 사이먼. 하지만 확신할 수는 없다. 아직은...

사이먼
(나지막이, 젬마에게)
젬마, 당신 지금...

젬마
내가 다 말해볼까?

사이먼
(이제 혼란스러운 척하면서)
정말 나랑 할 얘기가 있으면... 여기서 이러는 건 아닌 것....

젬마
(계속 태평하게 음식을 먹으면서)
지난 2년 동안, 사이먼은 다른 여자랑 몰래 잤어요.
(잠시 멈춤)
음...
(잠시 멈춤)
사실 여자가 아니라 여자애죠.

케이트는 아주 능숙하게 계속 무표정한 얼굴을 하고 있다. 사이먼이 젬마를 응시한다. 사이먼의 세계가 지금 전부 무너지고 있다.

젬마
이런 얘기 한 적 없지만, 여기 다 친구분들이니까 솔직해지고 싶네요.

크리스
지금까지 이런 얘기를 서로 안 했었다구요?

사이먼
(여전히 가벼운 일인 것처럼 보이려고 애쓰며)
농담하는 거 같아요...

젬마
(웃으며) 저게 거짓말이에요.

사이먼

- sometimes she says these things to get a reaction! But I have no idea what she's talking about -

GEMMA
(to SUSIE)
He's lying right now. You see?

CHRIS
Maybe we should call it a night?

SIMON
Is that okay?

CHRIS nods.

CHRIS
Mmm-hmm.

GEMMA
Pierre Blanche.

CHRIS
What?

GEMMA
Pierre Blanche means White Stone. Simon, isn't that the name of your main investor? I thought that you said that you two didn't do business together?

SIMON
It's confidential.

GEMMA
(to SUSIE)
Simon has this big project called Academy Green, he couldn't raise any money so it ended up being entirely bank rolled by this single mystery company with an enigmatic title. "White Stone". And now it makes sense.

KATE
What do you mean bank-rolled?

GEMMA
Dad has put in nearly all the money. Oh. Wait. You don't know? That's interesting.

KATE stares at SIMON.

CHRIS
You two are obviously in the middle of something, let's just -

GEMMA
(to SUSIE)
(interrupts)

...관심받으려고 가끔 저래요! 저 사람이 무슨 말을 하고 있는지 전 전혀 모르겠
어요...

젬마
(수지에게)
저이가 거짓말을 하고 있네요. 보이시죠?

크리스
오늘 밤은 여기서 정리하는 게 좋겠네요.

사이먼
그래도 될까요?

크리스가 고개를 끄덕인다.

크리스
음--음

젬마
피에르 블랑쉐.

크리스
네?

젬마
"피에르 블랑쉐"가 "화이트 스톤"이란 뜻이죠? 사이먼, 당신의 중요한 투자자 이
름 아니야? 여기 두 분, 같이 사업할 생각 없다고 하지 않았나요?

사이먼
그건 기밀사항이야.

젬마
(수지에게)
사이먼이 '아카데미 그린'이라는 큰 프로젝트를 진행 중이에요. 그런데 자금 조
달이 전혀 안 돼서 결국 수수께끼 같은 이름의 단독 회사가 재정을 좌지우지하게
돼버렸는데, 그 회사 이름이 "화이트 스톤"이래요. 이제 납득이 되시죠?

케이트
좌지우지하게 됐다는 게 무슨 뜻이죠?

젬마
당신 아빠가 거의 모든 자금을 댔다는 얘기에요. 오. 잠깐. 몰랐어요? 재밌어지
네요.

케이트가 사이먼을 응시한다.

크리스
두 분께서 지금 문제가 있는 게 분명한데, 그냥 여기서...

젬마
(수지에게)
(말을 가로막으며)

Simon said ages ago that he had a friend on the
local council who helped him secure the site.
Pulled some strings, so that must've been you?

CHRIS
I didn't -

SUSIE
Chris, yes, you boasted about it.

GEMMA
It's illegal. If you're investing in the
project yourself. It's a conflict of interest.

KATE
(upset. To SIMON)
You're in business with Dad? Why didn't you
tell me?

A moment as they all look at KATE.

SIMON
Gemma...

SUSIE
Is there something I don't know?

GEMMA
(to SIMON)
Tell them.

SIMON looks at GEMMA. He has no choice.

SIMON
Chris, Susie...

GEMMA
Actually no, you've had two years. I'll do it.
Susie, you'll notice that Kate looks quite
unhappy.

SIMON
(low - steadying KATE)
It's okay.

KATE
(looking down, upset, dark)
You're a fucking bitch -

GEMMA
Bitch is right, (shouts) I'm a wolf tonight,

SUSIE
(to KATE)
You mean you've been...

GEMMA

사이먼이 오래 전에 말한 적이 있죠. 지역 자문위원회에 건축 부지 확보를 보장해 줄 친구가 있다고요. 연줄 같은 거 말이에요. 그게 바로 당신이겠네요?

크리스
난 그런 적…

수지
크리스, 맞잖아요. 엄청 자랑했었잖아요.

젬마
불법이죠. 만약 당신이 그 프로젝트에 직접 투자하고 있다면요. 일종의 이해충돌이 되는 거죠.

케이트
(화가 나서, 사이먼에게)
아빠랑 사업을 한다고? 왜 말 안 했어?

나머지 사람들이 모두 잠시 케이트를 바라본다.

사이먼
젬마…

수지
내가 모르는 뭔가가 있는 거죠?

젬마
(사이먼에게)
말해드려.

사이먼이 젬마를 본다. 그에겐 선택의 여지가 없다.

사이먼
크리스, 수지…

젬마
아니, 사실 이럴 게 아니지. 당신은 2년이나 거짓말한 사람이잖아. 그냥 내가 할게. 수지, 케이트가 지금 몹시 속상해 하는 거 보이세요?

사이먼
(낮은 목소리로 케이트를 진정시키며)
괜찮아.

케이트
(시선을 아래로, 냉정을 잃고, 어둡게)
씨발 썅년 같은 게…

젬마 썅년 맞아, (소리치며) 오늘 밤 난 한 마리 늑대야.

수지 (케이트에게)
그럼 네가…

젬마

Sorry, Susie, but your daughter's not a little
girl anymore. You can ask my husband. He likes
blow jobs apparently and I'm told she really
knows what she's doing.

CHRIS
(screams) Get out. GET OUT NOW.

GEMMA
No, there's more...

KATE
No, no!

SIMON
Don't.

GEMMA
(to SIMON)
Do you want to do it or...

KATE
Go on then, you'll break all your rules of
confidentiality, and tell my parents the most
personal thing in my life...

GEMMA
Kate got pregnant. With Simon's child. And
because he messed her around so much, she had
it aborted.

EVERYONE now with their head in their hands,
can't believe what they are hearing.

KATE didn't really expect her to do it - and
she's furious. Nodding now. Smiling almost,
working herself up -

KATE
Okay... okay ...

She stands up and suddenly slaps GEMMA round the
back of her head. Now everyone's on their feet
-

KATE (CONT'D)
(unintelligible scream but she's saying -)
YOU ANCIENT FUCKING CUNT.

SUSIE manhandles a crying KATE to one side of
the room.

SUSIE
No!

MUSIC IN (AFTER KATE HITS   KATE
GEMMA) 10:12:54   Get her out!

유감이지만 수지, 당신 딸은 더 이상 어린 소녀가 아니에요. 제 남편한테 물어보
셔도 돼요. 듣자하니, 사이먼은 입으로 하는 게 좋대요. 따님이 그걸 정말 잘한다
고 하던데요.

크리스
(고함치며) 나가! 당장 나가!

젬마
아뇨, 더 남았어요...

케이트
안 돼! 안 돼!

사이먼
그만 둬.

젬마
(사이먼에게)
당신이 할래? 아니면...

케이트
어디 계속해 봐! 비밀유지 의무 같은 거 깨버리고, 우리 부모님한테 내 인생에서
가장 개인적인 일을 다 까발려 보라고...

젬마
케이트가 임신했었어요. 사이먼의 애였죠. 그런데 사이먼이 저 애를 하도 지저분
하게 가지고 놀아서 낙태를 했죠.

모든 이가 이제 머리를 손으로 감싸쥔다. 지금 듣고 있는 말을 도저히 믿을 수 없다.

젬마가 다 까발리는 걸 진짜로 원한 건 아니었던 케이트는 격분한 상태. 그러다가 케이트
는 고개를 끄덕이며 거의 미소 짓는 얼굴로 스스로를 몰아부친다...

케이트
좋아... 좋아...

케이트는 자리에서 일어나 느닷없이 젬마의 뒤통수를 내려친다. 모든 사람들이 놀라서
벌떡 일어선다.

케이트 (이어서)
(이해할 수 없는 비명 같은 소리로 말한다)
이 다 늙어빠진 썅년!

수지가 울부짖는 케이트를 방 한쪽으로 밀쳐서 데려간다.

수지
안 돼!

음악 시작 (케이트가 젬마
를 때린 후) 10:12:54

케이트
저 여자 쫓아내!

Now in slow motion we see GEMMA wipe her mouth, get up, walk away from the table. The OTHERS watch her as she takes her coat and heads to the door.

GEMMA is slightly removed - the action around her at a distance.

SIMON (O.V.)
(to CHRIS)
Chris, I'm sorry, you can tell she's in a state ...

10:13:24   EXT. PARKS' HOUSE. FRONT DRIVEWAY. NIGHT

GEMMA comes out of the house and unlocks her car before she gets there.

She opens the door. SIMON runs out of the house.

SIMON
What the fuck was that?

He walks over to her, distraught, breathing, furious, but she strikes first -

GEMMA
I wasn't ill at your party.

SIMON
What?

GEMMA
I found your other phone in the boot of your car.

MUSIC OUT (AFTER KATE HITS   SIMON
GEMMA) 10:13:40   Oh Jesus, ok. So you've known since...

Behind them, CHRIS closes the front door shut.

GEMMA
Are you coming back with me? We need to talk.

SIMON
Of course not. I've got to sort this out.

GEMMA
(slams the car door)It's just that's where our son lives.

SIMON looks at her, torn. Knows he should go with her, but can't just walk away...

GEMMA (CONT'D)
Simon they have literally closed the door on you. They hate you.
(beat)

이제 슬로우 모션이다. 젬마는 자기 입을 닦고 일어선 다음 테이블에서 떨어진다. 나머지 사람들은 젬마가 코트를 챙기고 문 쪽으로 향하는 것을 지켜본다.

젬마는 약간 멀어진 상태에서, 그녀 주변의 모든 움직임들과 동떨어져 있다.

사이먼 (화면 밖 목소리)
(크리스에게)
크리스, 죄송합니다. 보시다시피 저 사람이 흥분한 상태라...

10:13:24   <u>실외. 파크스 부부의 집. 진입로. 야간</u>

젬마가 집에서 나와 차를 향해 가면서 잠금장치를 푼다.

차 문을 여는 젬마. 사이먼이 집에서 뛰어나온다.

사이먼
씨발, 이게 뭐 하는 짓이야?

사이먼이 젬마에게 다가간다. 제정신이 아닌 채로, 숨을 몰아쉬며, 격분 상태로. 그러나 젬마가 먼저 한방 날린다...

젬마
나 안 아팠어, 당신 생일 파티에서 말이야.

사이먼
뭐?

사이먼
당신 차 트렁크에서 당신이 쓰는 다른 핸드폰을 찾았었어.

음악 끝 (케이트가 젬마를   **사이먼**
때린 후) 10:13:40   맙소사, 그럼 그때부터 알고 있었던...

젬마와 사이먼 뒤로, 현관문을 닫는 크리스가 보인다.

젬마
나랑 집에 갈 거야? 우리 얘기해야지.

사이먼
당연히 못 가지. 어떻게든 이 일을 정리해야 하잖아.

젬마
(차 문을 쾅 닫으며) 우리 아들이 사는 곳에 가자는 거라고!

만신창이가 된 사이먼이 젬마를 쳐다본다. 젬마와 함께 가야 한다는 걸 알지만, 여기서 그냥 떠나버릴 수가 없다.

젬마
사이먼, 저 사람들... 말 그대로 당신한테 문을 닫았어. 당신을 증오한다고.
(잠시 멈춤)

I'm assuming that you didn't tell them in case
Chris withdrew the funding -

SIMON
Yeah, and if I had we'd be bankrupt. You want
the truth? Everything we have...

GEMMA
- is invested in Academy Green, yeah, I know.
Neil said.

SIMON
He wouldn't.

GEMMA
Just after we slept together.

SIMON is astounded.

GEMMA (CONT'D)
He was alright actually. I wouldn't sell
tickets but we had a good time.

SIMON
You wanted to get back at me?

GEMMA
Is it sinking in? Have you felt it yet?
(she looks at him closely)
No. But you will. How was Kate? I mean the
things she must be able to do with that tongue.

SIMON
How was Neil?

GEMMA
I came. Hard. Once. He's slightly bigger than
you but not as good.

He looks down, trying to take all this in -

SIMON
Gemma, I made a mistake but it wasn't about sex.
I didn't want this to happen. I know you won't
believe me but when I met Kate we just sparked.
I had to find out what it was.

GEMMA
So helpless.

She's firm, eloquent, rooted.

SIMON
And yes I didn't want Chris to find out because
of the money, but that wasn't the main reason
I didn't tell you.

GEMMA

크리스가 자금을 뺄까 봐 저 사람들한테 말을 안 한 거구나...

사이먼
그래, 그랬으면 우린 파산했을 거야. 진실을 알고 싶어? 우리가 가진 모든 걸...

젬마
... 아카데미 그린에 투자했다고? 그래, 나도 알아. 닐이 말해줬어.

사이먼
닐이 그럴 리가 없는데...

젬마
같이 잤어. 그리고 바로 말해주던데.

사이먼이 경악한다.

젬마 (이어서)
닐 정말 잘하던데? 허풍 떨려는 게 아니라 함께 좋은 시간을 보냈어.

사이먼
나한테 그대로 갚아주고 싶었던 거야?

젬마
이해가 돼? 벌써 느껴진다고?
(젬마가 사이먼을 찬찬히 들여다본다.)
아닐 걸? 하지만 느끼게 될 거야. 케이트는 어땠어? 내 말은, 그 혀로 정말 잘해
줄 것 같아서 말이야.

사이먼
닐은 어땠는데?

젬마
느꼈어. 강하게. 한 번. 당신 거보다 살짝 큰데, 기대한 만큼은 아니었어.

사이먼이 고개를 숙인다. 이 모든 걸 받아들이려고 애쓰면서.

사이먼
젬마, 내가 실수했어. 하지만 섹스 문제가 아니야. 이렇게 될 줄 몰랐어. 당신이
날 믿지 않을 거라는 건 알지만, 케이트 만났을 때 그냥 불꽃이 튀었어. 난 그 불
꽃이 뭔지 알아내야 했던 거고.

젬마
정말 구제불능이네.

젬마는 단호하고, 웅변적이고, 확고하다.

사이먼
그리고... 맞아, 크리스가 알게 되는 걸 피했던 건 돈 때문이야. 하지만 당신한테
말 안 했던 중요한 이유는 돈이 아니야.

젬마

Selfish. Nasty.

He moves towards her. She moves back.

SIMON
It's because I still love you. Despite all this,
I do.

GEMMA
Shut up and listen - we will never have a
relationship again. Now here's what I want.
Leave me and Tom living in our house, and go away
somewhere else, start again.

SIMON
No. No I'm not moving.

The front door opens and KATE has come out in
her coat with car keys. She walks through the
middle of GEMMA and SIMON to her car.

KATE
(to SIMON as she passes)
We can't stay here.

She gets to her car and opens the door.

KATE (CONT'D)
We can go to the house. Most of my stuff's
still there.

SIMON
Please, Kate. Please.

GEMMA
(to SIMON)
Tom will want to know what's happening.

KATE turns to GEMMA.

KATE
You know I used to feel sorry for you. I've
always said he should tell you the truth.
Now I get why he didn't.
(to SIMON)
Why is it women go mad when they get old?

GEMMA looks at KATE.

GEMMA
You're still pregnant.

SIMON looks at KATE - her reaction is giving it
away.

GEMMA (CONT'D)
You didn't drink wine at the table.

이기적이고, 추잡하고.

사이먼이 젬마에게 다가간다. 젬마 뒤로 물러난다.

사이먼
당신을 여전히 사랑하기 때문이야. 이 모든 일들에도 불구하고. 맹세해.

젬마
입 다물고 잘 들어. 우리 절대 예전으로 못 돌아가. 지금 내가 원하는 건, 나랑 톰을 두고 집에서 떠나는 거야. 그리고 어딘가 딴 데로 가서, 다시 시작해.

사이먼
아니. 싫어, 나는 안 가.

현관문이 열리고, 코트를 입은 케이트가 차 키를 들고 나온다. 케이트는 젬마와 사이먼 사이를 가로지르며 자기 차로 향한다.

케이트
(지나치며 사이먼에게)
우리 여기 있으면 안 돼.

자기 차 옆에 도착한 케이트가 차 문을 연다.

케이트 (이어서)
우린 그 집으로 가면 돼. 내 짐들 아직 거기에 거의 다 있어.

사이먼
제발, 케이트. 제발.

젬마
(사이먼에게)
무슨 일이 벌어진 건지 톰도 알고 싶어할 거야.

케이트가 젬마를 향해 몸을 돌린다.

케이트
그거 알아? 난 당신이 측은하게 느껴지곤 했어. 그래서 당신한테 사실대로 말해야 한다고 항상 그랬는데, 이젠 사이먼이 왜 말 안 했는지 알겠네.
(사이먼에게)
왜 여자들은 늙으면 다들 미치는 거야?

젬마가 케이트를 본다.

젬마
아직 임신 중이구나.

사이먼이 케이트를 본다. 케이트의 반응이 사실을 말해 주고 있다.

젬마 (이어서)
식탁에서 와인 한 모금도 안 했잖아.

GEMMA nods to KATE'S hand - it's on her tummy.

GEMMA (CONT'D)
You didn't have the abortion.
(to SIMON)
She was testing you to see if you wanted her or
just the baby. And you passed. Went back. Well
done.

SIMON
(to KATE)
Really?

KATE
(beat)
Yeah.

KATE turns and goes back to her car, gets in,
starts the engine. GEMMA looks at SIMON, who's
dazed.

He moves towards her. She moves back.

SIMON
Please don't tell Tom. Not yet.

GEMMA stares at him. This is his choice now. To
go with KATE, or come back and speak to his son.
He's unsure what to do but finally he goes. He
MUSIC IN 'SHADOW JOURNAL'   opens the passenger door, and gets in.   The car
10:17:18   speeds off.

GEMMA puts her head down and accepts it.

10:17:33   EXT. FOSTER'S DRIVEWAY. NIGHT

GEMMA drives down the road and into her drive.
Close on GEMMA through the passenger window.

Cut to see her from the driveway walking up to
NEIL and ANNA'S front door.   She rings the
bell.

10:17:56   EXT. FRONT DOOR. NEIL AND ANNA'S HOUSE. NIGHT

GEMMA waits as the front door opens.

10:18:01   INT. FRONT DOOR. NEIL AND ANNA'S HOUSE. NIGHT

We see GEMMA'S face as ANNA answers the door.

10:18:03   EXT. FRONT DOOR. NEIL AND ANNA'S HOUSE. NIGHT

ANNA smiles.

ANNA
Hello!

젬마가 케이트의 손을 보며 고개를 끄덕인다. 케이트의 손이 그녀의 배에 올려져 있다.

젬마 (이어서)
낙태수술을 안 한 거지.
(사이먼에게)
저 애가 당신을 테스트해 온 거야. 자기를 원하는 건지, 아니면 아기만 원했던 건
지 알아보려고. 통과했네. 원점으로 돌아간 거야. 잘했어.

사이먼
(케이트에게)
정말이야?

케이트 (잠시 멈춤) 그래.

케이트가 돌아서서 다시 자신의 차로 향한다. 차에 타, 시동을 거는 케이트. 젬마가 멍하
게 있는 사이먼을 바라본다.

사이먼이 젬마에게 다가간다. 젬마가 뒤로 물러선다.

사이먼 톰한텐 제발 말하지 마. 아직은 아냐.

젬마가 사이먼을 응시한다. 이제 사이먼이 선택해야 한다. 케이트에게 갈 것인가, 아니면
집으로 돌아가서 아들에게 말할 것인가. 어떻게 해야 할지 확신이 안 선다. 그러나 결국
그가 움직인다. 사이먼은 차 문을 열고 조수석에 앉는다. 사이먼이 탄 차가 빠른 속도로
집을 빠져나간다.

음악 시작 '그림자 일기'
10:17:18

젬마가 머리를 숙인다. 그리고 받아들인다.

10:17:33

<u>실외. 포스터의 집 진입로. 야간</u>

젬마의 차가 길 위를 달려 진입로로 들어선다. 조수석 쪽 창문 너머로 젬마의 모습이 화
면 가까이 보인다.

젬마가 진입로에서 닐과 애나의 집 현관문을 향해 걸어가는 모습으로 장면 전환. 젬마가
벨을 누른다.

10:17:56

<u>실외. 현관문. 닐과 애나의 집. 야간</u>

문이 열리길 기다리는 젬마.

10:18:01

<u>실내. 현관문. 닐과 애나의 집. 야간</u>

애나가 문을 열자 젬마의 얼굴이 보인다.

10:18:03

<u>실외. 현관문. 닐과 애나의 집. 야간</u>

애나가 미소 짓는다.

애나 안녕!

A moment. GEMMA stares.

10:18:05   INT. FRONT DOOR. NEIL AND ANNA'S HOUSE. NIGHT

On GEMMA.

10:18:08   EXT. FRONT DOOR. NEIL AND ANNA'S HOUSE. NIGHT

ANNA (CONT'D)
Everything alright?

10:18:10   INT. FRONT DOOR. NEIL AND ANNA'S HOUSE. NIGHT

On GEMMA.

A moment. ANNA stares at her, trying to work it
out. Not sure what's going on...

GEMMA
Are you going to invite me in?

10:18:12   EXT. FRONT DOOR. NEIL AND ANNA'S HOUSE. NIGHT

ANNA hesitates. As she does NEIL bounds over.

NEIL(O.S.)
Oh, I...

10:18:15   INT. FRONT DOOR. NEIL AND ANNA'S HOUSE. NIGHT

NEIL (CONT'D)
...recognise that voice!

10:18:17   EXT. FRONT DOOR. NEIL AND ANNA'S HOUSE. NIGHT

NEIL (CONT'D)
Hey, hello!

10:18:20   INT. FRONT DOOR. NEIL AND ANNA'S HOUSE. NIGHT

Close on GEMMA.

NEIL (CONT'D)
Are you coming in?

GEMMA
Thanks.

10:18:23   EXT. FRONT DOOR. NEIL AND ANNA'S HOUSE. NIGHT

GEMMA enters dividing NEIL and ANNA. ANNA
follows her inside. NEIL wonders what's going
on as he closes the door.

MUSIC OUT 'SHADOW JOURNAL'
10:18:31   INT. NEIL AND ANNA'S HOUSE. KITCHEN. NIGHT

잠시 후. 젬마가 빤히 쳐다보고 있다.

10:18:05   <u>실내. 현관문. 닐과 애나의 집. 야간</u>

젬마의 모습.

10:18:08   <u>실외. 현관문. 닐과 애나의 집. 야간</u>

애나 (이어서)
별일 없지?

10:18:10   <u>실내. 현관문. 닐과 애나의 집. 야간</u>

젬마의 모습.

잠시 후. 애나가 이해해 보려고 애쓰면서 젬마를 빤히 바라본다. 그러나 무슨 일이 벌어지고 있는 건지 도통 알 수가 없다.

젬마
들어가도 돼?

10:18:12   <u>실외. 현관문. 닐과 애나의 집. 야간</u>

애나가 주저한다. 그러는 동안 닐이 달려온다.

닐 (목소리만) 오, 난...

10:18:15   <u>실내. 현관문. 닐과 애나의 집. 야간</u>

닐 (이어서) ...익숙한 목소리가 들리길래!

10:18:17   <u>실외. 현관문. 닐과 애나의 집. 야간</u>

닐 (이어서) 헤이, 안녕!

10:18:20   <u>실내. 현관문. 닐과 애나의 집. 야간</u>

젬마의 모습이 화면 가까이 보인다.

닐 (이어서) 들어 올래?

젬마 고마워.

10:18:23   <u>실외. 현관문. 닐과 애나의 집. 야간</u>

닐과 애나 사이를 비집고 집으로 들어가는 젬마. 애나가 젬마의 뒤를 따라 안으로 들어간다. 문을 닫는 닐이 도대체 무슨 일인지 모르겠다는 표정을 짓는다.

음악 시작 '그림자 일기'
10:18:31   <u>실내. 닐과 애나의 집. 주방. 야간</u>

GEMMA glides into the room. ANNA comes after
her, then NEIL. Throughout the scene GEMMA is
detached, unknowable.

ANNA
Can I get you anything?

GEMMA
No.

NEIL
So to what do we owe this pleasure?

GEMMA
(to ANNA)
How did you know about it?

ANNA
I'm sorry?

GEMMA
What we did? Did you check his text messages?
He can't have been stupid enough to have left
them on his phone.

ANNA looks at her. Works it all out, very
quickly. She's clever, and she's not going be
the idiot in this conversation.

ANNA
He strays. Which I accept. As long as I have
knowledge of where -

NEIL
You are...

ANNA
And who. Sometimes I follow him to check who's
he's meeting. Normally it's women I've never
met. Don't care about. Until you. Never one of
our friends before.

NEIL
Anna, I'm s...

ANNA
(sharp)
Not in front of her.

A moment. A look between them. NEIL gets it.

GEMMA
How did you find out about Simon. Did he tell
you?

ANNA
No. We ran into him with Kate, in London. It was
awkward at first but actually we got on, ended

젬마가 미끄러지듯 안으로 들어온다. 애나가 뒤따른다. 그 뒤를 닐이 뒤따른다. 장면 내내, 젬마는 무심하고 꿍꿍이를 알 수 없는 모습이다.

애나
뭐 좀 줄까?

젬마
아니.

닐
어쩐 일로 오셨을까?

젬마
(애나에게)
어떻게 알았어?

애나
뭐라고?

젬마
우리가 한 짓이라고나 할까? 문자 메시지를 확인한 거야? 그걸 핸드폰에 남겨 둘 만큼 바보는 아닐 텐데.

애나가 젬마를 바라본다. 모든 것을 눈치 챈다, 아주 재빨리. 애나는 영리하다. 그래서 애나는 이 대화에서 바보가 되지 않으려고 한다.

애나
이 사람 가끔 방황해. 난 받아들이고 있어. 어디서...

닐
당신...

애나
...누구를 만나는지 알 수 있다면 말야. 누구를 만나는지 확인하려고 가끔 따라가 보기도 해. 보통 모르는 여자들이지. 신경도 안 쓰이는 여자들...너 전까지는. 지금까지 우리 친구들 중엔 없었거든.

닐
애나, 나는...

애나
(날카롭게)
당신은 나중에 이야기해.

잠시 후. 애나와 젬마 사이에 시선이 오간다. 닐도 시선을 보탠다.

젬마
사이먼 일은 어떻게 알았어? 그 사람이 말해줬어?

애나
아니. 케이트와 함께 있는 사이먼을 우연히 만났어. 런던에서. 처음엔 어색했지만 점점 익숙해져서 결국 술 한잔도 함께했지.

up having a drink. And we were very clear, from
the beginning. His marriage is not our
business. We stay out.
(beat)
Was it that hair of hers you found? Yeah. I
thought that might start things off.

NEIL
So you knew when we were...

ANNA
Yeah. That's why she felt able to.

GEMMA
You're really clever aren't you?

ANNA
I'm not a doctor but I do alright.

GEMMA
Why didn't we ever get on?

ANNA
(laughs) You're joking?

ANNA stares at her, and GEMMA starts to
understand. ANNA loathes her. ANNA picks up her
wine.

ANNA (CONT'D)
You know, Neil and I might not be perfect, but
we know what the other one needs. We function.
We don't talk about what he does. Until now -
thanks to you.
(beat)
But you and Simon? You don't know each other at
all. Never have.

GEMMA sits down. NEIL is stood by the wall,
staying out of it, up till now. He relies on ANNA
hugely, and is cautious of upsetting her.

GEMMA
And why the comments?

NEIL
What comments?

GEMMA
The night that we met up, someone started to put
negative comments about me online. It took me
till just now, standing out there, to work out
who it was. Who would have the time? The reason
to do it?

ANNA
You have no idea how you come across. What
people say about you when you leave the room.

우리는 처음부터 아주 명확했어. 사이먼의 결혼생활은 우리랑 상관 없는 일이라고. 그냥 참견하지 않기로 한 거야.
(잠시 멈춤)
그 여자애 머리카락을 찾았댔지? 그래, 그게 발단이 된 거겠지.

닐
그럼 젬마, 너 이미 알고 있던 거네... 우리가...

애나
그래. 그러니까 그래도 될 거라고 생각했겠지.

젬마
너 정말 똑똑하구나?

애나
내가 의사는 아니지만, 할 만큼 해.

젬마
우린 왜 못 친해졌을까?

애나
(웃으며) 농담하니?

애나가 젬마를 응시한다. 그리고 젬마는 이해가 되기 시작한다. 애나는 젬마를 혐오한다. 애나가 와인잔을 든다.

애나 (이어서)
알다시피, 닐하고 나는 완벽하지 않아. 그래도 서로에게 뭐가 필요한진 알고 있어. 그게 우리 방식이니까. 닐이 뭘 하고 다니는지 서로 얘기하지도 않았어. 지금까지는... 너한테 고맙네.
(잠시 멈춤)
그런데 너랑 사이먼? 너희들은 서로를 전혀 몰라. 알았던 적도 없어.

젬마가 자리에 앉는다. 닐은 벽 옆에 서서 되도록 대화에 참견하지 않고 있다. 닐은 애나에게 극도로 의존하고 있다. 그리고 애나의 심기를 건드리지 않기 위해 조심스럽다.

젬마
그럼 댓글은 왜 단 거야?

닐
무슨 댓글?

젬마
우리가 만났던 그날 밤, 누군가 나한테 악플을 달기 시작했어. 방금 전까지, 저기서 있었을 때만 해도 나는 누가 그랬는지 알아내려고 했는데 말이야. 그럴 한가한 시간이 있는 사람이 누굴까? 그럴 이유가 있는 사람이 누굴까?

애나
넌 네 이미지가 어떤지 전혀 모르는구나. 네가 자리를 비우면 사람들이 뭐라는지 알아?

They breathe a sigh of relief. Because I don't
know if you mean to but you make them feel
inadequate, and even though you say you like
them, it's clear you think you're very slightly
better. Better than all of us.
(beat)
Those stories I put online, they may be made up,
but what they're saying is all true.

NEIL
Delete them.

ANNA
Sure. But that's not why she came round.
(to GEMMA)
Is it? So I'd remove the messages. You came here
tonight to reveal your secret. Break us
up...maybe. But look. We're still together.
Aren't we?

They look at each other.

NEIL
(quietly)
Yeah.

They both look at GEMMA. She stands up and gives
the glass of water to NEIL.

GEMMA
Thanks.

She walks towards the front door.

10:21:56   INT. FOSTER HOUSE. HALLWAY. NIGHT

GEMMA closes her front door and pauses.

10:21:59   INT. FOSTER HOUSE. KITCHEN. NIGHT

The TV is on as GEMMA walks towards the kitchen
from the hall. BECKY appears putting on her
cardigan.

BECKY
Hey. How was it?

GEMMA
Has anyone called?

BECKY
Here? Tonight? No.

GEMMA
Okay. Well. He's not here. That's how it went.

BECKY
Where did you go?

안도의 한숨부터 내쉬어. 네가 의도적으로 그러는 건지는 모르겠지만, 넌 사람들을 스스로 무능하다고 느끼게 만들어. 물론 너는 주변 사람들을 좋아한다고 말하겠지만, 속으로는 네가 아주 살짝 더 우월하다고 생각하지? 우리 모두보다 더 낫다고 말이야.
(잠시 멈춤)
내가 쓴 댓글은 지어낸 말일지도 모르지만, 틀린 말은 아닐 걸?

닐
그것들 삭제해.

애나
그래. 그런데 젬마가 여기 온 이유는 그게 아니잖아.
(젬마에게)
그렇지? 그래도 그 댓글들을 다 지우긴 할 거야. 오늘 밤, 넌 비밀 폭로하러 온 거잖아. 우리 갈라놓으려고... 아마도. 그런데 어째? 우린 계속 함께야. 그렇지?

닐과 애나가 서로 바라본다.

닐
(나지막이)
그래.

닐과 애나가 젬마를 바라본다. 젬마가 일어서서 닐에게 물잔을 건넨다.

젬마
고마워.

젬마가 현관문을 향해 걷는다.

10:21:56   <u>실내. 포스터의 집. 복도. 야간</u>

젬마가 현관문을 닫고 잠시 멈춰 있다.

10:21:59   <u>실내. 포스터의 집. 주방. 야간</u>

젬마가 복도에서 주방으로 들어온다. 텔레비전이 켜져 있다. 베키가 카디건을 입으며 모습을 나타낸다.

베키
헤이, 어땠어요?

젬마
전화 온 거 있어요?

베키
집으로요? 오늘 밤? 아뇨.

젬마
좋아요. 사이먼이 여기 없잖아요. 일이 그렇게 된 거에요.

베키
어디 갔었어요?

GEMMA
For dinner.

BECKY
So is he staying with her?

GEMMA doesn't reply. The answer's obvious from
SIMON'S absence.

GEMMA
How's Tom been?

BECKY
Er, we watched TV and then he went to bed.

GEMMA glances upstairs.

BECKY (CONT'D)
He's asleep now I think.

GEMMA'S struggling. BECKY can see this. She
calls ISOBEL who is asleep on the sofa.

BECKY (CONT'D)
Isobel? Come on love, it's time to go home,
grab my stuff will you?

10:22:38   INT. FOSTER HOUSE. HALLWAY. NIGHT

                            BECKY walks out into the hall to face GEMMA.

                            BECKY (CONT'D)
                            I'll...just...leave you to it.

MUSIC IN (GEMMA LOOKING AT
PHOTO OF TOM) 10:22:45   GEMMA just looks at BECKY, distracted.

                            BECKY (CONT'D)
                            (to ISOBEL) Come on.

10:22:48   INT. FOSTER HOUSE. KITCHEN. NIGHT

                            ISOBEL joins her MUM in the hall. ISOBEL and
                            BECKY head for the door and leave.

10:22:51   INT. FOSTER HOUSE. HALLWAY. NIGHT

                            GEMMA is left in the hall. CLOSE on her hand -
                            the pressing of her finger into her thumb is
                            harder now - her nail into the skin.

                            It's starting to bleed. She turns to look at a
                            photo of TOM.

10:23:13   EXT. FOSTER HOUSE. NIGHT

                            We see in from outside the house. GEMMA walks
                            slowly towards the flickering light from the TV

젬마
저녁식사 자리요.

베키
그래서 그 여자랑 지내겠대요?

젬마가 대답하지 않는다. 사이먼의 부재가 곧 분명한 대답이다.

톰
톰은 잘 있었어요?

베키
어, 같이 TV 보다가 자러 갔어요.

젬마가 위층을 흘끗 본다.

베키
지금 잠들었을 거예요.

젬마는 지금 기를 쓰고 있다. 베키도 그걸 알 수 있다. 베키는 소파 위에서 자고 있는 이소벨을 부른다.

베키 (이어서)
이소벨? 일어나 아가, 집에 갈 시간이야. 엄마 물건 좀 챙겨줄래?

10:22:38 · 실내. 포스터의 집. 복도. 야간

베키 (이어서)
전…. 그냥…. 사모님께 맡길게요.

음악 시작 (톰의 사진을 보는 젬마) 10:22:45 · 정신이 딴 데 팔려있는 젬마가 그저 베키를 쳐다본다.

베키 (이어서)
(이소벨에게) 어서 가자.

10:22:48 · 실내. 포스터의 집. 주방. 야간

이소벨이 엄마가 있는 복도로 간다. 둘은 함께 현관문 쪽으로 걸어가 집 밖으로 나간다.

10:22:51 · 실내. 포스터의 집. 복도. 야간

젬마가 복도에 그대로 있다. 그녀의 손이 화면 가까이 보인다. 엄지를 누르고 있던 손가락에 더 힘이 들어간다. 손톱이 피부를 파고든다.

피가 흐르기 시작한다. 젬마가 몸을 돌려 톰의 사진을 본다.

10:23:13 · 실외. 포스터의 집. 야간

집 밖 시점에서 집 안이 보인다. 젬마가 느린 걸음으로 화면 불빛이 깜빡거리고 있는 텔레비전 쪽으로 간다.

in the front room, where BECKY had been previously.

We see her framed by the window and the curtains we see GEMMA lit by a lamp and a flickering TV.

She is contemplating havoc. Then she turns, walks towards the curtains, and suddenly closes them.

MUSIC OUT (GEMMA LOOKING AT
PHOTO OF TOM) 10:23:26   CUT TO BLACK.

10:23:28   INT. KATE'S HOUSE. BEDROOM. DAY

                                          BLACK.

                                          SIMON opens his eyes to see photos of him and KATE on the bedside table.

                                          It's early in the morning and KATE and SIMON are in bed. If it wasn't for the events of last night, and the previous two years, this would be a beautiful scene. Sunlight pouring in on TWO PEOPLE in love.

                                          But they're not close in bed. SIMON hasn't slept too well, and his head is very full. KATE is already awake, eyes open staring into space.

                                          But he reaches over and cuddles KATE.

                                          SIMON
                                          I'm sorry.

                                          KATE
                                          You like secrets, don't you?

                                          SIMON
                                          I'm not the only one.

                                          He lifts up her pyjama top to reveal her BELLY. He touches it.

                                          KATE
                                          I want to keep it.

                                          SIMON
                                          Okay.

                                          KATE
                                          Do you?

                                          SIMON
                                          Yeah.

                                          She smiles and he kisses her belly.

                                          KATE

거실 앞쪽 공간, 방금 전까지 베키가 있던 곳이다.

창틀과 커튼이 액자처럼 젬마의 모습을 담는다. 조명과 깜빡거리는 텔레비전 화면이 젬마를 비추고 있다.

젬마는 대혼란을 예상해 보고 있다. 그러다가 몸을 돌려 커튼 쪽으로 향한다. 그리고 갑자기 커튼을 친다.

음악 끝 (톰의 사진을 보는 젬마) 10:23:26

암전.

10:23:28

<u>실내. 케이트의 집. 침실. 주간</u>

암전.

눈을 뜬 사이먼이 침대 옆 탁자 위에 놓인 사진들을 본다. 자신과 케이트의 사진들이다.

이른 아침 시간. 케이트와 사이먼은 아직 침대 속에 있다. 어젯밤 일이 아니었으면, 지난 2년간의 시간이 아니었으면, 분명 아름다운 장면이었을 것이다. 햇살이 사랑에 빠진 두 사람 위로 쏟아지고 있다.

그러나 침대 위의 둘은 가까이 붙어있지 않다. 사이먼은 잠을 잘 이루지 못했고 머릿속은 꽉 차있다. 이미 깨어있던 케이트의 눈은 허공을 응시하고 있다.

그럼에도 사이먼이 손을 뻗어 케이트를 껴안는다.

사이먼
미안해.

케이트
자기는 비밀 좋아하잖아. 그렇지 않아?

사이먼
나만 그런 건 아닌 거 같은데.

사이먼이 케이트의 잠옷 상의를 들어올려 배를 드러낸다. 케이트의 배를 어루만지는 사이먼.

케이트
낳고 싶어.

사이먼
좋아.

케이트
자기도?

사이먼
그래.

케이트가 미소 짓는다. 사이먼이 그녀의 배에 키스한다.

케이트

I could talk to dad this morning. Explain. Get him to keep the funding going. Right? That's what we need.

SIMON
If you think you can.

He kisses her. She kisses him back. We get the sense they're going to have sex when -

There's a knock on the front door.

They look at each other. The knock again, and KATE gets up.

10:24:49   INT. KATE'S HOUSE. DOWNSTAIRS HALLWAY. DAY

KATE, half-dressed and bleary eyed, comes down the stairs and opens the front door.

Standing on the doorstep, in his uniform, is TOM.

TOM
Who are you?

10:24:56   EXT. FRONT DOOR. KATE'S HOUSE. DAY

KATE
I'm erm...

10:24:58   INT. KATE'S HOUSE. FRONT DOOR. DAY

KATE (CONT'D)
...er...you're...

TOM
Is my dad here?

10:25:01   EXT. FRONT DOOR. KATE'S HOUSE. DAY

KATE
Erm, he...yeah.

10:25:04   INT. KATE'S HOUSE. FRONT DOOR. DAY

KATE (CONT'D)
Yeah, come in.

TOM comes into the room. Looks around.

KATE (CONT'D)
(calls)
Simon!

10:25:13   INT. KATE'S HOUSE. DOWNSTAIRS HALLWAY. DAY

KATE (CONT'D) (O.V.)

오늘 아침에 아빠랑 얘기할 수 있을 거야. 설명드려야지. 계속 자금을 대달라고... 맞지? 그게 우리한테 필요한 거야.

사이먼
그럴래?

사이먼이 케이트에게 키스한다. 케이트도 사이먼에게 키스한다. 그 둘이 섹스를 하려고 한다는 걸 우리는 알아 챈다...그때...

현관문을 두드리는 소리가 들린다.

사이먼과 케이트가 서로 쳐다본다. 다시 노크 소리가 들린다. 케이트가 일어선다.

10:24:49   실내. 케이트의 집. 아래층 복도. 주간

옷도 제대로 걸치지 않고 게슴츠레한 눈을 한 케이트가 층계를 내려와 현관문을 연다.

교복을 입은 톰이 문간에 서 있다.

톰
누구세요?

10:24:56   실외. 현관문. 케이트의 집. 주간

케이트
난... 어...

10:24:58   실내. 케이트의 집. 현관문. 주간

케이트 (이어서)
.... 어.... 넌...

톰
우리 아빠 여기 있어요?

10:25:01   실외. 현관문. 케이트의 집. 주간

케이트
어... 너희 아빠...응.

10:25:04   실내. 케이트의 집. 현관문. 주간

케이트 (이어서) 그래, 들어와.

톰이 집으로 들어간다. 그리고 주위를 둘러본다.

케이트 (이어서) (목소리를 높여) 사이먼!

10:25:13   실내. 케이트의 집. 아래층 복도. 주간

케이트 (이어서) (화면 밖 목소리)

It's your son.

KATE tries to smile, but is very uncomfortable.

SIMON comes down the stairs wearing KATE'S
robe. He looks very confused.

SIMON
Hey mate, what are you...?

TOM
Mum said that she had some stuff to do, but that
you'd be here and you'd take me to school.
What's going on?

SIMON
Yeah okay...I can take you.

TOM
Who's she?

SIMON
This is my friend, Kate.

TOM
Your friend?

SIMON
Mum and me had a row, Kate let me stay in the
spare room.

TOM looks at her, suspiciously.

TOM
How old are you?

KATE
Twenty three.

TOM
Are you having sex with each other?

KATE
What?!

SIMON
Tom -

TOM
Don't lie to me.

SIMON
Mate listen. Kate's just a friend. Promise.
Yeah?
(TOM looks at her, sceptical)
Now you stay here, I'll get my stuff, take you
in. Okay? Two minutes.
(to KATE)

당신 아들이에요.

케이트는 미소를 지어보려고 하지만 무척 불편한 상황이다.

케이트의 가운을 걸친 사이먼이 층계를 내려온다. 그는 무척 혼란스러워 보인다.

사이먼
헤이, 친구. 여긴 어떻게...?

톰
엄마가 해야 할 일이 좀 있는데, 아빠가 여기 있으니까 가서 학교까지 태워달라고 하래서요. 아빠 여기서 뭐 해요?

사이먼
아, 그렇구나... 그래, 내가 데려다줄게.

톰
저 여자는 누구예요?

케이트
아빠 친구야. 케이트.

톰
친구라고요?

사이먼
엄마랑 아빠가 말다툼을 했거든. 그래서 케이트가 여기 남는 방에서 자게 해줬어.

톰이 케이트를 본다. 의심스러운 눈초리로.

톰
몇 살이에요?

케이트
23살.

톰
둘이 서로 섹스해요?

케이트
뭐?!

사이먼
톰...

톰
나한테 거짓말하지 마요.

사이먼
친구, 잘 들어. 케이트는 그냥 친구야. 약속해. 알았지?
(톰이 케이트를 본다. 믿지 않는 눈치다.)
잠깐 여기 있어봐. 아빠 물건 좀 챙기고 데려다 줄게. 알았지? 2분만 기다려.
(케이트에게)

We'll have to take your car.

He goes upstairs. KATE and TOM look at each other. KATE heads for the stairs. TOM stops her.

TOM
You're Andrew Parks' sister.

KATE
Yeah.

TOM
At the football some of them fancied you.

KATE
Okay.

TOM
But then your brother said they shouldn't because you're a slut and have sex with loads of people all the time.

KATE
Andrew doesn't like me very much. He makes things up.

TOM
Is it true though?

KATE
It...

KATE stops herself. Then takes a step towards him.

KATE (CONT'D)
Women can have as much sex as they like Tom. Just like men.

A moment. TOM suddenly feels out of his depth, scared.

TOM
Not with Dad though?

KATE
He just told you. We're good friends. Okay?

She escapes upstairs. TOM sits down and waits.

10:27:20   EXT. ROAD AWAY FROM THE SCHOOL. DAY

KATE'S car has pulled up round the corner from the school. SIMON and KATE are in the CAR. TOM gets out.

SIMON
We can drop you by the gate.

차 좀 빌릴게.

사이먼이 위층으로 간다. 케이트와 톰이 서로 쳐다본다. 케이트가 층계 쪽으로 간다. 톰이 멈춰 세운다.

톰
앤드류 파크스 누나죠?

케이트
맞아.

톰
축구팀 애들 중에서 누나를 좋아하는 애들이 있어요.

케이트
그렇니?

톰
근데 앤드류가 그 애들한테 그러지 말라고 했어요. 왜냐하면 누나가 걸레래요. 맨날 다른 사람하고 자고 다닌다고.

케이트
앤드류는 날 별로 안 좋아해. 그래서 말을 지어내는 거야.

톰
그래도 그건 진짜죠?

케이트
그건…

케이트가 스스로 자제한다. 그러고 나서 톰을 향해 한 발짝 다가간다.

케이트 (이어서)
여자도 자기가 하고 싶은 만큼 섹스할 수 있어, 톰. 남자처럼 말이야.

잠시 후. 톰은 갑자기 자신이 없어지고, 무섭다.

톰
그래도 우리 아빠랑은 아니죠?

케이트
아빠가 말한 대로야. 우린 그냥 좋은 친구야. 알았지?

케이트가 위층으로 사라진다. 톰이 앉아서 기다린다.

10:27:20   실외. 톰의 학교와 조금 떨어진 도로. 주간

케이트의 차가 학교로 이어진 모퉁이 근처에 선다. 사이먼과 케이트는 차에 있고 톰이 차에서 내린다.

사이먼
교문 앞에 내려줄게.

10:27:28	INT. KATE'S CAR. DAY

From inside the car we see TOM.

TOM
(looking at KATE)
No thanks.

10:27:30   EXT. ROAD AWAY FROM THE SCHOOL. DAY

TOM walks off.

10:27:31   INT. KATE'S CAR. DAY

From inside the car we see TOM as he runs over
to his friend.

TOM
Adam!

KATE
We need to ...

MUSIC IN (SIMON RETURNING)
10:27:36   EXT. ROAD AWAY FROM THE SCHOOL. DAY

KATE and SIMON, in the car, frustrated.

KATE (CONT'D)
... sort this out.

10:27:39   INT. FOSTER HOUSE. HALLWAY. DAY

SIMON enters the house. There's no-one here.

He walks through to the kitchen. This house that
is about to be split apart.

10:27:55   INT. FOSTER HOUSE. KITCHEN. DAY

In the kitchen, the dirty bowls by the
dishwasher ready to be loaded. He sees the lemon
curd with the top off, he replaces it. He stops.
Stares.

He's never going to have a domestic, family life
here again. It hits him. It's all gone. He bends
down in defeat and cries.

10:28:25   INT. PARKS' HOUSE. HALLWAY/RECEPTION AREA. DAY

The doorbell rings. After a moment, CHRIS opens
the door. KATE's there. He sees her, then turns
and walks away, leaving it open.

CHRIS
You don't have to ring the bell.

| 10:27:28 | 실내. 케이트의 차. 주간 |
| | |

차 안의 시점에서 톰이 보인다.

톰
(케이트를 보면서)
괜찮아요.

| 10:27:30 | 실외. 톰의 학교와 조금 떨어진 도로. 주간 |

톰이 걸어간다.

| 10:27:31 | 실내. 케이트의 차. 주간 |

차 안의 시점에서 톰이 친구를 향해 뛰어가는 게 보인다.

톰
아담!

케이트
우리 이제...

음악 시작 (돌아온 사이먼)
| 10:27:36 | 실외. 톰의 학교와 조금 떨어진 도로. 주간 |

차 안에 있는 케이트와 사이먼이 보인다. 둘 다 좌절감을 느끼는 모습.

케이트 (이어서) .... 이 모든 걸 해결해야 해.

| 10:27:39 | 실내. 포스터의 집. 복도. 주간 |

사이먼이 집에 들어온다. 집에는 아무도 없다.

사이먼이 주방 쪽으로 걸어간다. 지금 이 집은 산산히 부서지려고 한다.

| 10:27:55 | 실내. 포스터의 집. 주방. 주간 |

주방에는 식기세척기 옆에 더러운 그릇들이 모아져 있다. 뚜껑이 열린 레몬잼 병을 보는 사이먼. 그가 뚜껑을 다시 닫는다. 그리고 멈춰 서서, 그걸 빤히 바라본다.

그는 여기서 다시는 가정적인 삶을 누릴 수 없을 것이다. 그 사실이 사이먼의 마음을 찌른다. 모든 게 끝났다. 패배감에 아래로 몸을 숙이며 울음을 터뜨리는 사이먼.

| 10:28:25 | 실내. 파크스의 집. 복도/응접실. 주간 |

문에서 벨 소리가 울린다. 잠시 후, 크리스가 문을 연다. 케이트가 있다. 아빠가 딸을 본다. 그리고 나서 크리스가 문은 열어둔 채, 몸을 돌려 안으로 향한다.

크리스 벨은 안 눌러도 돼.

MUSIC OUT (SIMON RETURNING)
10:28:47

KATE enters and walks into the house.

CHRIS walks into the room and stands looking out at his garden. KATE follows.

KATE
Where's mum?

CHRIS
Migraine. So what did he do first? Get my money or sleep with my daughter?

KATE
We met at that networking event, when I was doing the drinks. We talked, we got on.

CHRIS
He was using you to get to me.

KATE
Dad -

CHRIS
He didn't tell you we were working together.

KATE
He was protecting me.

CHRIS
Right.

A moment.

CHRIS (CONT'D)
Well whatever he said to you, he's very bad at business. At first I thought he was onto something, but then the further we got I started smelling bullshit.

KATE
He's been unlucky.

CHRIS
Sweetheart that is naive, he's been incredibly lucky but he's messed it up every step of the way.

KATE
Well you have to keep going.

CHRIS
With him? Giving him money? I don't think so.

KATE
Dad, the only reason he took so long to tell you -

CHRIS

케이트가 들어온다. 그리고 집 안쪽으로 걸음을 옮긴다.

크리스가 방 쪽으로 걸음을 옮겨 정원을 바라보며 서 있다. 케이트가 뒤따른다.

케이트
엄마는요?

크리스
머리 아프대. 그래서 사이먼은 뭘 먼저 한 거냐? 내 돈을 받아낸 거, 아니면 내 딸 이랑 잔 거?

케이트
네트워킹 행사에서 만났어요. 제가 음료 담당이었을 때요. 대화를 나누다 친해진 거예요.

크리스
나한테 접근하려고 널 이용한 거야.

케이트
아빠…

크리스
우리가 같이 일한다고 너한테 말한 적 없지?

케이트
절 보호하려고 그런 거예요.

크리스
좋아.

잠시 후.

크리스 (이어서)
음… 사이먼이 너한테 뭐라고 했든, 그 사람은 사업에 소질이 없어. 처음엔 뭘 좀 안다고 생각했는데, 진행을 하면 할수록 엉터리라는 느낌이 오기 시작했지.

케이트
운이 없었던 거예요.

크리스
애야, 참 순진하구나. 사이먼은 믿을 수 없을 만큼 운이 좋았어. 근데 매번 스스로 다 망쳐버린 거야.

케이트
그래도 아빠가 계속 진행해야 해요.

크리스
그놈이랑? 계속 돈을 주면서? 택도 없다.

케이트
아빠, 그 사람이 사실대로 말하는 데 그렇게 오래 걸린 건… 그저…

크리스

He didn't tell me. His wife did!

KATE
Let me finish! He didn't want to leave her and
Tom with nothing.

CHRIS
You think I haven't looked at another women
since I married? Eh? Course I have. I work
hard to fulfil the promise for your mum.

KATE
Yeah, well you're amazing as always!
(beat)
Fine, don't help him then. Do it for me.

CHRIS
You made a mistake. You're an adult and there
are consequences.

KATE's crying a little, she turns away. Really
upset.

A moment.

KATE
You're not even going to hug me.

CHRIS
Course I am. Come here.

MUSIC IN (CHRIS AND KATE
HUGGING) 10:30:58

He hugs her. He closes his eyes.

KATE
Dad?

CHRIS
Mmm...

KATE
I'm still pregnant.

He opens his eyes for a split second, taking in
the news. He closes them again. They part.

KATE
You can't just walk away from him.

CHRIS looks at her. Compassionate but resolute.

CHRIS
Alright. Alright. We'll look after you and the
child. You have a room here if you need it. You
can always come back if you need to. Always.
(beat)
But he's getting no more money from me. Ever.

She's hurt and turns and leaves.

그놈이 말했냐? 결국 그놈 부인이 했지!

케이트
좀 들어보세요! 부인이랑 톰에게 아무것도 남겨주지 않고 떠나긴 싫었대요.

크리스
나라고 결혼한 이후로 다른 여자 안 쳐다 봤겠니? 어? 당연히 그래봤지. 그래도 난 너희 엄마한테 한 약속을 지키려고 무던히 노력했어.

케이트
그래요, 언제나처럼 아빠 잘나신 분이죠!
(잠시 멈춤)
좋아요, 그럼 사이먼은 도와주지 마세요. 저를 위해 해주세요.

크리스
넌 실수한 거야. 넌 이제 어른이고 책임을 져야 해.

케이트가 살짝 눈물을 보인다. 그리고 등을 돌린다. 정말 속상해 하며.

잠시 후.

케이트
이젠 안아주지도 않을 거예요?

크리스
그럴 리가, 얘야. 이리 오렴.

음악 시작 (크리스와 케
이트 포옹) 10:30:58

크리스가 딸을 안는다. 그가 눈을 감는다.

케이트
아빠?

크리스
음음…

케이트
저 아직 임신 중이에요.

크리스가 아주 잠깐 눈을 뜬 채로 그 새로운 소식을 받아들인다. 그리고 다시 눈을 감는다. 둘이 포옹을 풀고 떨어진다.

케이트
사이먼을 그냥 외면하지 마세요.

크리스가 딸을 바라본다. 연민 어린, 그러나 단호한 시선으로.

크리스
좋아. 좋아. 너와 아기는 우리가 돌봐주마. 여기에 네 방이 있잖아. 필요하면 언제든지 돌아와도 된단다. 언제든지.
(잠시 멈춤)
하지만 그놈에게는 더 이상 한 푼도 줄 수 없어. 절대.

케이트가 상처받는다. 그녀가 돌아서서 떠난다.

The front door slams shut.

Once it has, CHRIS looks up to see GEMMA, who's been watching all this from upstairs. She was there the whole time.

CHRIS (CONT'D)
That do it for you?

GEMMA comes down the stairs.

CHRIS (CONT'D)
How do I know you won't say anything?

GEMMA
We actually want the same thing.

She walks towards the front door.

CHRIS
What are you gonna to do now?

She exits without answering.

10:32:39   INT. SURGERY. RECEPTION. DAY

GEMMA enters the SURGERY. PATIENTS are waiting. Some of them glance up at her, recognise her, then look away.

She heads for the corridor but LUKE has spotted her. He walks up to her.

LUKE
Hey.

A moment. She just looks at him.

LUKE (CONT'D)
You're here to see Ros?

GEMMA
Yeah.

LUKE
(confidentially)
Gemma you should know, before you got here -

ROS appears and walks towards GEMMA. A look to LUKE.

MUSIC OUT (CHRIS AND KATE   ROS
HUGGING) 10:33:00   Hi. Wanna to come with me?

She leads GEMMA away.

10:33:03   INT. SURGERY. CORRIDOR. DAY

현관문이 쾅 하고 닫힌다.

그러자 마자 크리스의 시선이 위를 향한다. 그 시선 끝에 위층에서 모든 걸 지켜보고 있던 젬마가 있다. 그녀는 내내 거기 있었다.

크리스 (이어서)
이제 됐나요?

젬마가 층계를 내려온다.

크리스 (이어서)
당신이 아무것도 말 안 할 거라는 걸 어떻게 믿죠?

젬마
우린 사실 원하는 게 같거든요.

젬마가 현관을 향해 걸어간다.

크리스
이제 어쩔 셈이요?

젬마가 대답하지 않은 채 집을 빠져나간다.

10:32:39

<u>실내. 병원. 접수처. 주간</u>

젬마가 병원으로 들어온다. 환자들이 대기하고 있다. 몇몇이 흘끗 올려다 보다 젬마인 것을 알아보고 시선을 돌린다.

젬마는 복도 쪽으로 향한다. 그런 그녀가 루크의 눈에 들어온다. 루크가 젬마에게 걸어간다.

루크
헤이.

잠시 후. 젬마가 루크를 그저 바라본다.

루크 (이어서)
로즈 만나러 왔어요?

젬마
그래요.

루크 (은밀하게)
젬마. 알아야 할 게 있어요, 여기 오기 전에는...

로즈가 나타나 젬마를 향해 걸어온다. 루크를 한 번 쳐다보는 로즈.

음악 끝 (크리스와 케이트 포옹) 10:33:00

로즈 안녕. 들어가서 얘기할까?

로즈가 젬마를 데리고 간다.

10:33:03

<u>실내. 병원. 복도. 주간</u>

ROS and GEMMA walk down the corridor. LUKE
watches them go.

ROS
There is still the outstanding complaint.

GEMMA
All doctors get complaints. And as I said on the
phone there is no reason I can't come back -

ROS leads GEMMA toward a meeting room.

ROS
I, I thought we'd go somewhere more private?

ROS stops and goes into the meeting room.

10:33:23   INT. SURGERY. MEETING ROOM. DAY

They walk in to find SIMON. His coat is laid
across the chair nearby. GEMMA stares at him.

ROS
Er, Simon called me just after you did. He told
me what happened last night, and I thought
perhaps the best thing would be for you to speak
somewhere more neutral. To work this out.
(beat)
So no one else is caught up in the middle.
I'll be around if you need me.

SIMON
Thanks.

She goes. Closes the door behind her. They look
at each other.

GEMMA goes to the water cooler, gets a cup and
takes   some water.

SIMON (CONT'D)
Kate says her dad won't help. He's gonna cut me
out. I assume you'd...spoken already? If he
didn't do what you wanted you'd go to the
council, tell them about the conflict of
interest.

GEMMA
Yeah. He's gonna give the project to a new
developer. And then when it's finished and
sold, he'll pay me back every penny. In the
meantime, he'll cover my expenses. I'll keep
the house. Get the savings back.

SIMON
It's my project. I did all the work.

GEMMA

로즈와 젬마가 복도를 따라 걷는다. 루크가 그 둘의 뒷모습을 지켜본다.

로즈
항의 관련 문제가 여전히 미해결 상태야.

젬마
의사들은 다 그런 항의를 받아. 아까 통화했듯이 내가 복직 못할 이유가 없잖아...

로즈가 회의실 쪽으로 젬마를 인도한다.

로즈
좀 조용한 데서 얘기하는 게 좋겠지?

로즈가 잠시 멈춘다. 그리고 회의실로 들어간다.

10:33:23 <u>실내. 병원. 회의실. 주간</u>

회의실로 들어온 로즈와 젬마가 사이먼을 발견한다. 그의 코트는 가까운 의자에 걸쳐져 있다. 젬마가 사이먼을 빤히 쳐다본다.

로즈
어, 너랑 전화를 끊자마자 사이먼이 전화했어. 지난 밤에 무슨 일이 있었는지 말해주더라. 너희들한테 지금 제일 좋은 건 아마도 좀 더 중립적인 곳에서 이야기하는 거라고 생각했어.
(잠시 멈춤)
그래, 여긴 중간에 끼어들 사람이 아무도 없어. 근처에 있을 테니까 필요하면 불러.

사이먼
고마워.

로즈가 나가면서 등 뒤로 문을 닫는다. 사이먼과 젬마가 서로 바라본다.

젬마가 정수기로 다가가 컵 하나를 빼서 물을 조금 따른다.

사이먼
케이트가 말하는데 자기 아빠가 더 이상 안 도와준다고 했대. 나를 잘라내려고 할 거야. 짐작컨대 당신이... 벌써 얘기를 해놓은 거지? 당신 말대로 하지 않으면, 자문위원회로 가서 이해충돌 위반에 대해서 말해버린다고 말이야.

젬마
맞아. 크리스는 그 프로젝트를 다른 새로운 개발자한테 맡기게 될 거야. 그리고 완성되면 처분해서 나한테 모든 돈을 돌려주기로 했어. 그러는 동안에는 내 생활비도 보장해 줄 거야. 집은 내가 가지고 있을게. 저축도 되찾을 거고.

사이먼
그건 내 프로젝트야. 내가 다 한 일이라고.

젬마

You're not as good looking as you think.

SIMON
What was that, this morning? Leaving Tom on
the doorstep.

GEMMA
Did you tell him?

SIMON
It's not fair, putting him in that position.

GEMMA
He has a right to hear the truth. I thought that
you would want to do that yourself, but fine,
you've had your chance.

GEMMA puts her finger into her thumb again.

SIMON
(sits) Please can we just try to...

GEMMA
Either you leave, or I tell the police that you
forged my signature on the mortgage.

GEMMA goes to SIMON'S coat.

SIMON
What are you doing?

GEMMA
I bought all your clothes. In fact anything from
the last two years came out of money that I
earnt. You can't argue with that.

She reaches into the pocket of his coat. Takes
out his wallet.

GEMMA (CONT'D)
This.

She puts the wallet on the table. Then takes out
his car keys.

GEMMA (CONT'D)
Your car's mine.

She takes out his phone, shows it to him.

GEMMA (CONT'D)
And this.

She keeps it in her hand.

SIMON

당신은 자기 생각만큼 잘나지 않았어.

사이먼
그리고 오늘 아침엔 그게 뭐야? 톰을 그 집 문간에 그렇게 남겨둔 거야?

젬마
톰한테 말해줬어?

사이먼
이건 공정하지 않잖아, 애를 그런 자리에 둔다는 게...

젬마
톰도 진실을 들을 권리가 있어. 직접 말하고 싶어하는 줄 알았는데, 하지만 이제 당신은 기회를 놓친 거야.

젬마가 손가락으로 엄지를 다시 누른다.

사이먼
(앉으며) 제발... 우리 다시 노력...

젬마
너희 둘 당장 떠나. 그렇지 않으면 당신이 담보대출 계약할 때 내 서명 위조한 걸 경찰에 알릴 거야.

젬마가 사이먼의 코트 쪽으로 간다.

사이먼
뭐 하는 거야?

젬마
당신 옷은 다 내가 산 거야. 사실 2년 전부터는 모든 게 다 내가 번 돈으로 산 거지. 거기에 대해선 당신도 할 말 없지?

젬마가 사이먼의 코트 주머니에 손을 넣는다. 그리고 사이먼의 지갑을 꺼낸다.

젬마
이거.

젬마가 지갑을 테이블 위에 둔다. 그리고 나서 사이먼의 차 키를 꺼낸다.

젬마
당신 차도 내 거야.

젬마가 사이먼의 핸드폰을 꺼내, 사이먼에게 보여 준다.

젬마 (이어서)
그리고 이것도.

젬마가 사이먼의 핸드폰을 계속 쥐고 있다.

사이먼

I'm not leaving. Kate doesn't want to. And I can't live far from Tom so we're just gonna have to start to talk.

GEMMA
You have to leave.

SIMON
I'm not going anywhere.

GEMMA
Simon...

She suddenly lifts her arm and smashes the phone against the table. It falls to the floor.

SIMON
(quietly)
Gemma...

GEMMA
What? You've got another one.

She picks up a chair and uses the leg to smash it again, over and over. She bends down, her hand now bleeding and starts to break phone pieces up. We hear the door open.

ROS (O.V.)
Gemma...can we speak to you?

GEMMA stops. She stands. ROS has entered with another doctor, MARTHA.

GEMMA
No.

ROS
Simon explained what happened this morning with Tom, and I can see that you're...I called Martha, asked her to come and see you.

MARTHA
Hi Gemma -

GEMMA
Why?

ROS
I really think the best thing for us all would be to...

MARTHA stops ROS.

MARTHA
I just want a word -

SIMON

난 안 떠나. 케이트도 원치 않고 톰한테서 멀리 떨어져 살 순 없어. 그러니까 우리 다시 얘기 좀 시작해…

젬마
떠나야 돼.

사이먼
난 아무 데도 안 가.

젬마
사이먼…

젬마가 갑자기 팔을 들어올리더니 사이먼의 핸드폰을 탁자에 내려친다. 핸드폰이 바닥으로 떨어진다.

사이먼
(나지막이)
젬마…

젬마
뭐? 핸드폰 하나 더 있잖아.

젬마가 의자를 들어 의자 다리로 바닥에 떨어진 핸드폰을 다시 내려찍는다. 몸을 숙이는 젬마. 그녀의 손에서 피가 흐르고 있다. 젬마는 핸드폰을 다시 조각조각내기 시작한다. 그 때 문이 열리는 소리가 들린다.

로즈 (화면 밖 목소리)
젬마… 우리 얘기 좀 할까?

젬마가 멈춘다. 젬마가 일어선다. 로즈가 또 한 명의 의사, 마샤와 함께 들어온다.

젬마
싫어.

로즈
오늘 아침에 톰한테 무슨 일이 일어났는지 사이먼이 얘기해 줬어. 네가 그랬다는 걸 알겠더라고… 그래서 마샤에게 연락했어. 와서 너를 좀 봐달라고.

마샤
안녕, 젬마…

젬마
왜?

로즈
내가 생각하기에, 우리 모두에게 최선은…

마샤가 로즈를 막는다.

마샤
전 그저 잠시 대화를…

사이먼

531

Before you do something you regret.

ROS
We think it'd be really good for you to see
somebody that's not us, that you trust...

SIMON
I don't know what happened with Tom this morning
but when he, he was there on the doorstep he
looked terrified.

GEMMA
You...Tom?

For the first time GEMMA's listening. Engaged.

GEMMA (CONT'D)
Why are you talking about Tom?

Suspicious. A moment. The idea's in the room
now.

MUSIC IN (GEMMA IS ON A
MISSION) 10:36:48

GEMMA (CONT'D)
Is that why you want...?

GEMMA grabs her keys and makes to go, but ROS

GEMMA (CONT'D)
Are you going stop me from leaving?

ROS
Of course not, Gemma.

GEMMA
Move!

GEMMA walks out of the room.

10:36:57

INT. SURGERY. CORRIDOR. DAY

And GEMMA's walking, at pace, down the
corridor. Behind her, ROS follows.

ROS
Gemma!

GEMMA doesn't stop.

ROS (CONT'D)
Gemma!

10:37:08

EXT. SURGERY. DAY

GEMMA walks at pace out of the surgery - as she
does, POPPY runs over.

POPPY
Doctor Foster!

후회할 짓 하기 전에.

로즈
우리가 아닌 다른 사람하고 얘기해 보는 게 너한테 좋을 거라고 생각했어. 네가 믿을 수 있는 사람...

사이먼
무슨 영문인진 모르겠지만 오늘 아침에 톰이 거기, 문간 위에 서 있었을 때, 겁에 질려있었어요.

젬마
당신... 톰?

그제서야 젬마가 집중하면서 이야기를 듣는다.

젬마 (이어서)
왜 톰 얘기를 하는 거야?

의심스러움. 잠시 후. 지금 회의실을 채우고 있는 바로 그 생각.

음악 시작 (임무 중인
젬마) 10:36:48

젬마 (이어서)
이게 당신이 원한...

젬마가 차 열쇠를 쥐고 나가려고 한다. 그러나 로즈...

젬마 (이어서)
내가 나가는 걸 막을 거야?

로즈
그런 거 아냐, 젬마.

젬마
비켜!

젬마가 회의실 밖으로 나간다.

10:36:57

<u>실내. 병원. 복도. 주간</u>

젬마가 걷고 있다. 빠른 속도로, 복도를 따라. 그녀 뒤로, 로즈가 따라온다.

로즈 젬마!

젬마가 멈추지 않는다.

로즈 (이어서) 젬마!

10:37:08

<u>실외. 병원. 주간</u>

젬마가 빠른 걸음으로 병원을 빠져나온다. 그러는 동안 포피가 달려온다.

포피 포스터 선생님!

533

POPPY'S MUM
Poppy! The doctor's busy.

GEMMA stops for a moment.

POPPY
They took it off! Look!

She waves her arm around. SIMON comes out of the
surgery doors.

GEMMA
That's good, but you have to be careful, it's
better but it's not quite...

POPPY
(singing)
Doctor Foster went to Gloucester -

GEMMA
(slightly too sharply)
No.
(now calmer - softer - aware that SIMON'S behind
her)
No, Poppy, it's not Doctor Foster anymore. I'm
getting divorced. And changing my name is what
you call a silver lining.

SIMON
Gemma...

GEMMA stands.

GEMMA
Bye.

She leaves, keeps walking. SIMON keeps
following.

SIMON
Stop. And think.

She unlocks her car.

SIMON (CONT'D)
Work this out, before it all gets worse.

Then puts her hand in her pocket for something
else.

GEMMA
Do you want your car keys?

GEMMA holds up his car keys.

SIMON
What?

포피의 엄마
포피! 선생님 바쁘셔.

젬마가 잠시 멈춘다.

포피
떼어냈어요! 보세요!

포피가 자신을 팔을 둥글게 휘두른다. 사이먼이 병원 문에서 나오는 게 보인다.

젬마
잘됐구나. 그래도 조심해야 해. 좋아졌지만, 아직은...

포피
(흥얼거리며)
포스터 선생님은 글로스터에 갔다네~

젬마
(살짝 그러나 꽤 날카롭게)
아냐.
(이제 좀 더 침착하게, 좀 더 부드럽게, 그리고 사이먼이 뒤에 있는 걸 의식하면서)
아냐, 포피, 이젠 포스터 선생님 아니야. 이혼할 거란다. 선생님이 이름 바꾸는 건 저 구름 뒤의 햇살 같은 거야.

사이먼
젬마...

젬마가 일어선다.

젬마
잘 있어.

젬마가 계속 걷는다. 사이먼이 계속 뒤따른다.

젬마
멈춰 봐. 생각 좀 해.

젬마가 자동차 잠금장치를 푼다.

사이먼 (이어서)
더 나빠지기 전에 해결하자.

젬마가 자기 주머니에 손을 넣어 뭔가를 또 찾는다.

젬마
차 키 줄까?

젬마가 사이먼의 차 키를 들어 올린다.

사이먼
뭐?

> GEMMA
> Fetch.
>
> And she throws his car keys up onto the roof of
> the medical centre, then turns and gets in her
> car.

10:37:58

> EXT. PARMINSTER. STREET
>
> From above we see GEMMA'S car driving down the
> road.
>
> Cut to the car driving along.

10:38:04

> INT. HIGHBROOK SCHOOL. RECEPTION. DAY
>
> The HEADTEACHER, MRS WALTERS - efficient,
> principled and careful, is talking to GEMMA.
>
> MRS WALTERS
> I've just had a call from your husband. He
> requested that I didn't release Tom.
>
> GEMMA
> My husband and I aren't together anymore. So
> unless you honestly think there's a
> safeguarding issue, or that I'm drunk, or
> mentally unwell, or an urgent danger to my son,
> then you have to let me take him, right now.
>
> Cut to TOM and GEMMA walking towards the door
> of the school. MRS WALTERS watches.

10:38:39

> EXT. HIGHBROOK SCHOOL. DAY
>
> GEMMA'S car drives out of the school and turns
> left out of the drive. As they disappear,
> SIMON's car speeds in from the right.

10:38:51

> INT. HIGHBROOK SCHOOL. RECEPTION. DAY
>
> MRS WALTERS speaks to a MAN as SIMON'S car
> drives right up to the entrance and parks
> suddenly. SIMON gets out. MRS WALTERS walks
> towards him as he enters the school.
>
> SIMON
> Is she here?

10:39:06

> EXT. PARMINSTER. DAY
>
> From above we see GEMMA'S car driving home.

10:39:08

> EXT. GEMMA'S CAR. DAY
>
> Through the windscreen we see GEMMA. TOM's in
> the passenger seat next to her.

젬마
가져 가.

젬마가 사이먼의 차 키를 병원 지붕 위로 던진다. 그리고 나서 몸을 돌려 차에 탄다.

10:37:58   <u>실외. 파민스터. 거리</u>

젬마의 차가 도로를 따라 달리는 모습이 위에서 보여진다.

달리는 차 옆 모습으로 장면 전환.

10:38:04   <u>실내. 하이브룩 스쿨. 접수처. 주간</u>

교장 미세스 월터스는 유능하고, 원칙적이고, 주의 깊은 사람으로 지금 젬마와 얘기 중이다.

미세스 월터스
남편분한테서 방금 전화를 받았어요. 학교에서 톰을 데리고 있어 달라고 요청하시더군요.

젬마
남편과 전 더 이상 함께 살지 않아요. 솔직하게, 아이의 안전에 문제가 있거나, 제가 술에 취했거나, 정신적으로 문제가 있거나, 제 아들한테 긴급한 위험이 된다고 생각하시지 않는다면 톰을 데려가게 해주세요. 지금 당장요.

톰과 젬마가 교문을 향해 걸어가는 모습으로 화면 전환. 미세스 월터스가 그 모습을 지켜보고 있다.

10:38:39   <u>실외. 하이브룩 스쿨. 주간</u>

젬마의 차가 학교를 나와 좌회전하여 진입로를 벗어난다. 젬마의 차가 화면에서 사라지자 사이먼의 차가 오른쪽 방향에서 빠른 속도로 나타난다.

10:38:51   <u>실내. 하이브룩 스쿨. 접수처. 주간</u>

미세스 월터스가 어떤 남자와 얘기하는 모습 뒤로 사이먼의 차가 입구로 곧장 달려와 급정거하는 모습이 보인다. 사이먼이 차에서 내린다. 미세스 월터스가 입구로 들어오는 사이먼을 향해 걸음을 옮긴다.

사이먼
애 엄마가 여기 있나요?

10:39:06   <u>실외. 파민스터. 주간</u>

집을 향해 달리는 젬마의 차가 위에서 보인다.

10:39:08   <u>실외. 젬마의 차. 주간</u>

차 앞 유리창 너머로 젬마가 보인다. 젬마 옆, 조수석에는 톰이 있다.

10:39:14

INT. GEMMA'S CAR. DAY

TOM looks at his mum. He is unsure of what is exactly happening.

10:39:21

EXT. GEMMA'S CAR. DAY

Through the windscreen we see TOM.

TOM
You say I have to go and knock on a door cos that's where dad is...

10:39:27

INT. GEMMA'S CAR. DAY

TOM (CONT'D)
...and as soon as it's opened you drive off. Inside there's that girl. Everyone says she's a slut.

GEMMA
Don't use words like that -

TOM
She is though.

10:39:36

EXT. GEMMA'S CAR. DAY

Through the windscreen we see TOM.

TOM (CONT'D)
...I'm not stupid I can guess what's happening...

10:39:39

INT. GEMMA'S CAR. DAY

TOM (CONT'D)
...but you don't tell me...

10:39:41

EXT. GEMMA'S CAR. DAY

Through the windscreen we see TOM.

TOM (CONT'D)
...anything.

GEMMA doesn't reply.

10:39:45

INT. GEMMA'S CAR. DAY

TOM (CONT'D)
If you don't, I'm gonna open the door -

10:39:48

EXT. GEMMA'S CAR. DAY

Through the windscreen we see TOM.

10:39:49

INT. GEMMA'S CAR. DAY

10:39:14	<u>실내. 젬마의 차. 주간</u>
	톰이 엄마를 본다. 톰은 무슨 일이 벌어지고 있는지 정확히 모르겠다.

10:39:21	<u>실외. 젬마의 차. 주간</u>
	앞 유리창을 통해 톰이 보인다.

톰
아빠가 저기 있으니까 가서 문 두드리라고 하고 나서...

10:39:27	<u>실내. 젬마의 차. 주간</u>

톰 (이어서)
... 문이 열리자마자 엄마가 차를 타고 가버렸잖아요. 안에 그 여자가 있었어요.
다들 걸레라고 하는 여자요.

젬마
그런 말 쓰지 마...

톰 그래도 맞잖아요.

10:39:36	<u>실외. 젬마의 차. 주간</u>
	앞 유리창을 통해 톰이 보인다.

톰 (이어서) ...저 바보 아니에요. 무슨 일인지 알아맞힐 수 있어요...

10:39:39	<u>실내. 젬마의 차. 주간</u>

톰 (이어서) ... 그런데 왜 말 안 해줘요...

10:39:41	<u>실외. 젬마의 차. 주간</u>
	앞 유리창을 통해 톰이 보인다.

톰 (이어서) ... 아무것도.
젬마가 대답하지 않는다.

10:39:45	<u>실내. 젬마의 차. 주간</u>

톰 (이어서) 말 안 해주면, 차 문 열어버릴 거예요...

10:39:48	<u>실외. 젬마의 차. 주간</u>
	앞 유리창을 통해 톰이 보인다.

10:39:49	<u>실내. 젬마의 차. 주간</u>

He goes to open the door. GEMMA puts her arm on his to stop him.

GEMMA
Okay.

She swerves off the road.

10:39:51   EXT. ROAD. DAY

The car suddenly turns off the road, onto a track. GEMMA keeps her foot down.

10:39:54   EXT. GEMMA'S CAR. DAY

Through the windscreen we see TOM. He is looking nervous.

10:39:56   INT. GEMMA'S CAR. DAY

The car continues at speed, along the track.

10:39:58   EXT. TRACK. DAY

The car zooms down the track.

TOM (O.V.)
Where are we going?

Cut to view from above we see the lone car on the track, surrounded by high trees on both sides.

Cut to car as it splashes through a puddle.

Cut to a view from above as the car veers off the track onto a field.

Cut to the car as it races into the field and stops.

TOM (O.V.)
What are you doing?

10:40:16   INT. GEMMA'S CAR. DAY

GEMMA
You wanted to stop.

GEMMA opens the door and gets out.

10:40:18   EXT. FIELD. DAY

It's a bleak, English field. No one around. Cold and cloudy.

MUSIC OUT (GEMMA IS ON A
MISSION) 10:40:20

GEMMA stands a little distance from the car. TOM also gets out, and goes round to confront her.

톰이 차 문을 열려고 한다. 젬마가 톰의 팔을 잡아 막는다.

젬마 알았어.

젬마가 핸들을 꺾어 도로를 벗어난다.

10:39:51   <u>실외. 도로. 주간</u>

젬마의 차가 갑자기 방향을 틀어 도로를 벗어난 다음, 다른 도로를 탄다. 젬마가 계속 악셀을 밟고 있다.

10:39:54   <u>실외. 젬마의 차. 주간</u>

앞 유리창을 통해 톰이 보인다. 톰은 불안해 보인다.

10:39:56   <u>실내. 젬마의 차. 주간</u>

젬마의 차가 계속 빠른 속도로 길을 따라 달린다.

10:39:58   <u>실외. 시외 도로. 주간</u>

빠른 속도로 인해 살짝 떠올랐던 젬마의 차가 도로 위로 급하강하며 계속 달린다.

톰 (화면 밖 목소리) 우리 어디 가는 거예요?

차 한 대가 홀로 국도를 달리는 것을 위에서 본 모습으로 장면 전환. 도로 양옆이 높은 나무들로 둘러싸여 있다. / 차가 물웅덩이를 지나며 흙탕물을 튀기는 모습으로 장면 전환. / 차가 도로를 벗어나 들판으로 들어서는 것을 위에서 본 모습으로 장면 전환.

차가 들판을 달리다가 멈춰서는 모습으로 장면 전환.

톰 (화면 밖 목소리) 엄마 뭐 하는 거예요?

10:40:16   <u>실내. 젬마의 차. 주간</u>

젬마 멈추고 싶다며.

젬마가 차 문을 열고 내린다.

10:40:18   <u>실외. 들판. 주간</u>

황량한, 전형적인 잉글랜드 풍경의 들판이다. 주위엔 아무도 없다. 쌀쌀하고 흐리다.

음악 끝 (임무 중인 젬마)
10:40:20   젬마는 차에서 약간 떨어진 거리에 서 있다. 톰도 차에서 내린다. 그리고 엄마를 마주보기 위해 들판 위를 빙 돌아 걷는다.

They look at each other.

GEMMA
So what do you think's going on?

TOM
Other families they spend time together, you
get in so late, I want to talk to you but then
you just say you're so tired. The other mums,
they do things for their children, packed
lunches, take them places -

GEMMA
(quietly)
I do all those things.

TOM
Buy them new clothes at the weekend, and they
love the dads. But you just work. You work all
the time.

GEMMA looks at him.

TOM (CONT'D)
So I think dad got sick of it and went to have
sex with that other girl. And now you both hate
each other and wanna get a divorce.

GEMMA
You think it's my fault.

TOM
Dad has fun with me. We do stuff. He's there.

GEMMA
He has time. He doesn't earn the money.

TOM
It's not all about money, mum.

A moment.

GEMMA
You like dad.

TOM
Yeah.

GEMMA
You don't like me.

TOM
(pause)
No. Not at the moment.

MUSIC IN 'FLY' 10:41:41   GEMMA pauses then goes to the boot of the car,
                               and opens it.

톰과 젬마가 서로 바라본다.

젬마
그래, 무슨 일인 것 같니?

톰
다른 가족들은 다 같이 시간을 보내요. 엄만 너무 늦게 들어와요. 엄마랑 얘기하고 싶은데 피곤하다고만 하고. 다른 엄마들은 애들한테 이것저것 해준다고요. 점심도 싸주고, 재밌는 데 데려다주고...

젬마
(조용히)
엄마도 그런 거 다했어.

톰
주말엔 옷도 사주고, 아빠들하고도 사이가 좋고요. 그런데 엄마는 일만 해요. 항상 일만 해요.

젬마가 톰을 본다.

톰 (이어서)
그래서 아빠가 질려서, 다른 여자랑 잔 거예요. 그리고 이젠 엄마 아빠가 서로 미워해서 이혼하려는 거잖아요.

젬마
그게 엄마 잘못이라고 생각하니?

톰
아빠는 나를 재밌게 해줘요. 함께 놀아줘요. 아빠는 옆에 있어줘요.

젬마
아빠는 시간이 있잖아. 돈을 안 버니까.

톰
돈이 다가 아니에요, 엄마.

잠시 후.

젬마
아빠를 좋아하는구나?

톰
네.

젬마
엄마는 싫어?

톰
(잠시 멈춤)
네. 지금은 싫어요.

음악 시작 '비행'
10:41:41

젬마가 잠시 가만히 있다가 차 트렁크로 가서 문을 연다.

543

TOM (CONT'D)
See you're not even talking to me now, you're
just ignoring me -

10:42:02   INT. BOOT. GEMMA'S CAR. DAY

TOM continues to talk. We see, from inside the
boot GEMMA opening her doctors' bag and
reaching inside.

TOM (CONT'D)
You know, you're supposed to spend time with
your family?

10:42:04   EXT. FIELD. DAY

TOM (CONT'D)
Not just think about yourself...

10:42:06   INT. BOOT. GEMMA'S CAR. DAY

TOM (CONT'D)
...or work ...

GEMMA takes out a pair of scissors from her bag.

10:42:08   EXT. FIELD. DAY

TOM (CONT'D)
...to do what you want to -

TOM sees the scissors and looks at shocked.

TOM (CONT'D)
What you doing?

Cut to a shot from above. The solitary car in
the field with 2 small FIGURES, GEMMA and TOM,
standing next to it.

TOM (CONT'D)(O.V.)
Mum!

TO BLACK

10:42:23   INT. FOSTER HOUSE. HALLWAY. DAY

We can see into the kitchen.

SIMON (O.V.)
(on phone)
... she didn't say anything to anyone at school
about where she was going so I haven't ...
haven't got a clue where ...

SIMON comes down the stairs and out of the front
door. He's halfway through a conversation on
his other mobile (to KATE).

톰 (이어서)
봐요, 이젠 저한테 말도 안 하잖아요. 그냥 절 무시하는 거예요...

10:42:02 <u>실내. 트렁크. 젬마의 차. 주간</u>

톰이 계속 이야기한다. 트렁크 안의 시점에서, 젬마가 그녀의 왕진가방을 열어 손을 넣는 모습이 보인다.

톰 (이어서)
엄마도 알잖아요. 엄마는 가족과 함께 시간을 보내야 하는 거잖아요?

10:42:04 <u>실외. 들판. 주간</u>

톰 (이어서)
자기 생각만 하지 말고요...

10:42:06 <u>실내. 트렁크. 젬마의 차. 주간</u>

톰 (이어서)
... 일만 생각하고....

젬마가 가방에서 가위 하나를 꺼낸다.

10:42:08 <u>실외. 들판. 주간</u>

톰 (이어서)
.... 엄마 하고 싶은 것만 하고...

톰이 가위를 본다. 놀라서 계속 본다.

톰 (이어서)
뭐 하는 거예요?

항공샷으로 장면 전환. 들판에 단 한 대의 차와 작은 형체 2개가 있다. 그 형체는 차 옆에 서 있는 젬마와 톰이다.

톰 (이어서) (화면 밖 목소리) 엄마!

암전.

10:42:23 <u>실내. 포스터의 집. 복도. 주간</u>

안쪽으로 주방이 보인다.

사이먼 (화면 밖 목소리) (전화 통화)
...학교에서 어디로 간다는 말을 들은 사람이 아무도 없어... 그래서 나도.... 어디로 갔는지 전혀 감이 안 잡혀...

사이먼이 계단을 내려와 현관문으로 나간다. 그는 자신의 다른 핸드폰으로 통화를 한창 하는 중이다. (케이트에게)

SIMON (CONT'D)
(on phone)
Yeah ... yeah ...

10:42:30   EXT. FOSTER HOUSE. DAY

From outside we see SIMON head out the door.

SIMON (CONT'D)
(on phone)
...she's got him but I don't...

He comes face to face with GEMMA'S car.

SIMON (CONT'D)
(on phone)
Okay.

10:42:32   INT. GEMMA'S CAR. DAY

GEMMA swings into the drive as SIMON comes out
of the house.

10:42:33   INT. FOSTER HOUSE. HALLWAY. DAY

SIMON sees GEMMA's car heading towards him. He
moves out of the way.

SIMON (CONT'D)
(on phone) She's here.

10:42:36   INT. GEMMA'S CAR. DAY

SIMON cuts off his call.

10:42:37   EXT. FOSTER HOUSE. DAY

GEMMA gets out. She looks windswept, mad, her
hand now has a bandage round it.

SIMON (CONT'D)
Where's Tom?

MUSIC OUT 'FLY' 10:42:41   INT. FOSTER HOUSE. HALLWAY. DAY

GEMMA walks past him, and into the house. He
follows her inside and closes the door.

10:42:45   INT. FOSTER HOUSE. KITCHEN. DAY

GEMMA by the breakfast bar, takes off her
jacket.

SIMON
Where is he?

SIMON looks at her, unsure.

사이먼 (이어서)
(전화 통화)
그래… 그래…

10:42:30   <u>실외. 포스터의 집. 주간</u>

바깥 시점에서, 사이먼이 현관문을 나서는 게 보인다.

사이먼 (이어서) (전화 통화) …톰을 데려갔는데 나는 도무지…

사이먼이 젬마의 차와 마주한다.

사이먼 (이어서)
(전화 통화)
알았어.

10:42:32   <u>실내. 젬마의 차. 주간</u>

사이먼이 집에서 나올 때 젬마의 차가 진입로로 들어온다.

10:42:33   <u>실내. 포스터의 집. 복도. 주간</u>

젬마의 차가 자신을 향해 곧장 오는 것을 본 사이먼. 사이먼이 길 밖으로 피한다.

사이먼 (이어서) (전화 통화) 젬마가 여기 왔어.

10:42:36   <u>실내. 젬마의 차. 주간</u>

사이먼이 전화를 끊는다.

10:42:37   <u>실외. 포스터의 집. 주간</u>

젬마가 차에서 내린다. 그녀는 강한 바람에 휩쓸린, 광기가 흐르는 모습이다. 그리고 손에는 붕대가 감겨 있다.

사이먼 (이어서) 톰은 어딨어?

음악 끝 '비행'
10:42:41   <u>실내. 포스터의 집. 복도. 주간</u>

젬마가 사이먼을 지나쳐 집으로 들어온다. 사이먼이 그녀를 뒤따라 집 안으로 들어온 뒤, 문을 닫는다.

10:42:45   <u>실내. 포스터의 집. 주방. 주간</u>

젬마가 아침 식탁 옆에서 자켓을 벗는다.

사이먼 톰 어딨어?

사이먼이 알 수 없다는 듯이 젬마를 바라본다.

GEMMA
Becky's.

SIMON
Becky's at work.

GEMMA
Not anymore.

SIMON
So if I call her...

GEMMA
Do you remember when we went to Devon? Tom was about three, and we went to that causeway to get to the island, and on the way back, the tide had started to come in but you said let's do it anyway, and you lifted him up onto your shoulders, and held my hand and paddled through the water. That was fun.

GEMMA goes to the fridge and takes out a bottle of cola.

GEMMA (CONT'D)
You destroyed it all.
(beat)
I wasted fourteen years of my life when I could've been with someone better. Who do I go to for justice? To make this fair.

She gets out the rum, pours a rum and cola.

SIMON
I honestly thought if I could just get us in a position where we had money, and Tom was a bit older.

GEMMA
You are so stupid.

SIMON picks up his phone and dials BECKY's number.

SIMON
Okay, well maybe my mistake was...even trying, maybe I should've come to you straight away, said I know we're married, but I'm fucking someone else.

GEMMA
Why did you do it? I still don't understand.

He puts the phone to his ear. It's ringing.

SIMON
Because we're all animals, sometimes we can't control our biology, we fall in love when we

젬마
베키 네.

사이먼
베키는 일하는 중이야.

젬마
이젠 아닐 걸.

사이먼
그럼 내가 전화해도…

젬마
우리 '데본'에 갔을 때 기억나? 톰이 세 살쯤 됐을 때 섬으로 이어진 그 둑방길에 갔잖아. 그리고 돌아오는 길에 밀물이 들어오기 시작했는데, 당신이 그냥 건너보자고 했어. 어깨 위에 톰을 태우고, 내 손을 잡고 물속을 첨벙이며 걸었지. 그때 재밌었어.

젬마가 냉장고로 다가가 콜라 한 병을 꺼낸다.

젬마 (이어서)
당신이 다 망친 거야.
(잠시 멈춤)
난 내 인생에서 더 좋은 사람과 함께할 수 있었던 14년이란 시간을 낭비한 거야. 보상받으려면 누구한테 가야 하지? 이걸 공정하게 만들려면 말이야

젬마가 럼주를 꺼내 콜라와 함께 잔에 붓는다.

사이먼
솔직히 우리가 좀 더 풍족한 위치로 오를 수 있을 거라고 생각했어. 그리고 톰도 조금 더 자랐고…

젬마
당신 정말 멍청하네.

사이먼이 자기 핸드폰을 들어 베키의 번호를 누른다.

사이먼
그래, 아마도 내 실수는… 노력해왔다는 거네. 그냥 당신에게 곧장 가서 솔직히 말할 걸 그랬어. 우리가 결혼한 건 나도 아는데, 지금 나는 다른 사람과 자는 중이야, 이렇게 말이야.

젬마
왜 그랬어? 아직도 이해가 안 돼.

사이먼이 핸드폰을 귀에 가져다 댄다. 신호음이 들린다.

사이먼
우린 다 동물이니까, 때로는 본능을 제어하지 못하는 거야. 사랑하면 안 될 때 사랑하고,

shouldn't, we have sex with the wrong people.
I'm sick of saying sorry cos it happens to
people all over the world, all the time, people
just deal with it, this kind of thing happens
a lot.

GEMMA
You haven't.

SIMON
What?

GEMMA
You've never said sorry.

The phone's picked up at the other end.

BECKY (V.O.)
Hi ...

MUSIC IN (SIMON ON THE
PHONE) 10:44:17

SIMON
Becky, it's me. Is Tom there? Gemma said
he's with you ... Okay.

He hangs up. GEMMA drinks her drink.

SIMON (CONT'D)
(to GEMMA) Where is he?

MUSIC OUT (SIMON ON THE
PHONE) 10:44:39

GEMMA
Neil said that all men cheat, it's just most of
them get away with it. Is that true?

SIMON
Where's Tom?

A sense of foreboding. GEMMA'S face giving away
very little.

We're thinking - who is she? This woman we've
been watching for five weeks now. What has she
done? What is she capable of?

GEMMA
You've taken everything away from me, my
respect, my job, money -

She holds out her hand. A small clump of brown
hair.

GEMMA (CONT'D)
So could it be after all that, when you made
everyone think that I was mad so that I'll be
removed from my son.

SIMON
What's that?

잘못된 상대와 섹스를 해. 미안하다고 말하는 거 질렸어. 전 세계 사람들에게 일
어나는 일이야, 항상 말이야. 사람들은 그냥 타협해. 이런 일은 흔하니까.

젬마
안 그랬어.

사이먼
뭐?

젬마
당신은 미안하다고 한 적이 없어.

전화가 연결된다.

베키 (화면 밖 목소리)
여보세요?

음악 시작 (통화하는
사이먼) 10:44:17

사이먼
베키, 나예요. 톰 거기 있어요? 젬마가 거기 있다고... 알았어요.

사이먼이 전화를 끊는다. 젬마가 자기 음료를 마신다.

사이먼 (이어서)
(젬마에게) 톰 어딨어?

음악 끝 (통화하는
사이먼) 10:44:39

젬마
닐도 남자들은 다 바람피운댔어. 대부분 잘들 빠져나간다고 하더군. 진짜야?

사이먼
톰 어딨어?

어떤 예감. 젬마의 얼굴이 아주 살짝 그걸 내보이고 있다.

우리는 생각 중이다. 그녀는 누구인가? 5주 동안 우리가 지켜본 이 여인. 그녀는 무슨 일
을 벌였는가? 그녀가 할 수 있는 일은 무엇인가?

젬마
당신은 나한테서 모든 걸 가져갔어. 내 명예, 내 직업, 돈....

젬마가 그녀의 손을 내민다. 작은 갈색 머리카락 뭉치.

젬마 (이어서)
그래서 할 수 있을 거라고 생각했겠지... 모두들 내가 미쳤다고 생각하게 만들어
서 내 아들을 나한테서 뺏을 수 있다고.

사이먼
그게 뭐야?

GEMMA
His hair. It...came off in my hand.

SIMON looks at her horrified.

GEMMA (CONT'D)
Could it be that I decided that I'd rather do
something to protect him from having to grow up
to be someone like you?

SIMON
What do you mean?

GEMMA
Because if it's true that all men are entirely
led by their desire to fuck anything they want,
then why would I want him to grow up to be like
that?

MUSIC IN (SUSPICIOUS V2/
PROTOCOL V4/BELLS/
PROTOCOL V3) 10:45:27

She puts the hair on the counter.

GEMMA (CONT'D)
Everyone will ask, who made her do it? How was
this allowed to happen? And where were the
neighbours and the friends? It'll be the only
thing that this town is known for.
(genuinely)
Maybe I am mad.

He goes towards her. She backs off and lashes
out at him.

GEMMA
You really think that I could that?

He stares at her.

SIMON
I, I don't know.

GEMMA
Exactly. Simon, he's so beautiful and you don't
deserve him.

She sobs. He walks away trying to decide what
to do.

SIMON
Should...I should...

GEMMA
Through all of this, you've had that, that look
like you're about to smile, even when things
were serious - I don't think you ever got what
you did. The horror of losing it all. And when
you slept with her, you killed the person that
I love and the son that I was gonna bring up.
And the me that I was starting to like.

젬마
톰 머리카락이야. 이게... 내 손에 남았어.

사이먼이 공포에 질린 채 젬마를 본다.

젬마 (이어서)
당신 같은 사람처럼 크는 걸 막으려면 뭔가 해야겠다고 결심했는데, 그게 이렇게 되어버린 걸까?

사이먼
무슨 뜻이야?

음악 시작 (의심V2/프로토콜V4/벨소리들/프로토콜V3) 10:45:27

젬마
모든 남자들이, 원하면 그 어떤 것과도 떡치려고 하는 욕망에 전적으로 휘둘린다면 왜 톰을 그런 남자로 자라게 냅두겠어?

젬마가 머리카락 뭉치를 조리대에 둔다.

젬마 (이어서)
다들 궁금해 하겠지, 그 여자가 그런 짓을 하도록 만든 건 누굴까? 어떻게 이런 일이 일어날 수 있었을까? 이웃과 친구들은 어디서 뭘 하고 있었지? 이제 이 마을 이름을 들으면 이 일만 떠오르게 되겠지.
(진심으로)
아마 내가 미쳤나봐.

사이먼이 젬마에게 다가간다. 젬마가 뒤로 물러나며 그를 맹렬히 밀쳐낸다.

젬마
정말 내가 그럴 수도 있다고 생각하는 거야?

사이먼이 젬마를 응시한다.

사이먼
난, 난 모르겠어.

젬마
바로 그거야, 사이먼. 톰은 너무 예쁜 아이야. 당신한테 과분해.

젬마가 흐느낀다. 사이먼이 뭘 어떻게 해야 할지 결정하려고 하면서 물러난다.

사이먼
해야만... 내가 해야만...

젬마
이 모든 걸 겪고도, 당신은 곧 웃을 것 같은 얼굴을 가졌어. 이렇게 일이 심각해질 때도, 당신이 어떤 짓이 했는지 깨달았다는 생각이 안 들어. 다 잃어버리는 그 공포. 그 애랑 잤을 때, 당신은 내가 사랑하는 사람을 죽인 거야. 내가 키울 아들도. 그리고 스스로를 좋아하기 시작한 나도!

Everything that I wanted and worked for, loved
...died.

SIMON looks up at her. He can hardly breathe.
He picks up the hair on the counter.

10:46:55   INT. FOSTER HOUSE. HALLWAY. DAY

He's distraught, and staggers away from GEMMA,
towards the front door.

He opens it.

10:46:57   EXT. FOSTER HOUSE. DAY

TOM's standing there, about to come in. CARLY's
in the background with her CAR.

10:46:58   INT. FOSTER HOUSE. HALLWAY. DAY

SIMON
Oh god -

10:46:59   EXT. FOSTER HOUSE. DAY

SIMON runs outside.

10:47:00   INT. FOSTER HOUSE. HALLWAY. DAY

SIMON grabs TOM and falling to his knees, he
hugs him.

10:47:02   EXT. FOSTER HOUSE. DAY

SIMON is crying into TOM who tries to push him
away.

10:47:03   INT. FOSTER HOUSE. HALLWAY. DAY

Finally TOM pushes him away and heads inside.

10:47:05   EXT. FOSTER HOUSE. DAY

SIMON (CONT'D)
Mate...please...

10:47:07   INT. FOSTER HOUSE. KITCHEN. DAY

SIMON follows him inside and closes the door.

SIMON (CONT'D)
MUSIC OUT (SUSPICIOUS V2/   Mate -
PROTOCOL V4/BELLS/
PROTOCOL V3) 10:47:10   TOM walks through into the kitchen. SIMON
                            follows. GEMMA sits at the breakfast bar,
                            drinking.

                            TOM

내가 원했고, 노력했고, 사랑했던 그 모든 것들이… 죽은 거야.

사이먼이 젬마를 쳐다본다. 그는 숨 쉬기가 어렵다. 조리대에 있는 머리카락을 집어 올리는 사이먼.

10:46:55	<u>실내. 포스터의 집. 복도. 주간</u>

사이먼은 제정신이 아니다. 비틀거리며 젬마에게서 떨어져 현관문을 향해 가는 사이먼.

사이먼이 문을 연다.

10:46:57	<u>실외. 포스터의 집. 주간</u>

막 집에 들어오려던 톰이 거기 서 있다. 저 뒤 배경에 자기 차와 함께 있는 칼리가 보인다.

10:46:58	<u>실내. 포스터의 집. 복도. 주간</u>

사이먼 오 맙소사…

10:46:59	<u>실외. 포스터의 집. 주간</u>

사이먼이 밖으로 뛰어나온다.

10:47:00	<u>실내. 포스터의 집. 복도. 주간</u>

사이먼이 톰을 잡는다. 그리고 무릎을 꿇고 톰을 안는다.

10:47:02	<u>실외. 포스터의 집. 주간</u>

사이먼이 톰에게 눈물을 떨군다. 톰은 아빠를 밀어내려고 한다.

10:47:03	<u>실내. 포스터의 집. 복도. 주간</u>

결국 톰이 사이먼을 밀어내고 집 안으로 향한다.

10:47:05	<u>실외. 포스터의 집. 주간</u>

사이먼 (이어서) 친구… 제발…

10:47:07	<u>실내. 포스터의 집. 주방. 주간</u>

사이먼이 톰의 뒤를 따라 집에 들어온다. 그리고 문을 닫는다.

음악 끝 (의심V2/프로토콜V4/벨소리들/프로토콜V3) 10:47:10

사이먼 친구…

톰은 주방으로 향한다. 사이먼이 뒤따른다. 젬마가 음료를 마시며 아침 식탁에 앉아 있다.

톰

Mum said that she had to spend time with you.
I had to wait with her friend Carly.

SIMON
Okay...well...your mum and me, we have to have
a conversation about a lot of things, so maybe
the best thing -

TOM
(crying) Mum says that you had sex with Kate
Parks for two years and hid it from her and me.
That you spent all of our money.

SIMON looks at him.

TOM (CONT'D)
Is that true?

A moment. SIMON thinks about more lies. He
could. He could claim GEMMA was mad.

SIMON
Yeah. I...yeah.
(neat - no excuses now)
Yeah. I'm sorry.

TOM breaks down in tears. SIMON kneels at his
feet, TOM backs away.

SIMON (CONT'D)
I'm sorry. I'm so sorry.

TOM
Why?

MUSIC IN (SIMON PUSHES
GEMMA) 10:47:53

TOM looks at GEMMA, sat drinking, not looking
at them. Then goes upstairs.

SIMON
(to GEMMA) I didn't wanna tell him, like that.

GEMMA
Then you should've been better.

SIMON gets up.

SIMON
I thought he was dead. You made me think...

SIMON stands opposite GEMMA.

He's sobbing, crying now - he's half
distraught, half furious. He picks up the hair.

GEMMA
It's my hair.

SIMON

엄마가 아빠랑 말할 시간이 필요하다고 그랬어요. 그래서 엄마 친구 칼리랑 기다리고 있었어요.

사이먼
그래... 맞아... 엄마랑 아빠랑, 우리는 대화를 해야만 해, 아주 많은 것들에 대해서. 그래서 가장 좋은 건...

톰
(울면서) 아빠가 2년 동안 케이트 파크스랑 잤다고 엄마가 말해줬어요. 우리한테 숨기면서요. 우리 돈을 다 썼다는 것도 말해줬어요.

사이먼이 톰을 본다.

톰 (이어서)
사실이에요?

잠시 후. 사이먼이 또 다른 거짓말을 생각한다. 그는 그럴 수 있다. 젬마가 미쳤었다고 주장할 수도 있다.

사이먼
그래... 내가... 맞아.
(깔끔하게... 더 이상 변명 없이)
맞아. 미안하다.

톰이 울음을 터뜨린다. 사이먼이 톰의 발치에 무릎을 꿇는다. 톰이 뒤로 물러난다.

사이먼 (이어서)
미안하다. 정말 미안해.

톰
왜 그랬어요?

음악 시작 (젬마를 미는 사이먼) 10:47:53

톰이 젬마를 본다. 그녀는 톰과 사이먼에게 시선을 주지 않은 채 앉아서 음료를 마시고 있다. 톰이 위층으로 올라간다.

사이먼
(젬마에게) 톰이 이런 식으로 알게 하고 싶지 않았어.

젬마 그럼 더 잘하지 그랬어.

사이먼이 일어선다.

사이먼 톰이 죽은 줄 알았어. 당신이 그렇게 생각하게...

사이먼이 젬마 맞은편에 선다.

사이먼이 울먹이다가 울음을 터뜨린다. 반쯤은 미쳐서, 반쯤은 분노해서. 머리카락을 들어올리는 사이먼.

젬마 그거 내 머리카락이야.

사이먼

557

It smells of him.

GEMMA
I smell of him.

SIMON'S snaps. He throws the hair at GEMMA. He's
primal now - full of...something. Hate, or
animal revenge, he hates this woman. He grabs
her by the neck, then the face and pushes her,
holding her tight over to the glass doors.

10:48:20   EXT. FOSTER HOUSE. GARDEN. DAY

From outside we can see GEMMA'S back against the
doors. SIMON in front of her.

10:48:21   INT. FOSTER HOUSE. KITCHEN. DAY

He doesn't know what he's doing.

GEMMA (CONT'D)
This is it. This is what it felt like. Now you
understand.

He grabs her hair and pushes her head harder and
harder against the glass doors.

SIMON
He's my son!
(beat)
He's. My. Son.

SIMON lets go, turns, walks away for a
moment...we think he's calming down, then
suddenly he comes flying back at her, pushing
her hard, into the glass doors.

10:48:38   EXT. FOSTER HOUSE. GARDEN. DAY

She turns and falls.

Her legs give way, and she slumps to the floor.

10:48:42   EXT. FOSTER HOUSE. DAY

CARLY is stood outside the house. She's
smoking.

CARLY
(to herself)
Shit.

She has seen KATE get out of her car. She sees
CARLY.

KATE
What are you...you know them?

톰 냄새가 나는데.

젬마
내 냄새이기도 해.

사이먼의 폭발. 사이먼이 머리카락을 젬마에게 던진다. 그는 지금 원초적이다. 그리고 가득 차 있다.... 그 무언가로. 증오, 혹은 동물적인 복수심. 그는 이 여자를 증오한다. 젬마의 목을 잡는 사이먼. 그러고 나서 젬마의 얼굴을 쥔 채 뒤로 밀친다. 그녀를 꼭 붙잡은 채, 유리문 쪽으로 밀어붙이는 사이먼.

10:48:20   <u>실외. 포스터의 집. 정원. 주간</u>

바깥의 시점에서, 젬마의 등이 유리문을 향하고 있는 게 보인다. 사이먼이 그녀 앞에 있다.

10:48:21   <u>실내. 포스터의 집. 주방. 주간</u>

사이먼은 지금 자기가 무슨 짓을 하는지 모르고 있다.

젬마 (이어서)
그래 이거야. 바로 이런 느낌이야. 이제 이해하는구나.

사이먼이 젬마의 머리카락을 쥐고 그녀의 머리를 유리문에 짓누른다. 세게, 더 세게.

사이먼
내 아들이야!
(잠시 멈춤)
잰. 내. 아들이야.

사이먼이 젬마를 놔주고, 돌아서서 잠시 물러난다... 우리는 사이먼이 진정하고 있다고 생각한다. 그런데 갑자기 사이먼이 젬마에게 날 듯이 달려들어 그녀를 다시 유리문 쪽으로 거세게 밀어붙인다.

10:48:38   <u>실외. 포스터의 집. 정원. 주간</u>

젬마가 몸을 돌리며 넘어진다.

양다리에 힘이 풀려 바닥에 풀썩 주저앉는 젬마.

10:48:42   <u>실외. 포스터의 집. 주간</u>

칼리가 집 밖에 서 있다. 그녀는 담배를 피우고 있다.

칼리
(혼잣말로)
젠장.

칼리가 차에서 내리는 케이트를 본 것이다. 케이트도 칼리를 발견한다.

케이트 여기서 뭐 하는... 이 집 사람들 알아요?

ANNA runs across from her house.

ANNA
What's happened?

KATE
What d'you mean?

ANNA
He just called me!

ANNA doesn't stop - just heads straight through
the front door.

10:48:58   INT. FOSTER HOUSE. HALLWAY. DAY

ANNA runs through the hall into the kitchen.

10:49:03   INT. FOSTER HOUSE. KITCHEN. DAY

She sees SIMON sitting on a stool, GEMMA on the
floor. She goes to GEMMA.

Her face has blood on it, as her nose is
bleeding. GEMMA'S still conscious, just -

SIMON
I hit her...

KATE arrives. ANNA looks up.

ANNA
Have you called an ambulance?

SIMON shakes his head.

SIMON
No.

KATE
Is she alright?

ANNA
Just stand outside. Both of you.

CARLY arrives.

CARLY
Where's Tom?

SIMON
Upstairs. I told him to stay there.

CARLY
I'll stop him coming in.

ANNA
(to CARLY)

애나가 자기 집에서 뛰어온다.

애나
무슨 일이에요?

케이트
무슨 말이에요?

애나
방금 나한테 전화했어요!

애나가 걸음을 멈추지 않고 곧장 현관문으로 간다.

10:48:58   <u>실내. 포스터의 집. 복도. 주간</u>

애나가 복도를 통해 주방으로 달려간다.

10:49:03   <u>실내. 포스터의 집. 주방. 주간</u>

애나가 스툴에 앉아 있는 사이먼을 본다. 젬마는 바닥에 쓰러져 있다. 젬마에게 가는 애나.

젬마의 얼굴이 피투성이다. 그리고 코피를 흘리고 있다. 젬마는 아직 의식이 있다. 단지...

사이먼
내가 때렸어...

케이트가 들어온다. 애나가 사이먼을 올려다본다.

애나
구급차 불렀어?

사이먼이 고개를 젓는다.

사이먼
아니.

케이트
저 여자 괜찮은 거야?

애나
그냥 나가 있어. 너희 둘 다.

칼리가 들어온다.

칼리   톰은 어딨어요?

사이먼   위층이요. 거기 그대로 있으라고 했어요.

칼리   제가 못 내려오게 할게요.

애나 (칼리에게)

And call an ambulance.

SIMON
And the police.

ANNA
What?

SIMON
(sad, guilty)
Call the police as well.

SIMON gets up and goes outside.

ANNA
(to GEMMA) Alright, it's alright. Can you sit
up? Come on, you're gonna be alright. Come on.

SIMON heads out. KATE follows, looks back at
GEMMA.

TOM comes down the stairs.

CARLY (O.V.)
No, no, no, listen to me, listen to me! You
need to stay upstairs for a second ...

It's too late. TOM has seen.

TOM
What's happened?

CARLY tries to stop him entering the kitchen.

CARLY
Mum's had a little accident, Tom...Tom!

TOM (O.V.)
Get off me!

Too late, TOM runs towards GEMMA as she sits up,
ANNA tending to her.

GEMMA
(to ANNA) Where's Tom?

ANNA
What happened?

TOM walks towards GEMMA. She can just make him
out. He stops, shocked.

ANNA (CONT'D)
(to TOM)
Tom it's alright, love. It's alright, it's
alright, she's going to be fine.

그리고 구급차도 불러요.

사이먼
경찰도요.

애나
뭐라고?

사이먼
(슬프게, 자책하며)
경찰도 불러요.

사이먼이 일어서서 밖으로 향한다.

애나
(젬마에게) 괜찮아, 이제 괜찮아. 앉을 수 있겠어? 괜찮을 거야. 힘내.

사이먼이 현관문으로 간다. 케이트가 뒤따르며 젬마를 돌아본다.

톰이 계단을 내려온다.

칼리 (화면 밖 목소리)
안 돼, 안 돼, 안 돼, 내 말 좀 들어봐, 내 말 좀 들어! 위층에 있어야 해, 잠깐 동안만…

너무 늦었다. 톰은 봤다.

톰
무슨 일이에요?

칼리가 주방으로 들어가려는 톰을 막으려고 애쓴다.

칼리
엄마한테 약간 사고가 있었어, 톰… 톰!

톰 (화면 밖 목소리)
이거 놔요!

너무 늦었다. 앉아 있는 젬마를 향해 톰이 달려간다. 애나가 젬마를 부축하고 있다.

젬마
(애나에게) 톰은 어딨어?

애나
대체 무슨 일이야?

톰이 엄마에게 다가간다. 젬마가 이제 톰을 알아본다. 톰이 멈춰 선다. 충격받는다.

애나 (이어서)
(톰에게)
톰 이제 괜찮아, 아가. 괜찮아, 괜찮아, 엄마는 좋아질 거야.

ANNA gets up. GEMMA reaches out to him. Takes his hand. She mouths 'TOM'. Around them commotion, voices outside, ANNA trying to help GEMMA...

FADE TO BLACK

10:50:46
MUSIC OUT (SIMON PUSHES
GEMMA) 10:50:55

MUSIC IN (GEMMA IN BED)
10:51:07

INT. FOSTER HOUSE. BEDROOM. DAY

The alarm goes off, on the bedside. GEMMA is curled up in the double bed. On her own.

She turns over.

10:51:17

INT. FOSTER HOUSE. KITCHEN. DAY

An identical shot to the one in episode one. GEMMA in the kitchen with TOM eating his breakfast. GEMMA grabs her keys and bag and has a last sip of coffee.

GEMMA
Ready to go?

TOM
(getting off the stool)
Yeah.

They make their way out.

10:51:35

EXT. FOSTER HOUSE. DRIVEWAY. DAY

GEMMA walks out to the car. TOM in the passenger side.

As she does she sees ANNA saying goodbye to NEIL across the road. They both notice her. ANNA waves, kind.

GEMMA smiles a little, and then gets in her car.

10:51:46

INT. G56 SOLICITORS. RECEPTION. ANWAR'S OFFICE. DAY

Through the glass we can see the outline of ANWAR and GEMMA.

10:51:49

INT. G56 SOLICITORS. ANWAR'S OFFICE. DAY

ANWAR and GEMMA sit opposite each other. He looks thinner, and quite ill. He hands the divorce papers to GEMMA. She signs them, then gives them back. He signs them.

They look at each other and smile. We see it says DECREE ABSOLUTE.

10:52:10

INT. SURGERY. BACK OFFICE. DAY

애나가 일어선다. 젬마가 톰에게 손을 뻗는다. 아들의 손을 잡는다. "톰"이라고 입모양만 짓는다. 그들 주변으로 소동이 벌어진다. 밖에서 들리는 목소리들, 애나가 젬마를 도우려 고 한다...

점점 어두워지며 암전.

10:50:46 음악 끝 (젬마를 미는 사 이면) 10:50:55 음악 시작 (침대 위의 젬 마) 10:51:07	<u>실내. 포스터의 집. 침실. 주간</u> 침대 옆에서 알람이 울린다. 젬마가 더블 침대 위에 웅크리고 있다. 혼자서. 젬마가 몸을 돌린다.

10:51:17   <u>실내. 포스터의 집. 주방. 주간</u>

에피소드 1의 한 장면과 똑같은 샷. 젬마가 아침 식사를 하는 톰과 함께 주방에 있다. 열 쇠와 가방을 들고 마지막 커피 한 모금을 홀짝 마시는 젬마.

젬마
갈 준비됐니?

톰
(스툴에서 일어나며)
네.

둘이 집을 나선다.

10:51:35   <u>실외. 포스터의 집. 진입로. 주간</u>

젬마가 차로 향한다. 톰은 조수석에 있다.

그러면서 젬마는 길 건너편 애나가 닐에게 굿바이 인사하는 것을 본다. 닐과 애나 둘 다 젬마가 있는 걸 알아챈다. 애나가 손을 흔든다. 상냥하게.

젬마가 살짝 미소 짓는다. 그리고 차에 탄다.

10:51:46   <u>실내. G56 변호사 사무소. 접수처. 앤워의 사무실. 주간</u>

창문을 통해 앤워와 젬마의 윤곽이 보인다.

10:51:49   <u>실내. G56 변호사 사무소. 앤워의 사무실. 주간</u>

앤워와 젬마가 서로 마주앉아 있다. 앤워는 야위었고 많이 아파보인다. 그가 젬마에게 서 류를 건넨다. 사인한 후 다시 앤워에게 건네는 젬마. 앤워도 사인한다.

둘은 서로 바라보며 미소 짓는다. 서류 위의 "이혼 확정 판결"이라는 문구가 보인다.

10:52:10   <u>실내. 병원. 뒤편 사무실. 주간</u>

ROS and GEMMA stand opposite each other at a
table. It's formal. Not much trust between them
now.

ROS
He's withdrawn the complaint.(GEMMA nods) No
reason not to come back. And I don't like being
in charge. Can't do the spreadsheets!

GEMMA
You should have this.

She puts the doctor's bag on the table.

GEMMA (CONT'D)
Don't want any confusion.

ROS
Keep it. Just for a while. See how you feel.
(GEMMA looks at it. Not sure.)
Gemma ...
(GEMMA looks up)
Sorry.
(wells up)
I just didn't want to hurt anyone.

10:52:50   EXT. SURGERY. DAY

GEMMA, comes out of the surgery, where TOM is
waiting. She is still holding her BAG.

They walk off, towards town...

10:53:03   EXT. PARMINSTER TOWN SQUARE. DAY

From above we see the busy square. Lots of
coffee shop tables.

GEMMA sits drinking a coffee.

She can see across to a newsagent where TOM is
looking at computer magazines, serious. He
looks older somehow now.

GEMMA then sees KATE walking right past her,
only three months later, clearly pregnant now,
but dressed differently.

KATE comes across.

KATE
(surprised to see Gemma)
How are you?

GEMMA
Good.

KATE

로즈와 젬마가 테이블을 사이에 두고 마주보며 서 있다. 공식적인 자리. 이제 둘 사이에는 신뢰감이 별로 없다.

로즈
그 사람이 항의를 철회했어. (젬마가 고개를 끄덕인다) 이젠 네가 복직하지 말아야 할 이유가 없는 거지. 그리고 난 책임자 자리에 안 맞아. 테이터 작업 무능력자니까!

젬마
이거 가져가.

젬마가 왕진가방을 테이블 위에 놓는다.

젬마 (이어서)
더 이상 갈팡질팡 얽히기 싫어.

로즈
가지고 있어. 잠깐만이라도. 네가 어떻게 느끼는지 알아.
(젬마가 가방을 본다. 확신이 없다.)
젬마...
(젬마가 고개를 든다.)
미안해.
그저 누구도 상처받지 않기를 바랐던 거야.

실외. 병원. 주간

10:52:50

병원에서 나온 젬마. 톰이 기다리고 있다. 젬마는 아직 왕진가방을 들고 있다.

둘이 걷기 시작한다. 마을을 향해...

실외. 파민스터 타운 스퀘어. 주간

10:53:03

붐비는 광장이 위에서 보인다. 수많은 커피숍 테이블들.

젬마가 앉아서 커피를 마시고 있다.

길 건너편 신문 판매점에서 컴퓨터 잡지를 진지하고 보고 있는 톰이 젬마의 시선 안에 있다. 톰은 이제 다소 어린 티를 벗은 모습이다.

그때 젬마가 자기를 지나쳐 가는 케이트를 본다. 3개월이 지나 임산부인 게 확연히 보이는 케이트는 예전과는 다르게 옷을 입었다.

케이트가 우연히 젬마를 발견한다.

케이트
(젬마를 보고 놀라며)
잘 지내요?

젬마 네, 좋아요.

케이트

We're moving to London.
(beat)
Simon wanted you to know but obviously...
he's not allowed to call so ...

MUSIC OUT (GEMMA IN BED)   GEMMA nods.
10:53:45

KATE (CONT'D)
My parents are pleased as well, actually. New
start.

GEMMA nods. Awkward pause. KATE decides to
leave.

KATE (CONT'D)
Bye.

She walks away, towards the road. As she does,
TOM comes out of the shop with a magazine he's
bought. GEMMA smiles. He sits across the table
from her to read it.

GEMMA
D'you wanna sit here?

TOM looks at her, sighs, then gets up and moves
to the chair next to his MUM, without really
looking at her. Then he continues to read.

She makes a decision and kisses his head. But
he doesn't respond and it feels awkward.

GEMMA then turns to see SIMON get out of a small
second-hand car. A world away from his old car.
KATE appears. He kisses her. He looks somehow
older now, but less harried, less naive, and
more sober.

GEMMA watches them together.

KATE (O.V.)
MUSIC IN (FOR YOU)   Hi ...
10:54:40

KATE nods towards GEMMA and gets into the car.
SIMON looks up, he sees her.

They make eye contact, at a huge distance. GEMMA
looks at TOM. He doesn't notice at all, doesn't
see his DAD. SIMON looks at TOM and smiles.

GEMMA and SIMON look to each other. As they
stare, maybe there's even a flicker of love,
still there...

He looks away. Cut to the car as it drives off.

GEMMA looks at TOM.

우리 런던으로 이사가요.
(잠시 멈춤)
사이먼이 알려주고 싶어 했는데 알다시피... 전화를 못 걸게 돼서...

음악 끝 (침대 위의 젬마)
10:53:45

젬마가 고개를 끄덕인다.

케이트 (이어서)
저희 부모님도 좋아하세요, 정말로요. 새 출발이죠.

젬마가 고개를 끄덕인다. 어색한 침묵. 케이트가 이제 가야겠다고 생각한다.

케이트 (이어서)
가볼게요.

케이트가 도로 쪽으로 가버리고, 그러는 동안 톰이 구매한 잡지 한 권을 들고 신문 판매점에서 나온다. 젬마가 미소 짓는다. 톰이 젬마 건너편에 앉아서 잡지를 읽는다.

젬마
여기 앉을래?

톰이 엄마를 본다. 그러더니 일어나서 엄마 옆에 있는 의자로 자리를 옮긴다. 엄마에게 눈길 한 번 주지 않은 채, 톰을 계속 잡지를 읽는다.

젬마는 뭔가를 결정하는 모습이다. 그리고 톰의 머리에 키스한다. 그러나 톰은 반응이 없다. 어색함이 느껴진다.

젬마는 몸을 돌려 소형 중고차에서 내리는 사이먼을 본다. 그의 예전 차와는 수준이 천양지차다. 케이트가 나타난다. 사이먼이 그녀에게 키스한다. 사이먼은 이제 다소 나이가 들어보인다. 그러나 예전보다 덜 딜렁거리고, 덜 순진하고, 좀 더 진지해졌다.

젬마가 그 둘을 지켜본다.

음악 시작 '너를 위해'
10:54:40

케이트 (화면 밖 목소리)
안녕....

케이트가 젬마를 향해 고개를 끄덕인다. 그리고 차에 탄다. 사이먼이 눈을 든다. 그가 젬마를 본다.

젬마와 사이먼의 눈이 마주친다. 엄청난 거리를 사이에 두고. 그러고는 젬마가 톰을 본다. 톰은 전혀 눈치 못 채고 있다. 그래서 아빠를 보지 못한다. 사이먼이 톰을 보고 미소 짓는다.

젬마와 사이먼이 서로 바라본다. 바라보는 눈길에 아마도 사랑의 낌새가... 여전히 거기에...

사이먼이 시선을 돌린다. 사이먼의 차가 떠나는 모습으로 장면 전환.

젬마가 톰을 본다.

On the page TOM'S got open, there's a advert for
a video game - it features very prominently an
image of a woman with few clothes on in a
sexualised pose. TOM doesn't seem to notice it,
particularly. But it's there.

GEMMA (CONT'D)
Are you alright?

TOM
Yeah, I'm reading.

She turns and looks at all the PEOPLE walking
past. instead.

Happy families - All out at the weekend.

Couples, kids, laughing, enjoying themselves.

Suddenly a scream.

PASSER BY (O.V)
We need a doctor!

GEMMA's already out her seat, and running
across the square, cutting through the crowd of
PEOPLE and kneels to examine the MAN. She looks
at the WIFE.

GEMMA
My name's Dr Gemma Foster. Are you his wife?

WIFE
Yes.

GEMMA
Call 999, tell them it's a cardiac arrest.

GEMMA looks up and calls.

GEMMA
Tom, I need my bag!

TOM's run across and is right there. GEMMA looks
up at him.

But he's already got it. He gives it to her.

GEMMA (CONT'D)
(affectionate)
Thank you.

They share a quick smile - complicit again.

GEMMA listens for sign of a breath.

GEMMA
Sir?

톰이 펼치고 있는 페이지에는 어떤 비디오 게임 광고가 있다. 그 광고는 거의 옷을 입지 않은 여자의 성적 매력을 과시하는 포즈가 도드라지게 표현되어 있다.

젬마 (이어서)
너 괜찮니?

톰
네, 독서하고 있어요.

젬마가 몸을 돌려 지나쳐 가는 사람들을 바라본다. 톰 대신에.

행복한 가족들. 주말을 맞아 모두 거리로 나온 것 같다.

연인들, 아이들, 웃으며 한껏 즐기고 있다.

갑자기 들려오는 외마디 비명.

행인 (화면 밖 목소리)
여기 의사 없어요?

이미 자리에서 일어선 젬마가 광장을 가로질러 달려가 인파들을 뚫고 무릎을 꿇는다. 그리고 남자를 살핀다. 젬마가 남자의 부인을 본다.

젬마
제 이름은 젬마 포스터 박사예요. 부인이세요?

부인
네.

젬마
999에 전화해서 심장마비 환자라고 말하세요.

젬마가 눈을 들어 소리친다.

젬마
톰, 내 가방!

톰은 환자 근처에 와 있다. 젬마가 톰을 올려다본다.

톰도 이미 눈치 챘었다. 톰이 엄마에게 가방을 준다.

젬마 (이어서)
(애정을 담아)
고마워.

둘은 짧게 미소를 나눈다. 다시 공모자가 된 듯이

젬마가 환자의 숨소리를 듣는다.

젬마
선생님?

The WIFE is on the phone as GEMMA starts CPR.

WIFE
(on phone) I need an ambulance. It's my husband.
He's had a cardiac arrest.

Then he stands back, and watches, actually
impressed as his MUM works.

He's never seen his mum like this before.

GEMMA
Ok, everyone stand back, give us some room.

GEMMA carries on CPR.

A doctor.

TO BLACK

10:56:05   **END CREDITS**   **(roller over black)**

Cast in order of appearance

Dr Gemma Foster	SURANNE JONES
Susie Parks	SARA STEWART
Chris Parks	NEIL STUKE
Simon Foster	BERTIE CARVEL
Kate Parks	JODIE COMER
Andrew Parks	CHARLIE CUNNIFFE
Anna	VICTORIA HAMILTON
Neil	ADAM JAMES
Isobel	MEGAN ROBERTS
Becky	MARTHA HOWE-DOUGLAS
Tom Foster	TOM TAYLOR
Julie	SHAZIA NICHOLLS
Luke Barton	CIAN BARRY
Ros Mahendra	THUSITHA JAYASUNDERA
Martha	HEATHER BLEASDALE
Poppy	TYLA WILSON
Mrs Walters	HELENA LYMBERY
Carly	CLARE-HOPE ASHITEY
Anwar	NAVIN CHOWDHRY
Stunt Coordinators	GARY CONNERY
	RAY DE HAAN
Stunt Performers	ZARENE DALLAS
	RAY DE HAAN
	IAN KAY
Production Coordinator	ANNA GOODRIDGE
Production Secretary	TIM MORRIS

젬마가 심폐소생술을 시작하는 동안 환자의 부인이 전화를 하고 있다.

부인
(전화 통화) 응급차가 필요해요. 제 남편이에요. 심장마비예요.

톰은 뒤로 물러나 지켜본다. 지금 톰은 엄마가 하는 일에 정말 감동받았다.

톰에게 엄마가 이렇게 보인 적은 처음이다.

젬마
좋아요, 다들 물러서서 공간을 만들어 주세요.

젬마가 심폐소생술을 계속 진행한다.

한 명의 의사.

암전.

10:56:05   <u>엔딩 크레딧</u> (검은 화면 위로 올라감)

등장 순서대로

젬마 포스터	**슈란느 존스**
수지 파크스	**사라 스튜어트**
크리스 파크스	**네일 스투케**
사이먼 포스터	**버티 카벨**
케이트 파크스	**조디 코머**
앤드류 파크스	**찰리 컨니페**
애나	**빅토리아 해밀턴**
닐	**아담 제임스**
이소벨	**메건 로버츠**
베키	**마사 하우-더글라스**
톰 포스터	**톰 테일러**
줄리	**샤지아 니콜스**
루크 바튼	**시안 배리**
로즈 마헨드라	**수시타 제야선데라**
마샤	**히더 브리스데일**
포피	**타이라 윌슨**
미세스 월터스	**헬레나 림베리**
칼리	**클레어-홉 애쉬티**
앤워	**나빈 초우드리**
스턴트 감독	**개리 코니**
	레이 드 한
스턴트 연기	**자린 댈러스**
	레이 드 한
	이안 카이
제작 감독	**애나 굿릿지**
제작 관리	**팀 모리스**

Production Runner	EUAN GILHOOLY
Script Editor	LAUREN CUSHMAN
Production Accountant	ELIZABETH WALKER
Assistant Production Accountant	LINDA BAIGE
Casting Associate	ALICE PURSER
Casting Assistant	RI MCDAID-WREN
1st Assistant Director	DEAN BYFIELD
2nd Assistant Director	CHRISTIAN RIGG
3rd Assistant Director	JAMES MCGEOWN
Floor Runners	ALEXANDRA BEAHAN
	SOPHIE KENNY
Location Manager	BILL TWISTON-DAVIES
Assistant Location Manager	ELENA VAKIRTZIS
Location Assistant	COREY MORPETH
Camera Operator	JEREMY HILES
A Camera Focus Puller	JAY POLYZOIDES
B Camera Focus Puller	PIOTR PERLINSKI
2nd Assistant Camera	ANDRES CLARIDGE
Camera Trainees	CAROLINE DELERUE
	CLARE SEYMOUR
DIT	DYLAN EVANS
Script Supervisor	ALANA MARMION-WARR
Grips	BRETT LAMERTON
	BEN FREEMAN
Gaffer	MARK TAYLOR
Best Boy	DANNY GRIFFITHS
Electricians	SIMON ATHERTON
	JAMES KENNEDY
	GUY MINOLI
Standby Rigger	ROB ARMSTRONG
Sound Maintenance Engineer	GIDEON JENSEN
Sound Assistant	MATT FORRESTER
Art Director	ADAM MARSHALL
Standby Art Director	SUSIE BATY
Assistant Art Director	GEORGIA GRANT
Set Decorator	HANNAH SPICE
Props Buyer	ANTONIA TIBBLE
Props Master	NICK WALKER
Standby Props	DAVE ACKRILL
	EDDIE BAKER
Dressing Props	DAVE SIMPSON

제작 지원	이언 길후리
대본 편집	로렌 커쉬맨
제작 회계	엘리자베스 워커
제작 회계 보조	린다 배이지
캐스팅 제휴	앨리스 퍼셔
캐스팅 보조	리 맥데이드-우렌
1st 조감독	딘 바이필드
2nd 조감독	크리스티안 릭
3rd 조감독	제임스 맥기오운
현장 지원	알렉산드라 베한
	소피 케니
장소섭외 담당	빌 트위스튼-데이비스
장소섭외 담당 보조	엘레나 바키츠이즈
장소섭외 보조	코리 모피스
촬영 기사	제레미 힐레스
A 카메라 보조	제이 폴리조디스
B 카메라 보조	피오트 퍼린스키
2nd 보조 카메라	안드레스 클레릿지
카메라 지원	캐롤라인 딜리루
	클레어 세이무어
디지털 이미지 기술	딜란 에반스
대본 감독	엘레나 마미온-워
촬영 기사 보조	브렛 레머튼
	벤 프리먼
조명 감독	마크 테일러
조명 감독 조수	대니 그리피스
전기 기사	사이먼 애서튼
	제임스 케네디
	가이 미놀리
현장 준비	롭 암스트롱
음향 기술	기디언 젠슨
음향 보조	맷 포리스터
미술 감독	아담 마샬
대기 미술 감독	수지 배티
미술 조감독	죠지아 그랜트
세트 장식	한나 스파이스
소품 구매	앤소니아 티블
소품 관리	닉 워커
소품 대기	데이브 애크릴
	에디 베이커
의상실 소품	데이브 심슨

	SAM WALKER
Art Department Assistant	LOTTIE MCDOWELL
Art Department Trainee	ANNA CZERNIAVSKA
Standby Carpenter	RONALD ANDERSON
Costume Supervisor	NADINE DAVERN
Costume Assistants	JEN DAVIES
	RUTH PHELAN
Costume Trainee	ELIZABETH WEBB
Make-Up Supervisor	KATIE PICKLES
Make-Up Artist	ALANA CAMPBELL
Make-Up Trainee	SIMONE CAMPS
Medical Advisor	DR RACHEL GRENFELL
Publicist	CHRISTOPHER DUGGAN
Communications Manager	CHARLOTTE INETT
Picture Executive	VICTORIA DALTON
Picture Manager	JULIAN WYTH
Stills Photographers	DES WILLIE
	ED MILLER
	LIAM DANIEL
Legal and Business Affairs	BELLA WRIGHT
Financial Controller	DENIS WRAY
Assistant to Executives	TROY HUNTER
Head of Production	SUSY LIDDELL
Post Production Supervisor	BEEWAN ATHWAL
Post Production Paperwork	ILANA EPSTEIN
Assistant Editor	OLIE GRIFFIN
Dialogue Editor	IAIN EYRE
Sound FX Editor	JIM GODDARD
Dubbing Mixer	STUART HILLIKER
Title Music	*Fly* by LUDOVICO EINAUDI
Online Editor	OWEN HULME
Colourist	COLIN PETERS
Music Supervisor	IAIN COOKE
Composer	FRANS BAK
Title Design	PETER ANDERSON STUDIO
Casting Director	ANDY PRYOR CDG
Sound Recordist	BILLY QUINN

	샘 워커
미술부 보조	로티 맥도웰
미술부 지원	애나 체르니아브스카
세트 대기	로널드 앤더슨
의상 감독	나딘 데이번
의상 보조	젠 데이비스
	루스 페란
의상 지원	엘리자베스 웹
분장 감독	케이티 피클스
분장 아티스트	엘레나 캠벨
분장 지원	시몬 캠프스
의료 자문	닥터 레이첼 그렌펠
홍보 담당	크리스토퍼 듀간
커뮤니케이션 매니저	샬롯 이네트
사진 총괄	빅토리아 달튼
사진 담당	줄리안 위드
스틸 사진	데스 윌리
	에드 밀러
	리암 다니엘
법률 및 경영 업무	벨라 라이트
재무 관리	데니스 레이
행정 보조	트로이 헌터
제작부 총괄	수지 리델
후반 작업 총괄	비완 애셜
후반 작업 문서 관리	이라나 엡스틴
편집 보조	올리 그리핀
대사 편집	이언 에어
음향 효과 편집	짐 고다드
더빙 믹서	스튜어트 힐리커
주제가	'비행' by 루도비코 에이나우디
온라인 편집	오웬 헐미
색채 담당	콜린 피터스
음악 감독	이언 쿡
작곡	프란스 박
타이틀 디자인	피터 앤더슨 스튜디오
캐스팅 감독	앤디 프라이어 시디지
음향 녹음	빌리 퀸

Hair & Make-Up Designer	JOJO WILLIAMS
Costume Designer	ALEXANDRA CAULFIELD
Editor	RICHARD COX
Production Designer	HELEN SCOTT
Director of Photography	JOEL DEVLIN
Line Producer	CHRISTINE HEALY

<u>**CARD 1**</u>

Executive Producer for the BBC
MATTHEW READ

<u>**CARD 2**</u>

For

© Drama Republic Limited MMXV

MUSIC OUT 'FOR YOU'
10:56:35   <u>**END OF EPISODE**</u>

헤어 및 분장 디자이너	**조조 윌리엄스**
의상 디자이너	**알렉산드라 카울필드**
편집	**리차드 콕스**
제작 디자이너	**헬렌 스콧**
촬영 감독	**조엘 데브린**
라인 프로듀서	**크리스틴 힐리**

<u>카드 1</u>

BBC 제작 책임
매튜 리드

<u>카드 2</u>

드라마 리퍼블릭

for

BBC

ⓒ Drama Republic Limited 2015

음악 끝 '너를 위해'
10:56:35

<u>에피소드 5 끝</u>

우리가 대본집을 읽는 이유

지은이
마이크 바틀렛

종영된 영화나 텔레비전 시리즈도 다른 매체들을 통해 언제든지 다시 접할 수 있는 요즘에도 왜 대본집이 출간되는 걸까? 대본을 그저 촬영작업을 위한 문서라고 생각하는 사람이라면 학술적인 것 이상의 의미를 발견하기 어려울 것이다. 그러나 대본집을 읽는다는 것은 그 자체로, 드라마를 보는 것만큼이나 언제나 흥미로운 일이다. 생각해보니 나는 드라마를 제대로 공부하기 이전에 이미 대본집을 읽었던 것 같다. 영화 '펄프 픽션'의 대본집이었는데 나는 그걸 읽기엔 기술적으로 너무 어렸다. 그 영화가 나왔을 때 겨우 14살이었기 때문에 나는 그 영화를 친구집에서 비디오로 몰래 봐야만 했고, 대화 음향이 좋았다는 것과 이야기의 구조 자체에 매혹됐었던 게 기억난다. 나는 이 영화가 어떻게 만들어졌는지 알고 싶어졌고 이런 영화를 만드는 데 참여하고 싶어졌다. 그래서 서점에서 발견한 '펄프 픽션' 대본집을 사서 읽고 또 읽었다. 대화의 리듬을 머릿속으로 떠올려 보고, 장면을 상상해 보고, 어떻게 그 장면을 찍을 수 있을까 생각해 보면서 말이다. 문자화된 대화를 책으로 읽는 것은 완전히 다른 경험이었다. 타란티노의 작품은 특히 그랬다. 글로 읽는 대화 장면들은 기교와 형식, 그리고 음악과 구성으로 분해되어 자연스러움과는 거리가 있기 마련이다. 그렇게 대본집을 읽은 경험은 내가 생애 첫 대본을 쓰도록 영감을 줬다. 벤치에서 만난 두 사람이 서로 사랑에 빠졌다고 생각하게 만들었다가 곧이어 그들이 서로 증오한다는 걸 깨닫게 만드는 장면이었는데 무척 타란티노스러운 장면이었지만 그때는 대화 장면을 간신히 구성해낸 수준이었다.

그 이후로 나는 수많은 대본집을 읽었다. 윌리엄 골드먼의 작품들, '대부', '아메리칸 뷰티' 같은 영화, '웨스트 윙', '소프라노스' 같은 텔레비전 시리즈, 그리고 최근에는 토니 쿠쉬너가 쓴 '링컨'의 대본집을 읽었다. 모두 이미 본 영화와 드라마들이었지만 대본집을 보면서 스스로 더 상향된 작품 경험을 해보고 싶었다. 공부하는 의미도 있었지만 나는 그 대본집들을 보며 상상하는 것을 즐겼다. 연극 버전의 영화, 나중에 공개되는 디렉터스 컷이 있듯이 대본집을 읽으며 머릿속으로 떠올린 버전은 나만의 작품이 된다. 스스로 쇼트를 고르고 캐스팅도 하면서 나만의 세상을 떠올려 보는 것이다.

텔레비전 작품에 직접 참여해보기 전까지, 나는 작업 과정의 끝부분에서 읽는 대본은 어떤 한 작가가 고립된 채 만든 수공예품 같은 순수 문학이 아니라는 점을 확실하게 인식하지 못했다. 몇몇 대본은 그럴 수도 있다. 그러나 장담하는데 그런 대본은 극히 드물다. 대본은 계속 살이 덧붙여지고 촬영이 진행되면서 수정되기도 하며, 편집이라는 혹독한 과정의 흔적들이 고스란히 남게 된다. 내 경험상 대본은 이렇게 계속 수정되고 재집필되다가 결국 리허설의 중간 단계쯤에서 자리를 잡는다. 물론 대본은 한 가지 이유에서든, 또 다른 이유에서든 작업과정 내내 유동적이기는 하다. 그럼에도 대본이란 작품을 위한 모든 것이 담긴 중심축이며, 결국 우리가 다시 들춰봐야만 하는 문서라는 점을 확실히 하려고 노력한다. 심지어 편집단계에서 (무척 정당한 이유로) 이 대본은 때려치우고 새로 시작해야 한다고 말하는 사람들도 있다. 그럴 때면 나는 다시 대본 속으로 돌아간다. 그 프로젝트에 대한 진심을 계속 유지하는 최선의 길은 우선 모든 사람들이 대본에 담긴 의도를 함께 구현하고 싶도록 만드는 것이라고 믿기 때문이다. 처음과는 아주 다른 방향에서 그런 성취가 이뤄진다고 해도 말이다.

   그러나 '닥터 포스터'는 사전제작 단계, 촬영, 그리고 후반작업에 이르기까지 원래 대본과 멀어진 적이 없다. 단지 캐스팅이 이뤄지기 전에 쓰여진 대본과 그 이후에 최종 캐스팅된 배우들 사이에서 창조적인 긴장감이 흘렀을 뿐이다. 나는 이것이 촬영 전의 유토피아적이고 플라토닉하며 잠재력으로 가득한 상태의 대본, 그리고 불가피하게 흠집이 생기고 실용적이며 결국 스크린에 보여지는 데 필요한 제작비용 사이의 긴장감과도 비슷하다고 본다. 비현실적인 유토피아를 담은 원본은 어떤 프로젝트가 다른 길로 빠지게 하기 보다는 더 깊게 들어가도록 자극하는 것과 마찬가지로, 손으로 만질 수 있는 무언가로 실현되게 만드는 실용주의 또한 더 위대한 진실을 발견하도록 돕는다.

   그래서 나는 촬영이 한참 전에 끝난 장면, 편집까지 마무리된 에피소드, 추가적인 대화 녹음(ADR: Additional Dialogue Recording), 재집필이 요구된 장면들, 때때로 새로운 장면 추가 요구 등등, 이 모든 것이 대본 집필 작업 안에 포함된 과정임을 의식하고 있다. 그러므로 이 대본집은 내가 생각할 수 있는 최선이자 최종적인 모습이다. 즉 하나의 집필 작업이 이렇게 비로소 마무리되는 것이다. 어떤 장면과 배경의 원래 묘사와 인물들의 대사를 페이지에 인쇄된 글로 보는 것은 여전히 나를 사로잡는다. 물론 대부분의 내용들은 화면 속의 에피소드를 보며 배우들이 어떻게 연기했는지, 디자이너와 감독이 어떻게 구체화시키는지 이미 알고 있는 것들이지만, 대본 그 자체를 하나의 독립된 매체로 읽는다는 것은 어떤 것을 받아들이는 원래 방식 이외의 다른 방식들도 언제나 공존한다는 것을 의식하는 것이다. 대사 한 줄도 배우마다 다르게 표현되고, 같은 장면도 다른 스타일로 촬영될 수 있는 것도 다 같은 맥락일 것이다. 이런 개념을 확고히 하면 할수록 대본을 읽는 재미는 점점 살아난다. 물론 하나의 작품을 위해 모든 참여자들이 얼마나 많은 공을 들였는지도 명확히 해야 한다. 슈란느 존스가 젬마 포스터란 인물에 무엇을 덧붙였는지, 그 역을 어떻게 해석했는지, 삽입 음악과 연출, 그리고 촬영기술을 통해 드라마의 분위기가 얼마나 확고해졌는지를 말이다. 희곡과 마찬가지로 대본집은 협업을 위한 일종의 초대장이다. 놀라운 예술가들이 모두 함께, 작업과정 내내 대본에 대한 충실함을 보여주면서도 더 큰 가능성을 위해 그걸 뛰어넘는 것, 그것이 바로 이 대본집에 담긴 의미다.

≪닥터 포스터≫에 영감을 준 메데이아 신화

콜키스의 왕 아이에테스의 딸 메데이아.
그녀는 황금 양털을 찾기 위해 자신의
조국으로 온 이아손에게 반하고 만다.
아버지를 배신하고 형제들을 희생시키면서까지
이아손이 황금 양털을 손에 쥘 수 있도록 돕는 메데이아.
그녀의 사랑은 결국 결실을 맺어
이아손과 결혼하게 된다.
그러나 코린토스에 정착한 이 부부에게 시련이 닥친다.
코린토스 왕의 딸 글라우케와
또 다른 사랑에 빠지고 마는 남편 이아손.
버림받은 메데이아는
남편과 바람을 피운 클라우케와 그녀의 아버지를 살해한다.
그리고 거기서 그치지 않는다.
이아손과 낳은 자신의 두 아들까지 살해하고 만다.
이에 충격에 빠진 이아손은
미치광이가 되어 사방을 떠돌다
홀로 쓸쓸한 죽음을 맞게 된다.

닥터 포스터 대본집 <small>시즌 1</small>

초 판 인 쇄   2020년 7월 7일
1 쇄 발 행   2020년 7월 15일

지 은 이   마이크 바틀렛
옮 긴 이   김영수
펴 낸 이   이송준
펴 낸 곳   인간희극
등   록   2005년 1월 11일 제319-2005-2호
주   소   서울특별시 동작구 사당동 1028-22
전   화   02-599-0229
팩   스   0505-599-0230
이 메 일   humancomedy@paran.com

ISBN 978-89-93784-66-4 03840